LA NEUVIÈME TOMBE

Stefan Ahnhem

LA NEUVIÈME TOMBE

ROMAN

Traduit du suédois
par Caroline Berg

Albin Michel

PROLOGUE

14 juin 1998 – 8 novembre 1999

Il faisait si noir qu'il y voyait à peine et le fourgon tanguait si fort sur le chemin défoncé que son écriture était pratiquement illisible. Mais c'était comme ça. Il tenait à tout expliquer avant de se vider de son sang. C'était sa dernière chance de raconter son histoire, l'histoire d'amour qui lui avait fait tout quitter et se lancer dans l'inconnu. Il voulait qu'on sache comment il s'était fait tirer dessus et prendre en otage par ses propres compatriotes et pourquoi il roulait à présent vers une mort quasiment certaine.

Il avait emporté le stylo avant de fuir le camp militaire israélien du barrage de Huwwara et de passer la ligne de cessez-le-feu pour entrer dans la zone libre de Cisjordanie. Il avait aussi pris quelques pages vierges dans le journal intime de Tamir, trouvé dans son sac à dos, ainsi qu'une enveloppe déjà utilisée.

Quand il eut terminé d'écrire, il plia les feuilles de ses mains ensanglantées, les glissa dans l'enveloppe et la ferma comme il put.

Il n'avait ni timbre ni adresse. Il n'avait qu'un nom. Pourtant, c'est sans hésitation qu'il poussa la lettre dans la minuscule fente et la lâcha. Si Dieu le voulait, elle arriverait à destination, songea-t-il avant de se laisser aller à son épuisement.

L'enveloppe n'avait pas touché le sol qu'une puissante bourrasque l'emportait haut, très haut vers le ciel sans étoiles où un nouvel orage éclatait sur Naplouse, entre les monts Ebal et Garizim. Le laps de temps entre les éclairs qui illuminaient l'obscurité et les grondements de tonnerre allait s'amenuisant. La pluie semblait comme suspendue, et ce n'était plus qu'une question de secondes avant qu'elle tombe, abatte l'enveloppe vers le sol et transforme la terre desséchée en une boue visqueuse. Mais l'orage resta sec et l'enveloppe tachée de sang poursuivit son vol, toujours plus haut, au-dessus des montagnes et de la frontière jordanienne.

Saladin Hazaymeh reposait sur sa couche et regardait l'horizon où l'aube dardait ses premiers rayons timides. La violente tempête de la nuit dernière s'était enfin calmée et une magnifique journée s'annonçait.

Comme si le soleil avait décidé de nettoyer le ciel pour son anniversaire. Mais ce n'était pas à cela que pensait Saladin Hazaymeh. Son soixante-dixième anniversaire était la raison initiale de la longue marche qu'il avait entreprise et qui avait duré dix jours, mais à cet instant c'était autre chose qui le préoccupait.

D'abord, il avait cru qu'il s'agissait d'un avion, à plusieurs milliers de mètres d'altitude. Ensuite, il s'était dit que ce devait être un oiseau, avec une aile blessée. Mais à présent, il n'avait plus aucune idée de ce qui était en train de tomber doucement du ciel, à une cinquantaine de mètres au-dessus de sa tête, brillant par intermittence dans la lumière du soleil.

Saladin Hazaymeh se leva et s'étonna de sentir que la douleur dans le dos qui le faisait souffrir tous les matins avait complètement disparu. Il s'empressa de rouler sa couverture et de la ranger dans son sac à dos. Quelque chose était sur le point d'arriver. Un événement d'une grande importance dont la promesse emplissait tout son être d'une énergie nouvelle.

Il ne pouvait s'agir que d'un signe du Très-Haut. Un message de ce Dieu auquel il avait cru d'aussi loin qu'il s'en souvienne et qui maintenant venait lui dire qu'il était sur la bonne voie. Ce Dieu dans les pas duquel, en ce soixante-dixième anniversaire, il avait décidé de marcher, de Jérusalem à la mer de Galilée.

Hier, il avait visité la grotte bénie d'Anjara. Son projet était de dormir à l'endroit où Jésus avait passé la nuit en compagnie de ses disciples et de la Vierge Marie. Malheureusement, les gardes l'avaient découvert et il avait dû se résoudre à coucher à la belle étoile. Saladin savait qu'il y avait un sens à toute chose et il partit d'un pas léger, sur le sol dur et irrégulier, vers l'olivier sur les branches duquel Dieu avait déposé un signe.

En arrivant au pied de l'arbre, il vit que c'était une enveloppe.

Une enveloppe ?

Il eut beau tourner le problème dans tous les sens, il ne trouva pas d'explication logique à sa présence en cet endroit et décida que la plus simple était la bonne : cette enveloppe était venue du ciel, ce qui n'était pas tout à fait faux. Une voix intérieure se mit à lui répéter comme un mantra qu'il était essentiel qu'il se charge de cette enveloppe ce qui, il faut l'avouer, était exactement ce qu'espérait son expéditeur. Saladin, quant à lui, alla même jusqu'à penser que l'enveloppe avait été la seule et unique raison de son pèlerinage.

Au bout de quelques tentatives, il parvint à toucher sa cible, et la pierre fit tomber l'enveloppe que Saladin rattrapa avant qu'elle ait touché le sol. Elle était sale et percée d'un tas de petits trous, et on aurait dit qu'elle avait échappé à la fin du monde. Elle était plus lourde aussi qu'il ne s'y attendait.

Tous ses doutes s'envolèrent.

Dieu l'avait choisi.

Cette enveloppe n'était pas n'importe quelle enveloppe.

Il l'examina des deux côtés afin de trouver quelque indice, mais il vit seulement un nom, écrit d'une écriture maladroite.

Aisha Shahin

Saladin Hazaymeh s'assit sur un rocher et répéta le nom plusieurs fois, mais il ne lui disait rien. Après un moment d'hésitation, il prit son couteau et ouvrit l'enveloppe avec soin. Sans s'apercevoir qu'il retenait son souffle, il sortit la lettre, la déplia et découvrit une infinité de signes manuscrits formant d'innombrables mots se succédant en de longues lignes.

C'était de l'hébreu. Ça, il était capable de le comprendre. Mais lui qui lisait à peine l'arabe, comment aurait-il pu y trouver un sens ?

Était-ce ce que Dieu essayait de lui dire ? Le Très-Haut lui reprochait-il de ne pas s'être donné la peine d'apprendre à lire ? Mais peut-être que cette lettre ne lui était pas destinée, après tout ? Peut-être Dieu l'avait-il choisi pour être l'humble intermédiaire dont la seule mission était de la transmettre ? Se redressant et remettant la lettre dans son enveloppe, Saladin dut faire un grand effort pour chasser sa déception. Il reprit sa route vers Ajloun où il glissa à contrecœur l'enveloppe dans une boîte aux lettres.

Beaucoup auraient jugé la conduite de Khaled Shawabkeh honteuse et amorale. Sans le moindre scrupule, il déchira l'enveloppe qui ne portait de toute façon ni timbre, ni nom d'expéditeur, ni adresse. Depuis quarante-trois ans qu'il triait le courrier à la poste, Khaled Shawabkeh avait toujours considéré qu'une lettre dont l'expéditeur n'avait pas pris la peine de se faire connaître devenait sa propriété. Il conservait ces lettres égarées chez lui, dans des tiroirs, un pour chaque année. Il n'y avait rien qu'il aimât autant que de piocher une lettre au hasard et de lire ces pensées destinées à quelqu'un d'autre. Mais cette lettre-là était différente.

L'état de l'enveloppe racontait à lui seul un voyage qui avait dû être une aventure. Et puis cette lettre avait déjà été ouverte et remise telle quelle dans une boîte.

À son intention et à celle de personne d'autre.

Quatre-vingt-dix-huit minutes après avoir quitté son travail, Khaled Shawabkeh s'enferma chez lui à double tour. Il avait parcouru le trajet entre l'arrêt du car et sa maison en courant et, pour gagner du temps, il fit l'impasse sur son thé de l'après-midi, alors qu'il avait apporté ce jour-là des biscuits à l'harissa. Il était à bout de souffle et la sueur essayait de traverser le polyester de sa chemise trop serrée.

Il décida que son dîner attendrait également. Il alla chercher la bouteille qu'il cachait derrière les livres de la bibliothèque et se versa un verre de vin. Il s'installa dans son fauteuil, alluma la vieille lampe au-dessus de sa tête, prit l'enveloppe avec dévotion et en tira la lettre.

« Enfin », soupira-t-il pour lui-même, tendant la main vers son verre, inconscient du caillot qui depuis plusieurs années se formait dans une veine profonde de sa jambe gauche et qui, au même moment, se détacha de la paroi et suivit le flux sanguin en direction de son artère pulmonaire.

Il y avait plus d'un an que son oncle avait succombé à une embolie pulmonaire, mais Maria n'avait pas encore mis les pieds dans ce qui était maintenant sa maison. Ses deux frères avaient commencé par contester le testament et ensuite, ils avaient tout fait pour la persuader de renoncer à son héritage. Son propre père lui avait expliqué que Khaled Shawabkeh vivait seul depuis des années et qu'il était devenu fou. Il estimait

11

en outre que les femmes n'étaient pas faites pour posséder des biens et les gérer et qu'elles ne le seraient jamais.

Maria avait tenu bon et enfin, elle s'apprêtait à insérer la clé dans la serrure et à ouvrir la porte. Elle avait dû, pour en arriver là, rompre tout lien avec ses frères et avec ses parents, mais tant pis. À présent, il allait falloir vider la maison et la vendre. L'argent de la vente allait lui permettre de démissionner de l'atelier de tailleur qui l'employait et d'aller vivre à Amman, afin de travailler à la Commission nationale jordanienne pour les femmes et se battre pour leurs droits.

C'était pratiquement impossible. La lettre n'aurait normalement jamais dû arriver. Tant d'obstacles s'étaient dressés sur son chemin que la probabilité qu'elle atteigne sa destinataire était presque nulle.

Et pourtant.

Un an, quatre mois et seize jours après qu'elle eut été glissée par la fente d'un fourgon de prisonniers et que le vent l'eut emportée dans la nuit noire, Maria Shawabkeh retrouva la lettre et son enveloppe sans timbre ni expéditeur, sur laquelle ne figurait qu'un nom.

Trois nuits blanches après avoir pris part à cette terrible histoire, Maria fit une recherche sur Internet, inscrivit l'adresse complète sur l'enveloppe sur laquelle elle colla un timbre et alla la déposer au bureau de poste le plus proche. Sans avoir la moindre idée des conséquences de son geste.

Aisha Shahin
Selmedalsvägen 40, 7tr
129 37 Hägersten
Sweden

PREMIÈRE PARTIE

16-19 décembre 2009

Beaucoup seront horrifiés par ce que j'ai fait. Certains y verront une vengeance pour les injustices commises. D'autres croiront à un jeu insensé ayant pour but de ridiculiser le système et de prouver jusqu'où on peut aller. Mais la plupart s'accorderont de façon touchante à dire que seul un être profondément dérangé a pu commettre de tels actes.

Aucun d'eux n'aura raison...

1

Deux jours avant

Dans la salle d'attente du service d'échographie de l'hôpital Söder, Sofie Leander feuilletait un vieil exemplaire de *Nous parents* avec des portraits de parents beaux et heureux à chaque page. Elle aurait donné n'importe quoi pour devenir l'un d'entre eux. Mais après plusieurs séries de traitements infructueux, elle commençait à se demander si elle parviendrait un jour à tomber enceinte.

Elle avait décidé que cette tentative serait la dernière. S'il s'avérait qu'une fois de plus, le Pergotime n'avait pas fonctionné, elle renoncerait.

Ce que son mari semblait d'ailleurs avoir déjà fait. Lui qui avait promis d'être à ses côtés chaque fois qu'elle aurait besoin de lui. Elle ralluma son portable pour relire son message. *Désolé, j'ai un empêchement, je ne pourrai malheureusement pas venir.* Comme si elle lui avait demandé d'acheter un litre de lait en rentrant du boulot. Il ne s'était même pas donné la peine de lui souhaiter « bonne chance ».

Avec ce retour en Suède et à Stockholm, elle avait espéré que la flamme entre eux serait ranimée. Le fait qu'il ait choisi de porter son nom de famille à elle l'avait rassurée, aussi. Elle l'avait pris comme une déclaration d'amour, la preuve qu'il était à ses côtés, quoi qu'il arrive. Elle n'en était plus aussi sûre, à présent, et elle n'arrivait pas à se débarrasser du sentiment qu'ils s'éloignaient de plus en plus l'un de l'autre. Elle avait essayé d'en parler avec lui, mais il avait prétendu qu'elle se faisait des idées et qu'il l'aimait comme au premier jour. Mais elle voyait dans ses yeux qu'il mentait. Ou plutôt, elle le voyait à son regard fuyant.

Cet homme qui lui avait sauvé la vie avait brusquement des *empêchements* et il ne la regardait plus. Elle eut envie de lui téléphoner et de le mettre au pied du mur. De lui demander s'il avait cessé de l'aimer. S'il avait rencontré quelqu'un d'autre. Mais elle n'osait pas. Il ne lui répondrait pas, de toute façon. Il ne répondait jamais au téléphone quand il travaillait, et surtout pas en ce moment où il venait de démarrer un nouveau projet. Son seul espoir était une réponse positive de la part du médecin. Ensuite, tout s'arrangerait, elle en était convaincue. Si elle lui donnait un enfant, son mari serait obligé de reconnaître qu'il l'aimait.

« Sofie Leander », annonça la sage-femme. Sofie la suivit dans le corridor jusqu'à une petite salle d'examen aux persiennes baissées, dans laquelle se trouvaient un lit d'hôpital et un gros appareil qui ressemblait à un ordinateur.

« Vous pouvez vous déshabiller et accrocher vos vêtements sur la patère, là. Gardez vos sous-vêtements. Le docteur ne va pas tarder. »

Sofie hocha la tête, suspendit son manteau et commença à retirer ses bottes tandis que la sage-femme sortait de la pièce. Elle s'assit sur le lit, enleva son T-shirt et déboutonna son pantalon en se disant qu'elle allait lui téléphoner quand même, et lui demander ce qu'il pouvait avoir de si important à faire pour ne pas trouver le temps de l'accompagner à ce rendez-vous. Mais la porte s'ouvrit et le médecin entra alors qu'elle tendait la main vers son sac.

« Vous êtes Sofie Leander ? »

Sofie hocha la tête.

« Bien. Alors, voyons cela… Je vais vous demander de vous allonger sur le côté en me tournant le dos. »

Sofie obtempéra. Elle entendit que l'obstétricien ouvrait un emballage plastique derrière elle. Elle ne savait pas pourquoi, mais quelque chose dans la situation lui semblait étrange.

« Euh… vous savez que je suis venue pour un contrôle d'ovules, n'est-ce pas ?

– Tout à fait, mais nous devons d'abord… », répliqua le médecin, évasif, en se mettant à palper sa colonne vertébrale.

Tout à coup, elle sentit une piqûre dans son dos.

« Attendez ! Mais qu'est-ce que vous faites ? Vous venez de me faire une injection ? » Sofie se retourna et le vit glisser un objet dans la poche de son pantalon. « J'exige que vous m'expliquiez ce que…

– Détendez-vous. C'est une petite mesure de routine. Ce sont vos vêtements ? » Le médecin montrait son manteau et ses bottes, mais il n'attendit pas sa réponse pour les poser au pied du lit. « Il ne faudrait pas qu'on oublie quelque chose. Cela ferait désordre ! »

Ce n'était pas la première fois que Sofie venait faire une échographie de ses ovaires et elle savait parfaitement qu'il n'y avait rien de normal dans ce qui était en train de se passer. Elle ne comprenait pas. Tout ce qu'elle savait, c'est qu'elle ne voulait pas de ça. Elle voulait s'en aller d'ici. Loin de cet étrange praticien et de cette salle d'examen. Loin de cet hôpital.

« Je crois que je vais m'en aller, maintenant, dit-elle en essayant de se lever. Je veux partir, vous m'entendez ? » Mais son corps refusait de lui obéir. « Qu'est-ce qui m'arrive ? Qu'est-ce que vous m'avez fait ? »

Le docteur se pencha sur elle, sourit et lui caressa la joue. « Vous allez bientôt comprendre. »

Sofie essaya de protester et d'appeler au secours, mais le masque à oxygène qu'il lui posa sur le visage étouffa sa voix. Puis il lâcha les freins du lit, le poussa hors de la salle d'examen et le long du couloir, sans qu'elle puisse réagir en aucune façon.

Si seulement elle avait pu s'accrocher à quelque chose sur son passage, descendre de ce lit, faire comprendre à tout le monde ce qui était en train de se passer, mais elle en était incapable. Elle restait là, inerte, à regarder défiler les néons au-dessus de sa tête.

Des visages. Des femmes enceintes et des futurs papas. Des sages-femmes et des médecins. Si proches et si lointains à la fois. Des portes qui s'ouvraient. Un ascenseur et des voix autour d'elle. Les portes de l'ascenseur qui se refermaient. Ou qui s'ouvraient ? Elle ne savait plus.

Puis elle fut à nouveau seule avec le médecin qui sifflotait une mélodie dont l'écho rebondissait sur les murs bruts. Elle n'entendait plus que ce sifflement et sa propre respiration qui lui faisait penser à quand elle était petite et qu'elle avait de l'asthme. Elle se souvint de son sentiment d'impuissance à cette époque lorsqu'elle devait interrompre ses jeux avec ses camarades pour retrouver son souffle. Elle vivait la même chose à présent. Elle eut envie de pleurer. Mais même ça, elle ne le pouvait pas.

Les néons dans le plafond en béton cessèrent de défiler et elle vit qu'on lui basculait les jambes sur un brancard, puis le haut du corps. *Vous allez bientôt comprendre*, avait dit le docteur. Qu'est-ce qu'il y avait à comprendre ? La seule idée qui lui venait était l'histoire de ce chirurgien plasticien de Malmö qui injectait un produit à ses patientes pour qu'elles ne puissent pas se débattre pendant qu'il abusait d'elles. Mais pourquoi quelqu'un voudrait-il abuser d'elle ?

On fit monter son brancard dans une ambulance et elle décida de se concentrer sur les bruits. La porte du conducteur qu'on fermait et le moteur qui démarrait. La rampe du parking, le périphérique en direction de l'ouest, puis Hornsgatan vers Hornstull où ils sortirent de la ville en traversant le pont de Liljeholm. Jusque-là, elle n'eut aucun mal à suivre leur trajet qu'elle connaissait par cœur. Mais quand l'ambulance fit plusieurs fois le tour d'un même rond-point, elle perdit son sens de l'orientation.

Lorsqu'ils s'arrêtèrent de rouler vingt minutes plus tard, ils auraient aussi bien pu être de retour à l'hôpital que n'importe où ailleurs. Elle entendit le chuintement d'une porte de garage, ils roulèrent encore une trentaine de mètres et stoppèrent de nouveau.

Les portières s'ouvrirent et on l'emmena sur le brancard. De nouveaux néons défilèrent au plafond. De plus en plus vite. Les pas du médecin résonnaient sur le sol dur et puis, soudain, ils s'arrêtèrent. Elle entendit le bruit d'un trousseau de clés, un bip et un moteur électrique qu'on mettait en marche.

On la poussa dans une pièce obscure et elle eut l'impression qu'on refermait quelque chose derrière elle. Une lampe puissante s'alluma au plafond, éclairant une longue table. Elle ne voyait aucune fenêtre et ne pouvait juger des dimensions du local. Seules étaient visibles cette lampe et cette table et les appareils posés autour. On roula le brancard à côté de la table et elle vit qu'elle était recouverte de plastique, équipée de sangles et percée d'un orifice d'une dizaine de centimètres de diamètre, vers le bas. À côté de la table se trouvait une desserte métallique sur laquelle divers instruments chirurgicaux avaient été disposés sur une serviette blanche.

À ce moment seulement, Sofie Leander comprit de quoi il retournait.

En voyant les ciseaux, les pinces et les scalpels, elle sut pourquoi on l'avait amenée ici.

Et ce qu'on allait lui faire.

2

Fabian Risk lut le message une nouvelle fois avant de lever les yeux de son portable pour croiser le regard interrogatif de la directrice. « Je regrette, mais je crois que nous allons devoir commencer sans elle.

– Très bien... Je vois », dit la femme assise derrière son bureau avec un regard qui disait clairement ce qu'elle en pensait.

« Maman ne vient pas ? » demanda Matilda qui avait l'air de quelqu'un qui préférerait se jeter d'un pont que d'être présente à cette réunion sans la présence de sa mère. Et Fabian la comprenait parfaitement. Pour diverses raisons, il avait manqué les réunions parents/professeur précédentes, et bien que Matilda soit déjà en CE2, il n'avait toujours pas mémorisé le nom de sa professeure principale.

« Écoute, Matilda, maman a beaucoup de travail en ce moment. Tu sais bien comment ça se passe avant une expo.

– Oui, mais elle avait dit qu'elle viendrait.

– C'est vrai, mais je peux t'assurer que maman est aussi déçue que toi. Tu vas voir que ça va très bien aller quand même. » Il lui caressa les cheveux et chercha un appui du côté de la professeure qui lui répondit par un sourire digne d'une championne de poker.

« Arrêête ! » Matilda chassa sa main et réarrangea les barrettes roses retenant ses cheveux bruns, coupés à la hauteur des épaules.

« Bon, alors je propose que nous commencions. En ce qui concerne les capacités et la motivation de Matilda en classe, nous n'avons que des compliments à lui faire. » La femme feuilleta les papiers devant elle. « Elle est parmi les meilleurs élèves de sa classe, tant en suédois qu'en mathéma... » Elle s'interrompit et leva les yeux vers le téléphone de Fabian qui s'était mis à vibrer de l'autre côté de son bureau.

« Excusez-moi. » Fabian retourna le mobile et fut surpris de voir que l'appel venait de Herman Edelman, son patron depuis qu'il avait rejoint la police judiciaire de Stockholm. Malgré ses soixante ans, c'était un policier efficace et assoiffé de vérité. Fabian devait avouer que sans lui, il ne serait pas devenu l'enquêteur qu'il était aujourd'hui.

Mais ce jour-là, le patron ne s'était pas montré au bureau depuis la fin de la matinée, et quand ils s'étaient retrouvés devant la machine à café dans l'après-midi, ni Fabian ni ses collègues ne l'avaient revu. Ils s'étaient demandé s'il était arrivé quelque chose.

Et maintenant, il l'appelait. En dehors des heures de service, qui plus est, ce qui ne pouvait être interprété que d'une seule façon.

Il était effectivement arrivé quelque chose.

Une chose qui ne pouvait pas attendre.

Fabian s'apprêtait à répondre quand l'enseignante se racla la gorge. « Nous n'avons pas toute la soirée, monsieur Risk. Vous n'êtes pas le seul parent que je dois rencontrer.

– Pardonnez-moi. Où en étions-nous ? » Fabian coupa la communication et il reposa le téléphone.

« Nous parlions de Matilda. Votre fille. » Le visage de la femme se fendit d'un sourire peu amène. « Comme je vous le disais, je n'ai que des avis positifs de la part de ses professeurs. Mais... » Elle planta son regard dans celui de Fabian. « Pourrais-je vous parler en tête à tête, s'il vous plaît ?

– Euh… Oui. Je suppose que oui. Qu'en penses-tu, Matilda ?

– De quoi est-ce que vous allez parler ?

– Sûrement d'un truc de grands. » Fabian se tourna vers la professeure principale qui acquiesça avec un sourire. « Attends-moi dans le couloir, ma puce. J'arrive tout de suite. »

Matilda poussa un soupir et sortit de la classe en traînant démonstrativement les pieds. Fabian la suivit des yeux, l'esprit ailleurs. Qu'est-ce qu'Edelman pouvait bien lui vouloir ?

« Ce que je voulais vous dire… » La professeure principale croisa les mains devant elle sur le bureau. « … c'est qu'il m'est revenu aux oreilles par plusieurs sources que Matilda montrait une fâcheuse tendance à… » Une fois encore, elle fut interrompue par le mobile de Fabian vibrant sur la table.

« Je vous prie de m'excuser, je ne sais vraiment pas ce qui se passe », dit-il en prenant le téléphone pour regarder l'écran. Cette fois, l'appel venait de sa coéquipière Malin Rehnberg, actuellement en séminaire à Copenhague. Edelman avait dû l'appeler en se disant qu'elle saurait où le joindre. « Je suis désolé, mais je suis vraiment obligé de…

– OK. Si c'est votre souhait, restons-en là, dit son interlocutrice en rassemblant ses papiers.

– Attendez une seconde. Est-ce qu'on ne pourrait pas juste…

– Dans cet établissement, nous avons une tolérance zéro pour les mobiles en classe, et je ne vois pas pourquoi nous ferions une différence pour les adultes. » Elle continua de ranger les papiers dans le dossier devant elle. « Allez-y, prenez votre appel si important, et laissez la place à des parents qui s'intéressent à leurs enfants. Bonne soirée, monsieur Risk, conclut-elle en se levant.

– Je vous en prie, c'est complètement ridicule », supplia Fabian alors que son mobile s'arrêtait de sonner. Messagerie.

Allez, Malin ! songea-t-il, laisse-moi un message et dis-moi ce qui se passe ! « Je vous prie sincèrement de m'excuser, évidemment que je suis là pour Matilda et pour rien d'autre. »

La femme, dont il n'avait toujours pas retrouvé le nom, lui jeta un regard condescendant. « D'accord. » Elle ressortit le dossier de Matilda de son cartable. « Normalement, nous ne nous mêlons pas de ce genre de choses. Mais dans le cas de votre fille, nous avons estimé, mes collègues et moi-même, que le problème risquait de compromettre sa scolarité si vous ne réagissiez pas.

– Excusez-moi, je ne comprends pas. Si nous ne réagissons pas à quoi ? »

La professeure principale posa un dessin sur la table. « Voici l'une de ses dernières œuvres. Voyez vous-même. »

Fabian se reconnut grâce au bouc qu'il avait rasé quelques semaines plus tôt. Sonja se tenait devant lui, brandissant un couteau de cuisine. Ils hurlaient l'un et l'autre, la bouche grande ouverte et le visage écarlate. Il se souvint du jour où il avait demandé à Sonja si elle était vraiment obligée de travailler aussi tard le soir. Sonja s'était énervée, elle avait riposté en lui parlant de toutes les nuits où le travail l'avait retenu à l'hôtel de police et l'avait accusé de ne penser qu'à lui.

Ils s'étaient pourtant promis de ne jamais se disputer devant les enfants. Le fait que, sous l'effet de la colère, il lui ait parlé de divorce n'avait probablement pas arrangé les choses.

« Je ne sais pas quoi dire. C'est, c'est...

– En voici un autre », le coupa la maîtresse de Matilda.

Cette fois, le dessin représentait le papier peint du mur de la chambre de Matilda, derrière son lit. En bas du dessin, comme dans la réalité, ses peluches étaient alignées devant ses oreillers. Tout en se concentrant pour assimiler le contenu des bulles au-dessus des personnages qui se disputaient de l'autre côté du mur, au fond de lui, Fabian ne pouvait pas s'empêcher d'admirer les talents de dessinatrice de sa fille. Cette fois, Sonja et lui parlaient de sexe. Leurs répliques étaient terriblement réalistes.

À cet instant, s'il avait pu, il aurait aimé disparaître dans un trou de souris.

« Les enfants ont une imagination fertile et une tendance à l'exagération, j'en conviens. Mais ce sujet revient régulièrement dans tout ce que fait Matilda en ce moment, et il me paraissait important que vous le sachiez. En tant que parent, dans la même situation, moi j'aurais aimé être au courant.

– Bien entendu », répliqua Fabian en essayant maladroitement de dissimuler le mobile qui s'était remis à sonner dans sa main.

Fabian rappela Edelman aussitôt qu'il eut passé les portes de l'école, mais sa ligne était occupée. « Tu as vu, Matilda ? Il a drôlement neigé depuis tout à l'heure ! » Il regarda la cour de récréation recouverte par un épais manteau de neige fraîche. « C'est cool, non ? Vous allez pouvoir faire des bonshommes de neige, demain, avec tes amis.

– Tu parles ! Demain, elle sera toute molle, rétorqua Matilda en dévalant l'escalier.

– Attends-moi, ma chérie, je voudrais te parler. » Fabian courut pour la rattraper. « J'espère que tu ne crois pas que maman et moi allons divorcer !

– Vous avez parlé de ça avec la maîtresse ?

– Je ne veux pas que tu t'inquiètes, ma chérie. »

Matilda courut vers la voiture garée de l'autre côté de la route.

Fabian déverrouilla la porte à distance pour qu'elle puisse monter dedans. Il aurait bien voulu aller s'asseoir près d'elle, mais il ne savait pas quoi dire. Malheureusement, elle n'avait pas tort. S'ils continuaient comme ça, ce n'était plus qu'une question de temps avant que leur mariage n'explose. Lui qui avait juré à Sonja et surtout à lui-même que jamais il ne suivrait l'exemple de ses propres parents. Quoi qu'il arrive. Quels que soient les problèmes auxquels ils devraient faire face. Qu'il serait prêt à les surmonter. Qu'il se battrait pour leur couple et qu'il ne baisserait pas les bras.

Et malgré toutes ces promesses, voilà où ils en étaient.

Alors qu'il savait que les pneus de leur mariage étaient dégonflés, il avait continué à rouler sur les jantes pendant si longtemps, à présent, qu'il y avait peu de chances de réparer les roues déchiquetées. Il soupira et s'arrêta au milieu de la cour de l'école pour rappeler Malin Rehnberg.

« *Putain, Fabian ! Qu'est-ce que tu fous ? Je te jure que si je n'étais pas à six cents kilomètres, je te casserais la gueule.* »

La connaissant, le mieux qu'il avait à faire, maintenant, était de se taire et de la laisser poursuivre jusqu'à ce qu'elle soit calmée.

« *Herman me colle comme une sangsue depuis des heures parce que tu ne daignes pas prendre ton foutu téléphone ! Il me prend pour sa secrétaire, ou quoi ? Oui, je sais que tout le monde s'en fout, mais je vous signale que je suis en ce moment à Copenhague où je participe à un séminaire très intéressant, figure-toi !*

– Super, mais est-ce que tu sais...

– *Par contre, les lits sont merdiques, ici. Je suis constamment en nage et j'ai l'impression d'être une énorme truie sur le point d'éclater.*

– Je comprends, mais...

– *Et je n'en ai rien à foutre qu'il me reste encore deux mois à tirer, parce que je t'assure que je vais faire quelque chose*

d'illégal si ces gosses ne sortent pas tout de suite. Allô ? Fabian ?
Tu es encore là ?

— Il t'a dit de quoi il s'agissait ?

— *Non, enfin, je ne sais pas. Apparemment, c'était très impor-*
tant. Mais j'ai une vague idée.

— Mais encore ?

— *Si tu veux vraiment le savoir, tu n'as qu'à décrocher, la*
prochaine fois qu'il t'appelle. »

Elle lui raccrocha au nez. Fabian ne pouvait pas la contredire sur un point, au moins. Il était temps qu'elle accouche.
Quinze secondes plus tard arriva un SMS dans lequel Malin
s'excusait pour le ton sur lequel elle lui avait parlé et promettait de redevenir elle-même dès qu'elle serait arrivée au
bout de cette « grossesse de merde ».

Fabian se mit au volant et jeta un coup d'œil à Matilda
dans le rétroviseur. « Que dirais-tu de passer prendre des
pizzas chez Ciao Ciao ? »

Matilda haussa les épaules mais il vit que malgré le mal
qu'elle se donnait pour le cacher, son visage s'était un peu
éclairé. Il tourna la clé de contact et se mêla à la circulation
de Maria Prästgårdsgatan tout en rappelant Edelman.

« Salut, Herman, j'ai vu que tu m'avais appelé.

— *Je suppose que je dois remercier Malin.*

— J'étais au milieu d'une réunion de parents d'élèves et je
viens de voir à l'instant...

— *C'est bon. Je t'appelais parce que j'ai un rendez-vous à la*
Säpo[1] à 20 heures et que je voudrais que tu m'accompagnes.

— Ce soir ? Je suis désolé, mais je suis tout seul avec la
petite. Pourquoi as-tu besoin que ce soit moi...

— *Rappelle-moi qui est le patron ?*

---

1. La Säpo (prononcer « sèpo ») ou Säkerhetspolisen (« police de sécurité ») est le service de la sûreté de l'État de la Suède.

– Toi, bien sûr, ce n'est pas ce que je...

– *Persson et Päivinen viennent de trouver une piste dans l'affaire Adam Fischer, Höglund et Carlén ont le nez dans le guidon avec l'enquête sur Diego Arcas. Les seuls qui n'ont rien à faire en ce moment, c'est toi et Rehnberg. Et comme tu sais, Rehnberg est à Copenhague.*

– OK. Mais tu peux me dire de quoi il s'agit, au moins ?

– *Je n'en sais pas plus que toi. Je présume que c'est pour nous le dire qu'on nous fait venir ce soir. On se retrouve devant à moins cinq. À tout à l'heure.* »

Fabian retira son oreillette et il tourna dans Nytorgsgatan. C'était loin d'être la première fois qu'il avait affaire à la Säpo dans le cadre d'une enquête. Mais il n'avait jamais été convoqué là-bas en dehors des heures de bureau, ce qui pouvait aisément s'expliquer par le fait qu'il était beaucoup trop bas dans la hiérarchie. Herman Edelman, lui, y passait pas mal de temps et il ne ratait jamais une occasion de leur rappeler qu'il fallait surveiller ses arrières si on comptait survivre à une rencontre avec les gars de la Sûreté.

Et cette fois, il voulait Fabian avec lui.

« *Je regrette, ce n'est pas possible, Fabian. Trouve une autre solution.*

– Quelle autre solution ? Tu penses à quoi, par exemple ? » riposta Fabian, tournant les yeux vers les toits enneigés en entendant Sonja prendre une longue bouffée cancérigène et recracher la fumée en une seule longue expiration. Quand elle faisait cela, il savait qu'elle était de très mauvaise humeur.

« *Je n'en sais rien, moi, improvise. Je raccroche. Je n'ai plus le temps de te parler, là.*

– Attends », commença Fabian en voyant dans le reflet de la vitre que Matilda était dans la cuisine et qu'elle écoutait leur conversation. Il alluma la télévision et monta le son.

Huit jours après la mystérieuse disparition d'Adam Fischer, membre de la jet-set, la police révèle qu'il pourrait s'agir d'un enlèvement...

« Écoute, Sonja, je suis coincé. Ce n'est pas comme si j'avais le choix.

– *Parce que tu crois que moi, j'ai le choix ?* »

Avec nous dans le studio le professeur de criminologie Gerhard Ringe...

« *Tu penses que je n'ai qu'à lâcher mes pinceaux et à dire à Ewa : désolée, il n'y aura pas d'exposition !*

– Évidemment que non, mais...

– *Nous sommes d'accord.*

– Calme-toi, s'il te plaît. »

Qu'est-ce qui a conduit la police à diffuser cette information et pourquoi n'a-t-il pas encore été question d'une demande de rançon ?

« *Je suis très calme* », répliqua Sonja en ne faisant rien pour cacher qu'elle prenait une autre longue bouffée de sa cigarette. « *J'ai seulement du mal à comprendre pourquoi cela doit être un tel problème pour une fois que c'est moi qui ai du travail.*

– D'accord. Je vais essayer de m'organiser autrement. Est-ce que tu as une idée approximative de l'heure à laquelle tu vas rentrer ?

– *Quand j'aurai fini. Et ne me demande pas d'être plus précise, parce que je n'en ai aucune idée. Tout ce que je sais, c'est que je déteste ces toiles de plus en plus à chaque seconde.* » Nou-

29

velle bouffée et nouvelle expiration exaspérée. « *Excuse-moi...*
C'est juste que j'en ai marre. J'ai envie de tout foutre en l'air.

– Ça va aller, chérie. Tu es toujours comme ça avant une
expo et puis tout à coup, tu sais exactement comment tu
veux que soient les choses, et ensuite tout marche comme
sur des roulettes.

– *Ça, je demande à voir.*

– En tout cas, ne t'inquiète pas pour moi. Je vais m'arranger.

– *OK.*

– Je t'aime.

– *À plus.* »

Fabian alla rejoindre Matilda dans la cuisine et ouvrit sa
boîte de pizza. « Alors, comment elle était, cette pizza à la
banane ?

– Pas mal. Dis, papa...

– Oui ?

– Maman t'a dit qu'elle t'aimait aussi ? »

Fabian leva les yeux vers sa fille et se demanda ce qu'il
devait répondre. « Non, à vrai dire, elle ne m'a pas dit ça.

– C'est peut-être juste parce qu'elle est stressée. »

Fabian hocha la tête et mordit dans la pizza qui avait eu
le temps de refroidir.

3

Ce n'était pas non plus la première fois que Fabian entrait dans les locaux de la Säpo, mais jamais il n'avait passé autant de points de contrôle. Il avait pénétré si loin dans le bâtiment qu'il en avait perdu le sens de l'orientation. Après avoir pris d'innombrables ascenseurs et traversé une longue série de couloirs sans fenêtres en compagnie d'un Herman Edelman qui, contrairement à son habitude, n'avait pas ouvert la bouche une seule fois, ils entrèrent dans une grande pièce à l'éclairage spartiate.

Peu de temps avant l'heure où Fabian avait dû ressortir, Theodor était rentré du hockey. Après une courte négociation, il avait accepté de s'occuper de Matilda et de la mettre au lit. Bien qu'on ne soit qu'un simple jeudi soir, Fabian avait dit oui aux chips, au Sprite et au DVD dans la chambre conjugale. Sa seule condition étant qu'ils ne caftent pas à Sonja et que Matilda ne fasse pas de dessin à l'école sur le sujet.

« Vous devez être Herman Edelman et Fabian Risk. » Une femme sortit de la pénombre et vint leur serrer la main. « Je vous souhaite la bienvenue. Anders Furhage et les autres sont déjà là. »

La femme les précéda dans la salle. Quand les yeux de Fabian se furent accoutumés à l'obscurité, il vit plusieurs cubes sombres qui semblaient flotter librement à plusieurs mètres au-dessus du sol. Il avait entendu parler de ces pièces d'isolation acoustique qui, selon la rumeur, avaient fait exploser le budget de la Sûreté à hauteur de plusieurs dizaines de millions de couronnes, mais c'était la première fois qu'il avait l'occasion de les voir de ses propres yeux. Edelman ne haussa même pas un sourcil. Il se contenta de frotter ses petites lunettes rondes avec un chiffon en continuant d'avancer. Fabian ne l'avait pas vu aussi sérieux et sinistre depuis l'époque où sa femme était morte d'un cancer, il y avait bientôt dix ans.

« Puis-je vous demander vos portables », dit la femme en s'arrêtant au pied d'un escalier conduisant dans l'un des cubes dont la porte ouverte, épaisse de plusieurs centimètres, laissait à penser que l'espace devait pouvoir être fermé hermétiquement.

Ils s'exécutèrent, gravirent l'escalier et entrèrent dans le cube dont les murs étaient capitonnés d'un revêtement de couleur brune et le sol entièrement recouvert d'une moquette lie-de-vin. Trois hommes vêtus de costumes sombres avec des cravates de couleurs différentes les attendaient autour d'une table en noyer de forme ovale sur laquelle étaient posés des verres et des bouteilles d'eau minérale. Fabian reconnut le directeur général de la Sûreté nationale, Anders Furhage, qui se leva pour les accueillir tandis que la porte se refermait derrière eux.

« Je suis heureux que vous ayez pu vous libérer tous les deux malgré l'heure tardive à laquelle nous vous avons convoqués. Comme vous l'avez probablement déjà compris, tout ce qui sera dit lors de cette réunion est hautement confidentiel. » Fabian et Edelman acquiescèrent et allèrent s'asseoir.

« Bien. Venons-en au fait », dit Anders Furhage en les regardant dans les yeux à tour de rôle. « Nous sommes confrontés à une situation de crise qui pourra se révéler en définitive n'être rien du tout. Une simple bagatelle. »

Fabian jeta un coup d'œil à Edelman qui semblait aussi incrédule que lui.

« Melvin Stenberg, responsable de la protection rapprochée des individus, va vous en dire un peu plus », poursuivit Furhage avec un geste du menton vers la cravate bleue.

« À 15 h 24 aujourd'hui, environ une heure après la fin des questions parlementaires, Carl-Eric Grimås a quitté les lieux par l'aile ouest du Parlement. Une voiture l'attendait devant la porte. D'après notre chauffeur, Grimås n'est jamais sorti et personne ne l'a revu depuis.

– Attendez une seconde, vous êtes en train de nous dire que le ministre de la Justice a disparu ? » s'exclama Edelman.

Stenberg rajusta sa cravate et opina brièvement du chef.

« Nous avons fouillé tout le quartier administratif ainsi que Rosenbad[1] et ses alentours. Nous avons été en contact avec sa famille et avec le chef de cabinet du département de la Justice. Pour l'heure, ils sont aussi perplexes que nous », dit la cravate verte.

Un ange passa, et ce fut comme si tous, y compris les trois cravates, avaient eu besoin d'un moment pour absorber le fait que l'un des ministres les plus haut placés du pays, un homme qui était par ailleurs leur ministre de tutelle à tous, avait disparu sans laisser de trace.

« Et vous appelez cela une *bagatelle* ? » Edelman secoua la tête, catastrophé.

« Ce n'est pas ce que j'ai dit, répliqua Furhage avec un sourire. Mais nous ne sommes pas là pour jouer sur les mots.

---

1. Dans le centre-ville de Stockholm, le bâtiment abrite le cabinet du Premier ministre, le ministère de la Justice et le ministère de l'Immigration.

Ce que j'ai dit, et que vous avez parfaitement compris, c'est que pour l'instant, nous ne savons pas si...

– N'empêche que le ministre semble s'être volatilisé ! Combien de politiques va-t-il falloir sacrifier dans ce pays avant que vous commenciez à réagir ? Enfin, Grimås n'était pas protégé vingt-quatre heures sur vingt-quatre ? » Furhage se tourna vers la cravate bleue qui se racla la gorge. « Tout est une question de ressources et de priorités. L'évaluation des risques nous avait menés à la conclusion que tant que le ministre se trouvait à l'intérieur d'un bâtiment du Parlement, il n'y avait pas de menace immédiate. »

Et nous on a un beau cube d'isolation phonique pour en parler tranquillement sans que personne puisse nous entendre, songeait Fabian pendant que Furhage faisait un signe à la cravate verte, prêt à officier sur la console numérique intégrée à la table.

Un écran se déroula sur l'un des murs. « La séquence que vous allez voir provient d'une caméra de surveillance qui a filmé sa sortie », annonça celui-ci, en démarrant le projecteur.

Le film, qui ne durait pas plus de quelques minutes, montrait Carl-Eric Grimås portant un attaché-case au bout de sa main gauche et marchant vers le sas en verre sécurisé. On le voyait passer sa carte magnétique dans le lecteur, pousser la première porte, puis la deuxième, et disparaître dans une bourrasque de neige.

Fabian reconnut sa façon de s'habiller grâce aux photos vues dans la presse. Le manteau d'hiver avec le grand col noir en fourrure et le très identifiable chapeau qui étaient devenus sa marque de fabrique. Dans le coin gauche de l'écran, on pouvait lire l'heure : 15 h 24 très exactement.

Le projecteur s'éteignit et l'écran remonta silencieusement au plafond.

« Vous dites que vous aviez une voiture dehors en train de l'attendre », s'enquit Fabian qui trouvait cette histoire complètement invraisemblable.

La cravate verte acquiesça. « Je dois ajouter qu'il neigeait abondamment et que le chauffeur n'avait pas une vue dégagée sur la porte.

– Quand est-il arrivé ?

– Si vous parlez de Grimås, il est entré à 11 h 43 par l'entrée principale qui, comme vous ne l'ignorez pas, est située dans l'aile ouest du palais du Riksdag », l'informa la cravate verte, très fier d'avoir pu fournir aussi rapidement une réponse aussi précise.

« À 11 h 38, il quitte Rosenbad et marche à vive allure dans Strömgatan. Ensuite, au lieu d'emprunter le Riksbron pour traverser le canal, il fait un détour, emprunte le Vasabron puis longe le quai Kanslikaj, accompagné par un garde du corps, précisa la cravate bleue.

– Quand les questions ont-elles débuté ? Midi ?

– Non, plutôt vers 12 h 30, mais Grimås est connu pour arriver toujours très en avance.

– À quelle heure son chauffeur devait-il le prendre à la sortie du Riksdag ?

– À 15 heures, répondit la cravate bleue avant de boire une gorgée d'eau.

– Et alors que le ministre est toujours en avance, aujourd'hui, il ne quitte le Parlement qu'à 15 h 24 ? »

Les hommes en cravate échangèrent un regard, et Anders Furhage s'éclaircit la voix avant de parler.

« Permettez-moi d'apporter une petite précision. Nous ne vous avons pas fait venir ici pour reprendre l'enquête mais simplement pour vous informer de la situation. En d'autres termes : tant que nous ignorons si un crime a été commis, c'est nous qui nous occupons de l'investigation.

– À part un crime, de quoi pourrait-il s'agir ? s'étonna Edelman en tirant sur sa barbe.

– À l'heure actuelle, rien n'indique que ce soit le cas et comme le disait… pardon, comment vous appelez-vous, déjà ? demanda Furhage en se tournant vers Fabian.

– Fabian Risk.

– C'est ça, oui. Comme le disait très justement l'inspecteur Risk, il y a dans cette affaire beaucoup de questions sans réponse. Des questions auxquelles nous employons toutes nos ressources à chercher des réponses. Tirer un tas de conclusions à un stade aussi précoce me paraît inutile. Bien entendu, nous vous tiendrons informés en permanence de nos progrès.

– Vraiment ? Vous êtes au courant depuis 4 heures de l'après-midi et vous avez gardé cela pour vous jusqu'à maintenant. C'est ça que vous appelez nous tenir informés en permanence ?

– À cela je vous répondrai que, pour l'instant, nous n'avons ni cadavre, ni menace exprimée. Rien n'indique qu'il s'agisse d'une action terroriste, ni de rien de ce genre. En revanche, nous avons recueilli plusieurs témoignages selon lesquels le ministre semblait stressé et déconcentré depuis quelque temps. Ce qui nous laisse penser qu'il a pu disparaître de son propre chef et qu'il souhaite seulement qu'on le laisse tranquille. »

Edelman broncha. « Et moi je crois que votre foutue évaluation des risques est une connerie et que vous essayez juste de gagner du temps parce que vous avez merdé quelque part.

– Je suggère, Herman, que nous gardions les uns envers les autres une attitude décente et un ton courtois », dit Furhage, que l'attaque d'Edelman laissait de marbre. « Personne ici n'essaye d'effacer aucune trace. Sinon, vous ne seriez pas là, n'est-ce pas ? Nous voulons la même chose que vous. Découvrir ce qui s'est passé. Il est effectivement possible que nous nous soyons fourvoyés dans notre évaluation des risques. Mais cela ne change rien au fait que l'enquête reste entre nos mains jusqu'à ce qu'il soit prouvé qu'un crime a réellement été commis. Et je veux souligner ici qu'il ne s'agit nullement de vous tenir à l'écart, mais de profiter des avantages que nous avons tous à travailler dans la discrétion. Tu ne me contrediras pas sur ce point, Herman ? Si vous deviez lancer votre artillerie, cette affaire serait à la une de tous les tabloïds dans la seconde qui suit, et toi et moi passerions nos journées à tenir des conférences de presse.

– Et si je refuse ?

– Tu ne le feras pas. Et pour t'éviter un cas de conscience inutile, j'ai déjà vu Crimson à ce sujet. »

Fabian observa Edelman. Il resta silencieux et son visage était impénétrable. On venait de lui couper l'herbe sous le pied et il avait perdu aux points. Furhage avait consulté le directeur de la police à son insu et il avait son aval pour tenir la police criminelle à l'écart de l'enquête. De là à penser que c'était sur l'ordre de Crimson qu'ils se retrouvaient dans ce cube afin d'être *tenus informés...* Tout cela ressemblait décidément à un coup de poignard dans le dos.

Mais le patron ne montrait aucune réaction, les secondes s'écoulaient, et Fabian aurait été bien incapable de dire ce qui lui trottait dans la tête. Il sortit tranquillement son étui à cigares qu'il ouvrit d'une seule main tandis que de l'autre il pêchait au fond de sa poche son vieux briquet Ronson. Un instant plus tard, une braise furieuse brillait au bout de son cigarillo. Ni Furhage ni aucune des cravates ne dit un mot, et après deux longues bouffées, Edelman éteignit le cigare en le jetant négligemment dans un verre d'eau.

« Bien. Alors je pense que nous n'avons plus rien à faire ici. J'attends de votre part que vous me fassiez régulièrement un compte rendu des suites de cette affaire.

– Cela va sans dire. » Furhage lui tendit la main. « Tu seras le premier au courant. Tu peux compter sur moi. »

Edelman ignora la main tendue et se tourna vers Fabian qui se leva et quitta le cube derrière lui, en se promettant intérieurement de ne jamais avoir la faiblesse d'accepter un poste de chef.

Pendant le trajet du retour à travers le labyrinthe de couloirs, Edelman demeura aussi silencieux qu'il l'avait été à l'aller. Il était difficile de juger si c'était par crainte des micros ou parce qu'il était trop en colère pour parler, et Fabian se tut aussi malgré les questions qui se bousculaient dans sa tête.

Le patron n'ouvrit à nouveau la bouche qu'une fois sorti sur le trottoir enneigé de Polhemsgatan, et ce fut pour proposer à Fabian qu'ils aillent s'asseoir dans sa voiture, alors qu'un taxi attendait devant l'immeuble de la Sûreté. Ils traversèrent la rue. Fabian s'assit au volant et il démarra le moteur pour allumer le chauffage. Edelman s'installa à ses côtés, le regard fixant les paquets de neige collés au pare-brise devant lui.

« Je ne sais pas si tu es au courant, mais Grimås est... » Edelman prit une longue inspiration avant de continuer « ... un vieil ami à qui je tiens toujours beaucoup. »

Fabian hocha la tête. Bien avant que lui-même entre à la Crim', Grimås avait été le chef d'Edelman. Plus tard, il avait quitté la police pour entrer en politique. Il n'avait échappé à personne que leur collaboration avait été des plus fructueuses. Edelman ne manquait jamais une occasion de rappeler comment Grimås et lui travaillaient en ce temps-là. Fabian ignorait en revanche que leur amitié avait perduré.

« Tu as une idée de ce qui a pu lui arriver ? » demanda-t-il à Herman Edelman.

Edelman secoua la tête. « Mais je crains le pire... C'est pourquoi il est impératif que nous en découvrions le plus possible avant que les nettoyeurs de la Säpo aient effacé trop de traces.

– Parce que tu crois que c'est ce qu'ils...

– Je ne crois rien. Mais je n'ai aucune confiance en Furhage.

– Et tu voudrais que nous menions notre propre enquête malgré le fait que Bertil Crimson...

– Pas nous, toi », le coupa Edelman en se tournant vers Fabian. « Je vais être très clair. Dans l'équipe, personne d'autre que toi n'a les qualités dont j'ai besoin pour ce travail. Et tu le sais comme moi.

– Mais comment veux-tu que je conduise une investigation de mon côté alors que Crimson a expressément dit...

– Nous n'avons qu'à appeler cela autrement. Si nous ne découvrons pas la vérité, c'est la Säpo qui le fera, tu comprends ? »

Fabian ne pouvait qu'acquiescer. Edelman avait raison.

« Contente-toi de rester suffisamment en dessous des radars et tant que nous n'en savons pas plus, tu ne rapportes à personne d'autre qu'à moi. »

Edelman sortit de la voiture et claqua la porte si fort que la plus grande partie de la neige tomba des vitres. Fabian mit en route les essuie-glaces pour enlever ce qui restait et il s'engagea sur la chaussée.

Il s'efforçait de se concentrer sur sa conduite, mais ses pensées allaient leur propre train. Il avait tant de mal à comprendre ce qui venait de se passer qu'il finit par se garer sur le parking de Norr Mälarstrand et baissa la vitre pour respirer l'air froid de la nuit.

S'il résumait la situation, le ministre de la Justice avait disparu dans des conditions mystérieuses et son patron l'avait chargé personnellement de mener une enquête secrète pour le retrouver. Après tout, cela n'avait rien de très compliqué.

Et il savait déjà par où il allait commencer.

Et qui il allait appeler.

4

Malin Rehnberg mourait d'envie de boire un verre de vin. Un zinfandel de Californie, épais en bouche, pour sublimer le tournedos qu'elle avait dans son assiette. À Stockholm, elle n'avait eu aucun mal à arrêter l'alcool dès la minute où elle avait su qu'elle était enceinte. Du jour au lendemain, cela ne l'avait plus attirée. La capitale danoise lui faisait l'effet inverse. Ou peut-être cela venait-il de Dunja Hougaard – son nouveau contact au sein de la police judiciaire de Copenhague –, à qui écluser une bouteille entière toute seule ne semblait pas faire peur.

Elles avaient sympathisé dès la première minute où elles s'étaient rencontrées à ce séminaire où des enquêteurs de police criminelle de toute l'Europe se réunissaient pour deux intenses journées visant à mettre en place un réseau au-delà des frontières. Chacune avait aussitôt décidé de devenir la référente de l'autre. Malin avait spontanément proposé à Dunja de dîner avec elle quand elles avaient eu quartier libre.

Elles avaient choisi le restaurant Barock dans le vieux port de Nyhavn et Malin avait cessé de se demander pourquoi les enfants danois avaient la réputation d'être les cancres du monde en matière d'acquisition du langage. Après le premier verre, Dunja Hougaard avait déjà quitté le port rassurant de la langue anglaise et elle s'était mise à parler dans un danois qui devint plus difficile à comprendre à mesure que baissait le niveau de la bouteille. Au début du dîner, Malin l'interrompait chaque fois qu'un mot ou une formule lui échappait, mais bientôt, elle se contenta de sourire en hochant la tête, devinant les grandes lignes au contexte.

Maintenant, elle ne faisait même plus cet effort. Les phrases se déversaient des lèvres de son interlocutrice en une bouillie incompréhensible et à plusieurs reprises, Malin se surprit à penser à autre chose. Entre autres, à la jalousie qu'elle ressentait à l'égard de la Danoise qui n'était pas enceinte et pouvait boire autant de vin qu'elle voulait. Sans parler de ce jean rouge vif qu'elle portait et de son corps où tout était au bon endroit.

Malin détestait son corps et les horribles vêtements *big is beautiful* dans lesquels elle était obligée de le cacher, et elle aurait été prête à l'échanger sur l'heure contre celui d'à peu près n'importe qui. Elle avait déjà pris vingt-cinq kilos alors qu'elle était encore à deux mois de la délivrance.

Soixante foutus putains de jours.

Même en se donnant du mal, elle aurait été incapable de trouver un endroit de son anatomie qui ne soit pas boursouflé, douloureux ou simplement rouge et humide de transpiration. Elle était devenue comme un champ de mines moite où crampes et malaises de toutes sortes pouvaient d'une seconde à l'autre se transformer en une véritable souffrance. Son ventre, pour ne citer que lui, son ventre que chaque matin et chaque soir elle enduisait d'une crème hydratante si coûteuse qu'elle avait dû mentir à Anders sur son prix, était tellement strié de vergetures qu'elle avait l'impression de voir une victime d'accident de la route quand elle baissait les yeux dessus en prenant sa douche.

« Tu es sûre que tu n'en veux pas un petit peu ? »

Malin sursauta.

« Pardon ? Je n'ai pas compris ce que tu as dit.

« – Du vin. Tu es sûre que tu ne veux pas un peu de vin ? » répéta Dunja Hougaard, brandissant la bouteille en lui répétant la question dans un suédois approximatif.

« Non, merci. Je me suis promis de ne pas boire une seule goutte d'alcool tant que je suis enceinte.

– Ah bon ! Mais pourquoi ? » Dunja avait l'air sincèrement étonnée et Malin se demanda si elle n'avait pas atterri sur une autre planète plutôt que dans le pays voisin.

« C'est-à-dire que… ce n'est pas très bon pour le fœtus. Le vin passe directement par le placenta et…

– Tu sais quoi ? Ce que tu dis, là, c'est typiquement suédois.

– Quoi donc ?

– Vous avez peur de votre ombre. Vous avez tellement de règles et d'interdits. Comment un simple petit verre de vin pourrait-il vous faire tant de mal ? »

Malin dut inspirer profondément pour ne pas laisser l'irritation la submerger. « Je ne sais pas. Peut-être que ce n'est pas arrivé jusqu'au Danemark, mais figure-toi que les recherches dans ce domaine ont clairement prouvé que chez une mère qui boit de l'alcool, le fœtus se développe moins bien et que l'enfant a plus de risques de naître avec un trouble de déficit de l'attention ou avec des problèmes d'hyperactivité.

– C'est totalement faux. » Dunja but une gorgée de vin en regardant Malin dans les yeux. « Ici, au Danemark, on a récemment effectué une étude sur plusieurs milliers d'enfants de cinq ans et on n'a trouvé aucune différence entre ceux dont la mère buvait deux verres par jour et ceux dont la mère avait complètement arrêté de boire.

– Vraiment ? C'est bizarre. D'un autre côté, on fait dire ce qu'on veut à ce genre d'études. Mais le fait est que…

– Tu sais ce que je crois, moi ? » Dunja leva son index vers Malin. « Je crois que le seul risque que tu cours en buvant un petit verre ce soir, c'est d'offrir à tes enfants une maman un peu plus gaie.

– Pourquoi, tu ne me trouves pas gaie ? » Malin sentit que son irritation était en train de prendre le dessus et menaçait d'éclater.

« OK, Malin. Excuse-moi, je suis un peu saoule. Mais je me sens vraiment obligée de te dire ce que je vais te dire.

– Vas-y, je t'écoute », répondit Malin, réalisant qu'elle comprenait soudain chaque mot.

Dunja planta son regard dans le sien. « Je regrette de devoir te dire que tu n'es pas gaie du tout. »

Malin ne sut ni quoi dire, ni comment réagir. Elle aurait dû s'énerver, se lever et quitter le restaurant, dire à sa nouvelle amie danoise d'aller se faire foutre avec ses conneries et son apologie de l'alcool et aller se trouver un nouveau contact au sein de la police criminelle de Copenhague. Si Anders avait osé murmurer la plus infime critique à son endroit, elle aurait attrapé un sécateur dans la seconde et elle lui aurait sectionné la bite.

Mais pour une raison qu'elle ne parvenait pas à s'expliquer, elle ne ressentit aucune colère. Au contraire.

« D'accord... » Elle vida son verre d'eau minérale. « Verse-moi un verre de vin, putain ! » Elle tendit à Dunja son verre vide, et Dunja le remplit en éclatant de rire, tout en faisant signe au serveur d'apporter une deuxième bouteille.

Elles trinquèrent. Malin goûta le nectar et une vague de bien-être se répandit dans son corps.

« Mon Dieu, ce que c'est bon. » Elle reprit une gorgée. « Mais il y a quand même un point sur lequel tu te trompes. Pas seulement toi, d'ailleurs, mais tous les Danois. La Suède n'a pas plus d'interdits que le Danemark. C'est même l'inverse. » Elle but encore un peu. « Par exemple, ici, vous n'avez pas le droit d'habiter dans votre maison de campagne toute l'année. Le Kan Jang – et je parle d'un simple complément alimentaire – est interdit à la vente. Et les magasins, chez vous, n'ont pas le droit d'ouvrir le dimanche. Et tu me parles d'interdits ?

– OK, OK. Je vois ce que tu veux dire. Mais...

– Et attends ! Le pire : est-ce que tu savais que les ouvriers du bâtiment, chez vous, au Danemark, sont obligés par la loi de mettre du stick à lèvres avec protection UV quand ils travaillent en plein air ?

– Tu plaisantes.

– Non, c'est la vérité vraie ! »

Elles éclatèrent de rire et Malin leva de nouveau son verre. Santé !

« Tu sais que je t'envie énormément d'être enceinte ?

– On échange quand tu veux.

– Pourquoi ? Ça doit être merveilleux, non ?

– Je ne vois pas ce qu'il y a de merveilleux à marcher comme un canard et à avoir mal partout. Enfin, ne me fais pas dire ce que je n'ai pas dit. Ça ne me dérange pas d'avoir des enfants. Pas du tout. Et je vois plutôt comme un avantage que ce soit des jumeaux. Il vaut mieux réduire au minimum la période des couches et des nuits en pointillés. Mais la grossesse... si je dois être honnête, je la déteste un peu plus chaque jour.

– Tu ne parles pas sérieusement ?

– Tu l'as dit toi-même. Je ne suis pas très gaie en ce moment, et il ne faut pas chercher d'autre raison que ce ballon que je trimballe », dit-elle en posant une main sur son ventre et en prenant son verre de l'autre. « Les premières semaines, j'ai dit en plaisantant à mon mari Anders qu'il allait devoir choisir entre la grossesse, l'accouchement et l'allaitement. Aujourd'hui, ce n'est plus une plaisanterie. S'il ne prend pas le relais bientôt, j'arrête tout. Alors si tu veux un bon conseil, n'expose jamais – si je peux me permettre – ton corps de rêve à cette horreur.

– Il n'y a pas de risque dans l'immédiat.

– Pourquoi, tu es seule ?

– Non, mais mon fiancé et moi ne faisons pas assez de galipettes pour que je tombe enceinte. »

Malin haussa les sourcils. « Tu veux dire que vous ne faites pas assez l'amour ? »

Dunja acquiesça. « Nous avons essayé d'en parler tous les deux et même d'établir un planning pour le faire au moins une fois par semaine, mais ça n'a rien changé.

– Tu l'aimes ?

– Carsten ? Bien sûr que je l'aime. On doit se marier cet été et partir vivre à Silkeborg à l'automne.

– Silkeborg ? Ce n'est pas dans le Jutland ? Excuse une fois de plus ma franchise, mais qu'est-ce que vous allez foutre là-bas ?

– Carsten doit reprendre le cabinet comptable de son père.

– Et toi, qu'est-ce que tu feras ? Tu as une carrière, ici !

– Bien sûr, mais… de toute façon, je ne veux pas travailler à plein temps avec des enfants en bas âge.

– Écoute-moi bien, Dunja. » Malin remplit leurs deux verres.

« Tu devrais peut-être faire un peu attention quand même, non ?

– Maintenant, c'est moi qui parle, répliqua Malin, et ce que je vais te dire, je ne l'ai jamais dit à personne et je n'aurai sans doute jamais l'occasion de le redire. Mais… tu m'écoutes bien là ? Tu ne dois pas faire d'enfants. En tout cas pas avec ce Carsten, ou quel que soit son nom.

– Comment peux-tu dire une chose pareille ? » Dunja reposa son verre sur la table.

« Quand on a un corps comme le tien dans son lit, il faut vraiment être spécial pour ne pas avoir envie de baiser tout le temps. Alors soit ce Carsten est homo, soit il ne t'aime pas. La question étant de savoir si toi, tu l'aimes.

– Évidemment que nous nous aimons. De quel droit est-ce que tu oses me dire que...

– Je dis ce que je vois.

– Et qu'est-ce que tu vois ?

– Je vois une femme qui... qui... Enfin, ça paraît tellement évident. Toute cette histoire avec ce Carsten semble complètement... » Malin se tut et réalisa soudain qu'elle s'était aventurée sur une glace très mince. Elle posa son verre et mit la main sur sa bouche. « Oh, mon Dieu, je suis désolée. » Ce n'était certes pas la première fois qu'elle parlait à tort et à travers et donnait son avis sans qu'on le lui demande. Mais c'était la première fois qu'elle le faisait devant une personne qu'elle connaissait à peine. « Pardon... je m'en veux. Je retire tout ce que j'ai dit. De quel droit est-ce que j'arrive avec mes gros sabots pour... je suis stupide. Je ne sais pas ce qui m'a pris, tout à coup.

– Tu as peut-être un peu trop bu ?

– Probablement. Et puis, mes hormones font n'importe quoi ces temps-ci. Il vaut mieux ne pas trop m'approcher, en ce moment. Même moi, si je pouvais, j'éviterais de me fréquenter. »

Dunja éclata de rire et leva son verre.

5

Fabian admirait la baie de Riddarfjärden en écoutant « Black Mirror » des Arcade Fire sur le lecteur CD de la voiture. Les lumières des milliers de fenêtres sur les collines du quartier de Södermalm se reflétaient à la surface de l'eau. Une fois encore, il fut frappé par la beauté du spectacle. La brume au-dessus, envoûtante et traîtresse. On aurait dit qu'il faisait chaud...

Un ! Deux ! Trois ! Dis : Miroir noir !

... alors qu'en réalité, l'eau était à quelques heures de se transformer en glace.

Il baissa le volume et chercha le numéro dans son répertoire. Elle répondit au bout de deux sonneries.

« Salut ! ça fait un bail.

– Tu as raison, ça doit faire presque deux ans que tu nous as laissés tomber. Excuse-moi si j'appelle un peu tard, dit-il, bien qu'elle semble parfaitement réveillée.

– *Pas de problème, the night is young, comme on dit, et puis tu me connais.*

– Depuis le temps qu'on ne s'est pas vus, tu t'es peut-être rangée, tu as eu le temps de fonder une famille et de devenir matinale, qu'est-ce que j'en sais ? »

Il l'entendit rire à l'autre bout du fil. Pour Niva Ekenhielm, une vie de famille traditionnelle était une chose aussi improbable que la vie sur Mars. Ils avaient travaillé six ans ensemble à la Crim'. Niva était à la tête du département de criminalité technologique et informatique. Plus d'une fois, elle était restée au bureau après tout le monde et elle avait travaillé toute la nuit pour ne rentrer chez elle que le matin de bonne heure, au moment où ses collègues arrivaient.

Plusieurs fois, Fabian était resté lui tenir compagnie. Le plus souvent parce qu'il était au milieu d'une enquête qui l'empêchait de dormir. Ou alors simplement pour mettre un peu d'ordre dans ses dossiers.

Chaque fois, Sonja avait réagi avec une jalousie si féroce que cela avait failli sonner le glas de leur relation. Dans un sens, elle n'avait pas tort. Niva avait du charme et un physique nettement supérieur à la moyenne. Et puis, il y avait quelque chose dans sa manière d'être. Au début, il pensait qu'elle était comme ça avec tout le monde, mais au bout d'un moment, il avait fini par comprendre qu'elle flirtait avec lui. Il avait eu beau lui montrer qu'il n'était pas intéressé, elle continuait avec ses allusions au point qu'il ne pouvait plus douter de ses intentions.

Mais cette fois, c'était lui qui attendait quelque chose de Niva.

« *Que puis-je faire pour toi, Fabian ? Tu n'aurais pas divorcé, par hasard ?*

— Non, on va s'amuser, mais pas dans ce sens-là. » Fabian regretta aussitôt d'être entré dans son jeu et rit pour tenter de rattraper le coup. « Plaisanterie mise à part, j'ai besoin de ton aide dans une affaire qui ne doit pas passer par les circuits officiels.

— *Ça peut attendre demain ?*

— Je ne préférerais pas. »

Il scruta la brasserie München de l'autre côté de la baie et se mit à compter le nombre de fenêtres allumées dans les immeubles en première ligne, tout en écoutant Niva faire les cent pas dans son appartement, ses hauts talons grinçant sur le parquet.

« *Bon, alors, raconte.* »

6

D'aussi loin qu'elle s'en souvienne Karen Neuman avait eu peur du noir. Quand elle était petite, elle croyait qu'il y avait des monstres cachés sous son lit ou derrière les rideaux, et elle gardait toujours une lumière allumée en dormant. Ses parents ne s'étaient pas inquiétés d'un phénomène qui paraissait normal à son âge, convaincus que cela passerait en grandissant. Malheureusement, le problème s'était aggravé et à l'adolescence, Karen avait souffert de graves insomnies et elle avait dû prendre des médicaments pour dormir.

Elle ne croyait plus qu'il y avait des monstres sous son lit, mais sa peur du noir ne l'avait jamais lâchée et elle serait dépendante des somnifères à vie. La nuit qui tombait de plus en plus tôt chaque jour en ce commencement de l'hiver danois n'aidait pas non plus.

Et le fait de vivre avec son mari dans une vieille maison à colombages ne faisait qu'aggraver les choses. C'était ravissant, bien sûr, et ils avaient une vue imprenable sur le détroit d'Öresund. C'était ce que tout le monde leur disait, en tout cas. Karen, elle, n'avait jamais réellement profité de cette vue, car, ils avaient beau dire, ce n'était pas la mer qu'ils avaient pour voisine, mais l'obscurité.

Toutes ses heures de thérapie, et l'éclairage extérieur qu'Aksel avait fait installer pour une petite fortune, avaient un peu soulagé son angoisse. Elle était loin d'avoir disparu, mais au moins, elle parvenait à rester seule à la maison le soir quand il était sur le plateau de son émission sur TV2, trois fois par semaine. À condition d'allumer toutes les lampes de la maison. Elle n'en démordait pas, malgré les remontrances d'Aksel qui en avait assez de payer des notes d'électricité astronomiques.

Ce soir, la peur était particulièrement présente. En rentrant du yoga à 21 heures, elle avait senti quelque chose dans l'air. D'abord, elle avait remarqué une voiture de sport garée non loin de la maison sur Gammel Strandvej, ce qui en soit n'avait rien d'inhabituel. Au contraire, les promeneurs se garaient souvent à cet endroit pour aller marcher sur la plage. Mais l'hiver, c'était plus rare. Et ce qui était tout à fait inédit, c'était qu'une voiture avec une plaque d'immatriculation suédoise vienne se perdre à Tibberup, bien que le village ne se trouve qu'à quelques kilomètres au nord du musée d'art contemporain de Louisiana.

Et pourtant, elle était là.

Plusieurs heures après la tombée de la nuit.

Parce qu'elle l'avait promis à sa thérapeute, elle avait résisté à la tentation de céder à la panique. Elle avait continué à marcher d'un pas tranquille jusqu'à la porte d'entrée. Mais quand la lumière du jardin avait refusé de s'allumer malgré les sauts et les mouvements de sémaphore qu'elle faisait avec les bras devant le détecteur de présence, elle s'était sentie terriblement impuissante et son pouls s'était affolé. Elle avait couru de toutes ses jambes, s'était enfermée à l'intérieur et avait coupé l'alarme, les doigts tremblants.

Grâce à Dieu ou à la fée électricité, la lumière fonctionnait à l'intérieur et à l'aide de la télécommande, elle avait éclairé toute la maison d'un seul coup. Puis elle s'était rendue dans la cuisine où elle s'était fait chauffer une grande tasse d'eau avec un citron pressé, une pincée de sel de l'Himalaya et une cuillerée de miel pour retrouver l'équilibre que lui avait apporté sa séance de bikram yoga. C'est juste un fusible qui a sauté, se dit-elle, sentant son calme revenir.

« Ce n'est pas grave », se répéta-t-elle à voix haute en se rendant dans le séjour pour mettre une chanson de Lisa Nilsson sur la tablette, posée sur la table basse. Pour une raison ou pour une autre, la voix de la chanteuse avait toujours eu sur elle un effet apaisant. La musique sortit des haut-parleurs dissimulés dans le plafond et elle se souvint du mal qu'Aksel avait eu à la convaincre des avantages qu'il y avait à écouter de la musique en ligne plutôt que de mettre un CD. Maintenant qu'elle s'y était habituée, elle était bien contente de pouvoir d'un simple clic emporter la musique avec elle dans la salle de bains où elle se fit couler un bain chaud.

Elle retira sa tenue de yoga, releva ses cheveux sur sa tête et se laissa glisser dans le jacuzzi où les jets se chargèrent de masser ses muscles. Elle ferma les yeux et profita du moment. «Tout va bien », murmura-t-elle pour elle-même avant de fredonner les paroles de la chanson « Himlen runt hörnet », « le ciel à portée de main », en s'efforçant de soigner son accent suédois.

Aksel l'avait prévenue qu'il dormirait probablement dans l'appartement qu'ils possédaient à Copenhague, dans le quartier de Vesterbro, et ne rentrerait pas avant l'heure du déjeuner, le lendemain, arguant que les invités de l'émission voudraient sans doute aller boire un verre ensuite. Quoi qu'il en soit, elle n'allait pas s'ennuyer. Après son bain, elle allait compléter la salade de poulet de la veille avec du quinoa et s'écrouler devant la télé pour visionner autant d'épisodes de la série *Mad Men* qu'elle aurait le courage d'en regarder, bien qu'elle sache qu'Aksel s'attendait à ce qu'elle suive son émission en direct.

Dès que la chanson de Lisa Nilsson fut terminée, l'anxiété revint. Elle eut l'impression d'entendre la porte d'entrée s'ouvrir et se refermer. Ça ne pouvait pas être Aksel. Son émission n'avait même pas encore commencé. Karen stoppa le jacuzzi à l'aide d'une deuxième télécommande pour faire taire le bruit des jets de massage et elle tendit la main vers la tablette pour arrêter la musique avant le morceau suivant. Sa main était humide, et bientôt Lisa recommença avec : *Aldrig, aldrig, aldrig*, « jamais, jamais, jamais ».

Les pensées se bousculaient dans la tête de Karen. Allait-elle s'enfermer dans la salle de bains ou se risquer dans la maison pour voir s'il y avait quelqu'un ? Elle sortit de la baignoire et s'essuya les mains pour éteindre la musique. Le silence tomba si brusquement qu'elle sursauta. Son corps était maintenant tendu comme un arc et la même terreur que celle qu'elle ressentait quand elle avait cinq ans l'envahit.

Le monstre sous son lit était de retour.

Elle marcha sur la pointe des pieds jusqu'à la porte de la salle de bains et posa l'oreille contre le battant. Elle n'entendit rien d'autre que sa propre respiration. Malgré sa peur, elle abaissa la poignée et entrouvrit la porte qui grinça si fort que le bruit la transperça jusqu'à la moelle des os. Elle avait si souvent parlé à Aksel du grincement de cette porte qu'il était devenu un objet de plaisanterie entre eux.

Aksel était peut-être rentré, après tout.

Peut-être l'émission avait-elle été annulée, pour une raison ou pour une autre. Elle passa la tête par la porte et cria son nom. Personne ne répondit. Et pourquoi quelqu'un aurait-il répondu, puisqu'elle était seule à la maison.

Ou pas.

Elle appela à nouveau, plus fort cette fois, mais son cri résonna dans un silence total. Comme son père le lui disait souvent, elle était victime de son imagination. Personne n'avait ouvert et refermé cette porte d'entrée.

Elle secoua la tête, se moquant d'elle-même, et décida de retourner dans son bain. Mais aussitôt qu'elle fut revenue dans l'eau, elle changea d'avis, ressortit et s'enroula dans une serviette. Quand elle fut bien sèche, elle enduisit son corps de crème hydratante, en insistant sur l'endroit de la cicatrice et, comme chaque fois qu'elle se voyait nue dans la glace, elle ressentit une pointe de culpabilité, alors que dix ans déjà s'étaient écoulés.

Sa sensibilité n'était jamais revenue. Sa peau était comme engourdie, endormie, et quand elle passait les doigts à cet endroit, c'était comme si elle les sentait à un endroit différent. Elle ne s'en plaignait pas. Tout a un prix, dans la vie.

Elle s'enveloppa dans son kimono en soie, sortit de la salle de bains en fredonnant *Himlen runt hörnet*, et se dirigea vers la cuisine. Il faisait comme d'habitude un froid glacial dans le hall. Elle allait tanner Aksel jusqu'à ce qu'il fasse installer le chauffage au sol là aussi. Elle avait l'impression que ce soir, il y faisait encore plus froid que d'habitude. Elle s'arrêta brusquement et, en regardant la porte d'entrée, s'aperçut qu'elle était entrouverte. Est-ce qu'elle l'avait mal fermée ? Elle qui verrouillait toujours soigneusement derrière elle, y compris en plein jour ?

C'est vrai qu'elle était perturbée en arrivant. D'abord il y avait eu cette voiture garée dans la rue, puis l'éclairage extérieur qui ne fonctionnait pas. C'était sans doute elle qui n'avait pas fait attention, se rassura-t-elle en allant refermer la porte. Par mesure de précaution, elle s'assura qu'elle était bien verrouillée cette fois avant de poursuivre son chemin vers la cuisine où elle prépara sa salade de poulet et gazéifia une bouteille d'eau. Elle posa le tout sur un plateau et retourna dans le salon. Soudain, la sonnerie du téléphone déchira le silence.

Elle posa le plateau et s'approcha de l'appareil. Au lieu de répondre, elle fixa le téléphone comme si, par la force de sa volonté, elle pouvait le réduire au silence. Mais il refusa de lui obéir.

Finalement, elle rassembla son courage et souleva le combiné. « Oui, allô ?

– *Pourquoi est-ce que tu ne réponds pas ?*

– Aksel ? C'est toi ?

– *Bien sûr que c'est moi, qui veux-tu que ce soit ? J'ai essayé de t'avoir sur ton mobile je ne sais pas combien de fois. Mais...*

– Sur mon mobile ? » Elle réalisa tout à coup qu'elle n'avait aucune idée de l'endroit où elle l'avait laissé.

« *Je voulais juste m'assurer que tout va bien et que ça ne t'ennuie pas que je reste dormir en ville.*

– C'est vraiment nécessaire ?

– *Écoute, chérie... Tu sais bien que certains invités aiment que j'aille boire un coup avec eux ensuite. Carsten est de ceux-là.* »

À nouveau, elle eut l'impression d'entendre un bruit venant du hall. Cette fois, ce n'était pas la porte, mais autre chose. Un bruit de roulement. Ou bien était-ce simplement le vent, à l'extérieur ?

« Pardon, tu disais ?

– *Rien d'important. Va te coucher, ma chérie. J'arrive demain matin avec du pain frais de la boulangerie.*

– Je préférerais que tu rentres... S'il te plaît... Tu ne veux pas rentrer maintenant, tout de suite ?

– *Maintenant ? Mais tu n'y penses pas ! L'émission commence dans huit minutes !*

– Je sais, mais... Je crois qu'il y a quelque chose... ou quelqu'un ? Je ne sais pas. Tu ne veux pas rentrer ? Je t'en supplie.

– *Chérie, nous avons déjà eu cette conversation des dizaines de fois. L'obscurité, ce n'est pas marrant. Tout le monde est d'accord sur ce point. Mais je te jure qu'il n'y a pas de monstre sous ton lit. Il n'y en a jamais eu et il n'y en aura jamais. OK ? Allume la télé... ce sera comme si j'étais à la maison.*

– D'accord.

– *Il faut que je raccroche. Je t'aime. À demain.* »

Ils interrompirent la conversation et Karen reposa le téléphone avec un soupir. Elle se rendit dans l'entrée pour jeter un coup d'œil et ne remarqua rien d'inhabituel. Jusqu'à ce qu'elle baisse les yeux. Quelqu'un avait déroulé un morceau de plastique transparent qui partait de la porte, recouvrait le sol du vestibule et disparaissait à l'angle du corridor. « Hé ! Il y a quelqu'un ? »

Hormis le plastique qui craquait sous ses pieds, un silence total l'entourait. Elle s'étonna elle-même de ne pas partir en courant dans la direction opposée, mais c'était comme si quelque chose au fond d'elle en avait assez d'avoir peur tout le temps et de fuir le moindre événement désagréable. Elle était plus en colère qu'effrayée. Quel que soit ce monstre, cette fois, elle avait décidé de l'affronter et de le regarder droit dans les yeux.

Il faut avoir le courage de regarder sa peur en face, comme lui disait toujours sa psychanalyste.

Le Polyane de protection continuait jusque dans leur chambre. Elle regarda autour d'elle. Ce qui ne lui apprit rien de plus. Le plastique traversait la moquette et remontait sur une partie du lit.

« Hello ! Il y a quelqu'un ? Parce que s'il y a quelqu'un, c'est le moment de sortir de ta cachette ! Allez, montre-toi si tu l'oses ! Viens me regarder en face, si tu es un homme ! » Elle attendit quelques secondes et sentit ses jambes qui tremblaient. « Ha ! J'en étais sûre. En fin de compte, c'est toi qui as peur. »

Elle attendit encore un peu, mais ne vit toujours rien. À part ce Polyane sous ses pieds et sur le lit. En revanche, elle entendit un bruit. Un feulement rauque quelque part derrière elle. Tandis qu'elle essayait d'en localiser l'origine, un mince filet de fumée blanche s'infiltra entre les claires-voies du placard. L'idée de fuir ne l'effleura même pas. Elle s'approcha de la porte de la penderie comme si elle n'avait pas d'autre choix que d'aller voir ce qui se cachait derrière.

À l'instant où la porte s'ouvrit, elle sut qu'elle avait toujours eu raison.

Ses cinq sens. Son intuition. Son inquiétude et ses pires terreurs.

Ils avaient tous raison.

Du placard sortit un individu vêtu de vêtements sombres et grossiers, chaussé de baskets et la figure dissimulée par un masque à gaz.

« Qui êtes-vous et qu'est-ce que vous faites là ? » Karen fondit en larmes. Ses jambes étaient sur le point de se dérober sous elle. « Répondez ! Répondez-moi... Qu'est-ce que vous faites là ? Qu'est-ce que vous voulez ? »

Mais le visiteur de Karen ne répondit pas.

Elle n'entendit que le bruit sifflant de sa respiration à travers le masque.

Désormais, Karen n'aurait plus de raison d'avoir peur.

7

Les deux mains sur le volant, à travers la tempête de neige qui allait s'aggravant, Fabian Risk s'éloignait de Stockholm, s'efforçant de chasser la désagréable impression qu'il s'engageait dans une aventure dont il ne maîtrisait nullement les conséquences. Son bon sens lui soufflait qu'il aurait dû refuser ce travail et rentrer voir ses gosses.

Mais la mission qu'on lui avait donnée n'était pas de celles auxquelles on peut se soustraire. Edelman la lui avait confiée à lui, spécialement, et il se connaissait assez pour savoir qu'il allait ignorer les signaux d'alarme, si nombreux soient-ils. Le ministre de la Justice avait disparu sans laisser de traces depuis cet après-midi et, tout comme Edelman, il ne croyait pas une seconde à la théorie de la Sûreté selon laquelle il serait parti de son plein gré pour être tranquille et ne tarderait pas à réapparaître.

Il lui était arrivé quelque chose, cela ne faisait aucun doute.

Il téléphona chez lui avec son kit mains libres mais tomba sur sa propre voix l'invitant à laisser un message après le signal sonore. Il laissa un message à l'intention de Matilda et Theodor dans lequel il les prévenait qu'il rentrerait un peu plus tard que prévu et leur demandait d'aller se coucher sans l'attendre. Ce qu'ils avaient sans doute déjà fait, vu qu'il était déjà plus de minuit. Il inséra *The Pearl* de Harold Budd et Brian Eno dans le lecteur CD.

The Pearl était loin d'être son album préféré, mais c'était l'un des premiers CD qu'il avait achetés et, pour une raison ou pour une autre, il avait toujours occupé une place particulière dans sa collection – en grande partie composée de musique de Brian Eno. Mais jamais il n'avait eu autant de plaisir à l'écouter qu'aujourd'hui.

Il traversa le pont de Drottningholm au son relaxant du piano qui emplissait l'habitacle, transformant les flocons à l'extérieur en un décor plein de poésie, alors que c'était plutôt un blizzard qui s'annonçait. Si la neige ne se calmait pas bientôt, il n'était pas certain qu'il puisse rentrer chez lui cette nuit.

Il poursuivit sa route par Ekerövägen jusqu'à Rörbyvägen où il tourna à gauche. Il s'arrêta une cinquantaine de mètres plus loin devant une demeure d'allure patricienne devant laquelle stationnaient déjà plusieurs véhicules. L'un d'eux, une Mazda RX-8 rouge, lui fit un appel de phares. Il se gara et courut tête baissée sous les giboulées. Il avait à peine eu le temps de s'asseoir sur le siège du passager que Niva passait une vitesse et s'engageait sur la chaussée.

« Quel temps de merde, fit-elle remarquer en accélérant comme s'il ne devait pas y avoir de lendemain. Salut, au fait.

– Salut. Chouette caisse.

– Avec cette météo, elle se comporte plus comme Bambi sur la glace que comme une voiture. La tienne aurait sans doute été plus adaptée, mais je n'avais pas envie d'attirer l'attention.

– Tu es sûre que tu as envie de faire ça ?

– Sinon pourquoi est-ce que je serais là au lieu de rester au chaud au Spy Bar.

– Pour le plaisir de me voir, bien sûr », dit Fabian avec un sourire.

Niva ricana, tourna à droite et stoppa devant une grille fermée, au-dessus de laquelle un panneau annonçait :

INSTITUT NATIONAL DE DÉFENSE RADIO

« Tu sais que tu m'amuses, toi ? dit-elle en actionnant une télécommande qui déclencha l'ouverture de la grille. Figure-toi que j'avais déjà un rendez-vous ce soir, alors faisons en sorte que cette affaire ne dure pas toute la nuit. » Elle avait eu le temps de se garer et de descendre avant que Fabian trouve une repartie.

Ils bravèrent les éléments jusqu'à la porte d'un bâtiment discret et à ce moment seulement, Fabian remarqua les cheveux relevés et la petite veste de fourrure, les talons hauts et la robe courte en lamé. Niva avait réellement l'intention de sortir quand ils en auraient terminé. Il avait du mal à se souvenir quand il était sorti faire la fête pour la dernière fois. Et ce n'était certainement pas un soir de semaine.

Niva glissa son badge dans le lecteur, tapa un code interminable et poussa la porte. Fabian lut la plaque sur la porte. *Soutien aux entreprises.*

« Tu ne travailles plus au service technologique ?

– Si, répliqua Niva en dévalant les marches d'un escalier deux par deux. Mais je préfère passer par là. »

Malgré les talons hauts de la jeune femme, Fabian avait presque du mal à la suivre et il réalisa que le rez-de-chaussée du bâtiment n'était en fait que le sommet de l'iceberg. Quand ils eurent descendu quelques niveaux, Niva sortit de nouveau son passe pour déverrouiller une épaisse porte métallique et elle disparut dans l'obscurité. Il ne restait plus à Fabian qu'à suivre le claquement de ses talons sur le sol en béton en attendant que les néons au plafond aient terminé de clignoter et que la lumière s'allume, révélant un couloir long de plus de cent mètres. Une deuxième porte métallique et un trajet en ascenseur plus tard, ils arrivaient au *Département pour le développement technologique.*

C'était sans conteste le département le plus célèbre de cet institut et le moins connu du public. Il dépendait de la Défense et s'occupait de renseignement d'origine électromagnétique. À la différence des autres services, il n'avait pas besoin d'une décision de justice pour mettre à peu près n'importe qui sur écoute, du moment qu'il s'agissait de *criminalité technologique.*

« Alors. Le ministre de la Justice… » Niva s'était installée derrière un bureau dans la pièce sans fenêtre et s'apprêtait à allumer les écrans occupant la majeure partie de leur champ visuel. « Tu n'aurais pas son 06 par hasard ?

– Ce n'est pas pour ça que nous sommes là ? » rétorqua Fabian, en approchant une chaise pour s'asseoir à côté d'elle.

Niva haussa les épaules. « C'est toi qui m'as appelée, pas l'inverse. » Elle avait déjà ouvert plusieurs moteurs de recherche quand tout à coup, l'écran de son mobile s'éclaira. « Salut… Oui, je suis désolée, je suis en train de donner un coup de main à un ami sur une affaire, je serai un peu en retard… Absolument… Je m'y engage… D'accord… Salut. » Elle reposa le portable et tapa le nom de Carl-Eric Grimås.

« C'était ton rendez-vous ?

– Mmm…

– Il était fâché ?

– Qui te dit que c'est un homme ?

– Euh, désolé. Je… »

Niva lança à Fabian un regard ambigu qui pouvait aussi vouloir dire qu'elle le faisait marcher. Il se dit que le contraire ne l'aurait pas surpris non plus puis tâcha de se concentrer sur l'écran où défilaient à présent des dizaines de noms. « Tu es où, là ?

– À la Säpo, au département de la protection rapprochée »,
répondit Niva en faisant glisser le numéro de portable privé
du ministre dans une barre de recherche sur l'écran d'à côté.
Puis elle cliqua sur « chercher position » et une petite anima-
tion indiqua que la recherche était en cours. Sur un troisième
écran, un zoom se resserra progressivement sur une carte de
Stockholm et quelques minutes plus tard un point lumineux
apparut sur l'eau à la hauteur de Kanslikajen.

« C'est là qu'il a été repéré pour la dernière fois ? »

Niva acquiesça. « À 15 h 26, aujourd'hui. »

Deux minutes après être sorti de la maison du Parlement
qui héberge l'Assemblée nationale et avoir été filmé par les
caméras de surveillance. Ce qui signifiait qu'il s'y était rendu
directement et que soit il s'était débarrassé du portable dans
le canal, soit il y avait sauté lui-même. Mais pourquoi aurait-il
fait ça ? Il y avait des moyens plus faciles de se suicider que
de se jeter dans une eau glacée au milieu de l'après-midi.
Peut-être avait-il rencontré quelqu'un en chemin ?

« Est-ce qu'il y a moyen de vérifier s'il a eu des conversations téléphoniques autour de cette heure-là ? »

Niva hocha la tête et elle fit rapidement apparaître sur un
écran un graphique montrant l'activité sur la ligne du ministre
jusqu'à 15 h 26. « Ça, ce sont des appels datant de ce matin,
alors qu'il était encore au ministère, à Rosenbad.

– Tu peux voir qui étaient ses interlocuteurs ?

– Oui, mais je ne vois rien de particulier. Ou bien si,
peut-être. Il a eu une conversation avec Herman Edelman
un peu avant 9 heures.

– Edelman ? » répéta Fabian qui ne comprenait pas pourquoi son chef ne lui en avait pas parlé. « Autre chose ?

– Oui, treize minutes plus tard, il a appelé l'ambassade
israélienne, mais il a raccroché avant que quelqu'un décroche

et vers 9 heures et demie, il a parlé à un certain Melvin Stenberg du service de protection rapprochée de la Säpo.

– Exact. Il avait décidé de se rendre à pied au Parlement. C'est sans doute pour ça qu'il l'appelait.

– Ensuite, il y a plusieurs conversations avec d'autres ministres et une avec son chef de cabinet. Rien de très excitant.

– Ces conversations, il n'en existerait pas un enregistrement quelque part ? »

Niva éclata de rire. « Tu as trop lu George Orwell.

– C'est possible. Mais on parle du ministre de la Justice. Et j'imagine que la teneur de ses conversations présente un intérêt pour vous.

– Tu n'as pas tort. Mais même nous, nous avons des limites. En revanche, je peux te faire une liste de tous les appels, avec l'heure et le nom de ses interlocuteurs. Et après, on a fini ?

– Fini ? répéta Fabian distraitement en étudiant la liste des appels téléphoniques du ministre.

– J'imagine la réaction de Sonja si on était bloqués sous la neige ici tous les deux. » Niva se leva et se dirigea vers une imprimante qui s'était mise à ronronner un peu plus loin. « C'est bien comme ça qu'elle s'appelle, ta femme ?

– Oui. Mais... » Fabian se ressaisit et réalisa qu'il était tombé dans le panneau, une fois de plus. Malgré le rendez-vous galant qui l'attendait, elle avait commencé à jouer avec lui. Elle semblait avoir un sixième sens pour détecter la crise conjugale et d'un instant à l'autre, elle planterait ses griffes dans sa chair.

« Qu'est-ce qui t'arrive ? » Elle s'approchait de lui, tout sourire.

« C'est quoi, ça ? » Fabian se retourna vers le mur d'écrans et désigna deux lignes sur le graphique, avec des indications d'heure. « Ces deux appels-là datent d'après 15 h 26.

– Oui, mais ils sont restés sans réponse.

– Alors quelqu'un a essayé de le joindre après que le mobile a atterri dans le canal... Il y a moyen de savoir qui ? »

Niva poussa un soupir et regarda l'heure. Elle ne souriait plus.

« S'il te plaît, Niva, fais-le pour moi.

– Ça va te coûter cher. Je te préviens. » Elle lui jeta un regard plein de sous-entendus, retourna s'asseoir et se remit à son clavier. « La première personne qui l'a appelé est malheureusement sur liste rouge.

– Ce qui veut dire que tu n'as aucun moyen de le retrouver ?

– Si, mais pas maintenant. C'est un peu plus compliqué.

– OK. Et celui de 15 h 35 ?

– Le numéro correspond à un certain... Sten Gustavsson, et il... », les doigts de Niva dansaient sur le clavier comme s'ils avaient fait ça toute leur vie, et Fabian s'émerveilla comme d'habitude que quelqu'un soit capable de taper sans quitter l'écran des yeux. « ... est chauffeur à Rosenbad.

– Évidemment... il était dans la voiture en train d'attendre Grimås et il s'est demandé pourquoi il n'arrivait pas, commenta Fabian. Et ça, ça veut dire quoi ? » ajouta-t-il, montrant une annotation et une série de chiffres sur le graphique à côté de l'appel.

« Ça indique la durée de la connexion. Apparemment, Sten Gustavsson a raccroché aussitôt que le répondeur s'est mis en marche.

– Contrairement à l'interlocuteur anonyme, dit Fabian en regardant la liste de plus près. Vingt-quatre secondes. Assez longtemps pour enregistrer un message. Qu'en penses-tu ? » Il se tourna vers Niva qui haussa les épaules sans répondre. Fabian refusa de se contenter de cette non-réponse et il continua à la regarder jusqu'à ce que le silence devienne trop pesant pour elle.

« D'accord, soupira-t-elle en secouant la tête. Mais ensuite, on arrête de rigoler.

– Absolument », rétorqua Fabian en regardant la copie de la liste d'appels tandis que Niva se remettait au travail. Quelques minutes plus tard, elle avait terminé et elle put lui faire écouter le message.

« *Carl-Eric Grimås ne peut pas vous répondre en ce moment mais laissez-moi un message ou de préférence, envoyez-moi un mail.*

– *Salut, c'est moi…*, disait une voix féminine. *Je sais que je ne dois pas t'appeler sur ce numéro. Mais j'ai essayé de te joindre plusieurs fois sur l'autre et tu ne réponds pas. Tu as tendance à l'oublier, mais figure-toi que j'ai une vie, moi aussi. Tout ne tourne pas autour de toi. Je trouve inadmissible…* » Et le message s'arrêtait là.

Niva regarda Fabian. « Tu as entendu la même chose que moi ? »

Fabian hocha la tête.

Grimås avait un deuxième portable.

8

Bravant la neige, Dunja Hougaard pédalait avec détermination vers Gothersgade, au centre de Copenhague. Mais en pensant à ce qui était arrivé un jour à Carsten alors qu'il rentrait d'une soirée arrosée dans le quartier de Vesterbro, il y a trois ans de cela, elle résolut de descendre de bicyclette et de marcher à côté.

Ce soir-là, son compagnon avait commis une minuscule erreur d'évaluation de la distance jusqu'au trottoir de l'avenue H. C. Ørsted et un quart de seconde plus tard, sa figure percutait l'asphalte. Mais au lieu de rester là et d'attendre de l'aide, il s'était relevé et avait poursuivi sa route comme si de rien n'était. Le lendemain au réveil, il s'était rendu compte qu'il avait plusieurs dents cassées et que la moitié de son visage semblait être passée au travers d'un hachoir à viande. Depuis ce jour, il n'avait plus touché à une goutte d'alcool.

Ce dont personne n'aurait pu accuser Dunja. Surtout pas son nouveau contact suédois dans la police, Malin Rehnberg. La soirée avait dépassé toutes leurs espérances à toutes les deux et, pour être honnête, Dunja devait admettre qu'il y avait longtemps qu'elle ne s'était pas autant amusée.

Au départ, l'inspectrice suédoise s'était montrée aussi correcte et ennuyeuse que la plupart de ses compatriotes. Mais après un ou deux verres de vin, elle s'était littéralement métamorphosée et s'était révélée pleine d'humour et de franchise. C'était une femme qui appelait un chat, un chat, et Dunja n'avait aucune difficulté à imaginer entre elles une collaboration au-delà des frontières, voire, avec les années, une véritable amitié.

Malgré tout, il y avait un détail qui la rongeait et qu'elle ne parvenait pas à se sortir de la tête. C'était très clair, mais ça ne rendait pas la chose plus facile. Que Malin lui ait déclaré comme ça, de but en blanc que Carsten ne l'aimait pas pouvait évidemment s'expliquer par le fait qu'elle s'était autorisée à boire du vin pour la première fois depuis six mois.

Le problème, c'était que depuis, elle n'arrêtait pas d'y penser, bien qu'elle soit tout à fait certaine que Carsten et elle étaient faits l'un pour l'autre. Bien sûr, comme tout le monde, ils avaient leurs problèmes. D'ailleurs, à quelle fréquence les gens faisaient-ils réellement l'amour ? Sans mentir. Non, sérieusement, elle n'avait jamais douté qu'entre elle et Carsten, c'était pour la vie.

Jusqu'à ce soir.

À présent, elle ne savait plus que croire. La simple idée qu'il puisse y avoir une once de vérité dans ce que Malin avait affirmé lui posait un problème. Traversant la place de Nørreport où la neige qui tombait de plus en plus fort la bombardait de ses doux flocons, elle se rassura en se disant qu'elle était encore ivre.

Quand elle rentra enfin dans son appartement, au 4 Blågårdsgade, on aurait dit le yéti dans *Tintin au Tibet*. Comme d'habitude, elle ne s'était pas assez couverte. Pourvu qu'elle n'ait pas attrapé mal.

La lumière était allumée dans le séjour et elle entendait le CD préféré de Carsten sur la chaîne stéréo. Un morceau classique qu'elle avait entendu un millier de fois et dont elle ne se rappelait jamais le nom. Il n'était donc pas encore couché et sans doute en train de travailler.

En temps normal, elle serait entrée dans le salon pour lui dire bonsoir, elle lui aurait demandé s'il y avait du thé et elle serait allée mettre de l'eau à bouillir pour en préparer. Mais pas ce soir. Ce soir serait différent. Elle allait voir, la Suédoise enceinte jusqu'aux yeux, à quel point Carsten et elle étaient amoureux l'un de l'autre.

Elle se glissa discrètement dans la salle de bains et ferma la porte sans verrouiller pour que le vieux verrou grinçant ne la trahisse pas.

Elle entra dans la douche et ouvrit l'eau. Après s'être lavée sous toutes les coutures, elle prit le rasoir et la mousse et entreprit de se raser le pubis.

Elle y avait pensé plusieurs fois parce qu'elle avait lu quelque part que la plupart des hommes préféraient les femmes épilées. Mais elle n'avait jamais encore osé sauter le pas, et ce soir était le moment ou jamais. Quand elle n'eut plus un poil nulle part et qu'elle se fut soigneusement séchée, elle se posta devant le miroir, sur le tapis de sol de la salle de bains, et elle s'enduisit tout entière de la crème à l'huile d'olive que Carsten lui avait offerte après son dernier voyage à Stockholm.

Elle ne savait pas si c'était à cause de la chaleur de la douche, des pensées qu'elle avait dans la tête ou de ses mains qui avaient parcouru tout son corps, mais quand elle revêtit son kimono et sortit de la salle de bains pour aller rejoindre Carsten qui avait toujours les yeux rivés sur l'écran de son ordinateur, elle était très excitée.

Il ne s'était pas encore rendu compte de sa présence et elle en profita pour l'observer. Il était beau, il l'avait toujours été. Et bien qu'il n'ait jamais mis les pieds dans une salle de sport, il avait l'air en parfaite condition physique. La seule chose qu'elle n'aimait pas chez lui était cette moustache qu'il avait tout à coup décidé de laisser pousser il y a quelques mois. Elle trouvait qu'elle ne lui allait pas et était convaincue qu'il partageait son avis et qu'il ne l'avait gardée que pour l'embêter.

« Bonsoir, chéri, dit-elle enfin, s'approchant de lui.

– Salut ! Tu es déjà rentrée ? répondit Carsten sans quitter des yeux les cours de la Bourse.

– Hmm... Devine ce que j'ai fait !

– Tu ne devais pas sortir avec cette femme inspecteur suédoise ? Où êtes-vous allées ?

– Je ne te parle pas de ça, je te parle de ce que j'ai fait ensuite, en rentrant. » Elle espérait un minimum de réaction, mais Carsten était obnubilé par l'interminable série de chiffres à l'écran. « J'ai pris une douche et maintenant, je suis toute chaude et propre. » Elle commença à lui masser les épaules. « Je me disais qu'on pourrait... tu vois ce que je veux dire, avant d'être trop fatigués.

– Il y a du thé si tu en veux. » Carsten fit un geste du menton vers la cuisine.

« Non, merci, c'est gentil », répliqua-t-elle en se demandant comment avancer à partir de là. Elle ne pouvait pas continuer à le masser éternellement. « Tu en as encore pour longtemps ?

– Tokyo ne va pas tarder à ouvrir et j'attends encore les chiffres de la Réserve fédérale. »

Dunja n'avait déjà plus envie de faire l'amour et à vrai dire, en ce moment, elle pensait surtout à aller se mettre sous sa couette avec une bonne tasse de thé et continuer la lecture de *Délivrance*, de Jussi Adler-Olsen. Mais elle s'était promis de jouer le grand jeu et choisit de se jeter à l'eau en espérant que Carsten serait là pour la rattraper.

« Bonne nouvelle. Alors peut-être qu'on a le temps de faire un petit câlin en attendant. » Elle défit adroitement les premiers boutons de sa chemise et se mit à lui caresser le torse.

Carsten se retourna brusquement. « Qu'est-ce que tu fabriques ?

– À ton avis ? » Elle descendit plus bas et commença à défaire sa ceinture.

« Non, pas maintenant... » Il repoussa doucement ses mains. « J'ai un peu la nausée et je ne me sens pas propre.

– On s'en fout », répliqua-t-elle, et en se disant : allez, c'est parti, elle laissa le kimono glisser au sol.

Carsten la contempla des pieds à la tête ou plutôt il la fixa avec des yeux ronds. Elle se sentait comme un modèle sur une photo d'Helmut Newton mais ne savait pas si c'était bon ou mauvais signe. Carsten semblait sidéré. Il finit par lever la tête et la regarder dans les yeux.

« Tu sais que ce genre de chose augmente le risque d'infection urinaire !? »

Dunja aurait voulu s'enfuir et rembobiner le film pour que rien de tout cela ne soit jamais arrivé, et surtout que ce soit oublié pour toujours. Mais ses jambes refusaient de lui obéir et elle resta figée, plus nue qu'elle ne l'avait jamais été, avec l'air d'une jeune fille qui voudrait qu'on lui rende sa virginité. Enfin, lorsque son humiliation l'eut amenée au bord des larmes, elle put se baisser pour ramasser le kimono et s'en aller.

« Chérie... excuse-moi. Je ne cherchais pas à... » Carsten la suivit jusqu'à la porte de la salle de bains qu'elle eut tout juste le temps de fermer à clé avant qu'il essaye de la suivre. « Je te disais ça parce que ta santé me tient à cœur. Tu sais bien que je te trouve très jolie. Mais...

– Tout va bien, Carsten, dit Dunja en s'essuyant les yeux. Je suis fatiguée de toute façon. » Elle enfila son vieux pyjama d'homme et s'assit sur la lunette des toilettes.

« Tu sais que je t'aime.

– Moi aussi », répondit-elle sans pouvoir se sortir de l'esprit à quel point son homologue suédoise au gros ventre avait eu raison.

9

Il se demanda s'il avait bien vu ou si c'était seulement un véhicule qui y ressemblait.

Les mains d'Aksel Neuman se crispèrent sur le volant et il jeta un nouveau coup d'œil dans le rétroviseur. Merde. Il ne s'était pas trompé. La voiture de police était encore à une vingtaine de mètres derrière lui. Lui qui avait bu trois bières et un gin tonic, et soudain décidé de prendre le volant malgré tout et de surprendre Karen en rentrant à Tibberup au lieu de rester dormir à Copenhague. Sur le moment, ça avait paru être une bonne idée. Quand il l'avait eue au téléphone plus tôt dans la soirée, elle lui avait paru plus inquiète que d'habitude et il n'avait pas eu le cœur de la laisser seule toute la nuit. Il savait qu'avec sa toute nouvelle BMW X3 et ses quatre roues motrices intelligentes, il n'en aurait pas pour plus d'une demi-heure.

À présent, cette idée paraissait beaucoup moins bonne. Pourquoi n'était-il pas resté dormir à l'appartement de Vesterbro ? La phobie de l'obscurité dont souffrait Karen s'aggravait d'année en année. Si cela continuait comme ça, il devrait renoncer à animer les émissions de deuxième partie de soirée.

Il jeta un nouveau coup d'œil dans le rétroviseur pour constater que la voiture de police gardait la même distance. S'il leur prenait l'envie de l'arrêter, il était cuit, et le scandale était inévitable. Il voyait déjà les gros titres : *Un animateur célèbre arrêté pour conduite en état d'ivresse. Il passe la nuit au poste.* Ils attendraient pour divulguer son nom et laisseraient monter la curiosité et les rumeurs sur l'identité du coupable se répandre. Au bout de quelques jours, ils lâcheraient la bombe, accompagnée d'un tas de détails scabreux du genre qu'il s'était pissé dessus et qu'il avait fallu que les policiers le soutiennent pour qu'il puisse se tenir debout une fois sorti de sa voiture.

Comment avait-il pu être aussi stupide ? Il s'était pourtant promis la dernière fois qu'il ne le referait plus. Il méritait évidemment la confiscation de son permis et tout le reste, et ce serait sans doute un mal pour un bien. Mais pourquoi fallait-il que ça arrive maintenant ?

Il prit garde de ne pas rouler trop lentement. C'était l'erreur que commettaient le plus souvent les gens qui conduisaient en état d'ébriété. Compenser la perte de réflexes en restant très en dessous de la vitesse autorisée afin d'éviter un accident était la meilleure façon d'attirer l'attention de la maréchaussée. Au contraire, il devait rester aussi près que possible de la préconisation des panneaux routiers, voire un peu au-dessus. Le plus dur étant de rester dans la même voie. Merde. Il était encore saoul. Presque plus saoul qu'en montant dans la voiture. Merde, merde, merde. Il baissa sa vitre. Inspira l'air glacé de la nuit et tâcha de se concentrer sur les marquages au sol.

Jusque-là tout allait bien. Il était bientôt arrivé. Dans un kilomètre, il serait à Louisiana et il n'aurait plus qu'à tourner à droite après l'église en direction du bord de mer. Cent mètres plus tard, il serait devant chez lui.

Comme dans une série B, les gyrophares s'allumèrent subitement, éclairant l'intérieur de l'habitacle. Quelle poisse... trébucher si près de la ligne d'arrivée. Il tenta de calculer dans le rétroviseur à quelle distance ils se trouvaient, mais la lumière l'aveuglait. Il n'avait plus d'autre solution que de s'arrêter et d'essayer de négocier. Ce qu'a priori il savait faire. Sa réflexion n'alla pas plus loin parce qu'au même moment, la voiture de police le dépassa et continua sa route dans le noir.

Aksel tambourina sur le volant et poussa une exclamation de joie : « Yesss ! » Il avait eu chaud aux fesses cette fois-ci et il se promit que cela ne se reproduirait plus jamais. Juré, craché.

Il passa devant l'église de Humlebæk, ralentit et tourna à droite sur Gammel Strandvej. Son pouls commençait à comprendre que le danger était passé. Il remarqua distraitement une Porsche gris métallisé garée sur le bord de la route, et s'engagea dans l'allée où il se gara à côté de la voiture de Karen.

Étrangement, le détecteur de présence ne s'était pas allumé à son approche et quand il descendit de la BMW, il constata que l'éclairage extérieur était éteint alors que Karen laissait toujours de la lumière partout quand elle était seule à la maison.

Il continua à avancer sur le chemin gravillonné enfoui sous la neige et dut s'appuyer au mur pour ne pas tomber tandis qu'il insérait la clé dans la serrure. Mais la porte n'était pas verrouillée. Ça non plus, ça ne ressemblait pas à Karen. D'abord la lumière, et maintenant la porte. Il commençait à se poser des questions.

Tout à l'heure au téléphone, elle était pourtant encore plus effrayée que d'habitude. Elle était même allée jusqu'à lui suggérer de renoncer à son émission. Mais il ne l'avait pas écoutée. Quelques minutes avant que la lumière rouge s'allume sur le plateau, il n'écoutait plus personne. Toute son attention était concentrée sur l'émission qu'il s'apprêtait à présenter.

Il pénétra dans le hall en songeant au nombre de fois où il avait essayé de lui expliquer que cela ne remettait pas en cause l'amour qu'il lui portait. Que c'était un état qui partait du subconscient. Que ça pourrait être la fin du monde, il ne s'en apercevrait qu'après la fin de l'émission.

Mais elle n'avait jamais accepté de le croire et avait chaque fois prétendu que c'était une preuve supplémentaire de son égocentrisme et qu'en fin de compte, il n'y avait pas de place pour elle dans sa vie. Il s'évertuait chaque fois à lui prouver le contraire en lui rappelant par exemple qu'il avait été à son chevet chaque fois qu'elle était tombée malade, qu'il était là financièrement, aussi. Si ça, ce n'était pas une preuve, alors il ne voyait pas ce qui pouvait l'être ? Il retira ses chaussures et faillit perdre l'équilibre.

Allait-il dessaouler un jour ? Pour l'instant, il avait l'impression que son taux d'alcoolémie augmentait de minute en minute. Il jeta un coup d'œil dans le séjour et constata qu'elle n'y était pas, ce qui signifiait qu'elle s'était suffisamment calmée pour aller se coucher. En entendant la porte de la chambre s'ouvrir puis se refermer, il corrigea sa déduction et conclut qu'elle était *sur le point* d'aller se coucher et que donc, elle savait qu'il était rentré. Parfait. Afin qu'elle n'ait plus aucun doute sur ce qui l'attendait, il sifflota sur le chemin jusqu'à la salle de bains où il se déshabilla et entra dans la douche. Il alluma l'eau en tournant le thermostat pour avoir de l'eau très chaude. Il régla la pression sur pluie d'été et s'émerveilla une fois encore de cette nouvelle pomme de douche capable de produire un jet allant d'une légère bruine à une pluie de mousson torrentielle.

Quand il eut fini de se rincer, il s'essuya longuement, rentra son ventre et se contempla dans la glace, de face puis de profil. Bien qu'il ne soit plus très jeune, il n'avait pas à se plaindre. Il était en forme, et se jeter à plat ventre sur le sol et enchaîner trente pompes à un bon rythme ne lui posait pas plus de problèmes qu'il y a dix ans. Il sortit de la salle de bains et retraversa la maison jusqu'à la chambre. Il passa la tête par la porte entrebâillée.

« Ohé, du bateau ! On peut monter à bord ? » Il attendit une réponse, mais elle ne vint pas.

Ah ! Elle voulait jouer ! se dit-il, entrant dans le noir. Le jeu du silence où seuls le corps et les sens avaient le droit de s'exprimer. En temps normal, elle gardait toujours une lampe de chevet allumée, jusqu'à ce qu'il vienne se coucher auprès d'elle. Ce soir, il faisait si sombre qu'il dut avancer à tâtons le long du bord du lit pour trouver son chemin. Puis il se glissa sous la couette et s'allongea sur le dos à côté de sa femme. Il était toujours ivre et espérait qu'elle ne s'en apercevrait pas. De toute façon, c'était son tour à elle de prendre l'initiative, songea-t-il en faisant semblant de s'endormir.

Hormis le faible ronronnement de la VMC, il n'entendait que sa propre respiration. Le souffle de Karen était presque toujours inaudible alors que lui avait tendance à animer les nuits de ses ronflements sonores. Karen l'avait plus d'une fois menacé de faire chambre à part s'il ne promettait pas de se servir de sa pince anti-ronflement. Il promettait, et force lui était d'admettre qu'il rompait cette promesse à peu près tous les soirs. Il s'agita un peu et se découvrit comme dans un mouvement du sommeil.

Mais malgré une verge turgescente qui pointait droit vers son nombril, il n'eut droit à aucune réaction de la part de Karen. À quoi est-ce qu'elle jouait ? Elle n'était tout de même pas en train de lui faire la gueule parce qu'il n'avait pas annulé son émission pour sauter dans sa voiture et rentrer à tombeau ouvert parce que mademoiselle avait peur du noir ? Non, c'était sûrement lui qui était un peu irascible et soupe au lait. Il mit une main en coupole devant sa bouche et souffla, sans parvenir à se rendre compte si son haleine puait l'alcool.

Après une minute interminable, il renonça à attendre, se tourna vers elle et hasarda une main sous la couette. Elle était couchée sur le dos. Il remonta le long de son ventre et se mit à lui pincer doucement un téton. Une caresse qui habituellement la faisait démarrer au quart de tour. Mais cette fois, il ne sentit pas la moindre excitation. Même quand il fit la même chose avec sa bouche.

Alors il repoussa la couverture, se pencha sur elle et fit tourner délicatement le bout de sa langue en cercles concentriques autour de l'aréole, avant de la mettre tout entière dans sa bouche et de la téter doucement. Elle ne réagissait toujours pas et il se demanda s'il s'y prenait mal. C'était pourtant l'un de ses préliminaires favoris. Il décida de passer aux choses sérieuses et de descendre vers la partie inférieure de son anatomie, tout en sachant qu'elle risquait de décrocher complètement s'il y allait un peu fort sur son clitoris. Mais avait-il le choix ? Elle l'avait cherché, après tout.

Sa main descendit de ses seins à ses hanches, puis se posa sur son ventre où il sentit une substance collante qui le fit bondir instinctivement et s'asseoir dans le lit. Qu'est-ce que c'est que ce bordel, se demanda-t-il en allumant la lampe de chevet.

Sa première pensée fut que ce qu'il voyait n'existait pas vraiment. Il dormait. Ce n'était qu'un cauchemar qu'il avait fait parce qu'il se sentait coupable de l'avoir laissée toute seule. Mais quand il prit réellement conscience de ce qu'il avait devant les yeux, le choc s'abattit sur lui avec une telle violence qu'il dut sortir de la pièce pour ne pas étouffer.

10

Fabian Risk éteignit la radio et tourna dans Bergsgatan. Le journal du matin n'avait pas dit un mot sur la disparition du ministre de la Justice. L'émission s'était résumée presque exclusivement à un débat enflammé sur la question de savoir si on devait vacciner les enfants et les femmes enceintes contre le virus H1N1. Ensuite, le journaliste avait brièvement abordé l'enlèvement d'Adam Fischer.

Il espéra que Niva donnerait bientôt de ses nouvelles. Sur le chemin du retour, elle lui avait promis de rechercher la ligne mobile privée du ministre tout en essayant de le convaincre d'aller boire un verre avec elle, parce que son rendez-vous avait finalement jeté l'éponge. *Tu me dois bien cela*, avait-elle argumenté. Il avait décliné son invitation sous prétexte que ses enfants étaient seuls à la maison, alors qu'en réalité il avait peur de ce qu'il espérait au fond de lui à l'issue de ce verre. *Une prochaine fois, alors*, lui avait-elle murmuré à l'oreille, et il s'était entendu répondre : *D'accord, mais c'est moi qui t'inviterai.*

Fabian baissa sa vitre et pressa le petit badge en plastique contre le lecteur du garage de l'hôtel de police. Son projet d'arriver au bureau en avance et d'avoir le temps d'examiner ses quelques débuts de piste avant l'arrivée de Malin et des autres avait déjà lamentablement échoué. La matinée avait été un véritable cas d'école sur la pire façon de commencer une journée.

Sonja n'était pas rentrée. Matilda et Theodor n'avaient pas assez dormi et il avait eu toutes les peines de monde à les sortir de leur lit. Ou plus exactement du sien. Quand il était arrivé, à minuit et demi, il les avait trouvés tous les deux roulés en boule sous sa couette.

D'abord il avait eu du mal à croire à ce qu'il avait sous les yeux. Matilda et Theodor ne jouaient jamais ensemble. Ils avaient une trop grande différence d'âge et leur seul point commun était de s'agacer mutuellement. Sonja prétendait qu'ils tireraient d'autant plus de bénéfices de leur relation de frère et sœur quand ils seraient adultes, mais Fabian avait tendance à en douter. Il pensait au contraire qu'ils seraient aussi étrangers l'un à l'autre que lui et son propre frère, son aîné de cinq ans.

Il avait eu l'explication de leur brusque élan d'amour l'un pour l'autre en trouvant la boîte vide du vieux classique *Nightmare on Elm Street* posée sur le lecteur DVD. Ce matin, tout était revenu à la normale et ils s'étaient disputés sur tous les sujets possibles, de savoir qui allait manger le dernier bol de Chocapic, à combien de temps il était acceptable de se barricader dans la salle de bains.

Il était maintenant 9 heures et demie et Malin était déjà à son poste, alors qu'elle était arrivée par l'avion de Copenhague le matin même.

« Anders… s'il te plaît, écoute-moi… », disait sa collègue au téléphone en levant les yeux au ciel à l'intention de Fabian qui était en train de suspendre sa parka au portemanteau. « … Si on veut finir ces travaux avant le siècle prochain, il faut qu'on embauche de vrais artisans. Je suis très très enceinte, au cas où cela t'aurait échappé… Tais-toi, maintenant c'est moi qui parle. » Elle s'interrompit un instant et vida son verre de Coca. « Tu crois que j'ai envie de passer mes vacances de Noël à quatre pattes pour poser du carrelage dans la salle de bains ? Eh bien, permets-moi de te dire que non... Pardon ? Non, je ne suis pas de mauvaise humeur. Je suis enceinte ! »

Malin raccrocha si violemment le téléphone que Fabian fut épaté qu'il résiste au choc. « Il arrive parfois, et j'ai bien dit parfois, que mon mari ait un cerveau en état de marche. Une année bissextile sur deux, ou quelque chose comme ça... » Elle secoua la tête d'un air désabusé et quelques secondes plus tard, en poussant un long soupir, elle souleva de nouveau le combiné et tapa un numéro. « Salut, c'est moi... Excuse-moi... Je ne voulais pas... C'est juste que je n'ai plus la force de faire des travaux de rénovation en ce moment... Moi aussi je t'aime... Je t'embrasse... » Elle raccrocha et se tourna vers Fabian. « J'étais sur le point de t'appeler pour te demander comment s'est passé le rendez-vous d'hier.

– Tu es sûre que tout va bien ? » s'assura Fabian en s'installant à son bureau qui faisait face à celui de Malin.

Elle eut l'air de se demander par où commencer. « Quoi que vous fassiez, Sonja et toi, dit-elle finalement, promettez-moi de ne pas acheter une maison à retaper. Promets-le-moi. Et quand je dis jamais, je veux dire même pas en rêve. Ne l'envisagez même pas. Ne mettez jamais les pieds dans un quartier résidentiel en banlieue, même seulement pour la pendaison de crémaillère de votre meilleur ami. D'accord ? Restez en ville. Je vous en supplie, ne vous éloignez pas du centre-ville, si vous voulez que votre couple survive.

– D'accord, je te le promets », répliqua Fabian, pas contrariant, en démarrant son PC.

« À part ça, j'ai ma première gueule de bois depuis que ces deux-là ont été conçus, enchaîna sa collègue en montrant son ventre et en se reversant un verre de Coca-Cola. Mais on s'en fout. Raconte-moi plutôt ce qui s'est passé à cette réunion.

– La gueule de bois ? s'enquit Fabian, se demandant comment il allait adroitement pouvoir détourner la conversation.

– Oui, j'ai la gueule de bois. Comme quelqu'un qui a picolé alors qu'elle est enceinte jusqu'aux yeux de deux foutus jumeaux ! »

Malin posa sur Fabian un regard las. « Tu sais comment sont les Danois ?

– Euh, non, pas vraiment. Raconte… Ah, au fait, tu t'es trouvé un homologue de contact ?

– Oui. C'est une femme et elle est vachement sympa. Je précise qu'en réalité, je n'ai bu qu'un verre ou deux.

– Quelle taille, les verres ?

– Tu ne veux pas changer de sujet et me parler de ton rendez-vous d'hier soir, plutôt ? Je veux tout savoir.

– Bonjour tout le monde ! C'était bien, Copenhague ? »

Ils se tournèrent tous les deux vers Herman Edelman qui venait d'apparaître sur le pas de la porte, un mug de café fumant à la main et la presse matinale sous le bras.

« Oui, très intéressant, je dois dire, répondit Malin. Je comptais vous en parler à la réunion de 9 heures. Et en parlant de réunion, je voulais savoir ce que…

– Bonne idée », la coupa Edelman avant de lancer à Fabian : « Tu as une minute ?

– Yes. » Fabian se leva.

« Allons dans mon bureau.

– J'ai le temps d'aller me faire une tasse de thé ? » s'enquit Malin en se levant aussi. « Largement. La réunion matinale n'est que dans vingt minutes, répondit Edelman. Nous nous ferons une joie de t'entendre parler de cette chère ville de Copenhague. »

Fabian haussa les épaules à l'intention de sa collègue, mais il eut l'impression de sentir son regard inquisiteur dans son dos d'un bout à l'autre du corridor.

Comme chaque fois qu'il passait la porte de l'antre encombré d'Edelman, Fabian eut l'impression de faire un bond de trente ans en arrière. Durant toutes ses années passées dans le fauteuil du patron de la PJ de Stockholm, Edelman avait décliné obstinément toute offre de rénovation, à telle enseigne qu'à présent, on envisageait de laisser le bureau dans son jus en guise de témoignage du passé pour les générations futures.

Fabian soupçonnait Edelman de vouloir tout simplement conserver son vieux frigo ronronnant où on pouvait à toute heure trouver des oignons marinés, de la bière fraîche et un stock de tubes de Kalles Kaviar, la fameuse préparation rose à base d'œufs de morue fumés. Le vieux poste de télé à tube cathodique et le lecteur VHS ne servaient peut-être plus très souvent, mais tant que sa collection de classiques restait sur l'étagère, il n'envisageait visiblement pas de se séparer d'eux non plus.

Il avait même refusé qu'on repeigne ses murs jaunis de nicotine, arguant qu'une fois les murs propres, on allait se rendre compte qu'il ne respectait pas l'interdiction de fumer à l'intérieur de l'hôtel de police.

« Assieds-toi. » Edelman s'installa dans son fauteuil de lecture près de la fenêtre et se mit à bourrer sa pipe.

Fabian enleva un coussin et quelques dossiers du vieux canapé en cuir et obtempéra.

« Nous n'avons que quelques minutes. Aux dernières nouvelles, la Säpo a trouvé son mobile », annonça Edelman. La flamme du briquet s'inclina pour venir lécher le foyer de la pipe au rythme de ses aspirations.

« Dans la baie de Riddarfjärden à la hauteur de Kanslikajen, commenta Fabian.

– Oui, comment le sais-tu ?

– Nous l'avons localisé cette nuit, et c'est là qu'il était allumé pour la dernière fois. À ce propos, il s'avère qu'il possédait un autre téléphone portable, avec un numéro secret. Si tout va bien, nous aurons localisé celui-là aussi avant ce soir. »

Edelman sirota pensivement son café. « Tu as dit *nous* ? Sachant que la deuxième personne n'est pas moi, c'est qui ?

– Une ancienne collègue qui n'a plus aucun rapport avec ici. J'ai pensé que ce serait mieux de faire appel à elle que d'impliquer Novak.

– Une ancienne collègue. » Edelman forma des petits nuages avec la fumée de sa pipe. « Tu parles de Niva. Je pensais que j'avais été assez clair quand je t'ai demandé de ne mêler personne à cette affaire.

– Tu n'as aucune raison de t'inquiéter. Elle a parfaitement compris pourquoi…

– Je te propose de me laisser décider de quoi je dois m'inquiéter ou pas. »

Fabian s'apprêtait à acquiescer, mais il s'abstint. S'il acceptait une remontrance maintenant, il perdrait toute liberté d'action. En temps normal, il menait ses enquêtes exactement comme il l'entendait. Mais les circonstances n'avaient rien de normal et, apparemment, Edelman pensait pouvoir le traiter comme une vulgaire marionnette.

« Tu as parlé au téléphone avec Grimås quelques heures avant sa disparition », lança-t-il en se disant : ça passe ou ça casse. « De quoi avez-vous parlé ? »

Manifestement la question surprit Edelman. Mais il se reprit très vite et aspira une bouffée de sa pipe avant de répondre. « De rien d'important. Si cela avait été le cas, je t'en aurais parlé hier.

– En l'occurrence, c'est moi qui mène l'enquête, alors je propose que tu me laisses décider ce qui est important ou pas. »

Edelman se fendit d'un sourire et dit, beau joueur : « OK, Fabian, tu as gagné. Nous avons parlé de la session parlementaire à laquelle il était en train de se rendre. Si je ne m'abuse, il était question d'une proposition de réforme de loi.

– As-tu senti chez lui de la nervosité ou quoi que ce soit qui puisse nous éclairer sur ce qui a pu lui arriver ensuite ? »

Edelman secoua la tête et dit en riant : « Non, mais je te promets de t'en parler si quelque chose devait me revenir. Et pendant qu'on parle de conversations téléphoniques. » Edelman se leva, alla jusqu'à sa table de travail et revint avec un vieux Nokia 6310i et un chargeur. « À partir de maintenant, je veux que tu te serves exclusivement de ce téléphone pour me joindre. Tu trouveras le numéro sous Théâtre yiddish. »

Fabian contempla le mobile et, marquant un temps d'arrêt en reconnaissant le modèle que lui-même possédait à peine un an auparavant, il sentit les ailes du temps qui passe lui effleurer l'échine.

« Bien, alors je crois qu'on a fini. À moins que tu comptes poursuivre ton interrogatoire.

– Juste une dernière chose. Pour éviter tout malentendu, dit Fabian, sans la moindre pointe d'ironie.

– Oui ?

– Tu m'as mis sur une mission qui va à l'encontre de la volonté exprimée du chef de la police.

– C'est exact. Mais tu sais aussi bien que moi que...

– Inutile d'être sur la défensive, Herman. Je ne te fais aucun reproche. Au contraire, je pense comme toi qu'il est de notre devoir de découvrir ce qui s'est passé. Mais si par hasard je devais marcher sur un nid de guêpes, c'est moi qui serais piqué et pas toi.

– C'est vrai aussi. Alors tâche d'éviter les nids de guêpes.

– C'est ce que je fais et ce que j'ai l'intention de continuer à faire. Je voulais juste que nous soyons d'accord sur ce point. » Fabian s'interdit de lâcher le regard d'Edelman avant d'avoir obtenu ce qu'il voulait.

Herman ne céda pas facilement et le silence entre eux devint pesant, mais finalement, Fabian obtint gain de cause, sous la forme d'un hochement de tête imperceptible.

« Il est déjà 9 h 02, fit remarquer le patron en commençant à se diriger vers la porte. Ne faisons pas attendre les autres. »

Fabian acquiesça, se leva et poussa intérieurement un soupir de satisfaction. Il avait gagné et allait avoir les coudées franches pour travailler.

11

Sofie Leander ouvrit les yeux et les referma aussitôt en détournant la tête, à cause de la lampe qui l'éclairait en pleine figure. Des sangles, si serrées qu'à certains endroits elle avait perdu toute sensation, lui immobilisaient les chevilles et les hanches, les bras et le torse. La lanière autour de son cou était légèrement moins tendue mais elle l'empêchait de lever la tête de plus de quelques millimètres.

Au fond d'elle, elle se disait qu'elle méritait ce qui était en train de lui arriver. Sa propension à réinventer la réalité pour l'adapter à ses besoins lui paraissait être un péché assez grave pour lui valoir une pareille punition. Qu'est-ce qu'elle s'imaginait ? Que parce qu'il ne lui était rien arrivé depuis toutes ces années, cela signifiait qu'il y avait prescription ?

Évidemment, elle avait vécu dans l'inquiétude constante qu'un jour la vérité la rattrape. Mais elle ne s'attendait pas tout à fait à *ça*. Ses pires cauchemars n'auraient pas pu rivaliser avec ce qu'elle vivait à présent. La table recouverte de matière plastique à laquelle elle était attachée. Le trou sous ses fesses pour ses excréments. La lampe qui l'éblouissait. La petite desserte en inox à côté d'elle qui pour l'instant était encore brillante et vide et les moniteurs encore éteints qu'on ne tarderait pas à allumer. Le goutte-à-goutte et la sonde dans sa bouche pour l'alimenter. Tout était là, prêt à l'usage, indiquant clairement que la question n'était plus de savoir *si* cela allait arriver mais *quand*.

Elle avait essayé de compter les jours, mais la lumière puissante qui restait constamment allumée et son sommeil irrégulier rendaient la tâche quasiment impossible. Si on lui avait demandé de deviner, elle aurait répondu qu'elle était attachée à cette table depuis trois ou quatre jours. Son mari avait dû appeler la police le soir même et lui donner toutes les informations nécessaires. Normalement elle aurait déjà dû la retrouver.

Elle tâcha de se convaincre qu'elle pouvait encore arriver. Mais ne serait-il pas déjà trop tard ?

Elle entendit la sonde alimentaire se mettre à ronronner quelque part sous la table et sut que bientôt sa bouche se remplirait lentement de cette horrible substance pâteuse au goût chimique parfumée à la fraise. Rien que l'odeur lui donnait des haut-le-cœur. Une fois, elle avait essayé de cracher le produit au lieu de l'avaler, mais le ruban adhésif sur sa bouche était trop serré et elle avait failli s'étrangler. Depuis elle déglutissait le liquide épais à minuscules gorgées régulières et tâchait de penser à autre chose pour ne pas vomir.

Elle eut plus de mal que les fois précédentes et dut compter les gorgées pour arriver jusqu'au bout. Elle savait qu'il y en avait entre trente et cinquante par repas. Elle en était à vingt-deux et sentait qu'elle serait incapable d'en avaler plus de quarante.

Vingt-cinq, vingt-six, vingt... Qu'est-ce que c'était que ce bruit ? Elle se concentra. Il lui semblait avoir entendu des pas. Mais peut-être était-ce seulement son imagination qui lui jouait des tours. Le liquide lui emplit la bouche et elle fut obligée de s'en débarrasser en une très grosse gorgée écœurante. Si elle ne s'était pas trompée, c'était la première fois qu'elle entendait quelqu'un d'autre ici depuis son arrivée.

Quand la sonde automatique se tut enfin, tandis que la pâte chimique gonflait dans son estomac, elle eut la confirmation que quelqu'un se déplaçait de l'autre côté de la cloison. Les pas lui semblaient lointains, mais elle eut l'impression qu'ils se rapprochaient petit à petit.

Quelqu'un venait-il à son secours ? Non. Le bruit qu'elle entendait n'était pas celui d'une horde de policiers armés jusqu'aux dents avec des sirènes en arrière-plan. On aurait plutôt dit une seule personne marchant vers elle. Est-ce que son heure était venue ? L'inévitable fin qu'elle avait tout fait pour repousser dans son esprit et qu'elle attendait en réalité depuis plusieurs jours. Les pas résonnaient de plus en plus fort et elle réalisa que, contrairement à ce qu'elle pensait, elle n'était pas du tout prête. La panique l'envahit comme un feu de forêt et si elle avait pu, elle aurait hurlé de toutes ses forces.

Ce n'était pas comme ça qu'elle avait eu l'intention de réagir. Pas du tout. Elle se mit à pleurer en silence, tandis que les pas continuaient d'approcher, et s'imagina le scalpel tranchant dans sa chair. Dans un instant la porte automatique allait s'ouvrir et la vérité qu'elle avait depuis si longtemps ignorée allait lui sauter à la figure.

Mais la porte resta close et, au lieu de s'arrêter, les pas continuèrent. Ce n'était pas son bourreau. Elle essaya de siffler et de produire un son quelconque mais c'était impossible. Alors elle resta impuissante, à écouter les pas s'éloigner et le silence revenir.

Ce n'était pas pour aujourd'hui.

12

Sachant ce qui s'était passé et à qui c'était arrivé, Dunja n'aurait pas dû s'étonner de la masse de journalistes qui avaient envahi les lieux. On aurait dit que le cirque était en ville. Ils étaient tous là, *Berlingske*, *Politiken*, *Ekstra Bladet*, les grands quotidiens du matin et les tabloïds. Les reporters des grandes chaînes DR et TV2 commentaient le fait divers en direct. Mais cela la surprit quand même car, à vrai dire, elle n'avait pas eu le temps d'anticiper quoi que ce soit, tant son réveil avait été pénible.

Une heure après Jan Hesk et le reste de l'équipe, elle descendit de sa voiture, ravala une remontée acide et, se frayant un chemin à travers la foule, elle se fit le serment que c'était la dernière fois qu'elle... Que plus jamais... Elle ne connaissait rien de pire que la gueule de bois. Le *ventre de bois* aurait d'ailleurs été une expression plus exacte pour décrire son état, même si cela sonnait moins bien.

Ce n'était pas le mal de tête qui la dérangeait le plus. Quelques comprimés suffisaient en général à régler le problème. Mais parfois, elle aurait préféré mourir que d'avoir à supporter cette nausée épouvantable, cet estomac retourné qui renvoyait toute nourriture et s'obstinait à semer la terreur parmi ses autres organes. Deux fois, elle avait dû s'arrêter sur le bord de la route pour rendre le petit déjeuner qu'elle s'était obligée à avaler devant Carsten pour ne pas lui montrer à quel point elle se sentait mal.

« Ah te voilà ! Où étais-tu passée ? l'accueillit Jan Hesk quand elle entra dans la maison.

– J'ai eu quelques soucis sur la route », répondit-elle en remarquant que Hesk, qui avait toujours été très mince, commençait à développer un petit pneu au-dessus de la ceinture.

« Ah merde ! Quel genre de souci ?

– Fais-moi confiance, tu n'as pas envie de savoir. Dis-moi plutôt ce que vous avez, éluda-t-elle en enfilant les chaussons de protection en plastique.

– Rien d'inhabituel. Des tas de questions, mais aucune à laquelle nous n'arriverons pas à trouver de réponse. Si on nous laisse travailler en paix, bien sûr. » Hesk lui fit faire le tour du propriétaire. « Comme tu as pu le voir en arrivant, notre plus gros problème pour le moment est de tenir la presse à distance. Ils sont pires que les moustiques dans mon chalet en Suède, je te jure ! »

Dunja avait regardé un peu autour d'elle tandis qu'ils passaient d'une pièce à l'autre en se disant que même en devenant commissaire, elle n'aurait pas les moyens de s'offrir une maison comme celle-ci. C'était dingue. Ce type s'était contenté de participer à l'émission *Let's dance* il y a trois ou quatre ans alors qu'il ne savait même pas danser.

« Vous avez une idée, quand même !

– Je préfère te laisser juger par toi-même. » Hesk resta à la porte de la chambre et Dunja entra seule.

Elle fit un pas et s'arrêta pour regarder à distance le lit matrimonial au milieu du mur du fond. La dernière fois qu'elle avait vu Karen Neuman, c'était sur une page de magazine people qu'elle feuilletait dans la salle d'attente de son dentiste. Elle assistait avec son mari à la première d'un film dont elle avait oublié le titre et Dunja avait été frappée de voir à quel point elle et Aksel avaient l'air amoureux, bien qu'ils soient mariés depuis plus de vingt ans.

Et maintenant, elle était couchée seule dans son lit, nue, baignant dans le sang qui avait coulé de son vagin et d'une série de plaies sur le torse. Elle approcha du cadavre et vit que les blessures étaient trop larges et trop profondes pour avoir été causées par un simple couteau. Il avait fallu une arme plus lourde et plus grande pour traverser la chair sur plusieurs épaisseurs et, à certains endroits, trancher les tendons et les os.

« Ne détourne pas les yeux, continue à regarder. » L'ordre venait d'Oscar Pedersen, du département de médecine légale, qui sortait à ce moment de la salle de bains attenante. « L'habitude est une seconde nature chez l'homme. Qu'il s'agisse d'un son agaçant ou d'une odeur désagréable, il finit toujours par cesser d'en être incommodé. C'est pareil pour la vue de corps humains déchiquetés, je t'assure. Et tu admettras quand même que le spectacle est fascinant, non ? »

Pedersen était excité comme un gamin à Disneyland. Forcément, songea Dunja, devant une femme nue et martyrisée dans son lit ! « Avec quel genre d'arme est-ce qu'on lui a fait ça, à ton avis ?

– Pas un couteau, en tout cas. » Pedersen vint la rejoindre. « Si je devais parier mon salaire, là, tout de suite, je dirais une hache. Et pas le petit modèle pour faire joujou. » Avec ses mains, il montra la taille de l'outil auquel il pensait. « Ici, on parle de la vraie hache qui fend une bûche d'un seul coup. Tu as vu comment certaines parties de la cage thoracique ont été détruites, sans parler des organes internes. » Il enfonça un instrument dans l'une des plaies de l'abdomen et en écarta les lèvres pour permettre à Dunja de regarder au fond.

« Je crois que j'en ai vu assez », dit-elle, sentant que les derniers restes de son petit déjeuner étaient sur le point de remonter.

« Allez, regarde... »

Hesk ne pouvait pas venir à son secours. Il se trouvait près du dressing et lui tournait le dos. Comme elle n'avait pas envie de se donner en spectacle devant le médecin légiste, elle se pencha sur la plaie béante et contempla les entrailles de la morte. Une odeur épaisse et sucrée lui monta aux narines et elle dut retenir sa respiration.

« Tu as vu ça ? Complètement déchiquetée. On dirait qu'elle est passée à travers un hachoir à viande. »

Dunja hocha la tête et resta penchée encore quelques secondes avant de se redresser et de demander à Pedersen : « Et le sang entre ses jambes ?

– Je n'en suis pas encore là, mais je dirais qu'il a dû prendre un peu de bon temps avec elle avant de se laisser aller à sa folie meurtrière.

– Et quand tu dis *il*, tu penses à qui ? »

Le légiste jeta un coup d'œil vers Hesk qui était maintenant tourné vers eux.

« La plupart des indices accusent Aksel Neuman, répondit Hesk à sa place.

– Aksel ? Son mari ? » s'exclama Dunja. Hesk acquiesça. « Vous plaisantez ? Il serait incapable de faire une chose pareille à sa femme », dit-elle avec un mouvement de tête vers le bain de sang dans le lit. Elle sentait que son énergie revenait.

« Et on peut savoir sur quoi tu bases cette opinion ? C'est vrai que tu es là depuis presque une minute ! Tu l'as lu dans la presse people ? »

Dunja allait se défendre, mais elle se retint. C'était l'enquête de Hesk et pas la sienne. Sur le papier, ils avaient la même position dans la hiérarchie, mais il avait quelques heures de vol de plus qu'elle, et une affaire aussi complexe et de cette importance atterrissait nécessairement sur son bureau. Son rôle était de le seconder et de lui faire part de ses idées et de ses intuitions. Pas de prendre sa place. En outre, il avait tapé dans le mille en ce qui concernait le magazine.

« Bon, alors voilà à quoi ressemble le scénario pour l'instant. » Hesk vint se placer au centre de la pièce. « Neuman aurait été vu hier soir au Karriere Bar, en compagnie, entre autres, de Casper Christensen, l'un des invités de son talk-show. D'après ses collègues de TV2, il était supposé rester dormir dans l'appartement qu'il possède dans le quartier de Vesterbro, mais, pour une raison ou pour une autre, il a décidé de rentrer. Richter a relevé devant la maison des traces récentes de sa BMWX3.

– C'est de moi que vous parlez ? dit Kjeld Richter de la police scientifique qui entrait dans la chambre à ce moment.

– Je dis que les traces que tu as relevées devant la maison indiquent qu'Aksel Neuman est venu ici et qu'il est reparti ensuite dans sa voiture. »

Richter hocha la tête en se grattant la barbe d'un air pensif. Barbe qui, à l'instar de ses favoris et de ses sourcils, aurait eu besoin d'un sérieux élagage. « Mais entre-temps, nous avons découvert les traces de pneus d'un troisième véhicule.

– Comment ça, un troisième ?

– Une voiture qui se trouvait encore ici après minuit et qui n'était ni celle d'Aksel, ni celle de Karen.

– Comment savez-vous qu'elle était là après minuit ? demanda Hesk.

– Parce qu'il n'y a pas de neige fraîche dans les traces et que l'institut météorologique nous a indiqué que la neige s'est arrêtée de tomber à peu près à minuit.

– Il y aurait donc une troisième personne mêlée à cette affaire ! » conclut Dunja. Richter acquiesça.

« D'accord, mais cela ne change rien à ce qui s'est passé ici. Cela ne fait qu'étayer ma théorie, enchaîna Hesk. La femme invite un homme chez elle, pensant que son mari reste dormir en ville. Le gars change d'avis, il rentre chez lui et il les prend en flagrant délit. Il pète un câble et court chercher une hache. Le don Juan en profite pour s'enfuir. Et nous, on aura un témoin dès qu'on aura remis la main sur le type en question. »

Dunja haussa les épaules.

« Qu'est-ce qu'il y a ? Tu doutes encore de la culpabilité du mari ? » Hesk semblait réellement agacé, à présent.

Dunja ne savait pas quoi dire. Presse à scandale ou pas, elle avait la conviction qu'Aksel Neuman n'avait pas tué sa femme.

« D'accord, admettons que tu aies raison, alors donne-moi une seule raison pour que ce ne soit pas lui...

– Attends une seconde... merde, c'est Sleizner, le coupa Dunja en regardant l'écran de son mobile. Je crois qu'il vaut mieux que je le prenne... Oui, allô, Dunja Hougaard à l'appareil.

– *Alors là, je suis très vexé. Tu n'as même pas vu que c'était moi qui appelais. Ce qui veut dire que mon numéro n'est pas dans ton répertoire*, dit Sleizner sur un ton faussement plaintif.

– Bien sûr que j'ai vu que c'était toi, répliqua Dunja en se creusant la tête pour essayer de comprendre pourquoi il l'appelait elle et pas Hesk. C'est toujours comme ça que je réponds quand je travaille.

– *Hmm, je vois. Alors il va falloir que je t'appelle un peu plus souvent en dehors des heures de boulot. Hé, hé...* »

Dunja répondit au regard interrogateur de Hesk d'un haussement d'épaules.

« *Mais passons aux choses sérieuses. Je t'appelle parce que les médias sont sur mon dos comme des vautours.*

– Ici, c'est pareil. Mais si ta question concerne l'enquête, il vaut mieux que je te passe Jan.

– *Si j'avais voulu parler à Jan, c'est Jan que j'aurais appelé. Écoute : j'ai organisé une conférence de presse dans une heure et il faut absolument que j'aie quelque chose à leur raconter.*

– Je comprends. Mais...

– *Donne-moi n'importe quoi. C'est juste pour qu'ils aient un os à ronger.*

– C'est beaucoup trop tôt. Nous ne sommes pas encore arrivés à un scénario très clair et Richter a besoin de plus...

– *Dunja, j'ai l'impression que nous ne sommes plus sur la même longueur d'onde, là. Vous devez bien avoir un début de scénario ? Vous faites quoi là-bas depuis des heures ?*

– Il semblerait qu'un troisième individu puisse être impliqué. Mais nous ne savons pas encore de quelle manière et quel rôle il a pu jouer.

– *Tu veux dire qu'en théorie, cette troisième personne peut aussi bien être l'amant que le meurtrier ?*

– Ou les deux, répliqua Dunja avec l'impression de marcher en terrain miné. Mais pour l'instant, ce ne sont que des hypothèses sans fondement et si j'étais à ta place, je ferais très attention à ce que je...

– *Mais tu n'es pas à ma place, ma petite. Salue les autres pour moi et dis-leur qu'on fera une réunion quand vous serez rentrés. Bye.* » Et il raccrocha.

« Excuse-moi, mais euh, tu peux me dire ce que c'était, ça ? demanda Hesk, très contrarié. Hein ? On peut savoir pourquoi c'est toi qu'il appelle alors que c'est moi qui suis en charge de cette enquête ?

– Je me suis posé la même question. Je ne connais pas la réponse.

– Et tu es sûre de ça ?

« – Qu'est-ce que tu insinues ? Tu crois que je suis allée voir Sleizner derrière ton dos pour reprendre l'enquête ? »

Hesk ouvrit les mains. « Ce n'est pas moi qui suis arrivé avec presque une heure de retard. »

Dunja sentit qu'elle avait besoin de s'asseoir.

Sa nausée était revenue.

13

Fabian Risk avait une longue liste de choses à faire. Il voulait parler au responsable de la sécurité à la maison du Parlement et lui demander une copie de l'enregistrement de la caméra de surveillance visionné à la Säpo. Il voulait entendre toutes les conversations téléphoniques de Carl-Eric Grimås au cours des dernières heures qui avaient précédé sa disparition et il voulait rencontrer le chauffeur qui attendait dans la voiture. Et il ne pouvait rien faire de tout cela parce qu'il était obligé de faire semblant d'avoir tout le temps du monde et de rester assis avec les autres dans cette salle de conférences sans fenêtres qui était déjà étouffante avant même que la réunion n'ait commencé.

Son mug mal lavé à la main, chacun était allé s'asseoir à ce qui, après des années d'habitude, était devenu *sa* place. Une fois, pour voir la réaction de ses collègues, Fabian avait failli aller s'asseoir sur la chaise de quelqu'un d'autre, mais il avait jugé son acte trop téméraire et s'était abstenu à temps.

Le Thermos fit le tour de la table et ils se servirent à tour de rôle un café qui avait déjà passé si longtemps sur la plaque chauffante qu'il avait un goût d'acide tannique plutôt que de café et, comme toujours, l'assiette de Danish Cookies ralentit sa course devant Markus Höglund qui s'appliquait à choisir ses biscuits préférés, lesquels, avait remarqué Fabian, étaient d'année en année plus nombreux. Il avait du mal à

98

comprendre où pouvait passer tout ce que Markus avalait. Pas à la taille, en tout cas. Il est vrai qu'il n'avait pas encore trente ans, mais ce n'était pas une explication suffisante. Fabian avait observé que son propre métabolisme s'était modifié dès l'âge de vingt-cinq ans et que depuis, tout ce qu'il ingurgitait s'accumulait en surface.

C'était d'ailleurs Carl-Eric Grimås qui avait été à l'origine de l'assiette de biscuits et l'habitude était restée. Comme un dernier cafard qui aurait refusé de partir après l'extinction de toute vie sur terre. Edelman ne mangeait rien pendant les réunions et quelques années auparavant, il avait tenté de mettre fin à cette tradition, mais il avait rencontré une opposition si virulente qu'il l'avait réinstaurée aussitôt. Fabian n'avait jamais bien compris cette levée de boucliers alors qu'il était plus ou moins certain que personne n'aimait réellement ces biscuits au beurre saupoudrés de sucre blanc. Personne à part Höglund, évidemment.

« L'ordre du jour étant chargé, je propose que nous commencions, dit Edelman avant de se tourner vers Malin Rehnberg. Malin, tu es allée à Copenhague et d'après ce que j'ai compris, le séminaire a été un succès. »

Malin acquiesça en finissant son verre de Coca-Cola. « Absolument. Je vous conseille vivement à tous de trouver le temps de participer au prochain séminaire. Je crois qu'il aura lieu au printemps, à Berlin.

– C'est cool, Berlin, commenta Tomas Persson en passant la main dans sa brosse militaire. Qu'est-ce que tu en dis, Jarmo ?

– Tu sais ce que je pense des voyages, répliqua Jarmo Päivinen avec l'inimitable accent suédo-finlandais dont il refusait de se défaire.

– Quoi qu'il en soit, j'ai maintenant un excellent contact dans la police de Copenhague qui occupe exactement le même poste que...

– Je suis certain que tu as des tas de souvenirs passionnants à partager avec nous, Malin, mais, par manque de temps, je propose que tu les gardes pour la fin de la réunion, l'interrompit Edelman avec un sourire.

– Comme tu veux. » Elle prit un biscuit et essaya de croiser le regard de Fabian qui était trop occupé à ignorer la vibration de son portable dans sa poche pour le remarquer.

Il dut attendre que la réunion ait vraiment commencé pour le sortir et lire le SMS sous la table.

Appelle-moi dès que possible.
Niva

Partir dès maintenant était inenvisageable et cela aurait eu pour résultat que tout le monde, et pas seulement Malin, se serait posé des questions. Mais attendre la fin de la réunion était également exclu.

« Il n'y a toujours rien de nouveau dans l'affaire Diego Arcas ? demanda Edelman.

– Je n'y peux rien ! Inger pouponne et du coup, moi je bosse tout seul », riposta Markus Höglund en faisant descendre un énième biscuit avec une gorgée de café.

« Comment ça, tu n'y peux rien ? Excusez-moi, les gars, mais quand j'entends ça, ça me fait bondir, réagit Tomas Persson en se collant une pincée de tabac à priser sous la lèvre supérieure. J'aimerais bien que tu m'expliques, camarade, pourquoi tu te retrouves à te curer le nez sans rien faire dès que vous ne pouvez plus travailler en tandem. Il doit bien y avoir un truc que tu peux faire sans qu'elle te tienne la main, non ? »

Höglund leva les yeux au ciel et chercha en vain un soutien auprès des autres. « Croyez ce que vous voulez, mais ce n'est pas parce que Inger passe plus de temps avec ses gosses qu'au boulot que moi je ne fous rien. En plus du Black Cat à Hantverkargatan, j'ai, enfin nous avons – Inger m'a un peu aidé – localisé au moins sept appartements en ville où la fête bat son plein vingt-quatre heures sur vingt-quatre. Je pourrais les prendre un par un, mais le mieux serait quand même une opération synchronisée que je ne peux pas réaliser sans elle.

– Si tu le dis, dit Tomas Persson avec un haussement d'épaules. Je trouve juste que…

– Je crois qu'on va en rester là, le coupa Edelman. Si Inger n'est pas de retour lundi, on s'organisera autrement. »

Höglund hocha la tête et engouffra un nouveau biscuit en fusillant Tomas des yeux.

« Fabian et moi pourrions te donner un coup de main, proposa Malin en se tournant vers Fabian. Qu'est-ce que tu en penses ? On a le temps puisqu'on. n'a aucune affaire en cours.

– Oui, pourquoi pas ? répondit Fabian bien qu'il lise dans son regard qu'elle ne parlait pas sérieusement.

– J'ai dit qu'on verrait après le week-end, trancha Edelman avant de se tourner vers Jarmo Päivinen et Tomas Persson. Il paraît que vous avez du nouveau sur la voiture d'Adam Fischer. On vous écoute. »

Jarmo acquiesça, chaussa ses lunettes sur son nez et se mit à feuilleter ses documents.

« J'y vais ou tu veux y aller ? lui demanda Tomas en pianotant impatiemment sur la table.

·   – Attends… » Jarmo continua de chercher et Fabian fut frappé de voir à quel point il avait l'air vieux alors qu'il avait à peine plus de cinq ou six ans de plus que lui. Après que sa femme l'avait quitté en emmenant les enfants avec elle, la solitude l'avait usé.

« Je ne sais pas si vous avez écouté les infos, mais nous avons pu confirmer aux médias qu'il s'agissait bien d'un enlèvement.

– Ce que nous pensions depuis le début, ajouta Tomas.

– Ces photos sont les dernières traces qu'on ait de Fischer »,
dit Jarmo en distribuant autour de la table des photos d'Adam
Fischer au volant de sa Jeep urbaine, prises par un radar alors
qu'il roulait au-dessus de la vitesse autorisée.

« Enfin, elles l'étaient, précisa Tomas d'un air extrêmement
content de lui en faisant jouer ses biceps tatoués de motifs
tribaux. Parce que, hier, on a touché le jackpot !

– Tu veux continuer ? proposa Jarmo à son collègue de
vingt ans son cadet.

– Non, non, c'est bon, vas-y.

– Tu es sûr ?

– Oui, oui, je t'en prie, insista Tomas en baissant les yeux
vers la table.

– Fischer habite Mosebacke, et on aurait dû penser à ce
détail avant. En fait, ce qu'on a fait, c'est qu'on a appelé
les garages les plus proches de chez lui. Et c'est au garage
Slussen qu'on a touché le gros lot.

– Vous avez retrouvé la voiture ? demanda Malin, jouant
aux devinettes.

– Non, mais nous avons trouvé ça », claironna Tomas en
se levant, un DVD à la main. « Vous êtes prêts ? » Il s'approcha du vieux poste de télévision avec lecteur incorporé,
inséra le disque et essaya de lancer la lecture à l'aide de la
télécommande.

« La zapette ne fonctionne pas, annonça Markus Höglund. Il
faut que tu te serves des boutons sur le poste. Attends, je
vais te montrer. » Il se leva et rejoignit Tomas.

« C'est bon, je vais me débrouiller », dit celui-ci en tripotant
en vain tous les boutons.

Pendant que son collègue s'escrimait, le portable de Fabian
vibra de nouveau.

« *Je rentre en réunion dans une minute et ensuite c'est rideau pour le restant de la journée. N.* »

Fabian ne pouvait plus attendre et il se leva. « Je suis désolé, mais je dois partir.

– OK, pas de problème, répondit Edelman.

– Comment ça, pas de problème ? s'insurgea Malin. Qu'est-ce qui est si important que tu doives partir au milieu d'une réunion alors que tu n'as aucune enquête en cours ?

– C'est l'école de Matilda qui m'a envoyé un message. Je dois rappeler le plus vite possible.

– Ne t'inquiète pas, on a presque fini, dit Edelman. Espérons que ce ne soit rien de grave.

– Oui, espérons, railla Malin en secouant la tête d'un air dubitatif tandis que Fabian sortait à reculons de la salle de conférences.

– OK, je te laisse faire », soupira Tomas en s'écartant pour laisser Höglund appuyer sur les petits boutons et redonner vie à l'archaïque appareil.

14

Fabian Risk écoutait les sonneries se succéder en se regardant dans le miroir au-dessus du lavabo. Pour l'instant, il n'avait pas encore de poches sous les yeux. Mais ce n'était qu'une question de jours avant qu'elles apparaissent et lui donnent l'air d'avoir au moins dix ans de plus. Il s'arracha quelques poils du nez et constata que son favori gauche était plus long que le droit.

« *Ah quand même !*

– Nous soupçonnons la Säpo de nous avoir mis sur écoute, alors à partir de maintenant, je voudrais que tu utilises uniquement le numéro avec lequel je t'appelle, dit Fabian. Tu as quelque chose ?

– *Alors avec toi, c'est comme ça, bim, bam. Pas de préliminaires !*

– Excuse-moi. La prochaine fois, je te promets d'y penser. Mais en ce moment, c'est un peu…

– *Tu n'auras qu'à me dire où et quand. Je suppose que tu n'as pas oublié que tu me dois déjà un verre ?*

– Non, bien sûr que non. Pour qui est-ce que tu me prends ?

– *Je ne te prends pas, et je le regrette. Pas pour l'instant, en tout cas. Mais après ce que je vais te dire, tu me devras au moins un dîner.*

– C'est possible. Voyons d'abord ce que tu as.

– *Ah, non, tu achètes chat en poche.*

– Bref, je n'ai pas le choix ?

– *On a toujours le choix, Fabian.* »

Elle jouait avec lui et il aurait dû deviner, dès qu'il lui avait demandé son aide, que ça allait se passer comme ça.

« *Qui ne dit mot consent. Alors tu choisis quoi ?*

– Le chat.

– *Parfait. Tu vois, ce n'était pas trop dur ! Et je peux t'assurer que tu ne le regretteras pas. La femme qui a laissé un message sur le répondeur de Grimås s'appelle Sylvia Bredenhielm, et quelques minutes après ce premier appel, elle a rappelé, avec une télécarte, le numéro 073-785 66 29.*

– Et c'est le numéro de la ligne secrète de Grimås ?

– *Gagné.*

– Tu as une liste d'appels sur ce numéro ?

– *Oui, mais il n'y avait que lui et elle qui l'utilisaient. Alors à moins que tu te sois fait embaucher chez* Closer, *je te conseille de ne pas perdre de temps avec ça. C'est maintenant que le chat arrive. Tu as de quoi noter ?* »

Fabian sortit son stylo et remonta la manche de sa veste.

« Quand tu veux.

– *59.311129, 18.078073.* »

Fabian inscrivit la combinaison de chiffres à l'intérieur de son bras.

« C'est quoi ?

– *La dernière localisation du deuxième téléphone du ministre, à dix ou quinze mètres près.*

– Il est toujours allumé ?

– *Non, le signal a disparu hier, à 16 h 04, c'est-à-dire presque quarante minutes après l'autre.*

– Fantastique, Niva ! Je te dois une fière chandelle. Je te rappelle.

– *Je sais.* »

Fabian raccrocha, tira la chasse et sortit des toilettes. Il avait enfin une piste concrète. Il retourna dans son bureau et, sans prendre le temps de s'asseoir, il alluma son PC et ouvrit Google Maps où il recopia les coordonnées notées sur son bras. Un plan de Stockholm apparut à l'écran et un ballon rouge indiqua un point dans le quartier de Södermalm. Il zooma pour se mettre en Street View et constata que le repère indiquait le 46 de la rue Östgötagatan.

Jamais, jusqu'ici, il n'avait compris l'intérêt de l'énorme travail qu'avait dû fournir Google pour photographier chaque coin de rue de Stockholm, la première ville de Suède à bénéficier de cette technologie. Mais quand il réussit à maîtriser la souris et à stabiliser l'image sur l'angle d'Östgötagatan et de Blekingegatan, il fut reconnaissant à l'entreprise américaine qui avait permis ce prodige. L'immeuble était dissimulé derrière des échafaudages et semblait inhabité.

La photo avait dû être prise en automne et rien ne permettait de dire s'il était toujours en travaux. En revanche, si cela s'avérait être le cas, ou, mieux encore, si les travaux avaient été interrompus pour cause de crise économique, ce serait l'endroit idéal pour cacher une victime d'enlèvement.

Il effaça l'historique de recherche, éteignit l'ordinateur et faillit entrer en collision avec Malin Rehnberg.

« Tu as l'air drôlement pressé, dis donc ! Pour quelqu'un qui n'a rien à faire. Enfin rien dont je sois informée, en tout cas.

– Désolé, Malin, je n'ai pas le temps de te parler. » Il essaya de la contourner mais elle lui barra le passage.

« Bien essayé ! Mais je te préviens, Fabian Risk, je ne bougerai pas d'ici avant que tu m'aies raconté ce qui se passe. »

Diverses idées traversèrent l'esprit de Fabian, mais il finit par conclure qu'il ne s'en tirerait pas par un demi-mensonge.

« Accompagne-moi dans ma voiture. »

15

Ce matin, comme tous les matins, il avait bu son café de 11 heures devant sa fenêtre d'angle, en résolvant des grilles de sudoku et en écoutant les informations routières de Radio Stockholm. D'aussi loin qu'il s'en souvienne, il avait aimé écouter les informations routières et la météo, en particulier les interminables bulletins de météo marine décrivant en détail la force et la direction du vent dans le moindre recoin de la côte suédoise.

Mais ce matin-là n'était pas comme les autres matins. Il avait eu beau écouter le bulletin de météo marine d'un bout à l'autre, il n'était pas parvenu à retrouver son calme. L'anxiété s'était insinuée en lui sans qu'il s'en rende compte et soudain elle était là. Il avait essayé de l'ignorer, de concentrer toute son attention sur le jeu japonais, mais il n'était pas parvenu à inscrire un seul chiffre dans la grille. Ses pensées suivaient leur cours sans qu'il puisse les maîtriser.

Il avait mis tant d'années à en reprendre le contrôle. Voilà qu'elles repartaient, pleines d'images défendues. Il monta le volume de la radio et choisit une grille de sudoku moins difficile. Mais rien n'y fit. Il baissa le son de la radio et posa son crayon.

À vrai dire, le changement était arrivé il y a plusieurs semaines. Peut-être même avant. Et plus il y réfléchissait, plus il se disait que cela faisait quelque temps déjà que les choses n'étaient pas comme d'habitude. Il était de mauvaise humeur, mais il n'y avait pas que cela. Par exemple, il portait une chemise bleue alors qu'on était jeudi et normalement, le jeudi, il mettait toujours une chemise verte. Et il ne se souvenait plus si dimanche dernier, il avait fait sa promenade le long de la baie d'Årstaviken.

Il y avait d'autres choses qu'il ne se rappelait pas. La semaine passée était comme un trou noir. À part la matinée d'hier dont il lui restait quelques bribes de souvenirs. Il était resté au lit beaucoup trop tard et il avait pensé à des choses auxquelles il avait promis de ne plus penser.

Ensuite, la journée se fondait dans un brouillard.

Il était certain d'avoir pris tous ses médicaments. Tous les jours, matin, midi et soir, il avait fait descendre le comprimé avec un verre d'eau tiède et l'avait senti glisser dans sa gorge. Alors, ça ne pouvait pas être ça. Ou peut-être que si ? Et s'il avait seulement pensé à les prendre et que l'idée n'avait pas donné lieu à une action concrète ? Ou alors les dosages n'étaient pas bons. Qu'est-ce que le médecin avait dit, déjà ? Qu'il fallait les augmenter ou qu'il fallait les baisser ? Il avait oublié. Et pourquoi est-ce que ça puait autant dans l'appartement ? Il n'avait pas oublié de sortir les poubelles, au moins ? Mardi, descendre les poubelles... Il le savait bien, pourtant.

Ossian Kremph était presque ivre de se poser toutes ces questions et il sentit qu'il avait besoin d'aller se reposer. Mais il ne pouvait pas. Pas tant que cet homme et cette femme continueraient à faire les cent pas sur le trottoir en bas de l'immeuble. Personne ne se promène de cette façon, s'était-il dit en allant chercher les jumelles. Quand les gens marchent dans la rue, c'est pour aller quelque part. Ils ne tournent pas en rond comme ces deux-là. Aller-retour, ici et là, comme s'ils cherchaient quelque chose.

Il ne les connaissait ni l'un ni l'autre. Mais il ne mit pas longtemps à deviner avec quelle voiture ils étaient venus et, en quelques clics sur son ordinateur, il avait appris qu'elle appartenait à un dénommé Fabian Risk, inspecteur à la brigade criminelle de Stockholm. La femme enceinte était probablement une de ses collègues et une autre employée de Herman Edelman.

En réalité, il n'était pas surpris de les voir. Il avait toujours su que, tôt ou tard, ils sortiraient de leur tanière et montreraient leurs sales petites gueules. C'est juste qu'il ne pensait pas que cela arriverait aussi vite. Mais ces salopards de flics étaient là.

La question était de savoir pourquoi. Depuis qu'ils l'avaient relâché, il avait tout fait pour ne pas se faire remarquer. Non seulement il avait repris le nom de jeune fille de sa mère, mais il ne l'avait même pas mis sur la porte de son appartement, qui était une sous-location, ou plus exactement une sous-sous-location. Il s'était fait aussi discret que possible dans l'attente qu'un jour, comme le lui avait promis son psychothérapeute, tout le monde ait oublié l'homme qu'il avait été.

Mais ça n'avait pas marché. Bien qu'il ait fait exactement ce qu'on lui avait dit et qu'il se soit plié à tous les exercices, elle avait continué à le dévorer. Quand le psychiatre lui posait des questions, il lui répondait ce qu'il avait envie d'entendre. Mais au fond de lui, il avait compris, après plusieurs années de traitement, qu'elle ne le lâcherait pas et que, quoi qu'il fasse, elle serait toujours là.

La faim.

Il jeta un nouveau coup d'œil dans ses jumelles et vit les deux policiers disparaître sous les échafaudages. Ils l'avaient retrouvé. Mais de quel droit venaient-ils l'embêter ? Est-ce qu'ils allaient enfoncer sa porte et entrer avec leurs gros sabots ? Le coucher par terre, lui mettre des menottes et fouiller son domicile ?

C'est vrai qu'il avait des pensées défendues et du mal à y mettre de l'ordre. C'est vrai que son thérapeute et lui avaient travaillé plusieurs années à les faire disparaître sans y parvenir. C'est vrai que l'enfermer serait un service à rendre à la société. Mais lui, il n'en avait rien à foutre de la société. Pour la première fois de sa vie, à cet instant, il réalisa qu'il était prêt à assumer toutes ses pulsions sans se soucier de l'avis de qui que ce soit.

Si ces foutus putains de salopards venaient frapper à sa porte, il était prêt. Il allait leur planter ses crocs dans la gorge et les déchiqueter.

Il n'avait rien à perdre.

16

Si seulement cette journée pouvait se terminer, songeait Dunja Hougaard en rêvant qu'elle se glissait sous sa couette et qu'elle s'endormait sans attendre le retour de Carsten. Mais la journée venait tout juste de commencer et, malgré deux litres d'eau et quelques Alka-Seltzer, elle était encore une véritable loque.

Elle se versa une tasse de café bien noir et s'assit à la table de réunion, en face de Jan Hesk, qui semblait encore convaincu qu'elle avait comploté avec Kim Sleizner derrière son dos. Kjeld Richter était installé à un bout de la table en train de chercher un point où poser son regard. Tout le monde se taisait et, à mesure que les minutes s'écoulaient, le silence devenait de plus en plus pesant.

Enfin la porte s'ouvrit sur Sleizner qui s'arrêta sur le seuil et jeta un rapide coup d'œil à la petite assemblée. Il portait une chemise, une cravate et des boutons de manchette et il ne s'était pas démaquillé après la conférence de presse. À la connaissance de Dunja, son chef était le seul à l'hôtel de police à demander à se faire maquiller avant une conférence de presse. Mais il est vrai qu'il les adorait et en organisait pour un oui ou pour un non. Personne ne savait comme lui se mettre sous les feux des projecteurs et parler beaucoup pour ne rien dire.

« L'un de vous a vu la conférence de presse ? » lança-t-il en se dirigeant vers la machine à expresso.

Hesk, Richter et Dunja secouèrent la tête de concert.

« Ne me demandez pas comment, mais d'une manière ou d'une autre, j'ai réussi à leur faire croire qu'on avait la situation en main. Alors maintenant, à vous de faire en sorte que je ne me sois pas trop avancé. » Il inséra une capsule dans la machine et il la laissa faire le reste.

Et comme d'habitude, il ne met pas d'argent dans la boîte, nota Dunja. Ce qui ne l'empêchait pas d'engueuler tout le monde quand il en manquait pour racheter des dosettes. Dunja ne se servait jamais de la machine. Non pas pour se soustraire aux remarques de Sleizner mais parce qu'elle était loin de trouver ce café aussi bon que ses collègues s'accordaient à le dire et surtout parce que, pour elle, le fait que la moitié du monde occidental accepte d'entrer dans une secte qui les obligeait à acheter leur café trois fois plus cher dans des boutiques situées exclusivement dans les quartiers chics de la ville tenait du lavage de cerveau et restait un mystère. Quant à l'incidence des capsules en aluminium sur l'environnement, elle n'osait même pas y penser.

« Alors, voyons ce que vous avez. À partir de quel scénario avez-vous commencé à travailler ? »

Hesk s'éclaircit la gorge et se leva. « Nous ne sommes qu'au tout début de l'enquête et un nombre important de questions restent encore sans réponse. Cependant, si on se base sur les empreintes relevées par Kjeld et son équipe, il est indiscutable qu'un troisième personnage est impliqué dans cette affaire. »

Hesk s'obstinait à se mettre debout pour parler dès que Sleizner se trouvait dans la pièce et cette fois encore, Dunja ne put s'empêcher de se demander pourquoi.

Si quelqu'un méprisait Sleizner et tout ce qu'il représentait, c'était bien Jan Hesk. Mais il était peut-être simplement très malin et prêt à faire ce qu'il fallait pour faire progresser sa carrière.

Plus elle y pensait, plus cette manie qu'avait Hesk de lécher les bottes de tous ceux qui étaient au-dessus de lui dans la hiérarchie l'agaçait. Si Sleizner avait ouvert sa braguette et que Hesk avait eu quelque chose à y gagner, elle était sûre…

« Elle est comme ça depuis ce matin, complètement absente. »

Dunja mit plusieurs secondes à réaliser que c'était sur elle que Hesk était en train de tirer.

« Excusez-moi, vous disiez ?

– C'est aussi comme ça que tu le vois ? s'enquit Sleizner, se tournant vers elle.

– Le scénario, précisa Richter, voyant sa confusion. Neuman rentre chez lui, il trouve sa femme au lit avec mister Big et il fait un carnage avec la hache.

– Pardonnez-moi si je vous semble un peu distraite, mais…, commença Dunja en se demandant comment poursuivre sans trop contrarier Hesk.

– Mais quoi ? demanda Hesk.

– Je ne sais pas. Mais j'ai beau essayer, je n'arrive pas à imaginer Aksel Neuman en train de faire un truc pareil. » Elle prit sur la table une photo représentant le cadavre très malmené de Karen Neuman.

« J'ai interrogé plusieurs membres du personnel du Karriere Bar et il apparaît qu'il avait bu pas mal de gin tonics, fit remarquer Hesk.

– Et il a plus d'une fois été mêlé à des bagarres dans les bars, ajouta Richter.

– Oui, mais quand même. » Dunja hésitait à formuler sa pensée. « Je sais que ça peut paraître un peu gnangnan, mais Aksel et Karen faisaient partie de ces rares couples qui semblaient être encore sincèrement amoureux au bout de vingt ans de mariage.

– Écoute, Dunja, nous sommes des policiers, pas des scénaristes de série télé, railla Hesk, levant les yeux au ciel.

– L'idée n'est pas mauvaise, cela dit, plaisanta Richter en plongeant la main dans sa poche pour prendre son téléphone qui s'était mis à sonner. L'intrigue ne manque pas de piquant. Richter à l'appareil... » Il se leva et quitta la pièce.

« Je dis simplement que je ne crois pas que ce soit lui, insista Dunja.

– Et tu penses que quelqu'un ici s'intéresse à ce que tu *crois* ? rétorqua Hesk. Et au fait, s'il est aussi innocent que tu le dis, tu peux me dire pourquoi il a disparu ?

– Je n'en sais rien. J'espère qu'il aura une bonne explication à nous donner quand on le retrouvera. Mais imaginons qu'il soit rentré plus tôt que prévu et que le meurtrier ait été dans la maison, il l'a peut-être pris en chasse. Cela lui ressemblerait beaucoup plus. Surtout s'il était saoul.

– Je suis d'accord. Et c'est ce que Kjeld avait l'air de suggérer », dit Sleizner en hochant la tête, séduit par l'hypothèse.

« Et puis il y a d'autres détails qui me troublent...

– Je propose que tu nous parles plus tard des choses qui te troublent, la coupa Hesk en se levant de sa chaise. Parce que si on doit rattraper ce type avant qu'il soit trop loin, il faudrait qu'on...

– S'il te plaît, laisse-la finir », intervint Sleizner en lui faisant signe de se rasseoir.

Dunja vit du coin de l'œil que Hesk était sur le point d'imploser, mais elle n'avait pas d'autre choix que de poursuivre. « Je ne comprends pas pourquoi tu es si en colère contre moi, Jan.

– Ah bon ?

« – Non, vraiment pas. J'essaye juste de faire avancer l'enquête. Il est possible que je me trompe, bien sûr, mais j'ai l'impression qu'il y a quelque chose dans cette histoire qui ne colle pas. Ne serait-ce que l'arme du crime qui, selon Pedersen, serait une grosse hache. D'après ce que j'ai pu voir, il n'y avait ni bois de chauffage, ni cheminée dans la maison et donc, vraisemblablement, pas de hache. Alors comment est-elle arrivée là ? Tu penses qu'Aksel la trimbalait avec lui dans sa voiture pour le cas où il aurait besoin de fendre la tête de quelqu'un ? »

Hesk réfléchit et finit par hausser les épaules.

« Où veux-tu en venir, Dunja ? » dit Sleizner sans regarder Hesk.

Dunja leur montra une photo de Karen Neuman gisant sur son lit ensanglanté. « Regardez tout ce sang. Et malgré cela, je n'ai vu aucune trace de sang par terre, ni dans la chambre, ni dans le couloir, ni dans le hall. Ce qui indiquerait que le tueur avait préparé son coup et étalé du plastique ou une protection quelconque dans toute la maison. » Elle lâcha le cliché sur le tas avec les autres. « Je pense que la personne qui a fait ça n'en était pas à son premier meurtre.

– Tout cela semble assez logique, en effet, commenta Sleizner tandis que Richter revenait dans la salle de conférences.

– L'analyse des traces de pneus de la troisième voiture vient d'arriver, annonça-t-il en se rasseyant à sa place. Et il y a un détail intéressant. » Il marqua une pause pour soigner son effet, trop courte cependant pour que quelqu'un s'en rende compte. « Tout porte à croire qu'il s'agissait d'une voiture de sport avec des pneus neige cloutés.

– Des pneus à clous ! s'exclama Dunja. Qui utilise des pneus à clous de nos jours ?

– Exactement la question que je me suis posée.

115

– Les Suédois. Ils adorent les pneus cloutés, commenta Hesk. Chaque fois qu'on va fêter Noël dans le Småland avec ma femme, on voit à tous les coins de rue des types en Volvo avec des pneus à clous.

– Notre suspect serait suédois ? dit Sleizner. C'est de mieux en mieux.

– Moi, je penche toujours pour Aksel Neuman, mais en même temps, je ne veux négliger aucune hypothèse. Je propose que nous lancions un avis de recherche pour retrouver Neuman, tout en continuant à suivre la piste suédoise », dit Hesk.

Dunja acquiesça, soulagée de voir son collègue retrouver un teint normal. « On pourrait déjà demander à la Scandlines si la nuit dernière, ils ont eu à bord du ferry une voiture immatriculée en Suède. En admettant que notre assassin soit suédois, il n'est pas exclu qu'il ait pris le bateau pour Helsingborg.

– Bien vu, Dunja. Et à ce propos... » Sleizner se leva. « À partir de maintenant vous ferez votre rapport à Dunja, qui est désormais en charge de cette enquête et qui en référera directement à moi. Des questions ? »

Personne ne fit de commentaire et une seconde plus tard, Sleizner était sorti, laissant derrière lui dans la pièce une tension palpable. Dunja sentait une boule dans sa gorge qui grossissait de seconde en seconde et l'empêchait de respirer. Sa nausée était revenue et le peu qu'elle avait réussi à manger pour déjeuner menaçait de remonter. Elle ne savait pas quoi faire, ni où regarder, et elle aurait voulu pouvoir disparaître dans un trou de souris.

Mais elle resta clouée à sa chaise, tandis que les questions dans sa tête déferlaient comme si elle avait été face à une horde de journalistes. Tout cela était-il de sa faute ? À quel moment avait-elle dépassé les bornes et pris une trop grande place dans cette investigation ? Avait-elle poussé ses idées trop en avant ? Ou bien Sleizner avait-il dès le départ eu l'intention de la mettre à la tête de cette enquête ? Était-ce pour cette raison qu'il l'avait appelée elle sur le lieu du crime et pas Hesk ? Et si oui, pourquoi ? Qu'est-ce qu'il cherchait à faire ? Parce qu'il avait une idée derrière la tête, c'était certain.

Elle en aurait mis sa main à couper.

« Bon…, dit Richter avec un long soupir, rompant le silence. Est-ce que quelqu'un a une idée de ce qui vient de se passer ?

– Moi pas, en tout cas. Je n'y comprends absolument rien », répliqua Dunja, tournée vers Hesk, s'apercevant à cet instant seulement qu'il tremblait de rage. Elle savait qu'il était capable de terribles accès de colère. Il lui avait lui-même raconté comment il lui arrivait, quand il était petit, de jeter des objets par terre et de faire des trous dans les murs à coups de pied. Elle ne l'avait jamais vu à ce point en colère.

« Il faut que tu me croies, Jan. Je ne comprends pas plus que toi. C'est ton enquête et je, je… »

Hesk la coupa d'un ronflement méprisant, le regard planté dans le sien. « Épargne-moi tes pitoyables excuses…

– Je ne fais aucune excuse. Je dis les choses comme elles…

– Ça suffit ! Ferme-la, maintenant ! » Il se leva brusquement et fit tomber sa chaise. « Tu crois que je ne sais pas ce que tu trafiques ? Hein ? »

Dunja aurait voulu se lever, elle aussi. Montrer qu'elle n'avait rien à se reprocher. Faire tomber sa chaise, pointer vers lui un doigt menaçant et lui demander d'aller au diable puisqu'il ne voulait pas écouter ce qu'elle avait à dire. Mais elle sentait que ses jambes refuseraient de la porter. Que pour une raison ou pour une autre, l'attraction terrestre était devenue plus forte à l'endroit où elle était assise. « Je comprends que tu sois contrarié. Mais est-ce qu'on ne pourrait pas essayer d'en parler comme des adultes ? Je veux dire que si nous devons travailler ensemble, il faudrait peut-être que nous soyons capables de laisser ça derrière nous, et de...

– De laisser ça derrière nous ? » Hesk ricana et fit le tour de la table. « Vraiment ? Et tu vois les choses comment, toi ? » Il se planta devant elle et la regarda de haut. « Visiblement, il y a une chose que tu n'as pas pigée. Tu crois que tu vas pouvoir continuer à te pavaner comme la sale pute ingénue que tu es. Mais je vais te dire une bonne chose : tu viens juste de mettre le pied en enfer. Alors profite bien maintenant de ta victoire, pendant que tu le peux encore, parce que je vais te pourrir la vie, ma petite. » Sur ces mots, il quitta la salle de conférences.

Dunja resta là, comme vissée à sa chaise.

17

L'immeuble qui faisait l'angle d'Östgötagatan et de Blekingegatan avait été abandonné en pleine réhabilitation et bien qu'il soit possible de passer sur le trottoir, la plupart des gens préféraient faire le détour en marchant sur la chaussée. Des lambeaux de bâches de protection arrachées par le vent pendaient de l'échafaudage dont les tubes de ferraille craquaient aux soudures avec des plaintes sinistres. Un exemple flagrant de tout ce que la crise financière avait laissé partir à vau-l'eau.

Fabian et Malin avaient inspecté les alentours de l'immeuble, sans réussir à dénicher le portable secret du ministre. Ils se trouvaient à présent devant le n°46 de l'Östgötagatan. Comme ils s'y attendaient, l'immeuble était fermé à clé, mais à l'aide d'une barre de fer qui traînait sur le chantier, Fabian réussit à casser l'une des six vitres de la porte d'entrée et à atteindre le verrou. Divers matériaux de construction étaient entassés dans le hall, et une épaisse couche de poussière recouvrait le sol. Le papier peint se décrochait des murs et des fissures lézardaient le plafond. Une dizaine de cuvettes de W-C étaient alignées contre un mur et autant de baignoires et de réfrigérateurs en encombraient un autre.

« On se croirait chez moi », dit Malin en s'approchant de la rangée de cuvettes en faïence. Un animal de couleur sombre, monté sur quatre pattes, avec une longue queue, s'enfuit dans la cage d'escalier. « Sauf qu'ici il fait beaucoup plus froid.

– En tout cas, c'est tranquille, dit Fabian en suivant dans la poussière une trace de pas conduisant à l'ascenseur.

– Alors, on fait comment ? On va chercher pendant des jours dans un endroit pareil. Tu es sûr que les coordonnées sont bonnes ? J'imagine qu'il suffit d'un seul chiffre erroné pour se retrouver à Haparanda ou à Kuala Lumpur.

– Sans doute. Mais ce n'est pas parce qu'on a les bons chiffres que le portable est toujours là. » Fabian ouvrit la porte de l'ascenseur et regarda à l'intérieur.

« Je te préviens, tu ne me feras pas monter là-dedans.

– Les traces de pas s'arrêtent devant.

– Une chose est sûre, je n'y ajouterai pas les miennes. » Malin commença à gravir l'escalier dont les marches étaient également recouvertes d'une épaisse couche de poussière blanche. Il n'y avait aucune trace de pas humains. En revanche les traces de petites pattes de rat s'entrecroisaient à l'infini.

Dès que l'homme a le dos tourné, la nature reprend ses droits, se dit Fabian, emboîtant le pas à Malin qui grimpait lentement mais sûrement d'un étage à l'autre. Au quatrième, ils retrouvèrent des traces qui n'appartenaient pas à un rongeur. Des marques très nettes laissées par des grosses baskets et qui allaient de l'ascenseur à une porte située au fond du couloir à droite. Devant les autres portes, la poussière reposait, vierge de toute trace.

Malin prit son portable et fit quelques gros plans des empreintes de semelles pendant que Fabian s'approchait de la porte sur laquelle n'était inscrit aucun nom. Il posa une main sur l'œilleton en ouvrant délicatement le volet de la boîte aux lettres avec l'autre.

Il faisait trop sombre à l'intérieur pour qu'il y voie quelque chose et il n'entendit rien non plus. Il fit signe à Malin de venir poser sa main sur le judas pendant qu'il éclairait l'appartement avec son mobile à travers la fente de la boîte.

Un paillasson était posé derrière la porte et un rouleau de Polyane de protection était appuyé contre le mur de gauche.

« Est-ce qu'on ne devrait pas appeler le groupe d'intervention et les laisser entrer en premier ?

– On ne peut pas. Pas tant que c'est la Säpo qui est officiellement en charge de l'enquête. » Fabian referma doucement le clapet de la boîte et tenta d'actionner la poignée. La porte était fermée à clé. Il essaya celle de l'appartement voisin qui elle était ouverte. « Attends-moi ici.

– Tu vas me laisser plantée là... » Elle s'interrompit toute seule et soupira.

Le studio ressemblait à ce qu'on peut s'attendre à trouver dans un immeuble désaffecté. Il était sale et dégradé. Le plancher était arraché par endroits et des câbles électriques pendaient du plafond. En dehors d'un matelas qui semblait en avoir vu de belles, il n'y avait aucun meuble. Fabian alla directement à l'unique fenêtre, l'ouvrit et sortit. La tête sur le billot, il aurait refusé d'admettre qu'il souffrait de vertige, mais la vérité était qu'il n'aimait pas beaucoup se trouver en hauteur. Il n'était d'ailleurs pas encore allé faire ce baptême de montgolfière que ses collègues lui avaient offert pour ses quarante ans. Les deux premières années, ils lui demandaient régulièrement quand il allait enfin utiliser la carte cadeau et, chaque fois, il avait dû trouver une excuse, au point qu'il se demandait s'il n'allait pas leur mentir en leur racontant quelle merveilleuse expérience cela avait été. Il leur dirait qu'il avait évidemment emporté son appareil photo, mais que le paysage était tellement époustouflant qu'il avait complètement oublié de prendre des photos.

À présent, il n'avait plus qu'à espérer que l'échafaudage tiendrait. Il se promit de ne pas regarder vers le bas puisque, de toute façon, il n'y avait rien à voir. Il allait regarder droit devant lui, s'assurer de se tenir constamment à quelque chose avec une main et, surtout, éviter de trébucher.

Après avoir passé trois fenêtres, il se trouva en face de l'appartement dont la porte était fermée à clé. Les stores étaient baissés. Il chercha en vain autour de lui un objet contondant et décida finalement de briser la vitre à coups de pied, ce qui s'avéra plus difficile que prévu. Et maintenant, s'il y avait quelqu'un à l'intérieur, il ou elle avait eu tout le temps de se préparer à l'accueillir, songea-t-il tandis qu'il se glissait à travers le carreau cassé.

Arrivé à l'intérieur, il constata que la pièce faisait environ vingt mètres carrés et qu'à la différence du premier appartement, le sol était relativement propre. Contre un mur se trouvait une kitchenette avec une plaque chauffante, un évier et un réfrigérateur au-dessus duquel une poupée en porcelaine avec de longs cheveux bouclés, une robe et un chapeau assorti le fixait de ses yeux morts.

Il continua sa visite dans la pièce suivante où il faisait si sombre qu'il ne prit pas la peine d'attendre de s'être accoutumé à l'obscurité. Il longea le mur à tâtons et finit par trouver un interrupteur qui alluma un plafonnier. La lumière était si forte qu'il dut détourner les yeux quelques secondes avant de pouvoir ramener le regard sur la table plastifiée percée d'un trou et équipée de sangles qui pendaient des deux côtés.

18

Il y avait presque une demi-heure maintenant que Kjeld Richter avait laissé Dunja toute seule dans la salle de conférences après lui avoir souhaité bonne chance. Elle n'avait pas bougé depuis son départ, cherchant à rassembler assez de courage pour traverser le département la tête haute.

Sa nausée était enfin passée, mais elle avait été remplacée par une terrible migraine. Si elle ne s'hydratait pas très bientôt, sa tête allait éclater. Et pour couronner le tout, elle avait terriblement envie de faire pipi.

Après avoir bien réfléchi à sa situation, elle était arrivée à la conclusion qu'en dehors de Sleizner, à qui elle n'avait aucune envie de parler, elle était complètement seule. Hesk était un trop bon policier pour laisser tomber l'enquête, mais elle ne doutait pas qu'il ferait tout ce qu'il pouvait pour lui mettre des bâtons dans les roues.

Elle ne savait pas exactement ce qu'elle pouvait attendre de Richter. Elle n'avait perçu chez lui ni ironie ni réserve quand il lui avait souhaité bonne chance. Il ignorait probablement lui-même sur quel pied danser et le connaissant, il choisirait la voie la plus diplomatique, ne serait-ce que pour ne pas se trouver en porte-à-faux vis-à-vis de ses autres collègues.

Bref, elle avait été mise sur la touche et personne ne souhaitait qu'elle vienne à bout de la tâche qu'on lui avait confiée. Probablement même pas Sleizner. En revanche, elle n'était pas femme à s'avouer vaincue sans avoir essayé et elle n'avait pas l'intention de se laisser abattre. Elle n'avait pas d'autre solution que de garder les yeux sur la balle et de marquer des points en résolvant cette affaire, en arrêtant le coupable et en leur montrant à tous qu'elle n'était pas n'importe qui.

Encore aurait-il fallu qu'elle y croie elle-même.

Elle tendit la main vers la corbeille de fruits, prit la petite serviette qui se trouvait au fond et s'épongea le front. Puis elle ferma les yeux et respira profondément, s'accrocha au rebord de la table et se leva avec précaution.

Ses bras tremblaient, ses jambes vacillaient et son pouls battait dans ses tympans. Mais autant s'y habituer tout de suite. Hesk avait raison.

Elle allait faire ses premiers pas en enfer.

19

Après avoir ouvert la porte et fait entrer Malin dans l'appartement squatté, Fabian était retourné près de la longue et étroite table installée au milieu de la plus grande des deux pièces. Elle était fixée au sol avec des pattes en métal et recouverte d'une matière plastique transparente agrafée sous les bords. Le trou se prolongeait par un entonnoir relié à un large tube plongé dans un bidon. Le bidon était vide et l'entonnoir parfaitement propre. Idem pour l'alèse en plastique et pour les sangles rivetées de part et d'autre de la table. Fabian ne trouva aucune trace de sang, ni d'excréments.

Contrairement au reste de la pièce, le lit paraissait neuf et net. Les rivets qui retenaient les lanières brillaient et il n'y avait pas un grain de poussière sur la lampe suspendue au plafond. De deux choses l'une, soit quelqu'un avait soigneusement fait le ménage derrière lui, soit cette installation n'avait jamais servi.

La fenêtre avait été barricadée à l'aide de planches d'aggloméré, chaque interstice étant soigneusement recouvert de ruban adhésif. Tout avait été mis en œuvre pour occulter la lumière du jour et empêcher quiconque de voir quoi que ce soit de l'extérieur. Dans l'angle de la pièce il y avait un rouleau de Polyane de protection, un tournevis, une scie circulaire et une grande rallonge.

Le squat avait visiblement été aménagé dans un but précis. Mais lequel ?

Torture ? Opération ? Découpage ?

Ou bien s'agissait-il d'une sinistre installation dont l'unique fonction était de maintenir un individu prisonnier ? Qui en était l'auteur et à qui était-elle destinée ?

Si c'était Grimås, où était-il, à présent ? Son téléphone portable très privé s'était apparemment trouvé ici à un moment donné. Mais visiblement, il n'y était plus. Qu'est-ce que son ravisseur avait fait du ministre ? Les questions s'empilaient comme dans un jeu de Jenga et retombaient sans cesse en un gros tas informe.

Fabian soupira. « Que dirais-tu d'aller déjeuner de bonne heure, Malin ? cria-t-il. C'est moi qui t'invite. » Il avait besoin de faire une pause pour remettre ses idées en place avant de pouvoir continuer.

« Tout de suite ? répondit Malin depuis l'entrée. Tu ne veux pas qu'on termine ici, avant ?

– Si tu veux. » Fabian la rejoignit dans la pièce avec la kitchenette. « On regarde ça et on y va ? »

Comme le reste de l'appartement, la pièce avait l'air à peu près entretenue. Une bouilloire électrique au couvercle relevé était posée sur le plan de travail et un verre et une tasse séchaient à l'envers sur l'égouttoir. Quelqu'un avait passé quelques heures ici, maximum vingt-quatre heures.

Il tourna le robinet qui toussa un peu d'air avant de laisser couler un filet d'eau régulier et propre. Pas la moindre trace de rouille, uniquement un peu d'air. On était donc venu ici il y a une ou deux semaines, probablement pour préparer les lieux. Ou si quelqu'un était venu ces dernières vingt-quatre heures, il n'avait pas fait couler d'eau. Fabian coupa le robinet et ouvrit le réfrigérateur qui, à sa surprise, était branché et contenait quelques tranches de pain noir dans une poche en plastique, une boîte de pâté et un bocal presque vide de *Haywards pickled onions*, la fameuse recette anglaise d'oignons au vinaigre.

Le congélateur contenait deux sachets de surgelés. Il en sortit un, le secoua un peu et essuya le givre qui le recouvrait. La première chose à laquelle il pensa fut qu'il s'agissait d'un ver solitaire blanc, enroulé sur lui-même. Il n'en avait jamais vu en vrai, mais avait entendu dire qu'ils pouvaient mesurer jusqu'à vingt mètres de long. Puis il vit qu'il était écrit « boyaux » sur l'étiquette et en déduisit qu'ils devaient servir à faire des saucisses maison. L'autre poche contenait des abats de porc, ou de poulet, peut-être.

Bien qu'il possédât un livre de cuisine datant des années trente, contenant toutes sortes de recettes sur la manière de les accommoder, Fabian n'avait jamais aimé les abats. Il y avait entre autres, dans cet ouvrage, une recette de cervelle de bœuf grillée, très prisée en Amérique du Sud. Mais qui mangeait ce genre de choses aujourd'hui ? Et surtout, quel rapport avec la disparition du ministre, se sermonna-t-il intérieurement.

« Fabbe ! Viens voir ! » lui cria Malin.

Fabian retourna dans l'autre pièce et, en avançant vers le vestibule dans cet axe, il l'aperçut. Il ne l'avait pas remarquée tout à l'heure. Sans doute parce qu'il était tourné dans l'autre sens et concentré sur l'étroite table. Il en avait déjà vu une semblable au-dessus du réfrigérateur à côté, et c'est probablement ce qui le fit réagir. Car, posée sur l'armoire à fusibles, une deuxième poupée en porcelaine, avec des boucles blondes, le fixait de ses yeux bleus.

Il la descendit de son perchoir et la regarda sous toutes les coutures. Il avait toujours détesté les poupées, en particulier les poupées en porcelaine, car bien qu'elles soient beaucoup plus petites qu'un véritable enfant, leur figure était si bien imitée qu'elles le mettaient mal à l'aise.

Quand il était petit, sa grand-mère lui en avait offert une pour Noël et il tremblait encore aujourd'hui en pensant à cette poupée, assise sur l'étagère, parmi ses autres jouets, qui semblait ne jamais le quitter des yeux, le jour comme la nuit. Il n'avait pas mis longtemps à se mettre à faire des cauchemars et à perdre le sommeil. Il l'avait cachée dans son armoire, recouverte d'une couverture. Il avait même fini par la jeter. Mais sa mère s'obstinait à la récupérer et à la remettre sur son étagère, sous prétexte qu'elle était belle et qu'elle avait coûté très cher.

Alors, un après-midi où il était seul à la maison, il avait pris son courage à deux mains, il l'avait fourrée dans son sac à dos et il s'était rendu à la cimenterie derrière les collines du parc Kojak, dans le quartier de Dalhem, au nord de Helsingborg. Comme il l'avait fait d'innombrables fois auparavant, il avait sauté au-dessus de la grille avec ses panneaux qui informaient le public que l'endroit était interdit aux personnes étrangères à l'usine, et il avait jeté la poupée dans une énorme bétonnière. Il l'avait regardée s'enfoncer lentement dans l'épais mélange de sable, d'eau et de ciment jusqu'à ce qu'elle disparaisse. Hors de sa vie, tout du moins. Peut-être était-elle emmurée les yeux ouverts, quelque part.

« Fabbe ! Qu'est-ce que tu fous ? »

Il rejoignit Malin qui l'attendait dans la salle de bains et la trouva debout dans la baignoire en train d'éclairer un trou dans le mur. « Viens voir ça. » Elle s'écarta et lui passa la lampe de poche.

« Tu as vu ? »

Fabian acquiesça. À quelques mètres au fond du coffrage dans lequel passait la tuyauterie, on devinait la présence d'un manteau noir et d'un chapeau à large bord.

« Ce sont les vêtements de Grimås, non ?

– Oui sans doute, mais…

– Mais quoi ?

– Ça ne colle pas. » Il se retourna vers Malin. « Je n'y comprends rien.

– Qu'est-ce que tu ne comprends pas ? Grimås est venu ici et...

– Mais dans quelles circonstances ? Il est venu ici tout seul ou on l'y a amené ?

– Sans le banc de torture à côté, j'aurais dit qu'il était venu seul. Imaginons qu'il connaisse le propriétaire de l'appartement. Il serait venu pour se changer avant de repartir faire je ne sais quoi.

– Mais...

– Mais maintenant, je crois plutôt qu'on l'a amené ici.

– D'accord. Alors pourquoi n'y a-t-il personne ?

– Ils l'ont conduit ici et ils l'ont déshabillé. Ne me demande pas pourquoi. Peut-être simplement parce qu'ils avaient besoin qu'il soit habillé autrement. Et là, tout à coup, ils découvrent son deuxième portable et comprennent que ce n'est qu'une question de temps avant que nous retrouvions sa trace. Alors ils disparaissent à toute vitesse et... voilà.

– Tu crois qu'il est parti seul du Parlement, après quoi il aurait été enlevé et emmené au Kanslikajen, où son premier portable a atterri dans le canal ?

– Il avait peut-être reçu un ultimatum avant de sortir. Il a passé la porte avec vingt minutes de retard. Je n'en sais rien. » Elle soupira et lui tendit un manche à balai. « J'essaye de trouver une explication qui tienne la route. »

Fabian prit le balai et l'enfonça dans le coffrage. Il repêcha les vêtements de Grimås et son attaché-case qui était resté coincé.

Ils ressortirent de la baignoire et pendant que Malin examinait les vêtements et fouillait les poches, Fabian se chargea de la serviette qui outre une boîte de réglisse à moitié vide,

129

trois stylos et un agenda Filofax, contenait un porte-document. Après l'avoir rapidement feuilleté, Fabian put constater qu'il s'agissait de divers rapports et analyses sur les résultats d'une série de lois et d'amendements votés ces dernières années.

L'agenda s'avéra nettement plus intéressant. Presque tout le monde était passé à l'agenda électronique, désormais. Mais pas Grimås.

Il était de l'ancienne école où l'on écrivait les adresses et les numéros de téléphone à la main et où on pouvait les lire sans mot de passe. Les pages étaient pleines de rendez-vous et de pense-bêtes manuscrits du genre : *Quand les écologistes comprendront-ils que le déodorant sert à quelque chose ?... Cette gourde de socialiste ne sait toujours pas de quoi elle parle... C'est peut-être un bon coup ?... Penser à prendre RV à la caisse d'assurance retraite.* Etc.

Ce ne fut pas tant le contenu que l'écriture elle-même qui accéléra le pouls de Fabian. Cela n'arrivait presque jamais. Fabian aurait pu compter sur les doigts d'une main le nombre de fois où cela s'était produit. Mais quand c'était le cas, la gratification était telle qu'elle contrebalançait tout le reste. Comme un joli but au football après une succession de matchs soporifiques. C'était une de ces fois-là. La satisfaction incomparable qu'on ressent au moment où une pièce impossible du puzzle trouve soudain sa place.

« Et voilà le travail ! Exactement comme je le disais, claironna Malin en brandissant le portable. Allô ! Il y a quelqu'un ? »

Fabian leva la tête et croisa son regard.

« Qu'est-ce qu'il y a ? Tu as trouvé quelque chose ? »

Il hocha la tête. « Oui. Je ne crois pas qu'il soit venu ici.

– Qui ça ? Grimås ? Évidemment qu'il est venu ici. Allô ! On se réveille ! chantonna Malin en agitant le téléphone sous son nez.

– Il faut que je revoie la bande de la caméra de surveillance d'hier avant d'être tout à fait sûr.

– Sûr de quoi ? Attends, je ne comprends pas, là. Comment... » Elle réalisa qu'il ne lui en dirait pas plus et renonça.

Fabian était déjà sorti de la salle de bains et sur le point de quitter l'appartement.

20

Sofie Leander réalisa que, pour une fois, elle avait dû dormir très profondément. Jusqu'à présent, le moindre bruit de pas ou de voix à proximité l'avait réveillée. Elle avait ouvert les yeux, tous ses muscles s'étaient durcis et elle avait vu défiler dans les moindres détails les images de ce qui allait lui arriver.

Ce qu'elle était convaincue qu'il allait lui arriver.

Mais chaque fois le bruit de pas s'était éloigné et elle avait continué à vivre quelque temps, en sursis.

Jusqu'à ce moment.

Car cette fois, c'était différent.

Cette fois, pour une raison qu'elle ne comprenait pas, elle n'avait entendu ni pas ni voix.

Cette fois, elle s'était réveillée au son d'un moteur électrique et du grincement d'une porte, mais à la différence des fois précédentes, elle se sentait calme et détendue. Comme si elle avait été dans un état de tension extrême trop longtemps et qu'à présent, son corps n'avait plus assez d'énergie pour ressentir la peur.

Et pourtant Sofie avait peur.

Elle était terrifiée.

Elle entendit la porte se refermer et les fermoirs d'une mallette s'ouvrir. Puis un cliquetis sur la table derrière elle. Les scalpels et les pinces, songea-t-elle en essayant de stopper le film dans lequel elle voyait en boucle la scène où on l'éviscérait.

Elle essaya de tourner la tête pour voir si la personne qui était entrée était la même que le docteur qui l'avait amenée ici, mais dut y renoncer parce que la sangle autour de son cou s'enfonçait trop profondément dans la plaie. Quelle importance cela avait-il de toute façon ? L'attente était terminée et il fallait en finir.

Les moniteurs s'allumèrent autour d'elle et elle se mit à écouter les sons qu'ils faisaient. On relâcha la lanière qui entourait son poignet droit et elle sentit le contact des ciseaux froids sur la peau de son avant-bras lorsqu'on découpa la manche de son chemisier. Elle sentit une piqûre dans le creux de son coude et quelques secondes plus tard, le sommeil l'envahit et effaça toutes ses pensées.

Beaucoup trop vite après cette attente qui lui avait paru une éternité.

Elle aurait voulu qu'on lui laisse le temps de dire quelque chose. Qu'on lui enlève son bâillon pour qu'au moins elle puisse demander pardon, expliquer à son bourreau qu'elle avait toujours su que c'était mal, mais aussi qu'elle n'avait pas eu le choix. Elle aurait voulu lui dire que, malgré sa peur, elle acceptait sa punition et estimait que ce n'était que justice.

Mais même ça, on ne le lui accorda pas.

21

« Vous avez cinq minutes, après je vous demanderai de partir », les prévint le surveillant en double-cliquant sur le fichier vidéo. « Entendu ? »

Fabian et Malin hochèrent la tête de concert. En attendant que l'homme en uniforme les laisse seuls, ils jetèrent un coup d'œil à travers la fenêtre où les plongeurs de la Säpo cherchaient le cadavre de Grimås à l'extrémité est du lac de Riddarfjärden, le long du Kanslikajen.

Ils se trouvaient dans le petit bureau du personnel, derrière le poste de garde de Ledamotshuset, le bâtiment du Parlement, et ils avaient dû employer tous leurs talents de persuasion pour avoir accès à la bande de vidéosurveillance sur laquelle on voyait ressortir le ministre de la Justice. Non seulement les services de renseignements l'avaient classée top secret, mais ils avaient prévenu les responsables de la sécurité contre d'éventuels inspecteurs de la brigade criminelle qui pourraient venir poser des questions.

Mais ils avaient sous-estimé les accès d'humeur de Malin qui, quand on la contrariait, était capable d'épuiser la résistance de n'importe qui.

Fabian démarra le film sur lequel on voyait la double porte en verre Sécurit. Puis Carl-Eric Grimås entrait dans le champ. Fabian revit très exactement la même séquence que celle qu'il avait vue la veille au soir dans les locaux de la Säpo. Le ministre de la Justice arrivait seul, une serviette de documents dans la main gauche, il passait son badge dans le lecteur de la main droite, poussait la première porte, puis la deuxième et disparaissait dans les bourrasques de neige.

Comme Fabian le soupçonnait, la réponse à leurs questions était là, sous leurs yeux, depuis le début, mais ils n'avaient pas su où regarder. L'attaché-case dans la main gauche et le passage de la carte magnétique avec la main droite. C'était ainsi que procédait un droitier.

Mais le sens dans lequel penchait l'écriture de Grimås sur les notes prises dans son agenda racontait une autre histoire.

Comme son épouse Sonja, le ministre était gaucher.

Fabian se tourna vers Malin. « Tu vois ? Sur cet enregistrement, il est droitier.

– Tu veux dire qu'il ne s'agit pas de Carl-Eric Grimås sur cette bande, mais de quelqu'un qui se fait passer pour lui. »

Fabian hocha la tête. « Probablement le ravisseur. » Il refit défiler la bande depuis le début, image par image. « Tu as vu ? Il sait exactement où se trouve la caméra et dans quel angle il doit se placer pour ne pas montrer son visage.

– Mais si c'est le ravisseur, alors où est le ministre ? »

Fabian poussa un soupir en regardant Malin dans les yeux. « Je n'en sais rien. Mais si on ne l'a pas vu quitter le bâtiment par une autre issue, on ne peut pas exclure qu'il soit encore à l'intérieur. »

22

Nanna Madsen – 21 ans, 5 décembre 2005, container à ordures à Herlev.
Importants saignements suite à morsures sur la majeure partie du dos, la poitrine et le pubis. Analyse des empreintes dentaires indiquant morsures humaines et canines, chien de type doberman. Aucune piste concernant l'agresseur.

Kimie Colding – 17 ans, 23 avril 2007, Peblinge sø.
Lésions pelviennes suite à pénétration brutale. Fractures nombreuses des dents du haut et du bas ainsi que plusieurs fractures ouvertes de la boîte crânienne indiquant coups violents à la tête. Arme probable : marteau. Présence d'eau dans les poumons indiquant que la victime était consciente lorsqu'elle a été jetée dans le lac. Aucune piste concernant l'agresseur.

Mette Bruun – 37 ans, 7 septembre 2008, Amager Fælled.
Orifice anal et côlon déchirés, nombreuses lésions du pelvis à l'estomac, vraisemblablement suite à pénétration avec une branche ou une batte hérissée de piques. Aucune piste concernant l'agresseur.

Dunja Hougaard posa le dossier sur la table, s'enfonça dans le canapé et ferma les yeux. Elle avait besoin de faire une pause et d'effacer de son esprit les images de ces cadavres de femmes monstrueusement violées par tous les orifices qui suppliaient qu'on leur rende justice et n'obtiendraient jamais réparation.

Kim Sleizner vint les remplacer. Elle avait à peine eu le temps de s'asseoir à sa table de travail qu'il était venu l'inviter à le rejoindre dans son bureau, avant de rentrer chez elle. C'est alors qu'elle avait compris. Un frisson glacé lui avait parcouru l'échine quand les véritables intentions de son chef lui étaient apparues et qu'elle avait réalisé que ses compétences professionnelles n'étaient pas celles qui l'intéressaient en priorité.

Après coup, elle s'étonnait d'être passée à côté de ce qui apparemment avait été si évident pour tout le monde. Tout cela était grotesque et tout ce qui lui restait à faire était de leur montrer à quel point ils s'étaient trompés sur son compte.

C'est pour ça qu'elle était encore en train de travailler chez elle, sur le canapé, en dehors des heures ouvrées. Elle avait rapporté à Blaagaardsvej les dossiers des pires affaires non élucidées de ces dernières années, ayant trait à des crimes sexuels. Mikael Rønning, du service informatique, l'avait aidée à les sélectionner dans les archives, bien qu'il n'ait aucune compétence policière. Mais elle avait besoin d'un allié. De préférence sans aucun lien avec son département.

Comme un jeune taureau lâché dans une prairie au printemps, il s'était lancé dans cette recherche avec toute son énergie. Mais à mesure que la photocopieuse crachait les enquêtes dont chacune était plus monstrueuse que la précédente, il avait quelque peu déchanté et, quand il avait réalisé l'étendue de cruauté délibérée qu'on pouvait rencontrer sur cette terre, il avait déclaré avoir définitivement perdu foi en l'humanité.

Dunja n'était surprise ni par l'horreur des crimes commis, ni par le fait que, dans la plupart des cas, l'agresseur était un homme et la victime une femme. Elle était étonnée en revanche par la quantité d'enquêtes non élucidées et par la facilité avec laquelle on avait chaque fois coupé les effectifs et stoppé l'investigation.

La liste des agressions pour viol tombées dans l'oubli semblait sans fin et, bien qu'elle ait demandé à Rønning de lui transmettre uniquement celles où la victime avait été retrouvée morte, elle avait rapporté chez elle plus d'une douzaine de cas sur une période de moins de quatre ans. Sans compter qu'ils s'étaient concentrés sur la zone géographique longeant la côte entre Køge et Helsingør.

Cela représentait trois affaires par an dans lesquelles des femmes s'étaient vu infliger des souffrances si atroces que la mort avait dû leur apparaître comme une délivrance. Trois enquêtes abandonnées alors que le coupable courait toujours. Trois victimes par an !

Devant sa fenêtre, les nuages d'un gris de plomb couraient sur le ciel, se rassemblant pour déclencher une nouvelle tempête et faire disparaître le peu de lumière du jour qui subsistait encore. Les images du corps massacré de Karen Neuman refusaient de la laisser en paix, se mêlant aux nuages. Sous plusieurs aspects, par son mélange de folie et de froide détermination, ce meurtre était comparable aux affaires qu'elle venait d'exhumer des archives et, comme elle l'avait dit lors de la réunion ce matin, elle était convaincue qu'il n'était pas l'œuvre d'un débutant. Ce monstre n'en était pas à sa première surprise-partie.

Karen Neuman n'était qu'une nouvelle victime de sa quête d'émotions fortes.

Cependant, malgré tous ses efforts, elle ne parvenait pas à trouver un lien avec les dossiers qu'elle venait de parcourir. Elle avait tout essayé. Elle les avait triés à l'aide de différents critères, elle avait lu plusieurs fois les descriptions détaillées des lésions sur les victimes et étudié à la loupe leurs corps torturés à mort. Mais aucun dénominateur commun ne lui avait sauté aux yeux.

Elle avait d'office écarté sept cas sur les douze. Quatre d'entre eux présentaient suffisamment de points de convergence pour être classés dans une catégorie à part. En outre, un suspect sérieux avait été considéré, mais malheureusement, il avait réussi à se suicider avant son procès.

Les trois autres meurtres avaient un point commun indiscutable. Chaque fois, l'agresseur avait emporté un trophée avec lui sous la forme d'un scalp et, d'après le rapport d'Oscar Pedersen, l'importante quantité de sang trouvée autour des têtes écorchées indiquait que les victimes étaient vivantes pendant qu'il leur mettait le crâne à nu. Et le responsable de ces actes bestiaux était toujours en liberté.

Il n'était pas l'homme qu'elle cherchait, mais elle se promit de relancer l'enquête et de retrouver ce monstre à la première occasion.

Il restait encore cinq dossiers sur la table.

Cinq enquêtes qui officiellement étaient toujours en cours, mais qui en réalité avaient été abandonnées.

Aucun des crimes relatés dans ces dossiers ne pouvait être l'œuvre d'un novice. D'un autre côté, tous les cinq montraient des différences flagrantes. Rien ne semblait les relier entre eux. Les victimes n'avaient ni le même âge, ni les mêmes caractéristiques physiques. Les scènes de crime étaient éloignées les unes des autres et le *modus operandi* n'était pas comparable.

C'était comme si chaque cas était un acte isolé, perpétré par un individu qui avait perdu le contrôle de façon ponctuelle, violant, torturant et tuant sa victime de la manière la plus monstrueuse pour ensuite retourner à sa vie normale, sans laisser la plus petite trace ni preuve derrière lui. Ce qui était impossible. Il y avait forcément un point commun. Et elle allait le découvrir.

Elle fut interrompue dans ses pensées par la sonnerie de son portable. L'appel venait de Kjeld Richter et elle lui répondit d'une voix grave et professionnelle, alors qu'elle se réjouissait intérieurement qu'il l'appelle elle et pas Hesk. D'après Scandlines, la compagnie maritime qui assurait la liaison entre Helsingør et Helsingborg, deux véhicules avaient endommagé une porte en s'engageant dans la zone d'embarquement la nuit précédente et on lui avait demandé d'aller voir sur place.

« OK. Mais dis-moi, tu es encore à Helsingør ?

– *Je t'aime bien, Dunja. Mais je voudrais que tu comprennes bien une chose. Tu t'es mise dans une situation qui risque fort de te couler. Et quoi que tu décides de faire le jour où cela arrivera, sache que ce ne sera pas la peine de compter sur mon aide.*

– Écoute-moi, s'il te plaît, Kjeld. C'est Sleizner qui est la cause de toute cette histoire. C'est son idée de me mettre à la tête de cette enquête. Je t'assure que je ne comprends pas plus que toi ce qui...

– *Cela ne me regarde pas. Personnellement, j'ai l'intention de continuer à faire mon boulot et c'est tout. C'est tout ce que j'avais à dire.*

– Je comprends », répliqua Dunja. Elle respira profondément. « Mais je suppose que tu ne m'appelles pas pour me raconter que tu as une nouvelle poule dans ton poulailler. Tu as travaillé un peu aussi, peut-être ?

– *Hein... ? Pardon ?*

– Tu m'as très bien entendue », dit Dunja, épatée de voir qu'elle ne se laissait pas marcher sur les pieds et qu'elle comptait le faire savoir. « Alors ? Tu as trouvé quelque chose ? Parce que sinon, j'ai d'autres...

– *J'ai déjà fait mon rapport à Jan, je voulais juste te prévenir que je rentrais chez moi.*

– Je croyais que c'était à moi que tu devais faire ton rapport, ou j'aurais mal compris ? Pourtant il me semble que sur ce point au moins, Sleizner a été très clair.

– *Je n'ai pas envie de me retrouver au milieu d'une lutte de pouvoir entre...*

– Tu viens de me dire que tu avais l'intention de continuer à faire ton boulot. C'est tout ce qu'on te demande, Kjeld. »

Il y eut un silence au bout de la ligne et Dunja pouvait presque entendre le cerveau de Richter peser le pour et le contre.

« *Je ne me souviens plus qui l'a mentionné. Mais une chose est sûre, c'était bien la voiture immatriculée en Suède et la BMW de Neuman qui se trouvaient au terminal du ferry et qui ont forcé les portes pour en ressortir.* »

Dunja se leva de son canapé. « Et ensuite ? Où sont-ils allés ensuite ?

– *Ils ont continué tout droit sur Færgevej. Mais ce n'est pas la peine d'aller chercher des traces là-bas. Depuis, il y a eu du passage.* »

Dunja alla jusqu'à la fenêtre et constata que la neige avait effectivement recommencé à tomber. D'habitude, elle adorait la neige, surtout les premières neiges hivernales qui habillaient la grisaille ambiante d'un joli manteau blanc tout propre, atténuait les sons et calmait grands et petits. Mais pas cette fois. Cette fois, la tempête signifiait simplement qu'ils étaient dans une course contre la montre. Chaque nouveau flocon contribuait à effacer les traces et diminuait leurs chances d'apprendre ce qui s'était passé là-haut, dans le port de Helsingør.

« *Et au cas où tu te poserais la question, j'ai fait tous les relevés que je pouvais faire. Et maintenant, il faut que j'y aille.*

– Une question, Kjeld. Chez toi aussi, il neige ?

– *C'est un vrai blizzard et si je ne pars pas bientôt, je n'arriverai pas à temps pour prendre mes gosses à l'école.*

– Oui, mais moi, je veux que tu restes et…

– *Comment ça, que je reste ! Mais je ne peux pas ! Le jeudi est le seul jour de la semaine où c'est moi qui prends les enfants. Si je déconne, Sofie ne va pas m'adresser la parole de tout le week-end.*

– Désolée, c'est comme ça. Tu finis ton boulot avant.

– *Je l'ai fini, mon boulot, merde ! Tu as des problèmes d'audition, ou quoi ?*

– Tu ne l'as pas fini avant que je dise que tu l'as fini. »

Elle entendit Richter pousser un long soupir exaspéré, puis se ressaisir. « *Tu crois que je ne sais pas ce que tu es en train de faire ? Tu me prends vraiment pour un…*

– Ça suffit, maintenant, Kjeld. Je te rappelle que c'est moi qui dirige cette enquête et pas toi. Alors tu vas faire ce que je te demande avant qu'il ne soit trop tard ! »

Un silence total lui répondit. Dunja songea que Richter devait être aussi choqué qu'elle l'était par ce coup de gueule. Elle n'avait jamais parlé comme ça à personne. Y compris dans les moments où Carsten la mettait hors d'elle.

« Avant de reprendre la route, je voudrais que tu prennes la Færgevej vers le nord pour voir si leurs traces continuent dans cette direction, ou bien s'ils ont tourné quelque part.

– *Et ça va nous avancer à quoi, à part à me mettre en retard ? Ils peuvent être n'importe où à l'heure qu'il est, et je n'ai aucune chance de…*

– Contente-toi de faire ce que je te dis.

– *Je suis déjà en route, figure-toi.*

– Super. Tu es où, exactement ? » Elle se précipita vers son bureau, dans l'angle du séjour, ouvrit son ordinateur, cliqua sur Google Maps et zooma sur le port de Helsingør.

« *Je suis place de la gare. Je vais tourner à droite dans Havnegade et continuer vers le nord en longeant le port.*

142

– Bon, mais tu ne vois que le côté gauche de la route, alors ?

– *Je crois que tu ne te rends pas bien compte ! C'est pire que de chercher une aiguille dans une meule de foin, c'est comme de chercher une tige de foin dans une meule de foin. Il y a des traces fraîches partout ! La neige tombe comme... Comme je ne sais pas quoi. Mais...*

– Et maintenant, tu es où ?

– *Pratiquement arrivé au bout du port, je suppose que je vais arriver sur Nordre Strandvej.*

– Fais demi-tour et refais le même trajet en sens inverse.

– *Hein ? Mais pourquoi ? Dans l'autre sens, je ne verrai que le quai !*

– Fais ce que je dis avant que la neige ait tout recouvert ! Si tu continues à discuter tout ce que je te dis, tes gosses vont passer la nuit à la garderie. »

Dunja s'attendait à ce qu'il se mette en colère. Certes, elle avait indiqué par le ton de sa voix qu'elle plaisantait, mais Kjeld Richter était connu pour son incapacité à déceler l'ironie et pour sa totale absence d'humour. Certains dans le département étaient même allés jusqu'à l'appeler *le Suédois*. Même ça, ça ne l'avait pas fait rire. Au contraire, il était allé voir le directeur des ressources humaines et s'était plaint de harcèlement. Après quoi tout le monde avait été convoqué pour une réunion de crise.

« La dernière phrase était une plaisanterie, Kjeld. Évidemment que tes enfants ne vont pas...

– *Attends... Je crois que j'ai trouvé...*

– Quoi ? Tu as trouvé quoi ? Kjeld, réponds ! Tu es où exactement, là ?

– *Tu vois la voie ferrée qui court le long de Havnegade ?* »

Dunja zooma sur la voie ferrée allant de la route jusqu'au quai. « Oui, je la vois. C'est là que tu es ?

143

– *À l'endroit où je me trouve, on peut traverser la voie et continuer à longer le port. Ne bouge pas, je vais juste...* » Dunja entendit qu'il ouvrait la portière. Le bruit du vent était assourdissant. « *Putain quel temps !* »

Mauvais temps ou pas, Dunja aurait bien aimé être sur place. « Tu vois une trace ?

– *Ça ne peut être que ça. Il y a une trace de pneus avec des clous et une... Ils ont dérapé sur le quai et puis...*

– Et puis quoi ? Kjeld, bon Dieu ! Dis-moi ce que tu as découvert !

– *Des morceaux d'un feu arrière. Mais qu'est-ce que...* »

La frustration commençait à lui donner des démangeaisons au cuir chevelu. Dunja faillit l'engueuler pour qu'il cesse de parler en pointillés et qu'il lui décrive exactement ce qu'il avait sous les yeux. Elle parvint à se maîtriser et à patienter jusqu'à ce qu'il mette fin à l'interminable silence qui n'avait duré que quelques secondes.

« *Alors, si je ne suis pas complètement givré, Neuman a poursuivi la voiture avec les pneus neige sur le quai et il a foncé sur lui pour le... Attends, je regarde... Oh merde. Oui, c'est forcément ça qui s'est passé.*

– Quoi ? Il s'est passé quoi, Kjeld ? Állô !

– *Pour le pousser dans le port.*

– Tu veux dire que la voiture avec la plaque suédoise est au fond de l'eau ?

– *J'en suis quasiment certain.*

– Et tu penses que l'agresseur est à l'intérieur ?

– *Peut-être. Et peut-être pas. Je n'en sais rien. Il y a pas mal de traces de pas, mais il a déjà trop neigé pour que je puisse voir si elles appartiennent à une ou à plusieurs personnes.*

– Bon. Prends toutes les photos et tous les relevés que tu peux. On se voit demain. » Elle raccrocha et retourna s'allonger sur le canapé pour réfléchir et faire le point.

Si Richter avait bien interprété les traces dans la neige, cela signifiait que Neuman avait pris le meurtrier présumé en chasse après être rentré chez lui et avoir découvert le cadavre de sa femme dans le lit conjugal. Apparemment, il avait suivi discrètement la voiture du suspect jusqu'au terminal du ferry à Helsingør où il s'était fait repérer, ce qui avait donné lieu à une poursuite en voiture dans les règles de l'art, laquelle s'était brutalement achevée dans le bassin portuaire.

Mais où Aksel Neuman et sa BMW étaient allés ensuite, cela restait une énigme.

L'une des explications pouvait être qu'il se cachait parce qu'il risquait d'être accusé de meurtre sur la personne de l'assassin présumé de sa femme. Un autre scénario possible était que le conducteur de la voiture suédoise ait réussi à sortir du véhicule et soit remonté à la surface. Ou qu'il n'ait plus été dans sa voiture au moment où celle-ci était tombée dans l'eau, qu'il se soit caché quelque part pour attaquer Aksel Neuman par surprise, qu'il l'ait tué et lui ait volé sa voiture.

Tout cela était possible. Savoir si c'était vrai était une autre question et si on demandait à Dunja de se prononcer, elle émettrait quelques doutes. Car rien de tout cela ne lui paraissait vraisemblable. Cependant, quelque chose lui disait que, dans cette enquête, elle allait devoir éviter de s'arrêter à ce qui était vraisemblable.

23

Le Parlement suédois est composé de sept bâtiments : les Chambres des députés est et ouest, situées sur l'île de Helgeandsholmen, l'Assemblée nationale ainsi que Brand-kontoret, Neptunus, Cephalus et Mercurius dans Gamla Stan, la vieille ville de Stockholm. Tous ces bâtiments sont reliés entre eux par des souterrains et surveillés par une bonne centaine de caméras, ce qui est beaucoup pour les deux pauvres surveillants assis devant les moniteurs de la salle de sécurité. Si l'on pense à la surface à surveiller et au nombre d'hommes et de femmes politiques de haut rang qui entrent et sortent de ces édifices tous les jours, on peut considérer que l'endroit n'est pour ainsi dire *pas* surveillé. Pour peu qu'on sache où sont situées les caméras, il est très facile d'y passer inaperçu. Au bout de deux heures de visionnage intensif d'innombrables bandes de vidéosurveillance, Fabian, Malin et l'un des deux préposés à la salle de contrôle parvinrent enfin à repérer le ministre de la Justice alors qu'il sortait de l'hémicycle par la porte n°4. Dans le coin inférieur gauche de l'image, on pouvait lire qu'il était à ce moment-là 14 h 42. Ils virent clairement Grimås s'arrêter pour enfiler son pardessus à col de fourrure avant de se diriger vers l'escalier roulant.

« Tu as vu ? Il porte sa serviette dans la main droite et son chapeau dans la main gauche », fit remarquer Fabian à sa collègue en montrant l'image sur laquelle on voyait le ministre disparaître dans l'escalier roulant. Malin ne pouvait qu'acquiescer.

Quand ils revirent le ministre la deuxième fois, il traversait d'un pas décidé le hall de la banque, comme il s'appelait encore, alors qu'il y avait bien longtemps que la Riksbanken était partie s'installer sur la Brunkebergstorg. L'attaché-case pendait toujours au bout de son bras droit et du gauche, il posa son chapeau sur sa tête.

« C'est le chemin le plus court pour se rendre en salle plénière ? s'enquit Malin auprès du gardien qui hocha la tête.

– Apparemment, il a l'intention de sortir », ajouta Fabian qui ne voyait rien dans le langage corporel du ministre qui laisse à penser que ce jour-là n'était pas un jour comme les autres.

Son comportement était encore le même lorsqu'ils le virent emprunter le « caniveau », comme on appelait le couloir permettant de rejoindre Kanslihusen et les bâtiments gouvernementaux situés dans la vieille ville. Il n'y avait ni nervosité ni hésitation dans son regard quand il se tournait vers la baie vitrée pour admirer Riddarfjärden – où la Säpo venait de retrouver son téléphone portable – ou quand il saluait de la tête ses collègues parlementaires marchant en sens inverse. Quelle que soit la mésaventure qui lui était arrivée peu après, il ne s'y attendait pas du tout.

L'événement se produisit quelques secondes plus tard.

L'horloge en bas à gauche de l'écran indiquait 14 h 45.

Dans la salle souterraine sur laquelle on débouchait en arrivant du « caniveau », le ministre s'arrêta brusquement et il se retourna comme si quelqu'un derrière lui venait de l'appeler.

« Vous pouvez rembobiner et agrandir l'image, s'il vous plaît ? » demanda Fabian. Ils refirent défiler l'enregistrement, avec une image plus grande et beaucoup moins nette. Mais l'expression étonnée du ministre était indiscutable.

« Il n'y aurait pas un autre angle de prise de vue pour qu'on puisse voir qui l'a interpellé ? demanda Malin.

— Dans cette salle, il n'y a des caméras qu'au-dessus des portes. Les politiciens n'aiment pas beaucoup qu'on les surveille, vous comprenez. Mais attendez... » Le gardien pianota sur son clavier et changea d'axe de caméra plusieurs fois. « Là. Le voilà », dit-il enfin en redémarrant la vidéo.

L'image montrait un gardien moustachu avec un certain embonpoint en train d'appeler le ministre en agitant la main comme pour lui demander de revenir sur ses pas. Une seconde plus tard, on voyait Grimås se pencher pour écouter ce que l'homme, qui avait une bonne tête de moins que lui, avait à lui dire.

« Il n'y aurait pas des micros, par hasard ? s'enquit Fabian.

— Je regrette. » Sans qu'on le lui ait demandé, le surveillant zooma sur le ministre qui écoutait et acquiesçait.

« C'est un collègue à vous, vous le connaissez ? demanda Malin.

— Non, mais nous devons tous porter un numéro de matricule sur notre uniforme, sauf que là, le ministre nous empêche de le voir. »

Grimås hochait la tête à nouveau, puis il emboîtait le pas au gardien et tous deux sortaient de l'image.

« Ils sont allés où, après ? demanda Fabian.

— Je ne sais pas. Ils ont plutôt l'air d'aller vers Brandkontoret ou Neptunus que de tourner à droite vers l'hémicycle. Cela dit...

— Changez de caméra, il ne faut pas qu'on les perde de vue.

— Ho ! Fabian ! Calme-toi ! Tu sais que ce n'est pas du direct, signala Malin. Tout cela est archivé, n'est-ce pas ? » Elle s'adressait au surveillant qui sourit avec indulgence.

Mais Fabian n'avait aucune envie de se calmer. Pour lui, ça se passait ici et maintenant. Le ministre était sur le point de disparaître sous leurs yeux.

« Je ne comprends pas », s'inquiéta le surveillant en passant d'une image à l'autre pour revenir à la précédente, certaines des images étant complètement noires. « On dirait que l'objectif de certaines des caméras a été… masqué, ou quelque chose comme ça. Si les câbles avaient été coupés, une alarme sabotage se serait déclenchée ici.

– Bon, alors revenez à la dernière image où on les voit et ensuite, avancez le film à 15 h 20. »

L'homme avança la bande et, environ trente secondes plus tard, le ministre réapparut à l'écran. « Ah, le revoilà. Je vous avoue que je commençais à m'inquiéter.

– Sauf que ce n'est pas lui », annonça Fabian.

24

Dunja essayait de penser à autre chose. En vain. Les images revenaient inlassablement. Elle ne parvenait pas à chasser de son esprit ces corps de femmes martyrisées gisant comme des tas de viande de rebut sur le carrelage d'une boucherie. Ces ventres déchirés, ces gorges tranchées et ces regards éteints. Ces photos qu'elle avait examinées dans leurs moindres détails dans l'espoir d'y découvrir un lien permettant de rattacher ces meurtres à celui de Karen Neuman.

Malgré toutes les heures qu'elle avait passées sur ce canapé, elle était toujours dans l'impasse et elle décida d'aller se coucher. Mais son cerveau continuait de travailler tout seul, l'empêchant de trouver le sommeil. En entendant la porte d'entrée s'ouvrir et Carsten rentrer de la réception de Noël de sa société, elle décida de faire semblant d'avoir envie de faire l'amour, dans l'espoir que cela l'aiderait à s'endormir. Elle aurait peut-être mieux fait de lui parler. De lui dire qu'elle voyait défiler en boucle des scènes de femmes violées, sciées, hachées ou découpées en morceaux avec un grand couteau et que ce soir, elle n'avait pas la tête à ça.

Mais elle avait fait semblant.

Elle avait écarté ses cuisses.

Et Carsten n'avait pas mis longtemps à saisir le message.

Quand il s'y mettait enfin, aucun prétexte de fatigue ou de migraine ne pouvait l'arrêter. Son éventuelle absence de désir à elle n'était pas un obstacle. Il partait du principe qu'il lui suffisait de masser bien fort son clitoris pour avoir accès. Espérant qu'au moins, ses idées fixes la laisseraient en paix pendant ce temps-là, Dunja le laissa entrer en elle.

Mais ça ne fonctionna pas.

Pourtant, elle en avait envie. Enfin, elle avait envie d'en avoir envie. Alors elle le laissa la pilonner à un rythme aussi régulier que s'il avait eu un métronome dans la tête. Quand il lui demanda, le souffle court, la bouche collée contre son oreille, si elle prenait son pied, elle hocha la tête et émit une sorte de gémissement.

« Au fait, il y a un truc que je voulais te dire.

– Maintenant ? Ça ne peut pas attendre un peu ? » avait rétorqué Dunja qui au même moment tentait d'effacer de son esprit l'image d'une batte hérissée de pointes et ce qu'un tel instrument pouvait faire au sexe d'une femme.

« Après j'ai peur d'oublier, insista-t-il. Ce week-end, il faut que j'aille à Stockholm. Je ne rentrerai que mardi », dit-il, après quoi il enfonça profondément sa langue dans son oreille. Elle se demanda s'il se rendait compte à quel point elle avait horreur de ça. « Je ne suis pas sûr, mais d'après ce que j'ai compris, c'est un séminaire à propos d'une nouvelle manière d'évaluer une entreprise suite à une fusion. »

Dunja hocha la tête et le laissa continuer son va-et-vient. Pouvait-il vraiment s'agir de cinq agresseurs différents ? Six en comptant celui qui avait tué Karen Neuman. Six hommes qui s'étaient préparés secrètement et individuellement à aller attaquer des victimes innocentes avec une telle sauvagerie, pour retourner ensuite à leur petite vie pépère ?

« Pardonne-moi de ne pas avoir eu envie hier, roucoula Carsten. Mais ne t'inquiète pas, j'ai bien l'intention de me rattraper ce soir. »

Dunja acquiesça à nouveau, s'efforçant d'ignorer qu'entre-temps, elle était devenue sèche et que la muqueuse de son vagin commençait à la brûler. Elle pensa à la façon dont ils faisaient l'amour à l'époque où ils venaient de se rencontrer. Ils le faisaient partout et plusieurs fois par jour. Tout tournait autour de leur sexualité commune. Ils testaient toutes les positions possibles et imaginables. Elle se souvint qu'elle flottait en permanence dans un brouillard amoureux.

Maintenant, elle aurait eu du mal à qualifier ce qu'ils étaient en train de faire. En tout cas, cela ne s'appelait pas *faire l'amour*. Elle s'était pourtant laissé dire qu'avec le temps, l'acte d'amour devenait plus profond et plus intime. Dans leur cas, il n'avait fait que se dégrader et il était devenu tellement à sens unique que toute autre position que celle du missionnaire eût été jugée choquante.

Si seulement il avait pu la surprendre quelquefois. N'importe quelle initiative de sa part aurait été préférable à ces pompes monotones. S'il avait pu changer de rythme à certains moments, ou mieux, se retirer et descendre entre ses jambes pour la lécher. Il y avait combien de temps qu'elle n'avait pas eu droit à un cunnilingus. Des années ? Il pouvait aussi la retourner, la mettre à quatre pattes et la prendre... Mais oui ! Eurêka ! C'était ça, bien sûr ! Soudain, cela lui parut tellement évident qu'elle se demanda comment elle avait pu ne pas y penser avant.

« Qu'est-ce qui t'arrive ? s'étonna Carsten, s'arrêtant de limer.

– Rien, tout va bien. Continue. »

C'était le fait qu'ils soient chaque fois différents qui rapprochait ces crimes les uns des autres. Comment avaient-ils pu passer à côté d'une telle évidence ? Il n'y avait qu'un seul violeur, mais il ne voulait pas recommencer le même scénario d'une femme à l'autre. Pour trouver la satisfaction qu'il recherchait, il était obligé d'inventer une nouvelle mise en scène, plus sadique que la précédente.

Dunja recommença à simuler. Cette fois pour qu'il en finisse. Deux minutes plus tard, Carsten roulait sur le côté, content de sa prestation, et elle put se lever.

« Je reviens, j'ai un truc à faire.

– OK, chérie, je ne bouge pas d'ici. Pour info, il y en a encore là d'où ça vient », dit l'homme qui partageait sa vie, l'œil égrillard, le poing fermé sur son érection flasque.

« Je me dépêche », minauda Dunja en enfilant son kimono avant de sortir de la chambre, bien consciente qu'il dormirait depuis longtemps quand elle reviendrait.

25

« Brandkontoret et Neptunus sont les deux corps de bâtiment les plus petits », expliqua le surveillant essoufflé, trottinant malgré sa surcharge pondérale dans le couloir souterrain qui traversait l'ancien mur d'enceinte de la vieille ville en même temps qu'il dirigeait le groupe d'intervention avec son talkie-walkie. « S'il est encore ici, nous n'allons pas tarder à le savoir. »

Fabian et Malin suivaient leur guide dans la direction dans laquelle avait disparu le ministre en compagnie du mystérieux gardien. Ils parcouraient au pas de course un labyrinthe de corridors, de caves voûtées et d'escaliers exigus conduisant aux deux édifices gouvernementaux, et chaque pas qu'ils faisaient leur donnait l'impression d'approcher du but. Quand les membres du groupe d'intervention se répartirent entre les deux bâtiments et se mirent à les fouiller de fond en comble, la tension devint palpable.

Mais après six heures de recherches ininterrompues, ils n'avaient pas progressé d'un pouce, ni trouvé la plus petite trace de ce qui avait pu arriver au ministre. L'énergie commençait à diminuer et les hypothèses sur ce qui avait pu se passer, à se multiplier. Pourquoi le ministre ne serait-il pas tout simplement sorti par une autre porte, sous un déguisement quelconque ? N'était-ce pas tout bêtement lui qu'on voyait réapparaître sur la bande de la caméra de surveillance ?

Fabian commença à avoir des difficultés à obtenir de l'équipe qu'elle poursuive sa fouille et à presque minuit, après une heure de recherches supplémentaire, on mit fin à l'opération. Selon le responsable du groupe, il ne subsistait aucun doute. Le ministre n'était pas là. Ils avaient écumé les bâtiments et la cave de fond en comble trois fois de suite, et il n'y avait aucune raison de croire qu'il allait subitement apparaître parce qu'ils le feraient une quatrième.

Fabian faillit lui demander s'ils avaient vraiment regardé partout, mais Malin lui pinça le flanc pour l'en empêcher.

« Écoute, Fabian, je sais que ce n'est pas ton genre, mais est-ce que tu as envisagé une seconde qu'il puisse y avoir un fond de bon sens dans ce qu'ils affirment ? Que contre toute attente ce bon monsieur ait raison ?

– Alors toi non plus tu ne crois plus qu'il est ici ? »

Malin haussa les épaules. « Je n'en ai aucune idée. Il s'est passé quelque chose avec ce gardien, c'est une certitude, mais cela n'équivaut pas à dire que le ministre est encore dans ces murs. Je veux dire que si c'est le surveillant qui est ressorti habillé avec les vêtements de Grimås, alors Grimås a pu partir n'importe où dans ses vêtements à lui. Je me trompe ? Et on aura beau éplucher à nouveau toutes les bandes de vidéo-surveillance, on n'y verra que du feu.

– Ce n'est pas vrai, parce que l'uniforme du gardien sera forcément trop petit pour lui. »

Malin poussa un soupir et secoua la tête, lasse.

« Si Grimås était complice de cette mascarade, je serais de ton avis, poursuivit Fabian. Et dans ce cas, j'aurais moi-même demandé à ce qu'on arrête les recherches il y a plusieurs heures. Mais il ne l'était pas. Tu as vu comme moi qu'au moment où le gardien l'a interpellé, il était en route pour aller rejoindre sa voiture et son chauffeur. Jusque-là, il n'avait manifestement aucune idée de ce qui l'attendait. De plus, il n'y a pas une seule porte qui ne soit pas sous surveillance vidéo et, qu'il ait quitté l'un de ces bâtiments de son plein gré ou pas, nous aurions dû le voir.

– Tu as une autre explication ? »

Fabian haussa les épaules. « Non. À part qu'ils n'ont peut-être pas cherché partout.

– Si. Trois fois. »

Fabian ne fit pas de commentaire. Cela ne servait à rien et n'aurait fait qu'aggraver son cas. S'il ne renvoyait pas le groupe d'intervention et qu'il n'acceptait pas de se laisser guider jusqu'à la première sortie, il aurait très vite la Säpo et le chef de la police sur le dos. Mais il ne parvenait pas à se débarrasser de l'idée qu'il passait à côté de quelque chose. Le ministre avait été victime d'un crime, cela ne faisait pas le moindre doute. Et plus il y réfléchissait, plus le lieu du crime lui paraissait logique. Car bien que le Parlement soit surveillé, c'était également l'endroit où le ministre avait été le moins protégé. Pendant les quelques heures durant lesquelles il devait participer à la session parlementaire puis rejoindre sa voiture de fonction, la Säpo avait commis la grave erreur de faire l'économie d'un garde du corps.

Un inconnu habillé en tenue de surveillant l'avait interpellé, il l'avait conduit quelque part à l'abri des regards et un peu plus d'une demi-heure plus tard, il était revenu habillé des vêtements du ministre. Ça, il en avait la certitude. Ce qui s'était passé ensuite était plus incertain.

Soit le ministre se trouvait encore ici, soit quelqu'un avait pris le relais du gardien et avait réussi à l'emmener ailleurs d'une manière ou d'une autre en évitant les caméras de surveillance. Mais cela aurait représenté un sérieux risque de se faire prendre. Fabian persistait donc à penser qu'il était encore entre ces murs.

Mais où ?

Il devait exister quelque part un local quelconque qui avait échappé à leur vigilance. Une pièce dont personne ne se servait jamais et devant laquelle tout le monde passait tous les jours sans y faire attention.

« Eh bien, je crois qu'il ne nous reste plus qu'à prendre congé et à vous souhaiter bonne continuation », dit le gardien en leur montrant la porte.

Il leur serra la main.

« Il est possible que nous soyons amenés à vous recontacter », dit Malin.

Fabian acquiesça et lui emboîta le pas, mais tout à coup, il s'arrêta et se retourna vers le gardien. « La salle de repos. Vous avez regardé dans la salle de repos ?

– Une salle de repos ? Il n'y a pas de salle de repos, ici, répliqua le gardien en éclatant de rire.

– Vous en êtes sûr ?

– Absolument certain. Je connais cet endroit comme ma poche. Et par ailleurs, on peut dire ce qu'on veut des politiciens, mais une chose est sûre, ces gens-là ne se reposent jamais.

– OK, je demandais ça comme ça, soupira Fabian en se retournant pour partir.

– Attendez… Derrière les rétroprojecteurs dans la cave qui se trouve sous Brandkontoret. Mais oui, bien sûr… » Le surveillant devint tout pâle. « Pourquoi n'y ai-je pas pensé…

– Pas pensé à quoi ? » demanda Fabian, sans obtenir de réponse.

Le gardien avait déjà tourné les talons et il était reparti, si vite que Fabian et Malin avaient peine à le suivre.

26

« *Tu plaisantes ! Tu as vu l'heure qu'il est !* s'exclama Mikael Rønning à l'autre bout de la ligne.

– Oui, je le sais. Et non, je ne plaisante pas, rétorqua Dunja en s'installant sur le canapé avec son mobile. Mais tu es le seul à pouvoir m'aider. Tu es où ? Tu es loin du bureau ?

– *Non, Ben a eu un empêchement. Enfin, entre guillemets. Je te connais, tu vas me dire que nous sommes un couple libre, bla bla bla. Mais franchement... ça ne se fait pas, tu n'es pas d'accord ?*

– Absolument. Et à part ça, tu es où, alors ?

– *Je suis toujours là, comme un con, en train de jouer aux Sims.*

– Au bureau, tu veux dire ?

– *Oui, au bureau. Mais je m'apprêtais à aller au Cosy Bar. Et tu sais ce que j'avais l'intention de faire, là-bas ?*

– Non, mais j'ai ma petite idée. Et tu crois que tu pourrais faire un petit travail pour moi avant de te venger de Ben ? Et au fait, c'est son vrai nom, Ben ?

– *Yep ! Mais la plupart des gens l'appellent Gros Ben.*

– Et toi, non.

– *Je pourrais à la rigueur l'appeler Gros-mais-pas-plus-gros-que-moi Ben. Pour l'instant, qu'il aille se faire foutre, ce petit con ! Qu'est-ce que je peux faire pour toi ?*

– Ces affaires que tu m'as sélectionnées. Je crois que certaines d'entre elles ont le même agresseur.

– *Qu'est-ce qui te fait dire ça ? À part leur extrême brutalité, elles n'ont rien en commun.*

– Je sais. Et c'est justement là que je veux en venir. Il se lasse. Alors pour pouvoir reprendre son pied d'une victime à l'autre, il est obligé de faire un truc nouveau et de réinventer la roue à chaque fois, tu comprends ?

– *Et qu'est-ce que tu attends de moi ?*

– Je voudrais que tu refasses une recherche en remontant plus loin dans le temps.

– *En remontant jusqu'où ?*

– Dix ou quinze ans. Et la victime n'a pas besoin d'être morte. Le viol me suffit, voire même la tentative de viol. Il a forcément commencé quelque part.

– *Mais il va y en avoir pléthore.*

– Sois gentil, fais ce que je te demande.

– *Vos désirs sont des ordres, gente dame.*

– Excuse-moi, je ne voulais pas…

– *Tout va bien. Mais si par hasard, un jour, Dieu m'en préserve, nous devions atterrir dans le même lit – après une fête de bureau ou une occasion comme ça, c'est moi qui tiendrais la cravache, OK ?*

– Promis, répondit Dunja en riant. Appelle-moi quand tu as fini. Je n'ai pas sommeil de toute façon.

– *Reste en ligne. Je te donne ça tout de suite.*

– Ah bon ? Il y en a combien ?

– *Comme je te l'ai dit, pléthore.*

– Mais encore ? Un nombre à trois chiffres ?

– *Ouaip.* »

Dunja écarta le téléphone de sa bouche pour qu'il ne l'entende pas soupirer. Son providentiel assistant Mikael Rønning ne s'était pas trompé. Le viol et la tentative de viol avaient atteint de telles proportions que si cette nouvelle mode ne tombait pas bientôt en désuétude, elle allait devenir la manière la plus classique d'aborder une femme. Il allait falloir trouver un autre moyen d'isoler ce criminel en particulier de ses semblables. Un petit détail repérable qu'elle allait pouvoir relier aux cas les plus récents.

Elle se redressa dans le canapé et se plongea à nouveau dans les cinq dossiers posés devant elle sur la table basse. Pour la énième fois.

« *Allô ! Tu es encore là ?*

– Mmm... », dit-elle, réalisant tout à coup à quel point elle était fatiguée. Elle ferait mieux de laisser Rønning filer au Cosy Bar comme il en avait l'intention, et d'aller se coucher. Carsten devait s'être endormi depuis longtemps, mais l'impression qu'elle tenait quelque chose refusait de la lâcher et elle savait qu'elle l'empêcherait de dormir. Son regard se posa sur l'affaire dans laquelle la victime, une dénommée Nanna Madsen, avait été retrouvée dans un container à ordures dans une rue de Herlev avec d'importantes pertes de sang suite à de graves morsures. « Dis donc, si tu ajoutes un chien à la recherche, qu'est-ce que ça donne ?

– *Un chien ? Quel chien ?*

– Essaye doberman, chien mordant ou chien tout court. » Dunja entendait les doigts de Rønning courir sur le clavier tandis qu'il entrait la nouvelle recherche.

« *Et là je te dis : Bingo ! Le 14 juin 2004, une certaine Maiken Brandt dépose plainte pour une tentative de viol au cours de laquelle le violeur aurait lancé un chien agressif contre elle. Et d'après sa description, il s'agissait d'un doberman.*

– Elle a pu identifier l'homme aussi ?

– *Oui, elle l'avait souvent vu traîner dans le quartier. Non seulement elle l'a identifié mais elle a témoigné contre lui.*

– Et ?

– *Il s'appelle Benny Willumsen, il avait trente-six ans au moment des faits. Il a pris deux ans mais on l'a relâché pour bonne conduite au bout d'un an.*

– Tu peux voir quand il a été relâché, exactement ? » Dunja ouvrit le dossier sur le meurtre de Nanna Madsen et vit qu'elle avait été tuée le 5 décembre 2005.

« 17 juillet 2005.

– Six mois avant.

– *Avant quoi ?*

– Je voudrais que tu refasses la première recherche mais en te limitant à la période entre le 17 juillet et le 5 décembre 2005.

– *Trois affaires. Le 15 août, le 23 octobre et le 4 novembre, et dans les deux derniers cas, il y a réellement eu viol. Les trois enquêtes ont été abandonnées faute de preuves.*

– Et le 5 décembre, il va jusqu'au bout et il tue sa victime. C'est lui. C'est forcément lui. Fais une nouvelle recherche et dis-moi où il habite.

– *Déjà fait. Il n'est enregistré nulle part.*

– Tu as cherché d'autres Willumsen ? Des parents, de la famille ?

– *Il n'a ni frère ni sœur et ses parents sont décédés. Il est peut-être parti à l'étranger ?*

– Évidemment… J'aurais dû y penser. Essaye en Suède. »

Dunja entendit à nouveau cliqueter les touches du clavier. Mais sans pouvoir se l'expliquer, elle ne sentait déjà plus aucune impatience et quand la réponse vint, elle ne fut pas surprise. C'était comme si quelque part, derrière le chaos de ses réflexions, elle l'avait toujours su.

« *Ça y est, je l'ai. Konsultgatan 29 à Malmö. Troisième étage.* »

27

« Doucement, souviens-toi que je suis enceinte », ahana Malin qui avait du mal à rattraper Fabian et le gardien qui, malgré son embonpoint, avançait dans les couloirs souterrains tel un chien de chasse qui a flairé une piste. Après avoir passé quelques portes de W-C fermées à clé, ils tournèrent à gauche et prirent une fourche dans un corridor qui finissait dans un cul-de-sac où enfin le gardien s'arrêta, reprit son souffle et montra du doigt une cinquantaine de rétroprojecteurs au rebut, entassés les uns sur les autres, comme un monument en hommage aux progrès de la technologie.

« Derrière tout ce fatras, il y a une porte. »

Fabian et le gardien commencèrent à déplacer les appareils un par un pour s'apercevoir rapidement que certains étaient positionnés de manière stratégique et pouvaient être roulés sur le côté de façon à créer un étroit couloir conduisant effectivement à une porte sur laquelle était accrochée une pancarte représentant un lit.

La fameuse pièce de repos que personne n'utilisait jamais. Jusqu'à très récemment, songea Fabian en abaissant la poignée.

Hormis l'odeur métallique du sang, rien dans le spectacle qui les attendait ne les étonna. Sur une banquette qui, en dehors d'une petite table et d'un lampadaire, constituait le seul mobilier de la pièce, le ministre de la Justice reposait sur le dos, sous une couverture, les yeux clos. Pourtant, malgré l'odeur, Fabian ne put constater aucune trace de sang nulle part lorsqu'il examina la moquette claire qui recouvrait le sol de la pièce d'un mur à l'autre.

« Il est vivant ? » demanda Malin en rejoignant Fabian.

Fabian posa ses doigts sur la jugulaire de Grimås et secoua la tête. Le corps était froid et la rigidité cadavérique avait déjà disparu, ce qui voulait dire qu'il était mort depuis environ vingt-quatre heures.

« Tu sens la même odeur que moi ? » Malin ferma la porte derrière elle pour qu'il ne vienne pas au gardien l'idée d'entrer.

Fabian acquiesça. Ils eurent la réponse à la question qu'ils se posaient tous les deux quand ils retirèrent la couverture dissimulant le corps dénudé. On avait creusé un gros trou au milieu de l'abdomen qui leur apparut béant et affaissé sur lui-même.

« Dieu du ciel ! Mais qu'est-ce qui lui est arrivé ? » Malin se pencha au-dessus de l'orifice entièrement éviscéré que Fabian éclairait avec la torche de son téléphone.

« On lui a enlevé tous ses organes, dit Fabian. Les intestins, le foie, les reins… Il ne reste plus rien.

– Je ne vois pas l'intérêt. Ça a dû demander une organisation incroyable ! Tu as une idée de la raison pour laquelle on lui a fait ça, toi ? »

Fabian ne répondit pas. Il venait de comprendre ce que contenaient en réalité les sacs de congélation qu'ils avaient trouvés dans le squat.

« D'abord Palme, ensuite Lindh et à présent Grimås, continua Malin en secouant la tête. C'est quand même dingue ! Si ça continue comme ça, il ne va plus nous rester un seul politicien en Suède.

– Ça va ? s'assura Fabian, se tournant vers sa coéquipière.

– Ça pourrait aller mieux, Fabian. Je te rappelle que quelqu'un vient d'assassiner le ministre de la Justice. Tu réalises ce qui nous attend ? On va avoir tous les journalistes du pays à nos basques. Edelman n'aura plus une seconde à lui entre deux conférences de presse. Et la seule chose qu'il va pouvoir dire, c'est que nous ne pouvons rien affirmer pour l'instant et que nous travaillons sur plusieurs pistes... » Elle poussa un long soupir, les mains posées sur son ventre proéminent. « ... Mais au moins, maintenant, nous avons la certitude qu'il s'agit d'un crime et que l'enquête est officiellement à nous. »

Fabian hocha la tête, alors qu'il n'avait pas écouté un mot de ce qu'elle venait de dire. Il était occupé à rassembler dans sa tête le corps éviscéré qu'il avait sous les yeux avec les abats et les boyaux trouvés dans le congélateur du squat, qui n'avaient apparemment jamais appartenu ni à un porc, ni à un poulet.

« Tu n'es pas d'accord ? »

Fabian leva une main pour la faire taire et dirigea le faisceau de la torche vers le visage du ministre. S'il ne se trompait pas, ce n'était pas non plus des oignons confits qui flottaient dans le pot en verre de chez Haywards. Il en eut confirmation en se penchant sur ses paupières affaissées.

« Qu'est-ce qu'il y a ? Tu as trouvé autre chose ? » s'enquit Malin.

Fabian acquiesça, souleva une paupière à l'aide d'une pince.

Comme son abdomen, l'orbite du ministre était vide.

28

En revenant à lui, Benny Willumsen ne comprit pas tout de suite où il était. La lampe puissante au-dessus de sa tête l'éblouissait et il ne voyait rien. Mais après avoir réussi à détendre l'adhésif qui lui immobilisait le front et le menton et à tourner légèrement la tête, il réalisa qu'il était ligoté sur la table de sa cuisine et qu'on lui avait retiré tous ses vêtements.

La photo de sa chère Jessie qu'il avait encadrée et accrochée au mur le jour où elle s'était éteinte à jamais lui enleva ses derniers doutes. Il y avait presque dix-sept mois que Jessie était morte et depuis, chaque journée lui paraissait insurmontable. Il avait pensé à prendre un nouveau chien mais il y avait finalement renoncé en se disant que ce ne serait pas la même chose.

La mémoire lui revint peu à peu. Lentement les événements remontaient à la surface. Il se rappela qu'il était en train de faire son habituelle promenade du soir et que, malgré la neige, il avait choisi la boucle la plus longue qui lui prenait pratiquement deux heures. Il était calme et serein. Pas excité du tout. Pas comme le jour où il était entré par effraction dans cette maison au bord de la plage de Fortuna à Rydebäck, il y a deux ans. Cette fois-là, il avait commis l'erreur fatale d'oublier un tout petit détail et l'inquiétude l'avait taraudé et empêché de dormir toute une semaine jusqu'à ce que la police de Helsingborg finisse par retrouver sa trace et l'arrêter.

S'ils ne l'avaient pas accusé à tort d'avoir aussi tué la femme vissée sur une planche qui s'était échouée sur l'île de Ven, il serait tombé, à coup sûr. Mais il avait été relaxé par manque de preuves et s'était promis que plus jamais il ne négligerait le moindre détail, si insignifiant soit-il.

Et il avait tenu parole jusque-là.

Il n'avait donc aucune raison de se faire du souci et il avait décidé d'employer le restant de sa soirée à faire de la musculation. Dips, pompes, curls alternés, développés Arnold, kickbacks et oiseaux avec haltères. Il avait fait toute la série trois fois de suite, terminé avec le poids maximum sans que son rythme cardiaque s'affole.

C'est à la fin de son programme d'entraînement que ça s'était passé. Tout simplement, comme une lettre à la poste, au sens propre comme au figuré. Il avait entendu qu'on jetait quelque chose à travers la fente de la porte et quand il était sorti pour voir ce que c'était, le vestibule était envahi d'une fumée blanche.

Il avait essayé de reculer, mais s'était aperçu qu'il ne pouvait ni marcher ni ramper. Son dernier souvenir était d'avoir vu quelqu'un entrer dans son appartement, avancer vers lui et se pencher.

Une personne habillée avec des vêtements sombres et grossiers et qui portait un masque à gaz sur le visage.

Et à présent, il était là, attaché avec de l'adhésif à la table de sa propre cuisine, sans la moindre idée de ce qui allait lui arriver. Cela aurait été mentir que de prétendre qu'il n'était pas inquiet. Il avait déjà éliminé l'hypothèse qu'il puisse s'agir de la police. Depuis quelques minutes qu'il était réveillé, il avait eu le temps de passer en revue la liste de toutes ses victimes.

Il avait commencé par se dire que cela devait être l'une des premières, celles avec lesquelles il avait échoué. Une femme qui avait survécu et avait décidé de se venger. Mais en y réfléchissant, il avait conclu qu'aucune n'aurait été capable de réaliser une telle opération. Ensuite il s'était demandé si c'était un membre de la famille de sa victime de Rydebäck, mais il avait également rejeté cette idée.

Il entendit quelqu'un se lever du canapé du salon. Il n'était donc pas seul. Il ne parvint pas à tourner suffisamment la tête pour voir qui était entré dans la cuisine. L'individu vint se placer derrière lui et lui banda les yeux.

Voilà, ça commence, songea-t-il. Il ignorait quoi, mais il savait que c'était maintenant que ça commençait.

29

Fabian,

Je ne sais pas à quelle heure tu rentres, ni d'ailleurs si tu comptes rentrer. Je ne veux pas savoir ce que tu fais en ce moment, mais j'aimerais bien que tu donnes de tes nouvelles. C'est aux enfants que je pense. En particulier à Matilda qui ne démord pas de l'idée que nous allons divorcer. Qu'est-ce que tu lui as raconté ? Elle m'a demandé si nous étions déjà séparés, et je n'ai pas su quoi lui répondre.

Le sommes-nous ?

Quant à Theodor, c'est un autre problème. Je n'ai aucune idée de ce qu'il fait de ses soirées, mais je suis convaincue que ce n'est rien de bon. Alors, quoi que nous réserve l'avenir, c'est une situation dont nous devons nous occuper. Ensemble.

Il y a des restes dans le réfrigérateur si tu as faim.

Sonja

P-S : Je passerai tout le week-end à l'atelier.

Fabian se dit qu'elle avait déjà renoncé à leur mariage. Il alla cacher la lettre dans l'armoire à pharmacie. Il comprenait son attitude. Il était même prêt à admettre qu'une séparation était la seule issue. Mais même si la chose paraissait évidente, il n'arrivait pas à s'y résoudre. Il ne pourrait jamais se le pardonner s'il s'avérait ensuite que ça n'avait pas été la bonne décision. Si tout cela n'était après tout qu'une crise un peu prolongée dont ils avaient du mal à sortir.

Il sortit du réfrigérateur la barquette en plastique contenant son dîner et l'ouvrit. Un risotto aux champignons. C'était un des plats qu'il préférait au monde et Sonja le préparait comme personne. Il prit une fourchette et, pour ne réveiller personne avec le bruit du micro-ondes, il le mangea froid, directement dans le Tupperware tout en se promettant de ne pas baisser les bras avant d'avoir fait un dernier effort pour recoller les morceaux.

Quand il eut fini, il trouva une place pour la boîte en plastique dans le lave-vaisselle déjà plein à craquer, le mit en route et se rendit dans la salle de bains où il prit une douche, se brossa les dents et, pour une raison ou pour une autre, se lança dans un projet de nettoyage au fil dentaire. La dernière fois qu'il lui avait rendu visite, son dentiste n'avait pas mâché ses mots, le menaçant carrément de déchaussement s'il ne prenait pas bientôt les choses au sérieux. À en juger par l'odeur du fil ensanglanté, il ne devait pas s'agir de menaces en l'air.

Sonja dormait profondément dans leur chambre. Il n'avait jamais entendu personne faire autant de bruit dans son sommeil. Une respiration profonde et irrégulière se terminant de temps à autre par un ronflement. C'était un bruit si particulier que même elle ne parvenait pas à s'imiter quand elle essayait de lui faire croire qu'elle était déjà assoupie.

Il mit le réveil à 7 heures et se glissa sous la couette. Il devait absolument profiter que Hillevi Stubbs de la police technique soit en train de relever les empreintes dans la salle de repos du Parlement et dans le squat et la police scientifique occupée à examiner le cadavre de Grimås pour prendre quelques heures de repos. Malin avait, quant à elle, trouvé son deuxième souffle, et elle était retournée au poste de surveillance du Parlement pour continuer à visionner des vidéos et tenter d'identifier le gardien qui avait interpellé Grimås.

Elle lui avait demandé de l'accompagner mais il avait refusé. Il savait que c'était les derniers moments de calme qu'il aurait avant la tempête et la dernière chance sans doute de faire une nuit complète avant longtemps. Dans une demi-heure, la nouvelle de l'assassinat du ministre serait annoncée, et même si Edelman taisait les détails les plus sordides, les journaux ne tarderaient pas à avoir vent de toute l'affaire et à l'étaler en gros titres plus nauséabonds les uns que les autres.

Mais pour le moment, ce qui l'empêchait de dormir, c'était que Sonja semblait avoir jeté l'éponge. Toutes les merveilleuses années qu'ils avaient passées ensemble allaient-elles réellement s'effacer par une sorte de consentement muet, comme un cœur tracé dans le sable par des amoureux disparaît avec la première vague ?

C'était hors de question. Pas de cette façon. Le moins qu'ils puissent faire était d'essayer d'en parler. Pour montrer sa bonne foi, Sonja avait plusieurs fois proposé qu'ils suivent une thérapie de couple et tentent de trouver des idées sur la manière dont ils pouvaient changer, l'un et l'autre. Chaque fois, il s'était opposé au projet en lui disant qu'elle se noyait dans un verre d'eau et qu'ils feraient mieux de s'asseoir tranquillement et d'en discuter tous les deux, sans faire appel à un étranger qui ne serait là que pour leur prendre leur argent.

La vérité, c'est qu'il avait peur.

Il roula vers Sonja qui lui tournait le dos et se colla contre elle. Sa peau était tiède et ses cheveux sentaient vaguement la peinture à l'huile alors qu'elle venait de se laver. Elle dormait trop profondément pour remarquer sa présence. Elle ne réagit pas quand il prononça son prénom. Fabian se dit que son inconscient entendrait peut-être ce qu'il lui murmurait à l'oreille. « Je t'aime, Sonja. Je veux que tu le saches. Je t'aime plus que tout. Je te promets que moi, je n'ai pas renoncé à nous. Pas du tout. Tu m'entends ? Et si tu veux faire une thérapie de couple, je suis d'accord.

– Mmm... »

Il n'aurait pas su dire si c'était une réponse ou si elle avait marmonné dans son sommeil.

« Je t'aime, Sonja, chuchota-t-il à nouveau. Fabian t'aime.

– Moi aussi... », dit-elle dans un soupir si bas qu'il était presque inaudible.

Mais cela suffit amplement au bonheur de Fabian.

30

Benny Willumsen ne savait pas quoi penser. Ses sentiments comme ses idées allaient dans tous les sens. Il s'inquiétait terriblement de ce qu'on allait lui faire. De la douleur qu'on lui infligerait. Il savait qu'il méritait d'être puni, d'une manière ou d'une autre. Si c'était la bonne hypothèse, il trouvait étrange qu'une ancienne victime, ou plus exactement l'un de ses brouillons, comme il aimait à les considérer à présent, ait mis tout ce temps à venir se faire justice. Il n'était pas du tout prêt à mourir. La simple idée de tout ce qu'il avait encore à accomplir le remplissait d'amertume. Il songeait avec tristesse à tous les projets qui allaient maintenant être tués dans l'œuf.

En même temps, il ne pouvait pas s'empêcher de frémir au contact de ces mains qui effleuraient avec légèreté la peau de sa nuque, frôlaient sa poitrine encore dure et essoufflée après sa dernière séance d'entraînement, pour achever leur caresse sur ses abdominaux, sa grande fierté.

Bien qu'il ait dépassé la quarantaine, il n'avait jamais été aussi en forme. Son corps était proche de la perfection. Pas seulement à cause de ses muscles mais aussi de ses proportions idéales. Sans parler de la souplesse qu'il avait acquise grâce à l'exercice régulier du yoga. Son tissu adipeux avait entièrement fondu et ses veines et tendons saillaient sous la peau. S'il y avait eu un moment dans sa vie où il méritait d'être regardé par des yeux étrangers et touché par une main étrangère, c'était maintenant.

Il ne s'était jamais trouvé dans une situation semblable – nu et ligoté sur sa propre table de cuisine, les yeux bandés. Et jamais dans ses fantasmes les plus fous, il n'avait imaginé que cela lui procurerait une telle jouissance. Et pourtant c'était le cas. Bien qu'il soit terrorisé à la perspective de ce qu'on allait lui faire, force lui était d'admettre que cette incertitude l'excitait. Beaucoup plus à vrai dire que d'habitude où c'était lui qui était actif, lui qui devait prendre l'initiative, agir et conclure.

Ce n'est pas qu'il n'aimait pas ça. Il adorait ça au contraire. Tenir la barre et avoir le pouvoir sur l'existence d'un autre être humain était ce qu'il y avait de plus satisfaisant au monde. Voir la peur dans leurs yeux quand elles comprenaient qu'il avait leur vie entre ses mains. En fait, chaque étape du processus était une jouissance en soi et en précipitant les choses, on risquait de manquer les nuances. Par exemple, le moment où la peur se transformait en terreur parce que la victime réalisait que non seulement il avait le pouvoir de vie ou de mort sur elle, mais que de surcroît, il avait l'intention de s'en servir.

C'était comme si chaque étape était la prise d'une virginité qui ne reviendrait jamais. À la seconde où la terreur avait planté ses griffes en elles, la peur disparaissait et, quoi qu'il fasse, elle ne reviendrait pas. Avec les années, il avait appris à traire cette peur jusqu'à la dernière goutte et à les maintenir dans cet état aussi longtemps qu'il en avait envie avant de les emmener sur le chemin de croix que toutes ses victimes devaient fouler tôt ou tard.

Les premières années, c'était leur peur qu'il recherchait, mais à présent, leur espoir était ce qui le mettait en joie. Il survenait toujours après la peur et rallumait leur regard. Il arrivait même qu'il ait droit à un sourire, voire à un rire à peu près naturel, à ce moment-là. Il n'y avait rien de meilleur que de les envelopper dans cet espoir, de le laisser grandir jusqu'à ce qu'elles croient réellement qu'il allait les épargner. Que si elles se contentaient d'obéir, sans chercher à lutter, tout allait bien se passer.

Que dans ce cas et uniquement dans ce cas, elles survivraient.

Plus il arrivait à faire traîner, plus il tirait satisfaction de l'instant où elles prenaient conscience qu'il ne servait à rien d'espérer. Qu'elles pouvaient prier, supplier, négocier, ou faire ce qu'elles voulaient, il n'y avait qu'une seule fin possible. Elles respiraient toujours et leur cœur continuait à pomper de l'air chargé d'oxygène, comme si tout était normal.

Mais leurs yeux savaient. Ils savaient précisément ce qui les attendait.

Il n'avait jamais rien connu de plus beau qu'un regard qui s'éteint, qui cesse d'espérer.

Les mains délicates lui palpèrent l'aine avec légèreté et continuèrent le long de ses jambes. Pour la première fois, il ne pouvait rien faire d'autre que d'attendre et de profiter, et bien qu'il sache parfaitement comment ça allait se terminer, il ne pouvait s'empêcher de trouver cela délicieux.

Sa respiration devint lente et profonde, et si elle n'avait pas été bâillonnée au chatterton, il se serait mis à respirer par la bouche. Son sexe s'était réveillé et il sentait son sang pulser dans ses veines et le faire grandir et durcir à mesure que les mains aériennes s'en approchaient.

Au départ, il avait cru qu'il s'agissait de mains de femme, mais à présent, il commençait à se demander si ce n'était pas plutôt un homme. À l'inverse de pas mal de gens, il ne s'était jamais demandé s'il était homosexuel, ni même bisexuel. Toute sa vie, il avait été convaincu d'être parfaitement hétéro et de débander aussitôt si un jour un homme le touchait.

174

Mais apparemment son corps ne se posait pas la question puisque son sexe se dressait à présent de toute sa taille et qu'il était si gonflé et dur qu'il le sentait bouger au rythme de son pouls. Quel que soit l'individu qui était en train de jouer avec lui en ce moment, il devait être très impressionné. Avec sa bite de 29 cm de long et 18,5 cm de circonférence, il en avait laissé plus d'une bouche bée.

Enfin, il se décida à la toucher. Avec de toutes petites caresses à peine perceptibles qui partaient des testicules pour monter tout doucement par-dessous, jusqu'au gland. Il n'était pas certain d'avoir raison, mais il lui sembla que c'était une langue qui jouait avec sa verge turgescente.

Il ne savait pas à quoi il s'était attendu. Mais certainement pas à être laissé en vie aussi longtemps. Il n'y avait plus qu'à dire merci et à en profiter tant que cela durait. Il savait que cela pouvait s'arrêter d'une minute à l'autre. Un coup bien précis avec le hachoir à viande qui se trouvait dans la cuisine et il se viderait de son sang en un quart d'heure.

Et ce coup pouvait tomber à tout moment.

Mais les mains préféraient pour l'instant saisir le sexe à sa base et lui donner une nouvelle inclinaison de façon à ce qu'il pointe à la verticale. Ensuite une bouche humide et chaude se referma sur son gland et se mit à le pomper consciencieusement en l'avalant progressivement. Il ne sentait toujours pas s'il s'agissait d'un homme ou bien d'une femme, mais tant que sa main et sa bouche le besognaient avec autant d'adresse, il n'en avait rien à foutre.

Il se masturbait en général deux fois par semaine. Cela l'aidait à rester relativement calme. Mais ces dernières semaines, il ne s'était pas touché une seule fois. Il s'était concentré sur son entraînement et avait laissé la tension sexuelle s'accumuler. S'il jouissait maintenant, ça allait être un geyser.

Mais il n'avait pas envie de venir tout de suite. Il avait envie que ça dure. Il giclerait quand il serait prêt. Ensuite, il se fichait de ce qui pouvait lui arriver. Il pouvait lui faire ce qu'il voulait... tout ce qu'il voulait du moment que...

Il sentit ses bourses se rétracter. Sa verge turgescente allait éjaculer. Elle lâcha une première salve puis continua à cracher des giclées de sperme blanc comme si elle devait ne jamais s'arrêter.

Quand il fut complètement purgé, les mains lâchèrent prise et il put se détendre et sentir son corps s'alourdir. Il sentit qu'il allait s'endormir et il eut l'impression de s'enfoncer dans le plateau de la table comme dans un gouffre sans fin.

Quoi qu'il lui arrive à présent, il était prêt à accepter sa punition.

31

Il était 6 heures moins onze minutes quand Fabian et Malin pénétrèrent dans la cage d'escalier mal éclairée du 107 Hornsgatan à Stockholm. Un emplacement parfait à plusieurs points de vue, dans le quartier de Södermalm et à un jet de pierre des espaces verts de la baie d'Årstaviken. Mais à en juger par l'état du bâtiment, il aurait aussi bien pu se trouver dans une banlieue insalubre quelconque.

Vingt minutes plus tôt, Malin l'avait appelé pour lui annoncer qu'elle était parvenue à identifier le badge du gardien inconnu sur la bande de surveillance de l'un des bâtiments du Parlement. L'homme qui avait emmené avec lui le ministre de la Justice s'appelait Joakim Holmberg, il avait trente-sept ans, vivait seul et il travaillait comme gardien depuis cinq ans.

« Cinquième étage, dit Malin, s'apprêtant à ouvrir la porte de l'ascenseur.

– On prend l'escalier, répliqua Fabian en commençant à monter.

– Facile à dire ! Tu n'as pas toute une famille à transporter, toi, rétorqua Malin en courant un peu pour le rattraper. J'ai demandé à Wojtan de prendre des renseignements sur le type. Tu veux savoir ce qu'il a trouvé ? »

Wojtek Novak, alias Wojtan, avait remplacé Niva Ekenhielm quand elle avait quitté la police deux ans auparavant. Il refusait le surnom de *cyberflic* et insistait pour qu'on lui donne le titre d'*inspecteur informaticien de la police criminelle* et préférait aussi qu'on l'appelle Wojtan plutôt que *Cyber-Wojtan*. Il avait mis quelques années à faire son trou, mais aujourd'hui, personne ne doutait plus du fait qu'il était une valeur ajoutée au sein de la brigade, même si on s'accordait à dire qu'il n'arriverait jamais à la cheville de Niva.

« Bien sûr, raconte », répliqua Fabian, renonçant à lutter contre son envie de bâiller.

« Donc, comme je te l'ai dit, le gars a trente-sept ans et il vivait avec sa mère jusqu'à ce qu'elle décède d'un cancer des poumons il y a deux ans et demi. Sympa, non ? Enfin pas le cancer. Il a maintenant repris le bail à son nom. »

Un solitaire qui vivait encore chez sa mère jusqu'à récemment. Le pire profil qu'on puisse imaginer, se dit Fabian, attendant que Malin – qui commençait à devenir toute rouge de devoir monter cet escalier – reprenne. « Tu as autre chose ?

– Oh oui. Ce n'est qu'un début. Sur Facebook, il est ami à la fois avec le parti des Démocrates suédois et avec le blog Politiquement incorrect. Et il poste un nouvel article chaque semaine sur les fils d'actualité de divers sites d'amateurs d'armes.

– Pas d'autres fils d'actualité ? demanda Fabian en attaquant le dernier étage.

– C'est-à-dire ?

– Chasse, meurtres avec découpe du corps, anatomie, etc.

– Aucune idée. Ou alors sous un pseudonyme. Mais écoute un peu ça : de 1997 à 2000, il a essayé d'entrer à l'école de police quatre années de suite sans être reçu pour le motif suivant... » Elle gravit la dernière volée de marches avant de sortir son mobile et de poursuivre en lisant à l'écran : « ... Le candidat souffre d'une phobie sociale suffisamment prononcée pour que nous craignions que le travail dans la police lui soit directement néfaste.

– Par contre, pour devenir gardien surveillant au Parlement, il n'y avait pas de problème.

– Incroyable, non ? Ça fait froid dans le dos. Mais attends, c'est maintenant que ça commence à devenir vraiment intéressant. Est-ce que tu sais qui dirigeait l'école de police pendant cette période ? »

Fabian réfléchit puis secoua la tête.

« Carl-Eric Grimås.

– C'est vrai ? »

Malin acquiesça.

« Et tu penses que ça pourrait être le mobile ? réfléchit Fabian à voix haute en ouvrant devant sa coéquipière la porte de la coursive extérieure.

– Et pourquoi pas ? Il a quitté son poste de chef de la police criminelle en 1995 et a pris la direction de l'école de police pendant quelques années avant de se lancer en politique.

– Cela remonte à dix ans en arrière, fit remarquer Fabian. Le moins qu'on puisse dire c'est qu'il a pris son temps.

– Et alors ? Il n'a peut-être pas pu assouvir son besoin de vengeance du vivant de sa mère. »

Ils avancèrent sur la coursive, d'où l'on pouvait regarder directement dans les cuisines des locataires. Les deux premières étaient vides. Dans la troisième, cinq personnes jouaient aux cartes, la quatrième était plongée dans le noir. C'était celle de l'appartement de Joakim Holmberg.

Fabian mit les mains en visière et inspecta la cuisine qui semblait ne pas avoir été nettoyée depuis la mort de la mère. L'évier était plein de vaisselle sale et le sol jonché de vieux cartons à pizza et de sachets McDonald's. Mais le plus impressionnant, c'était les tours de canettes de Coca par centaines qui encombraient la pièce, plus hautes les unes que les autres.

« Merde, c'est ouvert », chuchota Malin. Fabian la regarda. « Qu'est-ce qu'on fait, on attend le groupe d'intervention ou on entre ? »

Fabian se contenta de hocher la tête et entra silencieusement dans le vestibule. Derrière lui, Malin avait sorti son arme de service. Elle l'arma et le suivit à l'intérieur puis referma la porte derrière eux. L'air était vicié dans l'appartement dont les fenêtres ne devaient pas souvent être ouvertes. Le seul bruit qu'ils entendaient était celui, lointain, de la circulation dans Hornsgatan.

« Tu ne trouves pas étrange qu'il ait laissé la porte ouverte ? murmura Malin.

– Je veux, même quand on est chez soi, on verrouille d'habitude. Surtout quand on a une porte d'entrée qui donne sur une coursive ! »

Fabian lui fit signe de se taire et poussa la porte avec le pied.

« Tu ne crois tout de même pas qu'il est chez lui ? »

Fabian haussa les épaules et jeta un coup d'œil dans la chambre qui avait autant besoin d'un sérieux récurage que la cuisine. Le lit était défait et des tas de vêtements sales traînaient un peu partout sur le sol. Et là aussi, des montagnes de canettes de Coca s'empilaient le long d'un mur.

« Un peu de dépendance, peut-être ? » ironisa Malin en entrant dans la pièce.

Fabian continua la visite et pénétra dans une pièce sombre. Quand enfin il trouva l'interrupteur, il put constater que c'était là que se trouvait la clé du personnage Joakim Holmberg. C'était dans cet espace qu'il avait mis toute son âme et construit un monde qui lui permettait d'échapper à la réalité et aux autres. Un monde dont il était le centre.

Comme dans le squat d'Östgötagatan, les fenêtres avaient été occultées et n'auraient pas laissé entrer plus de lumière même si cela avait été une belle journée de printemps. La seule source de lumière était un spot au plafond dirigé vers une dizaine de mannequins vitrine vêtus de costumes allant de la bure de moine au bikini en passant par la panoplie d'infirmière et l'attirail sadomasochiste.

Certaines étaient assises dans un canapé en cuir, comme si elles étaient en pleine discussion, un verre de vin posé sur la vitre fumée de la table basse. D'autres étaient debout ou couchées par terre dans diverses positions obscènes.

Au centre de la pièce, posé en hauteur sur un petit podium, se trouvait un fauteuil à roulettes, avec porte-verre intégré, faisant face à un écran plat. Une PlayStation et une Xbox, un ordinateur de bureau et système Home Cinéma étaient raccordés à un écran géant. Une boîte de mouchoirs jetables et un tube de lubrifiant étaient posés sur une petite table à côté du fauteuil.

Fabian s'approcha, grimpa sur la petite estrade et s'assit dans le fauteuil pour découvrir que tous les mannequins étaient mystérieusement tournés vers lui. Comme s'il était le clou de la fête et la cible naturelle de tous les regards.

Joakim Holmberg préférait apparemment être tout seul quand il avait besoin d'attention. Il était passionné par les armes, sympathisant d'extrême droite et il n'avait pas réussi, pour des raisons évidentes, à intégrer l'école de police.

Fabian regarda chaque objet avec attention sans avoir l'impression d'avancer. C'était comme s'il leur manquait encore une clé pour obtenir un tableau cohérent.

Il se releva du fauteuil, contourna un mannequin couché à ses pieds et se rendit dans la salle de bains où il alluma la lumière.

Le carrelage qui avait dû être blanc tirait à présent sur le jaune. Même chose pour la faïence du lavabo et des toilettes. Sur une étagère, un flacon de talc pour bébé voisinait avec une jolie pile de couches pour adulte incontinent. Un lointain bruit de chasse d'eau interrompit ses pensées et lui rappela un article qu'il avait lu à propos d'une maison de retraite en Angleterre où les vieillards portaient des couches et prenaient le biberon. La seconde suivante il entendit l'eau couler dans une canalisation.

Il ouvrit l'armoire de la salle de bains, munie d'un miroir, dans l'intention de vérifier quels médicaments se trouvaient à l'intérieur. C'est alors qu'il crut voir le reflet d'un genou dépassant de la baignoire, dans la fente du rideau de douche fermé. Pourquoi ce cinglé avait-il mis un mannequin dans la baignoire ? Quoique... Fabian fit un tour sur lui-même et écarta brusquement le rideau.

L'homme était vêtu seulement d'un caleçon et d'un T-shirt sans manches. Ses mains étaient attachées avec du ruban adhésif solide, ses yeux fermés et sa bouche grande ouverte. Autour de son cou était attaché un collier de chien avec des clous et une laisse pendait dans son dos. Fabian n'avait vu l'homme que sur une bande de caméra de surveillance à l'image granuleuse. Mais ce corps court et trapu, ce visage moustachu ne pouvaient appartenir qu'à Joakim Holmberg.

Il s'était suicidé, ou quoi ? Fabian posa prudemment ses doigts sous son oreille, pour sentir sa jugulaire. Il trouva un pouls et malgré cela, quand le corps dans la baignoire tenta brusquement de s'asseoir, ce qu'il ne put pas faire à cause de la laisse qui l'entravait, Fabian fut si surpris qu'il fit un bond en arrière, trébucha et tomba.

32

« Je ne sais pas », répondit Joakim Holmberg en grattant la plaie que le collier de chien lui avait faite autour du cou.

« Tu ne sais pas, comme dans : je ne me souviens pas ou bien je ne sais vraiment pas ou je n'ai pas envie de répondre ? » s'enquit Fabian qui était assis en face de lui, en compagnie de Malin, sentant l'agacement commencer à lui donner des démangeaisons.

« Je ne sais pas. » Holmberg vida la canette de Coca-Cola et la posa sur la table à côté des autres canettes vides.

Ils étaient dans la salle d'interrogatoire depuis plus de deux heures maintenant à se bagarrer avec Joakim Holmberg qui répondait *je ne sais pas* à presque toutes les questions qu'on lui posait. Il n'y avait plus une molécule d'oxygène dans la pièce depuis longtemps, et l'air avait été brassé tant de fois que Fabian préférait ne pas imaginer dans quels endroits il était passé.

Ses trois heures de sommeil et le fait qu'il attendait des nouvelles de Sonja ne faisaient rien pour améliorer la situation. Sans compter qu'elle serait probablement de très mauvaise humeur dès qu'elle aurait compris qu'il était déjà parti et ne reviendrait pas de tout le week-end. Il n'espérait pas qu'elle comprenne quelque chose au petit mot d'explication qu'il lui avait écrit et avait posé sur sa table de nuit.

« Tu n'as pas l'air de savoir grand-chose », dit Fabian, essayant d'ignorer l'index que Holmberg enfonçait profondément dans son nez sans la moindre gêne. « À se demander si tu sais quoi que ce soit ! Est-ce que tu sais comment tu t'appelles, au moins ? »

Joakim Holmberg, les yeux fixés sur la table, extirpa de son nez une crotte et la leur présenta entre son pouce et son index. Il leva les yeux vers eux et leur dit : « J'en fais quoi ? »

Fabian échangea un regard avec Malin et vit qu'elle était aussi dégoûtée que lui par le type assis en face d'eux. « Je ne sais pas. Tu as déjà entendu ça quelque part ? » Il se leva et se mit à tourner en rond dans la pièce qui lui semblait de plus en plus exiguë. « Je ne sais pas. Je ne sais pas. Mais la différence entre toi et moi, ou plutôt l'une des très nombreuses différences entre nous deux, c'est que moi, je dis la vérité. Parce que je n'ai sincèrement pas la moindre idée de ce que quelqu'un comme toi fait de sa répugnante morve gluante, et de surcroît, je ne suis pas sûr d'avoir envie de le savoir. » Il se plaça derrière Holmberg et s'appuya sur le dossier de sa chaise. « Et toi, Malin ? Tu as une idée ? »

Malin haussa les épaules et secoua la tête avec un visage sans expression.

Fabian voyait qu'elle n'était pas d'accord avec sa façon de faire, et c'est vrai qu'il dépassait un peu les bornes. Mais tant pis. Il ne pouvait plus se contenir.

« On avait un type comme toi en classe, je me souviens. Un vrai dégueulasse, continua-t-il. Il t'aurait plu. Lui, il les mangeait. Et pas seulement les siennes, mais celles des autres, aussi. Il prétendait que c'était bon. Il n'avait peut-être pas tort ! Qu'est-ce que tu en dis ? »

Joakim Holmberg ignora Fabian et essuya la crotte de nez sur une des canettes vides, puis tendit la main pour en attraper une pleine.

« Ça, tu peux oublier. Le Coca, c'est terminé. » Fabian lui arracha la canette des mains. « Tu en auras une autre quand tu nous auras raconté ce qui s'est passé.

– Je vous l'ai déjà dit. J'étais assis sur mon trône...

– Tu veux dire dans ton fauteuil.

– Oui, et puis...

– Tu t'es masturbé. On a compris.

– J'avais l'intention de le faire, mais je ne suis jamais arrivé jusque-là.

– OK, on s'en fout...

– Fabian, je peux te parler un instant ? » dit Malin avec un signe de la tête pour lui demander de sortir avec elle dans le couloir. Elle referma la porte derrière eux. « Qu'est-ce qui t'arrive ? Tu fais quoi, là ? »

Fabian détourna les yeux vers l'écran plat sur le mur où était diffusée la conférence de presse qui avait lieu en ce moment même. À moitié caché par une grappe de micros, Herman Edelman était assis sur le podium à droite du chef de la police, Bertil Crimson. À sa droite à lui se trouvait Anders Furhage, des services de renseignements, qui était justement en train d'informer les journalistes qu'on ne pouvait pas exclure qu'il s'agisse d'un acte de terrorisme. Raison pour laquelle on avait renforcé la sécurité autour de nombreux politiciens et élevé la menace terroriste de 2 à 3 sur une échelle de 5.

« Fabian, réponds-moi. Il s'est passé quelque chose ? » lui demanda Malin, essayant en vain de capter son regard.

Sa première impulsion fut de jouer l'incompréhension. Mais il connaissait trop bien le ton de sa voix et le regard qu'elle posait sur lui. Elle ne lâcherait pas l'affaire avant de l'avoir fait céder et d'avoir obtenu des aveux. « Ce n'est pas ça... Je ne sais pas... Excuse-moi. Je suis... » Il ferma les yeux et se mit à se masser les tempes. « Sonja et moi avons quelques difficultés en ce moment et j'avoue que je ne sais pas comment

185

ça va se terminer. Et la nuit dernière… je n'ai pas beaucoup dormi, voilà.

– Et tu crois que moi, j'ai dormi ? »

Sa remarque fit à Fabian l'effet d'une douche froide.

« Figure-toi que non seulement j'ai été toute la nuit sur le pont pour identifier l'ordure qui est là-dedans, mais les deux monstres que j'ai dans le ventre ont fait en sorte que les seuls instants de sommeil que j'ai eus ces dernières semaines aient consisté à cligner des yeux au ralenti. Mais ce n'est pas pour ça que je me sens obligée de me comporter comme une merde.

– Touché, coulé, tu as raison, s'excusa Fabian, qui ne pouvait pas la contredire. Mais je ne peux pas le blairer, ce connard. Il y a quelque chose dans sa manière de…

– Nous sommes d'accord, c'est un immonde cafard qui fait des trucs bizarres dont ni toi ni moi n'avons envie d'entendre parler. Mais ce n'est pas un meurtrier. Ce n'est pas lui qui a éviscéré le ministre. Ce n'est même pas lui qui est avec Grimås sur la bande de la caméra de surveillance.

– Je sais, mais pourquoi refuse-t-il de parler, alors ?

– Il ne refuse pas de parler, c'est toi qui n'écoutes pas.

– Écouter quoi ? Tout ce qu'il dit c'est qu'il ne sait pas. Il répète la même chose, encore et encore…

– Et puis, tu ne poses pas les bonnes questions. Alors je vais te remplacer, à partir de maintenant. »

Ils retournèrent dans la salle d'interrogatoire où Holmberg avait toujours le doigt profondément enfoncé dans sa narine.

« Bon, on recommence, annonça Malin. Tu étais en train de nous dire que tu venais de t'asseoir sur ton trône pour te faire du bien tout seul. » Elle ouvrit une canette de Coca et la lui tendit. « Et alors il s'est passé quelque chose. »

Holmberg s'enfila la moitié de la canette, rota bruyamment et acquiesça. « Oui, mais je ne sais pas quoi. » Il se tut et

Malin ne fit rien pour rompre le silence qui grandit jusqu'à emplir chaque millimètre carré de l'espace. « J'ai cru entendre quelque chose dans l'entrée, mais je n'étais pas sûr, reprit-il au bout d'un long moment. J'avais mis le son en surround et j'étais en train de regarder un film.

– Alors tu as arrêté le film.

– Oui. Et je suis allé voir ce que c'était.

– Et qu'est-ce que c'était ?

– Je ne sais pas. » Holmberg finit le Coca et se mit à écraser la canette dans sa main.

Le silence envahit la petite pièce de nouveau. Fabian et Malin échangèrent un regard. Comme toujours, elle lisait en lui comme dans un livre ouvert et elle lui fit signe de se tenir tranquille et d'attendre. Mais au bout de quelques minutes supplémentaires, il vit que le silence commençait à lui porter sur les nerfs à elle aussi.

« Je ne sais pas comment le décrire. C'était... blanc. »

La phrase était venue de nulle part, et Fabian et Malin se demandaient tous les deux s'ils l'avaient réellement entendue.

« Comment ça, blanc ? » Malin rapprocha sa chaise.

« Je ne sais pas. Blanc.

– Et ensuite ?

– Ensuite je me suis réveillé attaché dans la baignoire avec la laisse.

– Et tu n'as aucun souvenir de la manière dont tu es arrivé là ? »

Holmberg secoua la tête.

« Mais tout était blanc. Tu as entendu quelque chose ?

– Je ne sais pas. Ou plutôt si. Ça faisait comme... comme... Dark Vador. » Holmberg ricana et tendit la main pour prendre un autre Coca.

« Dark Vador ? Tu veux dire le Dark Vador des films *Star Wars* ? »

Holmberg hocha la tête, ouvrit la canette et but. « Ça faisait comme ça », il leur fit une démonstration en mettant une main devant sa bouche et son nez et en respirant très fort. Comme s'il portait un masque à gaz.

Malin se tourna vers Fabian. « Tu penses comme moi ? »

Fabian ignorait complètement à quoi elle faisait référence. Une seconde plus tard, elle sortait en trombe de la salle d'interrogatoire.

Le film qui passait sur l'ordinateur de Malin était divisé en quatre écrans de taille égale. Les deux du haut montraient voiture après voiture, filmées sous deux angles différents avançant dans l'image et s'arrêtant devant une barrière baissée qui se relevait aussitôt que le conducteur ouvrait sa vitre pour sortir un ticket d'une borne. Les deux autres images montraient des voitures roulant en un flot continu.

« C'est quoi ? demanda Fabian à Malin.

– C'est ce que tu as raté parce que tu étais trop pressé de quitter la réunion hier matin. »

Fabian essaya de se remémorer la réunion de la veille et se souvint que Tomas Persson et Jarmo Päivinen s'étaient vantés de leur percée dans l'enquête sur la disparition inquiétante du membre de la jet-set Adam Fischer, qu'au bout de huit semaines, on avait fini par qualifier d'enlèvement.

« C'est le parking souterrain de Slussen ?

– Bien vu ! répliqua Malin en hochant la tête. Il s'est avéré qu'Adam Fischer, qui habite Mosebacke, y possède une place de parking privée.

– Quel rapport cela a-t-il avec Carl-Eric Grimås ?

– Attends, tu vas voir, dit Malin en recherchant un endroit précis de la bande. Voilà. Tu l'as là. » Elle mit le film sur « pause ». « Tu as vu ? »

Fabian acquiesça en regardant le numéro d'immatriculation du 4 × 4 de ville sur l'image gelée sur la gauche de l'écran, et Adam Fischer seul au volant sur l'image de droite. « Bon, je suppose que c'est la dernière fois qu'on l'a vu avant de perdre sa trace. Mais je ne comprends toujours pas ce que...

– Tu as vu comme il a l'air décontracté ? » le coupa Malin en désignant l'écran. « Comme Grimås, à ce moment-là, il n'a aucune idée de ce qui va lui arriver », poursuivit-elle en avançant le curseur. « Un peu plus de onze minutes plus tard, on voit la même voiture ressortir du parking. Là, voilà. » Elle gela à nouveau l'image au moment où la barrière se levait et où la voiture s'apprêtait à avancer.

Sur les deux images inférieures on voyait la jeep sortir du parking. Mais ce n'était plus Adam Fischer qui était au volant, c'était quelqu'un d'autre.

Une personne vêtue de vêtements épais avec un masque à gaz sur la figure.

33

La neige était tombée dru toute la nuit et avait fait disparaître des quartiers entiers de Copenhague. Aux infos, on parlait d'un hiver record et les gens évitaient de sortir de chez eux si ce n'était pas absolument indispensable. La première pensée de Dunja, en se réveillant sur le canapé et en regardant dehors, fut qu'elle allait rester travailler à la maison. Mais lorsque Carsten l'appela de la chambre pour lui suggérer de reprendre ce qu'ils avaient commencé la veille, elle décida de se rendre à l'hôtel de police.

Quand une heure plus tard elle passa la porte du 4 de Blågårdsgade, ce fut pour constater que les infos étaient en dessous de la vérité. Son vélo était invisible sous une montagne de neige et il faudrait près d'une heure pour dégager la voiture. Elle résolut donc de marcher, ce qui se révéla rapidement être l'unique façon de se déplacer ce jour-là. Les transports en commun étaient absents du paysage urbain et même le métro refusait de circuler.

Ces circonstances exceptionnelles mettaient Dunja d'excellente humeur. Les rues habituellement encombrées étaient désertes. Les feux de signalisation pouvaient passer du vert au rouge sans que les piétons qui avaient abandonné les trottoirs aient à s'en inquiéter. C'était comme s'ils avaient repris le pouvoir sur la ville sans la moindre intention de le rendre un jour.

Elle traversait le lac gelé de Peblinge quand le responsable de la sécurité de la compagnie Scandlines l'appela pour lui confirmer que la BMW d'Aksel Neuman était à bord du ferry pour Helsingborg qui avait quitté le port de Helsingør à 1 heure du matin dans la nuit du mercredi au jeudi. Malheureusement, ils n'enregistraient que les plaques minéralogiques des usagers et ne pouvaient pas affirmer si c'était Aksel Neuman, Benny Willumsen ou une tout autre personne qui se trouvait derrière le volant.

Alors qu'elle arrivait à la hauteur de l'hôtel de ville sur le boulevard H.C. Andersen, elle essaya de joindre la police criminelle de Helsingborg, mais son chef, Astrid Tuvesson, avait déjà commencé ses vacances de Noël. On transféra son appel à Sverker Holm qui évidemment ne répondit pas. Elle se demanda s'il y avait quelqu'un du côté suédois qui travaillait aujourd'hui et laissa un message sur son répondeur en se présentant et en expliquant qu'elle avait besoin d'aide pour localiser une BMW X3 enregistrée au Danemark.

En arrivant au bureau, elle constata que ni Jan Hesk ni Kjeld Richter n'étaient là. Elle ne savait pas si c'était à cause du temps ou s'ils s'étaient fait porter pâles en réaction au fait qu'on lui avait demandé de diriger l'enquête. D'un côté, elle avait envie de leur poser franchement la question et d'exiger de leur part qu'ils lui fournissent un certificat médical, et de l'autre, elle était ravie de travailler en paix.

Elle n'eut pas le temps de faire beaucoup plus que de poser son Thermos de café sur son bureau, d'allumer sa lampe et de démarrer l'ordinateur avant que son téléphone se mette à vibrer.

« Dunja Hougaard à l'appareil.

– *Salut, moi on m'appelle Klippan ! Tu as besoin d'un coup de main apparemment ?*

– Euh, pardon ? C'est la police de Helsingborg ?

– *Gagné. Sverker Holm. Je viens d'entendre ton message.*

– Ah, très bien. Alors, il s'agit d'une BMW immatriculée au Danemark...

– *Oui, c'était dans le message. Je l'ai déjà recherchée et j'ai une photo de la voiture sous les yeux.*

– C'est vrai ? Et on voit qui est au volant ?

– *Malheureusement, non. Elle a été prise par un radar sur l'autoroute E6 allant vers le sud et ils n'ont pas le droit de prendre les visages.*

– Tu peux voir à quelle heure la photo a été prise ?

– *1 h 33, jeudi matin.* »

1 h 33, répéta Dunja intérieurement. Cela correspondait parfaitement avec l'heure du ferry qui avait quitté le port de Helsingør à 1 heure, pour une traversée de vingt minutes jusqu'à Helsingborg. Que la voiture se soit trouvée sur la E6 en direction du sud signifiait qu'elle se dirigeait vraisemblablement vers Malmö, voire vers l'adresse de son principal suspect, Benny Willumsen, Konsultgatan 29. « OK, merci beaucoup. C'est exactement ce dont j'avais besoin.

– *Excuse-moi, encore une petite chose, juste par curiosité.*

– Oui ?

– *Je suppose que vous enquêtez sur le meurtre de Tibberup.*

– C'est exact. Mais je vais malheureusement devoir...

– *Nous en avons évidemment entendu parler dans les médias et il s'avère que nous avons travaillé il y a environ deux ans sur une affaire, ici à Rydebäck, dans laquelle la victime avait également été assassinée avec une brutalité effroyable.*

– Oui, on se demande comment les gens peuvent être aussi sadiques, n'est-ce pas ? Mais ça m'a fait plaisir de te parler. Je te souhaite un bon week-end.

– *Et figure-toi que le meurtrier était danois...* »

Dunja, qui allait raccrocher, remit le téléphone à son oreille.

« *Bien qu'il habite en Suède. À Malmö, plus précisément,* poursuivit le dénommé Klippan.

– Il ne s'appellerait pas Benny Willumsen, par hasard ?

– *Et comment qu'il s'appelle Benny Willumsen !*

– Ce n'est pas possible. Comment peut-il être encore en liberté ? Vous n'aviez pas réussi à l'attraper ?

– *Bien sûr que si, et l'affaire est allée jusqu'au tribunal. On avait des indices, des témoins et tout le toutim. L'erreur est venue du fait qu'il avait été également accusé du meurtre brutal d'une autre victime que le courant avait ramenée sur une plage de l'île de Ven. Je ne sais pas si l'histoire a été relayée dans la presse danoise.*

– Sûrement. Mais en quoi était-ce une erreur ?

– *Le problème a été qu'il avait un alibi solide pour ce meurtre-là et que du coup, toute la procédure s'est écroulée comme un château de cartes. Personnellement, je n'ai jamais cru qu'il était à l'origine de l'autre meurtre, mais disons qu'au sein du commissariat, il y a eu des divergences sur ce point. Et ce qui devait arriver arriva. Je n'oublierai jamais le jour où le verdict est tombé et qu'il a obtenu une relaxe totale. C'était comme de recevoir une énorme baffe en pleine figure.*

– C'est toi qui as travaillé sur l'enquête, à l'époque ?

– *Oui, avec toute l'équipe. C'est la plus grosse affaire que nous ayons eue, ici. Alors, ce que je voulais te dire, c'est que s'il y a quelque chose que je puisse faire pour aider, n'importe quoi, il n'y a qu'à demander.*

– Eh bien, si tu pouvais commencer par m'envoyer les éléments que vous avez gardés, ce serait super.

– *Absolument. Pas de problème. Et s'il y avait autre chose, tu n'hésites pas à appeler.*

– OK. Merci beaucoup. » Dunja interrompit la conversation et, sa tasse de café dans une main, elle déverrouilla le dossier de son fauteuil, se pencha en arrière et posa les pieds sur son bureau.

Elle avait maintenant de nouvelles raisons de penser que Benny Willumsen pouvait être responsable du meurtre de Karen Neuman. Malheureusement, il lui manquait ce qui avait fait défaut à son homologue suédois. Une preuve formelle suffisant à l'incriminer. Des indices, des témoins et d'éventuelles similitudes avec d'autres cas n'allaient pas suffire.

Elle levait sa tasse à ses lèvres quand elle sentit une main se poser sur son épaule.

« Et tu es là à travailler, toute seule. »

Elle se remit brusquement en position verticale et renversa la moitié du café sur son jean.

« Oups ! J'espère que ce n'est pas de ma faute !

– Non, non, ne t'inquiète pas. C'est juste que je ne t'avais pas entendu arriver. » Elle se retourna pour se trouver nez à nez avec Kim Sleizner.

« Tu n'es pas passée me voir dans mon bureau, hier. »

34

« Tu penses sérieusement qu'il peut y avoir un lien entre le meurtre du ministre de la Justice et l'enlèvement d'Adam Fischer ? » Herman versa un nuage de crème dans son café.

« Oui, affirma Malin en jetant un coup d'œil vers Fabian comme pour s'assurer qu'il était dans son camp. C'est exactement ce que je pense.

– Écoute, Malin. Pour commencer…

– Rappelle-moi qui nous recommande toujours d'avoir l'esprit ouvert et une réflexion qui sorte des sentiers battus ? le coupa Malin en croisant les bras sur son ventre proéminent.

– Je comprends ce que tu veux dire, mais là, je ne sais pas. Peut-être que je perds la vue, mais en l'occurrence, je ne vois rien de commun entre ces deux affaires. » Edelman mit un morceau de sucre dans sa bouche et leva sa tasse.

« C'est normal, mais si tu me laissais terminer, tu retrouverais peut-être la vue et tu t'apercevrais que non seulement il y a un lien, mais il semblerait que ce soit la même personne qui ait commis les deux crimes. »

Edelman reposa sa tasse, le morceau de sucre toujours entre les dents. Elle a de la chance d'être enceinte, songea Fabian. Ni lui ni personne d'autre n'aurait normalement pu se permettre de prendre ce ton avec Edelman. Surtout maintenant où il sortait d'une conférence de presse, ce qui, neuf fois sur dix, le rendait particulièrement irascible.

« Tu es d'accord, Fabian ? » dit Malin en le fixant avec un regard qui disait clairement qu'il avait intérêt à la soutenir s'il voulait rester en vie.

Fabian acquiesça, bien qu'il ne sache pas vraiment ce qu'il devait croire. Comme Malin l'avait dit, certains éléments semblaient indiquer qu'on avait affaire à un seul et même agresseur. Mais il ne voyait pas comment c'était possible et dans ce sens, il se sentait aussi aveugle qu'Edelman. Il avait tenté de joindre Hillevi Stubbs pour lui demander si elle avait découvert quelque indice probant susceptible d'étayer leur théorie. Mais comme à son habitude quand elle avait beaucoup de choses sur le feu, elle avait éteint son portable.

« Voici une capture d'écran d'une caméra de surveillance du parking souterrain de Slussen », reprit Malin en présentant un cliché sur lequel le ravisseur semblait sortir du garage au volant de la voiture d'Adam Fischer avec un masque à gaz sur la figure. « Fischer est sans doute dans la voiture, endormi par un gaz, ce qui expliquerait le port du masque.

– Est-ce qu'on ne pourrait pas simplement imaginer qu'il ne voulait pas qu'on le reconnaisse ? suggéra Tomas Persson.

– Euh… Si, mais… » Malin se tourna à nouveau vers Fabian, ne lui laissant cette fois aucune chance de botter en touche.

« C'est bien sûr une possibilité, dit Fabian. Mais il existe des solutions plus simples que de mettre un masque à gaz.

– Et un fait intéressant, enchaîna Malin, c'est que Joakim Holmberg, un gardien de Christiansborg, a été victime d'un événement semblable dans son propre appartement. » Malin montra une photo du gardien en question et l'afficha sur le panneau blanc. « Cette semaine, dans la nuit de mardi à mercredi, il a entendu un bruit dans son vestibule. Il est allé voir de quoi il s'agissait et il n'a vu que du blanc.

– Comment ça du blanc ? demanda Jarmo Päivinen.

– Une fumée blanche, expliqua Fabian. Nous pensons que son agresseur a jeté une espèce d'ampoule de gaz à travers la boîte aux lettres et si on regarde de près le cliché pris dans le parking de Slussen, on remarque des traces de fumée dans l'habitacle.

– Et la dernière chose que Holmberg a entendue avant de se réveiller dans sa baignoire, sans son uniforme et sans son badge, est un individu qui se déplaçait dans son entrée en respirant à travers un masque à gaz, termina Malin.

– OK. Je ne voudrais pas jouer les trouble-fêtes, intervint Tomas Persson en posant sur la table sa boisson protéinée. Mais arrêtez-moi si je me trompe. Le type dont vous parlez n'a rien vu, mais il a entendu quelque chose qui lui a fait penser à une personne parlant avec un masque à gaz. Mais qui pourrait aussi être un courant d'air à travers la boîte aux lettres, un acouphène, ou je ne sais quoi ?

– Évidemment, admit Malin, mais...

– Attends, laisse-moi finir. En admettant que l'agresseur de votre gardien ait effectivement porté un masque à gaz ou quelque chose comme ça, cela ne prouve pas que ce soit le même homme. Il peut s'agir d'une simple coïncidence. »

Malin poussa un soupir et leva les yeux au ciel. Fabian voyait le mal qu'elle avait à garder son calme. « Tu as raison, peut-être est-ce simplement un hasard malheureux comme beaucoup de choses dans cette pièce. Mais je te propose d'attendre un peu de voir comment ça se passe avant de pousser des cris d'orfraie.

– Alors qu'est-ce que vous proposez ? » Edelman fit une nouvelle tentative avec son café et cette fois, il vida la tasse.

« Je propose qu'on regroupe les deux investigations en une seule, dirigée par Fabian et moi.

– Hé ! Attendez une petite seconde, là, s'exclama Tomas, levant la main en l'air. J'espère que c'est une plaisanterie ! Jarmo, tu as entendu une seule bonne raison pour qu'ils reprennent notre enquête, toi ? »

Jarmo Päivinen secoua la tête.

« Est-ce que j'ai l'air de plaisanter ?

– Waouh, elle a bouffé du lion, aujourd'hui. » Tomas sourit d'un sourire si large que ses pectoraux surgonflés jouaient sous son T-shirt beaucoup trop moulant.

« Exceptionnellement, parce que c'est toi, je vais prétendre que je n'ai pas entendu ce que tu viens de dire. Et toi, Herman, je te rappelle que tu parles régulièrement de l'intérêt qu'il y a à croiser les enquêtes.

– Et je le maintiens. Mais en l'occurrence, j'ai tendance à donner raison à Tomas. Un bruit faisant penser à quelqu'un qui parle à travers un masque à gaz, c'est un peu maigre. À part ça, vous avez autre chose qui tendrait à prouver que les deux affaires sont liées ? demanda Edelman.

– Pas pour l'instant, répondit Fabian.

– Et alors. Ce n'est pas le sujet ! Qu'est-ce qu'on perd à essayer ? » Malin se tourna vers Tomas et Jarmo. « Franchement, vous ne pouvez pas prétendre que votre enquête avance beaucoup.

– Je te signale quand même qu'on a…

– Oui, je sais, Tomas, vous avez vu la voiture sur un film de surveillance. Mais ça vous a menés à quoi ? À part avoir une photo du criminel avec un masque à gaz. Pourquoi ne pas essayer de jeter toutes les pièces du puzzle en l'air et de voir ce qui retombe ? Par exemple, on pourrait découvrir son mobile. Peut-être qu'il n'est pas du tout intéressé par l'argent, bien que la famille Fischer lui en ait proposé ? Comment savez-vous que ce n'est pas autre chose qu'il cherche ?

– Mais encore ? ironisa Jarmo.

– Je n'en sais rien. » Malin haussa les épaules et prit un Danish Cookie. « On a enlevé à Grimås à la fois ses yeux et ses entrailles.

– Le gars devait avoir faim », rigola Tomas.

Malin roula des yeux et jeta à Fabian un regard entendu qui signifiait que c'était à lui de prendre le relais. Mais il était trop occupé à essayer de comprendre la portée de ce que venait de dire Tomas.

Il fut interrompu par la porte qui s'ouvrit sur Hillevi Stubbs, laquelle entra dans la salle de conférences au pas de charge, une mallette métallique à la main. Ses cheveux étaient relevés en un chignon perché au sommet de sa tête, ce qui lui donnait l'air de faire au moins quelques centimètres de plus que le 1,54 m que, selon la rumeur, annonçait la toise. Les ailes de son nez vibraient, ce qui signifiait qu'elle était d'extrême mauvaise humeur et que le mieux qu'on puisse faire était de se maintenir en dehors de sa zone de tir.

« Excusez-moi, mais je n'ai pas que ça à faire. » Stubbs posa la mallette sur la table. « Et franchement, je commence à croire que vous vous fichez de moi. »

Fabian vit à l'expression de Malin qu'elle était aussi perplexe que lui.

« Oui, c'est à vous que je parle, continua-t-elle. Vous vous souvenez de l'époque où on trouvait une scène de crime, on l'analysait et éventuellement ensuite, on en découvrait une autre. Pourquoi faut-il maintenant que vous trouviez trois scènes de crime en même temps ? Vous croyez que j'ai des clones, ou quoi ?

– Hillevi ! l'interrompit Edelman. Je comprends que ce soit un peu beaucoup. Mais…

– Un peu beaucoup ! C'est un euphémisme ! Cet après-midi était le seul moment où j'avais une chance d'acheter des cadeaux de Noël ! Vous croyez que mes petits-enfants vont accepter un ministre vidé de ses organes comme excuse !

– Si tu veux, je peux voir avec Stockholm s'ils peuvent nous envoyer quelqu'un pour t'aider...

– Tu parles de Petrén et de ses gars ? Merci, mais non merci. Avec cette bande de bras cassés, ce ne serait plus la peine d'espérer finir avant Noël.

– Cela étant dit, nous n'avons pas toute la journée non plus. Alors je propose qu'on s'occupe de l'essentiel d'abord. Entre autres de ce qui nous vaut l'honneur de ta présence. Tu as quelque chose ? » demanda Malin avec l'air de quelqu'un qui n'a pas peur de rendre coup pour coup.

Fabian se dit que Stubbs l'aurait coupé en rondelles s'il avait osé lui parler de cette façon.

Au lieu de ça, elle tourna les yeux vers Malin avec l'air presque détendu. « Effectivement. » Elle fit claquer les fermoirs de sa mallette, souleva le couvercle, enfila une paire de gants blancs et prit un sachet en tissu qu'elle posa sur la table. Elle défit le nœud du cordon qui le tenait fermé et en sortit un pot en verre. « Ceci se trouvait dans le réfrigérateur du squat d'Östgötagatan.

– Quel squat ? s'enquit Jarmo.

– Celui à partir duquel le téléphone de Grimås a émis pour la dernière fois, répondit Malin en leur faisant passer la photo de la table plastifiée. Comme tu peux le voir, tout est déjà prêt pour...

– Vous parlerez de ça quand j'aurai fini, l'interrompit Stubbs avec un sourire figé. Merci beaucoup. Je pense que cet objet peut vous intéresser. » Elle brandit le pot en verre afin que tout le monde puisse le voir.

Fabian reconnut aussitôt la conserve de chez Haywards avec son logo bleu et jaune. Et comme il s'en doutait depuis qu'il avait retrouvé le cadavre du ministre, ce n'était pas des oignons confits qu'il contenait, mais quatre globes oculaires flottant dans un liquide brun.

« Ceci doit évidemment partir chez Thåström pour être examiné à l'institut de médecine légale au plus vite pour confirmation. Mais je suppose que personne ne sera surpris d'apprendre que deux de ces yeux appartiennent au ministre de la Justice, reprit Stubbs.

– Et les deux autres ? s'enquit Malin.

– C'est la question. Et c'est là que vous allez pouvoir me venir en aide. Il faut bien que vous serviez à quelque chose. »

Fabian se demanda pourquoi Malin avait posé cette question. Si c'était parce qu'elle l'ignorait ou bien parce qu'elle voulait être gentille. Personnellement, il n'avait aucun doute sur la provenance des deux autres yeux.

« Je peux regarder ? demanda Tomas.

– Regarder mais pas toucher. » Stubbs posa le bocal devant Tomas sur la table. Il se pencha pour examiner les quatre globes flottant dans le liquide avec le nerf optique en guise de queue. Deux d'entre eux avaient un iris bleu, le troisième un iris vert et le quatrième un iris marron.

Tomas leva les yeux, il se tourna vers Jarmo avec un air sombre et hocha la tête.

« Tu es sûr ? » lui demanda Jarmo.

Tomas acquiesça derechef. « Un œil vert et un œil marron. Il n'y a aucun doute. Ce sont les yeux de Fischer. »

35

C'était quand Tomas Persson avait plaisanté sur le fait que le criminel devait avoir faim qu'il avait eu l'idée. Il aurait sans doute été plus simple de se lever, d'aller allumer l'ordinateur et de faire une recherche. Mais Fabian voulait être tranquille jusqu'à ce qu'il soit sûr. Son intuition semblait folle, et vu l'ambiance dans le groupe en ce moment, avec les deux enquêtes jointes, les autres l'auraient torpillée aussitôt. Quittant la réunion le premier, il était descendu dans les archives matérielles au fin fond de la cave de l'hôtel de police, d'où il avait exhumé un dossier datant du deuxième trimestre 1993, après avoir déplacé plusieurs étagères roulantes.

Il avait vingt-sept ans à l'époque et il était en train de finir sa dernière année à l'école de police. L'été était arrivé de bonne heure et la plupart des étudiants de sa classe ne pensaient qu'aux longues vacances qu'ils allaient passer avant de prendre du service. Mais pas Fabian. La seule chose à laquelle il arrivait à penser était l'enquête pour meurtre qui remplissait les pages des journaux, avec un nouvel article presque chaque jour. L'affaire concernait un meurtrier en série qui sévissait à Stockholm. Le genre de cas dont on entend parler dans la presse mais qui arrivent rarement dans la vraie vie. Surtout dans un pays comme la Suède.

Mais ce printemps-là, c'était arrivé et il se rappelait encore l'émotion que l'événement avait suscitée dans tout le pays.

Pas seulement à cause de la brutalité avec laquelle le meurtrier agressait ses victimes et des souffrances qu'il leur infligeait, mais en raison du jugement d'internement psychiatrique dont il avait bénéficié au lieu de la prison à perpétuité.

Il ne se souvenait pas du nom du criminel. Simplement qu'il s'agissait d'un cas exceptionnel. En revanche il se rappelait qu'on avait retrouvé sept victimes qui avaient été retenues prisonnières dans plusieurs endroits différents avant de subir...

Il s'interrompit dans ses pensées et sortit des rayons le premier parmi cinq dossiers pleins à craquer. Il la trouva tout de suite. L'affaire sur laquelle il aurait voulu travailler.

Il ouvrit le carton et en voyant le nom écrit, tout lui revint comme si c'était la veille. Les photos prises par la police technique des différentes victimes qui avaient été énucléées. La terreur de la population parce que la prochaine victime pouvait être n'importe qui. La compétition entre les journalistes pour être le premier à diffuser le plus de détails sordides sur Ossian Kremph – le premier véritable cannibale suédois.

« D'accord, alors voilà comment je vois les choses », dit Tomas en accordant son pas sur celui de Malin dans le couloir.

« Quelqu'un a vu où est allé Fabian ? » dit Malin. Jarmo haussa les épaules. « Visiblement, il n'est pas là, remarqua-t-elle en ouvrant la porte de leur bureau commun.

– Il est peut-être aux chiottes, suggéra Jarmo.

– Excusez-moi, mais j'étais en train de parler, là, en fait, se plaignit Tomas.

– Parle, je t'en prie. » Malin posa lourdement son sac sur son bureau et se mit à fouiller dedans.

« Ce que je voulais dire, c'est que Jarmo et moi, on travaille sur cette affaire depuis...

« – Arrête, tu me fatigues à ressasser toujours les mêmes choses. En plus j'ai une nausée terrible et je vais gerber si je ne trouve pas bientôt... Qui a pris mes... Ah non, les voilà. » Elle sortit un rouleau de biscuits Marie presque vide du fond de sa besace et en engouffra deux à la fois, mâcha et avala aussi vite qu'elle pouvait, avant de s'écrouler sur son fauteuil avec un soupir. « Putain, c'était limite.

– C'est bon, tu as fini ? » dit Tomas en s'avançant vers Malin qui mit deux autres biscuits dans sa bouche. « Bien. Alors peut-être que tu vas commencer par m'expliquer ce que tu entends par ressasser ? Il faut bien qu'on discute de la façon dont on va...

– Non. Il n'y a rien à discuter. Il faut qu'on avance, maintenant, rétorqua Malin la bouche pleine. Et si tu n'es pas d'accord, tu n'as qu'à aller bouder ailleurs. »

Tomas allait rétorquer mais un regard de Jarmo l'incita à se calmer et à retenir ce qu'il allait dire. « OK. Ça va. Alors qu'est-ce que vous attendez ?

– Parfait ! Super ! Tout va bien se passer, tu verras ! » Malin se leva. « Je propose que nous commencions par voir si Carl-Eric Grimås et Adam Fischer ont quelque chose en commun. Peut-être que nous trouverons le mobile dans ce lien éventuel. »

Jarmo acquiesça tandis que Tomas s'obstinait dans son silence et sa mauvaise humeur.

« Nous en savons déjà beaucoup sur le ministre, poursuivit Malin. Mais que savons-nous d'Adam Fischer, finalement ? Et pourquoi ai-je le sentiment de l'avoir vu dans les tabloïds ?

– Adam Fischer a trente-trois ans, il est fils de diplomate et semble avoir pour principale ambition dans la vie de ne jamais devenir adulte, répondit Jarmo. Il aime dépenser l'argent de papa, rouler dans des voitures hors de prix et assister à des premières. Il n'en faut pas plus pour intéresser la presse à scandale.

– Et son père ? C'est quelqu'un qu'on connaît ?

– Jarmo et moi le connaissons, répliqua Tomas. Il s'appelait Rafael Fischer et il était ambassadeur d'Israël à Stockholm pendant presque toutes les années 90.

– Ambassadeur d'Israël ? » répéta Malin, et Tomas acquiesça.

« Voilà, c'est lui, là », dit Jarmo en désignant un cliché en noir et blanc sur le tableau d'affichage.

La photo semblait avoir été prise lors d'une célébration quelconque et représentait un homme aux cheveux blancs et en costume sombre assis en compagnie de deux autres hommes.

« Le jeune homme sur sa gauche, c'est Adam ? s'enquit Malin.

– Oui. La photo aurait été prise au mariage de sa sœur. Qui remonte à quand déjà ? » Jarmo se tourna vers Tomas.

« Août 98, répondit Tomas. Le vieux est mort trois mois plus tard.

– Pourquoi est-ce que c'est Adam qui tient une canne et pas son père ? demanda Malin. Et vous ne trouvez pas qu'il est un peu maigre et maladif ? »

Jarmo prit la photo pour l'étudier de plus près et effectivement, on y voyait un Adam Fischer maigre et pâle, une canne à la main. « Tu as raison. On a dû penser qu'il tenait la canne de son père.

– Fais voir. » Tomas lui prit la photo des mains.

« Et de l'autre côté, c'est qui ? » Malin désignait l'homme assis à la droite du vieil ambassadeur et qui était penché vers lui comme s'il lui confiait un secret.

« Bonne question. Nous avons essayé de le découvrir, sans succès.

– Le voici à nouveau, mais en compagnie de l'actuel ambassadeur. » Tomas montrait une photo au tableau sur laquelle on voyait le même homme, avec dix années de plus, sortant d'une voiture avec l'ambassadeur d'Israël en poste et un autre homme.

« Le troisième, c'est qui ? demanda Malin.

– L'ambassadeur d'Israël à Copenhague, dit Jarmo.

– Ce type connaît tout le monde. Vous vous êtes rapprochés de l'ambassade pour voir avec eux ? »

Jarmo et Tomas secouèrent la tête de concert.

« Alors je propose qu'on commence par là... Ah te voilà ! Où étais-tu passé ? » s'écria Malin en voyant Fabian entrer, les bras chargés de dossiers cartonnés.

« Aux archives où j'ai trouvé un suspect. » Fabian lâcha son chargement sur sa table de travail.

Tomas attrapa le premier dossier de la pile et l'ouvrit. « Ossian Kremph ? C'est qui ?

– Je suis heureux que tu me poses la question parce que c'est toi qui m'as fait penser à lui.

– Bien sûr ! Ce n'était pas ce cannibale, là ? » s'exclama Jarmo. Fabian hocha la tête. « C'était avant que j'entre à la Criminelle, mais je patrouillais en voiture à l'époque et ça avait fait un sacré ramdam cette histoire !

– Quelqu'un a envie de me dire de quoi vous parlez ? demanda Malin.

– De ça. » Tomas brandit une photo sur laquelle on voyait une victime martyrisée avec des yeux énucléés.

« Sympa, commenta Malin. Et pourquoi justement les yeux ?

– Je ne me souviens plus très bien, dit Fabian, mais il me semble qu'il entendait des voix lui ordonnant de rassembler des âmes élues.

– Non, pitié, pas un cinglé ! Il est sorti d'HP ou quoi ?

– Depuis trois ans et quatre mois.

– Remis à neuf, je suppose, soupira Malin en secouant la tête. Comme si quelques médicaments et une thérapie pouvaient guérir quelqu'un qui est capable de faire une chose pareille.

– T'as raison, acquiesça Tomas. Dans les autres domaines de la médecine, on est obligé d'accepter qu'un tétraplégique le reste jusqu'à la fin de ses jours. Mais en matière de psychiatrie, ce n'est pas pareil. Ils sont tous capables de guérir avec un petit traitement, quelle que soit la paralysie du bulbe dont ils souffraient au départ. »

Malin le regarda d'un air étonné. « Tu as trouvé ça tout seul ou bien tu as lu un journal, une fois dans ta vie ? »

Tomas sourit et tendit le bras pour lui voler un biscuit.

« Sers-toi. J'ai perdu l'appétit de toute façon », lui dit Malin distraitement en continuant à feuilleter les pages de la vieille enquête. « Il y avait un lien entre les victimes ou il les choisissait au hasard ?

– Si je me rappelle bien, il y avait à la fois des hommes et des femmes. Et, attends une seconde... il n'y avait pas une de ses victimes qui était vaguement célèbre ? dit Jarmo.

– Tu penses à la voix radiophonique qui lisait la météo marine, l'éclaira Fabian.

– C'est ça. Même chose pour Fischer et Grimås. Ils sont un peu connus.

– Peut-être qu'il choisit les gens à qui il s'en prend, dit Tomas.

– Toujours est-il qu'il y en a un, au moins, pour lequel il avait une bonne raison, dit soudain Malin en levant le nez du dossier. Vous savez qui dirigeait l'enquête, à l'époque ? »

Les autres secouèrent la tête.

« Carl-Eric Grimås. »

36

Assise sur le siège de réception dans le bureau de Kim Sleizner, Dunja Hougaard se faisait toute petite. Elle aurait dû se tenir droite et fière, les jambes légèrement écartées, comme Jan Hesk l'aurait sûrement fait s'il avait été à sa place. Elle avait tout de même, contre toute attente, réussi à découvrir un sérieux suspect principal en moins de vingt-quatre heures. Et résolu trois anciennes affaires par la même occasion, si tout se passait bien. Quatre avec celle de Suède.

Mais la seule pensée d'être en tête à tête avec Sleizner suffisait à lui donner une irrépressible envie de se lever et de s'enfuir. Elle s'obligea à respirer calmement, baissa les yeux sur la tache de café sur son jean qui avait séché entre-temps mais donnait toujours l'impression qu'elle s'était fait pipi dessus.

Le silence était si profond qu'elle entendait la respiration du patron de l'autre côté du bureau, l'air entrant et sortant par ses narines un peu bouchées par le rhume, tandis qu'il parcourait les vieux procès-verbaux et son rapport succinct. Elle se demanda combien de temps cela allait durer. S'il traînait exprès pour la mettre mal à l'aise. Elle ne releva les yeux qu'en l'entendant refermer le dossier. Il souriait.

« Je savais que tu étais l'homme de la situation. Je l'ai su la première fois que je t'ai vue. »

Dunja ne savait pas quoi dire et ne put répondre que par un rire qui sonnait faux.

« Il n'y a pas de quoi rire. Je te parle sincèrement. Alors profites-en tant que ça dure. Demain ce sera peut-être terminé. Non, je rigole. Mais trêve de plaisanterie. » Il brandit le dossier. « Tout ceci est clair comme de l'eau de roche. Je ne sais pas comment tu te débrouilles et je m'en fous. L'important est que ce Benny Willumsen soit mis à l'ombre pour le restant de ses jours. Ça fait du bien de temps en temps de coiffer les Suédois au poteau. Sur leur terrain qui plus est. Dunja, Dunja, Dunja... Tu fais mon bonheur. »

Dunja acquiesça avec un sourire forcé.

« La prochaine étape est la conférence de presse à laquelle je te veux à mes côtés. À tout seigneur, tout honneur, comme on dit.

– Une conférence de presse ? Tu comptes la tenir quand ? Tu ne crois pas qu'on devrait d'abord l'arr...

– Ne t'inquiète pas. Évidemment qu'il faut lui mettre la main dessus avant d'annoncer quoi que ce soit. Mais comme tu sais, j'aime bien avoir une longueur d'avance et je voulais simplement que tu saches que je ne laisserai personne d'autre s'attribuer le mérite de ton travail. D'accord ? »

Dunja hocha la tête.

Sleizner poussa un soupir. « Pourquoi as-tu l'air de craindre que je tire la couverture à moi ?

– Ce n'est pas ça. C'est juste que je trouve un peu prématuré de crier victoire. Tout comme nos collègues en Suède, nous n'avons pas assez de preuves pour le faire tomber. C'est pourquoi je pense que nous devrions commencer par extraire la voiture du port de Helsingør.

– Absolument, tu as raison. Mais chaque chose en son temps. Et le plus urgent est de l'arrêter avant qu'il y ait d'autres victimes de son imagination fertile. Avec un peu de chance, nous dénicherons assez de preuves techniques et scientifiques dans son appartement pour nous éviter de couler notre budget en récupérant la voiture dans l'eau. Tu dois savoir que c'est une opération coûteuse, surtout en plein hiver.

– D'accord, mais je ne sais pas si tu as eu le temps de lire tout le compte rendu de l'investigation en Suède. Il semble qu'ils n'aient justement rien trouvé d'utile dans son... »

Sleizner l'interrompit avec un éclat de rire et se mit à secouer la tête. « Je n'ai pas besoin d'en lire plus pour savoir que j'ai plus d'expérience que toi dans ce domaine. Tout va bien se passer, Dunja. Si nous ne trouvons rien chez lui, nous repêcherons évidemment sa voiture. » Il se leva de son fauteuil, fit le tour de la table et se tint debout derrière elle. « Je ne sais pas si tu réalises à quel point tout ceci va booster ta future carrière. Tu vas voir, tu ne mettras pas longtemps à prendre ma place. »

La pensée vint de nulle part, elle lui traversa la tête et disparut aussitôt. Était-ce ce qu'on ressentait quand on se faisait violer ? Le sentiment qu'une lance glacée vous traverse le corps ? Quand les mains de Sleizner se posèrent sur ses épaules, c'est ce qu'elle ressentit.

« Voyons, Dunja... tu ne peux pas rester comme ça. Tu es tendue comme un arc. » Il commença à la masser avec des gestes calmes et doux. « Détends-toi. S'il y a une chose que je sais faire, c'est bien un massage. » Il ferma ses doigts sur ses épaules et les tira en arrière, faisant bomber ses seins. « Il faut que tu penses à te tenir droite. Tu ne peux pas être assise sur le podium devant les journalistes et ressembler à un sac de patates, et si tu n'as pas déjà mal à la nuque, ça ne saurait tarder. » Il souleva ses cheveux et se mit à enfoncer ses jointures dans les muscles de son cou. « Pour moi, ça a commencé dès que je suis entré en poste ici. Et si Henrik Hammersten n'avait pas insisté pour que j'aille voir sa masseuse, je serais en fauteuil roulant, à l'heure qu'il est. Depuis ce jour-là, j'y vais deux fois par semaine et je n'ai jamais eu une once de problème avec mes cervicales. » Ses doigts montèrent plus haut sur son crâne et il se mit à la triturer derrière les oreilles et à lui malaxer le cuir chevelu.

« Ah, au fait, j'ai oublié de te dire. J'ai réussi à t'avoir une place à la table d'honneur pour la réception de Noël. L'avantage, c'est qu'on se fait servir, ce qui évite de faire la queue au buffet avec les autres. Et on a droit au schnaps à volonté. Pas mal, non ? Cela nous permettra de faire plus ample connaissance. »

Dunja n'entendait plus ce qu'il disait. Le bruit de son pouls dans ses oreilles couvrait tout le reste. Elle n'avait qu'une envie et c'était de se lever, de se retourner et de le gifler aussi fort qu'elle pouvait. Mais ses jambes refusaient de lui obéir et elle était comme paralysée. Elle n'arrivait même pas à lui demander de cesser de la toucher. Tout ce qu'elle parvenait à faire, c'était à rester là à sentir chaque muscle de son corps se contracter jusqu'à la crispation.

37

Fabian Risk avançait à tâtons, longeant un mur. Les sonneries se succédaient dans le casque de son téléphone. Il faisait un noir d'encre et il ne voyait rien du tout, jusqu'à ce qu'il finisse par trouver l'interrupteur. Comme un sonar au-dessus d'un océan sans fond, les signaux continuèrent tandis que la luminosité de l'ampoule à basse consommation augmentait dans la pièce. Il se demanda ce qu'il allait faire si elle ne répondait pas. Si elle ne répondait plus jamais.

Il se demanda si ce ne serait pas ce qui pourrait arriver de mieux.

Mais au moment où la lampe atteignit sa température maximale, les tonalités d'appel s'interrompirent.

« *Je commençais justement à me demander où tu étais passé.* » Comme d'habitude, Niva parlait sur le ton amusé de quelqu'un pour qui tout est un jeu. « *Je me suis dit que tu avais dû te faire engueuler et que tu étais rentré sagement à la niche.*

– Tu as un peu de temps, là ?

– *Ça dépend.*

– J'ai besoin de toi pour me trouver l'adresse d'un certain Ossian Kremph.

– *Même réponse. Ça dépend.*

– Le problème étant qu'il n'habite pas à sa propre adresse mais vraisemblablement en sous-location quelque part. » Fabian attendait une réaction de sa part, mais elle ne vint pas.

« Niva ? Tu es encore là ? » reprit-il, comme s'il ne l'entendait pas respirer au bout du fil.

En réalité il comprenait parfaitement de quoi il retournait et ne pouvait que lui donner raison. Il lui avait fait une promesse et il allait devoir l'honorer. Après tout, cela pouvait parfaitement se limiter à de simples retrouvailles avec une ancienne collègue qu'il appréciait. « OK, que dirais-tu de dîner avec moi demain soir ? »

Le silence qui suivit fut juste assez long pour qu'il ait le temps de regretter.

« Je te retrouve à 21 heures au Lydmar. Tu as son numéro national d'identité ? »

Fabian regarda ses notes, lut le numéro à haute voix : « 540613-5532 », et entendit les doigts de Niva courir sur le clavier.

« *Il est inscrit à l'état civil à une adresse qui se trouve à Norsborg.*

– Je sais, mais apparemment, il sous-loue cet appartement et il habite ailleurs.

– *OK. Alors voyons ses coordonnées bancaires... Nordea, une carte de débit classique attachée à son compte courant.*

– Il travaille ? D'où vient l'argent qui arrive sur son compte ?

– *Non. Il touche diverses pensions et le loyer de son appartement de Norsborg, je suppose.*

– Il n'a pas d'autres comptes ?

– *Si, sans doute. Mais je crois qu'il y a suffisamment de mouvements sur sa carte pour nous permettre de le retrouver.* » Elle recommença à pianoter.

Fabian s'assit sur l'abattant des toilettes et se demanda ce qu'il allait raconter à Sonja. S'il avait intérêt à lui dire quoi que ce soit. Peut-être ne s'attendait-elle même pas à ce qu'il rentre et qu'elle partait du principe qu'il était obligé de travailler toute la nuit. Elle avait dû entendre les nouvelles et en conclure qu'il était parti pour quelques nuits blanches. Est-ce que c'était pour ça qu'elle n'avait pas réagi quand il avait essayé de lui donner des explications ?

« *Il se sert régulièrement de trois distributeurs de billets. L'un se trouve au centre commercial Ringen à Skanstull, un devant le magasin Konsum sur Gotlandsgatan et le troisième est celui de la succursale de la Nordea de Bondegatan. J'en conclus qu'il habite près de Götgatan, dans le quartier qui se trouve entre Ringvägen et Bondegatan.*

– Ce qui représente quelques milliers d'appartements. Et si, de surcroît, il est en sous-location, voire en sous-sous-location, il n'est même pas sûr qu'il ait son nom sur la porte.

– *Je pense aux années où il était enfermé*, dit Niva. *Il s'est peut-être fait des amis ?* » Fabian entendit qu'elle avait déjà commencé une nouvelle recherche.

« Après son procès, il a atterri à l'hôpital psychiatrique. Alors je ne sais pas combien d'amis on peut...

– *Je sais, mais en 1996, on a apparemment jugé qu'il était en assez bonne santé pour être transféré à la prison de Kumla, où il a purgé les dix dernières années de sa peine en prenant des médicaments et en suivant une thérapie.*

– Ça a dû lui faire du bien, il est en pleine forme, ces temps-ci », commenta Fabian qui comme ses collègues avait du mal à comprendre comment on pouvait dire de quelqu'un qui avait mutilé, torturé et arraché les yeux de ses victimes qu'il pouvait être considéré comme étant en « bonne santé ».

« Alors ? Tu as des touches chez les barjos ?

– *Non, il semble que non. Pas parmi ceux avec qui il a passé six mois ou plus. Il y en a un qui habite Lindvallsgatan à Hornstull et un autre qui a une adresse à Tantogatan. Aucun ne vit dans le quartier qui nous intéresse.*

– Tu as essayé de réduire la recherche à ceux avec qui il a passé trois mois ?

– *C'est ce que je suis en train de faire... Mais du coup, ça fait une longue liste.*

– Essaye son psy, proposa Fabian.

– *Son psy ?*

– Oui, il a dû le ou la rencontrer presque tous les jours. »

À nouveau Fabian entendit Niva travailler sur son ordinateur, à l'autre bout du fil.

« *C'est un homme, mais malheureusement il habite Gamla Enskede. Dans la même rue que ta collègue Malin Rehnberg. Peut-être qu'elle le connaît. Peut-être qu'elle va frapper chez lui avec ses sabots Crocs pour lui emprunter du sucre et discuter nuisances sonores et nouveaux ralentisseurs ?*

– Je ne suis pas sûr que les Crocs soient son style », dit Fabian qui devinait dans la voix de Niva son amertume d'être encore célibataire.

« *Il paraît qu'elle est enceinte ?*

– Elle attend des jumeaux, en plus.

– *Trop mignon.*

– Pas si tu lui demandes son avis. Pour l'instant, elle semble prête à les brader si on veut lui acheter.

– *La fille...*

– Je ne sais pas s'ils ont demandé à savoir... si, d'ailleurs, je crois que ce sont deux garçons.

– *Je ne parle pas de Malin. Je te parle de la fille du psychiatre.* »

Fabian avait perdu le fil.

« *Sa fille est enregistrée à l'état civil à l'adresse : Blekingegatan 67B, alors qu'elle travaille à Lund. C'est un tir dans le brouillard, mais ça vaut la peine d'essayer.*

– Absolument. C'est fantastique. Je ne sais pas comment te remercier.

– *Mais si, tu sais. On se voit demain soir, Fabian.* »

Elle raccrocha. Fabian se leva des toilettes et fourra son téléphone dans sa poche. Il ignorait si laisser sa fille sous-louer son appartement à l'un de ses patients était illégal. Ça ne l'était peut-être pas à ses yeux. Mais s'il avait réellement fait ça, c'était clairement contraire à la déontologie.

« On peut savoir ce que tu fabriques, Fabian ? » Malin fonça sur lui au moment où il ouvrait la porte des toilettes.

La phrase était purement rhétorique parce qu'elle le savait parfaitement. Il n'avait jamais réussi à lui cacher quoi que ce soit. *Tu es aussi prévisible que les marées*, lui disait-elle parfois. Pourtant, il essaya tout de même de se disculper, comme l'âne bâté qu'il était. « Quoi ! On n'a plus le droit d'aller pisser ? »

Elle renâcla et jeta un coup d'œil à l'intérieur des toilettes. « Depuis quand est-ce que tu penses à baisser la lunette ? Et tu n'as même pas pensé à faire couler de l'eau dans le lavabo. C'est Niva, c'est ça ? »

Fabian poussa un soupir et il s'apprêtait à tout avouer, mais il n'eut pas le temps d'en placer une.

« Je sais exactement à quoi tu penses, Fabian. Mais je t'assure que ce n'est pas une bonne idée. Cette fille ne peut te faire que du tort. Niva Ekenhielm est une catastrophe ambulante perchée sur deux jambes minces et interminables qui plante ses dents dans tout ce qui n'a pas ce qu'il faut à la maison. »

Fabian fit tout ce qu'il put pour avoir l'air de ne pas comprendre.

« Et tu ne m'auras pas avec ta tête de Bambi. Tu sais parfaitement ce que je veux dire.

– Pas du tout, je t'assure. » Il se maudit intérieurement d'être aussi pathétique. Heureusement, l'arrivée de Tomas et de Jarmo lui évita de sombrer plus profondément dans l'humiliation.

« Ah vous voilà. Vous venez ou quoi ? demanda Tomas qui avait mis son holster.

– Où ça ? lui demanda Malin.

– Cyber-Wojtan n'a pas trouvé d'autre adresse. Alors on va aller faire un tour à l'appartement de Norsborg, répondit Jarmo en enfilant son blouson en cuir. Avec un peu de chance on trouvera quelque chose là-bas qui nous mettra sur une nouvelle piste.

– Sinon, on peut aller là, aussi. » Fabian brandit son carnet de notes ouvert. « Je crois plus à cette adresse.

– Fais voir. » Malin lui arracha le bloc des mains. « Comment l'as-tu eue ? Ou plus exactement, comment Niva l'at-elle eue ?

– Quelle Niva ? » demanda Tomas en se tournant brusquement vers Fabian. « Niva Ekenhielm ?

– C'est juste une idée, mais il est possible que la fille de son psy, qui vit d'ailleurs dans la même rue que toi à Enskede, Malin, lui sous-loue son appartement », expliqua Fabian qui sentait qu'il était en train de reprendre la situation en main.

Mais Malin n'écoutait pas ce qu'il disait, elle regardait l'adresse, fascinée. « Blekingegatan 67B… Je peux me tromper, mais est-ce que ce n'est pas… ? » Elle leva les yeux et croisa les regards de ses collègues. « Est-ce que ce n'est pas dans le même quartier que l'appartement dans l'immeuble condamné d'Östgötagatan ? »

38

C'était exactement ce contre quoi son père l'avait mise en garde, songeait Katja Skov, qui ne savait ni où elle était ni comment elle était arrivée là. C'était pour cela qu'il avait dépensé tant de millions de couronnes pour installer divers systèmes de sécurité, et pour cela aussi qu'elle ne pouvait sous aucun prétexte quitter la maison de Snekkersten sans que sa sortie soit planifiée en amont avec ses gardes du corps. Ces dernières années, il n'avait pas arrêté de lui promettre qu'à mesure qu'elle grandirait et que les enlèvements les plus classiques deviendraient plus difficiles à réaliser, les mesures de précaution dont on l'entourait deviendraient moins drastiques.

Mais à présent le pire cauchemar de son père était une réalité.

Elle avait été kidnappée. Attrapée et enlevée comme dans un film de série B dont on sait d'avance qu'il va bien se terminer. Sauf que ce n'était pas un film.

Elle tenta de se faire une idée du temps qu'elle avait passé couchée là, mais y renonça. Avec tout ce qu'elle avait fumé, elle ne pouvait pas se fier à une quelconque notion de temps. Et puis il faisait sombre. Si sombre qu'elle n'y voyait pas à dix centimètres alors que ses yeux étaient depuis longtemps accoutumés à l'obscurité.

Et elle était à l'étroit aussi. Elle avait essayé de lever la main pour se gratter le nez, mais n'y était pas arrivée. Elle était enroulée dans quelque chose d'épais, peut-être un tapis, et autour d'elle le bruit et l'odeur étaient ceux du plastique. Elle aurait probablement dû avoir peur, mais elle n'avait pas vraiment la force d'y penser. Ça allait sûrement s'arranger.

Elle ferma les yeux pour essayer de se souvenir de ce qui s'était passé exactement. Mais rapidement, tout se mit à tourner et elle eut l'impression que son corps n'était plus soumis à la loi de la pesanteur. Elle était encore défoncée et si cela continuait, elle ne distinguerait bientôt plus le haut du bas.

On voulait sans doute qu'elle soit effrayée. Qu'elle soit prise de panique et qu'elle se mette à taper et à crier aussi fort qu'elle pouvait. Mais elle n'allait sûrement pas leur donner cette satisfaction. Au contraire, elle allait rester si calme et silencieuse que ce serait eux qui finiraient par s'inquiéter. Et quand enfin ils viendraient la chercher et la ramener dans la lumière, elle ferait semblant d'être morte, comme on doit le faire si par accident on tombe dans la tanière d'un ours.

Juste pour entendre leur réaction quand ils s'apercevraient que ce qui devait leur rapporter des millions de couronnes avait perdu toute sa valeur.

Elle se remémora la soirée. Ce qui au départ était supposé être une petite fête tranquille s'était terminé en une orgie complètement débridée où les gens avaient sniffé la totalité de ses réserves et s'étaient mis à s'envoyer en l'air dans tous les coins. Mais c'était toujours comme ça. Les soirées les plus réussies et les plus marrantes étaient toujours les plus improvisées.

Et quand Niels avait proposé qu'ils aillent faire une virée à Helsingør, comme de vrais Suédois en bringue... non d'ailleurs, ce n'était pas lui qui l'avait proposé mais cette fille que quelqu'un avait amenée. Quoi qu'il en soit, elle n'avait pas pu refuser. Le seul fait de partir sans que ni son père ni ses gardes du corps soient au courant avait suffi à la faire sauter de joie.

Il y avait ses meilleurs amis et quelques personnes dont elle ne savait pas qui ils étaient. Ils étaient sortis par la fenêtre de la salle de bains et avaient réussi à sauter par-dessus le mur d'enceinte grâce à un arbre dont les branches dépassaient de l'autre côté.

Plusieurs taxis les attendaient un peu plus loin sur Strandvejen et sans trop savoir comment elle était arrivée là, ils s'étaient retrouvés à bord du ferry pour la Suède et dans le port de Helsingborg.

Tous n'avaient qu'une idée en tête, faire la fête et avoir une longueur d'avance sur la morosité du quotidien. Ce qui ressemblait simplement à ce qui avait été sa vie à elle ces dix dernières années.

Son père avait fait tout ce qui était en son pouvoir pour qu'elle se calme et reprenne sa vie en main. Et Dieu sait si elle avait tout essayé, qu'il s'agisse de travailler dans l'une de ses entreprises, de suivre une thérapie, de faire du sport ou de prendre des médicaments. Mais rien n'était parvenu à la débarrasser du sentiment qu'elle n'avait rien à perdre. Que tout pouvait s'arrêter d'un instant à l'autre, car on pouvait tourner la question dans tous les sens, on arrivait à la même réponse, l'être humain n'était qu'un mort en sursis. Alors le mieux qu'il y avait à faire était d'en tirer le maximum. Sucer chaque jour jusqu'à la dernière goutte, comme si c'était le dernier. *Carpe diem*, putain !

Quand son diagnostic était tombé, son père avait vu les choses très différemment. Il avait tiré toutes les ficelles qu'il avait pu. S'il n'avait tenu qu'à lui, elle aurait fait carrière et travaillé soixante heures par semaine. Mais pour quoi faire ? De l'argent, ils en avaient déjà plus qu'ils ne pourraient jamais en dépenser.

Elle comprenait sa déception. Surtout les premières années. Mais après dix ans, la déception était toujours là, minant leur relation. Il s'efforçait de la lui cacher, mais elle la lisait dans ses yeux, et dans chacun de ses commentaires luisait en filigrane une amertume si profonde qu'il semblait parfois regretter d'avoir essayé de l'aider.

Elle sentit une vibration dans l'air et entendit le bruit d'un moteur qui démarrait. Elle ne sut pas si c'était ça ou le fait de réaliser qu'elle se trouvait dans le coffre d'une voiture qui déclencha sa peur. Mais elle eut peur. Non, elle fut terrifiée. Comme si elle venait de se rendre compte que c'était pour de vrai. Qu'elle n'était pas simplement victime d'une plaisanterie qui aurait dérapé. La terreur la traversa comme une soudaine décharge électrique. Tous les muscles de son corps furent pris de crampes et elle s'entendit hurler de toutes ses forces.

Mais le pouvoir d'isolation phonique du matelas était efficace et elle cessa de crier au moment où le véhicule se mit lentement en mouvement. Au début, il y eut quelques cahots, mais bientôt ils roulèrent sur un revêtement plus lisse. Elle se dit qu'ils venaient de débarquer du ferry. Il n'y avait pas d'autre explication. Mais dans quel pays elle se trouvait, elle n'en savait rien. Ni ce qui l'attendait, d'ailleurs.

Pour la première fois, elle prit conscience de tout ce qu'elle avait à perdre.

39

Fabian n'arrivait pas à comprendre comment les autres pouvaient avoir l'air aussi sûrs d'eux en sonnant à la porte de l'appartement, leur arme à la main, prêts à tirer. On aurait dit qu'ils savaient déjà ce qui les attendait. Mais peut-être braquaient-ils leurs pistolets justement parce que en fait, ils étaient aussi peu sûrs de ce qu'ils faisaient que lui. Il n'avait réellement aucune idée de ce à quoi il devait s'attendre en entrant. Il ne savait pas s'ils allaient se retrouver dans un nuage de fumée blanche, être endormis par Ossian Kremph et se faire arracher les yeux.

En admettant qu'il soit chez lui.

Et que ce soit là qu'il habite.

Après avoir sonné plusieurs fois sans résultat, Tomas insista pour essayer d'ouvrir la porte avec son canif. Une demi-heure plus tard, ils appelèrent un véritable serrurier qui l'ouvrit en dix minutes. Ce qui était nettement plus long que les trente secondes qu'il faut habituellement aux gens de sa corporation. Ils eurent l'explication quand la porte s'ouvrit et qu'ils découvrirent les nombreux verrous supplémentaires posés à l'intérieur.

Fabian, qui avait reçu un message sur son portable, entra un peu après ses collègues. Sonja lui écrivait qu'elle ne savait pas à quelle heure elle rentrerait de l'atelier ce soir-là. Elle avait demandé à la fille de la voisine de récupérer Matilda à l'école et de la garder jusqu'à 18 h 30. Elle ne pouvait pas rester plus tard parce qu'elle allait au cinéma. Fabian avait répondu qu'il essaierait d'être rentré avant cette heure-là et lui avait souhaité bon courage avec sa peinture.

Il n'eut pas besoin de faire plus d'un pas dans le vestibule pour constater que Niva avait tapé dans le mille. De toute évidence, ce n'était pas un individu normal qui habitait dans cet appartement.

« Putain de bordel de merde…, s'exclama Tomas en rangeant son arme de service dans son holster.

– Et moi qui pensais que c'était le foutoir chez moi », commenta Malin en jetant un coup d'œil dans le séjour qui était à lui seul encombré de tellement de meubles et de bibelots qu'il faudrait une éternité à Hillevi Stubbs et à ses gars pour tout examiner.

« Je suis sûr que depuis que sa femme est partie, chez Jarmo, ça doit ressembler à peu près à ça », dit Tomas avec un sourire moqueur, la main posée sur une pile de journaux gratuits qui devait faire presque deux mètres de haut. « Sauf que chez lui, il doit y avoir plus de revues pornos.

– Ferme-la et rends-toi utile, plutôt, grommela Jarmo en continuant vers la chambre à coucher. Je propose qu'on se sépare et qu'on prenne une pièce chacun, dit-il en attrapant un journal sur la pile.

– N'est-ce pas déjà ce que nous sommes en train de faire ? demanda Malin en commençant à trier le contenu de plusieurs grands sacs-poubelle.

– Putain, on va être dégueulasses, râla Tomas. Enfin, en tout cas, on est à la bonne adresse. » Il brandit un journal dans lequel les yeux des gens avaient été découpés sur toutes les photos. « Regardez. Ce cinglé a joué du scalpel à chaque foutue page. » Il feuilleta le journal et effectivement, partout où il aurait dû y avoir des yeux, il n'y avait que des trous.

Afin d'occulter les voix des autres, Fabian brancha ses écouteurs sur son iPod et choisit d'écouter « No Balance Palace » du groupe Kashmir, son groupe danois préféré.

L'appartement se trouvait à l'angle de Blekingegatan et d'Östgötagatan et la table de la salle à manger se trouvait devant un bow-window donnant sur les deux rues. Même en y réfléchissant, il ne se rappelait pas avoir déjà vu un appartement dans lequel le renfoncement était situé exactement dans le coin du séjour.

Il se retourna, remarqua les papiers peints qui se détachaient des murs, et se dit que cet immeuble aussi allait certainement être entièrement rénové. Kremph avait peut-être été autorisé à l'occuper seulement jusqu'aux travaux. Ce qui ne l'avait pas empêché d'encombrer bibliothèques et placards d'objets de toutes sortes. Il n'y avait d'espace libre nulle part, et comme Malin et les autres, Fabian s'était dit en entrant que l'endroit était plus désordonné qu'une décharge municipale.

Mais il se rendait compte à présent qu'il n'y avait pas tant de fouillis que cela. Certes, quelques objets avaient été abandonnés négligemment sur le sol. Mais la plupart étaient empilés et triés avec soin.

Ossian Kremph était visiblement un collectionneur.

Fabian continua sa visite jusqu'à la pièce la plus reculée et l'examina. Elle devait être utilisée comme bureau, avec un vieux secrétaire contre l'un des murs, et contrairement au reste de l'appartement, le plateau de la table était entièrement vide.

Il s'approcha et prit place sur la chaise qui grinça lorsqu'il se pencha en arrière. Le meuble était fabriqué dans une essence dont il ne connaissait pas le nom et il avait trois tiroirs juxtaposés sous le plateau. Les tiroirs n'avaient pas de poignées et aucune clé n'était insérée dans leurs serrures béantes. En revanche, ils n'étaient pas verrouillés et il put les ouvrir facilement en passant la main en dessous.

Celui de droite contenait une grande paire de ciseaux, un scalpel et un rouleau de ruban adhésif. Dans celui du milieu, il trouva un album photo rempli de coupures de presse concernant Carl-Eric Grimås et Adam Fischer. Les photos, qui avaient été prises à diverses occasions et dans des endroits différents, avaient toutes un point commun – les yeux manquaient.

Comme dans les quotidiens entassés dans le séjour, chaque œil sans exception avait été méticuleusement découpé, ne laissant dans le papier qu'un trou béant. Fabian fut frappé de voir à quel point la personnalité d'un être se trouve dans son regard. Grimås et Fischer ressemblaient plus à des morts-vivants qu'à eux-mêmes sur ces clichés.

Le tiroir de gauche contenait également des photos. Mais celles-là n'étaient ni rangées dans des albums, ni découpées dans des journaux.

Ces photos-là avaient certainement été prises par Kremph lui-même. Il s'agissait d'une trentaine de clichés, pris à distance, à l'intérieur d'un bus. On pouvait y voir divers passagers en train de lire, de parler avec leur voisin ou de rêvasser en regardant par la fenêtre. Fabian remarqua que chaque passager ne figurait que sur une seule photo. À l'exception d'une femme qui apparaissait sur toutes.

Une femme qu'on avait privée de ses yeux.

Y avait-il une autre victime ? Était-ce pour cette raison que Kremph n'était pas chez lui ?

Il venait d'étaler les photographies sur la table pour les étudier de plus près quand il fut interrompu par un cri qui réussit à couvrir la voix de David Bowie dans « The Cynic ». Il retira ses écouteurs et s'empressa d'aller rejoindre les autres qui criaient à qui mieux mieux, leurs armes braquées dans la même direction.

« Sur le ventre ! » Ça, c'était Tomas tenant son pistolet des deux mains. « Couche-toi, je te dis ! »

Fabian avait du mal à croire à ce qu'il voyait. Au milieu de la pièce, entouré de piles de journaux, se tenait Ossian Kremph, immobile comme une statue, un carton de supermarché sous le bras. On aurait dit une apparition tel qu'il était là, en train de regarder les policiers autour de lui, aussi étonné qu'eux.

« Ça ne va pas du tout, ça…, dit-il en secouant la tête. Vous ne pouvez pas débarquer comme ça chez les gens et…

– Et comment qu'on peut ! le coupa Tomas. Couche-toi, putain !

– Non, ça ne va pas, ce n'est pas juste…

– Je crois que tu ferais mieux de faire ce qu'on te demande », tempéra Jarmo qui avait lui aussi sorti son arme.

Fabian remarqua la petitesse de Kremph et à quel point il était différent de l'homme barbu déguisé en gardien et nettement plus corpulent qu'il avait vu sur la bande de la caméra de surveillance. Les instruments opératoires dont il avait dû se servir étaient-ils cachés sous ses vêtements, à ce moment-là ?

« Non, ça ne va pas. Ça ne va pas du tout. » Kremph secouait la tête de plus en plus énergiquement, il lâcha son carton et se mit à agiter les bras. « Il faut partir maintenant ! Allez-vous-en ! Filez !

– Ferme ta gueule et allonge-toi par terre ! insista Tomas.

– Écoutez, Ossian », intervint Malin, son arme de service dans une main et son badge dans l'autre. « Nous sommes de la police et je suis sûre que vous savez pourquoi nous sommes là. Alors le mieux que vous ayez à faire, c'est de vous tenir tranquille et de faire ce qu'on vous dit. »

Ossian Kremph se calma un peu et hocha la tête.

« Voilà. C'est bien. Et maintenant, posez vos mains sur la tête et mettez-vous lentement à genoux. »

Ossian leva les mains et fit mine de se mettre à genoux. Mais au lieu d'aller au bout de son geste, il se retourna brusquement et il disparut dans le vestibule.

« Arrête ! » crièrent Tomas et Jarmo, dans un bel ensemble.

Mais Kremph était déjà sorti de l'appartement et, à en croire le bruit, il était en train de dévaler l'escalier.

« Mais qu'est-ce qu'on fout ? Il va nous échapper, putain ! » cria Tomas en passant la porte à son tour.

Ossian Kremph sortit précipitamment de l'immeuble sur Blekingegatan et courut ventre à terre en direction de Götgatan. Il savait qu'il était plus rapide que la plupart. Il l'avait toujours été et quoi qu'il arrive, il n'avait pas l'intention de se faire prendre. Pas cette fois. S'il parvenait à atteindre la bouche de métro, il était sauvé. Il connaissait les couloirs comme sa poche et il n'aurait aucun mal à les semer. Ces salopards de flics.

Comment avait-il pu être aussi naïf ? Cela ne lui ressemblait pas. En plus, il les avait vus fouiner dans la rue, il y a quelques jours à peine. Il s'était pourtant juré d'être prêt s'ils venaient sonner à sa porte. Et il était quand même tombé tout droit dans le piège.

Il y était presque. Il n'avait plus qu'à traverser Götgatan et il disparaîtrait sous terre. Il savait comment sauter les barrières de la manière la plus efficace et descendre l'escalier mécanique en se frayant un passage entre tous ces cons qui n'avaient pas encore compris qu'il fallait rester à droite quand on n'était pas pressé.

Il entendait derrière lui les cris des policiers lui ordonnant de s'arrêter et de mettre les mains sur la tête. Mais ils pouvaient crier tant qu'ils voulaient. Il en avait assez d'obéir aux ordres et de dire amen à tout. Il en avait assez d'être sage.

Arrivé sur le quai, il sauta sur la voie et continua à courir droit dans l'obscurité. Il était bientôt arrivé à destination. Encore un petit effort et ils ne le retrouveraient jamais. Il avait eu de la chance. Aucun train n'était à quai et les rails étaient encore silencieux. Quelque chose claqua derrière lui et il pensa à un pneu crevé. Mais il n'y avait pas de voiture, ici. Il ne comprit même pas ce qui se passait quand sa jambe gauche céda et qu'il tomba sans avoir le temps d'amortir sa chute et que sa tête alla cogner contre le rail.

Mais le bruit qui le réveilla lui fit aussitôt comprendre ce qui allait se passer. La vibration caractéristique du métal qui annonçait l'arrivée d'un train.

40

En regardant la foule de journalistes et de photographes prendre place au pied du podium, Dunja s'efforçait de cacher son malaise. Mais c'était peine perdue. Il allait croissant à mesure que la salle se remplissait.

Elle n'était pas surprise de l'intérêt suscité par cette affaire. Elle-même connaissait Aksel Neuman depuis qu'il avait animé sa toute première émission de radio, *Des voix dans la nuit*. Mais ce n'était qu'après sa participation à *Danse avec les stars* qu'il était devenu une célébrité nationale et qu'on lui avait confié son propre talk-show sur TV2. Mais elle n'avait pas imaginé une affluence si grande qu'on avait dû transférer la conférence de presse dans le hall. Et vu le nombre de gens qui continuaient à arriver, il n'était même pas certain qu'il y ait de la place pour tout le monde.

Si elle avait pu décider, elle aurait nettement préféré accompagner ses collègues pour procéder à l'assaut dans l'appartement de Benny Willumsen à Malmö. Mais Sleizner avait insisté pour qu'elle soit à ses côtés sous prétexte que c'était important pour sa carrière de ne pas se contenter d'agir dans l'ombre et qu'il fallait qu'elle se montre de temps en temps. Et à en juger par l'avancée de sa carrière à lui, alors qu'il ne participait pratiquement à aucun réel travail policier, il devait savoir de quoi il parlait, songeait-elle, sentant la sueur perler au-dessus de sa lèvre supérieure.

C'était le tailleur qu'elle portait qui la faisait transpirer. Il était trop chaud et confectionné dans une matière qui empêchait la peau de respirer. Elle se sentait aussi boudinée qu'une saucisse. C'était Carsten qui le lui avait offert pour Noël l'année dernière et, comme chaque fois qu'il lui achetait des vêtements, il l'avait pris deux tailles trop petit. Et il n'était toujours pas à sa taille un an après, alors qu'elle avait perdu près de trois kilos.

Elle jeta un coup d'œil vers Sleizner qui lui sourit et lui tendit un mouchoir en désignant sa propre lèvre supérieure. Elle avait espéré que la sueur qu'elle sentait sur son visage n'était pas visible et avait hésité à s'éponger, de peur d'abîmer son maquillage. Maudissant ces fichus accès de transpiration qui se manifestaient pour un oui ou pour un non, elle posa le mouchoir sur son nez, aussi délicatement que possible.

« Ça va ? » lui demanda Sleizner. Elle acquiesça avec un sourire qui se voulait convaincant. Manifestement, il ne l'était pas, puisque son patron éprouva le besoin de se pencher vers elle, de poser une main sur sa cuisse et de lui chuchoter à l'oreille : « Détends-toi, laisse-moi prendre la barre et tu verras que nous arriverons à bon port. Et quand on aura fini, je te ferai une proposition que tu ne pourras pas refuser. »

Elle hocha à nouveau la tête, surtout parce qu'elle ignorait comment elle devait réagir. Enfin, à vrai dire, elle le savait très exactement, mais elle ne pouvait pas se le permettre.

« Tout d'abord, je voudrais vous souhaiter la bienvenue à tous ! » Sleizner retira la main de sa cuisse et regarda l'assemblée. « Je m'appelle Kim Sleizner et pour ceux qui l'ignorent encore, je suis le chef de la police criminelle de Copenhague. Je suis en compagnie de Dunja Hougaard, que peu d'entre vous connaissent. C'est la première fois qu'elle monte sur ce podium et j'espère que vous serez gentils avec elle. »

Quelques rires diffus saluèrent sa remarque et Dunja se força à sourire.

« Dunja dirige l'enquête sur le meurtre de Karen Neuman et elle est d'ores et déjà arrivée à quelques résultats pour le moins remarquables puisque non seulement nous avons désormais un suspect, mais nous pouvons par la même occasion classer cinq anciens dossiers qui depuis plusieurs années ne nous ont pas laissés en paix. En outre... », poursuivit-il, l'index levé, « ... il semble que nous soyons en mesure de donner un sérieux coup de main à nos collègues du mauvais côté du détroit, dans une enquête sur laquelle eux se sont cassé le nez. Mais permettez-moi à présent de céder la parole à Dunja. » Il se tourna vers elle. « Je t'en prie, Dunja.

– Merci beaucoup. Euh... Comme Kim Sleizner vient de vous le dire, nous avons affaire à un criminel qui sévit des deux côtés du détroit », commença Dunja, sentant la sueur couler dans son dos. « Notre principal suspect, qui n'a pas encore été appréhendé, s'appelle...

– Plus près du micro ! On ne t'entend pas ! lança quelqu'un.

– Désolée. » Dunja s'approcha du micro. « C'est mieux, comme ça ?

– Tu devrais peut-être essayer de t'asseoir dessus », railla Sleizner qui une fois de plus eut les rieurs avec lui.

Dunja rit bêtement en tripotant maladroitement le bouton du micro de ses mains tremblantes. Puis un phénomène se produisit qu'elle ne comprit pas. Alors que son rire lui obstruait la gorge comme une bouillie trop épaisse qui lui donnait envie de vomir, alors qu'elle brûlait de leur dire quel salopard de macho sexiste était Kim Sleizner et de les envoyer tous au diable, quelque chose se désintégra en elle.

Cela ne lui fit pas mal du tout. Au contraire. Et en levant les yeux sur l'assemblée hilare qu'elle voyait comme en accéléré, elle dut faire un effort pour ne pas éclater de rire à son tour, tant leurs commentaires étouffés lui évoquaient un troupeau de vaches en chaleur. Ses doigts s'arrêtèrent de trembler et tranquillement, elle alluma son micro.

« Ça va, là ? Tout le monde m'entend ? Un deux. Un deux, dit-elle en prenant le micro à la main. Toi aussi, Kim, tu m'entends bien ? »

Sleizner acquiesça, mais il n'avait pas du tout l'air ravi.

« Formidable ! Alors, trêve de plaisanterie », enchaîna-t-elle en actionnant la télécommande du vidéoprojecteur. Un portrait de Benny Willumsen apparut sur la toile qui était derrière elle. « Voici Benny Willumsen. Il est citoyen danois, mais domicilié à Malmö. Il y a deux ans environ, la police suédoise l'a arrêté pour le crime que voici. » Elle pressa à nouveau le bouton de la télécommande et la scène de crime de Rydebäck fut projetée à l'écran.

Une femme gisait, sans vie, sur une plage. Son corps était dissimulé sous un drap blanc que le sang qui avait coulé de ses profondes blessures avait taché de rouge.

« Sans entrer dans les détails, on peut constater un certain nombre de points communs avec le meurtre de Karen Neuman à Tibberup, même si dans le cas de cette dernière, il est allé plus loin et a... » Dunja se tut et baissa les yeux vers le portable qui s'était mis à vibrer sur la table devant elle. Elle vit que c'était Sverker Holm de la police de Helsingborg, alias La Falaise, comme il se faisait apparemment appeler.

Elle n'aurait pas dû avoir son téléphone sur la table. Et encore moins l'avoir allumé, même s'il était sur silencieux. Elle en avait parfaitement conscience, au même titre qu'elle savait qu'elle ne devait en aucun cas prendre l'appel. Et pourtant, elle prit le téléphone.

« Tu pourrais peut-être ranger ça pour l'instant, Dunja », suggéra Sleizner entre ses dents, l'air furieux. Elle refusa l'appel.

« Désolée. On en était où ?

– Les nombreuses ressemblances avec l'affaire de Tibberup.

– C'est ça. »

Le mobile vibra à nouveau. Cette fois, c'était un SMS.

Il a encore frappé. Willumsen. Il a recommencé. Rappelle-moi dès que tu peux.

« Dunja... Qu'est-ce que tu fabriques ? » Sleizner avait l'air réellement hors de lui, maintenant.

Dunja relut le message, puis elle croisa le regard interrogateur de Sleizner. « Il a encore frappé. Tu vas devoir prendre le relais. Moi, j'ai du travail. » Sur quoi, elle se leva et descendit du podium.

« Bon », dit Sleizner avec un geste d'impuissance. « Vous allez devoir vous contenter de moi, apparemment. Où en étions-nous ? »

Tout en écoutant les sonneries, Dunja prit son badge d'accès dans sa poche, elle tapa son code et put enfin sortir du feu des projecteurs.

« Salut, Dunja. » Klippan décrocha et Dunja l'entendit claquer la portière d'une voiture et démarrer le moteur.

« Vous avez trouvé une nouvelle victime ?

– Non, pas encore.

– C'est une Suédoise ? » Elle continua à marcher vers les ascenseurs et passa devant un écran de télévision sur lequel elle vit défiler les images de la conférence de presse, sans le son.

« Non, une Danoise. Elle s'appelle Katja Skov. Tu as peut-être entendu parler de son père, Ib Skov ?

– Oui, c'est un des plus gros hommes d'affaires du pays. » Dunja essaya de monter le son de la télévision. « Mais je ne suis pas sûre de bien comprendre. Qu'est-ce qui est arrivé, exactement ? » demanda-t-elle, renonçant à son entreprise en voyant qu'elle ne parvenait pas à trouver le bon bouton.

« Apparemment, elle faisait une soirée, ou une espèce de fête dans leur maison de Snekkersten. De bonne heure ce matin, elle et quelques-uns de ses amis ont décidé de faire l'after en prenant plusieurs taxis pour Helsingør et en montant à bord du ferry pour faire la navette. Tu sais, on fait des tas d'allers-retours avec un seul billet en picolant sans modération.

– Je croyais que c'était les Suédois qui s'amusaient à ça.

– Moi aussi, mais c'est ce qui s'est passé. Il semble qu'ils aient bu jusqu'à plus soif et qu'ils se soient tout à coup aperçus que Katja Skov n'était plus là.

– Et ils sont certains qu'elle n'est pas en train de cuver dans un canot de sauvetage ou quelque chose comme ça ?

– Le personnel a fouillé le bateau de fond en comble deux fois de suite. Mais c'est sans importance, parce que dès que j'ai entendu parler de la disparition de la fille, j'ai appelé ce type de Scandlines... Comment s'appelle-t-il, déjà ?

– Oui, je vois de qui tu veux parler.

– Bref. Je lui ai demandé de visionner les films des caméras de surveillance et, comme je le craignais, il est repassé, avec la même voiture.

– Tu veux dire avec la BMW d'Aksel Neuman immatriculée au Danemark ?

– Exactement. Et il aurait débarqué à Helsingborg à 12 h 22 précises, aujourd'hui. »

Dunja regarda sa montre et constata qu'il s'était passé environ deux heures depuis. Une éternité dans ce contexte, mais cela aurait pu être bien pire. « Dis-moi, Klippan, est-ce que ça t'ennuie si on travaille ensemble sur cette affaire ?

– Figure-toi que c'était exactement ce que je voulais te proposer. Appelle-moi dès que tu sais à quelle heure tu peux être à Helsingborg, je viendrai te chercher à la gare. »

Ils interrompirent la conversation et Dunja prit quelques longues inspirations pour tenter de ralentir son pouls. Mais en vain. L'adrénaline galopait dans ses veines comme si elle venait de sauter dans un ravin avec une corde élastique attachée aux chevilles.

À l'écran, elle vit Sleizner terminer la conférence de presse, se lever et quitter le podium. Pour quelqu'un qui adorait être le centre d'attraction, il avait l'air particulièrement sombre. Ce qui ne pouvait signifier qu'une seule chose, il était fou de rage.

Dans un sens, elle pouvait le comprendre.

Plutôt bien, même.

En revanche, elle n'en avait rien à foutre.

41

« Salut, Matilda. Qu'est-ce qu'il t'arrive ? dit Fabian au téléphone tout en marchant vers la salle de conférences.

– Quand est-ce que tu rentres ? J'ai appelé maman plusieurs fois, mais elle ne répond pas.

– Tu sais bien qu'elle est à l'atelier et qu'elle a dû éteindre son portable. Mais Rebecka est avec toi, n'est-ce pas ?

– Oui, mais je ne l'aime pas tellement. Elle passe son temps à parler au téléphone sur le balcon et à fumer. Je voudrais que tu rentres à la maison, maintenant.

– Écoute, ma puce, tu comprends bien que ce n'est pas possible ? Il n'est que 1 heure et demie et il faut que je travaille encore. Mais je te promets de rentrer dès que je peux. On va se faire un bon petit *fredagsmys*[1] tous les deux devant la télé. Qu'est-ce que tu en penses ? »

Matilda ne lui répondit pas et il entendit la baby-sitter lui proposer de jouer au Diamant.

« OK, papa, à plus. » Elle raccrocha avant que Fabian ait eu le temps de répondre. Il fourra le téléphone dans sa poche et entra en réunion.

---

1. Le *fredagsmys* est un concept purement suédois qui consiste à fêter le vendredi et le début du week-end en passant un moment privilégié entre parents et enfants. Traduction littérale : *Fredag* = vendredi, *mys* = cocooning.

Tomas, Jarmo et Malin étaient déjà arrivés. Il ne manquait qu'Edelman. L'atmosphère autour de la table était électrique. Le Thermos était plein de café frais et la boîte de biscuits attendait seulement que quelqu'un l'ouvre et la fasse tourner. Aujourd'hui, ils allaient tous faire le plein de calories. Mais pas que.

D'abord, Edelman allait devoir, conformément à la tradition, leur présenter son plateau garni et les féliciter pour un travail policier exceptionnel ayant permis d'identifier et de mettre sous les verrous un dangereux criminel. Ensuite, il verserait à chacun son petit verre d'eau-de-vie et leur servirait sa spécialité, qu'avec le temps ils avaient fini par apprécier : des crackers Finn avec du tarama d'œufs de morue fumés Kalles et des oignons rouges finement émincés.

« Félicitations pour ton premier tir avec ton bijou, dit Jarmo en effleurant un petit pistolet du bout des doigts.

– Tu avoueras que c'était un beau tir. On parle d'une distance de quinze mètres dans une obscurité presque totale, commenta Tomas.

– Disons que tu as eu du pot, railla Jarmo en se servant un café.

– Du pot ! Je te le refais demain, avec les yeux bandés.

– Cela prouverait juste que tu as eu encore plus de pot. Et en plus, tu as oublié de tirer un coup de semonce.

– Je n'allais pas prendre le risque qu'il abandonne et qu'il se couche ! Non, j'ai fait tomber ce salopard… pan… dans la cuisse. C'est plus que ce que tu as eu l'occasion d'accomplir dans toute ta carrière, se vanta Tomas en administrant à son coéquipier une claque sur l'épaule.

– Vous n'avez quand même pas commencé sans moi ? »

D'un seul mouvement, ils se retournèrent tous vers Edelman qui entrait à ce moment et ils applaudirent de concert quand il posa son plateau surchargé au milieu de la table.

On distribua les verres à schnaps et la bouteille d'O.P. Anderson frappée fit le tour de la table.

« Et moi, je bois quoi ? se plaignit Malin.

– De l'eau citronnée ou de la bière sans alcool, proposa Edelman tout en dévissant le petit bouchon rouge du tube de Kalles Kaviar qu'il retourna pour percer l'opercule avec le bout en forme d'étoile. « À moins que tu décides de boire un petit coup avec nous, en faisant comme si tu étais à nouveau au Danemark. »

Ils rigolèrent et prirent tous un cracker sur lequel ils pressèrent un petit escargot d'œufs de morue avant de le retourner dans le plat contenant les oignons émincés. Fabian croqua une bouchée et sentit avec délice le goût puissant des oignons se mélanger au sel du tarama et au croquant du biscuit. C'était vraiment délicieux et il avait du mal à comprendre aujourd'hui pourquoi il s'était montré si sceptique et peu disposé à goûter, la première fois.

Quand tout le monde eut mangé un cracker ou deux, Edelman essuya sa barbe et leva son verre de schnaps. « Je tiens à vous féliciter pour votre fantastique travail. Non seulement vous avez arrêté le criminel, mais vous m'avez également épargné un tas de conférences de presse en accomplissant cette prouesse en un temps record ! »

Ils vidèrent leur verre et Edelman fit tourner la bouteille une deuxième fois. « Juste pour information : aussitôt que j'ai appris ce qui était arrivé à Grimås, j'ai pensé à Ossian Kremph. »

Fabian et les autres échangèrent des regards.

« Si, si, je vous assure. Mais j'ai préféré ne rien dire, poursuivit Edelman tout en se préparant un nouveau snack. Parce que je vous avoue que j'étais convaincu que ça ne pouvait pas être lui. Je croyais qu'il avait été mis à l'écart de la société pour toujours. Cela ne m'a même pas effleuré qu'il ait pu avoir purgé sa peine et être remis en liberté. Parce qu'il y a une chose que vous devez savoir. Ossian Kremph n'est pas seulement un criminel roublard et supérieurement intelligent, il est également le meurtrier le plus cynique qu'il m'ait été donné de croiser dans ma carrière. Il était si insensible qu'il a sans ciller arraché les yeux de son propre avocat quand il a vu dans quel sens le vent avait tourné pour lui. Et le système judiciaire relâche un type comme lui dans la nature au bout de treize ans ? » Edelman vida son verre en une gorgée. « Cependant, il y a encore quelques détails qui demandent à être éclaircis, et avant que vous alliez acheter de la lingerie pour vos femmes et fêter Noël en famille, nous allons devoir nous en occuper.

– On peut savoir à quels détails tu fais référence, au juste ? s'enquit Malin.

– Nous ne savons pas ce qu'il a fait de Fischer, proposa Jarmo.

– Par exemple, dit Edelman.

– Et puis il y a cette femme », ajouta Fabian en posant sur la table les photos de la femme de l'autobus qui avait été énucléée.

« Qui est-ce ? » Edelman prit une photo et l'étudia.

« Nous n'en savons rien pour l'instant. Mais ces photos se trouvaient dans son appartement avec des photos du même genre représentant Grimås et Fischer.

– Ce qui veut dire qu'il peut y avoir une autre victime retenue prisonnière quelque part ? » Edelman poussa un soupir et secoua la tête.

« Ou libre comme l'air et parfaitement inconsciente du fait qu'elle était la prochaine sur sa liste.

– Quand pourrons-nous l'interroger ? » demanda Malin en se préparant un nouveau cracker.

« Je viens d'appeler l'hôpital Söder, répondit Edelman. Ils sont en train de le recoudre, au moment où je vous parle.

– Alors on devrait pouvoir y aller dans une heure.

– J'allais y venir. Il semblerait qu'il ne soit pas psychologiquement stable après ce qui s'est passé.

– Parce que avant, il l'était ? commenta Tomas en ricanant.

– C'est en tout cas l'avis de son psychiatre qui a exigé qu'il ne reçoive aucune visite jusqu'à nouvel ordre.

– Pardon ? s'exclama Jarmo. Ce type n'a pas le droit de se mettre en travers de notre enquête !

– Malheureusement, il en a tout à fait le droit, aussi longtemps qu'il estimera que c'est dans l'intérêt de son patient.

– Alors quand est-ce qu'on va pouvoir le voir ? » demanda Fabian tout en sachant que, quel que soit le délai, il lui paraîtrait toujours trop long.

« Ils ont promis de nous tenir au courant à l'issue du week-end, mais ils parlent d'un minimum d'une semaine.

– Une semaine ! s'écria Tomas en vidant son verre. Je lui ai tiré dans la jambe, putain, pas dans la bouche !

– Bref, on ne sait pas si on va pouvoir l'interroger ? » conclut Malin.

Une, voire deux semaines. Ce n'est pas possible, songeait Fabian. D'ici là, Fischer serait forcément mort. Idem pour la femme du bus.

« Bon, alors qu'est-ce qu'on fait, à part se tourner les pouces ? demanda Tomas.

– Personne ne va se tourner les pouces, évidemment, rétorqua Edelman. Stubbs, pour ne citer qu'elle, est en train d'éplucher tout son appartement et il n'est pas impossible qu'elle trouve quelque chose qui pourrait nous mettre sur une piste.

– D'accord, alors on va lever les pouces au lieu de se les tourner », dit Tomas en trempant un nouveau cracker beurré de Kaviar dans le plat d'oignons rouges.

« Je crois que ce sera tout pour aujourd'hui. » Edelman se leva. « Finissez les plats, quant à moi, j'ai une conférence de presse à préparer, en espérant que ce sera la dernière dans ce contexte. » Il quitta la pièce.

Un long silence suivit son départ. L'euphorie de tout à l'heure était retombée.

« Bon, eh bien s'il ne se passe rien d'autre d'ici là, je vous dis à lundi, annonça Fabian en reculant sa chaise.

– OK. Passe un bon week-end, dit Jarmo.

– Pareil. » Fabian sortit de la pièce et il entendit Malin lui emboîter le pas.

« Sérieusement ? Tu rentres chez toi, comme ça, brusquement ?

– Pas chez moi, chez toi, ou plutôt dans ta rue.

– Hein ? Je ne comprends pas ce que…

– Et tu vas venir avec moi, parce que j'ai besoin que tu ailles frapper à la porte d'un de tes voisins. »

42

C'était une course contre la montre. Ils devaient à tout prix rattraper les deux heures de retard qu'ils avaient sur Willumsen. Minute par minute. Seconde par seconde. Elle avait perdu un temps fou à retirer le tailleur. La fermeture éclair de la jupe s'était coincée et, après avoir essayé de le tirer vers le haut et vers le bas à plusieurs reprises, Dunja avait fini par tirer sur le curseur avec un tel acharnement qu'il avait sauté et atterri dans sa corbeille à papier. Ensuite elle avait utilisé deux paquets de mouchoirs en papier pour s'essuyer le corps, baigné de transpiration.

Heureusement, tout le monde avait déjà quitté l'hôtel de police et elle avait pu se changer dans son bureau sans être dérangée. Dès qu'elle fut à nouveau en jean et en T-shirt, elle sentit qu'elle était redevenue elle-même. Pour finir, elle rassembla les dossiers des anciennes affaires et éteignit l'ordinateur.

« Alors c'est là que tu te caches ? »

Dunja se retourna et vit Sleizner approcher.

« On peut savoir ce qui s'est passé ? » Il la regardait, incrédule, les bras écartés. « Ça devait être terriblement important pour que tu décides de t'en aller au beau milieu d'une conférence de presse. »

Elle hocha la tête et fourra les dossiers dans son sac. « C'était la police de Helsingborg. Willumsen a encore frappé et il faut que je me rende sur place le plus rapidement possible. Je te passerai un coup de fil quand je serai dans le train pour te raconter le reste. » Elle mit son sac sur son épaule et se retourna pour partir.

« Ho ! Tout doux, bijou ! » Sleizner l'attrapa par le bras et son sac à main tomba par terre. « Tu vas commencer par te calmer.

– Je regrette, Kim, mais je n'ai vraiment pas le temps de… »

La pression sur son bras se fit plus forte et il posa un doigt sur ses lèvres. « Maintenant, tu vas m'écouter, compris ? »

Dunja acquiesça et Sleizner relâcha légèrement la pression sur son bras.

« Est-ce que tu te rends compte de ce que tu m'as fait, tout à l'heure ? » Il se déplaça pour se trouver dans son dos. « Je te confie une enquête que certains dans cette maison auraient donné leur petit doigt pour diriger. Je t'invite à monter sur le podium. Je déroule un foutu tapis rouge sous tes pieds pour te donner la vedette ! Et toi, qu'est-ce que tu fais pour me remercier ? Hein ? »

Sleizner était à présent juste derrière elle, si proche qu'elle sentait son haleine contre le lobe de son oreille. Elle puait le rhume mal soigné et elle dut prendre sur elle pour ne pas écarter la tête de dégoût. Ce n'était pas la première fois qu'elle voyait Sleizner en colère. Au contraire, il avait pour habitude d'engueuler ses collaborateurs à tout bout de champ. Mais c'était la première fois qu'il s'en prenait à elle. Elle avait eu l'occasion d'observer Hesk et les autres dans la même situation. La technique était de rester calme et de laisser passer la vague.

« Je vais te le dire. » Sleizner revint face à elle.

Le problème était qu'elle n'avait pas le temps d'attendre qu'il ait fini. Chaque seconde qui passait augmentait l'avance de Willumsen.

« Tu me fais un gigantesque doigt d'honneur devant les caméras ! » Il pointa son majeur si près de son visage qu'il toucha son nez. « Et moi j'étais là comme un con en ne sachant pas ce qui...

– Excuse-moi, Kim. » Dunja écarta sa main de son visage. « Mais je n'ai vraiment pas le temps pour ça.

– Tu n'as pas le temps ! Mais, ma petite fille, c'est à moi de décider ce que tu as le temps de faire ou pas. Et là, je t'ordonne de rester ici et de m'écouter. Non mais je rêve ! Tu avais réellement l'intention de t'en aller ? »

Dunja hocha la tête et Sleizner eut l'air de tomber des nues.

« Je suis désolée de ce qui s'est passé. Sincèrement désolée. Mais tu m'as demandé de diriger cette enquête et c'est précisément ce que je vais faire. » Elle ramassa son sac et continua à se diriger vers la sortie.

« Dunja, attends... »

Elle se retourna et vit qu'il la suivait. « Oui ? »

Il poussa un long soupir. « Pardonne-moi... Je ne voulais pas me mettre en colère. » Il s'arrêta devant elle et la regarda longuement dans les yeux. « Mais j'ai vraiment eu l'impression de me retrouver avec le pantalon sur les chevilles, devant les journalistes. Je sais que tu essaies simplement d'être à la hauteur de la tâche que je t'ai confiée. Mais c'était quand même maladroit de ta part de partir comme ça, tu en conviendras ? »

Dunja hocha la tête. « Oui, et je suis désolée. Mais il faut vraiment...

– Moi aussi, je suis désolé... Ça se passait si bien entre nous, tu ne trouves pas ? » Il prit ses mains entre les siennes. « Je ne sais pas ce que tu en penses, mais moi je trouve qu'on devrait tirer un trait sur tout ça et reprendre les choses de zéro. Qu'est-ce que tu en dis ?

– D'accord », répliqua Dunja, faisant à nouveau mine de partir. Elle était d'accord pour ce qu'il voulait du moment qu'il la laissait partir. Mais Sleizner s'obstinait à lui tenir les mains et à la regarder dans les yeux.

« Sûr ? »

Elle hocha la tête de nouveau et le visage de Kim Sleizner se fendit d'un large sourire.

« Parfait. Comme ça, on sait où on en est. » Il lui baisa la main et il la laissa partir.

43

Le voisin de Malin n'ouvrit la porte qu'au bout du troisième coup de sonnette. Son regard interrogateur passa de Malin à Fabian pour revenir à Malin. Il portait un pantalon beige en velours côtelé, une chemise blanche et une veste en daim, et avec ses petites lunettes rondes et ses cheveux gris aux épaules, il ressemblait plus à un musicien des forêts du Grand Nord qu'à un psychiatre ayant l'un des pires criminels de Suède parmi ses patients.

« Bonjour, comment allez-vous ? » Malin serra la main au type qui eut l'air encore plus décontenancé. « Vous ne me reconnaissez pas ? Nous nous sommes rencontrés à la fête des voisins, l'automne dernier. Mon mari avait fait brûler toutes les saucisses et il a fallu que nous commandions des pizzas à la place. J'habite un peu plus haut dans la rue.

– Je vous prie de m'excuser, mais j'ai un patient qui...

– Ne vous inquiétez pas, il y en a pour une seconde. On peut entrer ?

– Euh, non. Ce n'est pas un bon moment...

– Ah ! Merci beaucoup. J'avoue que je ne refuserais pas une chaise. Quand on est enceinte, il y a des positions qui vous épuisent complètement. Au fait, je vous présente Fabian Risk, mon collègue au département de la police criminelle. » Malin leva les yeux au ciel à l'intention de Fabian en se faufilant devant lui pour entrer dans le vestibule, où elle trouva une chaise pour s'asseoir. « Aaah !... juste ce qu'il me fallait.

– Pardon, mais de quoi s'agit-il ?

– Ossian Kremph. Ce nom vous est-il familier ?

– Alors c'est vous qui l'avez poursuivi jusqu'aux rails du métro et qui lui avez tiré dessus.

– Non, ça c'est un autre de nos collègues. Mais c'est nous qui aurions besoin de lui parler. Aussitôt que possible.

– C'est hors de question. » Le médecin secoua la tête. « Vous ne croyez pas que vous avez fait assez de mal comme ça ? Ossian a purgé sa peine et il mérite de vivre en paix désormais. Aucun de mes patients n'a travaillé autant sur lui-même que lui. Et voilà que vous débarquez et que vous mettez sa vie sens dessus dessous.

– Qu'est-ce qui vous inquiète tellement ? Vous craignez de ne plus toucher vos honoraires ? »

Le psychiatre se tourna brusquement vers Fabian. « J'ai l'autorisation de le soigner et je paye mes impôts, si c'est ce que vous insinuez. Il n'y a rien d'illégal dans...

– Qui vous parle d'illégalité ? Je parle de la déontologie qui exige qu'on ne dépasse pas certaines limites et qu'on ne se lie pas de façon trop personnelle avec ses patients.

– Vous l'avez fait ? demanda Malin.

– Quoi donc ?

– Dépasser les limites.

– Absolument pas. » Le médecin repoussa ses lunettes sur son nez d'une main tremblante. « En revanche, je me retrouve au point de départ pour ce qui est de sa réhabilitation. Et c'est à vous que je le dois.

– Vous nous en voyez désolés. Mais vous oubliez un détail. » Malin lui montra quelques photos de Carl-Eric Grimås avec ses orbites vides.

« Ce n'est pas lui qui a fait ça. C'est impossible. » Le psychiatre repoussa les photos avec un reniflement dédaigneux et coinça une mèche de cheveux gris derrière son oreille.

« Et pourquoi est-ce impossible ?

— Vous ne croyez pas que je vois dans vos yeux ce que vous pensez de mon travail ? Un passe-temps onéreux pour des gens qui se regardent le nombril et ne savent pas quoi faire de leur argent. Ou, dans le cas d'Ossian Kremph, de l'argent du contribuable. Mais permettez-moi d'éclairer votre lanterne. La psychanalyse est une science et même une science exacte, comme n'importe quelle autre science. Ossian et moi avons réussi à remonter ensemble jusqu'à la source de son problème et à en déterminer l'origine.

— Mais encore ?

— Je crains que vous ne disposiez pas des outils pour comprendre. L'important est que lui soit parvenu à y voir clair en lui-même. Et si j'ajoute à cela le traitement qu'il prend, je suis tout à fait convaincu qu'il est innocent. » Il croisa les bras comme pour indiquer qu'il avait repris le contrôle de la situation.

« Et que se passerait-il s'il cessait de prendre ses médicaments ? s'enquit Fabian. S'il prétendait qu'il les prend mais qu'en réalité il n'y avait pas touché depuis plusieurs mois.

— C'est une question hypothétique. Ossian est incapable de me mentir.

— Vraiment ?

— Je voudrais que vous jetiez un coup d'œil à ceci. » Malin se leva et lui tendit plusieurs photos de victimes venant de l'enquête datant de seize ans. « Vous remarquez les similitudes ? »

Le thérapeute regarda les clichés à contrecœur.

« Nous le soupçonnons d'avoir encore deux autres victimes cachées quelque part, dit Fabian. Adam Fischer, dont vous avez

sûrement entendu parler dans les médias, et cette femme. »
Il lui fit voir les photographies de la femme dans le bus avec
les yeux énucléés.

« Oh, mon Dieu… » Le médecin mit la main devant sa
bouche.

« Vous la connaissez ? »

Il secoua la tête. « Non, mais c'est comme ça qu'il faisait du temps où il était encore malade. Il n'en a pas été
fait mention dans les comptes rendus de l'enquête. Ne me
demandez pas pourquoi. Mais il m'avait expliqué à moi qu'il
ne pouvait pas s'en empêcher. Dans les pires moments, il
découpait tous les yeux qu'il voyait dans les journaux. » Le
psychiatre s'assit sur la chaise que Malin avait abandonnée.
Il était très pâle, tout à coup.

« Vous voulez que j'aille vous chercher un verre d'eau ? »
lui proposa Malin.

Il acquiesça et enfouit son visage dans ses mains.

44

Dunja Hougaard n'était jamais allée à Helsingborg. Carsten et elle en avaient souvent parlé, mais c'était resté à l'état de projet. L'envie d'aller en Suède n'avait jamais été réellement pressante. Une fois, ils s'étaient rendus à Malmö, après que la couronne suédoise eut brusquement chuté de manière drastique et ils avaient effectivement fait quelques bonnes affaires. Mais l'économie réalisée avait été immédiatement absorbée en commandant une bouteille de vin à table.

Et à présent qu'elle y était, elle pouvait constater que la ville était à la fois plus imposante et plus jolie que ne l'était Helsingør. Elle ne savait pas pourquoi elle pensait que Helsingborg était une ville industrielle, sale et dénuée de charme. Un peu comme une ville d'Europe de l'Est. Elle n'était d'ailleurs jamais allée en Europe de l'Est non plus et force lui était d'admettre qu'en réalité elle n'en savait rien du tout, songeait-elle tandis que l'escalier roulant descendait vers le hall d'arrivée de Knutpunkten.

Elle avait envoyé un message à Klippan aussitôt à bord du ferry à Helsingør et elle le vit qui l'attendait avec une pancarte sur laquelle était écrit son nom mal orthographié. C'était un homme trapu aux hanches plus larges que les épaules et il ne ressemblait en rien à l'homme qu'elle imaginait en lui parlant au téléphone.

« Salut, je suis Dunja, dit-elle en lui tendant la main.

– Ah oui, très bien... », marmonna-t-il en la précédant vers la sortie.

Dunja lui emboîta le pas. « Pendant la traversée, j'ai visité le ferry et j'ai vu qu'il n'y avait de caméras de surveillance que sur le pont des véhicules. »

Il grommela une réponse indistincte, bipa sa voiture à distance avec sa clé électronique et ouvrit le coffre. Dunja y jeta son sac tout en se demandant pourquoi son collègue suédois était à ce point métamorphosé. Elle ouvrit la porte du côté du passager, s'assit et attacha sa ceinture. « Excuse-moi de te demander ça, mais il est arrivé quelque chose ? demanda-t-elle, attendant une réponse.

– *Sorry, I don't understand danish*, dit-il en démarrant.

– *Yes you do ! You understood me just fine when we talked over the phone.*

– *No, I don't.* »

Dunja ne savait plus que croire. Est-ce qu'il se moquait d'elle ? Elle pouffa, mais s'arrêta dès qu'elle vit qu'il la regardait comme si elle était porteuse d'une maladie contagieuse. Est-ce qu'elle avait dit ou fait quelque chose qui l'avait froissé ? Ou bien Klippan souffrait-il d'un trouble de la personnalité de type schizophrénie ? Elle ne comprenait plus rien et décida de ne plus ouvrir la bouche. Quand, sept minutes plus tard, ils s'arrêtèrent enfin sur le parking devant le commissariat de police du quartier nord de Helsingborg, elle ouvrit sa portière et descendit avant qu'il ait stoppé la voiture complètement.

« Ah, je commençais à m'inquiéter », dit une voix venant de la porte d'entrée.

Dunja se retourna et vit, sur le perron du bâtiment, un homme grand et baraqué qui agitait la main dans sa direction. À tout hasard, elle répondit à son salut, bien que son visage lui fût étranger. Elle attrapa son sac de voyage dans le coffre et se dirigea vers l'entrée où elle serra la main de l'homme qui était venu l'accueillir.

« Bonjour ! » Il lui prit le sac des mains. « Donne-moi ça.

– Mais… ? C'est toi, Klippan ?

– J'espère bien ! À moins que tu ne fasses référence à la falaise qui se trouve près de Kvidinge, répliqua l'homme, hilare.

– Excuse-moi, mais je suis un peu troublée. Ce n'est pas toi qui devais venir me chercher ?

– Si, c'est ce que je t'ai dit au téléphone, mais entre-temps, nous avons reçu les photos de tous les radars de Scanie et du coup, j'ai envoyé Hugo Elvin à la place. J'aurais dû te téléphoner pour te prévenir. Mais tu sais ce que c'est quand on est en plein dans une investigation. On oublie ce genre de choses. J'espère qu'il n'y a pas eu de problème. » Il passa son badge dans le lecteur, tapa son code et tint la porte ouverte devant elle.

« Non. Disons que c'était un peu… surprenant.

– Il n'a pas été désagréable, j'espère ?

– Non, non… tout va bien.

– Ça me rassure. Tu sais, certaines personnes le trouvent un peu spécial. Mais quand on apprend à le connaître, c'est un joyeux drille, je t'assure.

– Alors disons que je ne le connais pas.

– Moi non plus, à vrai dire », rétorqua Klippan en éclatant à nouveau de rire.

45

L'homme était couché sur la table, nu et attaché. Depuis dix jours, il était nourri avec une sonde gastrique afin que son organisme élimine le plus de poisons possible. Son corps était propre également en surface, rasé et désinfecté, et à l'endroit où auraient dû se trouver ses yeux, il ne restait maintenant que deux orifices ensanglantés et vides. L'anesthésie avait à peu près fonctionné et l'homme avait juste gémi un peu pendant qu'il pressait ses doigts derrière ses globes oculaires et les arrachait avant de les déposer dans l'épais liquide. Mais à présent sa respiration était revenue à la normale.

L'homme était prêt, à tout point de vue, pour contribuer avec son corps à satisfaire son appétit. Mais il devait repousser le moment le plus longtemps possible. Le maintenir en vie afin que son cœur continue à pomper de l'oxygène dans ses tissus. Il ne l'éteindrait complètement qu'au moment où il cuisinerait ses organes, et il n'extrairait les organes principaux qu'au moment où il les mettrait dans la marmite.

Jusque-là, il devrait se contenter de petites mises en bouche qu'il prélèverait dans diverses parties de son anatomie. Ainsi l'entrée devenait une sorte de préliminaire. Une nouvelle méthode qu'il appréciait de plus en plus et qui l'incitait à repousser le plat principal pendant des jours. Le simple fait de plonger la lame tranchante du couteau dans la chair, jusqu'au point où elle touchait l'os, le faisait frémir de plaisir. Il lui était même arrivé de jouir avant d'avoir eu le temps de goûter le morceau qu'il avait découpé.

En temps normal, il prélevait ses amuse-bouches à l'aide du petit couteau, mais depuis quelque temps, il avait poussé le raffinement jusqu'à se faire limer les dents. C'était douloureux et il avait dû aller jusqu'en Pologne pour trouver un dentiste qui avait accepté de pratiquer l'intervention. Mais il trouvait réellement que cela en avait valu la peine.

Il enleva son dentier en haut et en bas et passa le bout de ses doigts sur ses crocs acérés, tout en faisant le tour de l'homme couché sur la table. Après deux tours complets, son choix s'arrêta sur la cuisse gauche, il se pencha, ouvrit la bouche et laissa lentement ses dents s'enfoncer dans la chair. Le sang chaud afflua aussitôt, emplit sa bouche et coula sur son menton.

Il mâcha la viande crue, avala et il se penchait pour prendre une deuxième bouchée quand soudain la main de l'homme vint le frapper violemment au visage. Comment était-ce possible ? Il était attaché et bien que ses orbites écarlates soient parfaitement vides, il le regardait. L'homme marmonnait quelque chose et il s'approcha de sa bouche pour mieux entendre.

« Il se réveille... Il est en train de se réveiller... »

Ossian Kremph regarda autour de lui et s'aperçut à ce moment seulement qu'il y avait trois personnes avec lui dans la pièce. Il avait déjà rencontré fugitivement les deux premiers, quant au troisième, celui avec les petites lunettes rondes et les cheveux gris frisés, il ne le connaissait que trop bien.

Il mit plusieurs secondes à comprendre que ce n'était qu'un rêve et qu'en réalité, il se trouvait à l'hôpital Söder et que c'était lui qui était attaché sur un lit. À tout hasard, il passa sa langue sur ses dents pour constater qu'elles n'étaient pas du tout limées. Une partie de lui en fut soulagée tandis qu'une autre, tout au fond de son inconscient, en ressentait une déception.

« Ossian…, dit l'homme aux cheveux gris. Je suis venu avec des gens qui aimeraient te parler un instant.

– Pas maintenant… Je ne veux pas… Je ne peux pas… Il faut vous en aller… » Il essaya de s'écarter du type qui se mettait toujours trop d'eau de toilette, mais les courroies autour de ses poignets le retenaient.

« Le mieux que tu aies à faire est de répondre à leurs questions. »

Pourquoi est-ce qu'il ferait ça ? Puisqu'il n'en avait pas envie ? « Allez-vous-en, je vous dis !

– Vous voyez, je vous avais prévenus, dit aux autres l'homme qu'il haïssait le plus au monde.

– Est-ce qu'on ne pourrait pas lui donner quelque chose pour le calmer ? demanda la femme qui était enceinte.

– Si on fait ça, il va se rendormir. »

Alors l'autre homme s'approcha et se pencha au-dessus de son lit. « Bonjour, Ossian. Je m'appelle Fabian Risk. J'ai juste trois questions à te poser. » Il leva trois doigts devant son visage. « Trois petites questions et je te promets qu'on te laissera tranquille.

– Je n'ai rien fait. C'est vous qui venez m'embêter. Pas moi. » Il n'aimait pas ça. Il n'aimait pas ça du tout. « Dites-leur de s'en aller ! hurla-t-il. Partez !

– Pas avant que tu aies répondu à mes questions. Premièrement : Qu'est-ce que tu as fait d'Adam Fischer ? »

Ossian secoua la tête et voulut se boucher les oreilles, mais les courroies l'en empêchaient.

« Ossian, réponds, dit celui qui faisait semblant d'être son ami. Où l'as-tu caché ?

– Vous n'avez pas le droit d'être là, je vous dis. Je veux que vous partiez.

« – Bon, alors je vais te poser ma deuxième question, en attendant, insista le policier. Est-ce que tu t'en es pris à d'autres personnes ? Comme à cette femme, par exemple. » Il lui montra la photo d'une femme dans un bus dont on avait découpé les yeux.

Comme des vautours affamés, ils l'agressaient avec leurs questions.

« Fischer. »

Mais il était incapable de répondre.

« D'autres victimes. »

Même s'il avait voulu, il n'aurait pas pu leur répondre.

« Et enfin : Où les tiens-tu prisonniers ? »

Il ferma les yeux et secoua la tête aussi énergiquement qu'il pouvait pour essayer de les faire disparaître. Mais ils refusaient de partir. Au contraire, ils venaient encore plus près de lui avec leurs becs agressifs.

« Ossian, je ne suis pas là pour te faire du mal, mentit le policier. Je voudrais juste que tu m'aides à comprendre.

– Comprendre ? » Il ne put s'empêcher d'éclater de rire. « Elle est bien bonne celle-là. Qui n'a pas envie de comprendre ? Moi si !

– Excuse-moi, mais je ne vois pas ce que tu veux dire.

– Ce que je veux dire ? Comment veux-tu que je le sache ? Je n'en sais rien. Il y a tant de questions dont je n'ai pas la réponse. Et on ne veut même pas m'apporter un poste de radio. Alors que je n'ai rien fait du tout, on me dit quand même non, non, non...

– Sois gentil, Ossian.

– Comment voulez-vous que j'écoute la météo marine, si je n'ai pas la radio ? Hein ? Comment je fais ? Je ne peux pas, c'est tout. Je crois qu'il vaut mieux partir, maintenant. Les visites, ce n'est pas bon pour moi.

– Fabian, je peux te parler une seconde ? » dit la grosse et, du coin de l'œil, il les vit contourner la femme de ménage et sortir de la pièce.

Enfin.

« Ce n'est pas une bonne idée, dit Malin en se massant les hanches.

– Tu veux qu'on laisse tomber ? » Fabian prit un Thermos de café sur un chariot repas et se versa une tasse.

« Je te rappelle qu'il a été diagnostiqué comme ayant un grave trouble dissociatif de l'identité. Il est donc possible qu'il ne se souvienne pas de ce qu'il a fait. »

Fabian hocha la tête. Malin avait probablement raison. Et ils ne pouvaient pas attendre qu'il retrouve ses esprits. Il fallait trouver un autre moyen.

« Alors, vous me croyez, maintenant ? » Le médecin ferma derrière lui la porte de la salle d'observation et vint les rejoindre.

« Bien sûr. Nous n'avons jamais cessé de vous croire, le rassura Malin.

– J'espère que vous vous rendez compte aussi à quel point tout ceci nuit à la confiance qu'il avait en moi. Une confiance que j'ai mis des années à obtenir. Et maintenant tout ce travail est réduit à néant.

– Nous en sommes évidemment désolés, rétorqua Malin, mais comme vous devez le comprendre, nous n'avons pas d'autre choix que d'essayer par tous les moyens...

– Nous devrions le sortir d'ici et essayer de le piéger », l'interrompit Fabian, s'adressant au thérapeute. « Et de préférence, le plus vite possible.

– Pardonnez-moi... Mais... Je ne suis pas sûr de comprendre.

– Nous allons le confronter à une ou plusieurs scènes de crime et voir si la mémoire lui revient. »

Le psychiatre jeta à Fabian un regard incrédule. « Ôtez-moi d'un doute. Vous n'étiez pas avec nous dans cette pièce, à l'instant ? Vous n'avez pas vu à quel point il est mal ?

– Si, mais ce n'est sans doute rien comparé à l'état dans lequel se trouvent ses victimes en ce moment. Alors vous m'excuserez, mais mes sympathies actuelles ne vont ni à vous, ni à votre patient.

– Vous pouvez mettre vos sympathies où vous voulez, monsieur Risk. Mais je ne vous laisserai pas piéger mon patient.

– Je crois qu'on va baisser d'un ton, là », intervint Malin en se mettant entre eux deux, dos à Fabian. « Quoi qu'il arrive, Kremph sera certainement condamné. Aujourd'hui, nous voulons simplement faire le maximum pour sauver d'éventuelles autres victimes et pour répondre aux nombreuses questions sans réponse qui subsistent dans notre enquête. Je vous demande juste d'y réfléchir. »

Le thérapeute hocha la tête mais se tut. Puis il tourna les talons et retourna auprès de son patient.

46

Dunja avait l'impression de retrouver l'odeur de l'ancien garage de mécanique de son grand-père à Kolding. Du temps où ses parents étaient encore mariés ensemble et non chacun de leur côté, ils l'emmenaient le voir quatre fois par an et après leur divorce, elle était chez lui un week-end par mois. À chacune de ses visites, elle filait en douce dans l'atelier, après la fermeture, et elle se couchait sur le béton sale, au milieu des outils, fermait les yeux et respirait l'odeur si particulière du garage. C'était une des choses qu'elle préférait au monde et encore aujourd'hui, elle se surprenait à inspirer profondément dès qu'elle se trouvait dans un garage ou une station d'essence.

Mais cette fois, elle n'était pas à Kolding, mais à Helsingborg pour localiser et arrêter un tueur en série. Elle jeta un regard circulaire et put constater que le laboratoire de police scientifique de Helsingborg était totalement différent de la pièce dans laquelle travaillait Kjeld Richter à Copenhague. Cet endroit était l'inverse du local blanc et stérile auquel elle était habituée. Ici, murs et sol étaient en béton et du plafond pendaient des rampes de néons éclairant divers plans de travail.

Elle prit son téléphone, l'alluma et vit qu'il était 16 h 55. Ce qui signifiait que Benny Willumsen avait à présent trois heures et demie d'avance sur eux – une éternité qui lui avait laissé largement le temps de se mettre hors de leur portée.

S'il continuait à se déplacer au même rythme, évidemment. Si, a contrario, il était convaincu que la police était occupée à fouiller son appartement pour y trouver des preuves qui ne s'y trouvaient pas, il y avait une chance qu'il se détende.

Et, dans ce cas, les trois heures et demie qu'il avait d'avance sur eux pouvaient se réduire à zéro.

Elle se tourna vers Klippan. « Bon, on se met au travail ? Je trouve que nous devrions... »

Klippan lui intima le silence par un chut discret. « Il n'aime pas être dérangé quand il est concentré », chuchota-t-il en fermant la porte derrière elle aussi doucement que possible.

« Je m'en fous. C'est la merde de toute façon », entendirent-ils une voix grommeler au fond de la pièce.

À ce moment-là seulement, elle aperçut un homme en blouse blanche, les yeux braqués sur l'écran d'un énorme ordinateur. L'homme se tourna vers eux et son menton vint reposer sur sa poitrine pour lui permettre de regarder au-dessus de ses lunettes de lecture.

« Voici Dunja Hougaard, dont je t'ai parlé, dit Klippan en continuant à avancer dans la pièce. Tu sais, celle de la police de Copenhague.

– Je te remercie, je n'ai pas encore la maladie d'Alzheimer », dit l'homme, retournant à son écran qui était rempli de longues colonnes de chiffres et de lettres dans différentes combinaisons.

« Eh bien, j'ai l'honneur de te présenter Ingvar Molander, chef de la police technique et scientifique. Normalement, il est beaucoup plus aimable, je t'assure.

– Ça ne va pas comme vous voulez ? dit Dunja en venant à côté de Molander.

– Si un criminel qui s'est envolé en fumée est une raison suffisante pour être contrarié, alors, non, ça ne va pas comme je voudrais. » Molander démarra un film de surveillance sur lequel on voyait la BMW d'Aksel Neuman, avec ses vitres fumées, descendre du ferry. « Comme vous voyez, il a débarqué du ferry plus tôt dans la journée, à 13 h 20. Logiquement, il aurait dû apparaître sur l'une des caméras qui surveillent les véhicules en périphérie de Helsingborg. Mais rien, macache, nada. Ça fait maintenant bientôt quatre heures qu'il est en Suède et il n'a été filmé par aucune caméra dans toute la Scanie.

– Je ne suis pas sûre de bien comprendre, dit Dunja. Vous parlez bien de radars ? »

Molander acquiesça.

« Et s'il avait simplement respecté les limitations de vitesse ? »

Molander échangea un regard avec Klippan.

« Je ne sais pas où vous en êtes au Danemark dans ce domaine, mais ici à Malmö on est en train de tester un système avec ce qui s'appelle l'ANPR. Et par extraordinaire, ne me demandez pas comment, Tuvesson a obtenu le feu vert pour utiliser cette technologie dans l'enquête qui nous occupe.

– Nous n'étions pas les seuls à l'avoir en travers de la gorge quand il a été relaxé, dit Molander.

– Oui mais quand même. Elle a dû faire intervenir quelqu'un quelque part là-haut. La méthode est sujette à controverse.

– Pourquoi, c'est quoi l'ANPR ?

– Ça veut dire Automatic Number Plate Recognition, expliqua Molander, c'est-à-dire reconnaissance automatique de plaque minéralogique. Cela signifie que les radars sont directement reliés à un serveur et qu'ils enregistrent le passage de tous les véhicules en temps réel, quelle que soit leur vitesse.

– Et c'est autorisé en Suède ?

– Pas encore. La législation devrait avoir mis en place tous les paragraphes d'ici deux ans et pour l'instant, nous ne pouvons utiliser aucune image comme preuve, précisa Klippan.

261

– Ce qui est sans importance puisque nous n'avons rien, soupira Molander.

– Il y a peut-être un bug dans le système ? proposa Klippan.

– Moi, je pense plutôt qu'il a sciemment choisi de prendre des axes secondaires où il n'y a aucune caméra, raison pour laquelle je suis en train de récupérer des données auprès de tous les garages et stations d'essence du département qui sont équipés de vidéosurveillance. Avec un peu de chance...

– Ou alors, il a modifié une lettre ou un chiffre sur la plaque, suggéra Dunja en posant son manteau chaud et son écharpe sur le dossier d'une chaise.

– Ce n'est pas idiot, dit Klippan en hochant la tête avec enthousiasme. Il suffit parfois d'un petit morceau de chatterton noir. Qu'est-ce que tu en penses, Ingvar ? » demanda-t-il à Molander, qui ne lui répondit pas parce qu'il était déjà en train de procéder à une recherche élargie.

Pendant qu'ils attendaient le résultat, Dunja aperçut un dossier qui portait la mention : Affaire île de Ven, août 2007. « C'est quoi, ça ?

– C'est ce dont je t'ai parlé au téléphone. L'unique raison pour laquelle Willumsen est toujours en liberté. Je ne t'ai pas mis les documents en pièce jointe dans le mail que je t'ai envoyé parce que je suis convaincu que ce n'est pas lui. Mais Ingvar a insisté pour que tu te fasses ta propre opinion, répondit Klippan.

– Bien sûr que c'était lui, commenta Molander avec un soupir. Qui d'autre cela pourrait-il être ?

– Bonne question. Mais ça ne peut pas être Willumsen. Il avait un alibi en béton. Quoi qu'il en soit, cela ne sert à rien de se disputer là-dessus maintenant, conclut Klippan en se tournant vers Dunja. Comme tu vois, nous ne sommes pas d'accord.

– C'était quoi, son alibi ?

– Le jour du meurtre, il a passé près de huit heures à s'entraîner dans une salle de sport au centre de Malmö.

– Huit heures ?

– Apparemment. C'est un drogué de la musculation et il est fort comme un Turc. Bref, ce n'est pas le genre de type qu'on a envie de rencontrer tout seul dans une ruelle sombre. »

Dunja ouvrit le dossier et parcourut les éléments d'une investigation vieille de deux ans et demi, comprenant entre autres des photos d'une femme nue attachée à quatre pattes sur une palette de transport que le courant avait déposée sur une plage à l'ouest de Norreborg, sur la côte septentrionale de l'île de Ven.

« Je ne comprends pas. Elle est attachée à ce truc-là ?

– Oui. Elle était fixée avec des vis autoperforantes de dix pouces. » Klippan montrait la taille des vis avec ses deux index. « Ça n'a pas dû être facile à faire. Tu sais qu'Ingvar, ici présent, la connaissait ?

– Connaître, connaître, c'est beaucoup dire, commenta Molander sans quitter l'écran des yeux.

– Il paraît qu'ils habitaient le même quartier. Au fait, qu'est devenu son mari ? Il vit toujours là-bas ?

– Non. Il a vendu la maison il y a un an et demi.

– Ah oui, c'est vrai. Ce n'est pas lui qui s'était mis à boire et à jouer tout son argent au poker en ligne ?

– Si, c'est bien lui, mais si je veux avoir une chance de finir ça avant les fêtes, il va falloir que tu te taises.

– Pardon, excuse-moi, je te laisse tranquille. » Klippan se tourna vers Dunja. « Il est toujours un peu tendu quand il fait quelque chose d'intéressant.

– Tu peux m'en dire un peu plus sur cette affaire ? »

Klippan acquiesça et entraîna Dunja à une distance raisonnable de Molander. « C'est une histoire horrible. Elle s'appelait

Inga Dahlberg et elle était partie faire son jogging sur le circuit de remise en forme du Ramlösa quand elle s'est fait agresser et enlever. Malheureusement, il n'y a eu aucun témoin, mais nous avons trouvé des traces de sang sur la piste et comme tu peux voir, elle a été frappée avec un objet contondant en pleine figure. Probablement une bêche, ou quelque chose comme ça. Nous avons pu relever d'autres traces dans un coin caché entre les arbres sur la berge du Råån.

– Vous avez trouvé quoi ?

– Encore du sang. Mais aussi ses affaires de jogging et quelques-unes de ces vis autoperforantes qui apparemment sont d'un modèle assez spécial.

– Alors c'est là qu'il l'a déshabillée ?

– Oui et là aussi qu'il l'a attachée à quatre pattes sur la palette. Pour qu'il arrive à faire ça, il a fallu qu'elle se réveille après le coup de bêche et qu'elle ait cru, pour une raison ou pour une autre, qu'il allait l'épargner si elle faisait tout ce qu'il lui ordonnait. Il s'est servi de cales en bois pour faire une surépaisseur et éviter que les vis traversent à l'endroit des mains et des tibias. » Klippan se tut et secoua la tête.

« Et ensuite ?

– Ensuite il l'a violée et expédiée sur le fleuve. D'après Flätan, le médecin légiste, ses poumons étaient remplis d'eau salée. Ce qui tendrait à prouver qu'elle a miraculeusement réussi à rester en équilibre sur son radeau de fortune jusqu'au détroit avant de se retourner. »

Cela ressemblait effectivement beaucoup au style de Willumsen. Dunja avait tendance à partager l'avis de Molander sur ce point. Mais même sans le fameux alibi, elle était prête à parier que Klippan avait raison. Willumsen était sans aucun doute un criminel en quête d'excitation qui avait besoin d'aller plus loin avec chaque nouvelle victime. Mais cette mise en scène était beaucoup trop sophistiquée et élaborée par rapport au stade où il en était deux ans plus tôt. Dans deux, trois ans, elle lui aurait attribué ce crime sans hésiter.

Elle fut interrompue dans ses pensées par la voix de Molander qui les appelait.

« Tu l'as trouvé ? demanda Klippan.

– Tu es aussi patient que mes petits-enfants le soir de Noël. Regardez ça. »

Dunja se félicita de ne pas avoir posé la même question et vint rejoindre Molander qui lui montra une feuille de papier sur laquelle il avait pris quelques notes.

« Voici pour commencer le numéro de la plaque d'immatriculation d'Aksel Neuman. » Il posa le doigt sous l'inscription AF 543 89. « Si nous partons de l'idée de Dunja qu'il a modifié une lettre ou un chiffre avec un petit morceau de chatterton, on constate qu'il est facile de transformer le F en E, et le 9 en 8. Ce qui nous donne trois nouvelles immatriculations. » Il désigna les séries AE 543 89, AF 543 88 et AE 543 88. « Ensuite, le 5 peut devenir un 6, ce qui nous donne quatre variantes, poursuivit-il en attirant leur attention sur quatre numéros. AF 643 89, AF 643 88, AE 643 89 et AE 643 88.

– Et tu ne veux pas qu'on essaye avec ces plaques-là pour voir si on trouve quelque chose ? suggéra Klippan.

– Et qu'est-ce que tu crois que je suis en train de faire ? Doux Jésus...

– On en a pour combien de temps, là ? » s'enquit Dunja, regrettant aussitôt ce qu'elle venait de dire en voyant Molander la fusiller du regard.

« Je sais bien que vous avez des ordinateurs beaucoup plus rapides, là-bas, au Danemark, mais...

– Attendez, c'est quoi, ça ? » Klippan montra l'écran où la plaque d'immatriculation AE 643 89 clignotait rageusement. « Est-ce que c'est ce que je crois ? »

Molander regarda le numéro qui clignotait et hocha la tête. Après qu'il eut pianoté sur quelques touches, une carte apparut avec, dessus, un certain nombre de repères.

« Ces points représentent les endroits où il est allé ? demanda Klippan en posant le doigt sur l'écran.

– Oui, mais sois gentil de ne pas toucher l'écran, soupira Molander en chassant la main de son collègue. Comme vous voyez, il a pris la nationale 17 entre Landskrona et Eslöv.

– C'est possible de voir à quelle heure il y était ? » demanda Dunja qui commençait à espérer qu'ils avaient rattrapé leur retard.

Molander fit un zoom avant sur la carte et cliqua sur un point de repère. « À 13 h 45 environ, ce qui correspond parfaitement avec le fait qu'il a débarqué du ferry à 13 h 20.

– On dirait qu'il se dirigeait vers Eslöv, dit Klippan.

– Je ne crois pas car si c'était le cas, il aurait été filmé par d'autres caméras. Je pense qu'il a tourné sur une départementale quelque part entre Teckomatorp et Marieholm.

– Et bien sûr, il n'y a pas de vidéosurveillance sur ces axes-là, dit Klippan.

– On ne peut rien te cacher. »

Dunja étudia la carte et constata que Willumsen n'avait pu prendre qu'une seule route transversale sur la nationale 17, et c'était la D108 qui conduisait tout droit à Kävlinge. « Peut-être qu'il se rendait à Kävlinge ?

– C'est possible, admit Klippan. Je propose que nous envoyions ce numéro de plaque à toutes les stations d'essence de Scanie. Il s'est peut-être arrêté pour faire le plein. »

Molander acquiesça. « D'accord. Mais je doute que nous ayons une réponse avant demain.

– Alors je propose que nous arrêtions là pour aujourd'hui. Il est déjà 17 h 30. Je t'ai réservé une chambre à l'hôtel Mollberg, Dunja. Je peux t'y déposer, si tu veux, proposa Klippan.

« – C'est gentil, mais je préfère marcher. J'ai besoin de prendre l'air.

– Très bien, mais je reviendrai te chercher un peu plus tard. Ce soir, tu dînes à la maison. J'ai demandé à Berit de nous faire son ragoût d'agneau. Et je te garantis que tu n'en as jamais mangé de meilleur. »

Dunja hocha la tête tout en se demandant comment elle allait pouvoir se défiler. S'il y avait une chose dont elle n'avait pas envie en ce moment, c'était de se faire de nouveaux amis.

47

Sofie Leander était troublée. Quand le pseudo-médecin lui avait enfoncé l'aiguille dans le bras, elle était sûre que plus jamais elle n'allait se réveiller. Elle avait tout de suite compris ce qui allait lui arriver. Et elle avait accepté son sort.

À présent, elle n'était plus sûre de rien.

Elle n'était même pas certaine d'être encore en vie.

Le temps tournait en boucle, comme un vinyle rayé. Elle était toujours là, attachée à cette table plastifiée au milieu de la pièce avec ses murs en tôle ondulée, en train de fixer le plafond, comme elle le faisait depuis des jours.

Mais peut-être que la réalité était ailleurs et qu'être morte, c'était simplement voir des lambeaux de mémoire récente flotter dans sa tête avant de s'effacer et de disparaître dans le néant. Mais si elle avait été morte, ne serait-elle pas en train de planer au plafond et de contempler son corps d'en haut ? Et surtout, sa blessure lui ferait-elle aussi mal ? Est-ce que cela ne signifiait pas plutôt que l'anesthésie cessait petit à petit de faire effet ?

Elle était toujours vivante, mais pour quelle raison ?

Quel était le but derrière tout ce plan compliqué et l'énorme travail qu'il avait dû demander, si ce n'était pas de la tuer ? Elle avait beau réfléchir, elle ne parvenait pas à une explication rationnelle. Elle tenta à nouveau de se remémorer ce qui s'était passé, mais tout ce qu'elle se rappelait était d'avoir entendu le volet roulant s'ouvrir et quelqu'un installer les instruments d'opération sur la table en inox à côté d'elle. Puis elle avait senti l'aiguille qu'on lui enfonçait dans le creux du bras gauche, et elle était partie, convaincue que c'était pour sa destination finale.

Elle pensa à son mari et se demanda où il en était dans ses recherches pour la retrouver. Il avait évidemment prévenu la police depuis longtemps, mais elle était bien incapable de dire quelles traces elle avait pu découvrir. Les enquêteurs avaient sans doute commencé par visionner les films de vidéo-surveillance de l'hôpital Söder et ils avaient dû voir qu'on l'avait sortie du service et emmenée vers les ascenseurs. Mais avaient-ils suffisamment d'indices pour continuer à partir de là ? Il n'y avait rien de moins sûr.

Son portrait avait sans aucun doute été publié dans les journaux et on avait très certainement lancé un appel à témoins. Mais si personne n'avait rien vu ? Que se passerait-il ensuite ? Pendant combien de temps resterait-elle une priorité pour la police si elle n'avait aucune piste ? Peut-être sa photo n'était-elle déjà plus en première page des journaux. La police avait peut-être déjà commencé à s'occuper d'une autre affaire et elle avait classé son dossier dans le tas toujours grandissant des disparitions inexpliquées.

L'un des appareils qui se trouvaient à côté d'elle commença à émettre un son. Il était hors de son champ de vision, mais elle n'avait aucune peine à deviner ce que c'était. Elle reconnaissait le son glouglouttant qu'elle avait été obligée d'écouter quatre fois par semaine pendant toutes ces années où elle n'avait rien pu faire d'autre qu'attendre. Attendre la chance qui ne viendrait jamais. Elle avait détesté ce bruit plus que n'importe quoi. Elle l'avait tellement détesté qu'elle avait décidé d'arrêter d'attendre et de prendre les choses en main.

Mais le glouglou était de nouveau là.

À la différence qu'elle n'avait pas la moindre idée de ce qu'elle attendait.

48

Il ne voyait que les orifices. Les orifices béants qui le regardaient à leur tour. Fabian avait perdu le contrôle de son regard et il était incapable de le détourner des trous dans lesquels il était absorbé, comme s'ils étaient des trous noirs doués d'une force d'attraction infinie. Normalement, ils auraient dû contenir des yeux. Des yeux capables de voir, de cligner et de refléter la personnalité de leur propriétaire. Son âme.

Maintenant, ils ne contenaient plus rien.

Il ne pouvait pas lutter contre le malaise qui l'envahissait en regardant les photos volées de la femme dans le bus. Il avait l'impression de sentir la lame du scalpel traverser le canal lacrymal et s'enfoncer derrière le globe oculaire, couper le nerf optique et extraire l'œil.

« C'est tellement difficile de voir à quoi elle ressemble quand on ne voit pas les yeux », dit Malin qui était penchée au-dessus des photos étalées sur le bureau de Fabian. « À part qu'elle a des cheveux longs bruns qu'elle porte relevés sur la tête, et qu'elle a l'air d'avoir environ cinquante ans. »

Fabian acquiesça et sortit une loupe. Par ce biais, il se dit qu'il allait pouvoir éviter les orbites énucléées et se concentrer sur d'autres détails. Comme par exemple la grosse barrette brun-rouge qu'elle avait dans les cheveux. Un enfant qui pleurait. Les aiguilles d'une montre-bracelet indiquant 5 heures et quart. Les façades multicolores des maisons. Un kiosque à journaux. Le collier avec un hexagramme que la femme portait autour du cou. L'iPod avec ses écouteurs blancs.

« Les passagers portent des manteaux et des imperméables mais pas de bonnets. Je dirais que les photos ont été prises au printemps ou à l'automne, continua Malin.

– Pourquoi pas avant l'automne ?

– Comment ça ? Tu veux dire que… » Elle s'interrompit et posa une main sur son ventre.

« Qu'est-ce qu'il y a, ça va ? »

Malin acquiesça les yeux fermés et respira profondément, plusieurs fois de suite pour se détendre. « C'est juste karaté kid qui s'obstine à me donner des coups de pied dans les côtes alors que je l'ai menacé dix fois de le déshériter. Comment ça se passe ? Tu vois quelque chose ?

– Je regarde les gros titres à la devanture d'un kiosque à journaux. » Fabian colla son œil à la loupe pour voir les unes des journaux de plus près. « *Expressen* annonce en première page que Carola a peur de perdre la voix.

– Et *Aftonbladet* ?

– La chaîne SVT peut ordonner au jury d'éliminer Carola.

– Cela devait être juste avant la finale du Melodifestival.

– La question est de savoir en quelle année. Elle a participé à l'émission pratiquement tous les ans.

– C'est faux. Elle n'y a participé que quatre fois, cinq si tu comptes l'année 2005 où elle a chanté sa chanson « Genom allt », entre deux candidats.

– Alors de quelle année crois-tu qu'on parle ?

– Attends ! Mais oui, bien sûr, c'était en 2006 ! Tu ne te rappelles pas qu'elle prenait de la cortisone parce qu'elle était devenue à moitié aphone pendant les répétitions ? »

Fabian secoua la tête, en se demandant lequel des deux était le plus excessif.

« Il avait même été question qu'elle arrête le concours, se remémora Malin. Et malgré cela, elle a gagné. C'était incroyable quand on y pense. Tu ne trouves pas ? »

Fabian hocha la tête et se cala au fond de sa chaise. « Printemps 2006, donc. Ce qui signifie que ces photos ont été prises il y a plus de trois ans et demi.

– Ça, c'est de la préméditation ou je ne m'y connais pas. Je peux voir ? »

Fabian tendit le cliché qu'il regardait à Malin. « Je trouve que cela ne correspond pas au Kremph qu'on connaît. Tu n'es pas d'accord avec moi ?

– C'est vrai que cela ne lui ressemble pas, mais si son plan était justement de brouiller les pistes ? suggéra Malin en étudiant la photo attentivement.

– Tu veux dire que Kremph simulerait sa folie ? »

Malin haussa les épaules. « Pourquoi pas ? Et ce kiosque, là... » Elle leva la tête et croisa le regard de Fabian. « Est-ce que ce ne serait pas l'un de ceux qui se trouvent sur Maria-torget ? »

Fabian reprit le cliché. « Tu as raison... Quels sont les bus qui circulent sur ce trajet ?

– Il y a le 43, ça j'en suis sûre. Je le prenais tout le temps quand Anders et moi habitions les tours concaves à Tanto... » Malin se prit à nouveau le ventre à deux mains. « Aaah ! Ces sales gosses ont entamé un combat de kick-boxing. » Elle s'assit sur sa chaise et prit quelques longues respirations. « Au fait, je t'ai dit à quel point je déteste ce que je suis en train de faire ?

– Mmm, répondit Fabian distraitement, sans quitter la loupe des yeux.

– Il n'y a pas une seule partie de mon corps qui aime être enceinte. Je te jure. Même mon placenta se défilerait s'il pouvait. » Elle alluma l'ordinateur et fit rapidement apparaître une

carte du réseau de bus de Stockholm à l'écran. « Voyons…
C'est ça, le 43 et le 55. Et puis quelques bus de nuit.

– Sur celle-là, on reconnaît Norrmalmstorg, dit Fabian en
lui faisant passer une autre photo.

– Alors, c'est le 55, parce que le 43 continue vers le nord
par Regeringsgatan.

– Et le 55, il va où ?

– Stureplan, et ensuite il part en direction de Hjorthagen.

– Autre chose. Tu as remarqué que le temps n'est pas le
même sur toutes les photos ?

– Tu veux dire qu'elles n'ont pas été prises le même jour. »
Fabian hocha la tête.

« OK, alors elle fait le même trajet tous les jours pour se
rendre à son travail, déduisit Malin. Est-ce qu'on voit l'heure
qu'il est, quelque part ?

– Oui, à Mariatorget, il était 5 heures et quart.

– Alors, elle commence tard. À moins qu'elle soit en train
de rentrer du boulot.

– Le trajet du 55 commence à Sofia, n'est-ce pas ?

– Exact et c'est un quartier presque exclusivement résidentiel. Alors si on part du principe qu'elle habite là-bas et
qu'elle travaille en ville…

– Vérifie combien de temps il faut pour se rendre en autobus de Sofia à Mariatorget.

– C'est ce que je suis en train de faire, dit Malin. Il faut…
vingt-sept minutes jusqu'à Slussen, qui est l'arrêt suivant.

– Donc le bus part à 16 h 45 de Sofia ?

– 16 h 47 exactement.

– Et il est quelle heure, là ? »
Malin consulta l'heure. « Il est 16 h 33. »

Ils échangèrent un regard, eurent la même idée au même
moment et sortirent précipitamment.

49

Hillevi Stubbs n'avait jamais jusqu'ici eu de problème majeur pour comprendre une scène de crime ou l'habitat d'un criminel. La plupart du temps, l'endroit avait son propre langage et elle ne mettait pas plus d'une heure à en saisir les grandes lignes. Ce qui s'était passé, comment cela s'était passé et qui y avait été mêlé.

Mais l'appartement d'Ossian Kremph l'avait laissée perplexe.

Il lui avait parlé, certes. Mais elle n'entendait pas ce qu'il lui disait. Enfin, elle l'entendait. Mais de manière hachée, et elle avait beau triturer les informations dans tous les sens, elles s'obstinaient à ne vouloir rien dire. Chaque fois qu'une idée lui venait, la suivante l'invalidait aussitôt. Comme une savonnette dans la douche qui vous glisse des mains chaque fois que vous pensez l'avoir attrapée.

Finalement, elle avait dû envoyer ses assistants boire un café ou se promener ou faire ce qu'ils voulaient afin de rester seule. Ce n'était jamais arrivé auparavant et tous deux l'avaient regardée comme s'ils venaient de voir atterrir une soucoupe volante sous leurs yeux. Mais tant pis. Elle avait besoin d'être tranquille pour réfléchir sans perturbation extérieure, et ce ne fut que lorsqu'elle entendit la porte se refermer sur eux qu'elle put vraiment se concentrer et se mettre au travail.

Dès son entrée dans l'appartement, elle avait senti qu'il y avait quelque chose qui ne collait pas. Sans pouvoir mettre le doigt dessus. Bien sûr, il était aussi encombré qu'un grenier dans lequel on aurait entassé toutes sortes de brocante sans jamais le vider. Mais en même temps, il était relativement bien entretenu et organisé avec une sorte d'ostentation. La personne qui vivait ici avait un grand besoin de contrôler son environnement. C'était visiblement quelqu'un qui luttait contre le chaos.

Par exemple, les journaux dont tous les yeux avaient été soigneusement découpés étaient rangés dans des piles impeccables et si hautes qu'elles touchaient presque le plafond. Les chemises étaient alignées sur des cintres, triées par ordre de couleur, et tout ce qui comportait des lettres était rangé par ordre alphabétique. Pas seulement les livres dans la bibliothèque et les épices dans la cuisine, mais même les médicaments dans l'armoire à pharmacie. Et en même temps, il y avait du désordre partout. Des vêtements jetés pêle-mêle sur le sol. Des restes de nourriture et de la vaisselle sale dans la cuisine. Des sacs-poubelle noirs et nauséabonds qui commençaient à fuir sur le carrelage.

C'était dans ce désordre qu'ils avaient trouvé le plus de traces. Un rouleau du même type de Polyane que celui qui recouvrait la table d'opération dans le squat. Le scalpel qui n'avait même pas été nettoyé, rangé parmi les couteaux de cuisine. La bouteille de gaz qui avait servi à endormir Adam Fischer dans sa voiture.

C'était comme s'il n'avait même pas essayé de cacher les preuves. Ou peut-être qu'il ne s'imaginait pas qu'on le retrouverait aussi rapidement ? Il avait pratiquement sauté dans les bras de Risk et des autres. A contrario, il semblait avoir étudié le moindre détail quant à la réalisation de ses crimes.

Toutes ces pensées tournaient dans sa tête, encore et encore, et plus elle commençait à comprendre, moins la situation lui semblait claire.

À présent qu'elle était seule, elle allait enfin pouvoir s'allonger par terre sur le plancher, fermer les yeux et découvrir l'élément qui lui permettrait de donner une cohérence à tout cela.

Quand elle rouvrit les yeux et qu'elle regarda l'heure, elle vit qu'elle n'avait dormi que dix-huit minutes, ce qui chez elle avait un effet plus énergisant que tout le café du monde. Elle se remit en position assise, attendit que son rythme cardiaque se stabilise avant de se lever tout à fait et se mit à regarder autour d'elle dans l'appartement. Il ne lui fallut pas plus de quelques minutes pour voir ce qu'elle aurait dû comprendre tout de suite.

Ossian Kremph souffrait de schizophrénie, et sa manière de vivre reflétait cette dissociation. Un effet collatéral à la fois logique et évident. Une partie de lui exigeait de la structure et de l'organisation tandis que l'autre s'épanouissait dans le chaos. Pour l'instant, ils n'avaient découvert que les signes de son désordre intérieur. Restait à trouver les indices plus discrets qu'avait laissés le maniaque.

Une tâche nettement plus difficile. Il avait probablement employé énergie et réflexion à choisir les endroits où lui seul aurait eu l'idée de chercher. Mais ils étaient là, quelque part, cela ne faisait aucun doute. Elle commença par les cachettes les plus simples, comme par exemple derrière les livres dans la bibliothèque, sous le plateau du secrétaire, dans la gaine de l'aérateur dans la salle de bains et dans les dossiers, derrière les articles de journaux. Mais elle ne trouva rien de nouveau, même pas dans le réservoir de la chasse d'eau.

Ce ne fut qu'en ouvrant la porte de l'armoire à balais qu'elle découvrit enfin quelque chose. Sous le linoléum, qui n'était pas collé, se trouvait une inscription au marqueur rouge sur le plancher : Högdalen Gång D 6895. À son propre étonnement, elle sut tout de suite de quoi il s'agissait. Car depuis plusieurs années, elle en possédait un, elle aussi. Au début, ça avait juste été une idée qu'elle avait eue au moment de sa séparation avec Gert Ove, et une solution provisoire. Mais au fil des années, elle avait dû accepter de devoir dépenser une somme importante chaque mois pour le garder. Sauf que le sien ne se trouvait pas à Högdalen, mais à Solna.

Elle tapa une recherche sur son téléphone et eut la réponse aussitôt. Les boxes étaient *accessibles en voiture* et ils avaient une *importante hauteur de chargement.* Et on pouvait y accéder *vingt-quatre heures sur vingt-quatre.*

50

En prenant les tunnels réservés aux piétons et aux cyclistes, Dunja Hougaard avait mis moins de cinq minutes à arriver à la station Statoil où elle avait loué une voiture. Aucune n'avait de GPS à bord et elle avait acheté une carte routière de la Scanie, quelques paquets de biscuits au chocolat et deux bouteilles de Julmust, le soda – aussi incontournable à la période de Noël que les harengs fermentés – qui chaque année faisait chuter les ventes de Coca-Cola de cinquante pour cent dans tout le pays. Elle était parfaitement consciente qu'elle n'aurait pas dû y aller seule. Que c'était contraire à toutes les règles et que Klippan avait raison de prétendre qu'il n'y avait pas grand-chose à faire tant que Molander n'aurait pas le retour des stations-service. Mais elle était incapable d'attendre tranquillement dans sa chambre d'hôtel.

Klippan semblait être un homme de bonne compagnie et sa femme était sûrement charmante, mais si séduisante que soit leur invitation, il était hors de question qu'elle passe plusieurs heures en leur compagnie tandis que l'avance de Willumsen augmentait. Par ailleurs, elle ne mangeait pas de viande d'agneau. Tout le monde avait beau lui répéter à quel point c'était délicieux, l'odeur à elle seule lui donnait envie de vomir.

Elle avait failli proposer à Klippan qu'ils y aillent ensemble avant de réaliser qu'ils disposaient de trop peu d'éléments pour qu'il ait envie de sacrifier son vendredi soir. De plus, si elle l'avait mis au courant de ses projets, il ne l'aurait jamais laissée partir. C'est pourquoi elle se trouvait à présent seule derrière son volant en train de se forcer à boire quelques gorgées de la boisson beaucoup trop sucrée et amplement surestimée, tout en passant le radar qui se trouvait tout de suite après la sortie de Teckomatorp sur la nationale 17 en direction d'Eslöv.

C'était là que Benny Willumsen avait été repéré pour la dernière fois, plus tôt dans la journée, à 13 h 45 environ. Il était maintenant 18 h 15, ce qui signifiait qu'il avait quatre heures et demie d'avance sur eux. D'après Molander, il avait quitté la nationale quelque part aux alentours de Marieholm pour éviter les caméras de contrôle routier.

Dunja ne croyait pas qu'il s'en tenait aux petites routes pour éviter les radars. Il n'était vraisemblablement même pas au courant qu'ils étaient capables d'enregistrer la circulation en temps réel. Sinon, il aurait choisi un autre itinéraire dès la sortie de Helsingborg et n'aurait pas attendu Teckomatorp pour prendre une route secondaire. Il était possible, par contre, qu'il ait eu quelque chose à faire à Kävlinge et, avec un peu de chance, qu'il soit resté quelque part dans le secteur pour passer la nuit.

Elle tourna à droite sur la départementale 108, la seule route qu'il ait pu prendre, et qui menait droit à Kävlinge. Elle observa les alentours des deux côtés de la route. Il faisait nuit et elle ne vit pas grand-chose à part quelques bosquets et des champs si gelés et enneigés qu'il semblait inimaginable que dans moins de six mois, ils soient couverts de céréales prêtes à être moissonnées. Elle ne vit aucune maison aux fenêtres éclairées, aucune BMW abandonnée et aucun chemin de terre menant à un endroit qui semble valoir la peine d'être exploré.

À mesure qu'elle progressait dans l'obscurité, elle prenait conscience de l'absurdité de sa démarche. Elle aurait eu plus de chances d'avoir les cinq numéros gagnants et le numéro chance au loto que de découvrir quelque chose qui fasse avancer son enquête. Mais après tout, qu'avait-elle à perdre à essayer ?

Elle arriva à un rond-point où elle continua par la D104 vers Kävlinge. Elle ne savait même pas s'il s'agissait d'un village ou d'une petite ville. La seule chose dont elle pouvait être sûre, c'est que si Benny Willumsen s'y était arrêté, il serait à l'intérieur d'une maison ou d'un appartement. La température extérieure était descendue à – 12°C. Sachant que Mikael Rønning ne lui avait pas trouvé d'autre adresse que celle de son appartement à Malmö, soit il avait emprunté la maison d'un ami, soit il était entré par effraction dans une résidence secondaire vide, soit...

Dunja freina brusquement et se gara sur le bas-côté pour regarder le bâtiment industriel qui s'élevait de l'autre côté de la route. Est-ce qu'elle venait de voir quelque chose scintiller dans l'une des petites fenêtres ou bien était-ce seulement la lumière d'un réverbère qui se reflétait dans une vitre ? Elle n'était pas sûre. En revanche, ce qui sautait aux yeux, c'était la grande pancarte éclairée annonçant 780 m² d'espace de bureaux à louer. À en juger par l'état de l'immeuble et par le fait que seuls deux spots fonctionnaient encore sur les cinq qui éclairaient la banderole à l'origine, les bureaux devaient chercher preneur depuis un certain temps.

Elle décida d'aller jeter un coup d'œil à l'intérieur, redémarra la voiture et alla tourner dans la première rue à gauche à la hauteur d'un marchand de pneus. Une petite rue longeait l'arrière et, une centaine de mètres plus loin, elle alla se garer sur le parking vide du bâtiment industriel avec ses petites fenêtres à barreaux.

Elle arrêta le moteur, les yeux fixés sur les traces de roues dans la neige devant elle qui allaient jusqu'au mur, puis disparaissaient à l'angle de l'immeuble.

51

Bien que Fabian et Malin aient couru tout le long du couloir, qu'ils aient dévalé l'escalier quatre à quatre jusqu'au garage plutôt que d'attendre l'ascenseur qui avait la fâcheuse manie de ne pas arriver quand on en avait le plus besoin, qu'ils se soient jetés dans la voiture de Fabian et qu'ils aient parcouru le trajet entre Kungsholmen et Tengdahlsgatan à Sofia en moins de quatorze minutes et qu'ils aient trouvé une place de stationnement tout de suite, ils ratèrent le bus.

« Merde ! Il nous a vus, pourtant. Je suis sûre qu'il nous a vus, s'exclama Malin en regardant sa montre. En plus, il n'est que 46. Ce connard est parti en avance.

– On va le rattraper au prochain arrêt, la consola Fabian en se mettant à courir derrière l'autobus.

– Tu es fou ! Je vais pondre les jumeaux en route ! » lui cria Malin. Mais trop tard.

Fabian avait déjà tourné à l'angle de Tegelviksgatan et courait aussi vite que possible sans déraper sur le trottoir enneigé. Personne n'attendait à l'arrêt suivant ce qui l'obligea à continuer jusqu'à l'arrêt d'après qui était celui de Barnängsbryggan, le pont qui traversait le cours d'eau de Hammarby Sjö. Là, il put monter dans le bus et demander au chauffeur d'attendre Malin qui semblait plus morte que vive quand elle s'écroula sur une place réservée aux handicapés.

« Nom de Dieu, je suis claquée… » Elle déboutonna son manteau. « Je pense que j'ai battu le record du monde des trois cents mètres à la course avec jumeaux. »

Fabian hocha distraitement la tête, concentré sur les autres passagers. Il y en avait cinq et aucun ne ressemblait à la femme qu'ils avaient vue sur les photos. Rares furent les passagers qui montèrent aux arrêts suivants, le long du canal Hammarby.

En revanche, à celui de Skanstull, en face du grand magasin Åhléns, il entra tant de monde par toutes les portes qu'on aurait dit que le bus était victime d'une invasion. Pour ne rater aucun visage, Malin et lui se séparèrent et se faufilèrent parmi les passagers avant que les portes s'ouvrent à nouveau devant la gare centrale de Stockholm. Plusieurs personnes descendirent tandis qu'une nouvelle horde montait dans le bus, et bientôt il devint impossible de se déplacer dans la voiture.

Fabian parvint malgré tout à se frayer un passage jusqu'à Malin. « On va rester chacun près d'une porte, c'est le seul moyen. » Malin ne répondit pas et ce n'est qu'à ce moment qu'il s'aperçut qu'elle était très pâle et complètement en sueur. « Hey, ça va ? Malin, qu'est-ce qui se passe ? » Il chercha ses yeux et elle secoua imperceptiblement la tête avec un regard brillant de larmes.

« Ça ne va pas ? Tu ne te sens pas bien ? Tu as mal quelque part ? »

Son regard devint absent.

« Malin, dis-moi quelque chose ? Malin ? Réponds, s'il te plaît ! »

Ses lèvres bougèrent mais aucun son n'en sortit.

Fabian se tourna vers une femme âgée assise juste à côté. « Excusez-moi, pourriez-vous vous lever pour qu'elle puisse s'asseoir ? »

La femme qui avait des sneakers aux pieds et portait un sur-vêtement beige le regarda comme si elle venait d'entendre la chose la plus stupide de son existence. « Dites, je vous signale que j'ai soixante-dix ans et que j'ai travaillé toute ma vie...

– Oui, et elle est enceinte jusqu'aux yeux », la coupa Fabian. Il n'avait pas de temps à perdre avec une emmerdeuse, retraitée ou pas. « Alors vous allez lui laisser votre place ! »

La femme renifla, outrée, et lui tourna le dos.

« Vous allez vous lever oui ou non ?! » Fabian saisit la femme par le bras.

« Attendez, vous pouvez prendre la mienne, si vous voulez », dit une femme avec un grand châle à fleurs rouge, sur la banquette avant, en allant se mettre debout dans l'allée.

Fabian la remercia et aida Malin à s'asseoir.

« Vous devriez avoir honte », cracha la retraitée derrière eux.

Fabian l'ignora et resta concentré sur sa coéquipière. « Détends-toi et respire. » Il lui retira son écharpe et la posa sur ses genoux.

« C'est à cause de gens comme vous que ce pays s'en va à vau-l'eau », insistait la mégère derrière lui tandis qu'ils passaient la place Mariatorget et continuaient vers Slussen et Gamla Stan où elle descendit en même temps que plusieurs autres passagers.

« Enfin..., dit Malin en secouant la tête. Quelle horrible bonne femme. »

Fabian acquiesça et constata à son grand soulagement qu'elle avait repris des couleurs.

« Si j'avais eu la force, j'aurais fait en sorte qu'elle soit abonnée à vie aux transports urbains pour personne à mobilité réduite. »

Fabian pouffa tout en réalisant tout à coup que la femme qui avait cédé sa place lui rappelait quelque chose. Elle avait peut-être changé de coiffure. Ou alors elle portait un autre style de vêtements en hiver. Il se retourna et la chercha du regard, mais ne la vit nulle part.

« Qu'est-ce qu'il y a, tu l'as trouvée ? » lui demanda Malin.

Fabian haussa les épaules et sortit de sa poche de poitrine une photo prise par Ossian Kremph sur laquelle le visage de la femme était à peu près net. Et il comprit ce qui avait attiré son attention.

L'hexagramme.

Le châle fleuri de la passagère était attaché par une broche identique au collier que la femme portait autour du cou sur plusieurs photographies. C'était forcément elle.

« Je crois que c'était la femme qui nous a laissé sa place », dit-il en continuant à la chercher des yeux parmi les passagers.

Au même moment, le bus s'arrêta devant le parc de Kungsträdgården. De nombreux passagers descendirent et d'autres montèrent. « *Le bus qui nous précède sur la ligne ayant eu un problème technique, il a dû être renvoyé au garage. Nous avons le regret de vous informer que vous allez être un peu plus serrés que d'habitude* », annonça le chauffeur.

Fabian se rapprocha aussi vite qu'il put des portes qui se trouvaient au milieu du bus, mais ne parvint pas à les atteindre avant qu'elles se referment et que le bus reparte. Il n'aurait pas su dire si la femme avait eu le temps de descendre ou si elle était encore à bord. En outre, l'autobus était si bondé qu'il ne pouvait voir que les passagers se trouvant autour de lui et s'il essayait de se frayer un passage, il risquait de déclencher l'émeute qui couvait déjà.

Un passager se plaignait d'avoir attendu une éternité, un autre que ce n'était pas la première fois que cela arrivait. À Norrmalmstorg, la foule s'éclaircit juste assez pour que Fabian puisse se déplacer un petit peu. C'est alors qu'il la repéra. Le bus venait de s'arrêter à un feu rouge. Elle avait retiré son châle et se tenait près de la dernière porte, tout au fond.

Subitement, elle se retourna et le regarda. Il fut pris de court. S'il baissait les yeux trop vite, cela paraîtrait suspect.

S'il soutenait son regard, aussi. Alors il tenta de regarder au-delà de l'endroit où elle se trouvait tout en prenant son mobile pour téléphoner à Malin.

« *Tu l'as trouvée ?*

– Elle est devant la dernière porte, tout au fond.

– *Quelle bonne nouvelle. Il ne l'a jamais eue alors.* »

Malin avait évidemment raison. Il avait été uniquement préoccupé de savoir pourquoi Kremph s'intéressait tant à cette femme et si elle avait un lien quelconque avec Adam Fischer et Carl-Eric Grimås.

Le bus s'arrêta devant le square de Stureplan. Les portes s'ouvrirent et la femme descendit.

« Il faut qu'on sorte. Elle est descendue. » Fabian sauta sur le trottoir et suivit des yeux la femme qui marchait d'un pas rapide vers l'abri en forme de champignon qui servait à se protéger de la pluie. « Où est-ce que tu es, Malin ? Il ne faut pas qu'elle nous échappe.

– *C'est bon, je suis là !* répliqua Malin en arrivant dans son dos. Pfff, je n'en peux plus... »

Fabian hocha la tête sans se retourner, les yeux toujours fixés sur le champignon où la femme avait rejoint une autre femme. À en croire leur langage corporel, elles devaient parler de quelque chose qui les bouleversait l'une et l'autre. Comme par hasard, la femme au châle rouge le regarda au même moment et sa compagne suivit son regard.

« Je crois qu'elle a compris que nous la suivions. Viens, on va aller leur parler. » Il commença à avancer.

« Attends, l'arrêta Malin. Je crois que je suis à bout de forces.

– Mais ça va ? » Il se retourna vers elle. « Tu veux que je t'aide à...

– Non, tout va bien. Mais je ferais mieux de prendre un taxi et de rentrer m'allonger sur le canapé.

« – Tu es sûre que tu n'as pas besoin de moi ?

– Mais non, je suis juste un peu… enceinte. Arrête de t'occuper de moi et va bosser, plutôt. » Elle fit signe à un taxi qui vint se garer le long du trottoir.

Fabian hocha la tête et la suivit des yeux jusqu'à ce qu'elle soit montée dans la voiture. Quand il se retourna vers le champignon, les deux femmes avaient disparu.

Il courut jusque-là pour s'assurer qu'elles n'étaient pas simplement cachées par le pilier central. Puis il traversa la place, monta sur le muret en forme de vague qui ondoyait vers Birger Jarlsgatan et jeta un regard circulaire sur la place. Les deux femmes s'étaient littéralement volatilisées.

Son portable sonna et il vit que c'était Hillevi Stubbs. « Je peux te rappeler ? Je suis occupé, là », dit-il en sautant du muret et en courant vers l'entrée de la galerie marchande.

« *Oui, tu peux me rappeler, mais je préfère te prévenir que je ne répondrai pas* », répliqua Stubbs, lui faisant bien comprendre par le ton de sa voix qu'il n'avait pas intérêt à raccrocher.

« OK, qu'est-ce qu'il y a ? » Fabian s'arrêta de courir et poussa un soupir.

« *Je n'ai pas le temps de t'expliquer au téléphone. Il vaut mieux qu'on se retrouve sur place.*

– Et c'est où, ça ? » Stubbs l'agaçait prodigieusement avec sa manie de toujours le tenir en haleine.

« *Au garde-meuble Shurgard de Högdalen.* »

52

La bâtisse à un seul étage, entièrement bardée d'aluminium, s'étendant sur une surface de près de huit cents mètres carrés, avait été construite sans le moindre respect pour l'environnement. Mais ça, Benny Willumsen n'en avait que faire. Lui, ce qui l'intéressait, c'était que le parking se trouve à l'arrière et qu'on ne puisse pratiquement rien voir à l'intérieur depuis la rue, ce qui faisait de cette boîte à sucre battue par les vents une cachette idéale pour celui qui avait envie d'être tranquille.

Dunja Hougaard sortit son pistolet de service de son sac posé sur le siège passager, vérifia la sécurité, inséra le chargeur, bien consciente qu'elle ne se trouvait pas sur le territoire danois. Mais tout en suivant les traces de roues dans la neige, elle se justifia vis-à-vis d'elle-même en se disant qu'il était hors de question qu'elle sorte de sa voiture sans être armée.

Comme souvent, l'hiver avait du mal à décider s'il devait faire fondre la neige ou la transformer en verglas et il était impossible de déterminer si les traces venaient de la voiture d'Aksel Neuman ou pas. La seule chose qu'elle pouvait affirmer était qu'elles allaient uniquement dans un sens. Elle fit le tour du pignon. Les traces continuaient encore sur quelques mètres avant de disparaître sous le bâtiment par une porte de garage baissée.

Le box n'avait ni fenêtre ni poignée extérieure. Dunja entendit un bruit. Un bourdonnement sourd, difficile à localiser, comme un moteur de camion tournant au ralenti, à faible distance. Elle colla son oreille contre le volet du garage et eut la confirmation que le bruit venait de l'intérieur.

L'idée d'appeler Klippan lui paraissait encore prématurée. Des traces de pneus devant une usine désaffectée au milieu de nulle part et un bourdonnement qui pouvait aussi bien venir d'une ventilation ne suffisaient pas. Il en fallait un peu plus pour qu'elle puisse se permettre d'appeler la cavalerie.

Elle retourna à l'arrière du bâtiment, trouva une porte et actionna la poignée. Elle était fermée à clé. Elle s'approcha de la petite fenêtre qui se trouvait à côté et éclaira l'intérieur avec sa lampe de poche, mais à travers les stores baissés, elle ne put distinguer que les contours flous de meubles de bureau et de cartons de déménagement. La fenêtre était équipée à la fois de grilles et d'une alarme antivol, même si celle-ci était probablement désactivée.

Elle fit le tour par l'autre côté et retourna devant l'immeuble dont la façade donnait sur la rue qui se trouvait à une vingtaine de mètres. Devant le bâtiment, le tapis neigeux était encore épais et quand elle traversa la croûte gelée, elle s'enfonça de plusieurs dizaines de centimètres.

La petite fenêtre à travers laquelle elle avait cru voir de la lumière tout à l'heure était située trop haut pour qu'elle puisse regarder à travers. Par contre, Dunja vit la moitié supérieure d'un escalier de secours descendant du toit. En temps normal, il aurait fallu une échelle de pompier pour l'atteindre, ce qui était certainement voulu, pour éviter que n'importe qui puisse s'amuser à monter sur la toiture.

En temps normal.

En l'occurrence, le vent avait ramené une congère au pied du mur, juste sous l'échelle, et il suffit à Dunja de grimper à quatre pattes, aussi légèrement que possible pour ne pas s'enfoncer. Arrivée au sommet, elle se mit debout et parvint à attraper le dernier barreau de l'escalier d'incendie. Elle tenta de se hisser mais elle était loin d'avoir la force musculaire suffisante pour ce genre d'exercice.

Plus d'une fois, elle s'était promis de reprendre sérieusement l'entraînement, elle avait acheté une belle tenue toute neuve et puis un abonnement à l'année pour aller à la salle de musculation, mais chaque fois, ses bonnes résolutions s'étaient envolées au bout de deux ou trois séances. Elle se jura que cette fois, elle tiendrait ses résolutions et que rien ne l'en empêcherait. Elle balança ses jambes vers le haut pour faire le cochon pendu comme elle faisait sur la cage à poules quand elle était petite et réussit à attraper le premier barreau. Elle était maintenant accrochée par les genoux. Il ne lui restait plus qu'à redresser la tête pour attraper le deuxième barreau.

Malgré le froid qui la traversait jusqu'à la moelle des os, elle dégoulinait de transpiration quand elle arriva enfin sur le toit. Elle en avait entendu parler par des amis qui avaient choisi de passer leurs vacances sur la plaine de Scanie. De ces entrées maritimes à la fois plus violentes et plus glaciales que le vent au Danemark qui venait de l'intérieur des côtes. Mais c'était la première fois qu'elle-même en faisait l'expérience et si elle n'entrait pas bientôt se mettre au chaud quelque part, elle risquait de geler sur place et de craquer en mille morceaux. Elle monta à quatre pattes le long de l'échelle de toit vers le faîtage. Quand elle s'arrêta quelques mètres plus haut, elle gratta la neige et découvrit un Velux. Après quelques coups de talon énergiques, elle avait percé un trou assez gros pour pouvoir se glisser à travers.

Le problème était maintenant qu'il faisait si noir à l'intérieur qu'elle n'avait aucune idée de ce qu'il y avait en dessous quand elle se laissa tomber.

53

Sofie Leander avait renoncé à essayer de comprendre ce qui lui arrivait. À un moment donné, elle avait cru qu'elle comprenait et, d'une certaine manière, elle avait trouvé que c'était une conséquence logique et la juste rétribution de ses actes. Mais aussitôt qu'elle s'était réveillée et s'était aperçue qu'elle était encore en vie, le doute s'était de nouveau emparé d'elle. Et contre toute attente, elle ne s'était sentie ni soulagée ni rassurée.

Il y avait longtemps qu'elle avait renoncé à l'espoir de s'en tirer avec la vie sauve. Au moins jusqu'à il y a quelques minutes, où elle avait entendu le grand portail s'ouvrir quelque part à distance. Ce n'était pas la première fois qu'elle entendait le grincement caractéristique résonner à travers les minces cloisons en Placo, dénonçant des gonds qui auraient eu besoin d'un peu d'huile. Chaque fois son cœur s'était emballé et elle avait essayé par tous les moyens d'attirer l'attention des passants. Mais chaque fois, les passants n'avaient fait que passer et peu à peu, le bruit avait cessé d'attirer son attention.

Mais cette fois était différente des précédentes, même si le grincement strident était le même. C'était les bruits qui l'accompagnaient qui avaient ranimé l'espoir en elle. Le bruit non pas d'un, mais de plusieurs véhicules entrant dans le bâtiment et freinant en faisant hurler les pneus sur le revêtement du sol. Des portières de voiture qu'on ouvrait et qu'on claquait, des voix fortes qui résonnaient entre les murs et des talkies-walkies qui bipaient et soufflaient.

Cela ne pouvait être que la police.

Enfin, ils avaient réussi à la trouver. On ne l'avait pas oubliée. Elle n'avait jamais vraiment cru qu'on l'avait abandonnée à son sort. Mais ce n'était que maintenant qu'elle réalisait que des gens avaient travaillé sur son affaire et s'étaient peut-être relayés jour et nuit pour la localiser. Et connaissant son mari, il ne les avait pas laissés en paix une minute avant qu'ils aient progressé dans leurs recherches.

À nouveau, elle s'imagina son portrait à la une de tous les journaux et sa disparition faisant l'objet de toutes les conversations devant la machine à café de toutes les entreprises de Suède. Qui sait ? Peut-être une horde de journalistes se bousculaient-ils devant la porte pour être les premiers à l'interviewer quand elle sortirait sur un brancard pour être chargée dans l'ambulance qui l'attendait.

Elle laissa ses pensées divaguer, même si elle savait qu'il ne s'agissait que d'une vue de l'esprit. Elle n'avait aucune idée de l'intérêt que son enlèvement avait pu susciter, ni même si la police avait choisi de tenir la presse au courant de l'avancée de son enquête. Il était plus probable d'ailleurs qu'elle soit restée discrète sur le sujet pour pouvoir travailler tranquillement et surtout ne pas alerter le « médecin » de leurs progrès.

La seule chose dont elle pouvait être sûre était que les policiers se trouvaient à présent sur les lieux et qu'ils se préparaient à venir la sauver d'un instant à l'autre. Elle reconnut le bruit de lourdes mallettes qu'on posait sur le sol et qu'on ouvrait. Des pièces métalliques qu'on sortait et qu'on assemblait. Tout cela l'emplissait d'une chaleur et d'une énergie si grandes qu'il lui était égal maintenant de ne pas comprendre ce qui se passait. La police connaissait son métier.

Elle espérait que son mari était là aussi. Qu'on l'avait laissé venir à l'endroit où elle se trouvait. Qu'il avait voulu les accompagner pour être là au moment où elle serait libérée. Après tout, c'était lui qui les avait prévenus et qui l'avait sauvée d'une certaine manière. Cette fois encore. Elle sentait son cœur battre plus fort quand elle pensait à lui.

Elle avait toujours su qu'elle l'aimait.

Mais ce qui était en train de se passer était la preuve qu'il l'aimait encore.

Elle en avait douté, elle devait l'avouer, mais à présent elle en était certaine.

Une scie circulaire démarra de l'autre côté du mur et l'horrible hurlement était comme une douce musique à ses oreilles.

Elle ne s'était jamais sentie aussi heureuse qu'en ce moment.

54

Les gyrophares étaient visibles de très loin dans l'obscurité et rendaient les instructions du GPS superflues. En quittant Huddingevägen et en continuant vers le sud par Magelungsvägen, Fabian se disait que la police attirait une attention qu'en réalité elle ne souhaitait pas. Il ne comprenait pas pourquoi tant de ses collègues s'obstinaient à garder les gyrophares allumés longtemps après s'être arrêtés.

Il essaya de nouveau d'appeler chez lui, mais cette fois encore, ni Matilda ni Theodor ne répondirent. Theodor n'était probablement pas encore rentré. Il n'était que 7 heures moins vingt. Et si Matilda refusait de décrocher, c'était sûrement parce qu'elle était en colère. Ce qu'il comprenait très bien. Il lui avait juré qu'il rentrerait avant le départ de la baby-sitter pour passer le vendredi soir à cocooner avec elle, et au lieu de ça il était en train de rouler à une bonne distance au sud de Stockholm. Pour être honnête, il aurait préféré donner un bon coup de frein et faire demi-tour pour aller la retrouver. Mais après la conversation qu'il avait eue avec Stubbs, c'était inenvisageable.

Il entra sur le parking devant le garde-meuble et s'arrêta près de l'ambulance et des voitures de police aux gyrophares en action. Quelques policiers en uniforme étaient en train de circonscrire la zone devant l'entrée et d'autres le firent circuler et aller se garer à côté de la voiture d'Aziza Thåström.

Elle était sa légiste préférée. Elle était arrivée en Suède comme réfugiée quand elle était adolescente. Très rapidement, elle avait appris à parler couramment le suédois et elle s'était mariée avec son professeur. Aujourd'hui, à l'âge de trente-cinq ans, elle était sans aucun doute l'un des meilleurs médecins légistes de Stockholm et probablement la plus demandée. Quelle que soit la découverte que Stubbs avait faite, Edelman l'avait manifestement traitée comme une priorité.

« Ah, te voilà, l'accueillit une assistante de Hillevi Stubbs. On commençait presque à être inquiets.

– Inquiets ? Il y a une demi-heure que Hillevi m'a téléphoné », se défendit Fabian en lui emboîtant le pas. Ils passèrent devant la brigade d'intervention qui avait déjà commencé à plier bagage.

« C'est juste que cela ne te ressemble pas de ne pas être le premier sur les lieux. Et tu sais comment est Stubbs quand elle a trouvé quelque chose. »

Fabian savait exactement ce que l'assistante voulait dire. Hillevi Stubbs était sans doute la personne la plus impatiente qu'il ait jamais rencontrée. Quand elle avait flairé une piste et qu'elle se mettait à claquer des doigts, rien n'allait assez vite à son goût. « Et qu'est-ce qu'elle a trouvé, au juste ?

– Il vaut mieux que tu voies ça de tes propres yeux. » L'assistante souleva les bandes de sécurité et fit entrer Fabian par une porte de garage levée.

Un peu plus loin à l'intérieur, Stubbs, vêtue d'une combinaison de protection bleue, la capuche baissée, faisait défiler des photos sur son appareil, à côté de son fourgon. « Tu es en retard, dit-elle sans lever les yeux de l'écran.

– Qu'est-ce que tu as trouvé, alors ?

– Mets ça. » Elle sortit une combinaison encore empaquetée d'un tiroir et la jeta à Fabian qui l'enfila à toute vitesse, après quoi ils pénétrèrent plus loin dans le bâtiment.

Le box se trouvait à une quarantaine de mètres. Une lumière vive sortait par le volet roulant, découpé à la scie circulaire, et éclairait une grande partie du sol en béton à l'extérieur. Stubbs remonta sa capuche et disparut dans le flot de lumière. Fabian l'imita et la suivit à l'intérieur.

L'air y était plus chaud de plusieurs degrés à cause des spots et quand ses yeux se furent habitués, il vit que la pièce était plus grande qu'il ne pensait, environ trente mètres carrés, et vraisemblablement la plus grande de tout le garde-meuble. Thåström et Stubbs lui bouchaient la vue et il voyait seulement deux pieds nus au bout d'une table d'opération plastifiée faisant penser à celle qu'il avait vue dans le squat. D'un côté de la table étaient installés différents appareils et instruments de mesure prolongés par des tubes et des tuyaux qui ondulaient comme des serpents dans un terrarium sur le sol et sous la table. Ce ne fut qu'en contournant ses collègues et en allant se poster du côté opposé aux machines qu'il put voir entièrement le corps nu attaché à la table à l'aide de plusieurs courroies, elles-mêmes fixées au plateau de celle-ci. Jambes, torse, bras et cou étaient attachés si solidement que certaines sangles avaient arraché la peau et pénétré dans la chair. Et comme pour le ministre, il y avait à la place des yeux deux orifices vides et sanglants. Une substance épaisse et rose s'était insinuée sous le ruban adhésif qui bâillonnait la bouche et avait coulé sur le cou et jusqu'au sol.

« C'est quoi, ça ? demanda Fabian en montrant la bouillie rose.

– De la nourriture, répondit Stubbs. Comme tu vois, il l'a alimenté par sonde à travers ce tube. » Elle désigna un tuyau qui passait sous le ruban et entrait dans la bouche. « Je n'ai pas encore pu faire de prélèvement, mais je parierais que le produit contient pas mal de substances laxatives destinées à purifier son organisme de tous ses poisons et autres déchets.

J'ai pas mal lu sur le sujet et il paraît que c'est une pratique courante chez les cannibales.

– D'accord. Alors il l'a maintenu en vie. Combien de temps, tu crois ? Quand est-il mort ? » Fabian ne pouvait pas s'empêcher de penser à tout ce qu'Adam Fischer avait dû endurer avant de pouvoir enfin trouver le repos éternel.

« Il faut que j'examine son corps plus soigneusement avant de pouvoir répondre à cette question, intervint Thåström. Mais je dirais qu'il s'est éteint il y a trois jours environ. »

Il était donc resté plus d'une semaine attaché et maintenu en vie. Dans une totale incertitude de ce qui allait lui arriver. Sans savoir si on le retrouverait à temps. Ni même si on était à sa recherche. Fabian se demanda combien de temps lui-même garderait espoir dans une situation similaire. Combien de temps il mettrait à préférer la mort.

« Si je devais jouer aux devinettes, je dirais que c'est cette intervention-là qui l'a tué. » Thåström désignait le côté gauche de la poitrine dans laquelle, comme ça avait été le cas pour l'abdomen de Grimås, il y avait un gros trou. Celui-là était rond et large d'un bon décimètre et on aurait dit qu'un énorme emporte-pièce avait enlevé un morceau du corps.

« Pourquoi justement son cœur ? » Fabian posait la question à Stubbs et à Thåström.

« Il faut bien commencer quelque part, répliqua Stubbs en haussant les épaules.

– Est-ce qu'il y avait un cœur parmi les abats de Grimås que nous avons retrouvés dans le congélateur ?

– Non, répondit Stubbs en secouant la tête. Et on n'a pas trouvé de cœur dans son réfrigérateur non plus, d'ailleurs.

– Le type l'a peut-être déjà mangé, suggéra Thåström.

– C'est possible, dit Stubbs. Mais rien ne l'indique. Ni ici, ni dans son appartement, ni dans le squat. »

Le silence qui s'installa brûla ce qui restait d'oxygène dans l'air surchauffé et écœurant. Fabian sentit qu'il ne tiendrait pas beaucoup plus longtemps dans cet endroit. Cependant, quelque part tout au fond du chaos de son inconscient qui luttait pour trouver un sens à tout cela, une pensée commençait à prendre forme. Une pensée si ténue et folle qu'elle risquait de s'enfuir à jamais s'il la lâchait.

D'abord les organes de Grimås et maintenant le cœur de Fischer. Peut-être n'était-ce pas du tout une histoire d'yeux. D'ailleurs, ils les avaient retrouvés dans le pot de cornichons. En revanche, ils n'avaient pas retrouvé de cœur. À présent, il avait besoin d'en savoir plus sur les organes contenus dans le sac de congélation découvert dans le squat. Peut-être était-ce là que se trouvait le lien.

« Et, à propos, ces abats que nous avons découverts dans le squat... », commença Fabian d'un ton léger comme s'il s'agissait d'une question en passant, « ... vous avez eu le temps de les examiner ?

— Je venais de les décongeler et j'allais commencer quand j'ai dû venir ici, répondit Thåström. Pourquoi, il y a quelque chose qui te tracasse ?

— Il n'y a aucun doute sur le fait qu'ils appartiennent à Grimås, si c'est ta question, répliqua Stubbs.

— Non, ce n'est pas ça. Je me demandais si cette fois aussi, il manquait quelque chose. »

55

Dunja n'avait mal nulle part. Mais elle ignorait si elle devait s'en réjouir. Elle se demandait si elle allait oser bouger, consciente qu'on sous-estime parfois le traumatisme subi après un accident et que la meilleure chose à faire dans ces cas-là est de rester tranquille et d'attendre les secours.

En admettant qu'elle puisse bouger.

Au-dessus d'elle, la lumière de l'éclairage public brillait à travers la fenêtre de toit brisée. Elle entendait le bruit des quelques rares voitures passant sur la route. Elle évalua la hauteur de sa chute à environ quatre ou cinq mètres et réalisa que sans les tas de cartons de diverses marques de matériel hi-fi qui étaient entassés sur le sol, l'issue aurait pu être très différente.

Elle se retourna avec précaution sur le ventre et descendit à quatre pattes la montagne d'emballages. Pour l'instant, elle se sentait simplement meurtrie des pieds à la tête. Ce ne fut que lorsqu'elle se retrouva sur le sol et qu'elle essaya de se mettre debout que la douleur dans son pied gauche se manifesta, si forte qu'elle dut se retenir pour ne pas hurler. Elle s'était probablement fait une entorse et elle eut l'impression que sa cheville commençait déjà à enfler.

Dès que la douleur se fut un peu calmée, elle prit son téléphone pour voir si elle avait du réseau et constata que l'écran était fendu en diagonale. Elle venait justement de le changer après l'avoir fait tomber sur le carrelage de sa salle de bains. Elle avait mis un moment à le faire réparer parce que l'écran tactile fonctionnait encore, même si elle s'était coupé plusieurs fois le bout des doigts. Cette fois, elle eut beau appuyer dessus et le redémarrer, il ne voulait plus rien savoir.

Elle rangea le mobile dans sa poche et alla démonter le tuyau rigide d'un aspirateur pour en faire une béquille et aller récupérer sa lampe de poche qui émettait encore un faible faisceau lumineux. Elle l'éteignit et la fourra dans la poche de son jean. Au même moment, le bourdonnement reprit. Elle s'immobilisa et tendit l'oreille. Oui, c'était bien le bruit qu'elle avait entendu un peu plus tôt, mais cette fois, il était accompagné d'un sifflement strident. Elle fit un tour sur elle-même, mais elle n'aurait pas su dire d'où il venait.

Elle se rendit en boitant dans le couloir qui devenait de plus en plus sombre à mesure qu'elle s'éloignait de la pièce dans laquelle elle était tombée et bientôt, elle dut avancer à tâtons, en se servant de sa main libre pour suivre le mur. À deux reprises, elle rencontra ce qui devait être des gravures décoratives et après quelques mètres supplémentaires, un grand trou s'ouvrit dans le mur. Elle s'arrêta et ses doigts sentirent l'angle d'un encadrement de porte.

Le tuyau d'aspirateur dans une main, elle fit un pas en avant et réussit in extremis à reprendre son équilibre sur la marche en léger contrebas. Elle prit quelques secondes pour se remettre de ses émotions et s'efforça de penser à autre chose qu'à son pied si douloureux et si enflé à présent qu'elle n'arriverait plus à retirer sa botte. Le bruit s'était arrêté et en dehors de sa propre respiration, un silence total régnait autour d'elle.

Elle poursuivit son chemin dans l'obscurité, une main crispée sur le tuyau de l'aspirateur et l'autre tendue devant elle.

Après avoir parcouru ainsi une dizaine de mètres, elle arriva à un mur tapissé d'un matériau mou qui devait servir d'isolation phonique. Le mur s'arrêtait au bout de quelques mètres sur la gauche. Elle le longea à tâtons et entra dans une pièce où elle y voyait enfin quelque chose, à la faveur du faible éclairage provenant d'une porte entrebâillée tout au fond.

Le bruit recommença. Cette fois, on aurait dit que quelqu'un démarrait le moteur d'un petit tracteur et le laissait tourner au ralenti. Mais pourquoi quelqu'un circulerait-il sur un tracteur à l'intérieur d'un bâtiment ? Elle comprit son erreur en entendant de nouveau le sifflement strident. Ce n'était pas la première fois qu'elle entendait un bruit semblable. Elle l'avait entendu très souvent, au contraire. Quand elle était petite et que sa mère et elle rendaient visite à ses grands-parents. Au garage de mécanique.

Son grand-père appelait ça une scie-tigre. Quand elle lui avait demandé pourquoi, il lui avait expliqué que les dents de la scie électrique faisaient penser à celles d'un tigre et pouvaient dévorer à peu près n'importe quoi.

Elle dégaina son pistolet, l'arma et avança aussi vite qu'elle put en direction du bruit, au mépris de son atroce douleur au pied. Elle trébucha en chemin sur un pied de micro, se releva aussitôt et c'est à ce moment-là qu'elle la vit.

La BMW d'Aksel Neuman.

Benny Willumsen était ici. Exactement comme elle l'avait deviné.

La malle arrière de la voiture était ouverte. À l'intérieur, alignés sur une longue bande de Polyane transparent qui coulait comme un voile de mariée par-dessus le rebord du coffre, elle vit plusieurs sacs-poubelle noirs, fermés avec un nœud. Par terre, à quelques mètres de la voiture, tournait un groupe électrogène à essence d'où partait un câble électrique. Le tuyau d'aspirateur dans une main et son pistolet dans l'autre, elle le suivit.

Dans le noir.

Vers le bruit qui lui évoquait des images qu'elle refusait d'imaginer.

Le câble disparaissait à travers une porte entrebâillée et Dunja s'aperçut que c'était de là que venait le faible rayon de lumière. Elle colla son oreille contre le mur. Le son sifflant d'un outil qui tranchait quelque chose petit à petit était si proche qu'elle recula instinctivement.

L'idée de ce qu'elle devait faire et de ce qui l'attendait derrière cette porte la submergea soudain comme un torrent de montagne au printemps et, l'espace d'un instant, elle perdit tous ses moyens. Mais son corps s'était déconnecté de son cerveau et il agissait de lui-même. Sa main se posa sur la porte et, à défaut de trouver une poignée, elle se glissa dans l'entrebâillement et l'ouvrit.

Elle aurait dû fermer les yeux.

Elle aurait dû faire demi-tour et prendre ses jambes à son cou.

Mais c'était trop tard.

La vision qui l'attendait resterait pour toujours sur sa rétine.

Dos à elle, au milieu de la pièce capitonnée et vide, éclairé par le faisceau d'une ampoule à incandescence suspendue au plafond, il était là. L'homme qui toutes ces années avait impunément violé et torturé à mort des femmes innocentes.

Il portait un casque antibruit sur les oreilles et un masque à gaz posé sur l'arrière de sa tête, comme s'il la regardait. Il semblait plus petit que ce qu'elle s'était imaginé et, au-dessus de ses vêtements grossiers, il portait un tablier en plastique pour se protéger du sang.

Il tenait la scie électrique des deux mains et le son strident déchirait l'air tandis que la lame tranchait l'aine du corps dénudé couché sur la table plastifiée. Dunja avait envie de crier de toutes ses forces. De ne plus voir. Mais elle ne pouvait pas s'empêcher de regarder.

Les hanches qui s'écartaient à mesure que la lame s'enfonçait.

Le cou au-dessus duquel il aurait dû y avoir une tête.

Les jambes qui tombaient par terre avec un bruit sourd.

Le sang qui giclait.

Sur elle.

Partout.

56

En rentrant du garde-meuble qui se trouvait en périphérie de Stockholm, Fabian s'arrêta au McDonald's de Folkunga-gatan. Il acheta un menu McFirst et une eau minérale pour lui, un menu Big Mac avec du Coca pour Theodor et un Happy Meal pour Matilda. Bien qu'il soit si épuisé qu'il se sentait courbatu des pieds à la tête, même si l'image d'Adam Fischer refusait de s'effacer de sa rétine, il avait bien l'intention d'honorer sa promesse de soirée cocooning du vendredi avec sa fille. C'est pourquoi il fit également une petite halte à l'épicerie de nuit 7-Eleven, à l'angle d'Ölandsgatan, où il acheta une grande bouteille de Julmust, des LantChips à l'ail et un paquet de Cookie Dough Wich.

Lorsque vingt minutes plus tard, il inséra la clé dans la serrure, il était déjà 9 heures du soir, ce qui voulait dire que ses enfants étaient tout seuls depuis deux heures et demie. C'était regrettable mais pas un drame. D'ailleurs, il entendait que la télé était allumée sur l'émission de Noël du très jovial Ernst Kirchsteiger et il ravala sa culpabilité.

Il retira son manteau, alla dans la cuisine poser les ham-burgers sur de vraies assiettes et ranger les biscuits glacés dans le congélateur tout en se faisant la remarque que toutes les lampes de l'appartement étaient allumées. « Matilda ! Theodor ! Je suis rentré, on va pouvoir manger », cria-t-il, sans obtenir de réponse. Il se rendit dans le salon où un film publicitaire Coca-Cola passait maintenant à l'écran dans une tentative désespérée de rivaliser avec le Julmust en cette période de fêtes. Il fit le tour du canapé et découvrit Matilda, dormant toute seule avec son doudou rouge serré entre ses bras.

Il ne se rappelait pas la dernière fois où il avait pleuré. Peut-être avait-il versé quelques larmes devant un film dramatique comme *Potins de femmes,* du cinéaste américain Herbert Ross, ou pour une raison de ce genre. Mais à part ça, personne ne pouvait se vanter de l'avoir vu pleurer. Il lui arrivait d'essayer de se laisser aller à ses émotions, mais le plus souvent, cela se soldait par une boule dans la gorge.

C'est pourquoi il n'était pas du tout préparé aux larmes qui tout à coup emplirent ses yeux et se mirent à couler sur ses joues et sur le parquet du salon. Matilda toute seule, roulée en boule dans ce canapé, son nounours dans les bras, était la plus jolie chose qu'il ait jamais vue. Et la plus triste, aussi. Il s'essuya la figure avec le dos de la main et cligna des yeux plusieurs fois, mais les larmes continuèrent à couler et il réalisa qu'à présent tout son corps tremblait de sanglots silencieux.

Ça ne pouvait pas continuer ainsi. Ses journées de travail qui n'en finissaient pas et dévoraient toute sa vie au passage, comme si c'était la seule chose qui comptait, et Sonja qui s'était plus ou moins installée dans son atelier. Il fallait qu'ils parlent. Mais il n'était pas très sûr de ce qu'il dirait. S'il voulait même que ça s'arrange.

Il appela Theodor, sans s'attendre à obtenir une réponse. Après tout, il était à peine plus de 9 heures. Mais d'un autre côté, il n'avait que treize ans et il n'avait rien à faire dehors à cette heure-ci, quoi qu'il soit en train de faire. Il essaya de l'appeler mais tomba sur un message dans lequel Theodor faisait croire que c'était lui qui répondait, avant que le signal sonore informe son interlocuteur qu'il s'était fait avoir. Il lui envoya un SMS, dans lequel il demandait à son fils de rentrer à la maison aussitôt qu'il lirait le message. Puis il éteignit le téléviseur, respira à fond pour arrêter ses sanglots, alla s'asseoir à côté de Matilda et essaya de la réveiller. Mais il eut beau la tenter avec McDo, chips et glace, elle continua à dormir.

Finalement, il renonça et il la porta jusqu'à son lit, la borda, l'embrassa sur le front et chuchota à son oreille qu'il était désolé. Ensuite, il alla s'asseoir à la table de la cuisine pour avaler le hamburger qui était aussi fade que froid, en se demandant s'il devait appeler Sonja.

Il décida d'attendre, jeta les tristes restes d'un triste repas, se brossa les dents tout en éteignant les lumières dans l'appartement, et il alla se coucher. Son corps tout entier était douloureux de fatigue. Il avait l'impression de ne pas avoir dormi depuis une semaine. Il regonfla les oreillers et laissa ses paupières se fermer sous l'effet de la pesanteur. Mais le sommeil, lui, ne vint pas.

Il se repassa le film des événements de ces derniers jours, à l'endroit et à l'envers. Il ne pouvait pas s'empêcher de se demander de quoi la femme du bus et son amie avaient parlé avec tant d'excitation à l'abri du champignon de la place Stureplan et quel rapport elle avait avec les abats de Grimås et le cœur manquant de Fischer. Et s'il y avait un rapport.

Une heure plus tard, il laissa tomber, alla chercher Matilda et son nounours et les porta dans son propre lit où il pouvait la prendre dans ses bras, sentir sa chaleur et entendre son souffle calme et profond.

Il eut le temps de compter trois respirations.

57

On abaissa la manette, et le moteur électrique installé tout en haut de la tour se mit en marche. Une chaîne transmit le mouvement rotatif jusqu'à la grosse poutre. Bientôt le balancier se mit en mouvement et les cloches résonnèrent dans le cimetière de Katarina et le quartier alentour et, à la vitesse de plus de trois cents mètres par seconde, le son se propagea jusqu'au bout d'Östgötagatan en direction du sud et atteignit les oreilles de Fabian qui verrouillait sa voiture garée devant un cabinet de design fantaisiste qui avait jugé bon d'afficher au mur les prix récompensant son travail.

On était samedi et, bien qu'il ne soit que 3 heures de l'après-midi, la nuit commençait déjà à tomber. Malin lui avait téléphoné à 10 heures ce matin pour lui dire qu'elle avait réussi à convaincre le psychothérapeute d'autoriser une reconstitution en présence d'Ossian Kremph. Cinq heures plus tard, toutes les paperasses et les autorisations étaient prêtes. Ce qui pouvait être considéré comme un temps record, vu le nombre de personnes qui avaient leur mot à dire.

Pour Fabian, cela représentait une éternité. Sa nuit de sommeil de presque dix heures lui avait fait du bien. Ce qui avait démarré comme une idée fugitive dans le box du garde-meuble était maintenant devenu une hypothèse concrète. Il était sur une piste, et avec un peu de chance, le fait de remettre Kremph en situation prouverait qu'il était sur la bonne voie.

Il n'avait encore rien dit aux autres. Même Malin ne savait rien. Un fait assez rare pour être signalé. Mais cette fois, il préférait avoir quelque chose de solide avant d'en informer ses collègues. Il ne devait subsister aucun doute. S'il s'avérait qu'il se trompait, les conséquences seraient trop graves.

Il n'était pas resté sans rien faire. En attendant le feu vert, il avait eu le temps de faire une partie de Monopoly avec Matilda et Theodor. Il avait aussi appelé Aziza Thåström et réussi à la persuader de différer ses vacances de Noël pour reprendre l'expertise des organes de Grimås. Et comme il s'y attendait, il en manquait un seul : le foie.

Peut-être Ossian Kremph l'avait-il cuisiné et mangé. Le foie était un mets délicat, quel que soit l'animal dont il provenait. Alors pourquoi pas celui de l'être humain ? Peut-être s'était-il offert un festin avec le cœur disparu d'Adam Fischer ? À moins que la gourmandise ne soit pas sa motivation première. À moins que son mobile n'éclaire cette enquête d'une tout autre manière et que tous soient obligés de reconnaître qu'ils étaient encore loin d'en voir la fin.

Il salua Malin qui tournait à l'angle de Blekingegatan et cherchait désespérément une place pour se garer. Au même moment, Tomas et Jarmo arrivèrent à pied de la rue Katarina Bang, chacun son wrap au thon à la main, et le panier à salade attendait déjà devant le container à l'extérieur de l'immeuble.

Le moins qu'on puisse dire est qu'ils n'avaient pas lésiné sur la sécurité. Un groupe de six hommes, équipés d'armes automatiques, de gilets pare-balles et de casques à la visière baissée. Deux d'entre eux se postèrent de part et d'autre du fourgon de transport de prisonniers et inspectèrent les alentours, avant que deux autres descendent et disparaissent aussitôt à l'intérieur du bâtiment en voie de démolition.

Fabian et Malin auraient préféré le conduire au garde-meuble Shurgard de Högdalen, mais Stubbs était encore en plein boum là-bas. Quant à l'emmener dans la salle de repos du Parlement, cela aurait trop attiré l'attention. Seul le squat d'Östgötagatan était encore un secret bien gardé. Il est vrai qu'on n'avait trouvé aucune trace de débitage. Mais il ne faisait aucun doute que la table plastifiée boulonnée au sol avait été installée là dans cette intention et aucune autre.

C'était maintenant au tour d'Ossian Kremph de sortir du panier à salade, aidé par les deux derniers policiers. Tel un condamné à mort dans un État du sud des États-Unis, il avait les pieds et les mains enchaînés. La chaîne de cinquante centimètres de long grinçait sur l'asphalte gelé tandis qu'il passait, la tête basse, devant le container et sous l'échafaudage.

« Mon Dieu ! Comment faites-vous pour rester en ville ? s'exclama Malin en s'arrêtant pour reprendre son souffle. J'ai dû aller jusqu'à Pétaouchnock-les-deux-Églises pour trouver... » Elle fut interrompue par un coup de sifflet de Tomas qui leur faisait signe de venir.

Ossian Kremph fut emmené dans la pièce où la lampe puissante éclairait la table enveloppée de plastique. Il gardait les yeux baissés et avançait en boitant sur sa jambe blessée. Au bout de quelques mètres, les deux policiers le lâchèrent et allèrent se poster de part et d'autre de la porte.

Kremph resta sur place et regarda autour de lui comme s'il n'était jamais venu dans cet endroit auparavant. Il ne regarda ni vers Fabian qui s'était appuyé au mur du fond, ni vers Tomas qui s'était calé dans un coin derrière lui et qui était en train de s'assurer que la caméra vidéo enregistrait tout ce qui se passait. Mais quand il aperçut Jarmo, qu'on était en train d'attacher à la table à l'aide des courroies, vêtu uniquement de son caleçon parce qu'il devait jouer le rôle de la victime, son regard changea et il se mit à reculer vers le vestibule en secouant la tête.

310

On leur avait accordé deux heures. En enlevant le trajet aller et retour et les mesures de sécurité, il leur restait à peine une heure pour mener leur expérience. Ce qui était très peu quand on cherchait à mettre quelqu'un dans l'atmosphère adéquate pour que ses souvenirs les plus honteux et les plus refoulés aient une chance de remonter à la surface.

Heureusement, Edelman avait réussi à dissuader le thérapeute d'accompagner son patient et au moins, ils avaient Kremph à leur entière disposition.

« Bonjour, Ossian. » Malin alla jusqu'à lui pour le saluer. « Vous reconnaissez cet endroit ? »

Kremph secoua la tête, sans quitter des yeux la silhouette allongée de Jarmo.

« Mais vous êtes déjà venu ici, n'est-ce pas ? »

Il secoua la tête de nouveau. « Je n'aime pas ça. Je n'aime pas ça du tout. Est-ce qu'on peut s'en aller, maintenant ?

– Pas encore. Bientôt. D'abord on va bien regarder et on va parler un peu. Venez près de moi. » Elle essaya de l'entraîner vers la table.

« Non je ne veux pas. Je ne veux pas rester ici. On s'en va maintenant.

– Je vous jure que vous ne risquez rien, Ossian. La seule chose qu'on vous demande, c'est de regarder autour de vous et d'essayer de vous souvenir. C'est possible que vous ayez oublié. Après on vous ramènera à l'hôpital, d'accord ? Allez, venez. » Elle tendit la main vers lui.

Pendant près d'une minute, le regard de Kremph alla de la main de Malin à la silhouette de Jarmo allongé sur la table d'opération et enfin, il accepta de revenir dans la pièce. Fabian observa que sa respiration s'accélérait et devenait de plus en plus irrégulière à mesure qu'il s'approchait de la table plastifiée. Quand il fut arrivé devant Jarmo qui restait allongé sans bouger les yeux rivés au plafond, Kremph eut l'air d'être au bord de la crise de nerfs.

« C'est comme ça que vous attachez vos victimes ? lui demanda Malin en désignant la courroie qui retenait le cou de Jarmo à la table.

– Pas moi, répondit Kremph en laissant son regard glisser sur le corps de Jarmo. Moi, je veux simplement écouter la radio.

– C'est peut-être l'autre Ossian qui fait ça ? »

Kremph secoua la tête. « La météo marine, ça c'est bien. Très très bien.

– Écoutez-moi bien, Ossian. Nous savons que c'est vous. Nous avons toutes les preuves, et maintenant, nous cherchons seulement à savoir comment ça s'est passé. Par exemple, nous voudrions savoir si vous leur avez arraché les yeux avant ou après les avoir découpés.

– Ce n'est pas moi ! Je vous ai dit que ce n'était pas moi ! Je n'ai rien fait ! » Il secouait la tête avec une énergie de plus en plus farouche.

« Je sais que ce n'est pas drôle pour vous de revenir ici. Mais essayez de le prendre comme...

– J'ai fait comme d'habitude. Et je n'ai rien fait de mal. J'en suis sûr. Personne ne s'est plaint de moi. Jamais.

– Comment voulez-vous qu'ils se plaignent s'ils sont attachés et découpés en morceaux ?

– Et j'écoute la météo marine, dit Kremph, toujours sans quitter Jarmo des yeux. Tous les matins, j'écoute la météo marine. C'est tout ce que je fais. La météo marine et le sudoku. Mais à l'hôpital, je n'ai pas la radio. Je ne sais pas pourquoi, mais je ne l'ai pas. Ils disent que je ne l'aurai pas, poursuivit-il, de plus en plus agité. Pourquoi est-ce qu'on ne me laisse pas écouter la radio, hein, pourquoi ? Pourquoi est-ce que vous ne me répondez pas ? »

Malin se tourna vers Fabian qui lui fit signe de continuer bien qu'il vît dans son regard qu'elle ne voulait pas. À vrai dire, elle ne voulait même pas mener l'interrogatoire, mais le thérapeute avait exigé que ce soit elle.

« Alors ! Pourquoi ? insistait Kremph.

– Je vous jure que je ne sais pas pourquoi on ne vous laisse pas écouter la radio, Ossian. Pour l'instant, je voudrais que vous m'expliquiez en détail comment vous avez...

– Mais comment je vais faire pour écouter la météo marine ? Je dois l'écouter. C'est ce que je fais tous les matins.

– Vous ne voulez pas plutôt me raconter comment...

– Et les médicaments. Je dois les prendre, et je le fais. Tous les jours, matin, midi et soir. Ils sont dans la boîte rouge. Toujours dans la boîte rouge rangée dans l'armoire à pharmacie, pour que je ne les oublie pas. Surtout à 2 heures de l'après-midi. C'est à ce moment-là, je ne sais pas pourquoi... Il y a toujours tellement de choses, à ce moment-là, et le temps... c'est comme s'il s'envolait, et tout à coup, je les ai oubliés, sauf qu'à ce moment-là, évidemment, je ne le sais pas. » Il se mit à se gratter la gorge avec les deux mains.

« Non, évidemment.

– Mais il ne faut surtout pas, ce n'est pas bien du tout. C'est très mauvais. Ça ne va pas, tout se met à aller de travers et il ne faut pas, absolument pas. Que ça aille de travers, je veux dire. » Il parlait de plus en plus vite et la salive coulait, abondante, aux commissures de sa bouche. « Il faut faire tout comme il faut, parce que sinon, tout devient flou, et ça me fatigue, et tout à coup, l'autre barbant revient, sauf qu'il n'y a que moi... » Il avala sa salive et continua à se gratter jusqu'à ce qu'une grosse croûte se détache et que le sang se mette à couler sur son cou. « ... qui ai les clés, mais il est là quand même pour m'expliquer et m'aider. Il croit que je ne sais pas,

313

mais je sais, et tout devient sombre et noir et c'est comme si je disparaissais. » Il secoua la tête, de plus en plus confus.

« Ossian, s'il vous plaît. Essayez de vous calmer et de vous concentrer sur le corps qui est allongé là.

– Je ferme toujours à clé quand je rentre. J'ai même changé les verrous. Je ferme les verrous, un par un, et je vérifie que tout est bien fermé. Toujours. Sinon, on croit qu'on l'a fait, mais on n'est pas sûr...

– Ossian ?

– Je n'en peux plus. C'est difficile. Très difficile... » Il se prit la tête dans les mains et reprit son souffle. « Je suis fatigué. Je suis tellement fatigué. Je n'en peux plus...

– Ossian, il ne nous reste plus beaucoup de temps. Essayez de...

– Je dois me reposer... et dormir un peu. Mais ce n'est pas possible. Dès que je m'endors, je me retrouve à nouveau là-bas... je retourne à... » Il se tut et s'avachit, à bout de souffle et vidé de toute énergie.

« Vous retournez où ? Ossian, racontez-nous où vous retournez... »

Sans que personne le voie venir, sans même lever les yeux, Kremph se jeta en hurlant sur Malin qui perdit l'équilibre et tomba. Elle cria pour que les autres lui viennent en aide tout en donnant des coups de pied et en se débattant pour se dégager de son emprise.

Fabian, Tomas et les deux policiers réagirent instantanément, mais Kremph avait eu le temps de plonger la tête dans son cou et de lui murmurer quelque chose à l'oreille avant qu'on le tire en arrière et qu'on l'emmène dans la pièce voisine.

Fabian aida Malin à se relever. « Ça va ? »

Malin acquiesça et commença à se recoiffer. « Mais putain, qu'il m'a fait peur... J'ai cru qu'il allait... » Elle s'interrompit pour reprendre ses esprits. « Qu'il allait… » Elle se tut de nouveau et fondit en larmes. Fabian la prit dans ses bras et la laissa poser sa tête sur son épaule.

« Là… Là… Calme-toi, Malin… C'est fini. »

Malin hocha la tête et s'efforça de contrôler sa respiration.

« Qu'est-ce qu'il t'a dit ? Il t'a dit quelque chose, n'est-ce pas ? » lui demanda Fabian.

Malin se dégagea de son étreinte et le regarda longuement dans les yeux, comme si elle hésitait à répondre. « Il m'a demandé quand on allait lui rendre sa radio. » Son visage se fendit d'un sourire et elle pouffa de rire. « C'est complètement dingue, non ? Toute cette mise en scène et la seule chose à laquelle il pense, c'est à sa radio et à sa météo marine. Mon Dieu… Je dois avoir une tête ! Mon rimmel n'a pas trop coulé ?

– Tout va bien.

– Je vais ranger ça, dit Tomas en brandissant la caméra vidéo. Je pense qu'on a fini, ici.

– Alors peut-être que quelqu'un pourrait venir me détacher, dit Jarmo.

– Pourquoi, tu n'es pas bien, là ? répliqua Tomas en disparaissant avec la caméra.

– Il y a combien d'années que nous travaillons ensemble, Fabbe ? » Malin s'était ressaisie et elle était en train de contrôler son maquillage dans un petit miroir qu'elle avait sorti de son sac.

Fabian haussa les épaules. « Cinq ou six ans, quelque chose comme ça ?

– Sept ans et demi. Ça fait sept ans et demi que nous passons plus de temps ensemble qu'avec nos conjoints respectifs. » Elle prit un mouchoir en papier et essuya le mascara sous ses yeux. « Et c'est la première fois que tu me fais un câlin.

– Espérons que c'est aussi la dernière. »

315

Malin rit et sortit un crayon de khôl de sa trousse pour remaquiller ses yeux, mais fit tomber et le crayon et le miroir avant de tomber elle aussi, évanouie.

« Malin… ? Malin ! » Fabian tomba à genoux près d'elle et tenta de la ranimer. « Malin, tu m'entends ? » Elle ne réagit pas.

« Qu'est-ce qui s'est passé ? demanda Jarmo, toujours attaché sur la table d'opération.

– Je n'en sais rien ! Tout à coup elle s'est écroulée… » Il s'interrompit en voyant une flaque de sang se répandre sous elle. « Est-ce que quelqu'un peut appeler une ambulance, vite ! »

Les deux policiers arrivèrent en courant de la pièce d'à côté.

« Mais qu'est-ce que vous attendez ? Appelez les secours, nom de Dieu ! Vous ne voyez pas qu'elle est en train de faire une fausse couche ? Anders, il faut téléphoner à Anders aussi… son mari ! » Fabian chercha maladroitement son téléphone dans ses poches et s'efforça d'arrêter le tremblement de ses doigts pour composer le numéro de chez elle.

« L'ambulance est en route, annonça l'un des policiers.

– Bon, dit Fabian en écoutant se succéder les tonalités. Réponds, putain. »

« Bonjour, vous êtes sur le répondeur de la famille Rehnberg. Nous ne pouvons pas vous répondre pour l'instant, merci de nous laisser un message après le bip.

– Bonjour, Fabian Risk à l'appareil. Anders, ce serait bien que tu me rappelles dès que… » Il fut interrompu par un vacarme soudain qu'il n'identifia pas tout de suite bien qu'il l'ait entendu distinctement. C'était comme si son cerveau était déjà trop occupé par autre chose pour qu'il puisse rattacher le bruit de verre brisé à un quelconque événement concret. Il allait continuer à expliquer sur le répondeur ce qui s'était passé, mais il en fut également incapable et à la place ce fut son corps qui réagit et le propulsa dans la pièce voisine.

En dehors de lui et du garde-manger appuyé au mur du fond, la pièce était déserte. Tandis qu'il avançait vers la fenêtre brisée, les deux policiers se mirent à se disputer pour savoir qui était responsable de Kremph. À l'extérieur, le temps s'était remis à la neige et les flocons avaient déjà blanchi une partie du sol dans la pièce.

Il s'en doutait déjà depuis plusieurs jours.

Mais ce n'était que maintenant que son cerveau rattrapait son instinct.

Il en était sûr, à présent.

Ossian Kremph était innocent.

DEUXIÈME PARTIE

19-24 décembre 2009

Grâce à toi, j'ai la force de déplacer des montagnes. Je peux réaliser l'impossible. Je suis capable de commettre les actes les plus horribles et les plus indispensables. Je fais tout cela par amour pour toi. Et je ferai bien plus encore.

14 juin 1998

Je ne sais pas qui tu es. Ni où tu te trouves ni même si tu es encore de ce monde. Mais cette lettre est pour toi. Pour toi, et pour toi seule.

Je me souviens qu'à cette saison de l'année, je pouvais te voir tous les jours. C'était l'année dernière. Je t'apercevais à travers les fils barbelés, de l'autre côté du checkpoint. Tu restais là pendant des heures. Peut-être l'endroit était-il sur ta route pour aller travailler, peut-être venais-tu par curiosité. Je l'ignore. Le bruit courait dans le camp que des femmes palestiniennes rencontraient en secret des soldats israéliens. Ou alors tu venais pour moi. En tout cas, je restais là, tous les jours, derrière le barrage, à t'espérer.

On m'avait dit que les femmes des montagnes de Naplouse avaient parfois les yeux bleus, mais c'est chez toi que j'en ai eu la preuve, pour la première fois. Tu étais la plus jolie fille que j'aie jamais vue. Je n'ai pas tout de suite compris ce qui m'arrivait, mais en te voyant mon cœur s'est mis à battre deux fois plus vite. Il recommence chaque fois que je pense à toi, comme s'il ne voulait pas admettre que c'est trop tard. Que bientôt il devra s'arrêter.

Je pense sans cesse à cette dernière soirée. Tu te souviens ? Le jour commençait à baisser et tu étais restée plus tard que d'habitude. Mon passeport était prêt et je me suis dit que c'était maintenant ou jamais. J'ai longé le barrage et je t'ai vue marcher vers moi. J'ai failli hurler de bonheur.

Si j'avais pu savoir ce qui allait se passer, je t'aurais tourné le dos. Ou je t'aurais crié que tu étais trop près de la frontière, je t'aurais menacée et forcée à reculer. Jamais je ne me serais posté devant ce barbelé et jamais je ne t'aurais regardée dans les yeux. Je ne me serais jamais avancé si près et je n'aurais pas posé mes mains sur les tiennes. Tes lèvres...

Je suis à bout de forces... Je n'ai plus assez de sang...

Combien de temps sommes-nous restés là, sans parler ? Quelques minutes ? Une heure ? Il y a tant de choses que j'aurais voulu te dire. Tant de choses que j'aurais voulu savoir. Mais je n'osais pas. Je ne t'ai même pas demandé ton nom. J'avais trop peur de gâcher ce moment. J'ai allumé mon transistor. Tu te rappelles ? Il y avait un morceau d'Etta James. Personne n'aurait pu dire mieux qu'elle les mots que je voulais te dire. J'ai dû me pincer plusieurs fois le bras pour m'assurer que je ne rêvais pas. Je me suis pincé si fort que j'ai encore la marque.

Je ne sais pas qui est venu te chercher et t'a emmenée avec lui. Si c'est à cause de cet homme que tu n'es jamais revenue. Si c'était ton père ou quelqu'un de ton village. Je ne sais même pas si tu existes. Peut-être ai-je rêvé, après tout. Pendant quelque temps, je me suis dit qu'un rêve comme celui-là suffirait à mon bonheur. Le rêve et la trace sur mon bras pour ne jamais l'oublier.

Mais le rêve ne m'a pas suffi, alors je suis sorti du baraquement au milieu de la nuit et je me suis enfui du camp à travers le trou dans le grillage avec l'espoir que Dieu serait à mes côtés et qu'il me montrerait le chemin. J'avais vu que, sous ton manteau, tu portais un vêtement blanc et j'ai pensé que

322

tu travaillais peut-être comme infirmière à l'hôpital d'Urif, à quelques kilomètres.

J'avais à peine atteint les premières ruelles quand les sirènes se sont mises à hurler et les voix à crier dans les mégaphones pour réveiller tout le monde. J'avais entendu parler de ces razzias nocturnes, mais je n'en avais jamais vu. C'était la première.

Ils m'ont pris pour l'un d'entre vous et j'ai couru aussi vite que j'ai pu, sans savoir où j'allais. Je les entendais poursuivre les gens dans leurs voitures, juste pour les humilier et faire un exemple. Et puis soudain il y a eu une explosion. Des morceaux de vitres tombaient sur ma tête, mes oreilles sifflaient. Je me suis perdu dans un nuage de fumée blanche qui piquait les yeux et s'étendait progressivement.

J'aurais dû laisser tomber, admettre que c'était peine perdue. Mais je voulais te voir et cette idée m'obsédait. Je voulais être à tes côtés pour toujours. J'ai continué à courir. Mais à un moment, j'ai trébuché et je suis tombé.

Mes yeux me faisaient si mal que j'avais l'impression qu'on les transperçait avec des épingles. J'ai essayé de me relever, mais je n'y suis pas parvenu. Je les ai entendus approcher dans le brouillard acide. J'ai reconnu leurs voix. J'ai entendu leurs rires derrière les masques à gaz. Ils avaient l'air de s'amuser.

J'ai tenté de résister mais j'étais épuisé et je les ai laissés me prendre par les bras et me traîner sur le bitume.

Je suis si fatigué... Il faut que je me repose... Juste un moment... Je ne sais pas si je pourrai t'écrire encore. J'ai tant de choses à te dire. Plus de forces.

58

Les morceaux de verre retrouvés enfoncés dans ses mains et ses avant-bras indiquèrent qu'Ossian Kremph s'était servi de ses menottes pour briser la vitre. Ses traces dans la neige sur l'échafaudage permirent de voir qu'il était ensuite sorti par la fenêtre avant de se jeter dans le vide. C'était une chute d'environ quinze mètres. On aurait pu conclure à un suicide s'il n'y avait pas eu ce container à ordures, rempli de sacs-poubelle de toutes sortes, précisément en dessous de l'endroit où il avait sauté.

Mais Kremph était mort sur le coup quand même. Dans sa chute, l'arrière de son crâne avait cogné avec une telle violence sur le bord de la benne que toute la partie de sa tête qui se trouvait au-dessus de l'arcade sourcilière était dispersée dans un rayon de plusieurs mètres. Bien que cette mort constituât une sorte de conclusion, Edelman ne sembla pas trouver que ce soit l'issue la plus satisfaisante à une enquête déjà assez compliquée.

Fabian encore moins. Trop de questions, trop de zones d'ombre et pas assez de réponses.

Certes, l'investigation avait été menée dans les règles. Ils avaient fait des découvertes, pris des photos et toutes sortes de notes. Ils avaient rassemblé des pièces à conviction qui avaient été soigneusement rangées dans de jolis petits sachets et consciencieusement répertoriées. Ils avaient tous travaillé d'arrache-pied et chaque piste avait été examinée. Un schéma était apparu et des conclusions avaient été tirées.

Tout paraissait coller parfaitement. Ossian Kremph, le repris de justice souffrant de troubles dissociatifs de la personnalité, était le coupable idéal. Non seulement arracher les yeux de ses victimes avait été sa signature par le passé, mais en plus, il avait une excellente raison d'en vouloir à Carl-Eric Grimås, ce qui lui donnait un mobile. Que l'homme ait des trous de mémoire ou qu'il refuse d'avouer son crime ne semblait troubler personne.

Mais alors que ses collègues étaient convaincus que Kremph était le fil rouge qui allait les mener à la résolution de cette enquête, Fabian ne parvenait pas à se débarrasser du sentiment que tout cela était trop facile et qu'en réalité, ils étaient tous en train d'errer dans l'obscurité et n'en savaient pas plus qu'au commencement.

Et à présent, il avait compris ce qui le gênait.

Car il était maintenant convaincu que le fameux fil rouge n'en était pas un. Que ce qu'ils avaient pris pour un fil rouge n'était en réalité qu'un leurre. Un plan parfaitement étudié, si compliqué et si élaboré qu'il dépassait l'entendement au point de devenir crédible. Mais crédible n'est pas synonyme de vrai.

Fabian était certain qu'Ossian Kremph aurait été incapable d'organiser et de mettre en œuvre l'enlèvement d'Adam Fischer, et a fortiori le meurtre de Carl-Eric Grimås. En revanche, il était la fausse piste parfaite.

Et maintenant qu'il n'était plus là pour lui boucher la vue, maintenant que cette affaire était officiellement résolue, Fabian allait pouvoir se mettre au travail pour de bon et partir à la recherche du véritable coupable.

Il dénicha une place de stationnement devant l'hôtel Rival sur Mariatorget, et continua à pied jusqu'à l'épicerie 7-Eleven, à l'angle de la rue. Il faisait nuit depuis plusieurs heures et Fabian réalisa qu'il n'avait même pas remarqué si le soleil s'était levé ce jour-là. Il n'avait jamais aimé l'hiver à Stockholm et cette aversion augmentait chez lui d'année en année. Il avait le sentiment de vivre constamment dans le noir, du début du mois de novembre jusqu'à la fin du mois de février. Tout en lisant distraitement les premières pages des quotidiens qui toutes sans exception annonçaient déjà la nouvelle de la mort d'Ossian Kremph, Fabian se promit une fois de plus de ne jamais partir vivre ne serait-ce qu'un seul mètre plus au nord.

MORT DU CANNIBALE
IL SE JETTE DU QUATRIÈME ÉTAGE

Pour être honnête, Fabian aurait préféré rester au bureau pour reprendre tranquillement tous les éléments de l'enquête depuis le début et permettre aux photos, aux indices et à ses propres réflexions de s'exprimer dans un nouvel éclairage. Tout le monde était parti en week-end, y compris Edelman qui avait quitté l'hôtel de police dès la fin de la conférence de presse, ce qui voulait dire qu'il aurait pu travailler en paix. Les lampes de bureau auraient été éteintes, les portes fermées et l'air ambiant exempt de toute pollution sonore du genre conversations distantes, sonneries de portables et ronronnement de colonnes d'ordinateur.

Il n'y avait que dans une solitude totale qu'il parvenait à se concentrer suffisamment pour aller au bout de sa pensée.

Mais il ne pouvait pas se le permettre.

Il avait perdu tellement de points aux yeux de Sonja ces derniers temps qu'elle n'avait même pas pris la peine de décrocher le téléphone quand il l'avait appelée pour la prévenir qu'il était en route. C'était également la raison pour laquelle il faisait l'effort de s'arrêter pour acheter deux *latte* avec un supplément de lait et une tresse aux amandes. Parce que rien ne mettait Sonja de meilleure humeur que les tresses aux amandes du 7-Eleven.

Personnellement, il préférait la *princesstårta*, une génoise avec de la crème pâtissière et de la confiture de framboises. Mais il s'était également juré de lever le pied sur les calories et, en passant à l'angle de Swedensborgsgatan, il résista à la tentation de faire un saut à la pâtisserie. Non pas qu'il soit gros. Loin de là. Il avait toujours pesé autour de soixante-quatorze kilos, d'aussi loin qu'il s'en souvienne. Mais ces deux dernières années, il avait remarqué un net changement et il s'était brusquement aperçu que son poids était monté à soixante-seize, allant même sur soixante-dix-sept. S'il continuait comme ça, il allait atteindre le quintal avant d'arriver à la retraite.

En retournant vers sa voiture, il essaya de joindre Malin, mais sans succès. Il tenta de l'appeler sur sa ligne fixe à tout hasard.

« *Salut, Fabian* », répondit Anders Rehnberg de sa voix traînante, reconnaissable entre toutes.

Fabian avait rencontré plusieurs fois le mari de Malin, mais ils ne s'étaient jamais vraiment parlé. Ce n'était pas faute d'avoir essayé. Il l'avait approché à plusieurs reprises lors de dîners avec conjoints et autres occasions de ce genre, afin de trouver entre eux un quelconque atome crochu, mais chacun de leurs très brefs échanges lui avait laissé un goût amer. Il avait chaque fois regretté le lendemain les conneries qui étaient sorties de sa bouche la veille. Comme lors de leur pendaison de crémaillère à Enskede où il lui avait affirmé qu'il n'avait aucun souci à se faire en ce qui le concernait, parce que Malin n'était pas du tout son genre.

Depuis ce jour-là, ils ne s'étaient plus parlé. Alors qu'à l'inverse, Anders et Sonja avaient l'air de s'apprécier et d'avoir des tas de choses à se dire. Dans le taxi qui les avait ramenés de la soirée en question, il avait failli demander à sa femme de quoi Anders et elle avaient parlé, mais s'était retenu au dernier moment et avait prié le chauffeur de monter le son de la radio pour écouter David Sylvian et la chanson : « Forbidden Colours ».

« J'appelais pour prendre des nouvelles de Malin, dit-il du ton le plus neutre possible.

– *Elle va comme quelqu'un qui travaille trop.* »

Fabian évita tout commentaire.

« *Tu voulais autre chose ?*

– Oui. J'aimerais lui parler, s'il te plaît.

– *Écoute, je ne crois pas que ce soit une bonne idée. Sa pré-éclampsie est tellement importante que son gynécologue lui a ordonné de rester allongée. Elle doit suivre un traitement pour la tension artérielle jusqu'à l'accouchement. Si la toxémie s'aggrave, ils vont devoir la déclencher alors qu'elle est encore à deux mois du terme.*

– Ah, merde. Je suis désolé. Je ne pensais pas que c'était aussi grave.

– *Ah, vraiment ? D'après le médecin, elle a dû avoir plusieurs malaises avant celui-ci, et si elle n'avait pas eu une telle pression au boulot, on n'en serait pas là.*

– Je suis sincèrement désolé, Anders. Je comprends que tu sois inquiet, mais…

– *Elle a besoin de calme, Fabian. Alors je vais te demander de t'abstenir de l'appeler et aussi de lui rendre visite. La seule chose que tu puisses faire pour l'aider, c'est de rester aussi loin d'elle que possible, d'accord ?*

– Entendu. Tu pourras lui dire que j'ai appelé, s'il te plaît ? » dit Fabian, mais Anders avait déjà raccroché.

En arrivant chez lui, il trouva Theodor dans sa chambre, devant l'ordinateur. Matilda regardait *Le Roi Lion* dans le canapé du salon avec le son monté si fort que les gens devaient entendre chanter Timon et Pumbaa jusque dans la rue. « Salut, Matilda. Maman n'est pas là ? » demanda-t-il sans obtenir de réponse, après quoi il prit la télécommande pour baisser le volume de la télévision.

« Arrête ! À cause de toi, je n'ai pas entendu ce qu'ils...

– Je t'ai posé une question, Matilda. Est-ce que tu sais où... » Fabian s'interrompit en apercevant une jeune fille en train de fumer sur le balcon, son téléphone collé à l'oreille. Il alla ouvrir la porte et remarqua qu'elle lui avait piqué ses pantoufles et avait déjà eu le temps de remplir le coin de la jardinière de mégots. « Je suppose que vous êtes Rebecka ? »

Elle se tourna vers lui et prit congé de son interlocuteur. « Écoute, il faut que je te laisse. » Elle referma le téléphone qu'elle glissa dans la poche de son jean beaucoup trop serré et tendit la main pour le saluer. « Enchantée.

– Je pensais trouver ma femme à la maison...

– Elle avait du travail. Elle a parlé d'un vernissage dans les jours qui viennent. » Elle éteignit sa cigarette et sortit aussitôt son paquet pour en allumer une autre. « Vous fumez ?

– Non. Et j'apprécierais que vous fassiez autre chose ici que de fumer des cigarettes. Je suppose que ma femme vous paye.

– Ce n'est pas de ma faute si vous n'avez pas le temps de vous occuper de vos gosses.

– J'en conviens, et à ce propos, vous pouvez rentrer chez vous.

– Sonja m'a dit que je devrais sans doute rester toute la nuit parce qu'elle ne savait pas quand vous comptiez rentrer.

– Ne vous inquiétez pas pour ça. Je vous payerai pour la nuit complète. Mais maintenant vous fichez le camp », dit Fabian en prenant sur lui pour ne pas la foutre dehors manu militari.

Après avoir été soulagé d'un billet de mille couronnes, il alla chercher un bloc de Post-it et écrivit :

Ma Sonja chérie,

Je comprends que tu sois stressée. Mais tout le monde a besoin de faire une pause, de temps en temps.

Fabian

Il colla le Post-it sur le mug de *latte* qu'il venait de réchauffer au micro-ondes, le posa au fond du carton, à côté de la tresse aux amandes, ainsi qu'un CD sur lequel il avait gravé la chanson de Prince « I would die 4 U » dix-neuf fois de suite, une pour chaque année passée avec elle. C'était le morceau sur lequel ils avaient dansé ensemble la toute première fois et ils en avaient fait *leur* chanson.

Il s'en souvint comme si c'était hier. Il avait emprunté une carte de membre pour entrer au Lido – une boîte de nuit installée dans un ancien cinéma porno de Hornsgatan, fréquentée par des écrivains, des musiciens et des acteurs.

Une fois à l'intérieur, il avait été mort de trouille que quelqu'un se rende compte qu'il n'écrivait pas et qu'il n'était pas non plus une rock star, et, comble de l'infamie, qu'il était originaire du comté de Scanie. Il avait donc évité d'adresser la parole à quiconque et s'était mis dans un coin de la piste de danse pour siroter sa bière tranquille. Après quelques heures sans adresser la parole à personne, il avait fini par admettre qu'il s'emmerdait un peu et s'était dirigé vers le vestiaire pour récupérer sa veste.

C'est à ce moment-là, alors qu'il tendait la main vers sa veste, que le DJ avait passé ce disque qui allait changer sa vie à jamais. Il était retourné à l'intérieur, et enfin, il s'était risqué sur la piste de danse. Lui qui ne dansait jamais. Lui qui n'avait jamais réussi à faire un seul pas en rythme. Mais qu'importe, puisque tout à coup, elle était là. Elle l'était peut-être depuis le début. Ou peut-être était-elle apparue de nulle part. Il l'ignorait, mais quoi qu'il en soit, il s'était mis à danser avec elle.

D'après Sonja, c'était elle qui l'avait repéré en premier, mais cela ne changeait rien à l'histoire. Il avait trouvé sa moitié et il se rappelait encore aujourd'hui l'ivresse qu'il avait ressentie quand elle lui avait pris la main.

Deux minutes et cinquante-neuf secondes.

Il n'en avait pas fallu plus pour qu'ils sachent.

Que c'était lui pour elle et elle pour lui.

Mais la chanson était terminée.

En dévalant l'escalier pour confier au taxi qui attendait dehors l'en-cas à livrer à l'atelier de Sonja, dans le quartier de Gamla Stan, il se demandait combien de temps il leur faudrait aujourd'hui pour se retrouver.

59

Dunja Hougaard se réveilla d'un sommeil sans rêve aussi brusquement que si on l'avait branchée à une prise électrique. Elle eut tout d'abord l'impression que quelqu'un tentait de l'étouffer avec un sac en plastique. Elle essaya de respirer mais l'air refusa d'entrer dans ses poumons, jusqu'à ce qu'elle ait l'idée de tourner la tête sur le côté.

Ensuite, elle s'imagina qu'elle était chez elle, dans son lit, et qu'elle avait par mégarde tiré la couette sur sa figure. Mais bien qu'on soit en plein hiver et que Carsten ait récemment remplacé le store jaune citron par un store brun foncé, leur chambre à coucher n'était jamais aussi sombre que l'endroit où elle se trouvait en ce moment. Sans compter que tout autour d'elle n'était que tangage et vibrations.

Elle devina qu'elle devait se trouver dans une voiture. Elle ne voyait pas d'autre explication. Mais comment était-elle arrivée là ? Et pourquoi était-elle immobilisée dans la position du fœtus et incapable de bouger ? Qu'avait-il pu se passer ? Elle eut beau réfléchir, elle ne se souvenait de rien. C'était comme si ces derniers jours, ou peut-être ces dernières heures, étaient une page vierge attendant qu'elle y inscrive des événements et des souvenirs. Mais quand ceux-ci vinrent enfin répandre leur fange sur sa mémoire, elle regretta de ne pouvoir revenir à l'inconscience et à l'oubli libérateur. Mais c'était trop tard. De la même manière que les images des femmes violées et torturées à mort des rapports d'enquête étaient marquées au fer rouge dans son cerveau, elle se souviendrait éternellement du spectacle auquel elle avait assisté dans cette usine abandonnée avant de perdre connaissance.

Elle voulut redresser son corps douloureux, mais elle n'avait pas la place de le faire. Sa cheville foulée lui faisait mal et l'autre était coincée contre une paroi dure. Le bruissement qui l'entourait et la sensation d'écrasement lui donnaient l'impression d'être un ballon de baudruche qu'on était en train de vider de son air.

Elle lutta contre l'envie de renoncer et s'efforça de rassembler assez d'énergie pour se mettre sur le dos, dégager les bras et écarter autant qu'elle le pouvait la matière qui lui couvrait le visage. Cinq minutes plus tard, elle avait réussi à percer une petite fente et put enfin respirer presque librement.

La lampe de poche… elle la sentit tendre la poche de son jean. Après l'en avoir extirpée avec difficulté, elle pressa le petit bouton à l'extrémité du manche. L'ampoule éclairait si faiblement qu'elle semblait sur le point de s'éteindre à tout moment, mais elle lui suffit pour constater que le bruissement provenait exactement de ce qu'elle pensait, c'est-à-dire des sacs-poubelle.

Elle mit la torche entre ses dents et, d'un doigt, elle fit une grande déchirure dans le plastique devant son visage.

Pour commencer, il n'en tomba que quelques gouttes.

Puis le liquide coula en un flot continu, lui inondant la figure.

La puanteur corrosive la frappa telle une arme chimique. Elle hurla, et le liquide épais se répandit dans sa bouche ouverte. Elle s'empressa de la refermer et de tourner la tête. Une seconde plus tard la voiture freinait en faisant plusieurs embardées.

Le goût métallique qu'elle sentait sur sa langue lui révéla que la substance n'était que du sang. Mais son odeur immonde lui fit comprendre que ce sang était mélangé à du jus de cadavre en décomposition. Elle fut prise de spasmes et essaya de vomir, mais toutes ses tentatives se limitèrent à cracher quelques glaires, ce qui lui fit penser à son opération des amygdales, quand elle était petite et que la plaie dans sa gorge refusait de cicatriser. Après plusieurs jours, elle avait vomi une telle quantité de sang qui s'était accumulé dans son estomac qu'une ambulance avait dû l'emmener aux urgences pour qu'on lui cautérise la blessure.

C'était la pire chose qui lui soit arrivée jusqu'à aujourd'hui.

Elle respira lentement pour tâcher de retrouver son calme malgré la substance visqueuse qu'elle sentait couler dans son cou, sous son pull-over et sur son sein gauche. Elle savait que la seule chose à faire pour juguler la panique était d'essayer de penser à autre chose. Comme par exemple au bon bain qu'elle prendrait en rentrant et à la pizza qu'elle demanderait à Carsten d'aller leur acheter chez Pizza Mira, même s'il disait que c'était mauvais pour la santé. Mais tant pis pour sa santé, parce que c'était cela dont elle avait envie. Une n°15 avec de la tomate, de la mozzarella, des oignons, des épinards, des pommes de terre et de la feta, et évidemment de l'huile pimentée à l'ail dessus.

En admettant qu'elle rentre chez elle un jour.

Quand les dernières gouttes de sang furent tombées, elle passa sa lampe à travers la fente du plastique et croisa un regard mort fixé sur elle. Mais ni les yeux inexpressifs du cadavre, ni sa bouche grande ouverte ne lui procurèrent un choc aussi grand que le fait de se trouver nez à nez avec Aksel Neuman alors qu'elle s'attendait à voir le visage de Katja Skov.

C'était donc là qu'il se cachait, découpé en morceaux et fourré dans des sacs-poubelle. Logé à la même enseigne que Katja Skov, dont le corps démembré devait également se trouver quelque part dans ce coffre de voiture. Pourquoi le meurtrier l'avait-il épargnée ? Avait-il manqué de temps pour s'occuper d'elle ? Étaient-ils en chemin vers une destination où il pourrait travailler en paix ? Alors qu'elle ruminait ces pensées morbides, elle entendit qu'ils s'étaient arrêtés de rouler. Il coupa le moteur, ouvrit la portière et la referma. Elle crut que dans un instant il allait ouvrir la malle et la tirer dehors sans ménagement. Il avait dû la garder pour la bonne bouche, et maintenant, il allait faire travailler son imagination fertile et prendre un maximum de plaisir à la tuer.

Elle entendit qu'on glissait quelque chose sur le toit de la voiture, puis plus rien. Après avoir attendu un moment dans un silence total, elle tenta d'étendre ses jambes engourdies mais sentit qu'elle ne pouvait plus les bouger. Alors elle essaya de dégager un petit sac-poubelle coincé sous son dos qui, si elle avait dû deviner, devait contenir deux pieds. Puis elle tendit les bras derrière sa tête, en se frayant un passage à travers le coffre, jusqu'à ce que ses doigts touchent une paroi à la matière rêche comme un paillasson. Elle palpa la surface, sentit une fente qu'elle suivit jusqu'à ce qu'elle trouve ce qu'elle cherchait, un anneau métallique, encastré dans l'habillage du coffre. Elle tira sur l'anneau, entendit un clic et la paroi s'ouvrit.

Enfin, elle allait pouvoir s'éloigner de ces horribles sacs en plastique et de leur macabre contenu et passer sur la banquette arrière. Elle ne parvenait toujours pas à contrôler ses jambes, bien que la sensibilité revienne dans ses muscles peu à peu. Depuis quelques minutes, elle avait l'impression qu'il coulait de l'eau gazeuse dans ses veines. Elle se hissa jusqu'à la portière arrière gauche et tenta de l'ouvrir. C'était sa dernière chance. Parvenir à sortir de cette voiture avant qu'il revienne et s'enfuir. Mais elle eut beau tirer sur la poignée, la porte refusait de s'ouvrir. En perdant le combat contre cette portière, elle perdit du même coup l'espoir et se mit à crier et à taper sur la vitre jusqu'à ce qu'elle soit à bout de forces et s'écroule en sanglotant.

Quand elle se fut un peu calmée et qu'elle rouvrit les yeux, elle aperçut un manche en résine qui dépassait de sous le siège passager, à portée de main.

La hache. L'arme du crime que Kjeld Richter et son équipe n'avaient jamais retrouvée.

Elle savait qu'il ne fallait pas, que Richter serait très contrarié, mais elle leva l'outil des deux mains et l'abattit contre la lunette arrière de toutes ses forces. La hache rebondit, la vitre résista. Elle recommença. Et recommença. Au bout d'une dizaine de coups, une fissure apparut dans le verre et après dix coups supplémentaires, la vitre se brisa enfin. Elle frappa le pourtour de la fenêtre avec la tête de la hache pour faire tomber les derniers débris. Puis elle se glissa dehors, sentit à un moment que sa tête devenait plus lourde et qu'elle entraînait le reste de son corps et tomba tout entière sur un sol froid et dur.

Partir, vite. Elle se répétait cet ordre à voix basse. Où qu'elle se trouve, elle ne devait pas rester là. Elle devait disparaître, aussi vite que possible, avant qu'il revienne la chercher.

Elle souleva la bâche qui recouvrait la voiture et dut fermer les yeux à cause de l'intense lumière.

Ses jambes refusant toujours de lui obéir, elle rampa sur le sol brut qui lui égratignait la peau des avant-bras. Elle suivait une grande ligne blanche tracée sur le béton et, au-dessus d'elle, des centaines de néons éclairaient de longues rangées de véhicules. Il n'y avait personne. L'assassin l'avait-il réellement abandonnée vivante au milieu de ce charnier humain ?

Le sang commençait à affluer dans ses jambes et elle rassembla ses forces pour se lever lentement sur son pied valide. Sa jambe tremblait sous l'effort et son corps ne mit pas longtemps à trembler aussi. Elle grelottait et aurait bien aimé avoir encore sa parka d'hiver, à présent. Elle se dit qu'elle était peut-être dans la voiture. Ou pas. Mais de toutes les façons, rien au monde ne la ferait retourner là-bas.

Elle se faufila entre les véhicules en boitillant. D'une rangée à l'autre. Jusqu'à ce qu'elle trouve une sortie. Les portes vitrées s'effacèrent silencieusement et elle arriva dans un hall où la température lui sembla plus élevée. Peut-être même à plusieurs degrés au-dessus de zéro. Un escalier en colimaçon conduisait vers le haut ou vers le bas, mais elle lui préféra les ascenseurs qui se trouvaient un peu plus loin. Les portes de la cabine la plus éloignée s'écartèrent après un *pling* aussitôt qu'elle eut pressé le bouton du premier ascenseur, et elle s'y précipita malgré son corps entièrement meurtri. Une fois dans la cabine, elle pressa un bouton vert sans savoir si l'ascenseur allait la conduire vers le haut ou le bas, puis se tourna vers le miroir. En découvrant son reflet dans la glace, elle demeura perplexe.

Elle ne comprenait plus rien du tout.

60

« Alors on va faire quoi ? demanda Matilda, contrariée que son père ait arrêté le DVD du *Roi Lion*.

– On pourrait commencer par aller acheter quelque chose à manger et ensuite se préparer un bon dîner. » Fabian se tourna vers Theodor qui exceptionnellement avait lâché son ordinateur et était sorti de sa chambre.

« On va acheter des bonbons, aussi ? S'il te plaît, s'il te plaît, s'il te plaît... », supplia Matilda.

Fabian se souvint de l'interdiction de bonbons que Sonja avait instaurée à la rentrée scolaire, parce qu'elle commençait à s'inquiéter pour le poids de Matilda. Il ne partageait pas son inquiétude et d'ailleurs, les quelques kilos que sa fille avait amassés pendant les vacances d'été avaient déjà disparu. « OK, répondit-il. Mais on ne dit rien à maman, d'accord ?

– Et il faut racheter du Julmust aussi, parce qu'on a déjà terminé la bouteille !

– Promis. Et si on louait quelques films qu'on a pas déjà vus au moins cent fois. Ça vous dit ?

– Ouiii ! s'exclama Matilda en frappant dans ses mains.

– Et toi, Theo ? Tu es d'accord avec le programme ? »

Theodor haussa les épaules et regarda Fabian d'un œil torve. « Non, ce sera sans moi.

– Et pourquoi ça, je te prie ?

– Parce que j'ai d'autres projets.

– Ah oui ? Lesquels ? »

Theodor haussa de nouveau les épaules. « Rien de spécial. Je vais juste traîner avec des potes.

– On peut savoir quels potes ? demanda Fabian avec le sentiment de sonner comme un vieux vinyle rayé.

– Tu ne les connais pas.

– Et vous allez faire quoi avec ces *potes* ? insista Matilda, en croisant les bras.

– Ce n'est pas à toi de faire la police, Matilda. Tu n'es pas ma mère…

– Oh, chill un peu ! Je peux poser une question !

– Et moi je te réponds que ce n'est pas ton problème, d'accord ?

– En revanche, c'est le mien, intervint Fabian. Et si toi et tes copains vous n'avez rien prévu d'autre que d'aller traîner en ville, tu seras aussi bien ici à manger des chips et à regarder un film avec nous. »

Theodor leva les yeux au ciel. « Putain, vous ne comprenez rien du tout.

– Et on ne parle pas comme ça dans cette maison.

– À part quand tu t'engueules avec ma mère, c'est ça ? » Theodor tourna les talons et repartit dans sa chambre.

Fabian avait foncé droit dans le piège. Malheureusement, son fils avait raison. Sonja et lui savaient que c'était péché mortel de se disputer devant les enfants, et non seulement ils ne s'en étaient pas privés, mais ils n'avaient pas lésiné sur l'emploi des mots les plus interdits.

« Sympa ! » commenta Matilda avec un sourire oblique, en tambourinant des doigts sur la table.

Fabian ne saurait jamais si c'était le sarcasme de Matilda ou une soudaine volonté d'imposer des limites, toujours est-il qu'il se retrouva tout à coup dans la chambre de son fils, bouillonnant de colère. « Je ne sais pas ce que c'est que cette nouvelle attitude que tu crois pouvoir te permettre d'avoir dans cette maison, mais sache que je ne la tolérerai pas. Alors si j'étais dans tes pompes, mon petit gars, j'arrêterais tout de suite ce petit jeu. Tu m'as bien compris ?

– Ouais, ouais…, répliqua Theodor qui était déjà retourné devant l'ordi.

– Et tu m'épargnes ton insolence ! aboya Fabian en allant débrancher l'ordinateur d'un geste brusque.

– Ça va pas, non ! T'as pas le droit d'éteindre mon…

– J'ai tous les droits, au contraire. C'est moi qui l'ai acheté, cet ordi, et c'est moi qui paye les factures d'électricité !

– Tu es complètement givré, putain !

– Bon, alors maintenant, tu vas m'écouter ! Tu n'as que treize ans, et même si tu as du mal à l'admettre, c'est encore ta mère et moi qui décidons pour toi. Et nous aurons encore ce droit pendant cinq longues années. Et figure-toi que j'ai décidé que tu resterais à la maison ce soir ! C'est compris ?

– Oublie-moi, putain…, riposta Theodor en tendant la main vers la prise.

– Pardon ? Que je t'oublie ? Regarde-moi quand je te parle ! » Fabian était tellement en colère à présent qu'il en tremblait.

Theodor poussa un soupir et il se tourna vers son père.

« C'est toi qui vas oublier ce foutu ordi ! Et tout de suite ! Et tu vas rester avec Matilda et moi et faire en sorte que nous passions une bonne soirée !

– Ma vie est trop courte pour ce genre de conneries. Tu peux me dire ce que tu veux, moi je me casse. » Theodor se leva et fit mine de se diriger vers la porte.

« Dans tes rêves ! hurla Fabian en le repoussant sur sa chaise.

– Tu es complètement malade.

– Tu peux répéter ? Je suis quoi ?

– Tu es… » Il n'alla pas plus loin.

La gifle arriva de nulle part et surprit Theodor autant qu'elle surprit Fabian lui-même. Il n'avait jamais frappé ses enfants et jamais il ne s'en serait cru capable. Mais il venait de le faire et ne pourrait jamais le défaire.

Theodor garda une main sur sa joue et la tête baissée. Pendant de longues minutes, ils restèrent tous deux muets, face à face. Fabian essaya de trouver quelque chose à dire, mais ne trouva rien qui soit susceptible d'arranger la situation.

Quand il était enfant, il se mettait dans des colères terribles. Mais depuis qu'il était adulte, il n'avait pas souvenir que ça lui soit jamais arrivé. Pas avant aujourd'hui. Pas cette colère aveugle que rien ne pouvait contenir une fois qu'elle avait éclaté. Était-il stressé à ce point ? Après quelques minutes, il s'accroupit devant son fils. « Pardon, Theo... je suis désolé... j'étais fou de rage. Je sais que ce n'est pas une excuse, mais... C'était stupide de ma part. J'en ai conscience et je suis impardonnable.

– Ça va..., répondit Theodor, les yeux rivés au sol.

– Non, ça ne va pas. Ce que j'ai fait est répréhensible et tu peux porter plainte, si tu veux.

– Laisse tomber. Je te dis que ça va.

– Écoute... Que dirais-tu de recommencer cette soirée de zéro ?

– OK, répondit Theodor en hochant la tête. Tu sais quoi, je crois que je vais rester à la maison, ce soir.

– Super », dit Fabian en s'accrochant au fragile espoir que la soirée ne soit pas totalement gâchée.

Theodor leva la tête et il regarda son père droit dans les yeux. « Mais par contre, j'aimerais bien que tu sortes de ma chambre, là.

– Oui. Bien sûr. Absolument. » Fabian se redressa, caressa rapidement les cheveux de Theodor et quitta la pièce.

61

Benny Willumsen descendit du train à la gare centrale de Copenhague, alors qu'il aurait pu rester tranquillement assis jusqu'à Nørreport, deux stations plus loin. Il décida subitement de prendre le RER après avoir reconnu son propre visage sur la première page du tabloïd *Ekstra Bladet* que s'était mise à feuilleter la passagère en face de lui, montée à l'aéroport de Kastrup.

LE SUSPECT SE TROUVERAIT EN SUÈDE

La photo sous le gros titre avait été prise lors de son procès. Il se souvint du sourire candide et innocent qu'il avait affiché ce jour-là.

Le réseau express régional se révéla également bondé de gens en train de lire les quotidiens *Berlingske Tidende*, *Politiken* et le gratuit *Urban*.

TOUJOURS AUCUNE TRACE DE KATJA SKOV
LA POLICE SUÉDOISE CRAINT LE PIRE

Ils ne savaient rien du tout, songea-t-il en descendant à la gare de Vesterport. Ils pensaient tout savoir alors qu'ils ne savaient rien. Il enfonça son chapeau sur sa tête pour éviter que le vent l'emporte et monta l'escalier quatre à quatre, longea Kampmannsgade en courant et descendit sur le lac glacé de Sankt Jørgens qu'il traversa en pas de patineur.

Il n'aurait pas dû être surpris. Que la police l'ait déjà identifié et se soit lancée à sa recherche était aussi prévisible que le retard d'un train au départ de Malmö. Au regard des pratiques pour lesquelles il était connu, il n'y avait rien d'étonnant à ce qu'il atterrisse aussitôt en tête de la liste des suspects. Il trouvait beaucoup plus surprenant d'être encore en vie. Après s'être fait purger les couilles de manière aussi explosive, il pensait sa dernière heure venue. Il s'était même dit qu'il se sentait prêt. Dans un sens ça n'aurait été que justice. Et l'orgasme qu'il avait eu valait à lui seul la peine de mourir. Mais la mort dans laquelle il avait sombré n'avait été qu'une petite mort. Quand il s'était réveillé sur la table de la cuisine, les rubans adhésifs qui l'avaient maintenu prisonnier avaient disparu et la police était en train d'essayer de forcer sa porte. C'était ce qui l'avait sorti du sommeil.

Comme s'il s'était depuis longtemps préparé à une situation comme celle-ci, son cerveau reptilien lui avait commandé de sauter de la table, d'affronter les bourrasques de neige en bondissant sur le balcon, de passer par-dessus la rambarde et de sauter. Il avait eu la chance que la porte du balcon de l'étage en dessous ne soit pas verrouillée et, sans même réveiller le vieux qui habitait l'appartement, il avait pu enfiler un caleçon, des chaussettes, un pantalon avec des bretelles et une vieille chemise jaunie.

Dans le vestibule, sous la rangée d'assiettes décoratives, il avait trouvé des chaussures, un manteau chaud et un chapeau, et il était sorti tranquillement par la cage d'escalier, croisant sur son passage une armée de policiers en tenue de commando ou en civil qui l'avaient prié de dégager.

Et c'était ce qu'il faisait depuis. Les premiers jours, il avait été constamment en mouvement pour ne pas éveiller l'attention. Ensuite, il avait trouvé refuge dans la cabine d'un Bavaria 5 sur berge dans le port de Limhamn, que son propriétaire avait oublié de fermer à clé. C'était là que, dans un état intermédiaire entre le sommeil et l'éveil, il avait compris toute l'histoire. Les similitudes troublantes entre les événements de Tibberup et sa petite fantaisie sur la plage de Rydebäck deux ans auparavant. La raison pour laquelle il était en vie. Le but de la petite séance érotique à laquelle il avait eu droit dans son appartement.

Il avait aussi compris qu'il était foutu. Que tout cela ne pouvait se terminer que d'une seule façon. Lui qui avait pris soin de ne laisser aucune trace derrière lui et de ne jamais se trahir. Lui qui, contre toute attente, s'était sorti sans condamnation d'un procès pour meurtre.

C'était terminé.

Il était désormais un homme recherché, en Suède comme au Danemark. Il aurait beau se cacher, l'issue serait la même. Tôt ou tard, cette enquêtrice danoise qui, selon les journaux, était à sa poursuite, allait – avec des preuves matérielles si indiscutables qu'aucun avocat au monde ne parviendrait à les contourner – le faire condamner à la prison à perpétuité, alors qu'il n'était pas du tout prêt à vivre enfermé, alors qu'il avait encore de si nombreux fantasmes à réaliser.

C'était dans cet état de rage et de frustration que l'idée lui était venue. Une idée qui n'avait pas tardé à devenir un projet. Un délicieux bonbon qu'il aurait tout loisir de déguster en pensée pendant tout le temps que durerait la longue réclusion qui l'attendait. Un plan si élémentaire qu'il n'avait pas pu s'empêcher d'éclater de rire tout seul en parcourant les derniers mètres sur le lac gelé. Au lieu de courir dans tous les sens pour tenter de lui échapper, c'était lui qui allait la trouver le premier.

Il remonta sur la berge, traversa l'allée Rosenørn et laissa l'église Bethlehem derrière lui. Il y avait des années qu'il n'avait pas mis les pieds dans le quartier de Nørrebro, à Copenhague, mais cela aurait pu aussi bien être hier, vu la facilité avec laquelle il trouva son chemin jusqu'à Blågårds-gade, n°4.

62

La projection de *Harry Potter et le prince de sang-mêlé* avait commencé depuis moins d'une demi-heure que Fabian luttait déjà vaillamment pour garder les yeux ouverts. Encore un seul match de quidditch et il allait s'endormir pour l'éternité. S'il avait eu voix au chapitre, ils auraient loué *Very Bad Trip*. D'après Malin, c'était le film le plus drôle qui soit passé au cinéma depuis plusieurs années et elle lui avait vivement conseillé d'aller le voir avec Theodor. Malheureusement, Matilda s'était montrée intraitable et elle avait insisté pour louer *Harry Potter*, alors qu'elle l'avait déjà vu deux fois au cinéma, l'été dernier.

Ils avaient malgré tout passé une bonne soirée et avaient trouvé le temps de faire à la fois un karaoké et une partie de Monopoly. Matilda avait gagné la partie en une demi-heure en construisant dès le début un hôtel en centre-ville.

En revanche, il n'avait eu aucune nouvelle de Sonja, alors qu'elle avait dû recevoir le café et la tresse aux amandes depuis plusieurs heures. Il refusait de se laisser démoraliser par son silence, mais il n'avait pas pu s'empêcher d'être de plus en plus agacé à mesure que la soirée avançait. Certes, ils avaient tous les deux été très occupés. Mais au moins, il essayait de la soutenir et de lui montrer qu'elle comptait pour lui. Il aurait trouvé normal qu'elle fasse l'effort de lui envoyer un petit SMS pour le remercier.

« Je vais débarrasser la table, annonça-t-il en s'extirpant du canapé.

– Tu veux que je mette sur « pause » ? réagit Matilda en tendant la main vers la télécommande.

– Non, c'est bon. Tu me raconteras. »

En chemin vers la cuisine, il s'arrêta devant la porte close de Theodor et leva la main pour frapper, mais retint son geste. Il ne pouvait pas en faire plus aujourd'hui. Il aurait pu lui demander pardon et lui répéter à quel point il était désolé. Mais cela ne changerait rien. C'était à Theodor de faire le prochain pas et pour l'instant, à part pour venir manger avec eux, il n'avait pas mis un pied hors de sa chambre de toute la soirée. Et tel que Fabian le connaissait, il y avait de fortes chances qu'il boude un long moment.

C'était un trait de caractère qui lui venait de sa mère. Chez elle, le silence était une arme, et elle se servait comme personne de ce mutisme caustique qui avait si souvent empoisonné l'existence de Fabian depuis leur rencontre et l'avait poussé à prendre tous les torts après chacune de leurs disputes et à lui demander pardon même quand c'était elle qui avait mal agi.

Un jour, il avait résisté, refusé d'assumer seul la faute, et il lui avait fait la réponse du berger à la bergère. Résultat, ils avaient passé deux semaines à visiter la France et l'Italie en voiture sans se dire plus que le strict nécessaire. Au bout de quelques jours, l'atmosphère avait déteint sur les enfants qui étaient devenus insupportables et s'étaient mis à se disputer pour un oui ou pour un non. Par un accord tacite, ils avaient passé les vacances séparément, en se partageant les enfants, dès que l'occasion se présentait. C'était l'un de ses souvenirs les plus douloureux, à ce jour, alors qu'il ne se rappelait même pas le sujet de leur désaccord.

Il poussa un soupir, tâchant de chasser ce mauvais souvenir tout en jetant un coup d'œil à son portable pour vérifier qu'il n'avait pas loupé un appel ou un texto. Puis il continua vers la cuisine où il alluma la chaîne stéréo pour écouter l'album rouge de Broken Social Scenes en rangeant les restes de leur repas. Depuis plus de six mois, c'était le seul CD qu'il pouvait écouter parce que le bouton « eject » de la chaîne stéréo était défectueux. Heureusement, l'album était si riche et plein de facettes qu'il n'avait pas encore réussi à s'en lasser.

Son portable vibra au milieu du morceau « Hotel ». Ah, quand même, se dit-il en ouvrant le texto. Il fut surpris de l'ampleur de sa déception en découvrant que le SMS ne venait pas de Sonja.

Je sors de mon bain. On peut se voir dans une heure. C'est bon pour toi ? À tout à l'heure au Lydmar... N.

Il se rappela brusquement qu'il avait promis à Niva de lui offrir un verre ce soir. Il avait complètement oublié. Ou alors il avait occulté la promesse. Il tapa une réponse dans laquelle il expliquait qu'il était malheureusement obligé de repousser leur rendez-vous parce qu'il était tout seul à la maison avec les enfants.

Quel dommage. Moi qui avais prévu de t'apporter un petit cadeau. Je suis sûre qu'il t'aurait plu.

Deux heures et demie plus tard, Theodor était toujours enfermé dans sa chambre, Matilda dormait dans son lit et Sonja n'avait toujours pas donné signe de vie.

Quant à Fabian, il était dans un taxi en route pour le Lydmar.

63

Le premier réflexe de Dunja Hougaard fut de se dire que ce n'était pas elle. Que le reflet dans le miroir était celui de quelqu'un d'autre. Quelqu'un qui serait allé fouiller dans son placard et se serait habillé avec ses vêtements. Quelqu'un qui lui aurait pris son jean noir et son haut beige. Le top était trop habillé pour être porté au quotidien, mais elle l'avait choisi quand même pour aller rencontrer ses collègues de l'autre côté du détroit.

Elle aurait mieux fait de s'abstenir puisqu'il était maintenant déchiré et maculé de sang.

Son jean ne valait pas mieux et ses cheveux étaient emmêlés en épais dreadlocks collants.

Mais le pire, c'était son visage.

Elle avait bien dû admettre, au bout de quelques secondes, qu'il ne s'agissait pas d'une autre femme, mais ce visage dans le miroir la laissait perplexe. Le sang et les diverses autres substances corporelles qui lui collaient à la peau, elle pouvait facilement en déterminer la provenance. Ce qu'elle n'arrivait pas à comprendre, c'était cette plaie sur le front, les bleus et les ecchymoses.

Quoi que lui ait fait Benny Willumsen, il n'y était pas allé de main morte.

Les portes de l'ascenseur s'ouvrirent. Dunja quitta des yeux le reflet dans le miroir et sortit dans la nuit en titubant. Le vent glacé la traversa comme si son corps était percé de trous. Un flot de taxis défila devant elle, mais elle n'essaya pas d'en héler un seul. Elle n'aurait même pas voulu se ramasser elle-même, avec la tête qu'elle avait.

Elle avait parcouru une trentaine de mètres sur le trottoir étroit et gelé, qui visiblement n'avait pas été prévu pour qu'on y marche, quand un grondement sourd résonna. En levant les yeux et en voyant les phares d'atterrissage d'un avion strier le ciel sans étoiles, elle comprit qu'elle se trouvait près de l'aéroport de Kastrup.

Allait-il quitter le pays ? Était-ce pour cette raison qu'il avait abandonné la voiture dans ce parking ? se demanda-t-elle en montant à bord du métro sans conducteur, s'efforçant d'ignorer les regards horrifiés des autres passagers. L'homme était recherché par la police et, à moins d'avoir changé d'apparence physique et réussi à se procurer un faux passeport, il n'avait aucune chance de passer les contrôles de sécurité.

À la gare de Nørreport, en descendant du métro, elle avait cessé de se poser des questions. L'idée que bientôt elle serait rentrée chez elle lui donna la force de marcher sur le trottoir de Frederiksborggade et de traverser le pont Dronning Louise malgré sa cheville douloureuse. Arrivée devant la porte de l'immeuble, elle pressa le bouton de l'interphone en lisant machinalement son nom et celui de Carsten sur l'étiquette. Mais l'appareil demeura silencieux et la porte d'entrée, fermée.

C'était typique de la part de Carsten. Quand il n'attendait pas de visite, il ne se donnait jamais la peine de se rendre dans l'entrée et de soulever le combiné de l'interphone. *Soit c'est un cambrioleur, soit c'est quelqu'un qui distribue des prospectus* était son excuse habituelle. Il ne se rendait pas compte qu'il pouvait aussi s'agir d'une personne chère qui venait de rencontrer un tueur en série, qui avait perdu son téléphone et ses clés et qui était sur le point de mourir de froid.

351

Elle fit une nouvelle tentative, appuyant sur le bouton beaucoup plus longtemps qu'il ne l'aurait considéré comme admissible, bien qu'elle sache que cela n'aurait aucun effet sur son compagnon. Au contraire, elle lui fournissait un nouvel argument pour ne pas se lever. *Pourquoi ferais-je entrer quelqu'un qui m'a déjà mis de mauvaise humeur ?* Pourquoi ne comprenait-il pas que c'était elle ? Elle n'avait pas donné de ses nouvelles depuis plus de vingt-quatre heures, il avait quand même dû se demander où elle était ! Elle recula sur la chaussée et leva les yeux vers l'appartement. Les fenêtres n'étaient pas éclairées, il n'y avait pas de lumière dans l'appartement. Comment était-ce possible ? Il n'était pas là ? Tout cela était de plus en plus bizarre.

Elle retourna à la porte et sonna à l'interphone de tous les voisins, ce qui lui permit quelques secondes plus tard d'entrer se mettre au chaud. Mais elle ne prit pas le temps de se réchauffer. Il y avait clairement un problème et, sans allumer la lumière de l'escalier, elle monta au troisième étage. Elle redressa le pot du yucca qui était posé de travers dans sa soucoupe et risquait de se renverser. Un coup d'œil à travers la fente de la boîte aux lettres lui permit de constater que le vestibule était plongé dans le noir. En revanche, la porte d'entrée n'était pas fermée à clé, ce qui était extrêmement troublant. Elle entra et referma doucement derrière elle.

Hormis le son étouffé de la chanson de Madonna venant de l'appartement mitoyen, le silence était total. Carsten n'était pas là. Et pourtant elle avait trouvé la porte de l'appartement ouverte. Elle entra sans allumer et se dirigea à tâtons vers la chambre à coucher en longeant les murs.

Le lit était fait et le couvre-lit tendu comme seul Carsten aurait pu le faire. En temps normal, ça l'aurait agacée, parce qu'il se plaignait toujours de sa façon de faire un lit, arguant que si c'était pour le faire de cette façon, elle ferait aussi bien de s'abstenir. Mais cette fois, ça la rassura. Ce lit au carré le rendait plus présent. Elle se dit qu'il y avait sans doute une explication très simple à son absence.

Elle continua jusqu'à la cuisine et trouva l'explication sous la forme d'une note écrite de sa main.

Salut, chérie,

J'ai essayé de te joindre. Je suis obligé d'y aller, je vais rater mon avion. À mardi soir.

Carsten

Bien sûr. Carsten devait se rendre à Stockholm pour un séminaire. Ça lui était complètement sorti de la tête. Il s'était évidemment demandé où elle était et il avait essayé de la joindre jusqu'à manquer rater son avion. Elle soupira de sa propre distraction et alluma le plafonnier avant d'aller se laver les mains et la figure à l'eau chaude. Elle se dit qu'elle devrait prendre un bain. Mais avant il fallait qu'elle mange un bout si elle ne voulait pas défaillir.

Le problème était que la cuisine était d'une propreté cars-tenienne. Pas le moindre objet qui ne soit pas à sa place, un évier si propre qu'on aurait pu se voir dedans. La corbeille à fruits posée à l'envers dans l'égouttoir, la corbeille à pain nettoyée et exempte de la plus petite miette. Fidèle à son habitude, il avait jeté tous les produits périssables parce qu'il ne savait pas quand elle allait rentrer. Même chose pour le contenu du réfrigérateur où il ne restait qu'un pot de marme-lade d'oranges, quelques conserves de harengs qu'ils avaient achetées ensemble à Malmö il y a plusieurs années et un tube d'œufs de morue fumés Kalles que Carsten avait insisté pour acheter chez Ikea et auquel il n'avait jamais voulu toucher ensuite.

Elle préférait encore récupérer des pommes dans la poubelle et rincer sous le robinet le marc de café et les autres détritus qui les souillaient. Chaque bouchée fut une véritable délectation, et elle sentit son corps absorber l'énergie contenue dans le jus sucré bien avant qu'il n'arrive dans son estomac.

Elle se rendit dans la salle de bains, mais quand elle appuya sur l'interrupteur, la lumière refusa de s'allumer malgré ses tentatives répétées. Elle alla chercher une boîte d'allumettes dans un tiroir de l'entrée, alluma les bougies alignées sur le bord de la baignoire et se fit couler un bain.

Elle se déshabilla en laissant ses vêtements en tas sur le carrelage, s'assit sur les toilettes et fit pipi en examinant sa cheville blessée qui était maintenant très enflée. Puis elle se plongea dans la baignoire fumante. La chaleur de l'eau lui piquait tellement la peau qu'elle avait l'impression d'être brûlée au premier degré. Mais c'était une douleur merveilleuse et elle s'allongea de tout son long, laissant l'eau chaude l'envelopper et la détendre.

Elle ferma les yeux et elle était sur le point de s'endormir quand elle se redressa brusquement. Une idée venait de lui traverser l'esprit. Carsten n'était pas le seul à ne pas savoir où elle était ! Tout le monde l'ignorait et personne ne savait ce qui lui était arrivé. Elle sortit de l'eau, s'enveloppa le corps d'un drap de bain et courut décrocher le téléphone sur la table basse à côté du canapé du séjour.

Par la fenêtre, elle vit dans l'immeuble d'en face un jeune couple en train de dîner avec des amis. Ça aurait pu être elle et Carsten. Deux étages plus bas, des billets de banque changeaient de propriétaire et de nouvelles cartes étaient distribuées. À côté se déroulait une fête où les convives buvaient des cocktails multicolores. Tous ces gens étaient heureux et insouciants du mal qui régnait à l'extérieur de leur petite bulle.

Jusqu'au jour où ce serait eux qu'on viendrait tuer.

Elle appela les renseignements. Il fallait d'abord qu'elle prévienne Klippan. Ensuite, elle téléphonerait à Sleizner pour qu'il envoie Richter au garage près de l'aéroport. Elle appellerait Carsten en dernier. Pour qu'ils puissent se parler tranquillement pendant qu'elle prendrait son bain.

Pour une raison ou pour une autre, il n'y avait pas de tonalité. Elle raccrocha et décrocha le combiné plusieurs fois de suite. Rien. Ils avaient souvent parlé de résilier la ligne fixe pour ne garder que leurs portables mais ne s'étaient jamais décidés à le faire et d'ailleurs, Carsten était celui des deux qui s'y était finalement opposé.

En suivant le trajet du fil, elle comprit pourquoi le téléphone ne fonctionnait pas. Il avait été sectionné.

64

Fabian avait eu le temps de changer d'avis plusieurs fois pendant le trajet en taxi vers la presqu'île de Blasieholmen. À un moment, alors qu'ils roulaient dans la vieille ville, il avait même failli demander au chauffeur de faire demi-tour et de l'emmener à l'atelier de Sonja et, quand il était finalement entré dans le restaurant de l'hôtel et avait aperçu Niva en train de l'attendre sur un tabouret de bar, il avait viré de bord et s'était rendu aux toilettes pour hommes où il s'était aspergé la figure d'eau froide en se demandant quelle connerie il était sur le point de faire.

Avant de ressortir des toilettes, il jeta un dernier coup d'œil à son mobile pour constater que Sonja n'était toujours pas sortie de son silence. Il décida de lui laisser une dernière chance et composa son numéro. Si elle décrochait le téléphone, il s'en irait aussitôt et sauterait dans le premier taxi pour rentrer à la maison. Il se fichait de ce qu'elle dirait, du moment qu'elle prenait l'appel.

Les sonneries se succédaient et il l'imagina prenant le téléphone et le reposant en voyant que c'était lui.

Vous êtes sur le répondeur de Sonja Risk. Je ne peux malheureusement pas vous répondre pour le moment.

« Salut, c'est moi, dit-il, tandis qu'au même moment, deux hommes riant bruyamment venaient se poster devant les pissotières à côté de lui. Je voulais juste prendre de tes nouvelles et te demander si la tresse aux amandes était bonne. Et puis je me disais que tu avais peut-être envie de poser tes pinceaux cinq minutes et de boire un verre avec moi. On pourrait se retrouver au Mårten Trotzig, comme ça tu serais vite revenue à ton atelier, ensuite. Bon, bisou, bisou... » Il raccrocha et regretta aussitôt d'avoir téléphoné. Une fois de plus, c'était lui qui rampait, alors qu'il n'avait rien à se reprocher.

Niva l'attendait toujours, assise au bar, au fond du restaurant. Il la vit pêcher l'olive dans son Martini avec le cure-dent, le portable à l'oreille, comme d'habitude. Elle avait toujours été canon. À l'hôtel de police, la plupart des hommes se retournaient sur son passage dans les couloirs, à cause sans doute de ce long corps filiforme et de cette coupe de cheveux très courte, presque androgyne. Pour les mêmes raisons, ses collègues féminines la détestaient.

Ce soir, elle était encore plus belle que d'habitude, en admettant qu'une telle chose fût possible. Ses lèvres étaient rouge vif et autour de son cou pendait un collier en argent serti de pierres de couleur, assorti à son bracelet. Elle portait une robe moulante qui dévoilait la majeure partie de ses jambes croisées. Elle avait visiblement repris l'entraînement. Ses épaules et ses bras étaient plus affûtés que Fabian se les rappelait et son maintien était irréprochable.

Tandis qu'il la regardait, son portable vibra dans sa poche, il le prit et lut le message qui s'était affiché à l'écran :

Si la montagne ne vient pas à Mahomet, Mahomet ira à la montagne...

Il relut le SMS une deuxième fois, sans le comprendre mieux que la première. L'expéditeur était anonyme.

« Hendrick's and tonic, monsieur ? »

Fabian leva les yeux de son portable et se trouva nez à nez avec un serveur qui lui tendait un plateau sur lequel se trouvait un long drink bien servi.

« Offert par la dame, au bar. » Le serveur fit un signe de tête vers Niva qui agita la main vers eux.

Fabian inspira profondément et il alla la rejoindre.

« Je commençais à me demander si tu viendrais.

– Moi aussi, répliqua Fabian en s'asseyant sur le tabouret voisin. Mais je n'ai jamais su résister à un cadeau. »

Niva lui répondit par un sourire. « On va commencer par boire, si tu veux bien. » Elle leva son verre sans le quitter des yeux. « Pour briser la glace. »

Fabian porta son verre à ses lèvres. C'était sans aucun doute l'un des meilleurs cocktails qu'il ait bus depuis longtemps. Le dioxyde de carbone dispersait les bulles à plusieurs centimètres au-dessus de la surface du verre, dégageant un doux parfum de concombre en même temps qu'un dosage parfait de gin et de tonic coulait dans sa gorge. C'était tellement bon qu'il ne put résister à l'envie de boire une deuxième gorgée avant de poser le verre recouvert de givre sur le plateau de marbre du bar.

« Alors, comment se passe ton enquête ? demanda Niva en posant son portable.

– Tu es au courant que le meurtrier est à la fois arrêté et décédé.

– En d'autres mots, elle est terminée. »

Fabian se demanda un instant s'il allait lui dire ce qu'il pensait vraiment, mais se contenta d'acquiescer. « Écoute, Niva…, commença-t-il en la regardant dans les yeux. Je ne sais pas au juste ce que je suis venu faire ici. À part récupérer le cadeau que tu m'as promis, bien sûr. »

Niva secoua la tête, amusée. « Tu n'as pas changé, Fabian. Tu mens toujours aussi mal. Tu sais parfaitement pourquoi tu es là. Et c'est pour ça que tu as tellement peur.

– J'ai peur, moi ? Et de quoi ?

– Ce n'est pas à moi qu'il faut le demander. » Elle haussa les épaules. « Ce n'est pas moi qui ai failli faire demi-tour ni qui suis allée me cacher dans les toilettes en arrivant. »

Fabian resta un instant coi. Comment avait-elle deviné ? Avant qu'il ait eu le temps de lui poser la question, elle s'était penchée en avant et elle l'avait embrassé. Il n'en avait pas vraiment envie, enfin si, il en avait envie. Mais pas vraiment. Quoi qu'il en soit, il avait été incapable de résister à ce souffle léger sur sa joue. À ces lèvres si douces et à cette langue habile qui avait encore un léger goût de gin et de vermouth.

À la chaleur du corps d'un autre être humain.

Fabian ne se souvenait pas de la dernière fois où Sonja et lui avaient été aussi proches. Ni à quand remontait leur dernier baiser. Alors il avait résisté à l'envie de fuir et avait laissé ses sens décider à la place de sa tête. Et il ne faisait aucun doute que son corps, lui, avait envie de faire durer les choses le plus longtemps possible, de laisser les langues s'amuser, passer la frontière où il ne pourrait plus dire non, même s'il le voulait.

Il posa sa main sur la jambe de Niva. La chaleur qui se transmit à sa paume fit bouillir son sang et réveilla certaines parties de son anatomie qui étaient endormies depuis trop longtemps. La peau de ses cuisses était faite de la matière la plus lisse qu'il avait jamais touchée.

Il fit glisser sa main plus haut. La respiration de Niva devint plus profonde et, comme pour souligner l'évidence, ses genoux s'écartèrent légèrement.

Il suivit son rythme et sa main continua de monter. « On pourrait prendre une chambre, murmura-t-il à son oreille. Enfin, si l'hôtel n'est pas complet. » Les mots venaient d'eux-mêmes et il n'y pouvait rien.

« Il ne l'est pas. » Elle vida son verre et fit signe au barman de lui en apporter un autre. « Mais tu devrais peut-être répondre d'abord. »

Fabian ne comprit pas ce qu'elle voulait dire avant qu'elle agite son propre portable.

« Qui sait, c'est peut-être important.

– Qui sait, je suis peut-être couché et profondément endormi.

– Ou pas. » Elle prit son téléphone dans la poche intérieure de sa veste et regarda l'écran avec un sourire de sphinx.

« Alors, c'est qui ? demanda-t-il en tendant la main.

– Je croyais que tu dormais ? » Elle tint le téléphone en l'air au-dessus de sa tête et ne le lui rendit que lorsqu'il se fut arrêté de vibrer. Puis elle trempa ses lèvres dans le nouveau dry Martini que le serveur venait de lui apporter.

L'appel manqué était de Malin Rehnberg, qui devait avoir appris le suicide de Kremph. Ce qui signifiait qu'elle allait suffisamment bien pour regarder la télévision, bien qu'elle soit en observation à la maternité de l'hôpital Söder.

« On y va ? » susurra Niva, la main sur sa braguette.

Fabian rangea son portable et reprit le baiser interrompu en laissant la main de Niva continuer ce qu'elle avait entrepris. Mais il ne parvenait pas à se sortir de la tête l'idée qu'il devrait rappeler Malin pour partager avec elle ses doutes sur la culpabilité de Kremph, bien qu'il ait promis à son mari de se tenir à distance.

Alors, quand le portable vibra de nouveau, il répondit aussitôt. « Ah, salut, j'ai vu que tu venais de m'appeler et j'allais justement…

– *Qu'est-ce que tu racontes ? Je ne t'ai pas appelé.* » Au grand étonnement de Fabian, ce n'était pas du tout la voix de Malin au bout du fil, mais celle de Sonja, et il se vit en pensée en train de faire un demi-tour en épingle à cheveux sur l'autoroute, traverser le terre-plein central en espérant s'en tirer vivant.

« Ah, excuse-moi, je venais de m'endormir, j'ai dû rêver. » Niva leva les yeux au ciel et retourna à son cocktail.

« *Pardonne-moi, je ne voulais pas te réveiller. Je viens d'avoir ton message et je voulais te remercier pour le café et la tresse aux amandes.*

– Je t'en prie. J'espère qu'elle était bonne.

– *Elle était parfaite. Et c'était pile ce dont j'avais besoin. Après ça, j'ai vachement bien bossé.*

– Je suis content pour toi. » Fabian échangea un regard avec Niva. « Mais… écoute… je ne veux pas te déranger…

– *Ça va, ne t'inquiète pas. De toute façon j'avais besoin de faire une pause et j'ai entendu ta proposition. Si c'est toujours d'actualité, bien sûr.*

– Non, écoute, ça aurait été sympa. Mais je ne sais pas trop si c'est une bonne idée. » Il se demanda avec fébrilité comment se tirer de ce mauvais pas. « Matilda dormait quand je t'ai laissé le message, mais elle s'est réveillée plusieurs fois depuis et elle est un peu, comment dire… un peu inquiète. » Il regarda Niva qui mimait un bâillement démonstratif, la main devant sa bouche.

« *Comment ça, inquiète ?*

– Inquiète pour nous. Elle croit que nous allons divorcer. J'ai l'impression qu'elle ne pense qu'à ça, en ce moment.

– *Tu veux que je rentre ?*

– Non, ça va, merci. Travaille, je m'en occupe.

– *J'ai beaucoup pensé à tout ça, Fabian. Il faut absolument que nous arrêtions de nous disputer devant les enfants.*

– Je trouve que nous devrions arrêter de nous disputer tout court. »

Il l'entendit soupirer à l'autre bout de la ligne. « *Tu peux me la passer ?*

– Euh… tu disais ?

– *Tu veux bien me passer Matilda, s'il te plaît ?*

– Je ne peux pas… Elle vient juste de se rendormir.

– *OK… Tu me rappelles si elle se réveille à nouveau ?*

– Promis. » Il regarda Niva qui désigna sa montre et écarta les mains, d'un air de dire : alors, qu'est-ce qu'on fait ? « J'espère que tout ça ne t'a pas trop déconcentrée, dit-il à Sonja. On se voit à la maison tout à l'heure, d'accord ? » Il coupa la communication et avala une grande gorgée de gin tonic. Mais la boisson était devenue aussi raplapla que lui à cet instant.

Niva le regardait en silence. Il aurait voulu lui expliquer. Mettre des mots sur ses sentiments confus, mais elle le devança.

« Tout va bien, Fabian. Je peux attendre.

– Attendre quoi ? »

Elle lui sourit en se passant la main dans les cheveux.

« Écoute, Niva, si tu crois qu'un jour toi et moi, on va être…

– Chut ! fit-elle, posant un doigt sur sa bouche. Ah, Fabian, Fabian ! Tu es encore si romantique. Je trouve ça très beau, très mignon. Un peu naïf, peut-être. Mais touchant. Tu as tenu ta promesse en m'offrant un verre et je vais tenir la mienne. »

Fabian ne comprenait pas de quoi elle voulait parler.

« C'est pour ça que tu es venu, souviens-toi. Je t'ai parlé d'un cadeau. Tu le trouveras sur ton mobile. » Elle descendit du tabouret de bar en passant son majeur entre ses cuisses avant de le poser sur ses lèvres. « Ne me rappelle pas avant d'être prêt. »

65

Une sueur glacée inonda brusquement Dunja. Ses jambes faillirent céder sous son poids alors que tout son corps était tendu comme un arc. Elle avait l'estomac retourné et elle sentit que les morceaux de pomme qu'elle avait ingurgités tout à l'heure étaient en train de remonter. Elle eut envie de s'enfuir ou de se cacher sous sa couette.

Quelqu'un était venu ici et avait coupé le fil du téléphone, ce qui expliquait la porte d'entrée ouverte. Elle pensa au yucca déplacé et à la clé que Carsten et elle laissaient toujours en dessous du pot. Mais qui ? Et surtout, pourquoi ? Si c'était Benny Willumsen, pourquoi n'avait-il pas profité de l'opportunité qu'il avait eue à Kävlinge ?

Elle pensa soudain à la lumière de la salle de bains qui avait refusé de fonctionner et au rideau de douche. Elle ne pensait qu'à se plonger dans l'eau fumante et avait remarqué ce dernier détail sans y attacher d'importance. Le rideau était fermé. En soi, cela n'avait rien d'extraordinaire, si ce n'est que Carsten passait son temps à lui répéter qu'après la douche, il devait rester à moitié ouvert, pour que la faïence ait le temps de sécher et pour éviter les moisissures sur les joints.

Elle posa le combiné main libre dans le canapé, serra la serviette de bain autour d'elle et retourna dans le vestibule en prenant soin de ne poser les pieds que sur les lattes du plancher qui ne grinçaient pas. Dans la cuisine, elle opta pour le hachoir, rangé sur le rack magnétique avec les couteaux de cuisine, et retourna se poster dans l'entrée, devant la porte de la salle de bains.

Puis elle réfléchit. Se dit qu'elle ferait peut-être mieux de sortir de l'appartement et d'aller sonner sur le palier d'en face pour emprunter un téléphone. Mais elle était nue et, en y repensant, elle réalisa qu'elle n'avait pas entendu le moindre bruit dans l'appartement depuis son arrivée. S'il y avait eu quelqu'un chez elle qui en voulait à sa vie, il avait eu presque une demi-heure pour agir. Non, se raisonna-t-elle, quel qu'il soit, l'individu était probablement reparti depuis belle lurette.

Elle entra dans la salle de bains, s'approcha du rideau de douche fermé, l'adrénaline affluant dans son sang. La hache levée dans une main, elle inspira profondément et tira le rideau de l'autre.

La douche était vide et à part son rasoir traînant par terre dans le receveur, tout lui sembla normal. Elle se pencha pour ramasser le rasoir en se demandant quand elle avait changé la lame pour la dernière fois. Le rasoir et le hachoir tombèrent à quelques millimètres de son gros orteil gauche. La cordelette se resserra autour de son cou, la privant instantanément d'oxygène.

D'un côté, elle ne fut pas du tout surprise. Elle avait déjà imaginé une situation comme celle-ci, elle l'avait même étudiée sous tous les angles, en théorie. Mais elle ne s'attendait pas à ce que cela lui arrive ce jour-là. Inconsciemment, elle pensait peut-être avoir déjà rempli son quota de risque mortel pour un bon moment. En déposant son dossier d'admission à l'école de police, elle avait accepté le fait qu'elle s'exposait à l'avenir à de lourdes menaces pour son intégrité physique, mais elle s'était souvent demandé comment elle réagirait le jour où cela arriverait. Ce qui lui traverserait l'esprit et ce qu'elle ressentirait.

Mais ce qu'elle était en train de vivre en cet instant n'avait rien de commun avec tout ce qu'elle avait pu imaginer. Étrangement, elle n'avait pas peur, elle gardait tout son sang-froid, et alors qu'elle était sans doute à quelques secondes de trépasser, elle ne pensait pas du tout à la mort. Elle n'était même pas surprise qu'un étranger se soit introduit dans son appartement. Elle ne savait toujours pas qui il était et à vrai dire, cela lui était indifférent. À ce moment-là, en tout cas. Elle ne pensait qu'à une seule chose : survivre.

Coûte que coûte.

Heureusement, elle avait lâché le hachoir. Un réflexe. Sinon, elle n'aurait jamais eu le temps d'insérer deux doigts des deux mains entre son cou et le cordon, empêchant celui-ci de lui trancher la gorge. Ce réflexe lui avait fait gagner quelques secondes. En revanche, il ne rentrait plus d'air dans ses poumons.

Son agresseur la tira brusquement en arrière et elle tomba sans pouvoir se retenir. Elle n'atterrit pas sur le carrelage, cependant, parce qu'il se mit aussitôt à la traîner par terre au bout de la corde. Elle tenta d'apercevoir son visage, mais il ne lui en laissa pas le temps. Il la bascula dans la baignoire et lui plongea la tête dans l'eau qui était encore chaude.

Son cœur battait très fort, à présent. Le pauvre muscle tentait désespérément de pomper dans son corps son sang privé d'oxygène. Au-dessus de la surface, elle devinait l'homme qui essayait de la tuer, une ombre mouvante qu'elle essayait en vain d'atteindre à coups de pied, contrairement aux bougies qui tombaient et s'éteignaient les unes après les autres.

Elle ne tiendrait pas beaucoup plus longtemps. Si elle ne respirait pas bientôt, ce serait la fin. La douleur dans sa poitrine commençait déjà à devenir moins forte, à mesure que ses poumons renonçaient à lutter pour absorber un peu d'oxygène, ses jambes agitées de soubresauts spasmodiques cessaient d'obéir aux ordres de son cerveau.

C'était comme si son corps abandonnait le combat et que ses fonctions vitales s'arrêtaient, l'une après l'autre.

En partant du bas et en remontant.

Bientôt ses bras ne répondraient plus.

La décision de libérer ses doigts de la cordelette fut aussi soudaine et instinctive que l'avait été celle de lâcher le hachoir. La corde lui scia instantanément la peau du cou. Si elle n'agissait pas très vite, la douleur n'aurait plus d'importance. Elle parvint à saisir l'une des bougies rescapées et à la brandir vers l'ombre floue. Elle n'avait plus de forces et logiquement, elle aurait dû lui échapper des mains. Mais ce ne fut pas le cas. À travers l'écran d'eau, elle vit la flamme de la bougie s'étendre sur le visage sombre et grandir en intensité. Le visage s'enflamma et la tension de la corde diminua autour de son cou. Elle put se redresser, sortir la tête de l'eau. Voir le feu qui éclairait à présent toute la salle de bains.

Elle remplit d'air ses poumons, toussa et prit quelques rapides bouffées d'air supplémentaires tout en constatant que c'était Benny Willumsen qui était en train de brûler. Elle n'y comprenait plus rien, mais sortit malgré tout de la baignoire aussi vite qu'elle put, et s'éloigna de ses hurlements d'animal blessé.

Il fallait qu'elle quitte cet appartement. D'une façon ou d'une autre, elle devait s'enfuir. La porte blindée était verrouillée. Cette porte qui avait coûté plus de dix mille couronnes, et qui selon Carsten était bien plus importante que ce voyage à l'île de Rhodes qu'elle aurait tant aimé faire.

Depuis le vestibule, elle voyait Willumsen penché au-dessus de la baignoire, la tête sous l'eau. Elle aurait pu retourner dans la salle de bains, prendre le hachoir resté dans la douche et le planter de toutes ses forces entre ses omoplates. Mais elle

366

était tétanisée. C'était comme si le manque d'oxygène continuait de la paralyser. Ou sa totale incompréhension devant le fait qu'il se trouve ici.

Elle ne réagit même pas lorsqu'il se redressa de toute sa taille et se tourna vers elle, tâtant avec précaution son cuir chevelu brûlé. Il fallut qu'il fasse un pas vers la douche et qu'il se penche pour saisir le manche du hachoir pour qu'elle sorte de son état de transe. En une seconde, elle attrapa la clé de la porte de la salle de bains et ferma le verrou de l'extérieur juste au moment où la lame s'enfonçait dans le battant comme s'il avait été en papier mâché. Elle courut vers l'interrupteur du plafonnier dans le séjour et se mit à allumer et éteindre la lumière.

Allumer, éteindre. Allumer, éteindre.

Elle répéta le geste plusieurs fois dans l'espoir que quelqu'un dans les appartements d'en face tourne les yeux dans sa direction.

Elle entendait la porte de la salle de bains qui commençait à perdre le combat contre la lame du hachoir.

Allumer, éteindre. Allumer, éteindre.

Voilà. Le couple qui recevait du monde à dîner avait réagi. Elle agita la main et gesticula pour leur faire comprendre la situation, mais n'eut en retour que des éclats de rire et des applaudissements. Au même moment, un énorme bruit lui apprit que la porte de la salle de bains venait de céder. Sans savoir à quoi cela allait l'avancer, elle renversa l'énorme pot du strelitzia qui avait survécu des mois sans eau et sans lumière et ouvrit la fenêtre en grand.

L'air glacé emplit la pièce, lui donnant la chair de poule. Elle attrapa le téléphone qu'elle avait laissé sur le canapé un instant plus tôt et courut vers la chambre dont elle laissa la porte ouverte. Puis elle alla s'enfermer dans le dressing.

Dans l'obscurité, entre les vêtements, elle leva son pied valide aussi haut qu'elle put et réussit à le glisser dans l'une des poches du rangement à chaussures fixé à la paroi interne de la porte. Contre toute attente, celle-ci résista à son poids et elle put se hisser sur une étagère couverte de vieux tricots commencés et jamais achevés et de vêtements oubliés et mangés par les mites.

Elle entendit Willumsen entrer dans le salon et espéra que le pot renversé et la fenêtre ouverte retiendraient son attention suffisamment longtemps. Elle appuya sur l'icône verte du téléphone, pressa l'appareil contre son oreille et pria pour un miracle. Le silence lui parut incroyablement long, mais enfin la ligne de vie qu'elle attendait se manifesta sous la forme d'une tonalité perturbée par beaucoup de grésillements et de coupures intermittentes. Comme elle l'avait espéré, ses voisins avaient mis la base de leur ligne de téléphone fixe dans leur chambre à coucher et elle parvenait à intercepter leur signal et à avoir une ligne à travers le mur.

Elle tapa le premier des deux numéros qu'elle connaissait par cœur, mais n'eut pas besoin d'en entendre plus que *Vous êtes sur...* pour continuer la phrase intérieurement... *le répondeur de Carsten Røhmer. Malheureusement, je ne suis pas joignable actuellement...* Il devait être à un dîner ou quelque chose comme ça. À quoi est-ce qu'elle s'attendait ? En temps normal, elle se fichait qu'il ne réponde pas au téléphone. Mais cette fois, si elle avait dû lui murmurer un message lui demandant d'appeler ses collègues et de leur dire de faire une descente dans leur appartement le plus vite possible, elle se serait sans doute mise à pleurer.

Elle se rappelait le deuxième numéro parce qu'il était facile à retenir. Malheureusement, c'était celui de Jan Hesk. Elle commençait à le taper au moment où Willumsen entra dans la chambre.

« Hesk, à l'appareil.

– Salut, Jan, c'est moi, chuchota-t-elle aussi bas que possible.

– Allô ! Je ne vous entends pas !

– Jan, c'est moi, Dunja. Je ne peux pas parler plus fort...

– Dunja, c'est toi ?

– Oui. Écoute-moi. J'ai besoin de ton aide, dit-elle en écoutant le bruit du hachoir à viande frottant contre la porte du dressing.

– Allô, parle plus fort.

– S'il te plaît, Jan. Il faut que tu m'aides.

– Hein ? Tu peux répéter. Ça grésille à mort.

– Jan, j'ai besoin de ton aide. C'est urgent.

– Mon aide ? Tu as besoin de mon aide ?

– Oui. Willumsen est chez moi...

– Allô ? Tu disparais, là. Tu m'entends, toi ?

– Oui, je t'entends.

– Alors si tu m'entends, je vais te répondre qu'il fallait y penser avant de me planter un couteau dans le dos.

– Écoute, Jan... Jan ? Non, attends... ! »

Jan Hesk lui raccrocha au nez. Elle appuya de nouveau sur l'icône verte pour le rappeler, mais n'en eut pas le temps avant que la porte du dressing s'ouvre brusquement. Elle retint son souffle et essaya de contrôler les battements de son cœur. Elle ignorait s'il l'avait vue ou entendue. Mais elle percevait parfaitement sa respiration lente et sentait l'odeur de ses cheveux cramés. Les secondes s'égrenèrent, interminables, avant qu'il referme la porte et qu'elle puisse souffler.

Jusqu'à ce que le téléphone dans sa main se mette à sonner. Trois sonneries fatales eurent le temps de résonner dans le dressing avant qu'elle parvienne à éteindre l'appareil. Il n'en avait pas fallu plus de deux avant que la porte s'ouvre à nouveau.

« C'est bien ce que je pensais », l'entendit-elle grogner entre ses dents tandis qu'elle essayait d'échapper à ses mains qui couraient sur les étagères comme deux serpents venimeux. Mais c'était mission impossible, et bientôt, elles se refermèrent sur sa jambe droite.

Ses jambes avaient toujours été son point fort. Elle se déplaçait à vélo, qu'il pleuve, qu'il vente ou qu'il neige, et à l'école, elle battait tous ses camarades à la course. Mais cette fois, ses coups de pied n'eurent pas plus d'effet que ses appels au secours. Il l'arracha à son étagère et la jeta par-dessus son épaule telle une proie qu'il venait d'abattre et s'apprêtait à dépecer et à éviscérer. Elle essaya de trouver un endroit auquel se retenir, mais ne trouva que des vêtements et des travaux de tricot abandonnés.

Elle tenta de lui échapper, frappa, griffa et mordit, mais il la retenait dans un étau et il le faisait sans effort. Elle s'aperçut tout à coup que lui aussi était nu et, à en juger par les muscles qu'elle voyait jouer sous la peau de son dos et de ses fesses quand il l'emporta vers la fenêtre pour fermer les rideaux, elle n'avait pas la moindre chance d'avoir le dessus. Il pourrait lui faire ce qu'il voudrait.

« Moi qui comptais abréger tes souffrances », lui dit-il en se dirigeant vers le lit.

Dunja n'avait jamais tué un homme. Dans son esprit, ça avait toujours été l'ultime recours, et encore. D'aussi loin qu'elle s'en souvienne, elle avait pensé qu'il y avait toujours une autre issue. Une issue consistant à remplacer la violence et les armes par le dialogue.

Mais elle venait de changer d'avis.

Au moment où il allait atteindre le lit, Benny Willumsen tituba comme s'il venait de trébucher sur un obstacle et il lâcha le hachoir. Il essaya d'avancer encore, mais dut s'arrêter pour ne pas tomber.

Il baissa la tête et remarqua la pointe métallique qui sortait de son sein gauche. Il n'avait aucune idée de ce que cela pouvait être, à part que l'objet devait avoir traversé son poumon et son cœur qui pourtant battait encore. De cela il était sûr. Puis la pointe disparut à l'intérieur de sa poitrine et le sang se mit à gicler de l'orifice, par à-coups, coulant sur les plaquettes de chocolat de son abdomen.

Dunja n'était pas certaine d'avoir visé juste et elle remua l'aiguille à tricoter dans la plaie pour causer autant de dommages que possible. Il était encore debout, mais il n'avait pas poussé un seul cri et elle se demanda s'il avait compris ce qui venait de lui arriver. Il fallut qu'elle enfonce d'un coup brutal la deuxième aiguille à tricoter entre ses côtes, de l'autre côté de sa colonne vertébrale, perforant son deuxième poumon, pour qu'il s'écroule doucement. Tel un cheval qui se couche pour mourir.

« Pourquoi ? lui demanda-t-elle, les yeux dans les yeux. Pourquoi ne m'as-tu pas tuée à Kävlinge quand tu m'avais à ta merci ? »

Il ne répondit pas à sa question.

Mais l'étonnement qu'elle lut dans ses yeux était une réponse en soi.

Ce n'était pas lui.

66

« Vous préférez que je passe par le périphérique ou par le pont ? lui demanda le chauffeur de taxi en cherchant son regard dans le rétroviseur.

– Prenez le pont, répondit Fabian sur la banquette arrière », sans relever le nez de l'écran de son portable à la recherche du cadeau que Niva prétendait lui avoir fait. Elle lui avait dit qu'il le trouverait sur son téléphone mais n'avait pas voulu lui en dire plus.

« Vous êtes au courant que ça prendra plus longtemps par Skeppsbroen que par Söderleden.

– Je ne suis pas pressé, répliqua Fabian, toujours sans le regarder.

– Je vois. Vous êtes de ceux qui par principe refusent de prendre le périphérique. Cela dit, je suis d'accord avec vous, il est affreux et on devrait le détruire. À condition d'avoir de l'argent à gaspiller, bien sûr. D'ailleurs, j'étais à la manifestation pour empêcher la construction de la troisième voie. C'était avant que je sois taxi. Et maintenant que je suis au volant toute la journée, je suis aux premières loges pour voir à quel point les politiciens ont foutu en l'air les infrastructures de Stockholm. Vous n'êtes pas de mon avis ? »

Fabian ne répondit pas. Au contraire, il demanda au chauffeur de monter le son de la radio qui par un amusant hasard diffusait la chanson « Fake Empire » du groupe The National, alors qu'ils passaient devant le Palais royal. Le chauffeur se tut et monta le son, laissant la voix de baryton de Matt Berninger remplacer la sienne dans l'habitacle. À un moment, Fabian leva les yeux de son téléphone et il aperçut une bande de jeunes qui détalaient dans une ruelle comme s'ils avaient le diable aux trousses.

Il pensa à Theodor. Sans doute parce qu'ils portaient tous ce bomber avec la capuche relevée que son fils avait réclamé à cor et à cri pendant près d'un an. Sonja et lui avaient fini par lui dire non une bonne fois pour toutes, sous prétexte que c'était un vêtement de voyou qui allait lui valoir des ennuis, même s'il était *super stylé*. Deux jours après, il avait dépensé toutes ses économies pour se l'acheter lui-même.

Stockholm était devenue une ville dure. Sonja le disait souvent, et depuis quelque temps, elle se demandait avec inquiétude si c'était un bon endroit pour élever un enfant. C'est vrai que depuis la fin des années 80, époque où lui-même s'y était installé, les choses allaient de mal en pis. Dans cette décennie-là, les fauteurs de troubles étaient les skinheads. Mais la plupart du temps, il suffisait de faire un détour pour ne pas avoir de problèmes, du moment qu'on savait à peu près où ils traînaient. Aujourd'hui, le danger était partout, et s'ils ne prenaient pas bientôt des mesures drastiques, il y avait de gros risques pour que Theodor intègre l'une de ces nouvelles bandes d'ici quelques années.

Il tourna les yeux vers le canal gelé et le trois-mâts brillant de tous ses feux, le *Af Chapman*, amarré sur la berge de l'île de Skeppsholmen, l'auberge de jeunesse la mieux située du monde. En arrivant au rond-point de Slussen, alors que débutait le solo de batterie de « Fake Empire », le chauffeur baissa le son de la radio et chercha à nouveau à croiser le regard de Fabian dans le rétroviseur. « J'ai vu que vous regardiez le navire à Skeppsholmen. Peu d'habitants de Stockholm savent que le *Af Chapman* est maintenant une auberge de jeunesse. Vous le saviez, vous ? Et est-ce que vous saviez que les douches sont installées dans la proue du bateau et que lorsque vous vous douchez dans la tenue dans laquelle Dieu vous a créé, vous pouvez vous essuyer le derrière en regardant le Palais royal ? Avouez que ce n'est pas banal ! »

Fabian venait de trouver ce qu'il cherchait sous la forme d'une pièce jointe attachée à un mail parti dans les courriers indésirables pour cause d'expéditeur inconnu, et il n'entendit pas un mot de ce que lui disait le chauffeur. « *Je me suis trompée…* », disait le titre dans la barre d'objet.

Il cliqua sur la pièce jointe et un fichier MP3 démarra dans son oreillette.

« *C'est moi, tu as une minute ?* » Fabian reconnut aussitôt la voix de Herman Edelman.

« *Pas vraiment. Je dois être à une session à la Chambre dans quelques heures et je n'ai pas eu le temps de me préparer. Je peux te rappeler cet après-midi ?* » La deuxième voix appartenait à Carl-Eric Grimås, et Fabian comprit brusquement la nature du cadeau de Niva.

« *Je ne préfère pas* », suivi d'un soupir stressé. « *Écoute, Calle, c'est pour toi que je fais ça.*

— Je sais bien, mais…

— Ça va aller très vite, et plus tu en sais sur ce qui est en train de se passer, plus tu seras apte à réagir.

— Attends. Je ferme la porte. »

Comme Fabian le soupçonnait, la FRA avait mis le ministre de la Justice sur écoute, et Niva avait réussi à retrouver la conversation qu'il avait eue avec Herman Edelman quelques heures avant d'être assassiné.

« *Ne me dis pas qu'il s'agit encore de cette foutue indiscrétion ?*

— Malheureusement, si.

– Alors ils n'ont pas encore réussi à trouver d'où est venue la fuite ?

– Non, mais...

– J'en étais sûr. C'est exactement ce que je craignais. Je le sentais. Je n'aurais jamais dû dire oui et accepter de...

– Calle, écoute-moi...

– Mais nom de Dieu ! Je n'ai rien fait d'autre qu'écouter ! Franchement. Je croyais qu'on en avait fini avec cette histoire.

– Moi aussi. Mais tu ne régleras pas le problème en faisant l'autruche.

– Je m'en doute. Mais ce que je ne comprends pas, c'est en quoi cela me concerne. C'est Gidon Hass qui a décidé de procéder autrement et ça devrait être à lui de régler le problème.

– C'est effectivement ce qu'on est en droit de penser. Mais s'il ne le fait pas, ça atterrira quand même sur ton bureau, que tu le veuilles ou non. »

Grimås laissa échapper un soupir démonstratif.

« Si j'ai bien compris, il y a de fortes présomptions qu'il s'agisse de quelqu'un en interne qui a accès à la fois aux clés et aux codes. Malheureusement, ils n'ont réussi à trouver personne sans...

– Attends une seconde. Comment ça, en interne ? Tu veux dire que quelqu'un qui fait partie de leur propre personnel aurait...

– Je n'en sais rien, Calle. Tout ce que je sais, c'est qu'ils sont en train d'examiner l'affaire sérieusement, au moment où je te parle.

– OK, je vais les appeler.

– Surtout pas. C'est la dernière chose à faire. Laisse-les s'en occuper. Je voulais seulement te tenir informé. Et si ce n'est pas déjà fait, je trouve que tu devrais prévenir ton chef de cabinet pour qu'il commence à réfléchir à la meilleure façon de réagir si cela devait éclater au grand jour.

« – *La meilleure façon de réagir ? Tu veux dire démissionner avant d'avoir entraîné tout le parti avec moi. En admettant que cela suffise !*

– *Ne pleurons pas avant d'avoir mal. Il y a toujours une petite chance que...*

– *Tu sais très bien que ce n'est qu'une question de temps avant que cette histoire soit en première page de tous les tabloïds, Herman. Et que lorsque cela se produira, tout ce que j'ai fait pour ce pays tombera à l'eau. C'est inéluctable. Et maintenant, il faut vraiment que je te laisse.*

– *Je t'appelle s'il y a du nouveau.*

– *D'accord. Ah ! Et... Merci, mon vieux.*

– *Je t'en prie.* »

La communication était interrompue et l'enregistrement s'arrêtait là. Fabian retira ses oreillettes et réfléchit. De quoi était-il question dans cette conversation ? Un secret avait été dévoilé, ça c'était indiscutable. Un secret qui allait mettre Grimås dans une situation assez délicate pour non seulement le faire tomber lui, mais tout le gouvernement avec lui. Quelques minutes après cette conversation, Grimås avait quand même appelé l'ambassade israélienne alors qu'Edelman le lui avait déconseillé.

Fabian savait qu'Edelman avait entretenu d'étroites relations avec cette ambassade, une dizaine d'années plus tôt. En particulier pendant la période qui avait suivi la mort de son épouse, parce qu'il avait sérieusement envisagé à ce moment d'aller vivre en Israël. Était-ce à l'ambassade d'Israël qu'il y avait eu une fuite ? Tout ceci avait-il un quelconque rapport avec le meurtre commis quelques heures plus tard ? Et qui était Gidon Hass ? Fabian n'y comprenait rien. Mais une chose était certaine, son patron, Herman Edelman, en savait plus qu'il ne le laissait paraître.

« Nous voilà arrivés », dit le chauffeur en s'arrêtant devant sa porte à Fatbursgatan.

Fabian sortit son portefeuille de sa poche, puis interrompit son geste et leva les yeux vers les fenêtres éteintes. Il aurait dû être fatigué et n'avoir envie que d'une chose : se glisser sous sa couette et fermer les yeux. Ces dernières quarante-huit heures lui semblaient avoir duré une semaine. En plus il avait bu. Mais tant pis. Le chauffeur se trompait.

Ils n'étaient pas arrivés.

67

Alors qu'elle avait depuis longtemps évalué ses chances de survie comme étant proches de zéro, Sofie Leander était cette fois convaincue que les secours étaient là. Que la police l'avait maintenant retrouvée et qu'il y avait une raison à cette interminable attente et au fait que son bourreau l'ait laissée en vie.

Mais elle se trompait. Elle se trompait terriblement.

Ce n'était pas elle que la police avait trouvée. En admettant que ce soit bien la police. Elle se mordit violemment la lèvre pour tâcher de mettre un terme à ses pensées qui tournaient en boucle tandis qu'elle essayait de comprendre. Mais elle ne comprenait rien du tout, à part que sa dernière chance de survivre à cette horrible aventure venait de s'écrouler. Cet espoir naïf auquel elle s'était accrochée sans jamais oser y croire réellement. L'idée que ce n'était peut-être pas encore fini. Qu'elle connaîtrait à nouveau la douce caresse du soleil sur son visage. Le goût merveilleux d'un bon café. Le bonheur de se blottir dans les bras de son mari et de se sentir rassurée comme une petite fille.

Elle savait à présent qu'elle avait eu tort d'espérer.

Et réaliser cela était le sentiment le plus douloureux qu'elle ait jamais éprouvé. Une plaie qui se rouvrait alors qu'elle commençait tout juste à cicatriser. Elle savait comment tout cela allait se terminer et cependant, une partie d'elle n'avait jamais cessé d'espérer et de croire. Elle avait toujours été croyante, mais elle venait de comprendre pourquoi la religion faisait autant d'émules. Pourquoi on ne pourrait jamais retirer la foi aux gens. Quels que soient les arguments employés pour l'en dissuader, si illogiques que soient ses croyances, jamais on n'empêcherait un croyant de croire. La douleur était tout simplement trop insupportable.

En ce moment, elle balançait entre deux extrêmes, l'espoir d'une vie en rose où tout finirait par s'arranger, et l'envie de disparaître, de se décomposer et d'offrir aux vers un festin de roi. Les deux possibilités avaient pour elle le même attrait. Sans doute parce que tout était préférable à ce qu'elle était en train de vivre. Il fallait qu'elle fasse quelque chose. Quoi qu'il lui en coûte. Elle ne pouvait pas continuer comme ça. Mais quoi ? Elle avait entendu parler de gens, en particulier des femmes, qui étaient soudainement capables de soulever des voitures pour sauver leur enfant. Le désespoir avait envoyé tant d'adrénaline dans leur corps qu'elle leur avait pratiquement donné des super pouvoirs. Mais aucune voiture n'était en train d'écraser l'enfant qu'elle n'avait pas. Elle, tout ce qu'elle avait, c'était du désespoir, et ça, elle en avait à revendre.

La sonde alimentaire se déclencha pour lui envoyer la pâte sucrée et gluante qui remplirait sa bouche et envahirait sa gorge, l'obligeant à déglutir pour ne pas s'étouffer. Cette nourriture infâme qui la forçait à rester en vie, attachée sur cette table infernale, à mi-chemin entre existence et trépas.

Elle essaya de tourner la tête, mais le tuyau suivit et le liquide emplit sa bouche malgré tout. Sans savoir quel résultat elle espérait obtenir, elle durcit ses muscles à la douleur que lui infligeaient les sangles et commença à se débattre, se jetant d'un côté, puis de l'autre, tandis que l'épaisse substance se frayait un chemin jusqu'à sa glotte et déclenchait un réflexe de vomissement.

Ce fut alors qu'elle s'en aperçut. Il devait s'agir d'à peine quelques millimètres. Mais le phénomène était nouveau, de cela au moins elle était sûre, et cela lui donna l'énergie de continuer à tendre chacun de ses muscles et de basculer son corps d'un côté à l'autre. La table bougeait, cela ne faisait aucun doute. Elle avala quelques gorgées de l'infâme bouillie qui s'écoulait dans sa bouche, afin de rassembler des forces pour renverser la table.

Son mouvement de balancier s'accompagnait d'un grincement de plus en plus bruyant et elle résolut de ne pas s'arrêter avant que le bruit cesse. Elle se mit à compter ses allers-retours et arrivait au nombre de trois cent quatre-vingt-quatre quand le couinement se tut et qu'un craquement sonore le remplaça.

Elle mit quelques instants à ouvrir les yeux pour se rendre compte qu'elle était maintenant couchée sur le flanc par terre, dos à la table renversée. Plusieurs sangles avaient dû se détacher puisqu'elle réussit à libérer un bras et à le bouger à sa guise. Avec un peu de chance, elle parviendrait même à attraper le scalpel tombé sur le sol en béton, à quelques mètres d'elle.

68

Fabian mit un certain temps à réaliser la portée de cette conversation entre Grimås et Edelman. On aurait dit que son instinct de survie s'était déclenché pour le protéger. Quand le choc finit par se répercuter dans son organisme, il dut demander au chauffeur de s'arrêter. Il descendit du taxi et alla avaler quelques longues goulées d'air glacé dans la nuit hivernale. Dans son esprit se bousculaient des sentiments contradictoires. Une partie de lui refusait de croire ce qu'il venait d'entendre, une autre l'imaginait en train de se jeter sur son ancien mentor et de l'immobiliser au sol en lui tordant un bras dans le dos.

Il était en route vers l'appartement de Herman Edelman à Kaptensgatan, avec l'intention de le confronter directement à cette conversation téléphonique. Comme si, inconsciemment, il espérait encore qu'il y ait quelque part une explication plausible qui lui permettrait de rentrer chez lui se coucher avec la certitude que tout reviendrait à la normale dès qu'ils auraient parlé ensemble de tout cela.

Mais il avait déjà compris qu'une telle explication n'existait pas. Aucune autre en tout cas que la première qui lui était venue en tête, c'est-à-dire qu'Edelman en savait plus qu'il ne le disait, et qu'il avait quelque chose à voir avec la mort du ministre de la Justice. À un moment ou à un autre, il allait devoir le mettre dos au mur et exiger des réponses. Mais

381

pas encore. Il en savait trop peu, et pour obtenir les bonnes réponses, il devrait poser les bonnes questions.

C'est pourquoi, lorsqu'ils passèrent devant la porte d'Edelman, il demanda au chauffeur de continuer à rouler, de prendre Artillerigatan et de le conduire au commissariat de police de Kungsholmen. Arrivé là, il sortit sa carte d'accès de son portefeuille, tapa le numéro sur le digicode et s'engagea dans les couloirs sombres jusqu'au bureau qu'il partageait avec Malin.

L'idée était de tout relire depuis le début. D'examiner, de retourner et de tordre tous les éléments de l'enquête jusqu'à ce qu'il les voie avec un œil neuf. Il était convaincu que la réponse se trouvait là, quelque part parmi toutes ces images, ces notes et ces étranges coïncidences.

Mais tout ce qui avait un rapport avec l'affaire s'était mystérieusement volatilisé. Le *whiteboard*, le panneau d'affichage au mur, les documents qui encombraient sa table de travail et tous les dossiers empilés par terre. Il n'y avait plus rien. Comme si quelqu'un était venu faire un grand ménage dans l'intention de mettre le bureau en vente sur le Net. L'investigation était officiellement terminée. Mais il y avait à peine sept heures que Kremph s'était donné la mort et, même s'il n'y aurait jamais de procès, il fallait bien sécuriser les preuves matérielles, les archiver, rédiger des rapports et organiser un débriefing avant de boucler l'enquête.

Par acquit de conscience, il ouvrit son ordinateur et lança une recherche dans les archives, mais là non plus, il n'y avait rien. Il se demanda qui pouvait être derrière ce grand nettoyage. S'enfonçant dans son fauteuil, Fabian se dit que ça pouvait être l'œuvre des services de renseignements comme d'Edelman lui-même, ou alors de quelqu'un d'autre. Par exemple de quelqu'un qui, comme lui, savait que le meurtrier était toujours en liberté.

Ne sachant pas très bien comment poursuivre à partir de là, il décida de rentrer chez lui et d'essayer de dormir quelques heures. Mais alors qu'il éteignait son ordinateur, il aperçut l'une des deux poupées en porcelaine qu'ils avaient trouvées dans l'immeuble en voie de démolition. Elle était assise sur l'étagère de Malin, à côté d'une pile de classeurs et de deux rouleaux de biscuits Marie. Il ne se souvenait pas que l'un d'eux ait rapporté cette poupée au commissariat, et même si ça avait été le cas, elle n'aurait pas dû se trouver ici, mais entre les mains de Hillevi Stubbs. S'il s'agissait bien de l'une d'elles. Mais peut-être était-ce simplement une poupée qui ressemblait aux deux premières ?

Il la prit et se mit à examiner en détail les cheveux bouclés, la robe agrémentée de broderies et le chapeau assorti, évidemment, tout cela lui fit penser à *sa* poupée. Un détail sur celle qu'il avait entre les mains retint son attention. Les yeux avaient quelque chose d'étrange. Une différence entre le droit et le gauche. En les regardant de plus près, il constata en effet que l'une des deux pupilles brunes était en réalité un orifice.

Avec une appréhension grandissante, il étudia la poupée sous toutes les coutures. Le chapeau, le visage désagréablement proche d'un visage humain, les bras et les jambes en porcelaine. Il regarda aussi sous la robe attachée dans le dos avec une bande de Velcro.

Au départ, il était perplexe, mais à l'instant où il comprit, il en eut froid dans le dos. Tout son corps se couvrit de sueur. À l'instar de l'abdomen de Carl-Eric Grimås, le dos de la poupée avait été évidé et, dans l'étroite cavité, il découvrit un boîtier en plastique, rectangulaire, incrusté de diodes clignotantes. En bas, à gauche du boîtier, à côté d'un petit bouton d'interrupteur, était écrit le mot « Anbash », et au sommet était branché un mince câble qui disparaissait à l'intérieur du cou du jouet et entrait dans sa tête. Fabian n'avait jamais vu ce genre d'appareil, mais il devina sans difficulté qu'il devait s'agir d'une caméra, alimentée par une pile et reliée d'une manière ou d'une autre au réseau Internet.

Le criminel avait donc pu surveiller à distance l'appartement condamné et sa table plastifiée, et depuis quelques jours, il pouvait également voir tout ce qui se passait dans leur bureau. Il avait été témoin de toutes leurs réflexions et savait précisément où ils en étaient dans leur enquête. Pas seulement Malin, Tomas et Jarmo, mais lui également.

En cet instant même.

69

Dunja avait encore mal partout et elle ne devait plus ressembler à rien. Elle avait passé la matinée à éviter tous les miroirs qu'elle croisait sur son passage pour ne pas voir l'étendue du désastre. Kjeld Richter et ses troupes ayant envahi son appartement, elle passait la nuit à l'hôtel Nora, à l'angle de Nørrebrogade. Sleizner avait promis de payer la note et on lui avait proposé un soutien psychologique, mais elle avait décliné l'offre. Elle ignorait pourquoi, mais pour l'instant, elle n'avait pas encore eu de réaction aux événements de la nuit. Elle se dit qu'elle devait être encore en état de choc.

Quoi qu'il en soit, elle avait décidé de rester à l'hôtel tant qu'on n'avait pas besoin d'elle et de profiter dans la mesure du possible du fait qu'on était dimanche. Mais après avoir réussi à se lever de son lit, à prendre une douche et à manger le petit déjeuner qu'on lui avait monté dans la chambre, elle ne tenait déjà plus en place. Une heure plus tard, elle sortait de l'ascenseur et elle traversait en boitant le couloir de la Criminelle où elle entendit que ses collègues étaient en pleine réunion.

Bien sûr, elle avait conscience qu'après ses mésaventures de la nuit précédente, elle n'aurait pas dû se trouver là, mais franchement, elle les trouvait quand même gonflés. C'était son enquête. C'était elle qui avait suivi la piste et tiré des conclusions. Certes, elles étaient toutes erronées, mais tout de même. La moindre des choses eût été de lui demander si elle voulait participer.

La porte de la salle de conférences était ouverte et elle entendit des éclats de rire. Une affaire compliquée avait été résolue et un dangereux criminel avait été mis hors d'état de nuire. Elle sentait, sans avoir besoin d'être à l'intérieur, l'atmosphère décontractée qui régnait dans la pièce. Ils doivent tous être en train d'essayer de tirer la couverture à eux, songea-t-elle en frappant contre le montant de la porte ouverte.

Les rires cessèrent et tout le monde la regarda entrer.

« Mais qu'est-ce que tu fais là, Dunja ? » Sleizner se leva et vint à sa rencontre.

« La question est de savoir ce que vous faites là, dit-elle, une main levée pour le tenir à distance. Je croyais que c'était moi qui dirigeais cette enquête ?

– Bien sûr que c'est toi. Mais elle est terminée, maintenant. Grâce à toi. Il ne reste plus qu'à régler les derniers détails…

– Qui a dit qu'elle était terminée ? l'interrompit Dunja. Pas moi, en tout cas.

– Non. C'est moi. Je suis encore à la tête de ce département, que je sache. Ou bien j'ai loupé un épisode ? » Sleizner ricana en se tournant vers les autres qui l'accompagnèrent aussitôt.

Dunja demeura impassible. Elle n'avait nullement envie de faire partie de leur petit club.

« Je ne comprends pas, Dunja. Où est le problème ? reprit Sleizner. Le meurtrier a été identifié et il est mort. L'enquête sur ce qui s'est passé chez toi n'est pas encore terminée, mais je ne veux pas que tu te fasses du souci pour ça. Tu devrais rester à l'hôtel et te reposer.

– Le problème est que ce n'est pas lui.

– Comment ça, ce n'est pas lui ? » Sleizner échangea des regards avec les autres. « Tu ne prétends pas sérieusement que Benny Willumsen n'est pas coupable ?

– Il n'a pu commettre ni les meurtres de Karen et d'Aksel Neuman, ni celui de Katja Skov. » Elle claudiqua dans la pièce et remarqua que le simple fait de sa présence mettait Hesk si mal à l'aise qu'il se tortillait comme une anguille pour éviter son regard.

« Voyons, Dunja... » Sleizner soupira avec ostentation. « C'est ta première affaire, et il est normal après ce que tu as vécu que tu...

– Il ne s'agit pas de moi, Kim...

– Je peux terminer ?

– Non, parce que je sais déjà ce que tu vas dire, et tu te trompes. » Dunja alla insérer une capsule dans la machine Nespresso et lança un café. « Alors maintenant, c'est toi qui vas me laisser terminer. » Elle prit la tasse pleine à ras bord et constata qu'elle n'avait aucune difficulté à oublier de mettre une pièce de cinq couronnes dans le panier. « Tout d'abord, j'ai rencontré le meurtrier. Le vrai. Pas Willumsen. Et il est beaucoup plus petit que lui.

– En Suède ? » demanda Kjeld Richter, et Dunja acquiesça en allant s'asseoir.

« Tu as pu voir son visage ? » Pour la première fois, Jan Hesk la regarda dans les yeux.

« Non, il me tournait le dos et quand il s'est retourné, son visage était dissimulé derrière un masque à gaz. Ensuite il m'a endormie, comme il a dû le faire avec ses autres victimes.

– Sauf que les autres, il les a tuées.

– Et c'est à ça que je voulais en venir. Pourquoi m'épargner en Suède pour essayer de m'assassiner au Danemark quelques heures plus tard ? »

Silence et échanges de regards.

« Et toi, tu expliquerais ça comment ? s'enquit finalement Sleizner.

– Willumsen cherche avant tout des sensations fortes alors que notre criminel a un tout autre mobile. Et je ne faisais pas partie de son plan.

– Alors qu'est-ce que Willumsen vient faire là-dedans ? » Sleizner s'éloigna vers la machine à café et lâcha démonstrativement une pièce dans le panier. « S'il est soudain tellement innocent, pourquoi entre-t-il par effraction chez toi pour te...

– Je n'ai jamais dit qu'il était innocent ! Il n'a pas commis les trois derniers meurtres, c'est tout ce que je dis. En revanche, je pense qu'ils ont été mis en scène pour le faire croire.

– Tu veux dire qu'on a affaire à un *copycat* ? demanda Richter.

– C'est possible. En tout cas, il a compris que je suivais sa trace, et au lieu de s'enfuir, il a...

– Non. Je suis désolé, mais ça ne tient pas la route. » Sleizner secoua la tête. « Tout ceci est bien sûr l'œuvre de Benny Willumsen. » Il fit un signe du menton vers le *whiteboard* couvert de photographies et de flèches, soulignant les similitudes entre les anciens et les nouveaux cas. « Je ne vois vraiment pas quelle raison il y aurait de changer quelque chose à ce que nous...

– Tu es aveugle ou quoi ? s'exclama Dunja en frappant du plat de la main sur la table et en renversant le gobelet qui contenait son expresso. Savoir que le meurtrier court toujours me paraît être une raison suffisante, non ? »

Un nouveau silence tomba sur la pièce. Chacun attendait une réaction de Sleizner. Les regards devinrent fuyants. C'était la première fois que quelqu'un osait élever le ton en sa présence. Dunja se leva, inséra une nouvelle capsule dans la machine, attendit sa nouvelle tasse de café et alla se rasseoir. Sans la moindre velléité de payer.

« Je vais être très franc avec toi, Dunja, dit finalement Sleizner. Tu as fait un travail fantastique, il n'y a aucune discussion là-dessus. Et je crois que je peux dire au nom de tous, ici, que personne n'aurait pu penser que cela irait si vite. Alors pour ça, je te félicite. » Il applaudit mollement et se mit à marcher autour de la table. « Quant au ton sur lequel tu me parles et à ton attitude générale, je ne les tolérerai pas. » Il vint se placer derrière la chaise sur laquelle elle était assise. « Je veux bien les mettre sur le compte de ce que tu viens de traverser ces dernières quarante-huit heures et de l'ivresse que tu ressens d'être encore en vie. C'est pourquoi je vais te pardonner pour cette fois. Pour le reste, et c'est le seul sujet qui mérite qu'on en parle, je crois que tu fais fausse route. Ou plus exactement, je suis sûr que tu es complètement à côté de la plaque, mais pour ne pas me faire plus malin que les autres, je propose que nous examinions la thèse du deuxième criminel. Comme un petit jeu pour voir où cela nous mène.

– Merveilleux, dit Dunja. Alors je suggère que nous...

– Voici ma première question. Pourquoi t'enfermer dans le coffre d'une voiture en compagnie des cadavres de Neuman et de Skov découpés en morceaux et ne pas te laisser tout simplement là-bas, en Suède ? Ça n'a pas de sens ! D'abord cela nous a permis de retrouver la voiture beaucoup plus rapidement mais aussi de mettre la main sur un important nombre de pièces à conviction, dont une que nous venons d'envoyer au laboratoire pour effectuer une recherche d'ADN.

– De quoi s'agit-il ? Qu'est-ce que vous avez trouvé ?

– Pas nous. Pedersen », intervint Hesk. Puis il attendit le feu vert de Sleizner pour poursuivre. « Il a passé la nuit à examiner les morceaux de cadavre. » Hesk sortit deux clichés d'une enveloppe en papier kraft et les posa sur la table devant Dunja.

Les deux photos étaient prises de dessus. La première montrait les morceaux du corps d'Aksel Neuman, disposés sur une table d'examen bien éclairée à leur « emplacement original », comme un puzzle en 3D. De la tête aux pieds, avec quelques centimètres de distance entre chaque morceau. Dunja compta onze morceaux et elle ne put s'empêcher de penser au numéro de prestidigitation de la femme coupée en deux qui cette fois-là aurait raté.

Le deuxième cliché montrait Katja Skov sur la table voisine, disposée de la même manière.

« Où est son sein droit ? » Dunja étudia la photo de plus près et montra le torse de la femme qui, contrairement à celui d'Aksel Neuman, était tranché par le milieu. Là où aurait dû se trouver la partie droite de sa poitrine, il n'y avait rien.

« Il est encore manquant. Mais ce n'est pas le plus intéressant. » Hesk posa une troisième photo sur la table qui représentait un plan rapproché du pubis de Skov. « Pedersen a pu prélever dans son vagin le sperme du meurtrier. L'élément qui a toujours manqué pour faire condamner Willumsen. »

Dunja hocha la tête. « Et s'il s'avère que ce n'est pas le sien ?

— Nous le saurons quand nous aurons les résultats du labo, répliqua Sleizner. Mais revenons à ma question. Quel intérêt avait-il à t'enfermer dans le coffre de la voiture ?

— Je me suis posé la même question, et je suis arrivée à la conclusion qu'il n'y avait qu'une réponse possible. » Elle les regarda tous à tour de rôle. « Il voulait que nous trouvions la voiture et ce qu'il y avait à l'intérieur le plus rapidement possible.

— Tu veux dire les preuves ? » dit Richter, et Dunja acquiesça.

« Le mobile du tueur aurait été de faire accuser Willumsen ?

– En partie, je pense. Mais plutôt comme une conséquence du reste. Il ne faut pas oublier que nous avons affaire à un individu qui est prêt à tuer des innocents et à les découper en morceaux. Non, je crois que Willumsen lui a seulement servi à nous envoyer sur une fausse piste, à nous détourner du vrai sujet.

– Qui est ? s'enquit Sleizner avec une irritation qu'il ne cherchait plus à cacher.

– Je pense que la réponse se trouve chez les victimes. Ou plutôt, puisque vous me demandez mon avis, dans ce qui manque aux victimes. » Elle tapota du doigt la photographie de Katja Skov. « Je pense qu'il faut récupérer la voiture dans le port de Helsingör, ou au moins envoyer des plongeurs pour jeter un coup d'œil. C'est dans cette voiture que le meurtrier est arrivé là-bas, je vous rappelle. »

Sleizner ne fit pas de commentaire et il réfléchit. « D'accord, si tu veux. Mais si le résultat de l'analyse ADN confirme que c'est bien le sperme de Willumsen, on classe l'affaire. C'est compris ? »

Tout le monde acquiesça.

Sauf Dunja.

70

7 h 30-8 h 30 Petit déjeuner
08 h 30-8 h 42 Débarrasser table petit déjeuner
08 h 42-9 h 00 Douche
09 h 00-9 h 14 S'habiller et préparer les affaires. Rasage (papa)
09 h 14-9 h 15 Dégivrer le pare-brise
09 h 15-9 h 30 Aller à la piscine
09 h 30-12 h 00 Matinée Aqualand!!!!!

« Allez, on y va. Sinon on va être en retard. » Matilda arracha des mains de Fabian le planning illustré de dessins multicolores.

À 7 h 13, elle avait allumé la lumière de sa chambre, sauté sur son lit et, à califourchon sur son ventre, elle lui avait montré le programme de leur dimanche. Il avait dormi moins de trois heures, ce qui était à peine la moitié du temps de sommeil qu'il lui aurait fallu pour être à peu près fonctionnel.

Deux doubles expressos plus tard, il était presque réveillé et se promettait de consacrer ce dimanche tout entier à être père. L'enquête attendrait. De toute façon, il avait besoin de temps pour réfléchir à la façon de la mener, à l'insu d'Edelman. Aujourd'hui, il laisserait les enfants décider. Il était même prêt à les accompagner à Aqualand, alors qu'il détestait cet endroit autant que le grand huit de Tivoli aux heures d'affluence.

Mais avant, ils allaient faire un bon petit déjeuner. Après avoir mis la table avec l'aide de Matilda et allumé une bougie sur la couronne de l'avent, Fabian se rendit dans la chambre de Theodor pour le réveiller. D'habitude, lorsqu'il entrait dans la chambre de son fils, le désordre, les moutons de poussière et l'odeur de renfermé lui donnaient des idées de grand ménage de printemps. Mais cette fois il eut un véritable choc, qui ne devait rien au désordre ambiant ni aux vêtements qui traînaient par terre. Ce fut comme de recevoir un violent coup de poing au plexus solaire.

Theodor dormait sur le dos et à la seconde où il le vit, Fabian se souvint que la veille, il avait commis un acte qui n'était pas seulement répréhensible, mais qui constituait à ses yeux un péché mortel. Il avait frappé son enfant. Sa patience était à bout et il l'avait giflé.

À présent son visage était marqué de taches rouges et bleues et il était gonflé autour de l'œil gauche et de la lèvre supérieure où le sang avait coagulé et formé une croûte. Il en eut l'estomac retourné et perdit aussitôt l'appétit qu'avaient éveillé toutes les bonnes choses qui les attendaient sur la table de la cuisine. Il tomba assis au bord du lit de son fils et, le front appuyé dans une main, il caressa doucement les cheveux de Theodor de l'autre. Est-ce que vraiment il y était allé aussi fort que ça ? Et, puisque cela semblait être le cas, parviendrait-il un jour à se le pardonner ?

Un jean sale roulé en boule par terre lui fit comprendre qu'il faisait erreur. Ou plus exactement la flaque de neige fondue dans laquelle baignait le vêtement.

Theodor était sorti cette nuit. Bien que Fabian le lui ait formellement interdit, et malgré la promesse qu'il lui avait faite de rester, il était sorti. Fabian faillit le réveiller pour lui demander des comptes. Mais à quoi bon ? Le mal était fait et il valait mieux le laisser dormir et aborder la question avec Sonja, quand tout le reste se serait un peu tassé.

« Mais papa ! Ça va prendre combien de temps ? demanda Matilda, assise à l'arrière pendant que Fabian cherchait une place sur le parking de l'hôpital.

– Pas longtemps. Maximum une demi-heure.

– Alors on n'aura pas le temps d'aller à Aqualand. Il faut y être à 9 heures et demie pour faire le circuit. Tu m'avais promis, insista Matilda tout en se penchant pour attraper le sac en plastique entortillé sur lui-même qui était posé à l'autre bout de la banquette.

– Je ne pouvais pas savoir que Malin allait m'appeler pour me reprocher de ne pas lui avoir rendu visite. Rassure-toi, on aura le temps de tout faire, à part aller à la piscine, peut-être, répliqua Fabian qui avait enfin trouvé une place. Le cinéma, le McDo et tout le reste du programme. Je m'y engage.

– Alors je veux des bonbons. » Matilda réussit à saisir le sac et le posa sur ses genoux.

« Des bonbons aujourd'hui ? Mais on est dimanche !

– Des bonbons du dimanche. Et je les veux tout de suite. »

Fabian prit note de l'ordre d'un hochement de tête muet et descendit de voiture pendant que Matilda ouvrait le sac et découvrait la poupée de porcelaine avec de grands yeux étonnés.

Malin était alitée dans une salle commune avec cinq autres patients. Elle dormait, son visage était aussi pâle que le drap de son lit et plusieurs mèches de son abondante chevelure étaient collées sur son front couvert de sueur. Son bras était relié à un goutte-à-goutte et la chemise d'hôpital mal fermée dévoilait une grande partie de son anatomie. Sans faire de bruit, Fabian déposa le bouquet agrémenté de branchages qu'il avait apporté dans un broc en inox posé sur la table roulante.

« Elle est morte ? demanda Matilda tout bas tandis qu'il écrivait un petit mot sur la carte.

– Non, elle est juste fatiguée. Viens, on s'en va. » Fabian prit sa fille par la main et ils s'en allèrent vers la porte.

« Vous allez où, comme ça ? »

Fabian se retourna et vit que Malin avait ouvert les yeux. « J'ai cru que tu dormais. Je ne voulais pas...

– C'est ça. Allez, viens plutôt me raconter. Salut, Matilda. C'est gentil d'être venue avec papa. Il y a une chaise là-bas, si tu veux. »

Matilda obtempéra.

« Te raconter quoi ? » dit Fabian.

Malin leva les yeux au ciel. « J'ai une pré-éclampsie. Pas la maladie d'Alzheimer. »

Fabian prit une chaise également et vint s'asseoir à son chevet. « Je n'ai pas grand-chose à te raconter que tu ne saches déjà. Kremph a profité de la confusion générale au moment où tu t'es évanouie pour se jeter par la fenêtre.

– Oui, ça, je savais. Mais ensuite ?

– Ensuite, rien. L'enquête est terminée et tout le monde est content. » Il conclut par un sourire tout en remarquant que Matilda avait réussi à ouvrir le paquet de bonbons.

« C'est à cause d'Anders ? C'est lui qui t'a demandé de jouer à ce petit jeu ?

– Quel petit jeu ? Je n'ai même pas parlé à Anders. Je ne comprends pas ce que...

– Laisse tomber, avant que je me mette en colère pour de bon. Et ne viens pas ici me raconter que l'affaire est classée. Tu crois que je ne vois pas à la ride que tu as entre

395

les sourcils à quel point tu te débats avec le fait qu'on soit dimanche alors que tu préférerais être au boulot ? »

Fabian fit semblant d'hésiter alors qu'en réalité, il savait déjà ce qu'il avait l'intention de faire. Il poussa un soupir. « Je ne crois pas à la culpabilité de Kremph. Je crois qu'on s'est servi de lui comme leurre pour détourner notre attention, et qu'il y a quelqu'un d'autre derrière tout ça. » Il s'attendait à rencontrer de la part de sa collègue une opposition farouche, nourrie d'arguments bien affûtés qui couleraient son idée en trois phrases. Mais il en fut pour ses frais. Elle ne leva même pas les yeux au ciel. Il se demanda si son silence signifiait qu'elle n'avait pas entendu ce qu'il venait de dire, ou si elle était trop fatiguée pour réagir. « Malin ? » Il agita une main devant son visage. « Tu m'as entendu ?

– Je t'ai entendu, oui. Et non, je ne suis pas encore en état de mort cérébrale. En fait, je me disais exactement la même chose.

– Ah bon ? Depuis quand ?

– Ça m'est venu un peu après que je me suis réveillée ici, dans cette chambre d'hôpital. Là-bas, j'ai cru qu'il parlait de son "autre moi". Mais ensuite j'ai compris que ce n'était pas le cas.

– Ah non ? » Fabian se pencha vers elle, attentif.

« Tu sais, pendant la reconstitution. Tu ne te souviens pas qu'il a dit un truc à propos de quelqu'un qui tout à coup était là ? »

Fabian secoua la tête. Il était si occupé à observer comment Malin s'en sortait qu'il n'avait pratiquement pas écouté ce que Kremph disait. « Non, je ne me souviens pas et malheureusement l'enregistrement a disparu.

– Comment ça, disparu ?

– Je suis passé cette nuit au bureau pour relire les éléments et revoir la vidéo filmée par Tomas lors de la reconstitution, justement. Mais quelqu'un était passé avant moi pour faire le ménage.

– C'est très étrange. Qui a bien pu...

– Moi je dirais la Säpo », répondit Fabian qui avait décidé pour l'instant de garder pour lui les questions qu'il se posait sur Edelman. « Je ne sais pas comment, ni pourquoi, mais je commence à croire que cette affaire dépasse largement les limites de notre petit département, et je suis prêt à parier que nous ne sommes pas les seuls à penser que Kremph est innocent.

– Quelle chance, alors, que je n'aie pas eu confiance en Tomas et en ses capacités de cameraman. Peux-tu me passer mon téléphone, là, sur la table ?

– Quoi ? Tu as enregistré la reconstitution ? » Fabian lui tendit son portable.

« Je voulais pouvoir l'écouter tout de suite en rentrant chez moi, tu comprends ? » Elle alluma le téléphone et après quelques manipulations, elle démarra un enregistrement. « Tiens, écoute ça. »

« *Mais il ne faut surtout pas, ce n'est pas bien du tout. C'est très mauvais. Ça ne va pas, tout se met à aller de travers et il ne faut pas, absolument pas. Que ça aille de travers, je veux dire* », résonna de nouveau le galimatias de Kremph. « *Il faut faire tout comme il faut, parce que sinon, tout devient flou, et ça me fatigue, et tout à coup, l'autre barbant revient, sauf qu'il n'y a que moi...* » On entendait Kremph avaler sa salive et reprendre son souffle : « *... qui ai les clés, mais il est là quand même pour m'expliquer et m'aider. Il croit que je ne sais pas, mais je sais, et tout devient sombre et noir et c'est comme si je disparaissais.*

– *Ossian, s'il vous plaît. Essayez de vous calmer et de...* »

Malin mit l'enregistrement sur « pause » et attendit la réaction de Fabian. « Tu as entendu ?

– Tu veux dire quand il parle du "barbant"? Je croyais qu'il faisait référence à son deuxième moi. Il le dit juste après, d'ailleurs.

– C'est ce que j'ai cru en écoutant la bande la première fois. Mais écoute-la de nouveau, attentivement. » Elle revint en arrière et remit l'enregistrement en route.

« Papa, on n'a pas bientôt fini ? pleurnicha Matilda.

– Chut, Matilda, tais-toi. On n'en a pas pour longtemps. »

« *Il faut faire tout comme il faut, parce que sinon, tout devient flou et…* »

« Mais papa, je m'ennuie, moi… »

Fabian dit à nouveau *chut*, sans se tourner vers elle et ne vit donc pas que la poupée de porcelaine était cachée à l'intérieur de son manteau et que Matilda était en train de tripoter le bouton dans le dos du jouet.

« *… et tout à coup, l'autre barbant revient, sauf qu'il n'y a que moi… qui ai les clés, mais il est là quand même pour m'expliquer et m'aider. Il croit que je ne sais pas, mais je sais, et tout devient sombre et noir…* »

« Tu as entendu ? Il parle des clés : "sauf qu'il n'y a que moi qui ai les clés, mais il est là quand même pour m'expliquer et m'aider". »

Fabian hocha la tête. Malin avait raison.

« En plus, poursuivit Malin, il ne dit pas *barbant*, mais *barbu*. Je pense qu'il parle de quelqu'un d'autre. De quelqu'un qui porte une barbe. Quelqu'un qui entre alors qu'il n'a pas les clés. Écoute ce passage. » Elle remit l'enregistrement en marche.

« *Je ferme toujours à clé quand je rentre. J'ai même changé les verrous. Je ferme les verrous, un par un, et je vérifie que tout est bien fermé. Toujours. Sinon, on croit qu'on l'a fait, mais on n'est pas sûr... »*

« Il a changé les verrous. Mais ce "barbu" est quand même là pour lui expliquer les choses et l'aider.

– Ce serait donc le barbu en question qui serait notre homme ?

– Qui veux-tu que ce soit d'autre ? »

Fabian pensait à ce que venait de dire Malin et tandis qu'il réfléchissait, une femme de ménage entra dans la salle avec son chariot et se mit à laver par terre.

« Ah c'est gentil ! Merci ! s'exclama Malin. Comme vous pouvez le constater, j'ai été un peu maladroite hier soir et j'ai renversé un peu de café. » Elle se pencha pour montrer à la femme une tache brune à côté de son lit.

« Ce qui signifie qu'il doit y avoir un autre moyen d'entrer dans cet appartement, fit remarquer Fabian en se poussant pour laisser la femme de ménage faire son travail.

– J'allais y venir. L'échafaudage.

– Non, il se trouve de l'autre côté, sur la façade qui donne sur Östgöta... Matilda ? » Fabian venait de s'apercevoir que Matilda jouait avec la poupée. Il se précipita. « Mais qu'est-ce que tu fabriques ? » Il lui arracha le jouet des mains. « Est-ce que je t'ai autorisée à jouer avec cette poupée ? » Il chercha fébrilement le minuscule interrupteur et éteignit la caméra. « Hein ? Qui te l'a permis ? Je peux savoir ?

– Mais je croyais qu'elle était pour moi, papa ! riposta Matilda, les larmes aux yeux. Je croyais que c'était un cadeau pour te faire pardonner parce que tu n'es jamais à la maison. » Ses yeux débordèrent et les larmes se mirent à couler sur ses joues.

« D'accord, chérie, je comprends.

– Tu es très fâché ?

– Mais non, je ne suis pas fâché. Tu ne pouvais pas savoir qu'il n'y avait que papa qui avait le droit de la toucher avant Noël. » Il serra sa petite fille dans ses bras.

« Tu peux m'expliquer ce qui se passe ? » demanda Malin.

Il acquiesça. « Oui, mais d'abord, on va voir si on peut te trouver une autre chambre. »

71

Sa réaction était peut-être excessive et Malin avait probablement raison en l'accusant d'être plus parano qu'un infiltré. Mais Fabian n'en avait que faire. Parano ou pas, il ne se sentirait pas tranquille tant qu'elle ne serait pas installée dans une autre chambre et que le personnel de l'hôpital n'aurait pas promis de refuser de dévoiler à quiconque, hormis à ses proches, où elle se trouvait.

Matilda avait réussi à mettre la caméra en route, et on ne pouvait pas savoir quelles images elle avait inconsciemment filmées et pendant combien de temps elles avaient été transmises à leur destinataire inconnu avant que Fabian vienne l'éteindre. Dans le meilleur des cas c'était insignifiant, mais il y avait aussi de fortes chances qu'il ait eu le temps de voir à la fois la chambre où ils se trouvaient, leurs visages et d'entendre une grande partie de leur conversation.

Il avait d'abord pensé à détruire la caméra, mais avait fini par revenir à sa première idée qui était de demander à Hillevi Stubbs d'y jeter un coup d'œil. Avec un peu de chance, elle saurait lui dire quelles images avaient été envoyées et peut-être même à qui.

En quelques secondes, Stubbs avait confirmé ses pires craintes. L'entreprise chinoise Anbash Limited n'existait que depuis trois ans, mais elle avait déjà eu le temps d'inonder le marché de produits qu'on ne pouvait qualifier autrement que de matériel d'espionnage. Un matériel que n'importe qui pouvait se procurer sur le Net.

La caméra sans fil était leur dernier article phare, et ainsi que Fabian l'avait deviné, elle était équipée d'une carte SIM, connectée au réseau 3G et capable d'envoyer des images et du son aussitôt que ses détecteurs de mouvement étaient activés. Stubbs n'avait malheureusement aucune idée de la façon dont ils pourraient tracer le destinataire, la carte SIM étant une carte anonyme et sans abonnement, reliée à la Toile via un serveur proxy auprès duquel le destinataire récupérait les informations sans révéler son adresse IP.

« *Mais ôte-moi d'un doute* », avait-elle dit tout à coup tandis qu'il remettait la poupée dans le sac en plastique et lui demandait les clés de l'appartement de Kremph. « *Je croyais que cette enquête était terminée ? Le criminel s'est suicidé, non ?* » Il avait hoché la tête et avait répondu qu'il devait juste vérifier les derniers détails. « *Fais quand même attention à toi !* » lui avait-elle lancé alors qu'il marchait vers sa voiture dans laquelle Matilda l'attendait.

Bien qu'ils se soient totalement écartés du programme prévu pour cette matinée, Matilda était d'excellente humeur. À défaut d'avoir passé la matinée escomptée, elle organisa leur après-midi d'une main de fer et refusa systématiquement la moindre entorse au planning. Leur première étape était le cinéma du centre commercial de Söderhallarna où elle insista pour qu'ils aillent voir *Avatar*, l'épopée en 3D de James Cameron qui venait de sortir. Bien que la série des *Alien* et des *Terminator* fasse partie des films préférés de Fabian, il n'avait aucune envie d'aller voir « les aventures des hommes bleus », ainsi qu'il avait baptisé le film après avoir vu la bande-annonce.

Il s'avéra malheureusement qu'il avait eu raison dans ses a priori négatifs, et le seul intérêt qu'il trouva à ces deux heures et quarante minutes de « promenade en forêt » fut la sieste bien méritée qu'il avait réussi à voler derrière les verres de ses lunettes 3D.

Matilda, au contraire, avait adoré le film. C'était le meilleur film qu'elle ait jamais vu, un commentaire qu'elle faisait, en gros, chaque fois qu'elle allait au cinéma. Sauf que cette fois-ci, elle était prête à renoncer à tous les autres projets de la journée pour retourner tout de suite le voir une deuxième fois. Mais la faim avait heureusement tranché et les avait ramenés au programme initial qui était d'aller engouffrer chacun son menu McDo au restaurant de Folkungagatan. Après quoi ils avaient pris la voiture jusqu'à Mariatorget et joué au bowling jusqu'à l'heure du dernier point de son planning.

19 h 15-20 h 00 Faire une surprise à maman en lui apportant un snack à l'atelier.

Fabian espérait que cette dernière idée passerait à la trappe, ou qu'ils n'auraient pas le temps de la mettre en œuvre. Sonja détestait les surprises et elle détestait encore plus être dérangée dans son travail quand elle préparait une expo. Et cette exposition, en particulier, semblait la stresser encore plus que d'habitude.

En marchant vers la voiture garée un peu plus haut sur la colline de Hornsgatspuckeln, il proposa à Matilda qu'ils aillent plutôt manger quelque chose en tête à tête ou bien qu'ils appellent Theodor pour qu'il vienne les rejoindre. Mais Matilda n'en démordit pas. Ils iraient surprendre Sonja avec un en-cas comme c'était prévu. Une demi-heure plus tard, il sonnait à l'interphone de Munkbrogatan n°6.

« Pourquoi est-ce qu'elle ne répond pas ? s'inquiéta Matilda, un mug fumant dans chaque main.

– Je ne sais pas. Elle est peut-être allée acheter de la peinture.

– À cette heure-ci ? Un dimanche ?

– Ou alors, elle n'a pas envie d'être dérangée. Tu sais comment elle est quand elle est stressée. » Fabian appuya un peu plus longtemps sur le bouton et attendit. « Allez, viens, Matilda. On va aller s'asseoir au café et boire ce chocolat avant qu'il soit complètement froid. »

Matilda insista. « Tu n'as qu'à ouvrir avec tes clés.

– Quelles clés ?

– Ton jeu de clés. Tu as une clé de l'atelier et de la porte d'entrée.

– Mais non. Où est-ce que tu vas chercher... ?

– Papa... » Matilda leva les yeux au ciel.

Elle avait raison. Il avait un double des clés de l'atelier pour le cas où Sonja égarerait les siennes ou si pour une autre raison il avait besoin de s'y rendre, mais certainement pas pour débarquer à l'improviste, comme un chien dans un jeu de quilles. Le fait que Matilda soit au courant de ce détail amena Fabian à se demander ce qu'elle savait d'autre.

« Mais oui, j'avais oublié, les voilà. » Il inséra une clé dans la serrure et ouvrit la porte.

Ils prirent l'ascenseur jusqu'au dernier étage et l'escalier pour monter dans les combles où se trouvait l'atelier. Matilda pressa la sonnette avec un des mugs en carton.

« Bon, ouvre maintenant, ordonna-t-elle au bout de quelques secondes.

– Tu ne veux pas qu'on attende un peu, le temps qu'...

– Papa... Ouvre. »

À contrecœur, Fabian ouvrit la porte. « D'accord, mais je rentre en premier et tu m'attends ici. » À sa surprise, Matilda acquiesça et le laissa entrer en éclaireur.

Il ne savait pas au juste à quoi il s'attendait. Peut-être à trouver Sonja, tremblante, recroquevillée dans un angle de l'atelier, incapable de couvrir un tas de toiles vierges de nouveaux motifs sous-marins qui ne seraient que des répétitions de ce qu'elle avait présenté à ses quatre précédentes expositions. Au contraire, il trouva Sonja avec un casque audio sur la tête, en train d'écouter « Shout » de Tears For Fears, à un tel volume qu'on entendait encore le groupe brailler alors qu'elle chantait en même temps, tout en travaillant sur plusieurs toiles simultanément.

Fabian fut soulagé et en même temps inquiet de la réaction qu'elle aurait en le voyant. Elle allait lui en vouloir de la couper dans son élan créatif et le mieux qu'il avait à faire était de se retirer discrètement, puis d'aller convaincre Matilda qu'ils devaient laisser sa maman travailler en paix. Mais alors qu'il battait en retraite, la lumière de l'atelier s'alluma et s'éteignit brusquement et, surprise, Sonja se retourna. « Qu'est-ce que vous faites là ? s'exclama-t-elle avec le regard glacial auquel il fallait s'attendre. Il me semblait avoir été très claire sur le fait que je ne...

– On t'a apporté un snack », l'interrompit Matilda, en retirant son doigt de l'interrupteur de l'entrée.

Sonja se ressaisit et s'efforça de sourire.

« Je te promets que j'ai essayé de l'en dissuader, Sonja, mais tu sais comme Matilda peut être obstinée. »

Sonja hocha la tête et poussa un soupir. « OK, tout va bien.

– Tu es sûre ? »

Elle hocha de nouveau la tête et alla se mettre à croupetons devant sa fille.

« Qu'est-ce que vous m'avez apporté de bon, alors ?

– Du café et des brioches.

– Mmm, pile ce dont j'avais envie. »

Contre toute attente, la pause goûter tardive se passa au-delà de toute espérance. Fabian avait craint des silences pesants et des regards de reproche mais il n'y eut ni l'un ni l'autre, et il eut honte de l'avoir pensé.

Matilda avait tout organisé dans les moindres détails et elle savait exactement comment elle voulait que les choses se passent. Elle confia à Sonja la mission de trouver un morceau de tissu qui puisse servir de nappe, et l'étala par terre. Puis elle ordonna à Fabian d'éteindre les lumières électriques et d'allumer toutes les bougies qu'il pouvait dénicher et de les disposer en cercle autour de la nappe. Enfin, Matilda mit en route le CD que son père avait gravé pour sa mère, avec le morceau de Prince « I would die 4 U » dix-neuf fois de suite.

Le café avait refroidi depuis belle lurette et les brioches au safran commençaient à se dessécher. Mais qu'importe. Matilda profita à fond du moment qu'ils passaient ensemble et elle anima la réception avec les sujets les plus variés, allant de ce qu'elle souhaitait comme cadeaux de Noël à l'endroit où elle voulait qu'ils partent en vacances et, comme deux danseurs qui apprennent pas à pas une chorégraphie élaborée, Fabian et Sonja l'aidèrent en évitant soigneusement tout sujet de discorde.

Fabian se surprit à éclater de rire à plusieurs reprises et il ne put s'empêcher de remarquer que le sourire figé de Sonja devenait peu à peu plus naturel et spontané. La ride au milieu de son front avait disparu, ses épaules s'étaient détendues, sa bouche était moins pincée, et il eut l'impression de retrouver la Sonja de leurs premières années en couple. La Sonja d'avant les contraintes des enfants petits à la maison et de l'angoisse de la toile blanche à l'atelier. La Sonja d'avant les éternelles disputes. Ah, si la vie pouvait être aussi simple !

Il vit qu'il était plus de 20 heures et même pas loin de 20 h 30. « Allez, Matilda, maintenant on s'en va et on laisse maman travailler », dit-il, essayant de mettre fin à la récréation.

Matilda demanda : « Je ne peux pas dormir ici ?

– Non, tu sais bien que ce n'est pas possible, répliqua Fabian en se levant pour partir. Maman a plein de choses à faire et tu as écrit dans ton programme que nous restions ici jusqu'à 20 heures et il est déjà 20 h 30.

– S'il te plaît...

– Non. Allez, viens. » Il lui prit le bras et l'obligea à se lever.

« J'ai dit non ! Je veux rester ! cria-t-elle, s'arrachant à son emprise.

– C'est bon, Fabian, elle peut rester, dit Sonja. Les vacances de Noël commencent demain, de toute façon.

– Ouiiii, s'écria Matilda en serrant sa maman dans ses bras. Je te promets de ne pas te déranger du tout. »

Fabian regarda Sonja dans les yeux pour vérifier qu'elle parlait sérieusement.

« Je te promets que ça va aller, le rassura-t-elle. Ceux-là sont les derniers, ajouta-t-elle en montrant les tableaux qui les entouraient. De ma vie.

– Et après, qu'est-ce que tu vas peindre ? » s'enquit Matilda.

Sonja haussa les épaules et se leva. « Je verrai. » Elle accompagna Fabian à la porte. « Écoute... »

Fabian se retourna. « Oui ?

– Nous ne sommes pas dans la phase la plus sereine de notre mariage. Et pour citer ton expression, il est possible que nous traversions simplement une crise passagère. » Elle baissa les yeux. « Quoi qu'il en soit, j'ai beaucoup pensé à nous ces derniers temps et je commence à me demander pendant combien de temps encore nous devons continuer à supporter cette *crise passagère*. »

Fabian laissa le silence durer, bien conscient que c'était à lui de le rompre. À lui de se lancer dans un grand discours pour lui rappeler à quel point il l'aimait, et lui affirmer que tout allait s'arranger. Mais cette fois, il se tut. Lui qui était tellement certain que, quoi qu'il arrive, ce serait toujours elle. C'est vrai qu'il lui avait déjà parlé de divorce, deux fois. Mais ça avait toujours été des menaces en l'air.

Mais à présent, il n'était plus sûr de rien. Alors il se contenta d'acquiescer et commença à descendre l'escalier.

72

Semira Ackerman fit une dernière fois le tour du bassin pour ramasser quelques serviettes et quelques paires de claquettes oubliées. L'annonce de la fermeture imminente de la piscine avait déjà résonné deux fois dans les haut-parleurs et la plupart des baigneurs étaient rhabillés et en train de vider leurs casiers. Mais comme d'habitude, il y en avait un ou deux qui prenaient leur temps. Ce jour-là ne fit pas exception, comme elle put le constater en entendant un nageur ouvrir l'eau dans la douche.

Normalement, elle ne travaillait pas le dimanche. Contrairement à ses collègues, elle avait signé un contrat stipulant qu'il n'y aurait jamais de dimanche dans son planning. Et chaque fois qu'un employé tombait malade et que le nouveau chef du personnel – dont le jeune âge était une insulte envers ses collaborateurs – venait lui demander si elle serait d'accord pour faire partie de l'équipe ce jour-là, elle répondait par la négative.

L'*équipe*. Tu parles d'une *équipe*.

Comme si quelqu'un dans cette prétendue *équipe* lui avait jamais rendu le service de la remplacer, elle.

Les dimanches de Semira étaient sacrés. Peut-être parce que c'était une des rares choses qu'elle avait su protéger et qu'elle avait refusé de laisser se fondre dans le flou d'une vie où plus rien n'avait de sens. Elle passait en général le dimanche chez elle. Et plus exactement dans son fauteuil, les pieds posés sur un repose-pieds, un bon livre à la main et un Thermos de thé chaud sur le rebord de la fenêtre. Elle adorait la lecture. La seule chose qui pouvait l'arracher à son fauteuil était la météo, quand exceptionnellement il faisait si beau qu'il eût été sacrilège de ne pas aller se promener.

En sortant, elle se promettait toujours de se rendre dans un endroit qu'elle ne connaissait pas et de découvrir de nouveaux paysages. Mais elle finissait toujours par prendre le bac pour traverser Hammarbysjön et aller se balader sur l'autre rive du lac où elle aimait regarder les maisons qui, bien que récentes, l'avaient toujours enchantée. Ces excursions duraient à peu près deux heures, parfois un peu plus s'il lui prenait l'envie de s'asseoir quelque part pour lire.

Exceptionnellement donc, ce dimanche-là, elle était au travail. C'était elle qui avait demandé au chef du personnel si elle pouvait venir travailler. Il l'avait regardée comme si elle lui faisait une blague, mais s'était rapidement ressaisi pour lui rappeler que ce n'était pas la peine d'espérer être payée en heures supplémentaires. Elle avait failli lui répondre que, dans ce cas, elle préférait rester chez elle, mais elle s'était ravisée. Car pour être tout à fait honnête, elle se sentait parfaitement incapable de rester seule chez elle toute une journée.

Depuis que cet homme – qui d'après sa sœur était un inspecteur de police – l'avait suivie dans l'autobus, tout avait commencé à aller de travers. Ce jour-là, bien qu'elle ait réussi à le semer, elle avait perdu l'appétit et le goût de la lecture. Elle ne parvenait plus non plus à faire une nuit complète. Et elle n'avait plus jamais osé prendre l'autobus. Désormais, elle marchait jusqu'à la station de métro de Medborgarplatsen, elle prenait la ligne verte, puis changeait pour la ligne rouge dans Gamla Stan. Elle se sentait infiniment plus en sécurité quand il y avait du monde autour d'elle, ce qui était le cas à la piscine de Sturebadet où elle était employée.

Évidemment, maintenant, c'était l'heure de la fermeture et elle allait bientôt devoir rentrer chez elle, et pour l'instant, elle n'était pas seule puisque la douche coulait toujours dans le vestiaire des femmes. Habituellement, c'était plutôt les hommes qui restaient après l'heure de la fermeture, fréquemment pour lui faire des propositions malhonnêtes et dans un état qu'ils auraient normalement dû réserver à un moment d'intimité avec eux-mêmes ou avec leur compagne. En général, il lui suffisait de secouer la tête en riant et de leur demander d'aller se rhabiller avant qu'elle fasse du bruit et qu'elle laisse la sécurité prendre le relais. Si cela s'avérait insuffisant, elle avait recours au jet d'eau glacée.

Mais cette fois, c'était une femme et non un homme, et avec les femmes, il n'y avait jamais eu de problème, se disait-elle en se dirigeant vers les douches pour se convaincre qu'elle n'avait pas de raison de s'inquiéter.

Heureusement, Carnela avait promis de lui tenir compagnie ce soir et elle espérait qu'elle voudrait bien rester dormir. Elle commencerait sans doute par refuser et trouverait un tas d'excuses. Mais elle lui devait bien ça. Après tout, c'était en partie de sa faute, si elle en était là.

Semira n'avait jamais été d'accord et elle avait refusé d'écouter sa sœur quand celle-ci affirmait qu'il s'agissait d'une opération simple et sans risque. Mais à mesure que son état s'était aggravé, sa réticence avait vacillé. Et quand elle s'était aperçue qu'elle ne pouvait plus lire un livre sans avoir une loupe à la main, elle avait fini par se ranger aux arguments de Carnela.

Son inquiétude initiale était revenue la hanter sous la forme d'une boule d'anxiété dans la poitrine et de rêves si bizarres qu'elle n'osait même pas les raconter à son psy. Avec les années, l'anxiété s'était atténuée et son existence était plus ou moins revenue à la normale. Pour finir, elle avait dû reconnaître que sa sœur avait raison.

Jusqu'à aujourd'hui.

Elle n'entendait plus couler la douche et elle ne rencontra personne tandis qu'elle contrôlait les rangées de casiers. Ils étaient tous ouverts et vides, ce qui la surprit. Elle se rendit dans les salles de douche, qui étaient désertes également. C'était incompréhensible. Elle était certaine d'avoir entendu quelqu'un se doucher il y a moins d'une minute et effectivement, l'une des pommes gouttait encore.

Elle se demanda si elle devait solliciter de l'aide, mais décida de ne pas se laisser gagner par la panique et continua vers les W-C. La personne en question avait peut-être eu une envie pressante. Mais les portes des toilettes étaient toutes ouvertes et les cabinets vides. Le seul endroit qu'elle n'avait pas encore vérifié était le sauna. S'il n'y avait personne dans le sauna, elle allait devoir reprendre la visite depuis le début et fouiller tout l'établissement encore une fois.

La porte du sauna bloquait légèrement et elle dut se servir de ses deux mains pour l'ouvrir. Le mur de chaleur sèche qui vint à sa rencontre lui rappela qu'il y avait bien trop longtemps qu'elle n'avait pas profité des avantages réservés au personnel pour s'offrir une bonne séance de balnéothérapie. Elle se promit que dès que tout ceci serait terminé, elle utiliserait l'un de ses dimanches de congé pour le faire.

Elle entra dans la cabine pour ramasser une serviette de bain oubliée dans un coin, grimpant sur les trois bancs pour l'atteindre. À mesure qu'elle montait, la chaleur qui en bas faisait penser à une chaleureuse étreinte se transformait en une violente claque. Elle tendit le bras pour attraper la serviette éponge et sentit la sueur qui perlait déjà. Elle n'allait pas tarder à être en nage.

Elle redescendit, s'approcha de la porte et la poussa pour sortir. Elle était à nouveau bloquée. Elle dut pousser si fort qu'elle se mit à transpirer à grosses gouttes et que ses vêtements lui collèrent à la peau. Lundi, il faudrait qu'elle prévienne le gardien pour qu'il la répare après la fermeture. Elle dut y mettre tout son poids pour parvenir enfin à l'ouvrir. En se dirigeant vers le hammam, elle joua avec l'idée de s'accorder une douche avant de tout éteindre et de rentrer chez elle mais y renonça aussitôt parce qu'elle n'avait pas de vêtements pour se changer. De surcroît, elle venait de prendre une décision.

Elle ne savait pas comment, ni pourquoi, mais soudain cela lui avait paru être la meilleure chose à faire. Dès qu'elle rentrerait, elle téléphonerait à ce policier et elle lui raconterait tout ce qu'elle savait. Carnela serait folle de rage et elle chercherait à la dissuader, mais c'était comme ça et pas autrement.

La porte du bain turc s'ouvrit sans difficulté et elle passa la tête dans la vapeur moite qui l'empêchait de voir s'il y avait quelqu'un assis au fond, ou si c'était une ampoule défectueuse qui lui donnait l'impression de voir une ombre.

« Hello ! Il y a quelqu'un ? On ferme. » Elle avait essayé de parler d'un ton calme et neutre, mais en s'entendant, elle se rendit compte que sa voix trahissait le contraire.

73

Fabian prit sa lampe de poche rangée dans le double fond du coffre, claqua le hayon et, tout en traversant Östgötagatan, il verrouilla toutes les portières d'un bip sur sa clé de voiture électronique.

Sur le chemin du retour, il avait réfléchi à ce que Sonja lui avait dit et s'était demandé si sa remarque n'avait pas été une façon détournée de lui demander où il en était. Mais à peu près à la hauteur de Slussen, ses pensées avaient dévié sur sa conversation avec Malin et le fait qu'il devait y avoir un autre moyen de pénétrer dans l'appartement d'Ossian Kremph. Une issue qui ne nécessitait pas l'usage d'une clé. Malin avait raison. Le meurtrier entrait forcément sans avoir besoin de passer par la porte.

Alors que lui n'avait retenu de la reconstitution qu'une histoire confuse de radio, Malin avait compris, malgré sa grossesse et sa pré-éclampsie, que Kremph leur relatait les visites répétées d'un homme barbu qui faisait des allées et venues chez lui à sa guise, même après qu'il avait changé la serrure. C'était ce talent qui faisait d'elle un bien meilleur policier que tous les autres réunis, lui y compris.

C'est pourquoi la décision de ne pas attendre le lendemain pour se rendre sur place n'avait pas été plus difficile à prendre que celle de tourner à gauche et de s'engager sur Söderleden plutôt que de continuer tout droit par Hornsgatan.

Tout en montant l'escalier, il repensait à l'entretien télépho-nique entre Grimås et Edelman que lui avait transmis Niva. Il n'en avait pas parlé à Malin, parce qu'il hésitait encore sur la façon dont il allait aborder la question. Que savait réellement Edelman et comment réagirait-il s'il venait lui demander une explication ? La seule chose dont Fabian était sûr, c'est qu'il aurait payé cher pour ne jamais avoir à se trouver dans ce genre de situation avec son ancien mentor. Le plus constructif serait sans doute de rassembler suffisamment d'indices et de preuves de l'innocence de Kremph pour que le patron soit contraint de rouvrir l'enquête.

Arrivé à destination, il ouvrit la porte à l'aide des clés prêtées par Stubbs, entra dans le logement surchargé, balaya la première pièce d'un mur à l'autre avec le faisceau de sa torche en se demandant par où commencer. L'entrée secrète n'était que l'une des raisons pour lesquelles il était là.

D'après Hillevi Stubbs, la double personnalité d'Ossian Kremph se traduisait par les deux strates distinctes de son lieu de vie. La facette très organisée et ordonnée, et l'autre, affectée de perpétuels trous de mémoire qui dispersait tout autour de lui sans rime ni raison. Une théorie qui sur le papier tenait parfaitement la route, mais qui était en réalité complètement erronée.

Certes, elle leur avait permis de trouver rapidement la piste qui les avait menés au garde-meuble de Shurgard et à Adam Fischer. Mais contrairement à ce que pensait Stubbs, ce n'était pas le Kremph organisé qui avait dissimulé le fil conducteur. Ce n'était pas lui qui avait placé le scalpel dans la cuisine, ni la bouteille de gaz, et ce n'était pas non plus Ossian Kremph qui avait découpé les yeux sur toutes les photos de la femme dans le bus.

C'était le véritable assassin qui avait fait tout cela.

Quelqu'un était venu préparer l'appartement, semer des indices et mettre en scène Kremph pour lui faire jouer le rôle du parfait coupable. Sachant cela, Fabian devait à présent trouver un moyen de le prouver.

Il décida de commencer par la salle de bains, qui ressemblait à n'importe quelle salle de bains qui aurait besoin d'une rénovation. Une baignoire avec des traces jaunes dont plus aucun détergent au monde ne viendrait à bout. Des raccords noirs de moisissure dans le linoléum du sol et une armoire à pharmacie avec un miroir dans lequel on ne pouvait se voir que par petits bouts.

Il ouvrit la porte et inspecta les étagères du regard. La plus haute offrait un large assortiment de flacons pharmaceutiques avec des noms de médicaments tels que Atarax, Leponex, Zopiclone, et Xanor. Sur celle du milieu se trouvaient diverses lotions et pommades soignant divers types d'eczéma. Sur la plus basse, à côté d'un tube de dentifrice et d'un rouleau de fil dentaire, Fabian trouva ce qu'il cherchait : le pilulier rouge que Kremph avait mentionné lors de la reconstitution. Il le prit et examina la pochette en matière plastique contenant trois petites cases pour chaque jour de la semaine.

Matin, midi et soir.

Les cases du lundi au samedi matin étaient vides, ce qui correspondait au fait que Kremph avait été arrêté samedi. Toutes les autres cases contenaient des comprimés de couleurs différentes. Il en choisit un au hasard, le jeta dans sa bouche et le croqua.

Il demanderait bien sûr au labo d'analyser sérieusement les pilules, mais son intuition lui disait déjà ce qu'il en ressortirait. Kremph était convaincu qu'il prenait ses médicaments tous les jours, ce qui était parfaitement exact. Mais à en juger par le goût, il n'avait ingurgité que du sucre. Fabian ouvrit l'un des flacons sur l'étagère supérieure, prit une pilule et la mastiqua. Idem.

Sans le savoir, Kremph était en rupture de traitement depuis un certain temps. La question était : combien ? Si cela se comptait en mois, le criminel avait eu tout le temps de le manipuler et de se servir de lui pendant que son trouble de la personnalité se réveillait.

Il apporta le pilulier dans le séjour, le posa sur la table et regarda autour de lui. Il avait encore une chose à trouver avant de se mettre en quête de la deuxième entrée. Il présumait que la caméra devait être placée de manière à couvrir l'angle le plus large possible et son attention se fixa sur la bibliothèque remplie de livres serrés les uns contre les autres. Ce n'était pas la première fois qu'il regardait cette bibliothèque, mais jusqu'ici il n'avait pas remarqué que quelque chose ne collait pas.

Elle contenait des manuels de jardinage et des livres d'art, la collection complète du Club des cinq d'Enid Blyton et un tas de romans à l'eau de rose. Mais aucun ne pouvait avoir intéressé Ossian Kremph au point de les ranger sur l'étagère du milieu, la plus visible et la plus accessible. Ce qui ne pouvait avoir qu'une explication.

Quelqu'un d'autre les y avait mis.

Il commença à feuilleter les volumes un par un. En arrivant au milieu de l'étagère et à un livre intitulé *Can You Keep a Secret ?*, de Sophie Kinsella, il trouva ce qu'il cherchait. Les pages avaient été découpées de façon à créer une niche à l'intérieur du livre lorsqu'il était fermé. Dans cet espace avait été inséré un petit boîtier en plastique rectangulaire muni de diodes clignotantes, identique à celui qu'il avait trouvé dans la poupée.

Il désactiva la caméra à l'aide du petit interrupteur, la posa sur la table à côté du pilulier et se mit à la recherche de la porte cachée. Il commença dans le vestibule où il ne trouva rien, ni sous les vêtements accrochés à l'étagère à chapeaux, ni derrière la tenture brunâtre qui couvrait une partie des murs.

Dans le séjour, il examina les deux fenêtres, mais ne vit aucun signe d'effraction. Il les ouvrit, se pencha à l'extérieur et éclaira la façade avec la lampe de poche. Un aboiement résonna entre les immeubles et une Opel stationnée devant sa voiture déboîta du trottoir et s'éloigna sur Blekingegatan, mais il ne vit aucun signe sur la façade extérieure qui laisse à penser que quelqu'un ait pu entrer par là.

Aucun des murs de l'appartement n'étant mitoyen avec un appartement voisin, il continua ses recherches sur le plancher, soulevant le tapis et regardant sous le canapé avec la torche. Puis il dirigea le faisceau vers le plafond où il chercha des fentes à angle droit. Mais hormis de nombreuses toiles d'araignée sur la surface jaunie et écaillée, rien n'indiquait qu'il y eût une quelconque trappe. Même chose dans la cuisine et la salle de bains.

Il lui restait encore la chambre à coucher, mais vu le temps qu'Ossian Kremph semblait passer à dormir, c'était la pièce la moins probable. La buanderie lui parut plus prometteuse. Elle présentait une cloison commune à la fois avec la cuisine et avec la salle de bains. Il aurait suffi que Kremph soit dans le séjour en train d'écouter la radio pour que le criminel puisse aller sans difficulté poser le scalpel dans la cuisine et remplacer par du sucre les médicaments dans la salle d'eau.

Il ouvrit la porte tapissée avec le même papier peint que le restant du mur et alluma l'ampoule nue au plafond. La pièce mesurait un mètre cinquante au carré et elle était parfaitement rangée, chaque chose à sa place. Sur une première étagère étaient alignés des lessives et des produits d'entretien et sur celle qui se trouvait au-dessus, une réserve de rouleaux de cuisine et de rouleaux de papier hygiénique.

Fabian déplaça un aspirateur, deux balais et le seau contenant la serpillière, puis il s'agenouilla et examina de près le revêtement en linoléum qui n'était pas collé mais simplement posé sur le sol. Les poissons d'argent fuirent la lumière et disparurent dans les fentes du plancher. Mais il ne trouva pas la moindre trappe en dessous, ni dans le reste du réduit.

Il remit à leur place l'aspirateur et les autres objets et se demanda s'il y avait une autre explication, tellement simple et évidente qu'il ne la voyait pas alors qu'elle était probablement sous son nez. Il fut brusquement interrompu dans sa réflexion par la lumière de deux lampes de poche dans le vestibule.

Une ou plusieurs personnes étaient en train d'entrer dans l'appartement.

Il retournait en marche arrière dans la chambre quand il entendit l'une d'elles parler à voix basse à une autre dans le séjour. Il ne réussit pas à entendre ce qu'elles se disaient. En revanche, il entendit que l'une des deux était en chemin vers la chambre à coucher. Il se jeta au sol et roula sous le lit parmi les moutons de poussière, et quelques secondes plus tard, il put suivre des yeux une paire de lourdes bottes qui se déplaçaient sur le plancher grinçant.

Elles s'arrêtèrent à quelques pas du lit pendant un laps de temps qui lui parut durer plusieurs minutes. Fabian retint sa respiration tandis que le faisceau lumineux balayait le sol et venait le frôler dans sa cachette. Non seulement il n'était pas armé, mais à la façon dont il était couché, le plus infime mouvement révélerait aussitôt sa présence. L'unique avantage qu'il avait sur eux était qu'eux ignoraient qu'il se trouvait là. Si seulement les bottes pouvaient se rapprocher un peu.

Et comme si elles l'avaient entendu, elles exaucèrent son vœu et commencèrent à s'approcher du lit. Un pas, puis une pause. Puis un nouveau pas, jusqu'à ce qu'elles soient à portée de main. Il tendit prudemment son bras gauche, contourna le pied pour saisir le talon, quand un sifflement strident fit faire demi-tour aux bottes qui repartirent vers le séjour.

Fabian savait que ce n'était qu'une question de secondes avant qu'ils reviennent et se mettent à fouiller la chambre de fond en comble, mais il ne put s'empêcher de pousser un soupir de soulagement. Il alluma sa lampe de poche pour vérifier s'il ne trouvait pas quelque chose qui puisse lui être utile. Une corde, un haltère, n'importe quel objet qu'il pourrait utiliser comme arme. Mais à part les moutons de poussière, il ne vit qu'un caleçon, deux chaussettes dépareillées et une pile de journaux.

Par contre, il découvrit une trappe dans le mur, tout au fond. Il en avait une semblable dans sa salle de bains. Il l'avait remarquée pour la première fois un jour où il avait soudain vu couler un filet d'eau d'un petit tube qui sortait du mur. Ce jour-là il avait compris que la plaque métallique laquée blanc et pratiquement invisible était en fait une trappe de visite permettant d'accéder à la tuyauterie en cas de fuite.

Aucun tuyau ne sortait de la trappe qu'il venait de découvrir. Sans compter qu'elle était placée au milieu du mur de la chambre à coucher, loin de la cuisine et de la salle de bains, c'est-à-dire à un endroit où n'aurait dû passer aucune canalisation. Il rampa jusqu'au mur, posa la torche par terre et délogea délicatement la plaque.

Il n'y avait aucun tuyau derrière, seulement une cavité sombre et vide. En éclairant le fond du trou, il constata qu'il était loin d'être petit et qu'il s'agissait en fait d'un genre de puits ou de cheminée d'environ deux mètres sur deux, s'élevant à la verticale, de la cave au sommet de l'immeuble.

Il n'avait rien à perdre et se faufila dans l'étroit passage, la torche entre les dents. Au-dessus de sa tête, une poignée en acier lui permit de se hisser vers le haut de façon à pouvoir faire passer ses jambes dans le puits sans tomber tout au fond.

Un pied sur le rebord de l'ouverture, il trouva une pelote de gros câbles électriques sur le mur d'en face qui lui fournirent un appui pour se redresser. Il pouvait à présent examiner le conduit à la lumière de la lampe torche.

Cinquante centimètres en dessous de la trappe sur laquelle il se tenait en équilibre, une épaisse planche partait avec une légère inclinaison pour rejoindre ce qui semblait être une trappe semblable à celle par laquelle il venait de sortir de l'appartement de Kremph. Il posa un pied sur la planche, puis l'autre. Malencontreusement, ses dents se desserrèrent autour de la lampe de poche qui alla s'écraser sur le ciment de la cave et s'éteignit dans un léger bruit de verre brisé.

L'obscurité devint si compacte qu'un vertige l'obligea à s'asseoir à califourchon sur la planche pour ne pas perdre l'équilibre. À tâtons, il retrouva l'ouverture qu'il avait repérée sur le mur opposé. Quelque chose en bloquait l'accès, mais il ne s'agissait pas cette fois d'une trappe de visite, mais d'un treillis métallique ou d'une mince grille. Il tenta de la pousser, mais elle résista. Il fallut qu'il se mette à plat ventre sur la planche et qu'il pousse avec les deux pieds à la fois pour qu'elle se déplace et qu'il puisse se glisser dans le trou.

Fabian réalisa aussitôt qu'il était déjà venu dans cet endroit.

74

Dunja avait juste eu le temps de rentrer chez elle, de déballer le nouveau téléphone et de le brancher sur l'ordinateur pour restaurer ses contacts, quand celui-ci se mit à sonner. Elle reconnut le numéro de Carsten et, bien qu'elle ait souvent éprouvé le besoin d'entendre sa voix ces derniers jours, à présent, elle n'avait aucune envie de répondre. Il n'avait pas essayé de la contacter une seule fois de toute la journée, ni l'un de ses collègues, d'ailleurs. Il avait fallu que les nouvelles de ce qui lui était arrivé parviennent jusqu'à Stockholm pour qu'il réagisse.

Mais ce n'était pas à cause de cela qu'elle ne voulait pas prendre son appel. Elle n'avait tout simplement pas le temps.

Elle avait passé la majeure partie de la journée de dimanche dans la salle de réunion de l'hôtel de police en compagnie de Jan Hesk et de Kjeld Richter à réétudier en long, en large et en travers chacune des pistes sur lesquelles ils avaient travaillé précédemment. Ils avaient nettoyé le tableau blanc et réaffiché les éléments un par un pour essayer de les aborder sous un angle différent et de trouver un scénario cohérent dans lequel Benny Willumsen aurait eu pour seule fonction de détourner leur attention et de constituer un coupable idéal.

Toute la journée, Hesk avait fait l'autruche. Il s'était comporté comme si elle ne l'avait jamais appelé pour le supplier de lui venir en aide. Comme s'il ne lui avait pas tourné le dos et raccroché au nez alors que sa vie en dépendait. Il n'avait même pas cherché à s'excuser. Comme s'il pensait sérieusement qu'il suffisait de faire comme si de rien n'était et de se remettre au travail.

Leurs efforts n'avaient abouti qu'à des hypothèses plus ou moins tirées par les cheveux.

Toutes sauf une.

Le détail l'avait frappée en voyant les photos des morceaux du corps de Katja Skov exposées sur une table et en constatant qu'une grande partie du torse manquait. Ni Hesk ni Richter n'avaient trouvé cela étrange et ils s'étaient contentés d'arguer qu'il n'y avait rien de plus facile que d'égarer un bout de cadavre.

Mais Dunja était convaincue que le criminel auquel ils avaient affaire n'était pas du genre à égarer quoi que ce soit. Assez convaincue pour oser arracher Oscar Pedersen à la dernière saison de la série danoise *The Killing* et lui demander de retourner à l'institut médico-légal pour réexaminer le corps de la première victime, Karen Neuman.

C'est pour cela que Dunja avait dans un premier temps ignoré les appels de Carsten. Au moins jusqu'à ce qu'il l'appelle une troisième fois.

« *Allô, Dunja, c'est toi ? Mais qu'est-ce qui t'est arrivé, bon Dieu ? J'ai entendu aux infos que...*

– Ne t'en fais pas, chéri, ça va...

– *Comment peux-tu me dire que ça va ? C'est vrai que tu...*

– Oui, c'est vrai, mais tu n'as pas de raisons de t'inquiéter. Tout va bien, maintenant... » Comme par hasard, il fallut qu'elle soit en ligne avec Carsten pour qu'Oscar Pedersen essaye de la joindre. « Écoute, Carsten, je suis désolée, je n'ai pas le temps de te parler, là. Il faut que je raccroche.

– *Hein ? Mais attends. Mais pourquoi ? Je viens tout juste de...* »

Elle coupa la communication avec Carsten et prit Oscar Pedersen en ligne. « Oui... Salut... Excuse-moi, j'avais un autre appel que j'étais obligée de terminer. Tu as trouvé quelque chose ?

– *Oui.*

– Alors ?

– *Tu avais raison. Il lui manque le rein gauche.* »

75

Fabian se releva, il brossa la poussière sur ses vêtements et vit dans la lumière de l'éclairage public que la fenêtre était toujours cassée, à la suite du suicide d'Ossian Kremph, ce qui expliquait pourquoi il faisait aussi froid dans la pièce. Il se retourna vers le réfrigérateur qu'il venait de déplacer pour dégager l'ouverture dans le mur. Il savait à présent comment le criminel avait pu en toute discrétion entrer et sortir de l'appartement de Kremph en passant par l'immeuble en voie de démolition.

Deux appartements communiquant entre eux, dans deux bâtiments différents. L'un donnant sur Blekingegatan, l'autre faisant l'angle d'Östgötagatan. Suffisamment proches pour qu'ils aient pu penser que l'appartement avec la table plastifiée pouvait être le repère d'Ossian Kremph. Suffisamment éloignés pour que l'idée que les deux appartements communiquaient ne les ait pas effleurés.

Il prit rapidement quelques photos du trou dans le mur et de l'intérieur du conduit. Ensuite, il remit le réfrigérateur en place et se dirigea vers la porte de l'autre côté de la pièce.

Si ça n'avait pas été parce qu'il venait de trouver la solution de l'énigme, il aurait immédiatement réagi au fait que la porte de la cuisine était fermée alors que chaque fois qu'il était venu dans cet appartement, il l'avait vue ouverte.

Il avait donc déjà avancé de deux mètres dans la pièce voisine avant de s'apercevoir que le plafonnier était allumé au-dessus de la table d'opération. Elle était tellement trempée qu'elle gouttait par terre et dans une grosse bassine déjà remplie aux trois quarts de liquide.

Quelqu'un était venu dans l'appartement et avait utilisé l'installation très récemment. Fabian s'accroupit devant la bassine pour examiner le liquide translucide à la surface duquel des cercles concentriques se dessinaient à chaque nouvelle goutte coulant de la table. Cela ressemblait à de l'eau du robinet mais en la reniflant, il fut surpris car pour une raison quelconque cette eau était saumâtre.

… Me suis réveillé dans un couloir. Partout autour de moi, des blessés hurlaient de douleur. Je n'ai pas compris. Mais quand une infirmière est passée parmi nous, j'ai réalisé que les mains dans le brouillard n'appartenaient pas à mes anciens amis, mais à l'un de vous qui m'avez sauvé. J'ai arrêté une infirmière et lui ai demandé si elle te connaissait. J'ai décrit tes yeux bleus.

Ses appels au secours m'ont surpris. Je suppose que c'était à cause du dialecte que je parlais, ses collègues sont arrivées. Elles m'ont craché dessus et m'ont frappé. J'ai voulu m'expliquer mais on ne m'a pas écouté. Tant de haine. J'ai essayé de me lever de mon lit et de m'en aller. Je suis tombé. Ou peut-être qu'on m'a fait tomber. Alors je me suis roulé en boule par terre et j'ai prié Dieu pour que leurs coups cessent.

C'est à ce moment que la femme médecin est arrivée. Je crois qu'elle s'appelait Basimaa. Elle m'a aidé et m'a emmené vers une porte donnant sur l'arrière. Elle m'a dit qu'elle savait qui tu étais et que vous aviez travaillé ensemble dans un hôpital à Einabus. Elle connaissait ton nom et même celui de la ville où tu habitais.

Aisha Shahin, d'Imatin… Le plus joli nom du monde. Aisha Shahin…

Tu existais vraiment, tu n'étais pas qu'un rêve.

Après une nuit de marche, j'ai frappé à la porte de tes parents. Ta mère m'a ouvert, elle s'est mise à crier et tes frères n'ont pas mis longtemps à accourir. Ils m'ont plaqué contre un mur. Ils m'ont accusé d'avoir jeté la honte sur ta famille et d'avoir poussé ta mère à te chasser de votre maison.

En attendant le retour de ton père, ils m'ont attaché à un arbre dans le jardin et m'ont frappé à tour de rôle. Je ne me souviens pas si ta mère a essayé de les en empêcher, je me rappelle seulement que je me suis réveillé parce qu'on me jetait un seau d'eau sale à la figure et qu'on essayait d'ouvrir de force mes paupières tuméfiées. J'ai vu le visage de ton père presque collé au mien.

Il m'a demandé ce qui m'avait pris de venir mettre mes sales pieds dans votre pays. Je lui ai répondu que j'étais venu pour lui demander ta main. Que j'étais prêt à faire n'importe quoi pour obtenir sa bénédiction. Le vent, les mouches, les feuilles dans l'arbre. Le robinet qui fuyait. Tout s'est tu. Puis il a hoché longuement la tête et il m'a dit que j'allais accompagner tes frères dans une mission.

Je suis à bout de forces, Aisha. Il y a du sang partout, tes frères… Je ne les entends plus. Je suis désolé… Le convoi des occupants est arrivé exactement au moment et à l'endroit prévus. Nous sommes sortis des crevasses où nous étions cachés et avons commencé à lancer nos pierres.

Les camions se sont arrêtés. Je voyais les bosses dans la carrosserie. Je me suis demandé pourquoi ils ne s'en allaient pas. Tes frères me criaient de continuer. La panique dans leurs yeux. J'ai fait ce qu'ils me disaient, alors que j'avais déjà compris qu'il y avait un gros problème.

Ils sont sortis de leurs camions. Fusées aveuglantes, gilets pare-balles et armes automatiques. Ne me demande pas comment, mais ils savaient. Les salves de pistolets-mitrailleurs ont résonné sur le flanc de la montagne et nous, nous avons continué à leur jeter des pierres. Moi aussi. Je voulais leur montrer dans quel camp j'étais. Que je tenais ma parole. Mais il n'y avait rien à faire, Aisha. Rien. Nous sommes tombés les uns après les autres, et dans la lumière des fusées éclairantes, les flancs de la montagne étaient rouges de sang.

Ils nous ont allongés sur le sol, les uns à côté des autres, pour examiner nos blessures. D'un côté, il y avait Zakwan. Il avait été touché à l'œil, mais il était encore en vie. De l'autre, Wasim toussait des glaires cramoisies. Moi j'avais pris deux balles dans le ventre et je sentais que j'étais en train de me vider de mon sang. J'avais juste la force de regarder le ciel et les étoiles qui disparaissaient les unes après les autres. Un orage se préparait.

J'ai entendu un nouveau camion arriver et s'arrêter. J'ai reconnu les voix que j'avais entendues au camp. J'ai détourné la tête quand ils ont braqué sur nous leurs lampes de poche. Ils ne m'ont pas reconnu, peut-être à cause de tout ce sang. Ils m'ont emporté avec les autres et jeté dans le camion.

J'ai l'impression, Aisha, que tu es en train de lire cette lettre au-dessus de mon épaule. Chaque mot. Chaque phrase. Je voudrais continuer à t'écrire, mais je suis épuisé. Il faut que je garde mes dernières forces pour plier cette lettre et la mettre dans l'enveloppe. Pour la lâcher dans la nuit. Pour prier Dieu qu'il l'emporte et veille à ce qu'un beau jour elle arrive à destination. Pour qu'elle arrive jusqu'à toi, où que tu sois et quoi que tu sois devenue.

Un beau jour.

Efraim Yadin

76

La première idée de Sofie Leander fut d'utiliser le scalpel pour se trancher l'artère carotide et laisser l'insoutenable attente s'écouler d'elle, lentement. Le simple droit de s'éteindre et de disparaître dans le néant lui semblait presque aussi séduisant que de survivre et de retrouver sa liberté dans un futur hypothétique.

C'était ce *presque* qui avait tout changé.

Alors qu'elle posait le tranchant de la lame sur son cou, qu'elle était sur le point d'attaquer la chair, elle avait subitement réalisé que cet outil, et le fait de ne plus être attachée à la table, augmentait de mille pour cent au moins ses chances de s'en sortir. Certes, elle n'avait aucun moyen de s'enfuir. Elle avait fouillé entièrement le box dans lequel elle était enfermée sans trouver quoi que ce soit d'utile. Même les deux petites clés suspendues à un crochet dans l'un des placards ne semblaient correspondre à aucune serrure. Le moteur actionnant la porte de garage repliable se trouvait à l'extérieur et elle n'avait pas vu de disjoncteur susceptible de le commander de l'intérieur.

Mais au moins, elle avait pu faire du bruit en donnant des coups de pied dans le volet et appeler au secours, espérant que quelqu'un comprendrait qu'il y avait un problème. Malheureusement, il n'y avait personne pour l'entendre.

Jusqu'à maintenant.

L'oreille collée contre la porte du box, elle avait entendu la grande porte de l'entrepôt s'ouvrir et une voiture entrer et s'arrêter. Une portière s'ouvrir et se refermer. Des pas sur le sol dur. Elle avait une envie folle de taper et de crier, de faire autant de vacarme que possible. Mais pas encore. Pas tant qu'elle n'était pas sûre. Il fallait qu'elle attende de savoir si le bruit de pas s'interrompait avant d'arriver à son box ou s'il passait devant elle et s'éloignait. La seule chose qu'ils ne devaient pas faire était de s'arrêter en arrivant à sa hauteur.

Elle tremblait d'épuisement et elle était surprise de sentir à quel point il lui était indifférent d'être complètement nue. Combien elle se fichait de savoir si ces pas appartenaient à une femme ou à un homme, à une personne jeune ou vieille. Quel que soit cet individu, elle allait lui signaler sa présence. Les pas approchaient toujours et dans quelques secondes, ils passeraient à quelques mètres d'elle pour se rendre dans un autre container, plus loin. C'est à ce moment-là qu'elle commencerait à taper et à appeler. Dès qu'elle saurait.

Mais il arriva ce qui ne devait surtout pas arriver.

Les pas s'arrêtèrent.

Le temps qui lui restait avant que le moteur électrique se mette en route et que la porte commence à s'ouvrir était très court, mais elle s'était bien préparée et avait déjà prévu de se cacher, le scalpel à la main, derrière les cartons contenant l'écœurant aliment de substitution.

Elle avait remis la table sur ses pieds et avait posé dessus divers objets pour faire croire qu'il y avait encore un corps allongé là. Même dans la pénombre, le résultat était loin d'être convaincant, mais dans le meilleur des cas, cela lui fournirait la seconde supplémentaire dont elle avait besoin pour surprendre son bourreau par-derrière et trancher où elle pourrait, avant de lui faire les poches, trouver les clés de sa voiture et s'enfuir sans se retourner.

Le moteur du volet roulant se tut et comme elle s'était entraînée à le faire en pensée des centaines de fois, elle s'accroupit et resta complètement immobile, jusqu'à ce qu'elle le voie s'avancer vers la table. À ce moment-là seulement, elle bondit sur lui et donna un grand coup de scalpel.

Dans le vide.

Avant qu'elle ait eu le temps d'attaquer une deuxième fois, un coup de pied dans les jambes la déséquilibra. Sa tête toucha violemment le sol en béton et elle lâcha son arme. Alors que le gaz lui giclait au visage, elle se demanda pourquoi elle n'avait pas opté pour la première solution.

Lorsqu'elle se réveilla, ce fut comme si rien de ce qui était arrivé la veille ne s'était produit. Comme si ça n'avait été qu'un rêve et qu'elle venait de se réveiller. Un tour que lui avait joué son inconscient. Elle était de nouveau allongée, attachée à la table plastifiée, le tuyau de la sonde alimentaire maintenu dans sa bouche avec un morceau de ruban adhésif.

Mais elle n'avait plus la force de se révolter. Plus du tout. Elle avait même abandonné l'espoir de mourir bientôt. Désormais, elle se fichait de ce qui pouvait lui arriver. À partir de maintenant, elle laisserait l'apathie prendre le dessus. Elle mettrait la clé sous la porte et éteindrait la lumière en partant.

Ou en tout cas, c'était ce dont elle aurait souhaité être capable.

Mais elle avait beau essayer, elle ne pouvait pas s'empêcher de se demander ce qui se passait. Pourquoi ses cheveux étaient trempés et sentaient le shampoing, et si le claquement métallique qu'elle entendait était réellement celui d'une paire de ciseaux. Allait-on lui couper les cheveux ?

On lui avait mis une serviette humide sur le visage et elle ne voyait rien. Elle entendit le bruit des ciseaux qu'on reposait dans un récipient métallique après qu'ils avaient rempli leur fonction.

Ses cheveux avaient sans aucun doute besoin d'un shampoing et même de deux. Mais était-elle là depuis si longtemps qu'ils avaient aussi besoin d'une coupe ? Et quelle importance s'ils étaient trop longs ? Quelque chose avait-il encore de l'importance, d'ailleurs ?

Quand on y réfléchissait.

Elle n'avait pas très envie d'aller au bout de sa pensée, mais elle le fit malgré elle. Et si contre toute attente elle devait survivre ? Si elle avait purgé sa peine et qu'on la préparait parce qu'on allait la relâcher ? Si elle allait retrouver son mari adoré ? Comme il lui manquait. Comme elle aurait aimé à présent se blottir dans ses bras rassurants.

Elle sentit une substance froide sur sa poitrine, d'abord sur un sein, puis sur l'autre. Ensuite sur son ventre et ses jambes. On était en train d'enduire sa peau d'une sorte de crème.

Elle sentait bon.

Elle sentait la noix de coco.

77

Il était à peine 4 heures et demie du matin et le jour n'allait se lever que dans plusieurs heures. S'il voulait bien se lever un jour. Mais qu'il se lève ou pas, ils avaient tout de même devant eux la journée la plus sombre de l'année, songea Dunja en sortant de sa voiture avec le plateau en carton contenant trois gobelets de café chaud. Elle sentit le vent froid et humide s'engouffrer par toutes les petites ouvertures invisibles de son manteau. Même le bonnet en laine avec son motif aux couleurs du drapeau danois, qui lui avait été offert pour Noël par la maman de Carsten et qu'elle avait pour cette raison refusé de porter jusqu'ici, ne parvenait pas à la réchauffer.

Elle aperçut Kjeld Richter et Jan Hesk en pleine conversation au bord du quai, mais ils s'interrompirent aussitôt en la voyant arriver. Il n'y avait pas besoin d'être un génie pour deviner qu'ils étaient en train de parler d'elle. Après dix minutes dans ce froid, elle avait été forcée d'admettre que ses collègues n'avaient pas tort en affirmant que les conditions étaient à peu près les pires qu'on pût imaginer.

L'obscurité était une chose, et le froid en était une autre. Mais le plus embêtant était quand même l'eau. Le vent violent avait tellement brassé la surface que d'énormes blocs de glace s'entrechoquaient comme de gigantesques dents broyant tout sur leur passage. Et pour couronner le tout, le responsable du port leur avait instamment demandé, non pas une, mais plusieurs fois, d'avoir terminé avant 6 heures.

« Vous avez l'air en pleine forme ! » s'exclama Dunja en les rejoignant, sans qu'ils daignent la gratifier d'un sourire. « Café ? » proposa-t-elle, tendant le plateau vers eux assez longtemps pour qu'ils se sentent finalement obligés de prendre un gobelet chacun. « Comment ça se passe pour lui ?

– Qu'est-ce que tu crois ? dit Hesk en tournant la tête vers les flots déchaînés. Tu te mettrais à l'eau là-dedans, toi ?

– Non, mais je ne suis pas plongeur professionnel, non plus, et je suppose qu'il est déjà au fond.

– Oui. On arrive toujours à toucher le fond à un moment donné... » Hesk goûta le café et pinça les lèvres, comme pour ne pas montrer à quel point il le trouvait bon.

Le talkie de Richter grésilla. « *En tout cas, la voiture est bien là. À vous.*

– Regarde si tu arrives à ouvrir la porte et à entrer. À vous », répondit Richter en s'écartant de quelques mètres pour parler sans être dérangé.

Dunja se mit à siroter son café en se penchant au-dessus du rebord du quai pour essayer de voir quelque chose dans la bouillie glacée et noire. Mais elle ne vit rien. Ni les bulles, ni la lumière du projecteur de l'homme-grenouille. Elle leva les yeux pour regarder le port, avec ses bateaux amarrés le long du quai d'en face et jusque derrière le château de Kronborg, dernier bastion à l'est.

C'était ce qu'elle ressentait en contemplant le détroit et les côtes suédoises sur la rive opposée. Officiellement, leurs voisins suédois étaient neutres et ils penchaient plutôt vers l'ouest dans leurs valeurs fondamentales. Mais avec tous leurs règlements, leur monopole pour la vente de spiritueux et autres systèmes de répression, elle avait souvent eu le sentiment d'avoir affaire à un pays de l'Est.

Mais ça, c'était avant. Maintenant, elle ressentait l'inverse. Après avoir été à la traîne, la Suède était passée loin devant dans son esprit. Elle se demanda si son opinion avait changé après sa rencontre avec cette femme inspecteur de Stockholm enceinte jusqu'aux yeux, ou si c'était le fait d'être allée en Suède il y a quelques jours, après des années sans y avoir mis les pieds. Tout ce qu'elle savait, c'était que malgré sa mésaventure à Kävlinge, elle avait très envie d'y aller de nouveau.

Elle se retourna vers Hesk et lui demanda si le café était bon, mais regretta aussitôt sa question. Pourquoi fallait-il toujours que ce soit elle qui rompît le silence ? Hesk n'avait fait aucun effort de son côté pour tendre la main et rendre les choses plus faciles. Et encore cette fois, il attendit de longues secondes avant de hausser les épaules et de hocher imperceptiblement la tête. « Pas mal.

– Tu m'en vois ravie », rétorqua Dunja, de plus en plus agacée.

Il n'était toujours pas revenu sur le fait qu'il lui avait raccroché au nez alors qu'elle était en danger de mort. Il n'avait pas daigné admettre qu'elle avait eu raison en ce qui concernait le rein manquant sur le cadavre de Karen Neuman, mais s'il pensait s'en tirer en se murant dans le silence, il se fourrait le doigt dans l'œil.

« Quand on aura fini ici, je voudrais qu'on passe chez Pedersen pour voir ce qu'il a à nous dire sur le *rein manquant*, dit-elle, insistant bien sur les deux derniers mots.

– OK », dit Hesk en buvant son café, le regard dans le vide.

OK ? C'est tout ce qu'il trouvait à dire ? « Et on peut savoir ce que tu en penses ? Tu n'étais pas très favorable à l'idée de la réexaminer. Heureusement que je suis restée sur ma position. » Elle n'aurait pas dû ajouter la dernière phrase, mais c'était trop tard.

Hesk haussa les épaules. « De mon point de vue, en ce qui concerne l'éventuelle innocence de Willumsen, cela ne prouve rien, ni dans un sens ni dans l'autre.

– Sois plus clair !

– Je n'y attacherais pas trop d'importance, si j'étais toi.

– Il n'a pourtant prélevé aucun organe sur ses autres victimes. » Dunja fit un pas vers lui. « Il les a violées, torturées et découpées en morceaux, mais quand on a retrouvé les corps, tout y était. Contrairement aux deux cas qui nous intéressent, où il manque un rein chez l'un et une partie de la poitrine chez l'autre. Comment peux-tu me dire tranquillement que cela ne mérite pas qu'on s'y attarde ?

– Je dis que cela signifie seulement qu'il évite de se répéter. Avant, il laissait un chien déchiqueter ses victimes. Maintenant, il leur prend un trophée. La prochaine fois, il les réduira peut-être en chair à pâté et dispersera leurs restes dans un champ en guise d'engrais. » Hesk éclata de rire et il termina son café.

Dunja était consciente qu'il lui tendait un piège et qu'elle ne devait en aucun cas s'y laisser prendre. Mais c'était plus fort qu'elle.

« Écoutez, je ne crois pas que ce soit une bonne idée de le laisser là-dessous plus longtemps, cria Richter, et Dunja se tourna vers lui. La voiture est entièrement nettoyée !

– L'un de vous s'attendait à autre chose ? railla Hesk en secouant la tête.

– D'accord, mais dis-lui surtout de relever le numéro de la plaque !

– C'est fait. HXN 674. Plaque suédoise, comme on s'y attendait. »

Dunja leva un pouce et se força à sourire, puis elle revint à Hesk, et son sourire s'effaça. « Tu t'en fous de tout ça, n'est-ce pas, Hesk ? Pour toi c'est juste un foutu jeu et tu crois que tu peux te comporter exactement comme ça te chante. »

Hesk secoua la tête.

« Allez, Hesk ! Aie le courage de te regarder en face ! Tu es plein d'amertume, tu passes ton temps à te lamenter et à me mettre des bâtons dans les roues. Tu te contrefous qu'il y ait toujours un assassin dans les rues.

– Non, Dunja, tu te trompes.

– Ah bon ? Et il te faut combien de victimes encore pour te réveiller ? Trois ? Dix ?

– Aucune. Et il n'y en aura plus d'autre, parce que quelqu'un lui a perforé les deux poumons et le cœur.

– Mais puisque je te dis que ce n'est pas...

– C'était lui, Dunja, d'accord ? Personne dans le département ne croit à ton fantôme ! À part toi, bien sûr. Tous les autres sont convaincus que c'était Willumsen, et la seule raison pour laquelle on est ici à se geler les pieds pour ne pas dire autre chose, c'est parce que Sleizner te trouve super sexy et qu'il ne pense qu'à te sauter. »

Ce fut le bruit qui lui fit réaliser ce qu'elle venait de faire. Mais à ce moment-là, c'était fait et elle ne pouvait pas le défaire. Elle arriva de nulle part et à une vitesse incroyable. Et comme elle n'avait pas été animée par une pensée consciente de sa part, elle l'étonna autant qu'elle étonna Hesk.

Mais le pire n'était pas là.

Ce n'était pas sa main sur sa gueule.

Ce n'était pas le sang qui affluait et faisait rougir sa joue.

Ni leurs regards qui en disaient long.

Non, le pire, c'était que Hesk avait raison.

78

Malin Rehnberg se retourna dans son lit. Un mouvement qui en temps normal n'aurait pas dû prendre plus de quelques secondes, et qui aujourd'hui, avec son ventre de femme enceinte et atteinte de toxémie gravidique, nécessitait au moins une minute et demie. Elle ne savait pas combien de fois elle s'était retournée cette nuit, mais elle savait que le nombre était déprimant et qu'elle n'arrivait pas à rester tranquille plus de cinq minutes d'affilée, avant d'imaginer que son corps se couvrait d'escarres et d'asticots et de ne pas pouvoir résister à l'envie de retourner la viande de nouveau.

Elle n'avait pas à se plaindre de la nouvelle chambre dans laquelle Fabian avait insisté pour qu'on la déménage. Elle était bien plus confortable que la précédente, à plusieurs titres. Elle venait d'être rénovée, avec tableaux aux murs et rideaux. Il y avait un poste de télévision, même si apparemment, il n'était pas branché. Mais surtout, il s'agissait d'une chambre individuelle et elle n'était pas obligée de partager ses toilettes avec quelqu'un d'autre, ce qui pour elle était à peu près la pire chose qui soit. Au bureau, avant qu'elle soit frappée d'incontinence urinaire liée à sa grossesse, elle n'allait jamais aux toilettes et, si elle avait pu, elle aurait réclamé des toilettes qui lui soient exclusivement réservées, comme le faisait le cinéaste Ingmar Bergman sur ses tournages.

Mais franchement, elle en avait marre d'être à l'hôpital. On était venu la réveiller à 4 heures du matin pour prendre sa tension et elle n'avait pas réussi à se rendormir. Et à présent, trois heures plus tard, elle s'ennuyait tellement qu'elle ne savait pas si elle survivrait à cinq minutes d'oisiveté supplémentaires. Elle voyait déjà les gros titres :

INSPECTRICE DE LA POLICE CRIMINELLE ENCEINTE, MORTE D'ENNUI

Si au moins on l'avait laissée rentrer chez elle. Pourquoi ne pouvait-elle pas être dans son lit, à la maison, avec un goutte-à-goutte, si ça leur faisait plaisir ? Elle prendrait elle-même sa tension toutes les deux heures et tout irait très bien. De toute façon, le médecin ne faisait sa tournée de visites qu'une fois par jour. Enfin, visite était un bien grand mot. En réalité, il se contentait de s'arrêter devant le lit des patients, de hocher la tête, d'émettre un vague grognement avant de passer au patient suivant.

« Ma chérie... » Elle sentit un baiser sur son front. « Je suis là, maintenant. »

Elle regarda l'homme penché au-dessus d'elle, dans lequel elle reconnut son mari, Anders, ce qui signifiait qu'elle avait dû s'assoupir un petit moment. « Quelle heure est-il ?

– Bientôt 8 heures et demie. Comment te sens-tu ? Tu as bien dormi cette nuit ? demanda-t-il en s'asseyant au bord du lit.

– Si on parlait d'autre chose. Tu m'as apporté ce que je t'ai demandé ? » Anders brandit sa sacoche d'ordinateur. « À une condition. Que tu ne te mettes pas à bosser.

– C'est ça... allez, donne. » Elle tendit la main vers le sac, mais il recula la sienne pour l'empêcher de l'attraper.

« Je dis ça sérieusement, chérie. J'ai parlé avec le médecin, hier, et il m'a dit que...

– L'enquête est terminée, Anders. Je n'ai pas le droit de travailler. C'est bon, j'ai compris. Je te le promets. Je veux juste lire quelques journaux et parler par Skype avec maman. »

Il posa le sac à côté du lit, à contrecœur. « Et ce Fabian, là, il est passé te dire bonjour ?

– "Ce Fabian, là" ? » Elle secoua la tête. « Je ne comprends pas ce que tu as contre lui. Et non, il n'est pas venu me voir. Et quand bien même ce serait le cas, il l'aurait fait pour prendre de mes nouvelles. Pas pour travailler. » Elle soutint son regard sceptique. « Eh oui. Alors tu n'as pas à t'inquiéter.

– Je serai inquiet jusqu'à ce que tout ça soit terminé. » Il posa la main sur son ventre. « Et d'après le médecin, il est essentiel que tu...

– Que je me repose. Oui, je sais, Anders. Il n'y a rien d'autre à faire ici, figure-toi. Je suis tellement reposée que je suis épuisée. Au fait, il ne serait pas temps que tu y ailles ?

– Euh, oui... » Il regarda sa montre et se leva. « Mais...

– À plus.

– D'accord. Essaye de te détendre, repose-toi bien et...

– Bye, bye, chéri. » Elle agita la main vers lui tandis qu'il partait vers la porte en marche arrière et disparaissait dans le couloir.

Malin aurait bien voulu récupérer tout de suite la sacoche, mais elle connaissait son mari par cœur et, avant d'attraper l'ordinateur et de brancher son portable dessus pour avoir une connexion Internet, elle attendit qu'il « la surprenne » en passant la tête par la porte pour un dernier au revoir.

Enfin elle put se mettre au travail.

79

Fabian termina de racler le givre sur le pare-brise, se mit derrière le volant et attendit que la température soit agréable à l'intérieur de la voiture avant de démarrer. En attendant, il lutta contre la désagréable impression d'être dans une spirale d'échec. Il aurait pourtant dû se sentir en forme après la longue promenade matinale qu'il venait de faire autour de Södermalm en écoutant « Kiss Me, Kiss Me, Kiss Me » des Cure à fond dans les écouteurs.

Il avait le sentiment que tout lui échappait et que tout ce qu'il faisait était inutile. Il se consola en se disant que Sonja, au moins, semblait être sortie de sa bulle. Elle était partie avec les deux enfants chez sa sœur Lisen, sur l'île de Värmdö, chez qui ils allaient tous passer Noël, dans trois jours.

Matilda adorait rendre visite à ses cousines et à sa tante qui était une mère au foyer qui veillait à ce qu'il y ait toujours des brioches sortant du four et organisait des tas de jeux. Fabian était certain qu'elle les échangerait volontiers, Sonja et lui, contre Roland et Lisen, même si elle refuserait de l'admettre dans le cas où on lui poserait la question.

Roland gagnait manifestement des fortunes avec ses différentes sociétés, quant à Lisen, elle avait abandonné une carrière de juriste pour tenir sa maison et élever ses enfants à plein temps. Rien d'étonnant donc à ce que les gosses aiment aller là-bas. Même Theodor était parti sans se plaindre. En ce moment, ils devaient être occupés tous ensemble à faire de la pâtisserie, envelopper des cadeaux ou ramasser des pommes de pin dans la forêt.

Tous, sauf lui. Lui qui s'était promis de ne jamais devenir ce qu'il était aujourd'hui. Un parent débordé, surmené. Un père qui ne ressentait que du soulagement quand ses enfants étaient ailleurs. Sous la responsabilité de quelqu'un d'autre. Il abaissa le pare-soleil et ouvrit le miroir de courtoisie pour constater que son aspect physique était à l'avenant.

Il ressemblait de plus en plus à son père, à tout point de vue.

Sonja avait réfléchi et elle avait décidé qu'ils devraient se séparer. Qu'ils méritaient mieux que de vivre dans un état de conflit permanent. Mais il avait lu dans ses yeux que ce n'était pas ce qu'elle voulait vraiment. Que ce qu'elle voulait surtout, c'était qu'il fasse le premier pas et qu'il essaye de la convaincre qu'ils avaient encore un avenir ensemble.

Malheureusement, il était à court d'arguments, et malgré une nuit blanche à réfléchir à la question suivie d'un tour complet du lac de Södermalm, il ne savait toujours pas où il en était.

Ni vis-à-vis de Sonja, ni vis-à-vis de Herman Edelman.

Il n'avait franchement pas la moindre idée de la façon dont il allait convaincre le patron de rouvrir l'enquête sans trop en dire sur ce qu'il avait appris. Tout ce qu'il savait, c'était qu'il était plongé dans l'affaire la plus compliquée de sa carrière, avec un criminel dont tout le monde pensait qu'il avait déjà été identifié et qui de surcroît était mort, alors que le vrai coupable était toujours dans la rue et apparemment bien déterminé à continuer à tuer.

Des photos passèrent de main en main autour de la table. Des clichés pris à distance, montrant une dizaine de femmes en tenue légère sortant de l'arrière d'un fourgon avec des regards inquiets et poussées à l'intérieur d'un bâtiment par une porte de service grise.

« Ces photos ont été prises il y a environ deux mois derrière le Black Cat. Ce que vous êtes en train de regarder est ce qu'on appelle une "livraison de marchandises". Ces jeunes femmes s'apprêtent à passer un "contrôle de qualité" », expliqua Markus Höglund. Jarmo Päivinen, Tomas Persson et Herman Edelman hochèrent la tête.

« Au fait, quelqu'un sait si Risk va venir, aujourd'hui ? » s'enquit Inger Carlén, debout à côté de Höglund, avant de se moucher dans un mouchoir qui avait l'air d'avoir déjà bien rempli sa fonction.

« Non. Continuez, répliqua Edelman. Je n'ai pas toute la journée.

— Oui, chef ! répondit Carlén en réprimant un éternuement.

— Bon, alors d'après ce que nous avons compris, ces filles montent ensuite sur une scène à l'intérieur du club, l'une après l'autre, Diego Arcas les examine en personne avant de décider dans quel bordel elles seront emmenées », reprit Höglund en prenant le dernier biscuit dans la boîte de Danish Cookies.

« Il les examine comment ? demanda Tomas, bien qu'il semble déjà connaître la réponse.

— Pour des raisons évidentes, nous n'étions pas sur place pour le voir de nos propres yeux, intervint Carlén, mais je pense que même toi, tu ne te serais pas senti très à l'aise si tu avais été là.

— Quoi qu'il en soit, nous savons de source sûre qu'une nouvelle livraison doit avoir lieu très prochainement. » Höglund fit descendre le reste du petit gâteau avec une gorgée de café. « Et c'est là que nous interviendrons.

– Mais vous ne savez pas exactement quand..., réfléchit Edelman tout haut en tirant sur sa barbe.

– Non, nous savons seulement que c'est imminent. Nous allons devoir planquer H24 en nous relayant et tenir le groupe d'intervention en stand-by.

– D'accord. Je leur dis. Vous avez besoin de combien d'hommes ? demanda Edelman

– Minimum trente-cinq, répondit Carlén.

– Trente-cinq ?! s'exclama Edelman en levant les yeux de son portable.

– Il faut que nous puissions intervenir au Black Cat et dans les petits bordels de quartier, simultanément », expliqua Höglund. À cet instant, la porte s'ouvrit et Fabian entra dans la pièce.

« Ah tiens, te voilà ! lança Edelman. On commençait à se demander où tu étais passé. Il y a un problème ?

– Tu as une minute ? rétorqua Fabian sans un regard pour les autres. De préférence maintenant. »

« Qu'est-ce qui se passe ? » s'inquiéta Edelman en fermant la porte de son bureau derrière eux.

Fabian se tourna vers lui. Il avait prévu de commencer en douceur et de tourner un peu autour du pot avant d'entrer dans le vif du sujet. Mais son arrivée tardive au débriefing matinal avait compromis cette option. « Il faut rouvrir l'enquête sur les meurtres de Grimås et de Fischer. »

Edelman prit l'air de celui qui a mal entendu. Il retira ses petites lunettes rondes. « Et pourquoi ? finit-il par répliquer. Assieds-toi, Fabian.

– Parce que c'est comme ça. » Fabian alla s'asseoir dans le canapé usé. « Nous nous sommes trompés. Ossian Kremph n'était qu'un leurre pour nous emmener sur une fausse piste.

– Attends une seconde. Tu crois sérieusement que Kremph était innocent ?

– Et que le véritable assassin court toujours, oui. C'est exactement ce que je crois. »

Edelman ricana, secoua la tête, sortit deux bières du réfrigérateur et en tendit une à Fabian.

« Non merci, ça va », refusa ce dernier, alors que c'était exactement ce dont il avait besoin.

« Bon. Si tu changes d'avis, n'hésite pas. » Herman ouvrit une bière pour lui, la versa dans un verre et alla s'asseoir dans son fauteuil de lecture près de la fenêtre. « Honnêtement, Fabian, je ne sais pas où tu es allé chercher ça. Je veux dire… Tu es un bon enquêteur, tu sais le respect que j'ai pour ton travail. Tu es parmi les meilleurs. » Il but quelques gorgées de bière, prit sa pipe et commença tranquillement à la bourrer. « Franchement, en ce moment, j'ai l'impression que tu n'es pas dans ton assiette. »

Fabian le laissa allumer sa pipe et remplir ses poumons de la fumée argentée avant de reprendre. « Tu te souviens de la femme dans le bus ? Celle à qui on avait découpé les yeux sur toutes les photos ?

– Oui, vous la considériez comme une victime potentielle, je crois.

– C'est ça. Et maintenant, je pense qu'elle est morte. »

Edelman hocha longuement la tête, but encore un peu de bière, avec un calme qui était l'inverse de la réaction à laquelle Fabian s'attendait.

« En fait, je suis convaincu qu'elle est morte, précisa-t-il avec l'impression que cette conversation était en train de tourner à son désavantage.

– Et tu as raison de le penser, répliqua Edelman avec un sourire satisfait. Parce qu'elle l'est.

– Quoi ? Vous avez trouvé son cadavre ? » Décidément, cet entretien ne se passait pas du tout comme prévu. Alors qu'il était venu pour étonner et déstabiliser Edelman, c'était lui qui, s'il n'avait pas été déjà assis, serait tombé sur le cul de surprise.

« Elle s'appelle Semira Ackerman. Le capitaine du ferry qui fait la navette entre Södermalm et Hammarby Sjöstad nous a alertés cette nuit après l'avoir vue en train de flotter entre les plaques de glace. Apparemment, elle avait essayé de traverser le lac à pied.

– Qui serait assez bête pour s'aventurer sur la glace à cet endroit ? Pile sur le trajet du ferry ?

– Tu as raison. Peut-être qu'elle n'avait pas l'idée de traverser, mais juste d'aller se promener un peu. Et puis, est arrivé ce qui devait arriver. » Edelman haussa les épaules, fataliste, et tira quelques bouffées sur sa pipe. « Ça arrive fréquemment à cette saison. Regarde, il y a une photo sur le bureau. »

Fabian alla chercher la photographie sur laquelle on voyait deux matelots hisser la femme congelée sur le pont du bac. C'était bien elle, il n'y avait aucun doute. Mais elle n'avait certainement pas été victime d'un accident. Et Fabian venait de trouver une explication à la bassine d'eau saumâtre.

« Eh, Fabian, tu es sûr que tu vas bien !? Tu me sembles plutôt, comment dire...

– La nuit dernière, je suis retourné fouiller l'appartement de Kremph, le coupa Fabian. Et j'ai, entre autres, découvert un passage qui conduit directement de sa chambre à coucher à l'appartement dans l'immeuble en voie de démolition, ce qui explique pas mal de choses. Et dans...

– J'imagine que c'était par là qu'il passait pour aller...

– Non, c'est par là que l'assassin passait pour entrer chez lui.

– Pourquoi quelqu'un aurait-il voulu entrer chez...

447

– Pour remplacer ses médicaments par des placebo. J'ai la preuve qu'il surveillait Kremph. Tu sais ce que j'ai trouvé, dans un livre sur la bibliothèque... » Fabian s'interrompit. Il était en train de trop en dire. Il fallait qu'il garde le contrôle de cet entretien. Il respira un grand coup et se ressaisit. « Elle est à l'institut médico-légal ? Qui fait l'autopsie ? Thåström ?

– Non, elle ne s'occupe pas des morts accidentelles. Ses poumons étaient remplis d'eau. Il n'y a rien à aller chercher. Sincèrement, je ne comprends pas où tu veux en venir. Décréter tout à coup que Kremph serait innocent et que ce serait quelqu'un d'autre qui... Excuse-moi, mais c'est trop absurde. » Edelman poussa un long soupir en recrachant la fumée.

« Bref, tu ne me crois pas.

– Il ne s'agit pas de ce que je crois. Toute cette investigation, les indices, le mobile des crimes, absolument tout désigne Ossian Kremph. Y compris ce nouveau passage que tu viens de trouver. Alors je ne vais pas rouvrir le dossier simplement parce que tu débarques dans mon bureau, avec l'air de ne pas avoir dormi depuis une semaine, en prétendant qu'il est innocent. Tu dois bien te rendre compte toi-même que si je dois tout remettre en branle, il me faut quelque chose de plus solide.

– Quand je suis arrivé dans l'appartement de l'immeuble en voie de démolition, j'ai trouvé la table trempée, de l'eau coulait encore sur le sol. Quelqu'un y était venu peu de temps avant moi, et tout laisse à penser que c'est là qu'on a noyé Semira.

– Et qui te dit que cette eau ne venait pas d'un SDF qui serait rentré avec les chaussures pleines de neige pour faire une petite sieste, bien au chaud ?

– Et qui aurait laissé sur place une bassine pleine d'eau croupie ? Je ne crois pas. Et en ce qui concerne l'enquête, je suis certain d'avoir assez d'éléments dans le dossier pour prouver ce que j'avance. Le problème, c'est qu'il a disparu.

– Comment ça, il a disparu ? » Pour la première fois, Edelman eut l'air réellement surpris.

« Quelqu'un est passé ce week-end et ce quelqu'un a tout emporté. Il ne reste plus rien.

– L'enquête était terminée et il n'y aura pas de procès, tout doit être parti aux archives ! » Edelman quitta son fauteuil et alla s'asseoir derrière son bureau. Il remua sa souris pour activer son écran.

« Pas la dernière fois que j'ai vérifié. Mais peut-être as-tu une bonne explication à ce sujet.

– Pardon ? » Edelman leva les yeux.

Depuis quelques heures, Fabian était convaincu que son patron en savait beaucoup plus qu'il ne le disait. Mais tout à coup, il se demanda s'il s'était trompé. Edelman croyait-il réellement à la culpabilité d'Ossian Kremph ? Il réalisa qu'il était obligé de s'en assurer avant de pouvoir continuer. Il ne pouvait pas faire autrement que de pousser son vieux mentor dans ses retranchements et de lui tirer les vers du nez.

« Voilà, il est là, comme je le pensais, dit Edelman qui était retourné à sa recherche.

– Tu as trouvé un numéro d'archives ?

– 0912-305/H152. Encombrement/0,4 mètre.

– OK », rétorqua Fabian, sans ajouter un mot sur le fait que ce numéro n'existait pas la nuit dernière. « Je devais être fatigué. Je crois que je vais accepter cette bière, finalement.

– Je t'en prie. Mais fais vite, s'il te plaît, Crimson m'attend pour une réunion budgétaire. » Edelman éteignit l'ordinateur et fourra quelques pastilles de chewing-gum dans sa bouche pendant que Fabian décapsulait sa bière et la buvait d'une traite.

« Tu as peut-être raison. Je dois être surmené.

« – Je n'ai pas souvent eu le loisir de fêter Noël, dit Edelman en rajustant sa cravate devant un miroir, mais là, je pense que ça va nous faire du bien à tous de prendre un peu de vacances.

– Ah, au fait, cette conversation que tu as eue au téléphone avec Grimås, quelques heures avant sa mort.

– Oui ?

– De quoi avez-vous parlé ?

– Tu m'as déjà posé la question.

– Ah ? Et qu'est-ce que tu m'as répondu ?

– La même chose que je te réponds maintenant. Il me demandait des conseils avant la session parlementaire à laquelle il était en train de se rendre. Rien de plus passionnant que ça, je le crains », répondit Edelman tranquillement en arrangeant sa barbe.

Tous les doutes de Fabian s'envolèrent d'un coup. Edelman était en train de lui mentir sans vergogne et, bien qu'il mourût d'envie de sortir son portable et de lui faire écouter l'enregistrement de la fameuse conversation, il se contenta de hocher la tête et d'avoir l'air satisfait de sa réponse.

Désormais, la partie se jouerait à jeu fermé.

80

Dunja sentit immédiatement à l'attitude d'Oscar Pedersen qu'il était mal à l'aise. Il les accueillit à l'institut médico-légal en tâchant de faire bonne figure, mais les efforts qu'il faisait pour cacher son trouble sautaient aux yeux. Pour la première fois dans sa carrière de médecin légiste, il était passé à côté de ce qui allait s'avérer le détail le plus important dans les autopsies qu'il avait pratiquées. Le détail le plus important de toute l'enquête. Les raisons pour lesquelles on avait assassiné Karen Neuman et Katja Skov. Dans le premier cas, un rein. Dans le deuxième, un poumon.

L'excuse qu'il avait fournie était aussi insignifiante que la teneur en alcool d'une bière pression servie dans la rue piétonnière de Copenhague.

« Comme je vous l'ai dit au téléphone, une fois que j'avais établi la cause du décès, je n'avais aucune raison d'aller plus loin. » Pedersen ouvrit la porte avec son badge de sécurité et fit entrer Dunja et Hesk à la morgue.

Dunja considérait cette erreur comme une inadmissible preuve de laxisme, et elle ne savait pas ce qui la retenait de porter plainte contre lui à la direction générale de la police nationale et de lui faire retirer sa licence. Mais elle se contenta de lui montrer sa désapprobation par une attitude distante et impassible. Hesk, au contraire, hochait la tête en souriant pour lui montrer sa sympathie.

« Je préfère éviter, dans la mesure du possible, de dépenser mes impôts et les vôtres en faisant du zèle », ajouta le légiste à l'intention de Dunja avant d'ouvrir la cellule réfrigérante et de tirer le tiroir dans lequel reposait Karen Neuman.

Une semaine était passée depuis que Dunja s'était rendue sur la scène du crime où elle avait pour la première fois posé le regard sur ce corps atrocement mutilé. En le voyant à nouveau, elle comprit pourquoi l'absence d'un rein avait pu échapper à Pedersen. « Comme je l'ai signalé dans mon rapport, elle n'était déjà pas belle à voir de l'extérieur. » Pedersen eut un petit geste du menton vers le torse labouré de plaies. « Mais ce n'est rien comparé à son aspect intérieur. On aurait dit que quelqu'un y était allé au mixer plongeant, là-dedans, poursuivit-il. Et si tu n'avais pas été si sûre de toi, Dunja, si tu ne m'avais pas expressément demandé de vérifier s'il ne lui manquait pas un organe, je ne m'en serais sans doute pas rendu compte cette fois non plus. »

Elle aurait voulu se détendre un peu, lui montrer qu'elle avait apprécié le compliment, mais elle résista à cette impulsion et garda le masque, consciente qu'en se laissant aller, elle perdrait aussitôt le dessus. « Tu as trouvé autre chose ? » demanda-t-elle. Non pas qu'elle s'attende à ce que ce soit le cas, mais pour signifier que cet entretien se terminerait quand elle le déciderait.

Pedersen acquiesça. « Oui, maintenant que tu en parles », dit-il en tirant sur sa moustache, sans rien ajouter.

Dunja connaissait trop bien Pedersen pour tomber dans son piège et lui demander de quoi il s'agissait. Elle n'allait pas en plus lui donner le beau rôle.

« Ah oui ? Quoi ? » demanda Hesk, curieux, se plaçant ainsi lui-même en bas de la hiérarchie.

« Après l'appel de Dunja, j'ai pris la liberté de me plonger dans les dossiers des précédentes victimes de Willumsen.

D'après la description des plaies que présentaient les cadavres, il me semblait me rappeler qu'il apparaissait clairement qu'elles étaient l'œuvre d'un gaucher. J'ai ensuite contacté mon cher collègue Einar Greide à Helsingborg qui m'a dit être arrivé à la même conclusion.

– Et en quoi est-ce important ? » lâcha Dunja malgré elle, souhaitant aussitôt pouvoir revenir en arrière et se taire. Pedersen avait déjà l'air d'avoir grandi de plusieurs centimètres et d'être en train de boire du petit-lait.

« Parce que, vois-tu, les blessures que nous observons ici ont été faites par un droitier. J'aurais besoin de procéder à quelques expertises supplémentaires pour pouvoir l'affirmer à cent pour cent. Mais si on se contente d'une certitude à quatre-vingt-quinze pour cent, l'angle des plaies indique qu'il tenait la hache de cette façon. » Il fit la démonstration, les mains levées, la main droite devant et la gauche derrière. « Ce qui est la manière la plus naturelle de procéder pour un droitier. Pour prendre son élan, il tenait la hache du côté droit de sa tête, comme ça. » Pedersen assena plusieurs coups de sa hache imaginaire vers le ventre totalement détruit de Karen Neuman.

« Je crois qu'on a compris », intervint Dunja. Pedersen baissa les bras. « Bref, tu es en train de nous faire part d'une raison supplémentaire pour douter que Willumsen ait été l'auteur de ce meurtre ? »

Pedersen hésita un instant, regarda Hesk puis acquiesça. « Comme je vous l'ai dit, il existe une marge d'erreur et bien sûr, le meurtrier peut aussi avoir pris la peine de procéder comme l'aurait fait un droitier dans l'intention de brouiller les pistes.

– Mais vu la profondeur des blessures, il a dû y mettre une certaine force, ce qui rend l'hypothèse peu plausible, n'est-ce pas ?

– Oui.

– Parfait. Qu'en dis-tu, Jan ? » Dunja se tourna vers Hesk et ne le lâcha pas des yeux avant qu'il réponde.

« Je ne sais pas très bien quoi dire. Je trouve qu'il y a encore trop d'indices pointant dans la direction de Willumsen pour le disculper aussi vite.

– Ce qui est exactement ce que le vrai coupable avait prévu en commettant son meurtre de manière que tous les soupçons retombent sur Willumsen, à l'exception du véritable mobile.

– Et quel est ce mobile, à ton avis ?

– Ici, le rein manquant, et dans le cas de Katja Skov, un poumon.

– Je ne voudrais pas me montrer pointilleux, mais ce ne sont pas des mobiles, ce sont des organes. »

Dunja se permit de lever les yeux au ciel et elle s'adressa à Pedersen.

« Tu as accès aux dossiers médicaux des victimes ?

– Accès, accès... il faut voir. Pourquoi devrais-je...

– Parce que je te le demande. »

Pedersen recommença à tripoter sa moustache, échangea un nouveau regard avec Hesk qui haussa les épaules en réponse à la question muette du légiste. « Bon, d'accord... » Il se rendit devant l'ordinateur dans un coin de la pièce et toucha la souris. « Mais si je trouve quelque chose d'intéressant dans ces dossiers, je compte sur vous pour me fournir les autorisations, OK ?

– Oui, oui, ne t'inquiète pas. Vas-y, maintenant. »

Pedersen entra dans les archives médicales en quelques clics et il s'apprêtait à taper sa recherche spécifique quand il remarqua la présence d'un mail dans sa boîte de réception. « Incroyable ! Les résultats de la recherche ADN sont déjà là. Ça n'a pas traîné, dites donc !

« – Le test ADN sur le prélèvement de sperme ? On ne l'attendait pas avant une semaine, si ? s'étonna Dunja.

– C'est ce que j'avais compris aussi. Je suppose qu'ils ont voulu se débarrasser des affaires courantes avant les fêtes. Enfin, en tout cas, il est là... » Pedersen se tut pour lire le résultat.

« Alors ? »

Pedersen regarda d'abord Dunja, puis Hesk. « C'était bien le sperme de Willumsen.

– De Benny Willumsen ? » répéta Dunja, incrédule. Elle n'arrivait pas à comprendre ce qu'elle venait d'entendre. Et surtout, elle n'arrivait pas à le croire. « On parle bien du prélèvement de sperme que tu as fait dans le vagin de Katja Skov ? »

Le légiste acquiesça.

« Dans et autour, pour être précis. »

Dunja vit s'écrouler sous ses yeux le château de cartes qu'elle était en train de construire. « Bon, OK, mais sois gentil de me trouver quand même ces dossiers médicaux, que je puisse y jeter un coup d'œil.

– Ça suffit, maintenant, Dunja, dit Hesk. Sleizner nous a donné un sursis jusqu'à l'arrivée de cette analyse. Et maintenant, on l'a.

– Je sais, mais... » Elle se tourna vers Pedersen. « S'il te plaît, tu veux bien me sortir ces dossiers, tout de suite ?

– C'est-à-dire que... si l'enquête est définitivement terminée, ce qui semble être le cas, je suis obligé de te dire non.

– Alors toute cette histoire de meurtrier qui serait en fait droitier, ça ne signifie plus rien du tout ?

– Comme je l'ai dit précédemment, et je suis tout à fait certain de vous l'avoir dit, il existe une marge d'erreur. Et cette fois, il semble malheureusement que...

– Putain, mais c'est dingue ! Qu'est-ce qui vous prend, tout à coup ?

– Écoute, Dunja, essayons juste de garder notre boulot. Viens, on s'en va et on laisse Oscar continuer à faire en sorte de garder le sien. » Hesk fit mine de se diriger vers la porte.

« Mais merde ! C'est le genre de flic que tu as envie d'être ? Tu ne crois pas que je l'ai vu dans tes yeux que toi aussi tu trouves qu'il y a beaucoup de bonnes raisons de continuer cette enquête ?

– Tu crois ça ? » dit Hesk en se retournant et en la regardant bien en face. « Eh bien, tu te trompes.

– Avoue que tu cherches seulement à m'énerver. Sinon c'est encore pire. Parce que cela signifie que tu es trop lâche pour oser t'opposer à Sleizner, alors que tu sais aussi bien que moi qu'il n'en a rien à foutre que nous nous soyons trompés de coupable, du moment que ses taux d'élucidation sont bons.

– Tu oublies une troisième possibilité. Celle que ce soit bien Benny Willumsen. » Hesk lui tourna le dos et quitta la morgue.

81

Le téléphone collé à l'oreille, Fabian sortit de l'ascenseur au troisième sous-sol, prit le couloir et se dirigea vers les archives. « Allô ! Tu m'entends toujours ?

– *Oui, et si tu es le moins du monde intéressé par ce que j'ai découvert sur Gidon Hass, c'est maintenant que tu dois m'écouter* », répliqua Niva avant de lui expliquer les difficultés qu'elle avait eues à retrouver le bonhomme.

Après leur rencontre au Lydmar, Fabian s'était promis de ne plus jamais revoir Niva. Mais après sa conversation avec Edelman, il avait été contraint de reprendre contact avec elle pour lui faire part des événements de ces deux derniers jours et de ses théories sur la façon dont les choses s'étaient passées.

Elle avait tout de suite cru à son histoire, ce dont il lui savait gré, et avait même accepté de l'aider sans contrepartie de verre partagé ou de dîner. En revanche, elle n'accepterait de l'aider que tant que l'enquête était officiellement close.

« *Gidon Hass, alias Gidon Ezra Hass, est médecin et spécialiste en anatomo-pathologie. Et tu ne devineras jamais quel est son principal domaine de compétence, alors je vais te le dire : la transplantation d'organes.*

– Je vois », dit Fabian avec l'impression de tenir enfin le fil d'Ariane. « Et ce monsieur a une clinique, quelque part ?

– *Il avait. Plus précisément, il a été à la tête de l'institut de médecine légale d'Abou Kabir, dans la banlieue de Tel-Aviv. La rumeur veut qu'ils n'aient jamais disposé d'autant d'organes et d'échantillons de tissus humains qu'à l'époque où il le dirigeait et que l'institut faisait à la fois office de banque d'organes et de centre de distribution pour le marché noir. Il aurait été le plus important fournisseur du monde dans ce secteur. Ce qui était parfaitement légal en Israël jusqu'à il y a quelques années.*

– Légal, tu es sûre ?

– *Absolument. Comme, là-bas, les gens préfèrent être enterrés avec leurs abattis, le nombre de donneurs d'organes volontaires est le plus bas du monde occidental.*

– Dans ce cas, d'où venaient tous ces organes, alors ? » s'enquit Fabian tout en se déplaçant le long des rangées d'étagères sur rails, en vérifiant de temps en temps qu'il avait encore du réseau.

« *Ils arrivaient en partie par l'intermédiaire des fameux chasseurs d'organes qui sévissent dans les anciennes républiques soviétiques et les régions les plus pauvres d'Asie et d'Amérique du Sud. Et si l'on doit prêter foi à la rumeur, un certain nombre d'organes auraient pu provenir de Palestiniens blessés.*

– Sympa.

– *N'est-ce pas ?*

– Mais actuellement il n'y travaille plus ? demanda Fabian qui approchait de la section 152.

– *Non, suite à l'application de la nouvelle loi, on l'a renvoyé de son poste et on ne l'a plus jamais revu.*

– Tu veux dire qu'il est en cavale ? » Fabian écarta l'étagère, s'engagea dans le passage et trouva aussitôt les dossiers portant le numéro 0912-305.

« *Je t'ai dit qu'il ne faisait rien d'illégal. A priori, il n'avait aucune raison de fuir.*

– Et pourtant, il a disparu. »

Comme il s'y attendait, les dossiers étaient vides.

« *Ça m'en a tout l'air.* »

Ils contenaient en effet quelques documents et quelques photos qui aux yeux d'un profane pouvaient éventuellement être pris pour des pièces d'instruction mais qui en réalité n'avaient rien à voir avec la véritable enquête.

82

Dunja avait participé à la fête de Noël de la police de Copenhague pour la première fois deux ans auparavant, et alors que le printemps était déjà bien avancé, elle n'était pas encore remise du choc. Pourtant, on l'avait prévenue de l'alcool qui coulait à flots, du strip limbo où chaque tentative loupée coûtait la soustraction d'un vêtement et des photocopieuses qui n'avaient pas résisté au poids d'une utilisation qui n'était pas prévue dans le manuel. Malgré ces mises en garde, elle n'aurait jamais cru tomber dans un champ de bataille dépassant tout ce qu'elle avait pu connaître dans son commissariat de Roskilde. Des collègues, qui en temps normal lui semblaient être des individus doués de bon sens, s'étaient brusquement transformés sous ses yeux en porcs répugnants qu'on aurait préalablement lobotomisés.

L'année suivante, elle était au lit avec une grippe qu'elle avait traînée jusqu'à la mi-janvier. Au retour de son congé maladie, personne n'avait voulu lui donner de détails sur le déroulement de la soirée, mais la direction avait décidé qu'à l'avenir, la fête de Noël aurait lieu un lundi, ce qui en disait long.

Malgré cette précaution, Dunja ne pensait pas y participer. D'abord parce que Sleizner s'était débrouillé pour qu'elle soit placée à côté de lui à table, et puis à cause de la jalousie de Carsten. Elle avait beau lui jurer qu'elle ne le tromperait jamais – et encore moins avec un collègue –, il ne manquerait pas de lui infliger un interrogatoire en règle et d'exiger d'elle qu'elle lui relate la soirée dans ses moindres détails.

Mais finalement, elle avait changé d'avis et décidé d'y aller malgré tout. Non pas qu'elle en ait envie. Faire la fête était la dernière chose dont elle avait envie en ce moment. Elle n'avait pas encore digéré son échec à l'institut médico-légal et, bien que le test ADN ait prouvé qu'il s'agissait du sperme de Benny Willumsen, elle continuait de penser qu'il n'était pas le meurtrier. Non seulement il avait eu l'air de tomber des nues quand elle lui avait parlé de cette usine près de Kävlinge, mais il avait une tête de plus que l'homme qu'elle avait vu là-bas et il était beaucoup plus corpulent que celui qu'elle avait pris en flagrant délit en train de découper Katja Skov en morceaux.

Elle était convaincue qu'il y avait quelque part un schéma logique expliquant les organes manquants et elle avait du mal à comprendre comment Hesk, Pedersen et Richter pouvaient se moquer à ce point de le découvrir. C'était comme s'ils étaient tellement sous la coupe de Sleizner qu'ils n'osaient pas lui tenir tête. Ou alors ils n'avaient pas envie de compliquer les choses, à quelques jours de Noël.

Pour sa part, elle faisait toujours très attention de ne pas céder au confort qu'il y a à se décharger de toute responsabilité et de rejeter la faute sur le voisin. De se foutre de tout, y compris de la vérité. Et c'est là que le fait d'être placée à côté de Sleizner devenait intéressant car elle avait l'intention d'user de toutes les ruses et de profiter de cette soirée pour l'entraîner dans son camp et obtenir de lui qu'il la laisse poursuivre l'enquête. Exceptionnellement, elle prit son temps pour se maquiller au lieu de se contenter de son habituel trait d'eye-liner avec un peu de fard à paupières au-dessus. À grand renfort de fond de teint et de poudre, elle parvint à effacer le plus gros de ses hématomes, et après avoir essayé plusieurs rouges à lèvres, elle choisit le plus rouge, qui avait exactement la couleur de sa robe. Elle retira les petites boucles d'oreilles en perle que sa mère lui avait offertes le jour de sa confirmation et les remplaça par deux gros anneaux en or plaqué, elle mit un strap autour de sa cheville gauche qui allait un peu mieux, enfila une paire de Dim Up et glissa ses pieds dans des escarpins à hauts talons.

Étonnée de la facilité avec laquelle elle arrivait à tenir debout, elle s'entraîna à marcher en faisant quelques tours dans son séjour, dans l'espoir d'avoir l'air d'une fille qui ne toucherait même pas une paire de Converse avec des pincettes. Puis elle alla se poster devant le miroir en pied de sa chambre à coucher, arrangea ses cheveux de façon à ce qu'ils cachent l'égratignure sur son front et étudia le résultat.

Pour la deuxième fois en quelques jours, elle eut du mal à se reconnaître dans la glace. La robe, le maquillage, les chaussures. Elle n'avait plus rien à voir avec la femme qu'elle était d'habitude. Mais ce n'était pas uniquement à cause de ce qu'elle portait. Sa tenue était juste un moyen de faire ce qu'elle voulait de Sleizner. Non. C'était autre chose qu'elle voyait dans ce miroir. Quelque chose d'indéfinissable.

Cela se passait dans ses yeux.

83

« *Cette femme s'est suicidée et son cadavre n'a rien à faire sur ma table d'autopsie.* » L'éclat de voix émanait d'Aziza Thåström, médecin légiste, habituellement l'une des personnes les plus aimables que Fabian connaisse. Elle avait toujours le temps quand on avait une petite question supplémentaire à poser, et lorsqu'on avait du mal à comprendre, sa patience était sans limite. Mais là, elle semblait très énervée. « *Qui plus est, cette enquête est terminée.* »

Fabian ouvrit la lourde porte métallique et entra dans le garage, laissant le silence travailler pour lui.

« *Bon...,* finit par soupirer la légiste. *Qu'est-ce que tu veux que je regarde ?*

– Je ne sais pas exactement. Dans l'idéal, un organe qui devrait se trouver là, mais qui n'y est pas. » Il entendit un nouveau soupir au bout du fil.

« *Je t'ai déjà dit qu'il s'agissait d'une noyade accidentelle. Hormis l'eau dans les bronches, il n'y avait aucune blessure apparente.*

– Je sais. Mais je suis sûr qu'il lui manque quelque chose. Les yeux. Tu as regardé les yeux ? » insista Fabian qui entendait au changement d'acoustique que Thåström se trouvait maintenant à l'intérieur de la morgue et qu'elle était en train d'ouvrir une cellule réfrigérée.

« *Oui, et je vais t'étonner, ses yeux sont tous les deux à leur place. Tu crois sérieusement qu'on aurait pu passer à côté de...*

– Je sais que les yeux étaient là, mais est-ce que tu veux bien les regarder de plus près ?

– *Et pourquoi est-ce que je...*

– Fais-le, s'il te plaît. »

Nouveau soupir. Fabian s'assit au volant de sa voiture et tourna la clé de contact en écoutant le silence qui suivit. Il ne fut nullement surpris quand la réponse survint.

« *Nom d'un chien, tu avais raison. Il lui manque la cornée dans l'œil droit.*

– Merci, c'est tout ce que je voulais savoir », dit Fabian avant de raccrocher.

C'était donc ça que le criminel était venu faire dans l'appartement en voie de démolition. Après avoir noyé Semira Ackerman, il avait procédé à l'ablation de la cornée de son œil droit. Une intervention que personne ne remarquerait tant que tout le monde serait concentré sur ses poumons remplis d'eau.

Fabian roula vers la porte du garage qui laissait progressivement entrer la lumière du jour. Un frisson le parcourut et il se mit soudain à trembler alors qu'il n'avait pas froid. Il sentait la sueur perler dans son dos et sa chemise lui collait à la peau, son cœur battait fort dans sa poitrine. Il y avait un problème. Il ne comprit pas ce qui lui arrivait, jusqu'à ce qu'il réalise à quel point il avait été proche du criminel. Sans la caméra cachée dans ce livre sur la bibliothèque d'Ossian Kremph, il serait probablement tombé tout droit dans les bras de l'assassin.

C'était évidemment grâce à la caméra que le meurtrier l'avait vu. Il avait compris le risque imminent que Fabian découvre le passage vers l'appartement condamné. C'était peut-être même lui qui conduisait l'Opel garée devant sa propre voiture.

Il sortit du garage et s'éloigna de l'hôtel de police, sans savoir où il allait. Il fallait juste qu'il s'éloigne du commissariat, d'Edelman et de tous les autres. Il tourna à droite dans Bergsgatan, puis à gauche vers Hantverkargatan, et très vite, il sentit son pouls se calmer.

Si un seul des renseignements que Niva avait dévoilés se révélait exact, le scandale serait si énorme que la réputation de l'État d'Israël allait être souillée pendant de nombreuses années. Il semblait évident, à présent, que l'ambassade d'Israël était mêlée à cette affaire. De quelle façon, et si elle était sanctionnée par une instance supérieure, cela restait à élucider. Et tant que l'enquête était officieuse, il ne pouvait pas s'amuser à convoquer des gens pour les interroger. Encore moins s'ils faisaient partie d'une ambassade.

Alors qu'il arrivait à la hauteur de l'hôtel de ville, son téléphone sonna sur le siège passager. Il vit que l'appel provenait de Malin et laissa sonner jusqu'à ce que le répondeur se mette en marche. Quand une seconde plus tard, elle fit une nouvelle tentative, il comprit que, tel un moustique obstiné qui a senti l'odeur du sang, elle n'arrêterait pas avant qu'il ait décroché.

« Salut, j'allais justement t'appeler pour te demander de tes nouvelles, mentit-il en traversant le pont de Vasabron.

– *Ne me fais pas rigoler...*

– Je te jure, Malin, que j'étais sur le point de...

– *Puisque tu te fais du souci pour moi, je t'annonce que je ne me suis jamais autant ennuyée de toute ma vie. J'ai des fourmis partout et je te préviens, s'il ne se passe pas bientôt quelque chose, je vais devenir cinglée. Alors, raconte !*

– Il n'y a pas grand-chose à raconter, en fait. Je viens d'avoir un entretien avec Edelman et on a décidé que je devais prendre mes congés de Noël à partir du...

– *Ha. Ha. Ha.*

– Quoi, qu'est-ce qu'il y a ?

– *Allez, arrête, maintenant... À qui est-ce que tu essayes de faire croire ça ? À toi ou à moi ?*

– À ton mari, peut-être ? rétorqua Fabian avec un soupir. Tu es au courant qu'Anders m'a interdit de te parler ?

– *On s'en fout d'Anders ! Dis-moi plutôt où on en est !*

– OK, mais c'est toi qui l'auras voulu », la prévint Fabian avant de lui parler du passage secret qu'il avait découvert entre le deux-pièces de Kremph et l'appartement en voie de démolition, du criminel qui devait être là au même moment en train de noyer la femme du bus qui avait été repêchée ce matin dans le lac de Hammarbysjön. Il lui parla aussi de la caméra cachée sur l'étagère, de la conversation au téléphone entre Grimås et Edelman et du fait qu'ils avaient mentionné un individu appelé Gidon Hass.

« *Attends, attends. Tu veux dire Edelman comme dans Herman Edelman ?*

– Lui-même.

– *Oh, merde. Tu penses sérieusement qu'il pourrait être impliqué dans tout ça ?*

– En tout cas, il a menti sur cet entretien téléphonique et il refuse de rouvrir l'enquête. Il cache forcément quelque chose.

– *Et ce Gidon Hass. C'est qui ?*

– Un pathologiste israélien, spécialiste en transplantation d'organes.

– *L'Israël, de nouveau. Ce serait là que se trouverait le lien, alors ?*

– C'est exactement ce que je pense. Ça coïncide également avec le fait que les trois victimes ont subi l'ablation d'un organe : Adam Fischer, son cœur, Carl-Eric Grimås, son foie, et Semira Ackerman, la cornée de son œil droit. » Fabian prit à gauche dans Timmermansgatan et s'aperçut qu'il était en train de rentrer chez lui, sans savoir ce qu'il allait y faire. « Il faudrait que nous mettions la main sur leurs dossiers médicaux pour être sûrs, mais je suis prêt à parier qu'ils figurent tous les trois sur une liste d'attente du service national de coordination des greffes d'organes, et qu'en désespoir de cause, ils ont fini par s'adresser au marché illégal. Et maintenant, il y a quelqu'un qui est en train de les récupérer.

– *Admettons, mais pourquoi ? Est-ce qu'ils sont seulement réutilisables ? Je veux dire, il doit tout de même y avoir une limite au nombre de fois où on peut greffer un organe.*

– Sans doute. Et s'il était simplement à la recherche d'organes frais, il y avait probablement des victimes plus faciles à approcher que le ministre de la Justice.

– *Peut-être qu'il veut les punir pour leurs péchés et leur donner une leçon, ainsi qu'à tous ceux qui envisagent de les imiter.*

– Non, parce que, dans ce cas, il ne se donnerait pas autant de mal pour effacer ses traces et maquiller ses crimes de manière qu'ils aient l'air d'avoir été commis par Ossian Kremph. Je pense que c'est une croisade personnelle.

– *Et ce pathologiste – je ne me souviens plus de son nom –, on sait autre chose sur lui ?*

– Gidon Hass. Seulement qu'il s'est fait virer de l'institut médico-légal et qu'il a disparu ensuite. J'aurais aimé lancer une recherche un peu plus avancée, mais je ne sais pas comment procéder, maintenant que l'enquête estofficiellement terminée.

– *Depuis quand est-ce que ce genre de détails t'arrête ?* »

Elle l'avait percé à jour. Avant même qu'il l'ait fait lui-même. Il était évidemment parti du principe que Niva s'en était déjà occupée.

« *Tu crois que je n'ai pas deviné que vous avez recommencé à travailler ensemble ?*

– Avec qui ? »

– *Oh, je t'en prie. Qui d'autre aurait pu exhumer cette conversation entre Edelman et Grimås ? Personnellement, ça m'est égal, mais ne viens pas me dire ensuite que je ne t'ai pas prévenu.*

– Ce n'est pas la première fois que j'entends cette phrase dans ta bouche.

– *Et ça ne te fera pas de mal de l'entendre de nouveau. Et concernant cette conversation, je compte sur toi pour m'envoyer le fichier MP3.*

– Bien sûr. Je t'envoie ça dès que possible.

– *Je me suis peut-être mal exprimée et je m'en excuse. Ce que je voulais dire, c'est que tu vas le faire maintenant. Et que ça saute !*

– Écoute, Malin, je suis en voiture…

– *Alors tu vas te garer sur le bas-côté. Je ne plaisante pas, Fabian. Je vais devenir enragée si je n'ai pas bientôt de quoi m'occuper.* »

Fabian cherchait un endroit où se garer sur Fatbursgatan quand une Volvo noire le doubla et tourna à droite dans Swedenborgsgatan bien que celle-ci soit uniquement autorisée aux autobus.

« D'accord. Mais je te préviens. Je l'ai écoutée plusieurs fois et la seule chose…

– *Tu m'as déjà vue quand je suis très en colère ?* »

Fabian trouva une place libre. « C'est bon, j'ai compris. Tu as une adresse mail perso ?

– *andersetmalin@hotmail.com*

– Quoi, vous avez une adresse commune ?

– *Oui, mais il ne s'en sert jamais. Allez, dépêche-toi.* »

Fabian rechercha le mail sans expéditeur avec en objet la formule *Je me suis trompée* et le transféra vers l'adresse mail de Malin. « Tu devrais le recevoir dans un instant », dit-il en mettant fin à la communication. Il sortit de sa voiture et se dirigea vers sa porte d'entrée.

La première anomalie qui alerta Fabian fut l'absence de la petite diode rouge clignotante lorsqu'il rentra le digicode. Croyant avoir fait une erreur, il recommença trois fois de suite avant de s'apercevoir que la porte n'était pas fermée. Ce n'était pas la première fois que le verrou faisait des siennes. Cela arrivait malheureusement très souvent, en particulier quand les températures descendaient trop bas en dessous de zéro.

Il eut malgré tout le pressentiment que quelque chose clochait. Une impression qui se confirma quand il arriva à son étage et vit sa porte d'entrée entrebâillée et la serrure forcée. Il ouvrit prudemment et entra.

Dès le hall d'entrée, il sut que, quels qu'ils soient, ceux qui étaient entrés chez lui étaient déjà repartis, non sans avoir laissé derrière eux un gigantesque désordre de tiroirs ouverts, de meubles renversés et de monceaux de vêtements jetés pêle-mêle. Il ne croyait pas se tromper beaucoup en imaginant qu'il s'agissait des mêmes individus que ceux qui avaient tout emporté dans son bureau à l'hôtel de police et qui le lendemain avaient fouillé l'appartement d'Ossian Kremph.

Que cherchaient-ils ?

La poupée de porcelaine ?

Il se rendit dans le salon et put constater dans la lumière du lustre que lui aussi ressemblait à un champ de bataille. Il s'approcha du canapé renversé et le redressa, puis remit les coussins en place avant de s'asseoir pour observer l'étendue des dégâts, légèrement surpris que Sonja et lui possèdent assez d'objets pour que, dispersés, ils génèrent un tel chaos.

Il n'eut pas besoin d'entendre de bruit. La simple modification de la pression atmosphérique suffit à Fabian pour qu'il lève les yeux et que dans le même mouvement, il se jette derrière le dos du canapé.

C'est là qu'il les entendit. Ils étaient dans le vestibule et se dirigeaient vers la chambre à coucher. Ils étaient revenus. Il examina ses options et conclut qu'il n'en avait qu'une : la confrontation directe. Cette fois, il n'avait pas l'intention de s'enfuir.

« Putain, quel bordel... », s'exclama le premier.

Fabian eut l'impression de reconnaître aussi bien la voix que le langage. Mais ce ne fut qu'en entendant le deuxième qu'il comprit qui ils étaient.

« Ça doit être un peu comme chez toi, non ? »

L'instant d'après, c'était la panique générale.

Fabian sortit de sa cachette. « Excusez-moi, mais vous pouvez me dire ce que vous foutez chez moi ? »

Tomas se retourna brusquement en pointant son arme sur Fabian.

« Oh, relax, tu ne vois pas que c'est Fabbe ? » Jarmo pressa le canon du pistolet de son coéquipier vers le sol.

« Ah oui, tu as raison. Désolé. Mais qu'est-ce qui s'est passé ici ? On dirait un...

– Je me posais la même question, figure-toi. » Fabian alla rejoindre les deux autres. « Il semble que quelqu'un pense que je suis en possession de quelque chose. Mais je ne vois pas ce que cela peut être, vu qu'ils ont déjà mis la main sur tous les éléments de l'enquête. »

Tomas et Jarmo échangèrent un regard. « Et on peut savoir à quelle enquête tu fais référence ? » demanda Jarmo après un petit temps.

Fabian allait répondre mais il se ravisa. « Et si vous commenciez par m'expliquer ce que vous faites ici ? Vous n'êtes pas là pour me souhaiter un joyeux Noël, je suppose ! »

Les deux inspecteurs échangèrent de nouveau un regard, puis ils hochèrent la tête dans une entente tacite et se tournèrent vers Fabian dans un parfait ensemble, comme s'ils s'étaient entraînés longuement devant le miroir.

« Nous sommes là parce que nous voulions te voir, dit Jarmo.

– En dehors des heures de bureau, ajouta Tomas en rangeant son arme dans son holster.

– À propos de l'enquête sur les meurtres de Grimås et Fischer.

– Et celui de Semira Ackerman.

– De Semira Ackerman ? répéta Fabian.

– Oui, tu sais, la femme du bus qui...

– Je sais qui est Semira Ackerman, le coupa Fabian.

– Nous ne croyons pas qu'il s'agissait d'un accident, expliqua Jarmo.

– Ni que Kremph était le meurtrier », poursuivit Tomas.

D'abord lui, puis Malin. Et maintenant Tomas et Jarmo.

« Et qu'est-ce qui vous fait dire ça ?

– Il suffit de relire toutes les pièces de l'instruction du début à la fin. Il y a des tas de détails qui ne collent pas », dit Tomas.

Fabian hocha la tête avec un soupir. « Ce qui explique pourquoi tout a disparu.

– On ne devrait pas avoir trop de mal à le récupérer.

– Pourquoi, vous savez qui l'a pris ? »

Tomas acquiesça avec un sourire ravi. « Si tu veux bien venir nous donner un petit coup de main ? »

84

Cher petit schnaps tout seul dans ton verre !
Il est temps pour toi de rejoindre tes frères !
Dis-leur quand tu y seras de n'pas s'faire de mouron
Un, puis deux, puis trois suivront.
Sûr que tu n'seras pas le dernier !
Santé !

Tous levèrent leur verre. Y compris Dunja, même si elle se contenta de tremper ses lèvres avant de le reposer. Elle avait déjà trop bu, et pour avoir la moindre chance d'amener Sleizner là où elle voulait, il ne fallait plus qu'elle avale une seule goutte d'alcool. Pour l'instant, la robe avait rempli sa fonction et elle avait remis le patron de bonne humeur après leur dispute du dimanche.

« Tss, tss, tss ! On ne me la fait pas, à moi ! » Le regard de Sleizner venait de se poser sur son verre de schnaps encore plein. « Autour de cette table, il n'y a qu'une règle, et c'est cul sec !

– Je croyais qu'on devait bien se tenir, cette année ! Ce n'est pas pour ça que la fête a été déplacée au lundi ? répliqua Dunja en ponctuant l'esquive par un sourire.

– Personnellement, je trouve que c'est une connerie ! Non, mais franchement ! Noël un lundi ? Ça ne va pas du tout ! C'est à cause de ce genre de trouvailles qu'on finit par se demander si on n'est pas sous occupation suédoise ! » Sleizner explosa de rire. « Allez, on va leur montrer de quel bois on est faits dans ce pays ! » Il remplit son verre et le leva vers elle.

« Écoute, Kim, je t'assure… j'ai déjà trop…

– D'accord, alors laisse-moi t'expliquer les choses autrement, pour que tu comprennes. Vu que je suis ton patron, je t'ordonne de boire ce verre. »

Voyant qu'elle n'y échapperait pas, Dunja versa l'alcool glacé dans sa gorge et suivit son parcours brûlant à travers son œsophage. La soirée était en train de lui échapper. Pour l'instant, elle n'avait pas trouvé le moment adéquat pour lui demander de la laisser poursuivre l'enquête et bientôt, il serait trop tard.

« Voilà. C'est pas mieux comme ça ? Et on va faire pareil avec sa petite sœur. » Il remplit tellement son verre que la tension superficielle était à son comble.

« Kim, il y a une chose dont j'aimerais te parler.

– Absolument. Pas de problème.

– C'est à propos de l'enquête.

– Justement, je tenais à te dire à quel point tu m'as impressionné. Je n'aurais jamais cru que tu arriverais à la résoudre aussi vite. Je suis fier de toi. Il n'y a pas beaucoup de flics qui ont ça en eux, il faut que tu le saches. L'instinct, ou je ne sais pas comment il faut appeler ça. Mais toi tu l'as. Bam ! Tu fonces et hop, l'affaire est dans le sac. Incroyable…

– Justement, à ce propos, mon instinct me dit que nous devrions…

– Tu sais qu'on commence à parler de toi en dehors du département. » Sleizner but plusieurs longues gorgées de bière avant de continuer. « J'ai fait passer le mot jusqu'en haut et tu peux me croire, si tu continues comme ça, tu vas aller très loin, ma petite fille. Si tu ne fais pas gaffe, bientôt, ce sera toi la patronne. Allez, à la tienne. » Il leva son verre de schnaps et pour ne pas laisser repartir la discussion sur l'importance qu'il y avait à boire plus que de raison, Dunja vida le sien également.

« Je sais que l'analyse ADN a établi que le sperme trouvé sur le cadavre de Katja Skov était bien celui de Benny Willumsen. Et pourtant, je reste convaincue qu'il n'est pas le meurtrier et que nous passons à côté de quelque chose.

– Dunja... Viens là. » D'un geste mou, il lui fit signe d'approcher son visage du sien. « Ce n'est pas l'endroit pour discuter de ça... Les murs ont des oreilles.

– Je sais, Kim, mais je voudrais que tu me donnes ton accord pour continuer à enquêter dès que... »

Sleizner posa un doigt sur sa bouche. « Il y a trop de monde, ici. » Il repoussa sa chaise et se leva. « Viens. Je connais un endroit où nous serons tranquilles pour parler. »

Dunja se leva un peu trop brusquement et dut s'accrocher au rebord de la table en attendant que le vertige passe.

« Ça va ? Tu veux t'appuyer sur moi ? dit Sleizner en lui proposant son bras.

– C'est passé, merci », répondit Dunja alors qu'elle devait se concentrer sur chaque pas pour ne pas trébucher dans la grande salle avec sa décoration festive et un volume sonore prouvant que tout le monde avait déjà oublié qu'on était lundi.

« Allez, raconte, je suis tout à toi, dit Sleizner, tenant la porte de son bureau ouverte devant elle.

– Il n'y a pas grand-chose à raconter, à vrai dire, répondit Dunja en le précédant à l'intérieur. J'ai simplement besoin de ton accord pour continuer l'enquête, et de préférence seule, ou en tout cas sans Hesk. Il travaille contre moi depuis que tu m'as mise à la tête de l'équipe. » Elle se tourna vers lui pour voir sa réaction.

Elle aurait dû s'y attendre. Elle aurait dû deviner que tous ces compliments sur ses compétences exceptionnelles, ces prédictions lui annonçant que bientôt, elle serait directrice de la police criminelle danoise ne visaient qu'un seul but. Et qu'il serait le prix à payer pour obtenir ce qu'elle voulait.

Pourtant, elle fut prise au dépourvu quand les lèvres gercées de Sleizner vinrent se coller aux siennes. Au point qu'elle oublia un instant qu'un assassin courait encore dans les rues et mit plusieurs secondes à reprendre ses esprits et à s'apercevoir de ce qui était en train de se passer. Elle leva les mains devant sa poitrine et elle le repoussa.

Sleizner écarta grand les bras et rit. « Allons, Dunja... Je sais que tu en meurs d'envie. Si tu préfères, on peut faire durer les préliminaires encore un peu. Mais pourquoi attendre. Ton type, là, comment s'appelle-t-il déjà ? Carsten. Il ne t'en donne pas assez, hein, c'est ça ? Si ça se trouve, il ne te touche même pas. J'ai bien compris, tu sais ? Je vois bien que tu as faim et que tu rêves qu'un homme te prenne. » Il serra le poing et le brandit devant son visage. « Bien profond. Pour te sentir vivante. Je me trompe ? »

Il se pencha sur elle. Elle sentait son haleine chargée d'alcool. Elle aurait dû crier de toutes ses forces, lui griffer le visage et lui balancer son genou dans les testicules. Mais elle ne fit rien de tout cela. Au contraire, comme si elle était en état d'hypnose, elle le laissa la coucher sur son canapé et glisser la main sous sa robe, de plus en plus haut.

« C'est d'accord, je te promets tout ce que tu veux, tu peux te détendre maintenant, lui dit-il. Bien sûr que tu peux continuer l'enquête, si c'est ça que tu veux. » Il lui lécha l'oreille pendant que son doigt fébrile se frayait un passage sous l'élastique de son string. « Tant qu'on partagera notre petit secret, tu pourras faire tout ce que tu veux. Ce n'est pas un bon arrangement, ça ? »

Il posa à nouveau ses lèvres sur les siennes et il allait enfoncer sa langue charnue dans sa bouche quand soudain le tube de néon au plafond cliqueta et répandit sa lumière froide et sans pitié sur la scène. Sleizner n'eut pas le temps de se retourner avant que Hesk le rejoigne et l'arrache du divan.

« Espèce de porc. Ordure !

– Désolé, Jan, mais si douloureux que ceci puisse être pour toi, tu as devant toi deux adultes consentants et parfaitement conscients de ce qu'ils font, riposta Kim Sleizner en se passant la main dans les cheveux.

– Permets-moi d'en douter. En particulier après tout ce qu'elle vient de vivre.

– Pose-lui la question toi-même. »

Hesk se tourna vers Dunja qui remettait sa robe en place. « C'est vrai, Dunja, tu es d'accord avec ce qui est en train de se passer dans ce bureau ? »

Dunja essaya de regarder Hesk dans les yeux, mais elle en fut incapable. Au fond d'elle, elle savait qu'elle aurait dû se sentir soulagée – une minute de plus et il était trop tard –, mais elle n'éprouvait que de la honte.

« Je veux juste que tu saches que ça ne me pose aucun problème de le dénoncer. Tout de suite. » Il brandit son téléphone. « Mais c'est à toi de décider. »

Elle se tourna vers Sleizner. Il ne détourna pas les yeux et son regard n'était ni fuyant ni inquiet. À l'inverse, derrière ce visage infiniment calme et sans expression, elle eut l'impression de percevoir l'ombre d'un sourire.

Comme s'il savait déjà ce qu'elle allait répondre.

85

« *OK. Ah, et... Merci, mon vieux.*

– Je t'en prie. »

La communication était interrompue, l'enregistrement terminé. Malin Rehnberg avait écouté l'échange entre Herman Edelman et Carl-Eric Grimås tant de fois qu'elle en avait perdu le compte. Mais elle n'était pas encore satisfaite. Après la première écoute, elle s'était étonnée du peu que cette conversation lui avait appris. Elle avait surtout eu confirmation de ce qu'elle savait déjà. Si l'hypothèse de Fabian était juste, il ne pouvait s'agir que de la transplantation de foie illégale de Grimås et de l'ambassade israélienne.

Mais à la deuxième écoute, elle en était déjà moins sûre, et après la troisième et la quatrième, il lui parut évident qu'il restait encore beaucoup à découvrir. Comme si la conversation était divisée en plusieurs strates et que le seul moyen d'en atteindre le cœur était de l'écouter sans relâche. Une couche après l'autre.

Dans la première strate, la chose qui la frappait le plus était qu'ils semblaient tous les deux savoir exactement de quoi ils parlaient. Grimås semblait même un peu blasé par le sujet. Il était également clair qu'ils ignoraient tous deux ce qui les attendait. Leurs principaux sujets d'inquiétude étaient apparemment ce qui allait se passer si la vérité éclatait et la démission de Grimås que cela entraînerait. Que quelqu'un puisse le tuer, l'éventrer et le vider de ses entrailles ne les effleurait pas une seconde.

Dans la deuxième, il y avait cette histoire de fuite, cette *foutue indiscrétion*, comme l'appelait Grimås. L'histoire avait prouvé qu'il ne s'agissait pas de délation, mais d'un criminel qui avait d'autres projets que celui de faire passer des informations à la presse. Mais c'était surtout ce qui venait ensuite qui avait attiré l'attention de Malin. Elle plaça le curseur sur la minute et les secondes qu'elle avait fini par retenir par cœur et effleura la barre d'espace de l'ordinateur.

« *Si j'ai bien compris, il y a de fortes présomptions qu'il s'agisse de quelqu'un en interne qui a accès à la fois aux clés et aux codes. Malheureusement ils n'ont réussi à trouver per-sonne sans...*

– Attends une seconde. Comment ça, en interne ? Tu veux dire que quelqu'un qui fait partie de leur propre personnel aurait...

– Je n'en sais rien, Calle. »

Elle mit l'enregistrement sur « pause ». Il y avait donc de fortes chances qu'il s'agisse d'un membre du personnel de l'ambassade. Mais elle ne comprenait pas ce qu'Edelman avait voulu dire avec la phrase : *Malheureusement ils n'ont réussi à trouver personne sans...* Trouver personne sans quoi ? *sans demander l'aide de la police ?* Qu'est-ce qu'Edelman s'apprêtait à dire quand Grimås lui avait coupé la parole ?

On pouvait imaginer à peu près n'importe quoi après la préposition *sans* et elle avait fait une longue liste des diverses manières de terminer la phrase de façon cohérente. Finalement, son choix s'était porté sur un mot.

Alibi.

La phrase d'Edelman devenant ainsi : *Malheureusement ils n'ont réussi à trouver personne sans alibi.* Ce qui pouvait sembler parfaitement logique. Ils soupçonnaient quelqu'un au sein du personnel, mais se heurtaient à un problème parce que tous avaient un moyen de prouver leur innocence. Ce qui pouvait avoir deux explications : soit l'une des personnes interrogées avait un faux alibi, soit il ne s'agissait pas de quelqu'un en interne mais d'un individu assez éloigné pour ne pas figurer sur la liste du personnel, mais suffisamment proche de l'ambassade pour avoir accès aux clés et aux codes secrets des digicodes.

Bien qu'elle ait coupé le son de son portable, il la dérangea dans sa concentration en se mettant à vibrer comme un jouet mécanique remonté à bloc sur la table de chevet. Alors qu'elle commençait justement à approcher de quelque chose. À présent, ses idées s'étaient de nouveau dispersées et elle ne savait pas si elle allait avoir l'énergie nécessaire pour les rassembler une nouvelle fois.

Et en plus, c'était Anders qui l'appelait. Il avait essayé de la joindre tant de fois que si elle ne lui répondait pas, la demande de divorce lui pendait au nez.

« Salut, mon cœur, bâilla-t-elle, essayant de lui faire croire qu'il l'avait réveillée.

– *Pourquoi est-ce que tu ne réponds jamais au téléphone ?*

– Hein... Euh... Ce n'est pas ce que je viens de faire ?

– *J'espère que tu n'es pas en train de travailler ?*

– Comment oserais-je alors que tu es toujours sur mon dos à ce sujet ? Mais ce n'est pas pour ça que tu m'appelles, si ?

– *Tu me le jures ?* »

Malin répondit par un soupir très exagéré. « Tu ne crois tout de même pas que je te mentirais, comme ça, sans aucun scrupule ? rétorqua-t-elle, surprise de voir avec quel aplomb elle le roulait dans la farine.

– *Non, chérie, bien sûr que non, mais...*

– Tant mieux. Parce que tu vois, en ce moment, je suis dans un lit, à moitié droguée, sans la moindre idée de ce qui se passe dehors. Je n'ai même pas eu le courage d'allumer mon ordinateur depuis que tu es passé me voir.

– *D'accord, excuse-moi. Je ne voulais pas... Je suis juste tellement...*

– Inquiet. Oui, je sais, chéri. Mais ton inquiétude ne m'aide pas, en ce moment, tu comprends. Je veux simplement en finir avec cette grossesse. Tu voulais me dire autre chose ?

– *Non. Enfin, si. Ursula est passée hier à la maison. C'est toi qui lui as demandé d'accrocher les rideaux de Noël à la fenêtre de la cuisine ?*

– Pas du tout. Elle a fait ça ?

– *Oui, et ils sont... comment te dire... horribles. C'est pratiquement indescriptible à quel point ils sont moches. Je suppose que ce genre de rideaux doit être le nec plus ultra au fin fond de la Pologne, mais en ce qui me concerne, j'en perds presque l'appétit, et je ne sais pas quoi faire. J'ose à peine les toucher.* »

Malin imaginait parfaitement ce dont il parlait. Il y a quelques années, leur femme de ménage avait commencé à prendre des initiatives et à redécorer leur intérieur. Bien entendu, à la grande satisfaction d'Anders, le vieux repose-pieds usé qu'elle avait hérité de sa grand-mère avait été le premier à partir à la cave, mais quand la semaine suivante, leur couvre-lit blanc s'était vu remplacé par un truc à fleurs, dans une matière synthétique satinée, il avait moins ri et, ensemble, ils avaient fait front pour récupérer leur ancien couvre-lit.

Un mouvement d'insurrection qui s'était avéré être une très mauvaise idée.

Ursula n'avait rien dit sur le moment mais elle avait entrepris de les punir à petit feu en bâclant chaque jour un peu plus le ménage. Au bout de quelques semaines, ils avaient commencé à lui laisser quelques Post-it sur lesquels ils lui demandaient timidement de penser à passer l'aspirateur sous le lit et de nettoyer également l'intérieur du réfrigérateur de temps en temps. Mais ils en avaient été pour leur peine. Le ménage était toujours mal fait. Alors, la mort dans l'âme, ils avaient remis le couvre-lit à fleurs qui leur donnait des décharges électriques dès qu'ils s'en approchaient. À présent, Malin s'y était habituée au même titre qu'elle avait dû s'habituer au nain de jardin qu'Ursula lui avait offert pour ses...

Brusquement, Malin eut une idée aussi inattendue que l'avait été l'annonce qu'elle était enceinte de jumeaux, quelques semaines après qu'ils avaient décidé de renoncer à avoir des enfants. Mais à présent qu'elle était là, elle lui sembla d'une totale évidence.

« *Chérie, tu es encore là ?*

– Oui, mais...

– *Alors, qu'est-ce que je fais ? Elle va me faire vivre un enfer, si je les enlève.*

– Je ne sais pas, Anders. Il faut que je raccroche, maintenant. Le médecin ne va pas tarder et j'ai besoin d'aller aux toilettes, avant.

– *Attends une seconde ! Tu crois qu'elle se mettra en colère si je...*

– On en parlera plus tard, d'accord ? Bisous. Je t'aime. » Elle raccrocha, s'appuya sur ses oreillers et ferma les yeux pour essayer de retrouver sa concentration.

Elle n'était pas sûre d'avoir raison. Mais il était très probable que l'individu qu'ils cherchaient fasse partie de l'équipe d'entretien de l'ambassade. Non seulement c'était une catégorie de personnel qui avait accès aux clés et aux codes secrets pour ouvrir les portes, mais en plus, il s'agissait de personnes qui restaient dans les murs après que tout le monde était rentré chez soi. Si, de surcroît, ils appartenaient à une société de nettoyage privée, ils pouvaient être considérés comme internes à l'ambassade sans pour autant figurer sur la liste du personnel.

Il n'y avait qu'un seul moyen de le savoir.

86

Dunja sursauta et réalisa qu'elle devait s'être endormie. Elle était attachée et tout tremblait autour d'elle. Elle ne comprenait ni où elle était, ni comment elle était arrivée là.

« *Nous venons d'atterrir à l'aéroport de Stockholm-Arlanda, je vous prie de bien vouloir garder vos ceintures attachées jusqu'à l'arrêt complet de l'appareil et l'extinction du signal lumineux* », annonça une voix dans les haut-parleurs.

Ah oui, bien sûr, songea-t-elle alors que l'avion freinait sur la piste. La bouche répugnante de Sleizner sur la sienne, Hesk qui avait risqué sa carrière en proposant de porter plainte contre le patron alors qu'il n'osait jamais le contrarier. Peut-être était-ce sa manière de lui demander pardon. Et elle qui avait secoué la tête et lui avait demandé d'appeler un taxi. Elle qui avait juste envie de s'enfuir et de faire comme si *ce* n'était jamais arrivé. Comme si *ce* n'était rien du tout.

Blågårdsgade n°4, avait-elle dit au chauffeur. Mais en passant devant le grand afficheur de la place de l'hôtel de ville qui indiquait une température de 5° en dessous de zéro, ce qui rendait relativement inefficace le message de la publicité Carlsberg au-dessus, elle avait réalisé que Blågårdsgade était le dernier endroit au monde où elle avait envie de se trouver. Pourquoi irait-elle dormir seule ? Après ce qui venait de se passer, elle avait envie que Carsten la prenne dans ses bras. Soudain, le manque de lui l'avait envahie de façon si pressante qu'elle n'avait pas eu d'autre choix que de prendre l'avion pour Stockholm. Quand elle avait demandé au chauffeur de l'emmener à l'aéroport de Kastrup, il s'était contenté de hausser les épaules et d'accomplir un virage en épingle à cheveux totalement interdit, devant l'hôtel Alexandra. Elle avait eu la chance de pouvoir acheter un billet sur un vol qui partait cinquante-cinq minutes plus tard et, à mesure qu'elle passait les contrôles de sécurité et surtout, après avoir bu un verre de vin blanc à l'Ostronbar de l'aéroport, elle avait senti son humeur s'améliorer.

En passant le tourniquet pour s'apercevoir avec surprise que la température était loin d'être aussi cinglante qu'à Copenhague, ce fut presque comme si l'épisode dans le bureau de Sleizner n'était jamais arrivé. Elle rit de son impulsivité. Carsten allait être tellement surpris. Elle qui par nature avait constamment besoin d'être en contrôle et hyper-préparée en toutes circonstances se retrouvait subitement dans la situation diamétralement opposée.

Elle n'avait sur elle que son portefeuille, sa robe rouge trop courte et son manteau d'hiver. Heureusement, elle avait été suffisamment prévoyante pour se rendre à cette fête de Noël chaussée d'une paire de bottes fourrées en emportant ses escarpins dans un sac en plastique. Sinon elle aurait dû se déplacer en chaise roulante à l'heure qu'il était, tellement elle avait mal aux pieds.

Elle fit signe à un taxi et, dans le suédois le plus compréhensible qu'elle fut capable de produire, elle demanda au chauffeur de la conduire à l'hôtel Clarion à Skanstull. C'était la première fois qu'elle venait à Stockholm et c'eût été mentir que de prétendre qu'elle était impressionnée. Pour l'instant, elle ne voyait qu'un faisceau compliqué de routes et de viaducs en béton.

Mais à la sortie d'un interminable tunnel, elle dut admettre que la réputation de Stockholm d'être l'une des plus jolies villes du monde n'était pas complètement usurpée. La vue s'était brusquement dégagée et elle vit apparaître un immense plan d'eau gelé, entouré d'une infinité de fenêtres éclairées. Elle ne savait pas si c'était à cause de cette étendue de glace recouverte de neige fraîche, du ciel étoilé, du pont illuminé au loin ou des collines de Södermalm avec leurs falaises abruptes tapissées de maisons, mais le spectacle était époustouflant de beauté.

Une seconde plus tard, elle était de nouveau plongée dans un enfer de béton qui perdura jusqu'à son arrivée à l'hôtel.

« Pardonnez-moi, vous m'avez dit qu'il s'appelait comment ? » dit le jeune homme à la fine moustache derrière le comptoir de la réception, alors que Dunja lui avait déjà répété le nom à deux reprises.

« Carsten Røhmer, répéta-t-elle, aussi lentement que possible. Carsten avec un C et Røhmer avec un *o* barré danois et un *h* après le *ø*. Vous voulez que je vous l'écrive ?

– Non, merci, c'est inutile », dit le réceptionniste en tapant sur son clavier avec un grand sourire plaqué sur son visage, visant probablement à montrer à Dunja qu'elle ne l'avait nullement dérangé dans sa lecture.

Elle ne comprenait pas ce qu'il pouvait y avoir de si difficile à chercher un numéro de chambre, mais pour certaines personnes, c'était peut-être une tâche plus ardue que de hacker un serveur sur le Darknet. Quelques minutes plus tard, l'homme releva les yeux de son écran et posa le doigt sur sa moustache d'un air dubitatif.

« D'après ce que je vois, la chambre est seulement à son nom à lui.

– C'est exact, mais je suis sa fiancée. Il ne s'attend pas à ma visite et je voudrais lui faire une surprise.

– Je ne peux malheureusement pas distribuer des clés de chambre à n'importe qui.

– Bien évidemment. Mais comme je viens de vous le dire, je suis sa fiancée.

– *I'm sorry, I don't understand.*

– *I'm his fiancé and this is a surprise. That's why the booking only says one guest.* »

Le réceptionniste récalcitrant hocha la tête, mais son sourire avait disparu. « *I'm sorry but I can't...*

– *Look, if this is about money, I've got no problem paying for an extra person. As long as you give me the fucking key.* » Elle lui tendit sa carte de crédit et le regarda avec tellement d'insistance qu'il dut se résoudre à accepter sa proposition.

La chambre se trouvait au cinquième étage et elle profita du trajet en ascenseur pour mettre de l'ordre dans ses cheveux et rectifier son rouge à lèvres. Avant d'insérer la clé dans la porte, respirant profondément pour supporter la douleur, elle enfila ses chaussures à talons.

Elle retint la porte pour qu'elle ne se referme pas trop brusquement et traversa le couloir menant à la chambre sans allumer la lumière. Elle était plus grande qu'elle ne s'y attendait et, dans le noir, elle ne voyait ni le lit ni a fortiori Carsten. En revanche, elle entendit une voix sourde, à distance, et le bruit d'un combiné qu'on raccroche. Pour ne pas lui faire peur, elle fit un pas de plus dans la chambre, les bras écartés, et lança un « TADA ! » sonore.

Il alluma la lampe de chevet.

Elle ne savait pas à quelle réaction elle s'attendait de sa part. Mais au moins, à ce qu'il en ait une. Carsten était à demi allongé dans le lit, torse nu, et il la regardait comme si on venait de lui annoncer son licenciement. Elle ne savait pas comment interpréter l'expression de son visage. Est-ce qu'il était simplement très surpris, ou authentiquement effrayé ?

« Bonsoir, c'est moi, Dunja. Tu te rappelles ? » Elle agita la main et enfin, il sourit. Comme sur commande.

« Désolé, chérie. C'est juste que... c'est juste que je ne m'attendais pas à ce que tu...

– Tu ne t'attendais pas à ce que je vienne à Stockholm. Eh bien, moi non plus, figure-toi. » Elle retira ses escarpins avec moult précautions. « Mais avoue que ce n'est pas mal de se faire surprendre, de temps en temps ! » Elle grimpa à quatre pattes sur le lit et se pencha au-dessus de lui pour l'embrasser.

« Attends une seconde..., dit-il en la repoussant. Je ne comprends pas. Qu'est-ce que tu fais là ? Tu n'es pas supposée être à une fête de Noël, ce soir ?

– Si, mais tu sais comment se passent ce genre de dîners, en général. En arrivant là-bas, je me suis rendu compte que c'était la dernière chose dont j'avais envie après tout ce qui m'est arrivé, alors je suis partie et j'ai sauté dans un avion pour te retrouver.

– OK... Mais... » Carsten se gratta la nuque quelques instants avant de la regarder de nouveau dans les yeux. « Je veux dire... Comment vas-tu ? On n'a même pas réussi à se parler en direct. J'ai seulement... Ça a dû être épouvantable. »

Dunja acquiesça mais elle n'avait pas la force de lui raconter quoi que ce soit, ni de répondre aux questions qu'il allait lui poser, et elle préféra le faire taire d'un baiser.

Au début de leur relation, quand ils étaient encore de jeunes amoureux, ils n'arrêtaient pas de s'embrasser. Leurs baisers pouvaient durer une éternité. Leurs lèvres pouvaient se toucher dans une infinité de combinaisons qui toutes étaient source de plaisir. Leurs langues ne se lassaient jamais l'une de l'autre et elle adorait son goût et son haleine chaude et humide. Ils étaient capables de se perdre et de se noyer dans le regard l'un de l'autre et elle pensait qu'il en serait toujours ainsi.

Mais au bout de six mois environ, Carsten avait commencé à fermer les yeux quand ils faisaient l'amour. Elle aurait voulu lui demander pourquoi, mais avait décidé de se taire en espérant qu'un jour, il les ouvrirait de nouveau. Puis ce furent ses baisers qui devinrent plus brefs et sa langue qui se lassa de jouer avec la sienne. Au bout de quelque temps, elle avait pris son courage à deux mains et lui avait demandé ce qui n'allait pas, si elle avait mauvaise haleine ou quelque chose comme ça. Encore aujourd'hui, elle se souvenait de son expression quand il avait secoué la tête et l'avait pénétrée. À partir de ce jour-là, elle aussi avait commencé à fermer les yeux, et quelques semaines plus tard, ils avaient complètement arrêté de faire l'amour.

Mais ils s'embrassaient de nouveau en ce moment, et il avait gardé les yeux ouverts. Pourtant il y avait quelque chose qui n'allait pas. Quelque chose qui... Elle n'arrivait pas à expliquer ce qu'elle ressentait. Est-ce que c'était son regard, un peu fuyant, qui semblait vouloir regarder au-delà d'elle. Ou sa langue, un peu trop fébrile.

Elle stoppa le baiser.

« Qu'est-ce qu'il y a ? demanda-t-il, inquiet.

– Rien, c'est juste que je dois... Enfin, tu comprends, le voyage, tout ça. » Elle descendit du lit en marche arrière. « Je reviens tout de suite.

– Attends, tu ne veux pas... Qu'est-ce que tu dirais de prendre un truc dans le mini-bar ?

– Bonne idée. J'ai juste envie d'aller faire un brin de toilette.

– Comme tu veux, mais tu sais que je t'...

– Je me dépêche. Promis. » Elle ouvrit la porte de la salle de bains, entra et s'enferma. Ce qu'elle avait toujours fait, bien qu'ils soient ensemble depuis cinq ans. Elle n'était pas le genre de femme à s'asseoir sur le trône pendant que son compagnon s'escrimait avec son fil dentaire.

Mais cette fois, ce n'était pas par pudeur qu'elle avait fermé la porte de la salle de bains.

Elle avait commencé par rejeter l'idée. Mais à la seconde où elle était entrée dans la chambre d'hôtel, elle s'était imposée à nouveau. Peut-être était-ce la réticence du jeune moustachu à lui donner la clé, ou le bruit du combiné reposé sur le téléphone. Ou la combinaison des deux. Elle s'était d'abord dit que c'était elle qui avait les nerfs à fleur de peau. Puis il y avait eu le baiser, et elle avait compris que ses nerfs n'étaient pas en cause. Elle n'en avait eu la certitude qu'en ouvrant la porte de la salle de bains.

Non seulement il manquait une serviette sur le porte-serviette, mais la pochette en plastique supposée contenir un bonnet de douche était ouverte. Le verre avec la brosse à dents de Carsten gisait, renversé sur l'étagère au-dessus du lavabo, à côté d'un rasoir et d'une boîte de cure-dents en plastique. Elle ne vit nulle part le baume d'après-rasage hors de prix qu'elle lui avait acheté pour calmer sa peau si sensible. Et surtout, le rideau de douche était fermé.

Comme c'est pathétique, songea-t-elle en franchissant les deux pas qui la séparaient de la vérité. Elle tira brusquement le rideau. Aucune d'elles ne proféra un son, et Dunja ne put que constater qu'en fait c'était comme ça qu'il les aimait. Avec de longues boucles blondes flottant sur les épaules. Des seins à faire mentir la loi de la gravitation. La jeune femme était recroquevillée au fond de la baignoire en train d'essayer de couvrir sa nudité avec la serviette manquante, avec entre les mains tout son maquillage et le baume de rasage de Carsten qu'elle avait emporté dans la panique.

Dunja ne savait pas comment réagir. La situation était si grotesque qu'elle était pétrifiée. Elle avait l'impression de se retrouver dans l'une de ces mauvaises séries de l'après-midi sur une chaîne que personne ne regardait jamais. C'est pourquoi elle fut aussi étonnée que la jeune femme quand elle lui arracha le flacon d'après-rasage et ouvrit la douche à la température la plus froide avant de ressortir de la salle de bains.

« Ça va ? lui demanda Carsten qui était levé et en train de se rhabiller.

– Tout va bien. » Elle ramassa ses escarpins et s'en fut vers la porte.

« Mais enfin, Dunja. Attends, qu'est-ce qui t'arrive ? Pourquoi... » Elle entendit qu'il la suivait. « Dis quelque chose, au moins. Tu ne peux pas simplement... »

Elle n'entendit pas la suite parce qu'elle avait refermé la porte à isolation phonique derrière elle après avoir ramassé son manteau et le sac contenant ses bottes. À son propre étonnement, elle ne ressentit aucune tristesse lorsque, en chemin vers l'ascenseur, elle jeta dans une corbeille à papier le flacon de baume d'après-rasage.

Au contraire.

87

Fabian revint de la cuisine avec le café et dut se rappeler qu'il se trouvait dans son propre séjour, et pas dans quelque base secrète quelque part au milieu des Rocheuses. En moins de deux heures, il avait avec l'aide de Tomas et Jarmo remis de l'ordre dans l'appartement après le cambriolage et réinstallé le mobilier de manière à ce que le canapé et les fauteuils soient désormais contre les murs et la table de salle à manger avec ses rallonges, au milieu du salon. Toutes les pièces de l'enquête avaient été extraites de leurs cartons et les murs étaient tapissés de photographies, de notes et de pistes d'investigation.

Jarmo avait heureusement eu la présence d'esprit de photographier le panneau d'affichage avant de tout récupérer à l'hôtel de police et ils n'avaient eu aucune difficulté à remettre les éléments exactement comme ils étaient précédemment. Il y a une heure, Niva les avait rejoints avec son équipement, et les écrans, les ordinateurs, l'imprimante et un certain nombre de boîtes noires équipées de diodes clignotantes étaient maintenant installés et branchés.

Ils n'avaient jamais travaillé ensemble avec une telle efficacité. Les bavardages inutiles avaient été mis sur pause et ils œuvraient désormais pour une cause commune, identifier et arrêter le véritable criminel. Cet individu qui les avait menés en bateau et entraînés délibérément sur une fausse piste étudiée dans ses moindres détails, au point qu'il était arrivé à ce que l'enquête soit officiellement classée.

« Mmm… » Jarmo soupira d'aise en versant le café chaud dans les tasses. « Bon, on démarre ? »

Fabian déclara qu'il voulait bien commencer, et il leur raconta les événements des dernières vingt-quatre heures. La conversation téléphonique entre Edelman et Grimås, le passage qu'il avait découvert entre l'appartement d'Ossian Kremph et celui qui se trouvait dans l'immeuble en voie de démolition et qui lui avait permis d'entrer chez Kremph pour échanger ses comprimés contre des pastilles de sucre et placer chez lui divers indices visant à prouver sa culpabilité. Il leur parla de la caméra cachée et du fait que le criminel avait très certainement noyé Semira Ackerman et extrait sa cornée quelques minutes avant qu'il arrive sur les lieux. Il leur dit aussi que par le biais de l'ambassade d'Israël à Stockholm, les pistes semblaient conduire à un certain Gidon Hass, pathologiste de son état. Un silence de plusieurs minutes s'installa dans la pièce après qu'il eut terminé. Tous avaient besoin de digérer ces informations et de réfléchir avant de pouvoir rebondir dessus.

« Ce pathologiste. On sait autre chose sur lui ? demanda enfin Tomas tout en secouant sa boisson protéinée.

– Il est spécialiste en transplantation d'organes, et jusqu'à il y a trois ans, il dirigeait l'institut médico-légal d'Abou Kabir. Depuis, il semble avoir disparu de la circulation, répondit Fabian.

– Abou Kabir. Ce n'est pas en Égypte, ça ? demanda Jarmo.

– Si, mais c'est aussi une banlieue de Tel-Aviv. » Fabian s'adressa à Niva. « Tu n'aurais pas réussi à dénicher une photo de lui, par hasard ?

– Je me demandais quand tu allais me poser la question. » Niva pivota vers l'imprimante et lui tendit la copie.

Fabian reconnut aussitôt l'homme sur la photo. Il s'approcha du panneau et choisit parmi les photos affichées celles sur lesquelles on voyait l'ancien ambassadeur Rafael Fischer à table, à une réception, son fils Adam Fischer assis à côté de lui. « Regardez, c'est lui. » Il désignait l'homme assis de l'autre côté de Rafael Fischer qui se penchait vers lui comme s'il était en train de lui confier un secret.

« Oui, c'est bien lui, dit Jarmo, hochant la tête. Ça explique le rapport avec l'ambassade israélienne.

– Comment ça ? s'enquit Tomas.

– Eh bien, au lieu de se tourner vers les hôpitaux suédois parce qu'il avait besoin d'un organe, il a préféré…

– En fait, ils se sont tous adressés d'abord à la filière traditionnelle, le coupa Niva. J'ai épluché les dossiers médicaux des trois victimes, et tous ont été mis en liste d'attente pour obtenir des organes pendant plusieurs années, jusqu'en 1998.

– Et ensuite, que s'est-il passé ? demanda Tomas.

– Ils sont sortis de la liste d'attente sans avoir bénéficié d'une transplantation.

– Et ils se sont tournés vers l'ambassadeur qui les a mis en contact avec Hass, ajouta Jarmo en s'étirant.

– En ce qui concerne Adam Fischer, on peut en être à peu près sûrs, dit Fabian. Et pour Grimås, on peut imaginer qu'il est passé par Edelman, qui à cette époque était en contact avec l'ambassade.

– Ce serait ça qu'il essaye de balayer sous le tapis ? » proposa Tomas.

Fabian acquiesça. « En revanche, nous n'avons pas encore établi le lien entre l'ambassade et Semira Ackerman. Quelqu'un sait quand cette photo a été prise ?

– En août 98, au mariage de la sœur d'Adam Fischer à Tel-Aviv, répondit Tomas en vidant sa boisson protéinée.

– À nouveau Tel-Aviv, fit remarquer Niva.

– Peut-être est-ce à ce moment-là qu'Adam Fischer a reçu son nouveau cœur ? dit Tomas. Ce qui expliquerait pourquoi c'est lui qui tient une canne et pas son père. »

Fabian hocha la tête.

« Autre chose qui n'a rien à voir, Fabian. » Jarmo versa un nuage de lait dans sa tasse. « Quand exactement as-tu découvert le passage entre les deux appartements ?

– Hier soir, un peu après 21 heures. »

Jarmo se tourna vers Tomas et ils échangèrent un bref regard, puis Jarmo se tourna de nouveau vers Fabian. « Alors c'est toi qu'on a entendu dans la chambre à coucher. »

Fabian acquiesça. « Du coup, je ne comprends pas qui est venu fouiller chez moi. Avant de savoir que c'était vous, je pensais que mes cambrioleurs étaient les mêmes que ceux qui avaient confisqué les éléments de l'enquête.

– C'est sans doute ce qu'ils étaient venus chercher ici. Mais nous avons été plus rapides, dit Tomas en souriant comme un marchand de pastèque sur la plage.

– Maintenant il nous reste à décider de ce qu'on fait s'ils reviennent », dit Jarmo.

Ils se turent et laissèrent la question planer dans la pièce, comme s'ils venaient de se rendre compte à quel point ils étaient loin d'avoir le fin mot de l'histoire. Le seul bruit qu'on entendait était celui des doigts de Niva courant sur le clavier de l'ordinateur.

« Je viens d'avoir une idée, dit-elle enfin, quittant l'écran des yeux. C'est un peu tôt pour en parler, et je ne suis pas certaine qu'elle fonctionne.

– Vas-y. On t'écoute, l'encouragea Tomas.

– Bon… Mon idée part du principe que nous connaissons avec une quasi-certitude les moments où le criminel s'est trouvé à certains endroits. Plus nous en savons, mieux c'est. Il y en a un certain nombre déjà dont nous sommes sûrs. Par exemple, nous savons qu'il est sorti par la porte arrière de la maison du Parlement à 15 h 24 exactement, le 16 décembre. Nous pouvons également affirmer qu'il se trouvait dans l'immeuble en voie de démolition, à Östgötagatan, peu avant que Fabian s'y introduise hier soir. Quels autres lieux avons-nous ?

– Nous avons la vidéo de surveillance sur laquelle on le voit sortir du parking Slussen dans la voiture de Fischer, se rappela Tomas. Il faudrait qu'on vérifie l'heure exacte, mais de mémoire, c'était dans l'après-midi du 8.

– Le garde-meuble Shurgard, proposa Jarmo. Il a dû y aller très souvent. Mais on ne sait pas exactement quand.

– OK. Et qu'est-ce que tu penses pouvoir faire de tout ça ? demanda Fabian.

– En étudiant les communications de téléphonie mobile des antennes les plus proches de ces endroits à ces moments-là, on devrait trouver au moins un numéro de portable commun à tous. Ensuite, il n'y aura plus qu'à localiser le téléphone et à arrêter son propriétaire. »

À part les ventilateurs des PC et un lointain bruit de circulation, on n'entendait plus un son dans la pièce. Fabian ne savait pas quoi dire et manifestement, Jarmo et Tomas non plus. Mais il était certain qu'ils se posaient la même question que lui.

Pourquoi aucun d'eux n'avait-il pensé à cela plus tôt ?

Le silence fut rompu par le vibreur du téléphone portable de Fabian, dont l'écran s'éclaira avec l'information qu'il avait un appel d'un interlocuteur anonyme.

« Oui, allô…, dit-il en décrochant.

– *Vous êtes Fabian Risk ?* répondit une voix de femme montrant tous les signes d'un stress intense.

– C'est exact. Qui est à l'appareil ?

– *Carnela Ackerman.*

« – Ackerman ?

– *Je suis la sœur de Semira. Je pense que vous m'avez aperçue vendredi dernier, place Stureplan. Est-ce qu'on pourrait se rencontrer ? Je sais qui est entré par effraction chez vous.*

– Où et quand puis-je vous voir ?

– *Au restaurant Eriks Gondolen. Je vous attendrai au bar, tout au fond.* »

La femme raccrocha avant que Fabian ait eu le temps de répondre.

88

C'était la première fois que Fabian revenait à Eriks Gondolen depuis le déjeuner de Noël de la Crim' qui s'était tenu ici il y a quatre ans, et il avait oublié à quel point la vue était magnifique. Malgré le temps couvert et les lourds nuages qui obscurcissaient le ciel, prêts à libérer une nouvelle tempête de neige, le spectacle était d'une beauté époustouflante. Stockholm s'étalait littéralement à ses pieds et pendant son trajet à travers la salle de restaurant pour atteindre le bar, il put admirer le panorama de la tour clignotante de Kaknästornet jusqu'au quartier de Ladugårdsgärdet avec ses gratte-ciel illuminés et les néons rouges et verts de l'horloge rotative au sommet du grand magasin NK.

Il n'était pas certain de pouvoir reconnaître la femme de la place Stureplan, parce que ce jour-là, il était entièrement concentré sur sa sœur, Semira. Mais ses regards stressés jetés par-dessus son épaule et ses doigts crispés autour de son verre lui firent repérer aussitôt Carnela Ackerman, et il alla sans hésiter s'asseoir sur le tabouret à côté d'elle. Elle était jolie. On aurait dit un mannequin avec ses longs cheveux châtain doré, ses bottes en nubuk, son jean et son T-shirt rouge bordeaux rehaussé d'un collier de grosses pierres semi-précieuses.

« Je ne sais pas ce que vous a dit la police à propos de votre sœur, mais...

– Semira ne se serait jamais aventurée sur la glace de cette manière, le coupa la jeune femme sans quitter son verre des yeux. Jamais. Moi, je pourrais faire ce genre de chose. Toute ma vie, je me suis jetée dans le vide avec la conviction qu'il y aurait toujours quelqu'un pour me rattraper. » Elle but une gorgée de vin et secoua la tête. « Ma mère disait toujours que j'étais la cause de ses cheveux gris. Sauf que ce n'était jamais dans ses bras à elle que je venais me réfugier. C'était dans ceux de Semira. Elle a toujours été là pour me protéger. Pas une seule fois, elle ne m'a laissée, et pour une fois que je pouvais faire quelque chose pour elle, voilà comment ça se termine. » Elle luttait contre les larmes mais ne put les empêcher de couler.

Fabian lui tendit une serviette en papier. « Qu'avez-vous fait pour elle ?

– Elle souffrait d'une kératopathie bulleuse suite à un œdème de la cornée. Elle était en train de perdre la vue d'un côté et elle souffrait tellement qu'elle n'arrivait plus à faire quoi que ce soit. Même pas lire. Et elle adorait lire. » Carnela Ackerman s'essuya les yeux.

« C'est vous qui l'avez mise en relation avec l'ambassade israélienne ? »

Pour la première fois, elle le regarda en face. « Comment savez-vous que je travaille à l'ambassade israélienne ?

– Vous m'avez dit que vous saviez qui était entré par effraction dans mon appartement. »

Elle acquiesça, déverrouilla son portable et lui montra une photo sur laquelle on voyait deux hommes monter à bord de la même Volvo noire que Fabian avait vue quitter une place de stationnement devant sa porte. « Ces hommes travaillent pour l'ambassade. Ils cherchent à mettre la main sur le criminel avant la police. »

L'ambassade israélienne menait sa propre enquête. Évidemment. « À votre avis, est-ce qu'ils savent comment c'est arrivé et est-ce qu'ils ont une idée sur l'identité du tueur ? » demanda Fabian.

Carnela Ackerman haussa les épaules. « Je n'en sais rien, mais le bruit court que quelqu'un a réussi à mettre la main sur une liste ou un document faisant état de toutes les transplantations réalisées par le biais de l'ambassade. Ce qui n'a rien d'étonnant. Tout le bureau est sens dessus dessous en ce moment. Nous sommes en train de faire les cartons pour déménager à Nobelparken. Je voulais simplement que vous sachiez que vous avez arrêté la mauvaise personne, et qu'il y a probablement d'autres gens sur cette liste. »

Fabian hocha la tête. « Vous n'auriez pas des noms, par hasard ? »

Elle secoua la tête.

« Est-ce que celui de Gidon Hass vous dit quelque chose, Carnela ? »

Une expression douloureuse passa dans les yeux de Carnela Ackerman. « Que savez-vous sur lui ?

– Donc, vous le connaissez ? »

Elle hocha imperceptiblement la tête. « Gidon Hass est le cousin de l'ambassadeur et il est ici en ce moment...

– Ici, à Stockholm ? »

Elle acquiesça de nouveau.

« Savez-vous ce qu'il est venu faire en Suède ? »

Elle ne répondit pas, jeta un coup d'œil derrière elle et s'empressa de vider son verre.

« Carnela, si vous détenez des informations susceptibles de nous permettre d'arrêter l'homme qui a...

– Je suis désolée, dit-elle en secouant la tête. Mais je ne peux pas vous en dire plus. J'en ai déjà trop dit. » Elle prit son sac à main et descendit de son tabouret.

« Attendez, Carnela... Quelqu'un vous a-t-il menacée ? » Fabian tendit le bras pour l'arrêter, mais elle se dégagea et se précipita vers la sortie.

89

Tu rêves qu'un homme te prenne, lui avait dit en riant cet immonde salaud libidineux, comme si c'était la chose la plus naturelle du monde. *Bien profond, pour te sentir vivante,* avait-il ajouté, et elle avait failli vomir en sentant son haleine fétide. Elle l'avait haï de tout son être. Elle le haïssait encore, et cette haine durerait éternellement.

Et pourtant elle était forcée de reconnaître qu'il avait raison.

Kim Sleizner avait raison. Elle l'avait compris la veille, tard, alors qu'elle déambulait dans la Götgatan enneigée à la recherche d'un autre hôtel. Elle voulait s'éloigner le plus possible de Carsten et avait marché jusqu'à Medborgarplatsen avant d'en dénicher un. Après avoir pris un bain pour se réchauffer, elle s'était mise au lit. Le lendemain matin, elle comptait se lever de bonne heure, prendre un rapide petit déjeuner et sauter dans le premier avion pour Copenhague. Une fois arrivée chez elle, elle appellerait un serrurier pour faire changer les serrures, et un déménageur pour emballer toutes les affaires de Carsten et les emporter chez ses parents, à Silkeborg. C'était son appartement à elle, après tout.

Un plan irréprochable… si elle avait réussi à dormir. Malheureusement, les voix bruyantes des Stockolmois en goguette montaient jusqu'à sa chambre et elle avait passé la nuit à se tourner et se retourner dans son lit, sentant les draps un peu raides sur sa peau fraîchement lavée. C'est alors qu'elle avait réalisé à quel point ce porc avait raison. Elle avait d'abord essayé de se satisfaire avec ses doigts, mais cela n'avait fait qu'aggraver les choses. Comme il l'avait dit, elle avait besoin d'être prise, bien profondément, pour se sentir en vie. Et elle en avait envie tout de suite.

Dunja s'était rhabillée, avait remis ses escarpins à talons et elle était descendue dans la rue où elle avait suivi les voix des fêtards jusqu'à un pub appelé Kvarnen, à l'angle de Götgatan. La file d'attente était longue, mais on l'avait laissée passer devant les autres parce qu'elle était une femme seule. Au bout de quelques minutes, elle avait repéré sa victime.

Accoudé au bar, une bière à la main, il discutait avec des amis. Il n'était pas son genre, à vrai dire. Avec ses boucles rousses et son visage couvert de taches de rousseur, ce n'était pas un bel homme dans le sens classique du terme. Mais son T-shirt à l'encolure large lui permit de voir qu'il était bien musclé et il avait un charme indéniable.

Il avait suffi qu'elle s'installe au bar, à quelques mètres, et qu'elle lui lance quelques regards pour qu'il quitte ses amis et vienne la rejoindre. Elle avait tenté de lui dire quelques mots en suédois et il avait répondu en anglais. Elle avait oublié son nom à la seconde même où il avait passé ses lèvres. Elle se souviendrait toujours de lui comme du *Suédois rouquin*.

Il l'avait conduite au sous-sol où de fantomatiques idoles en plâtre semblaient essayer de sortir des murs en pierre blanche. Sur la piste où les gens frisaient la liquéfaction au son puissant d'une musique indéfinie, ils s'étaient démenés comme s'il ne devait pas y avoir de lendemain. Elle se souvint qu'il dansait derrière elle, assez près pour qu'elle se rende compte qu'il était mieux membré que Carsten.

Elle ne se rappelait pas exactement quand ils avaient quitté la piste de danse parce que le restant de la soirée semblait s'être poursuivi dans un seul et même mouvement. Tout à coup, ils étaient dans sa chambre d'hôtel où ils avaient vidé le mini-bar avant d'explorer leurs corps respectifs comme deux adolescents qui auraient enfin eu la maison de leurs parents pour eux. À un moment donné, elle avait dû s'endormir, puisqu'elle venait de se réveiller.

Son portable lui indiqua qu'il était 10 heures et demie et, grâce à Dieu, le rouquin avait disparu. La douleur sourde qu'elle sentait dans son entrejambe l'aurait rendue incapable de refaire un tour de manège. Elle rit toute seule en pensant qu'elle s'était plus envoyée en l'air ces deux dernières heures que pendant toutes les années qu'elle avait passées avec Carsten et décida sur-le-champ d'en faire une habitude.

À partir de maintenant, elle sortirait tous les mardis soir dans la nuit pour recharger son estime de soi. C'était ce que faisaient les hommes et cela leur réussissait plutôt bien. Elle ne s'était pas sentie aussi heureuse et exaltée depuis longtemps. Elle n'avait même pas mal à la tête parce qu'elle ne buvait que de l'eau depuis plusieurs heures. La seule règle serait de ne le faire qu'une fois par semaine et de se moquer de savoir qui était son partenaire, du moment qu'il lui faisait envie.

Elle fut interrompue par le vibreur du téléphone. L'appel provenait d'un numéro suédois avec l'indicatif 042.

« Dunja Hougaard, à l'appareil.

– *Bonjour. J'appelle pour prendre de vos nouvelles. Vous aviez disparu sans prévenir. J'ai d'abord pensé que vous étiez repartie à cause des fêtes de fin d'année, mais ensuite j'ai appris ce qui s'était passé.* » Elle l'entendit pousser un long soupir. « *Franchement, je ne comprends pas ce qui vous a pris d'aller vous jeter dans la gueule du loup toute seule. Ça a dû être une expérience épouvantable.*

– Je ne pensais pas qu'il serait là. Et ensuite, il était trop tard, expliqua Dunja qui venait de reconnaître la voix au bout du fil. Merci, Klippan, je vais bien, maintenant.

503

– *Sûr ?*

– Certaine.

– *Je suis vraiment heureux de l'apprendre. Alors, il ne me reste plus qu'à vous souhaiter un joyeux Noël.*

– Merci, à vous aussi. Et bonnes vacances.

– *J'y compte bien. Pour une fois, j'ai pris deux semaines entières, même si ce sont des vraies vacances de patron. Mais c'est Berit qui a insisté. Dans quelques heures, on file à Kastrup et ensuite, en avant pour la Thaïlande.*

– Quelle chance.

– *Ça m'a coûté un bras, alors espérons que ça en vaudra la peine.*

– J'en suis convaincue. Bon voyage, alors, dit-elle pour mettre fin à la conversation qui était en train de lui vider sa batterie.

– *Juste une dernière chose, et j'espère que vous ne m'en voudrez pas de vous parler de ça. Quand vous êtes rentrée chez vous. C'est vrai qu'il vous attendait dans votre appartement ?*

– Oui. »

Il y eut un silence au bout de la ligne et Dunja pouvait presque entendre le cerveau de Klippan travailler à plein régime.

« *Alors j'avoue que j'ai un peu de mal à comprendre, dit-il enfin. Pourquoi vous avoir laissée en vie et vous avoir enfermée dans le coffre de la voiture avec les morceaux des autres cadavres s'il avait l'intention de vous tuer ensuite ? Ça aurait tout de même été plus simple de le faire pendant que vous étiez à sa merci, endormie, dans l'usine à Kävlinge.* »

Klippan avait eu exactement le même raisonnement qu'elle.

« Parce que ce n'était pas le même criminel, dit-elle, alors qu'elle avait décidé de laisser tomber l'affaire.

– *Figurez-vous, Dunja, que c'est l'idée qui m'est venue.*

504

– Je crois que Willumsen était un leurre que le meurtrier a utilisé pour nous mettre sur une fausse piste. Il a si bien préparé son coup qu'il n'aurait pas échappé à une condamnation. On a même retrouvé son sperme dans le vagin de Katja Skov.

– *Donc Willumsen n'avait plus rien à perdre et il s'est dit qu'il avait intérêt à vous éliminer avant que vous veniez l'arrêter.*

– C'est ça.

– *Alors qu'est-ce qu'on fait, maintenant ? Est-ce que je peux vous aider d'une façon ou d'une autre, avant de partir ?*

– En fait oui. Est-ce que vous pourriez m'aider à retrouver le nom du propriétaire d'une voiture immatriculée en Suède ?

– *Tout à fait. Aucun problème. Donnez-moi le numéro de la plaque et je vais vous trouver ça.*

– HXN 674, énonça-t-elle sans même avoir besoin de consulter ses notes sur le portable.

– *OK, je vous envoie le nom par SMS et je vous souhaite bonne chance. Je vous souhaite de réussir.*

– Je me le souhaite également », dit Dunja avant de raccrocher.

Elle se leva, se doucha et se lava les cheveux, puis elle utilisa toutes les crèmes gratuites qu'elle trouva alignées sur le lavabo en enfilant sa robe qui commençait à ne plus être très fraîche. Le SMS de Klippan était déjà arrivé quand elle eut terminé sa toilette.

Je ne sais pas où vous avez trouvé cette voiture, mais elle appartenait à Carl-Eric Grimås, qui était ministre de la Justice en Suède avant d'être assassiné par « le Cannibale » il y a environ une semaine. J'espère que ça n'a pas de rapport avec ton affaire ! Klippan.

Elle tapa une rapide réponse, alla à la fenêtre, ouvrit les rideaux et contempla le petit parc enneigé qui se trouvait juste en face. À une extrémité du parc jouaient une trentaine d'élèves de maternelle et à l'autre, deux hommes vendaient des sapins de Noël aux passants.

Non, ça n'a sûrement rien à voir. Merci et bonnes vacances ! Dunja.

Elle avait entendu parler du *Cannibale,* un criminel qui, après avoir purgé sa peine et recouvré la liberté il y a plusieurs années, avait brusquement récidivé et tué plusieurs personnes. L'histoire avait fait beaucoup de bruit, y compris dans les journaux danois, et à un moment donné, elle avait même joué avec l'idée qu'il pourrait y avoir un lien avec son enquête. Deux criminels célèbres. L'un danois et l'autre suédois. Tous deux se replongeant dans leur ancienne vie de péché en laissant des indices presque trop voyants. Et puis, en l'absence d'éléments plus probants, elle avait laissé échapper l'idée et s'était concentrée sur la piste Willumsen.

À présent, ils étaient morts tous les deux, et les deux dossiers avaient été classés.

La voiture de sport suédoise au fond du port de Helsingør était peut-être le chaînon manquant qui allait relancer son enquête et celle des Suédois par la même occasion.

90

J'ai réussi à entrer. Je crois que ce serait bien que vous veniez. Et vite. N.

Fabian leva les yeux de l'écran de son portable et reporta une attention distraite sur le petit point rouge qui se déplaçait d'une banlieue à l'autre sur la carte numérique de Stockholm. Il était en réunion à l'hôtel de police, avec Tomas et Jarmo, pour le briefing de Markus Höglund et d'Inger Carlén avant l'assaut prévu contre Diego Arcas et sa bande. Ni lui, ni Jarmo, ni Tomas n'avaient d'enquête en cours. Pas officiellement en tout cas.

« Nous avons localisé six appartements en tout, disposés en cercle autour de la capitale, commença Inger Carlén.

– Plus le Black Cat à Kungsholmen », enchaîna Markus Höglund, à côté d'elle, au bout de la table de conférence, un Danish Cookie à la main.

« Et quand est-ce que vous allez intervenir ? » demanda Fabian afin d'accélérer la réunion, car non seulement l'assassin courait toujours, mais d'après Carnela Ackerman, il avait plusieurs autres victimes sur sa liste. Et Niva, qui avait travaillé toute la nuit, venait d'accomplir la prouesse de hacker la compagnie de téléphonie mobile.

« Demain soir, répondit Carlén.

– Et j'espère bien que tu voulais dire : quand est-ce que *nous* allons intervenir, ajouta Höglund en les regardant dans les yeux l'un après l'autre. C'est une opération d'une telle envergure que nous aurons besoin de chaque homme et de chaque femme dans ce département. »

Un échange de regards avec Tomas et Jarmo indiqua à Fabian qu'ils n'avaient pas encore reçu le message de Niva.

« Nous comprenons que ça ne tombe pas très bien, avec Noël qui approche et tout ça, reprit Carlén, mais malheureusement Diego Arcas n'en a rien à foutre de Noël. »

Höglund appuya sur la télécommande et la carte fut remplacée par une photo aérienne du quartier où se trouvait la boîte de nuit. « Comme vous le savez peut-être, le Black Cat est installé dans un vaste sous-sol avec une entrée sur Hantverkargatan. » Il montra l'emplacement à l'aide d'un stylo laser. « Mais le night-club a également trois sorties de secours, ce qui signifie que nous allons devoir nous poster... »

Fabian n'écoutait plus. Les portables de Jarmo et Tomas venaient de vibrer simultanément sur la table devant eux et tous deux ouvrirent le message de Niva.

« L'un des groupes d'intervention entrera par ici, dit Höglund en désignant un soupirail. Le deuxième attendra à bord d'un fourgon garé à l'angle de Polhemsgatan. À notre signal, il entrera par l'entrée principale sur Hantverkargatan. Des questions ?

– Non, ça me paraît parfaitement clair. » Tomas releva les yeux de son écran. « Et vous, qu'est-ce que vous en dites ?

– Limpide, acquiesça Jarmo en fourrant son portable dans sa poche.

– Le signal ne sera donné que lorsque les filles auront commencé à se présenter sur scène devant Arcas, expliqua Carlén. Nous entrerons au moment où ils seront le plus distraits et vulnérables. D'accord ?

– D'accord. C'est tout ? Parce que sinon, j'ai pas mal de choses à faire, dit Fabian.

– Oui, je crois que c'est tout, répondit Carlén avec un soupir.

– Il a raison, il vaut mieux s'occuper d'aller acheter les cadeaux avant que ce soit la cohue, dit Jarmo, rigolard.

– Bien vu, s'exclama Tomas en se levant de sa chaise.

– Attendez une seconde, les arrêta Höglund, les mains levées pour leur barrer la sortie. Ça fait plus de six mois qu'Inger et moi travaillons sur cette affaire. Il est hors de question qu'elle capote. Alors avant de partir, je veux être sûr que tout est clair pour tout le monde.

– Absolument », affirma Tomas en quittant la salle de briefing, suivi aussitôt par Fabian et Jarmo.

« *Oui, je suis dedans,* leur confirma Niva. *Mais comme je ne travaille pas depuis mon poste à la FRA, ça va moins rigoler quand le spider va me retrouver.*

– Pardon ? » demanda Fabian, courant dans le couloir, les deux autres sur ses talons. Edelman sortait de la cuisine au même instant, une tasse de café à la main.

« *Le crawler si tu préfères. Bref, j'ai besoin de plus de données, et vite.*

– Je comprends, mais je ne suis pas dans le meilleur endroit pour parler, là », répliqua Fabian qui venait de croiser le regard d'Edelman et essayait de comprendre ce qu'il avait dans la tête. Mais l'expression du patron était impénétrable et Fabian se figea pour ne pas lui mettre la puce à l'oreille. Il le gratifia d'un bref hochement de tête sans ralentir. Edelman y répondit et continua vers son bureau. L'échange, qui n'avait duré que quelques secondes, sembla une éternité à Fabian.

« *Tout ce que je te demande, c'est de m'écouter,* enchaîna Niva au bout du fil. *Comme je vous l'ai dit hier, j'ai besoin d'un maximum de lieux et d'horaires. L'un et l'autre doivent être aussi précis que possible. Pour l'instant, je n'en ai que deux, l'entrée de la maison du Parlement et l'appartement condamné. Ce n'est pas assez. Je voudrais que Dupont et Dupond revisionnent le CCTV et qu'ils retrouvent le moment exact où il est sorti du parking de Slussen. Quant à toi, tu vas aller activer ta matière grise au garde-meuble Shurgard.*

– OK, on arrive dès que possible. » Fabian tourna à l'angle du corridor et bouscula une femme qui fit tomber un sachet qu'elle tenait à la main.

« Oh, pardon ! s'exclama-t-elle.

– C'est à moi de m'excuser. Je ne regardais pas où j'allais. » Fabian se baissa pour ramasser une brosse à dents et des flacons de shampoing et de lait hydratant pour le corps dispersés sur le sol et il les remit dans un sac en plastique portant le logo du grand magasin Hennes & Mauritz, dans lequel se trouvaient déjà une robe rouge et une paire d'escarpins à talons.

« Vous êtes danoise ? devina Fabian en faisant jouer ses pectoraux.

– Exact. Je cherche Malin Rehnberg. Vous pouvez me dire où elle travaille ? demanda Dunja.

– Elle ne travaille pas, elle se repose, l'informa Tomas, tout charme dehors.

– Elle est malheureusement en arrêt maladie et ne reviendra pas avant au moins six mois », expliqua Fabian en redonnant le sac à Dunja, qui portait un jean et une chemise blanche sous son manteau déboutonné.

« Mais peut-être puis-je vous aider ? proposa Tomas.

– Peut-être. Il s'agit d'une voiture qui appartenait apparemment à…

– *Allô ! Je croyais vous avoir dit qu'il y avait urgence !* résonna la voix de Niva dans le mobile.

« – Je suis désolé, mais il faut absolument qu'on y aille. Tomas, tu viens ? » dit Fabian en plantant la femme et son sac en plastique au milieu du couloir.

Dunja suivit des yeux les trois hommes qui s'éloignaient et se demanda comment continuer à partir de là. Son seul contact au sein de la police criminelle suédoise était en arrêt maladie et ne reprendrait manifestement pas du service avant un bon moment. Cette nouvelle, ajoutée à sa nuit blanche, lui coupa les jambes. Elle ne pensait désormais plus qu'à une chose, rentrer chez elle et mettre la couette sur sa tête.

« Excusez-moi, mais vous avez l'air perdue. Vous cherchez quelqu'un ? »

Dunja se tourna vers Herman Edelman. « C'est possible. J'étais venue voir Malin Rehnberg, mais il semble qu'elle soit malade.

– C'est exact. Mais je suis son supérieur. Je peux peut-être vous renseigner. » Il lui tendit la main. « Herman Edelman.

– Ah oui, excusez-moi. Dunja Hougaard, police criminelle de Copenhague. »

Ils se serrèrent la main et Edelman invita Dunja à le suivre dans son bureau. « Je peux vous offrir quelque chose à boire ? Thé ? Café ? Je crois même que j'ai un peu de Gammel Dansk.

– Non, merci, ça va. Ou peut-être un verre de Danskvand.

– C'est avec des bulles ?

– Bravo. »

Edelman sortit de son réfrigérateur deux bouteilles de Ramlösa, les ouvrit et versa l'eau gazeuse dans des verres.

« Et éventuellement, si vous pouviez me prêter un chargeur pour mon portable ? » Elle brandit son iPhone. « Il est complètement à plat.

– À plat ?

– Oui, terminé, mort, plus de jus.

– Je suis confus, le danois n'est pas mon fort. Mais plus de jus, je comprends. Vous avez besoin de recharger la batterie de votre téléphone, c'est ça ? Voilà un problème que je devrais pouvoir résoudre. » Edelman alla chercher un chargeur dans un tiroir de son bureau. « Voilà. Et au fait, comment avez-vous fait pour entrer ? Vous n'aviez pas de rendez-vous ?

– C'est vrai. J'ai simplement dit au planton que je voulais faire une surprise à Malin, dit Dunja en branchant l'appareil.

– Et on ne vous a pas fait d'histoires ? »

Dunja fit non de la tête et Edelman soupira, l'air contrarié.

« J'espère que vous avez un meilleur service de sécurité à l'hôtel de police de Copenhague. Bref. Que puis-je faire pour vous ?

– J'enquête sur une affaire criminelle dans laquelle nous avons retrouvé une voiture qui appartenait à votre ministre de la Justice.

– Vous parlez de Carl-Eric Grimås ?

– Lui-même. Numéro d'immatriculation du véhicule : HXN 674.

– Et où l'avez-vous retrouvée ?

– Au fond du port de Helsingør. Et si je suis bien renseignée, son propriétaire était l'une des victimes dans une importante affaire de meurtres en série, ici, à Stockholm.

– Tout cela est parfaitement correct. Mais juste une chose, pour que je comprenne mieux. L'enquête sur laquelle vous travaillez concerne quel genre de crime ?

– Le criminel a violé et mutilé un certain nombre d'individus.

– Ah oui, je crois que je suis au courant. Ce n'est pas l'histoire avec ce célèbre animateur télé et sa femme ? »

Dunja acquiesça.

« Je croyais l'enquête terminée et l'affaire classée ?

– En effet. Je vérifiais juste quelques détails pour m'assurer que je n'étais pas passée à côté de quelque chose, et je suis tombée sur cette coïncidence.

– C'est vrai que les coïncidences méritent qu'on s'y attarde. Nous allons bien sûr examiner la question. Mais je suis certain que, comme pour les ovnis, il existe une explication logique.

– Et quelle serait-elle, à votre avis ?

– Je ne sais pas... Grimås collectionnait les voitures. Les voitures de luxe, principalement. Il n'est pas du tout impensable que l'une d'entre elles ait pu être volée et qu'elle ait atterri dans le royaume sous-marin. Votre criminel a peut-être eu besoin d'un véhicule qui ne puisse pas être relié à sa personne. Je vous promets de faire des recherches et de revenir vers vous aussitôt que j'aurai quelque chose. »

Dunja se leva et alla débrancher son téléphone du chargeur. « Si possible, j'aimerais que vous vous adressiez à moi, personnellement. » Elle lui tendit sa carte de visite.

« OK, c'est entendu. Et vous serez joignable à ce numéro, même entre les fêtes ?

– Je suis toujours joignable à ce numéro. » Elle lui serra la main.

« Quand mon téléphone n'est pas déchargé, évidemment. » Edelman sourit poliment et la reconduisit à la porte.

91

Quand ils arrivèrent chez Fabian, ils trouvèrent Niva scotchée au plus grand des écrans sur lequel défilait un tableau Excel avec de longues listes de noms et de numéros de portable.

« S'il te plaît, ne me dis pas que ce sont les numéros des suspects », se lamenta Tomas en regardant au-dessus de l'épaule de Niva qui ne se donna même pas la peine de répondre.

Fabian venait de comprendre pourquoi il n'avait jamais entendu parler de la possibilité de découvrir un numéro de téléphone inconnu en le triangulant avec un lieu et un instant T. La liste des numéros et des abonnés correspondants était interminable. Les chiffres et les lettres se mélangeaient en une bouillie informe tandis que Niva les faisait défiler à une vitesse prodigieuse. Fabian avait de plus en plus de mal à cacher son scepticisme.

« Il doit y avoir un problème. Il ne peut pas y en avoir tant que ça », dit Tomas qui s'était mis à faire ses exercices de musculation des biceps avec une courroie d'entraînement en caoutchouc.

« On parle du quartier de l'écluse, là. Il y passe plusieurs centaines de milliers de personnes chaque jour. C'est pour ça qu'il me faut plus de données, répliqua Niva avec une irritation contenue.

– Pas étonnant qu'il soit en train de sombrer. » Tomas se tourna vers Jarmo, assis devant un moniteur, en train de visionner les enregistrements de la caméra de surveillance placée à la sortie du parking Slussen. « Qu'est-ce que tu fous ? Tu ne serais pas en train de mater les films cochons de Fabian, par hasard ?

– Je viens juste de trouver le bon passage. » Jarmo gela l'image sur laquelle on voyait le criminel en train de sortir du garage avec un masque à gaz sur le visage. « Il l'a quitté à 15 h 33 exactement.

– OK, alors on rentre un repère à 15 h 32, pour être sûrs, dit Niva en entrant l'information dans le programme. Et il est arrivé quand, à votre avis ?

– Il n'est pas arrivé dans la même voiture, en tout cas, répondit Tomas en changeant de mouvement pour faire travailler ses triceps. Sinon, Fischer s'en serait rendu compte, et on voit sur son visage qu'il n'a pas la moindre idée de ce qui va bientôt lui arriver.

– S'il te plaît, tu veux bien arrêter avec ça ? lança Niva. Ça fait un bruit de caoutchouc et d'ailleurs ça sent le caoutchouc.

– Et alors, tu n'aimes pas ? plaisanta Tomas en lançant à Fabian un regard entendu.

– Est-ce que Fischer a une adresse quelque part à proximité du parking ? » s'enquit Fabian, pour changer de sujet. Et aussi parce qu'il avait recommencé à croire à l'idée de Niva.

« À Mosebacke, sur les hauteurs. Un appartement dément, avec une vue… franchement, ça déprime de voir ça, les informa Tomas en faisant une dernière série avant d'enrouler la courroie et de la ranger.

– Alors soit le criminel l'a suivi dans sa propre voiture, soit il l'attendait déjà à l'intérieur du parking.

– Je pencherais plutôt pour la deuxième solution, dit Jarmo. J'ai visionné ce film, image par image, et je peux vous assurer qu'il n'est dans aucune des voitures qui sont entrées après celle de Fischer. »

Tomas poussa un soupir.

« Et comment peux-tu en être aussi sûr ? Ce n'est pas comme s'il était arrivé avec le masque sur la figure. Il peut se trouver dans n'importe laquelle des voitures qui ont suivi celle de Fischer.

– Ta théorie est intéressante mais si c'est le cas, alors il a changé de sexe, parce que dans les sept voitures suivantes, il n'y avait que des femmes derrière le volant. L'expert que nous avons l'honneur de compter parmi nous a-t-il une explication là-dessus ?

– Bon. Je crois qu'on est tous un peu fatigués, les arrêta Fabian.

– Pas moi, dit Tomas.

– Moi non plus, dit Jarmo.

– Je vois. Alors il n'y a que moi. Mais ça va aller. Continuons. Partons du principe qu'il s'y trouvait pendant le même laps de temps que Fischer.

– Ce qui ferait onze minutes, déclara Tomas en glissant une pincée de tabac à priser sous sa lèvre supérieure.

– D'accord, disons dix, alors. C'est plus sûr.

– Ce qui réduit le nombre à combien ? demanda Fabian à Niva.

– À quelques milliers, rétorqua Niva, les yeux fixés sur l'écran. J'espère un peu moins quand j'aurai croisé ces données avec les numéros de la maison du Parlement et de l'appartement d'Östgötagatan.

– Quelqu'un a faim, à part moi ? dit Tomas.

– Prends ce que tu veux dans le frigo », lui dit Fabian. Il avait faim aussi, mais il était incapable de s'arracher à l'écran où les tableaux avec les numéros de téléphone rapetissaient à mesure que l'ordinateur faisait ses calculs.

Sept minutes plus tard, alors que Tomas revenait avec une assiette pleine de tartines grillées avec de la marmelade et du fromage, la liste était si courte qu'elle tenait à l'écran sur une seule page.

« Alors, on en est à combien ? s'enquit-il en dévorant une tartine.

– Quarante-trois. » Niva se redressa sur sa chaise.

« Le calcul est terminé ? » demanda Fabian.

Niva répondit par un bref hochement de tête et Fabian sentit la déception le replonger dans un épais brouillard de fatigue. Quarante-trois était un nombre nettement préférable à plusieurs centaines de milliers, mais c'était encore beaucoup trop.

« Je ne comprends pas comment quarante-trois personnes ont pu se trouver dans ces trois endroits exactement au même moment ? dit-il en volant une tartine dans l'assiette de Tomas.

– Il faut que tu prennes en compte qu'il ne s'agit pas de coordonnées GPS précises, répondit Niva en prenant la dernière tartine.

– Je sais bien, mais...

– J'ai utilisé un certain nombre d'antennes relais pour trianguler une zone aussi réduite que possible, mais le résultat est loin d'être précis. Et à Slussen, pour ne citer qu'un seul des lieux qui nous intéressent, la circulation est extrêmement dense.

– Oui, je m'en doute, dit Fabian, mais en pleine tempête de neige devant la porte arrière de la maison du Parlement en fin d'après-midi, il ne devait pas y avoir foule. Il doit y avoir une erreur quelque part.

– Tu oublies le pont. Centralbroen se trouve juste à côté.

– Ce n'est pas faux. Et à Östgötagatan, on a quoi ?

– Pour commencer, on a Götgatan. Mais il était 9 heures du soir, et la plupart des gens sur la liste sont sûrement des riverains.

– Pourquoi n'y a-t-il pas de nom en face de ce numéro-là ? demanda Tomas, le doigt sur l'écran.

– Parce qu'il correspond à une carte de téléphone.

– Bon. Et tu crois que notre type est assez con pour avoir un téléphone portable avec un abonnement à son nom ? »

Niva releva une seconde les yeux de l'écran. « Comment ai-je pu ne pas y penser ?

– Alors ? Ça nous amène à combien ? demanda Jarmo.

– Un.

– Un seul ? répéta Fabian. Et il est allumé ?

– Attends, je regarde… » Les doigts de Niva étaient de nouveau posés sur le clavier.

« J'ai besoin d'une chique, dit Jarmo en venant se poster entre les deux autres derrière Niva.

– Je croyais que tu avais arrêté ? » Tomas lui tendit sa blague à tabac.

« Non, il est éteint pour l'instant, dit Niva en continuant à pianoter.

– Tu as moyen de voir d'autres endroits où il a été ? » s'enquit Fabian. Niva acquiesça.

« Axelsberg. Selmedalsvägen 38, 40 ou 42. »

92

La semaine que Carnela Ackerman venait de passer ne pouvait se décrire autrement que comme un cauchemar sans fin. Tous les matins en se réveillant, elle était restée un long moment les yeux fermés, les mains jointes sur sa poitrine en priant pour que tout cela ne fût qu'un mauvais rêve.

Et deux jours plus tôt, Semira avait été retrouvée morte. Sa sœur adorée qui, en dehors de son travail, avait été le seul point d'ancrage de son existence. Semira avait été assassinée. Simplement pour avoir voulu en finir avec ses douleurs incessantes et recouvrer la vue. Un souhait qu'elle n'avait même pas osé exprimer à voix haute. Au lieu de cela, elle avait attendu patiemment et sans beaucoup d'espoir, en s'inscrivant sur une interminable liste d'attente de demandeurs d'organes.

Carnela ignorait qui avait ainsi puni sa pauvre sœur. Mais elle savait deux choses : que Semira n'était pas la seule et que la police avait arrêté le mauvais coupable. Ce Fabian Risk le savait aussi. Il avait même mentionné le nom de Gidon Hass. En entendant ce nom, elle avait commencé à regretter sa démarche et compris quelles forces maléfiques elle avait été sur le point de réveiller.

Elle avait eu l'intention de révéler une situation pas très claire qui aurait constitué leur dernière chance de stopper les projets de déménagement de l'ambassade. Bientôt, il serait trop tard pour cela aussi. Mais si elle ne parlait pas, personne ne saurait jamais. Elle avait besoin de mettre de l'ordre dans ses idées et de décider si elle allait recontacter cet inspecteur. À vrai dire, elle aurait dû se faire porter pâle et rester chez elle. Mais elle n'avait pas le choix, elle était obligée de rester sagement derrière son bureau et de montrer à tous qu'on pouvait compter sur elle.

Si au moins on avait pu lui ficher la paix. Elle n'avait envie de parler à personne. Et surtout pas à cette fonctionnaire du district qui semblait ne pas comprendre le mot « non ». Son poste sonna à nouveau.

« Carnela Ackerman à l'appareil, répondit-elle d'une voix aussi neutre que possible.

– *C'est encore la réception.*

– Oui. De quoi s'agit-il ?

– *Je suis désolée, mais c'est encore cette femme de l'administration territoriale. Elle insiste et cette fois, elle lance des menaces de visite à l'improviste et de sanction si nous refusons de répondre à ses questions. Je sais que vous préférez ne pas prendre d'appels aujourd'hui et je vous jure que j'ai fait ce que j'ai pu, mais...*

– D'accord. Passez-la-moi...

– *Oh, merci !* »

Carnela attendit le signal indiquant que l'appel avait été transféré et répondit de nouveau : « Carnela Ackerman à l'appareil.

– *Ah enfin. Vous n'êtes pas facile à joindre, dites donc !*

– Non, c'est vrai. Je suis toujours débordée en cette période de fin d'année. À qui ai-je l'honneur ?

– *Oui, pardon. Je m'appelle Eva-Britt Mossberg et je vous appelle de la part de l'administration publique du district d'Ös-termalm à propos d'une évaluation des conditions de travail de votre personnel.*

– Et ça ne peut pas attendre janvier ?

– Malheureusement non. Mon rapport doit être rendu avant la fin de l'année et vous êtes les derniers sur ma liste. Il s'agit juste de quelques questions et ça ne prendra pas plus de trois minutes. L'autre possibilité est que nous venions faire une inspection sur place et dans ce cas, je dois vous prévenir que la facture sera à votre charge.

– OK, d'accord. Alors finissons-en.

– Ah. Formidable. Ma première question concerne le ménage de vos locaux. Avez-vous du personnel qui s'en occupe ou bien faites-vous appel à une entreprise extérieure ?

– Une entreprise extérieure », répondit Carnela qui n'avait nullement l'intention d'en dire plus que le strict nécessaire.

« *Je vois. Et à quelle fréquence intervient-elle ?*

– Trois fois par semaine. Le lundi, le mercredi et le vendredi.

– Bien. Est-ce que ses employés viennent faire le ménage pendant que le personnel est sur place, ou bien après les heures de bureau ?

– Après les heures de bureau.

– D'accord. Et quel est le nom de cette entreprise ?

– "Toujours Clean".

– Cette société vous donne-t-elle satisfaction ?

– Absolument.

– Parfait, j'ai tout ce qu'il me faut. Je vous remercie. Il ne me reste plus qu'à vous souhaiter un joyeux Noël.

– Quoi, c'est tout ?

– Comme je vous l'ai dit, il ne s'agissait que de quelques questions. Bonne journée. »

La femme raccrocha et Carnela resta bouche bée, le combiné à la main.

Malin Rehnberg souffla et posa le portable sur la table de chevet. La conversation s'était passée au-delà de toute espérance. Elle savait qu'elle était douée pour le mensonge. Mais pas à ce point. Elle se dit que si un jour elle voulait changer de métier, elle pourrait toujours miser sur une carrière de comédienne. Ou mieux, se lancer dans le poker professionnel.

Elle remonta légèrement la tête du lit pour changer de position assise, ouvrit le couvercle de l'ordinateur, tapa le nom de la société de nettoyage dans le moteur de recherche et alla visiter leur site. Toujours Clean promettait maisons et bureaux immaculés, un service adapté à la demande et des agents d'entretien d'un sérieux et d'une ponctualité irréprochables. Malheureusement il n'y avait pas de trombinoscope sur le site et il n'était indiqué nulle part si Toujours Clean employait des techniciens de surface de sexe masculin.

Il ne lui restait plus qu'à improviser un nouveau rôle. Elle reprit son portable, composa le numéro, et pendant qu'elle attendait que quelqu'un veuille bien décrocher, elle se demanda ce qu'elle ferait si Toujours Clean avait déjà fermé ses bureaux pour les fêtes. Peut-être sa sœur qui travaillait à la Caisse d'assurance maladie pourrait-elle obtenir des renseignements sur les employés. Le risque étant qu'elle s'étonne de sa requête et en parle à Anders qui se mettrait dans tous ses états. Elle décida que Niva Ekenhielm était une meilleure solution, malgré tout le mal qu'elle avait à l'admettre. Cette femme pouvait exhumer une information aussi rapidement qu'elle était capable de briser un mariage.

« *Bienvenue à Toujours Clean. Que puis-je faire pour vous ?*

– Bonjour. Je suis contente que vous soyez encore ouverts ! Mon nom est Malin Rehnberg. » Elle ne s'attendait pas à ce qu'on décroche aussi vite et n'eut pas le temps d'inventer un pseudonyme. « Je cherche quelqu'un pour venir faire le ménage chez moi, pour que ce soit aussi propre que vous le promettez sur votre site Internet.

– Bien sûr, madame. Vous habitez une maison ou un appartement ? Combien de pièces...

– C'est très grand, et je crains que cela me coûte une fortune, la coupa Malin, mais j'ai aussi une autre demande. J'aimerais que le travail soit effectué par des techniciens de surface hommes. Il y a des hommes, chez vous ? »

Il y eut un long silence au bout de la ligne.

« Je vous rassure, c'est uniquement pour faire le ménage. C'est juste que j'ai plus confiance dans le travail d'un homme.

– Je comprends. Je crois savoir en effet que nous avons quelques hommes parmi nos agents de nettoyage. Mais...

– Formidable ! Alors dans ce cas vous pourriez peut-être m'envoyer une liste par mail ?

– Euh... je ne sais pas si...

– Ah, et encore une chose. J'aimerais avoir leurs noms et une photo de chacun d'entre eux. J'aime bien savoir à quoi les gens ressemblent avant de les laisser entrer chez moi. »

93

Dans le vestibule obscur, l'étagère à chapeaux du porte-manteau était encombrée de gants, de bonnets et d'écharpes. Des manteaux d'hiver étaient pendus aux patères. En dessous étaient alignées plusieurs paires de baskets, de bottes et de chaussures. Un peu plus loin, il y avait une chaise, à côté d'une commode sur laquelle on devinait la silhouette d'un poste de téléphone à l'ancienne. Il faisait trop sombre cependant pour voir s'il s'agissait d'un modèle authentique, en bakélite, avec cadran.

Fabian modifia l'angle du miroir pour chercher d'éventuelles traces au sol. Au même moment, on alluma la lumière et deux pieds nus apparurent, titubant légèrement dans l'image concave et inversée. Ils appartenaient à un vieil homme qui se mit à fourrager dans sa tignasse grise, la tête en bas.

Fabian ressortit le miroir de dentiste, referma doucement le clapet de la boîte aux lettres et redescendit l'escalier.

La localisation géographique que leur avait donnée Niva s'était avérée pour le moins imprécise. L'adresse Selmedalvägen 38-42 correspondait à trois cages d'escaliers dans une barre d'immeuble de neuf étages comprenant trois à cinq appartements par étage. Elle avait prévu une marge d'incertitude de quinze mètres, ce qui semblait être, dans le meilleur des cas, exact. En levant les yeux vers le sommet de ces bâtiments en béton brunâtre qui témoignaient de la très mauvaise journée que l'architecte avait dû avoir ce jour-là, Fabian n'osa pas imaginer ce que pouvait représenter cette marge, dans le pire des cas.

Ils avaient mis douze minutes à arriver sur place et encore, il avait fallu que Tomas brûle un feu rouge et roule sur les voies de bus. Afin de ne pas perdre un temps précieux, ils s'étaient séparés et avaient pris chacun son escalier. Fabian avait terminé les deux étages supérieurs et il était en route pour le septième étage.

Une maman entra dans l'ascenseur avec une poussette et il attendit que les portes de la cabine se referment. Soulagé d'être de nouveau seul, Fabian étudia une à une les portes des cinq appartements. Devant l'une étaient entreposés une poussette et un sac-poubelle plein. Les résidents de l'appartement suivant avaient accroché sur leur porte une pancarte sur laquelle étaient écrits « Chez nous », à la main, ainsi que les noms de tous les membres de la famille, sans omettre Mÿlle et Gossegubben. La troisième porte était un peu plus compliquée à décrypter. Le nom sur la boîte, sous le sticker « Pas de publicité », annonçait M. Carlsson.

Fabian sonna d'une main, et passa l'autre à l'intérieur de sa veste pour vérifier son holster. Son arme de service, qu'il n'emportait jamais et dont il ne se servait que dans la salle de tir, était bien là. Il ne savait pas pourquoi, mais porter une arme l'avait toujours mis mal à l'aise. Comme de porter une cravate trop serrée alors que tout le monde était en T-shirt. Mais Tomas et les autres avaient insisté pour qu'ils soient armés, et ils avaient probablement raison. La situation pouvait devenir très tendue d'une seconde à l'autre. L'assassin pouvait les guetter derrière l'une de ces portes, n'importe laquelle, prêt à attaquer.

En appuyant une deuxième fois sur la sonnette, Fabian se demanda si lui-même était prêt. S'il serait capable de dégainer son arme assez vite et d'appuyer sur la détente sans hésiter. Quelque part au fond de lui, il connaissait déjà la réponse à cette question et il pouvait seulement espérer qu'il se trompait.

Il prit le miroir de dentiste, déploya la tige télescopique et l'inséra doucement dans la fente de la boîte aux lettres. Son portable se mit à vibrer. De sa main libre, il alla le pêcher dans sa poche et le colla à son oreille tout en réglant l'angle du miroir.

« Salut, papa, entendit-il la voix de Matilda au bout de la ligne.

– Salut, Matilda, c'est toi ? Vous vous amusez bien chez tante Lisen ? » Il inspecta le hall d'entrée dans lequel il vit quelques guitares appuyées au mur et un terrarium crasseux, éclairé de l'intérieur, dans lequel se mouvait un animal poilu avec un nombre incalculable de pattes.

« Non, je ne m'amuse pas du tout. Theo m'a traitée de petite conne et il a dit qu'il allait me taper.

– Mais pourquoi dit-il des choses pareilles ?

– Parce que j'ai dit à maman qu'il avait fait le mur, cette nuit.

– Il a fait quoi ? » demanda Fabian. Au même instant quelqu'un passa devant les guitares et se dirigea droit sur la porte. Il essaya de ressortir le miroir de la fente, mais il était coincé.

« Il est parti hier soir et il n'est rentré que…

– Matilda, il faut que je raccroche. On se reparle… »

La porte s'ouvrit brusquement et un homme au milieu de la trentaine apparut sur le palier, en bas de jogging et torse nu. « Vous croyez que je n'ai pas vu ce que vous étiez en train de faire ? » Le type qui puait la bière à plein nez poussa Fabian contre le mur du couloir. « Sale voyeur !

– Je suis de la police », l'informa Fabian, qui avait réussi malgré tout à sortir sa carte de sa poche et à la brandir sous le nez de l'homme. « Nous sommes à la recherche d'un criminel dans votre immeuble et comme vous n'avez pas répondu quand j'ai sonné, j'en ai déduit que vous n'étiez pas là.

– Et ça vous donne le droit de mater à travers la boîte aux lettres des gens ? Je me demande si c'est légal, votre truc. » Il lâcha Fabian et lui arracha le badge des mains.

« Nous sommes très pressés, et nous ne pouvons pas faire autrement. » Fabian retira le miroir de la boîte et reprit sa carte.

« Et maintenant, il va se passer quoi ? Vous allez m'embarquer pour m'interroger ?

– Non. Si nous avons besoin de quelque chose, nous vous recontacterons. Que savez-vous sur vos voisins ?

– Que dalle. » Le gars avait presque l'air déçu que cela se termine comme ça. « Sauf que les gosses de l'appartement d'à côté braillent comme des cochons qu'on égorge, tous les jours, dès 5 heures et demie du matin. Je devrais porter plainte, putain. Vous voulez prendre une plainte, pendant que vous êtes là ?

– Non. Donc, comme je vous l'ai dit, on reviendra vers vous s'il y a quelque chose. »

Pour bien signifier qu'ils avaient fini, il lui tourna le dos et alla sonner à la porte voisine, le temps de l'entendre rentrer chez lui et refermer sa porte. N'ayant rien entendu de tel, il se tourna de nouveau vers l'homme qui avait visiblement l'intention de rester là pour assister à la suite des opérations.

« Je vous ai dit qu'on vous contacterait.

– Quoi, on n'a plus le droit de regarder ?

– Si, mais je préférerais que vous... Oh, et puis, faites ce que vous voulez... » Fabian se tourna de nouveau vers la porte et sonna une deuxième fois. Comme personne ne venait ouvrir, il inséra le miroir dans la boîte.

« Et ça, vous me dites que c'est permis, alors ? »

Fabian s'efforça d'ignorer le bonhomme et de se concentrer sur ce qu'il voyait dans le miroir.

« Je vous avoue que ça m'épate ! On en apprend vraiment tous les jours. »

Le vestibule de l'appartement avait la même configuration que celui du vieillard d'en face, à la différence que dans celui-là, les portes des pièces étaient ouvertes et laissaient passer assez de lumière pour qu'il puisse étudier l'aménagement.

« Alors, vous voyez des trucs sympas ?

– Non. Rien que de très ennuyeux », répliqua Fabian en tournant lentement le miroir.

De la couleur. Beaucoup de couleur. Des murs peints en rouge et, autour d'un grand miroir doré, une étoffe jaune brodée de petits miroirs et de paillettes. Sur le mur d'en face, des étagères avec des photophores multicolores. D'un bout à l'autre du couloir courait un tapis dans les tons verts et bleus. Certains des vêtements suspendus à des cintres accrochés au portemanteau étaient également de couleurs vives, à l'exception d'un gros pull gris et d'une épaisse veste noire.

Il retourna le miroir pour examiner le sol et d'éventuelles chaussures, mais ce fut un masque à gaz qui apparut dans la glace. Il eut un tel choc qu'il sursauta et lâcha le manche du miroir de dentiste qui tomba à l'intérieur de l'appartement.

« Eh ben alors, qu'est-ce qui vous arrive ?

– Je vais vous demander de rentrer chez vous, maintenant.

– Vous avez vu quelque chose ?

– Rentrez dans votre appartement, je vous dis.

– Ho, calmos ! » L'homme recula de quelques pas et alla se poster sur le pas de sa porte, en la laissant ouverte.

Fabian sortit un rossignol et une petite fiole d'huile de serrurerie de sa poche et entreprit de travailler sur la serrure.

« Aah, c'est comme ça qu'on fait... »

Au bout de quelques minutes, il put tourner le crochet comme s'il s'agissait d'une véritable clé, et ouvrir délicatement la porte.

« Waouh, on dirait que vous avez fait ça toute votre vie ! »

Fabian regarda autour de lui dans l'entrée. Pas de doute, c'était bien un masque à gaz, suspendu à un crochet. C'était peut-être un hasard. Mais quel genre d'individu a un masque à gaz accroché dans son vestibule ? Il poursuivit sa visite dans l'appartement. La première porte conduisait à une chambre à coucher qui, elle aussi, était décorée dans des couleurs vives. Les murs étaient jaune soleil et le lit – qui ne devait pas faire plus d'1,10 m de largeur – était recouvert d'un couvre-lit rose fuchsia. Fabian avait du mal à faire coïncider tout cela avec l'idée qu'il se faisait d'un tueur en série. À vrai dire, il n'y arrivait pas du tout. Non pas qu'il ait eu une idée préconçue de son lieu de vie. Mais en tout cas, il ne pouvait pas ressembler à *ça*.

Le bureau appuyé contre le mur en face du lit était protégé par un napperon en soie, sur lequel étaient disposés une trentaine de petites bougies, plusieurs porte-encens et, au milieu, une photographie dans un cadre, représentant une pierre à moitié enfouie dans la terre. À côté, un vieux tourne-disque avec le coffret d'Etta James, *At Last – The Very Best Of.* Il appuya sur « play », le disque se mit à tourner et le bras du pick-up descendit dans le premier sillon du vinyle.

At last my love has come along
My lonely days are over and life is like a song.

Fabian prit le cadre pour regarder la photo de plus près et vit qu'il y avait une inscription sur la pierre, en tout petit, dans des caractères incompréhensibles, à l'exception des deux dates.

אפריס ידיו

1977-1998

אף פעם יא פעם אנא יהוא בהשים והחא

אף פעם אל יהיה יא פעם יבל הכה למישה והחא

התא אלו פא דחא רחא

לכ דוע ינא יח, ועל לא דרות נצח

בקרוב אכול שוב הלוכ. אז גם לי.

רחאל מכן פנשגבנו שוב

ההבטחה שלי ילש אליד

Ce n'était pas de l'arabe, pour autant qu'il pût en juger. Et il ne s'agissait pas non plus d'une langue asiatique. Ça pouvait être de l'hébreu. Ça lui rappelait les signes qu'il avait vus sur une broderie qu'Edelman avait au mur dans son bureau. Mais pour être sûr et éliminer la possibilité que ce soit du géorgien, de l'arménien et un tas d'autres langues qu'il ne connaissait pas, il allait devoir demander à quelqu'un d'y jeter un coup d'œil.

En revanche, il était convaincu qu'il s'agissait d'une pierre tombale. Mais qui se trouvait dans la tombe ? Et qui pleurait le défunt ? Fabian était-il au bon endroit ? Il prit une photo du cadre avec son mobile et l'envoya à Niva, puis alla visiter la pièce suivante.

Un seul pas dans la pièce suffit. Tous ses doutes s'évanouirent. Elle se démarquait totalement du reste de l'appartement. Il n'y avait pas une seule couleur chaude, ni le moindre détail destiné à rendre l'endroit agréable. En regardant les murs, on se serait plutôt cru dans son séjour à lui tel qu'il était ces jours-ci. À la différence que ce n'était pas un travail d'investigation qui s'était effectué ici.

Mais un travail de planification.

Le mur de gauche était couvert de vieux articles de presse et de photographies allant d'Ossian Kremph à différents âges au gardien de sécurité du Parlement avec ses mannequins. Carl-Eric Grimås était là également, à la fois dans son rôle de ministre, avec son drôle de chapeau et son manteau au col de fourrure, et du temps de sa jeunesse, quand il travaillait encore avec Herman Edelman à la Crim'. Semira Ackerman et Adam Fischer ne manquaient pas à l'appel.

Mais il y avait aussi des visages et des noms de gens que Fabian ne reconnaissait pas. Des noms comme Karen Neuman et Benny Willumsen, et autour de ces inconnus se trouvaient un tas d'éléments allant des minutes d'un procès à des coupures de presse en passant par divers dossiers médicaux. Il y avait aussi des notes détaillées concernant leurs horaires de travail et les moyens de transport qu'ils utilisaient pour s'y rendre. Des codes de digicodes. Les magasins où ils faisaient leurs courses. Les gens qu'ils fréquentaient. Leurs programmes de télévision favoris. Leurs goûts vestimentaires. Bref, tout ce qu'il fallait savoir pour connaître les habitudes de quelqu'un et son emploi du temps.

Tous ces détails étaient reliés entre eux par des rubans rouges fixés à l'aide de punaises. Au sommet avait été tracé un vecteur temps démarrant le 8 décembre, date de l'enlèvement d'Adam Fischer et s'étendant jour après jour à l'horizontale sur toute la longueur du mur jusqu'au 24 décembre.

On était aujourd'hui le 22.

Fabian suivit les deux rubans rouges conduisant aux deux derniers jours, mais ils n'étaient reliés à rien. Les punaises y étaient encore, témoignant du fait que le criminel avait dû arracher toutes les notes et toutes les photos correspondantes avant de quitter l'appartement.

Il restait deux jours.

Et deux autres victimes qui attendaient leur tour.

Cela ne pouvait pas avoir d'autre signification.

Fabian examina le reste de la pièce, les rouleaux de plastique de protection appuyés à un mur sur le long côté, une étagère avec des cartouches de gaz alignées les unes à côté des autres, une autre avec des scalpels et toutes sortes d'instruments chirurgicaux. Il y avait aussi un portant auquel étaient suspendus plusieurs déguisements, entre autres l'uniforme de gardien de Joakim Holmberg ainsi qu'un faux ventre. Sur une table de maquillage se trouvaient des perruques et des barbes postiches.

Dans un petit placard, Fabian trouva de nombreuses clés et des cartes d'accès magnétiques. Aucune d'entre elles ne portait de signe distinctif et il préféra se concentrer sur un bureau où, à côté de plusieurs piles de dossiers, se trouvait un grand écran, raccordé à une tour d'ordinateur placée sous la table. Il essaya de l'allumer. Mais comme il ne trouva ni clavier ni souris, il décida de tout rapporter à Niva et ouvrit un dossier au hasard sur l'une des piles.

Il contenait des documents avec l'en-tête de l'institut de pathologie d'Abou Kabir. De longs tableaux couvraient les pages de haut en bas. La première colonne contenait un nombre à cinq chiffres et la deuxième, un groupe sanguin. Ensuite, chaque organe avait sa propre colonne dans laquelle il figurait, suivi d'une note qualitative allant de un à dix.

Un autre dossier contenait des renseignements sur les acheteurs d'organes. Des milliers et des milliers de personnes ayant été en relation avec l'institut, leurs dossiers médicaux, quel organe ils avaient reçu et qui était leur donneur. Ou plus exactement lequel parmi les nombres à cinq chiffres avait fourni l'organe.

Après avoir feuilleté un certain nombre de documents, Fabian découvrit le dernier lien. Les photographies des donneurs. De tous ceux qui, sans avoir donné leur accord, avaient été ouverts, vidés de leurs entrailles et rebaptisés avec un nombre à cinq chiffres inscrit sur un bout de papier au marqueur noir et agrafé sur leur front.

« Waouh… C'est ce qu'on appelle toucher le jackpot ! »

Fabian se retourna vers le voisin en pantalon de jogging qui l'avait suivi.

« Je n'en reviens pas d'avoir habité juste à côté d'un phénomène pareil ! » poursuivit l'homme.

Fabian s'apprêtait à lui ordonner de retourner chez lui. Il faillit même sortir son arme pour donner du poids à ses mots. Mais il n'eut besoin de faire ni l'un ni l'autre.

« Ça va, je suis au courant. Je n'ai pas le droit d'être ici. Mais franchement, il y a de quoi devenir curieux. Ce n'est pas tous les jours qu'on découvre qu'on vivait tout près d'une personne comme ça. Enfin soyez tranquille. Je m'en vais, dit l'homme en disparaissant sur le palier.

– Attendez une seconde.

– Oui ?

– Dites-moi ce que vous savez sur votre voisin.

– Pratiquement rien. » L'homme haussa les épaules. « À part que c'est une voisine et qu'elle est vachement jolie.

– Pardon ? » Fabian crut qu'il avait mal entendu, mais le type hocha la tête.

94

Ça n'avait pas été simple, mais Malin Rehnberg était arrivée à ses fins. Elle avait dû employer tous ses talents de comédienne pour parvenir à ce que la femme de Toujours Clean lui envoie par mail les noms et les photos de leurs hommes de ménage. Elle avait dû promettre sur l'honneur qu'ils viendraient nettoyer sa maison du sol au plafond toutes les semaines pendant au moins six mois. En ouvrant une énième fois sa boîte de réception pour voir si elle avait reçu quelque chose, elle se demanda avec amusement ce qu'Ursula dirait de cela.

Elle avait passé les dix dernières minutes à appuyer sur l'icône « enveloppe » de son smartphone, telle une addict aux jeux de hasard sur une machine à sous. Et chaque fois qu'elle avait trouvé la boîte mail vide, elle avait failli rappeler la bonne femme pour lui montrer à qui elle avait affaire. Cette fois, cependant, elle n'avait pas eu à se retenir, puisque le mail était enfin là.

Bonjour, madame Rehnberg. J'espère que vous trouverez quelqu'un qui vous conviendra. Six mois, c'est long ☺. Bien cordialement. Åsa. (Toujours Clean)

Malin tapa une rapide réponse dans laquelle elle promettait de revenir vers elle aussitôt qu'elle aurait trouvé le temps d'étudier la liste.

Le fichier en pièce jointe était lourd et, comme il était peu probable qu'elle ait autant d'employés mâles, Malin en déduisit qu'il devait s'agir de la liste complète du personnel. Ce qui voulait simplement dire qu'elle allait devoir l'examiner de bout en bout.

Malin espérait qu'on lui ficherait la paix pendant qu'elle travaillerait. Les infirmières l'avaient déjà prévenue à deux reprises qu'elles allaient finir par lui confisquer mobile et ordinateur portable. Mais la femme de ménage qui était en train de faire sa ronde matinale n'allait sûrement pas la dénoncer, sinon elle l'aurait déjà fait, vu le nombre de fois où elle l'avait trouvée à demi allongée avec le portable sur le lit.

Elle commença à faire défiler la liste. Elle n'était pas arrivée en bas de la première page que déjà sa porte s'ouvrait et qu'elle était obligée de rabattre le couvercle et de planquer l'ordinateur sous la couverture.

« Ah, enfin je te trouve !

– Dunja ?… Mais qu'est-ce que tu fais là ?

– Il me semblait que tu m'avais dit de passer si un jour j'étais dans le coin. » Dunja entra dans la chambre, un bouquet à la main.

« Oh, comme c'est joli ! C'est pour moi ?

– À ton avis ? » Dunja mit les fleurs dans le vase posé sur la table de chevet.

« Vous voulez que je vous apporte de l'eau ? proposa la femme de ménage.

– Oui merci, c'est gentil, dit Malin en faisant de la place sur le lit. Quelle bonne idée ! Mais tu aurais dû me prévenir, j'aurais fait des crêpes !

– C'est vrai que tu as l'air d'en avoir besoin.

– Tu m'aurais vue il y a quelques jours ! Mais au fait, j'y pense, tu m'as vue il y a quelques jours ! Pourquoi est-ce que tu ne m'as rien dit ?

« – Quand ça ?

– Quand on s'est rencontrées, à Copenhague. Je devais ressembler à une baleine échouée sur la plage.

– Tu rigoles ! Tu étais magnifique ! Qu'est-ce qui t'est arrivé ?

– Ça. » Malin posa la main sur son énorme ventre.

« Tout va bien, j'espère ?

– Oui, oui. Viens plutôt t'asseoir et me raconter ce qui t'amène en Suède.

– C'est une longue histoire. » Dunja s'assit au bord du lit. « Mais pour faire court, tu avais raison.

– Bien sûr, j'ai toujours raison. Mais on peut savoir à quel propos ? »

Le sourire de Dunja s'effaça. Elle allait commencer à raconter ses malheurs mais dut s'interrompre quand la femme de ménage revint remplir le vase avec la carafe d'eau qu'elle venait d'apporter.

« Alors, je t'écoute.

– C'est Carsten… Nous n'avions rien à faire ensemble, finalement.

– Non. Ça c'est sûr. Vu de l'extérieur, ça paraissait une évidence. Et tu n'étais même pas amoureuse.

– C'est vrai. Mais je croyais que je l'étais. On ne se disputait presque jamais et…

– Alors ça, ça ne veut rien dire ! Mon mari et moi, on se dispute en permanence. Enfin… disons qu'on se chipote. Chaque fois qu'on est ensemble, en fait. Mais tu ne peux pas t'imaginer comme je l'aime. Plus que tout au… » Malin se tut en voyant que Dunja s'était mise à pleurer et elle la prit dans ses bras. « Allez… je sais que c'est difficile, mais…

– C'est juste que je suis tellement fatiguée. À vrai dire, je ne sais même pas pourquoi je pleure. Je suis plutôt contente que ce soit fini. Dans un sens, c'est comme si j'avais toujours su que ça devait se terminer comme ça. Comme si j'attendais simplement d'être suffisamment humiliée pour avoir le courage de le quitter.

– Estime-toi heureuse que cela arrive maintenant, et pas le jour où tu aurais été dans mon état. »

Dunja rit et essuya ses larmes. « Je dois malheureusement repartir, sinon je vais louper l'avion. Mais je suis contente de t'avoir vue.

– Je t'appelle dès que j'aurai de nouveau la tête hors de l'eau. Dans, disons, une vingtaine d'années. »

Dunja rit à nouveau, se leva et sortit de la chambre. Malin se reposa sur ses oreillers en se demandant quand elle avait dit à Anders qu'elle l'aimait, la dernière fois. Elle se promit de l'appeler. Mais pas tout de suite. D'abord, elle voulait finir de regarder la liste des employés de Toujours Clean.

Elle rouvrit l'ordinateur, tapa son mot de passe et retourna sur le mail. Comme elle s'y attendait, il n'y avait pas beaucoup d'hommes. Après un survol rapide, elle n'en repéra que trois. Trois suspects qui tous avaient eu accès à la fois aux clés et aux codes permettant d'entrer à l'ambassade, en dehors des heures de bureau, pour nettoyer les locaux. Elle copia leurs noms et leurs numéros de Sécurité sociale dans un mail à l'intention de Fabian et elle allait le lui envoyer quand son regard s'arrêta sur le visage qui se trouvait en dessous de celui de l'un des trois hommes.

Elle ne savait pas exactement ce qui avait attiré son attention mais les traits de la femme avaient quelque chose de familier. Ce n'est qu'en agrandissant l'image qu'elle se rendit compte qu'elle l'avait déjà vue quelque part. Mais elle ne savait pas où. Une ancienne collègue de travail ? Ou bien l'un des innombrables témoins qu'elle avait interrogés dans sa carrière, ou...

Quand la mémoire lui revint, son corps réagit par une tension brutale et simultanée de tous ses muscles. Elle voyait cette femme quotidiennement. Parfois plusieurs fois par jour. Elle la voyait si souvent qu'elle ne la remarquait même plus. Elle l'avait vue entrer et sortir de sa chambre depuis qu'on l'avait transférée après que Matilda était venue lui rendre visite avec cette poupée. Elle se trouvait dans la chambre en ce moment même.

La serpillière à la main et le regard posé sur elle.

La malle au trésor ouverte d'où sortaient les bulles d'air destinées à oxygéner l'eau avait fait l'objet de discussions enflammées. La question portait sur le fait de savoir combien d'argent il convenait de dépenser pour égayer la salle d'attente, alors que la salle de repos du personnel avait grand besoin d'être rénovée.

Mais malgré les bulles, Dunja n'accorda pas un regard à l'aquarium en question alors qu'elle traversait la salle d'attente en direction des ascenseurs. Elle était toute à l'organisation du déménagement de Carsten. Il rentrerait tard ce soir, ce qui lui laissait à la fois le temps de faire changer les serrures et d'emballer ses affaires.

Elle appuya sur le bouton de l'ascenseur et vit à sa montre qu'il était midi vingt. Il y avait deux heures qu'elle avait parlé à Edelman et il ne l'avait pas encore rappelée. Elle n'était pas étonnée. Les chances qu'il la rappelle avant Noël étaient infimes. À cet égard, la Suède était comme le Danemark. Tout s'arrêtait et tout le monde partait en vacances.

Tout le monde, sauf le criminel.

Elle se souvint tout à coup que c'était pour cette raison qu'elle voulait voir Malin Rehnberg, au départ. Pour lui demander ce qu'elle pensait du fait que la voiture de leur ministre de la Justice avait brusquement débarqué dans son enquête. Pour savoir si elle aussi pensait qu'il s'agissait d'une simple coïncidence. Finalement, elles n'avaient parlé que de Carsten et c'était sans doute mieux ainsi. Malin était fatiguée, surmenée, et elle devait avoir besoin de reprendre des forces avant l'accouchement.

Ou pas.

Soudain, elle ne fut plus très sûre. Elle se dit qu'en faisant vite, elle pourrait peut-être quand même lui poser la question, ne serait-ce que pour voir sa réaction. Mais ensuite, il ne faudrait pas traîner, et cela allait l'obliger à prendre un taxi pour l'aéroport si elle voulait arriver avant la fermeture des portes.

Quand l'ascenseur s'ouvrit, elle avait fait demi-tour et elle était en route vers le service. L'appel d'Herman Edelman, qu'elle attendait depuis des heures, arriva alors qu'elle passait à côté de l'aquarium.

« *Bonjour, Herman Edelman à l'appareil. Je ne sais pas si vous vous souvenez de moi.*

– Bien sûr que si.

– *Pardonnez-moi si j'ai été un peu long. Mais cela s'est avéré un peu plus compliqué que prévu. Alors voilà l'explication : Grimås avait vendu sa Porsche 911 quelques semaines avant d'être assassiné. Et croyez-moi, il en avait une sacrée collection.*

– À qui l'a-t-il vendue ?

– *J'y arrive. Je ne sais pas comment ça se passe chez vous, mais ici, en Suède, c'est le vendeur qui doit envoyer le certificat de cession du véhicule aux autorités compétentes. En temps normal, il suffit d'un jour ouvré pour enregistrer le changement de propriétaire, mais dans ce cas, ça n'a été fait qu'hier.*

– On sait pourquoi ?

– *Il semble que deux chiffres du code postal aient été intervertis. Voilà, vous avez votre explication.*

– Et qui était l'acheteur ?

– Ah oui. Attendez, je regarde... je l'ai là quelque part... Björn Troedsson, demeurant Arkitektgatan 2, à Malmö. À un jet de pierre de l'endroit où habitait Benny Willumsen.

– Et la voiture avait été volée ?

– Vous avez tout compris. La déclaration a été faite à la police de Malmö dès le lundi 14 décembre. Comme les papiers de la voiture ne correspondaient pas au nom du propriétaire, l'affaire a été mise en attente et ce n'est que lorsque j'ai commencé à m'y intéresser que les choses ont bougé. Mais je vous propose de vous envoyer les documents par mail pour que vous puissiez voir tout ça de vos propres yeux. Si vous avez d'autres questions, n'hésitez pas à me rappeler, surtout. »

Dunja le remercia pour son aide, mit fin à la conversation et décida de laisser Malin Rehnberg tranquille.

Le temps ralentit et parut s'arrêter complètement. Malin songea que même si elle avait osé tourner les yeux vers l'horloge murale, elle n'aurait pas vu l'aiguille des secondes bouger.

Elle n'était pas du genre à s'effrayer, habituellement. La peur lui était inconnue. Contrairement à la plupart de ses collègues, elle restait calme et posée dans les situations les plus extrêmes, comme par exemple lorsqu'un drogué aux mains tremblantes pointait son arme sur elle. C'était d'ailleurs la meilleure attitude à avoir dans ces cas-là.

Mais cette fois, Malin eut peur.

Pour la première fois de sa vie.

Peur pour ses enfants.

Sa chemise d'hôpital était trempée de sueur, et elle était tétanisée. C'était comme si la peur avait enfoncé ses griffes si profondément en elle qu'elle était incapable de bouger de ce lit et de lâcher des yeux cette femme qui la regardait. Elle n'osait même pas tendre la main vers le bouton de l'alarme suspendu à un fil, à moins de cinquante centimètres.

Elles se taisaient, l'une comme l'autre. Les mots étaient inutiles. Les regards en disaient assez long.

Toutes les deux avaient compris.

Elles étaient à un point de non-retour.

Aisha Shahin... Malin répétait le nom intérieurement, frappée par sa beauté. Un nom presque aussi beau que la femme qui se tenait à quelques mètres d'elle, avec sa peau d'un joli brun doré et ses yeux d'un bleu limpide.

La terreur commença à lâcher son emprise. Peut-être parce que la situation avait quelque chose d'irréel. Parce qu'il semblait contraire à toutes les lois de la nature qu'un être aussi beau puisse avoir commis des actes d'une telle atrocité. C'était comme ces images vues par le monde entier il y a quelques années. On aurait dit une scène de cinéma tant elles semblaient invraisemblables. Anders et elle avaient dû rester assis devant leur télévision jusque tard dans la nuit pour regarder en boucle les avions se crasher dans les tours avant d'admettre que c'était réellement arrivé.

Elle rassembla son courage et tendit le bras vers le cordon de l'alarme sans quitter la femme des yeux. Mais elle le rata et dut tourner la tête pour saisir le bouton qui se balançait au bout du fil comme un pendule. D'une main crispée et tremblante, elle finit par attraper l'objet en forme d'olive et tenta d'appuyer dessus avec son pouce.

Mais c'était déjà trop tard.

La femme de ménage avait bondi sur elle pour le lui arracher. Malin se mit à gesticuler dans tous les sens, essayant de griffer tout ce qui se trouvait à sa portée, sans aucun contrôle de ses gestes. Mais elle n'avait jamais eu à lutter pour sa vie, et ses bras se retrouvèrent rapidement en croix sur sa poitrine. Comment cette femme pouvait-elle avoir une telle force ?

Malin ne sentit le masque sur son visage que lorsque le gaz commença à suinter. Elle n'avait jamais su retenir sa respiration très longtemps. À la piscine, elle était toujours la première à remonter à la surface. Sauf que cette fois, il n'y avait pas de surface vers laquelle remonter. Cette fois, elle était contrainte de rester au fond, malgré la douleur croissante dans sa poitrine. Elle ne tiendrait pas beaucoup plus longtemps et pressentait déjà le moment où elle allait devoir abandonner.

Ses poumons étaient sur le point d'exploser et en un dernier effort désespéré, elle tenta de se libérer. Mais ses bras étaient toujours entravés. Elle ne pouvait bouger que sa tête. D'un côté, puis de l'autre. Elle recommença, plus fort, et enfin, une légère fente s'ouvrit entre le caoutchouc du masque et son visage.

Enfin, elle put respirer de nouveau, une fois, deux fois, tout en continuant à secouer la tête jusqu'à ce qu'elle se soit complètement débarrassée du masque. Sans penser à ce qu'elle faisait, elle planta ses dents dans la main qui retenait ses bras. Elle mordit jusqu'à ce qu'elle sente le goût du sang envahir sa bouche.

La femme grogna de douleur et relâcha sa pression sur les bras de Malin qui roula sur le flanc, s'éloigna de la femme, tomba du lit. Elle s'était fait mal à la hanche, mais quelle importance ? La seule chose qui comptait à présent était de fuir. D'échapper à ce beau monstre et d'arriver jusque dans le couloir où elle pourrait demander du secours.

Elle tenta de se relever, mais quelque chose dans sa hanche fonctionnait mal. Elle tomba à quatre pattes, ou plutôt trois, deux bras et une jambe, la deuxième traînait derrière. Elle serra les dents pour surmonter la douleur qui allait en augmentant et employa toute son énergie à ramper jusqu'à la porte.

Elle cria à l'aide en tendant la main vers la poignée. Mais elle n'arriva pas à l'atteindre.

Les mains qui saisirent ses chevilles avaient trop de force et elles la tirèrent en arrière comme un animal à l'abattoir.

Elle résista, donna des coups de pied pour s'arracher à cette poigne de fer et finit par revenir à la porte et l'ouvrir.

Mais seulement en pensée. Son corps avait renoncé.

Une hanche cassée et un genou dans le dos. Il n'en fallait pas plus pour la faire tenir tranquille.

« Vous auriez dû garder le masque. Je ne suis pas sûre qu'ils survivront à ça », dit la femme derrière elle.

Malin ne comprit pas ce qu'elle voulait dire avant de sentir une piqûre entre ses vertèbres et un engourdissement qui se répandait dans son corps.

Descendant dans ses jambes et remontant dans son ventre.

95

3 avril 2000

Il y avait maintenant trois ans qu'Aisha Shahin avait passé la frontière. Grâce aux seules économies de sa mère, elle avait réussi à venir jusqu'en Suède. Très vite, elle avait montré de grandes facilités dans l'apprentissage de la langue suédoise et elle était devenue la meilleure élève du SFI, l'école qui enseigne le suédois aux immigrés. Elle n'avait pas pu obtenir d'équivalence à son diplôme de docteur en médecine et s'était fait embaucher dans une entreprise de nettoyage où lentement, mais sûrement, elle s'était bâti une existence qui lui permettait de se sentir en sécurité. Mais jamais elle n'avait cessé de penser au jour où Efraim et elle seraient de nouveau réunis. Ce jour béni où ils pourraient tout oublier et ne plus jamais se quitter.

C'était pour ça qu'elle était revenue.

Malgré tous les risques encourus, elle était retournée à Imatin, la ville d'où elle venait. En recevant la lettre, elle avait tout de suite su qu'elle n'avait pas le choix. Cette lettre n'avait pu parvenir jusqu'à elle qu'avec l'aide de Dieu. Cette lettre qui en disait tant et qui pourtant se terminait sur la plus grande des questions.

Était-il en vie ?

Avait-il réussi l'impossible, ou bien ses pires craintes étaient-elles justifiées ? L'incertitude pesait sur sa poitrine de tout son terrible poids et elle craignait d'étouffer si elle n'avait pas bientôt une réponse.

Quoi qu'il en soit, Dieu était avec elle, elle le ressentait dans chaque fibre de son corps. Il était comme le sac à dos lourdement chargé sur son épaule dont elle sentait à peine le poids. Ou la voûte céleste saupoudrée d'étoiles. La lune à moitié pleine éclairait juste assez pour qu'elle n'ait pas besoin d'allumer sa lampe de poche. Heureusement, car même si les maisons de la ville qu'elle voyait de loin étaient plongées dans l'obscurité, elle ne pouvait pas être certaine que tous ses habitants soient endormis.

Elle était souvent venue dans cet endroit quand elle était petite. Elle et ses amis adoraient venir ici pour jouer à cache-cache parmi les arbres et les rochers. Sa mère l'avait prévenue qu'ils pourraient un jour le regretter. Qu'il existait des forces contre lesquelles on ne pouvait pas lutter une fois qu'elles s'étaient réveillées. Mais elle ne l'avait pas écoutée et avait ignoré les dangers qu'elle foulait de ses pieds nus.

Elle n'avait compris de quoi sa mère parlait que le matin après la coupure de courant qui avait plongé toute la ville dans le noir. Sur un promontoire à l'extérieur des murs, elle avait trouvé trois cadavres, exactement à l'endroit où elle s'accroupissait à l'ombre pour compter à voix haute, les mains sur les yeux, pendant que les autres allaient se cacher. Elle les connaissait tous les trois et le plus jeune était son ami. Ils jouaient ensemble tous les jours à la sortie de l'école et elle n'avait jamais vu quelqu'un qui sache lancer des pierres comme lui.

Le lieu était exactement comme dans son souvenir. Les arbres qui donnaient de l'ombre et dans lesquels il était si amusant de grimper, les bancs à l'intérieur de la muraille en pierres sèches et les tombes dispersées un peu partout. Certaines très anciennes, avec des pierres cassées et renversées. D'autres toutes neuves.

Elle ne mit pas longtemps à trouver ce qu'elle cherchait. Ils étaient couchés les uns à côté des autres dans le coin le plus reculé et, bien que leur mort remonte à plus de deux ans, la terre avait une couleur différente.

Rasin... Mihayr... Zakwan... Tamir... Muzaffar... Altair... Safi... Wasim...

Chacun de ces noms lui était connu. Cinq d'entre eux étaient ses frères. Les trois autres ses voisins.

Mais ce n'était pas pour eux qu'elle était venue.

Mais pour le dernier.

Celui qui n'avait même pas eu droit à une pierre avec son nom dessus.

Celui qui dormait dans la neuvième tombe.

Elle se débarrassa du sac à dos, sortit la pelle et commença à creuser. Une heure plus tard, elle put s'agenouiller et épousseter la terre sèche sur l'épais plastique industriel enroulé plusieurs fois autour du corps et retenu par un solide adhésif. Avec un cutter, elle traversa couche après couche et, quand le corps à l'intérieur lui apparut enfin, elle vit ce qu'elle espérait ne pas voir.

Elle pensait que la vue de ce corps éventré et éviscéré la ferait pleurer. Que les orbites énucléées et les grossiers points de suture allant du cou jusqu'en dessous du nombril feraient couler ses larmes et que celles-ci formeraient des rivières qui inonderaient son corps profané. Mais elle n'en versa pas une seule. Pas même en voyant le numéro à cinq chiffres inscrit au marqueur noir sur un morceau de papier agrafé sur son front.

Elle ne ressentit que de la haine.

De la haine envers son père et ses frères qui l'avaient entraîné dans cette mission. Envers sa mère qui l'avait regardé faire. Envers les soldats israéliens qui avaient tiré. Envers le chirurgien qui lui avait ouvert le ventre et lui avait volé tout ce qui lui appartenait. Mais plus que tout, elle ressentit une immense haine envers ces monstres qui se promenaient avec du sang sur les mains et des morceaux d'Efraim dans le corps. Envers ces mécréants qui avaient refusé d'accepter la volonté de Dieu.

Quels qu'ils soient.

Où qu'ils se trouvent.

Elle détacha doucement le papier de son front.

Tous seraient punis.

96

Fabian prit sa voiture pour rapporter l'ordinateur de bureau à Niva et tandis qu'il roulait vers le centre-ville, ses pensées tournaient dans sa tête de manière aussi erratique que les flocons de neige dehors. Après avoir failli brûler le feu rouge avant de prendre à droite dans Hornsgatan et avoir été à deux doigts de provoquer un accident, il alluma le lecteur CD et sélectionna *Computer World* du groupe Kraftwerk pour tâcher de mettre de l'ordre dans ses idées.

Il était pourtant préparé à avoir des surprises. Il avait compris depuis un moment que cette enquête sortait de l'ordinaire. Que la routine policière et les sentiers battus ne lui seraient d'aucun secours. Il savait aussi qu'ils avaient affaire à un criminel méticuleux qui n'avait rien laissé au hasard.

Rien de tout cela n'était une nouveauté pour lui.

Mais que ce soit une femme l'avait complètement pris au dépourvu. Et pour être honnête, il avait toujours du mal à l'admettre. Et pourtant c'était un fait. Elle s'appelait Aisha Shahin et d'après son voisin, elle était non seulement très sympathique mais également particulièrement jolie.

Pour l'instant, il ne savait pas encore à quoi elle ressemblait. Mais il était certain que Tomas ou Jarmo, qui fouillaient l'appartement en ce moment, ne tarderaient pas à trouver une photo d'elle et à lui envoyer, même si ce n'était pas le plus urgent. À présent, il fallait au plus vite trouver un indice qui leur permette de protéger les deux prochaines victimes, même si la minutieuse préparation du criminel, ou en l'occurrence de la criminelle, lui faisait craindre qu'il ne soit déjà trop tard.

Quand il se gara sur la place pour handicapés devant sa porte d'entrée, la nuit était déjà tombée depuis longtemps. Il prit l'ordinateur sur le siège à côté de lui, ferma la voiture et s'empressa de se mettre à l'abri. La neige tombait à présent à gros flocons.

Arrivé dans son appartement, il retira ses chaussures mouillées et alla poser l'ordinateur dans le séjour, à côté des écrans de Niva qui tous affichaient le même message :

Travail en cours...

Niva n'était nulle part. Il cria son nom sans obtenir de réponse et se résolut à lui téléphoner.

« *Salut.*

– T'es où ?

– *Chez toi. Je vais te donner un petit indice.* » Il entendit un bruit d'eau qui clapotait.

Fabian se rendit dans la salle de bains où il trouva Niva dans son bain, le téléphone à la main.

« Tu as fait vite. » Elle posa le portable pour frapper dans ses mains.

Ils étaient au beau milieu de la pire enquête de toute leur vie, et elle barbotait tranquillement dans sa baignoire. Il ne manquait plus que les bougies et la coupe de champagne.

« Putain, Niva ! Qu'est-ce que tu fous ?

– Il y a une limite au nombre d'heures qu'on peut passer les yeux fixés sur un écran, sans se laver, et ce moment est dépassé depuis longtemps. Ce qui, si je puis me permettre, vaut également pour votre majesté, et je ne parle même pas des sieurs Dupont et Dupond. Et de toute façon, je suis bloquée jusqu'à ce que les machines aient terminé de travailler.

– Le texte sur la pierre tombale, il est traduit ?

– Il est sur la table. »

Fabian retourna dans le salon, où il trouva en effet quelques phrases inscrites à la main sur une page de bloc-notes ouvert.

Jamais je n'aimerai quelqu'un d'autre
Jamais mon cœur ne battra pour un autre
C'est Toi et personne d'autre
Aussi longtemps que je vivrai, et pour l'éternité ensuite
Bientôt tu seras à nouveau entier, et moi aussi
Alors nous nous reverrons
Je t'en fais le serment.

Il lut le texte une deuxième fois, puis une troisième. Il ne parvenait pas à se rassasier des mots qu'il contenait ni de ce qui se cachait derrière.

« C'est beau, hein ? »

Fabian acquiesça et se tourna vers Niva qui s'était enveloppée dans un peignoir blanc.

« Je n'ai rien trouvé d'autre. J'espère que cela ne t'ennuie pas que j'aie emprunté ça. »

Cela l'ennuyait beaucoup, au contraire. C'était le peignoir de Sonja et il n'était pas à la disposition de n'importe qui. Mais il en avait assez de se battre avec Niva et de passer son temps à définir les limites. En outre, il avait encore besoin d'elle.

« Tu crois qu'elle a fait tout ça pour lui ? poursuivit Niva en s'asseyant près de lui.

– Oui.

– Tu penses qu'on peut être amoureux de quelqu'un au point d'en arriver à de telles extrémités ? »

Fabian hocha la tête sans rien dire.

« Jusqu'où est-ce que tu irais, toi, pour Sonja ? »

Fabian voyait parfaitement où elle voulait en venir. Mais ce serait sans lui. Cette fois, il ne la suivrait pas sur ce terrain. « Aussi loin que la loi l'autorise.

– Pas très romantique comme réponse. » Elle approcha sa chaise de quelques centimètres. « Tu as vu jusqu'où je suis capable d'aller, moi ?

– Toi ? dit Fabian en se tournant vers elle.

– Oui, moi. Tu te rends compte du nombre de lois que j'ai transgressées ? »

Fabian se demandait ce qu'il pouvait répondre à cela quand il fut sauvé par la sonnerie de son téléphone. « Fabian Risk...

– *Elle a disparu ! Ils l'ont emmenée !* hurla une voix au bout du fil.

– Excusez-moi, mais qui est à l'appareil ?

– *Ils l'ont enlevée et personne ne sait où elle est !*

– Qui ça ? Et qui parle ?

– *Anders Rehnberg ! Qui veux-tu que ce soit ? Ils ont enlevé Malin !* »

97

Était-ce Dieu qui lui avait tourné le dos alors qu'il l'avait accompagnée à chaque pas de sa croisade ? Était-ce sa punition ? Pour la première fois, elle n'était plus certaine de l'avoir réellement à ses côtés. Ou bien le hasard et de malheureux concours de circonstances lui mettaient-ils des bâtons dans les roues ? Il n'y avait pas d'autre explication possible. Comment pouvait-il l'abandonner alors qu'elle était si près du but ?

Elle avait presque une heure et demie de retard. Pas cinq minutes, ni un quart d'heure, mais quatre-vingt-huit minutes exactement. Quand elle était jeune, elle était plus souvent en retard qu'à l'heure. Mais c'était la première fois que cela lui arrivait depuis qu'elle était en Suède. Depuis douze ans et demi, elle était d'une ponctualité exemplaire, et voilà le résultat.

Sans la caméra cachée que, sans s'en rendre compte, ils avaient emportée avec le reste des éléments de l'enquête, Fabian Risk aurait découvert assez d'indices dans son appartement pour l'arrêter avant qu'elle ait terminé. Elle n'avait pas bien compris comment c'était arrivé, à part que cette femme qui ne travaillait plus pour la police avait eu une idée qui contre toute attente avait fonctionné. Apparemment, ça avait un rapport avec son téléphone portable. Mais comment il avait pu les conduire à son appartement, cela restait pour elle un mystère. Elle avait pourtant pris la peine de se rendre à Umeå, quelques années plus tôt, pour acheter cette carte de téléphone anonyme, sans compter que cela faisait plusieurs jours que son mobile était éteint.

Pour éviter la catastrophe, elle s'était empressée de retourner chez elle et à présent, elle n'avait plus qu'à espérer qu'elle avait emporté le plus important dans le landau. Elle était sortie de l'appartement juste avant qu'ils arrivent. Ils allaient faire beaucoup de découvertes, surtout dans l'ordinateur. Mais c'était sans importance car ils n'arriveraient pas à temps.

L'essentiel était que la finalité de son entreprise ne soit pas révélée au grand jour. Sinon tout était fichu. Tout l'édifice auquel elle avait tant travaillé s'écroulerait, et elle n'aurait plus aucune chance d'accomplir la mission qu'elle s'était fixée. De parvenir au but qu'elle poursuivait inlassablement depuis une décennie.

Et comme si elle n'avait pas assez d'ennuis comme cela, il avait fallu que l'inspectrice enceinte réussisse à mettre la main sur la liste du personnel de l'entreprise de nettoyage qui l'employait et qu'elle la reconnaisse pour l'avoir vue trop souvent dans sa chambre où elle la gardait sous surveillance. Comment elle avait réussi à se procurer cette liste dépassait l'entendement, mais elle n'avait pas le temps de s'attarder sur cette question. Elle avait dû improviser et faire face à la situation au pied levé, convaincue qu'il y avait une raison pour que tout cela arrive, même si, pour l'instant, elle avait du mal à l'entrevoir. Convaincue surtout que Dieu était malgré tout de son côté.

Elle s'était promis qu'aucun innocent ne serait tué. Que ses seules victimes seraient ceux qui avaient mérité de mourir. Mais déjà au Danemark, elle avait été contrainte de faire une exception. Là aussi, la situation lui avait échappé et elle n'avait pas eu le choix. Pour une raison ou pour une autre, le mari avait décidé de ne pas rester dormir dans son pied-à-terre à

Copenhague et il était rentré plusieurs heures trop tôt. Elle s'était consolée en se disant que, dans un sens, il avait une part de responsabilité.

La femme policier, elle, n'avait rien à se reprocher. Elle faisait son travail et elle le faisait bien. Elle laisserait donc à Dieu la responsabilité de décider ce qu'il devait advenir d'elle et de ses deux enfants.

Quand elle eut enfin trouvé une place libre dans Pontonjärgatan, qu'elle se fut changée sur le siège arrière, qu'elle eut fermé la portière et laissé la clé sur le pneu avant gauche de la voiture, couru jusqu'au coin de la rue, remonté Polhemsgatan dans la neige fraîche et sonné à la porte métallique grise, ce fut pour se prendre un savon magistral de la part du type costaud avec les boucles d'oreilles. Elle lui avait expliqué qu'un passager s'était jeté devant le métro, mais il n'en avait rien à faire, alors elle s'était tue et l'avait laissé gueuler, se bornant à promettre que cela n'arriverait plus.

Ce qui était la stricte vérité.

Elle avait filé chercher son matériel dans le placard et s'était mise au travail. Pendant le peu d'heures qui lui restaient, elle allait passer l'aspirateur et laver d'innombrables mètres carrés. Récurer des taches incrustées, ramasser des préservatifs usagés et remettre de nouveaux rouleaux de papier dans les W-C.

En attendant l'heure.

Il fallait qu'elle travaille vite pour être dans les temps. Mais le stress jouait pour elle. Elle l'avait remarqué dans les yeux du grand type. Il suffirait que les autres soient moitié moins stressés que lui pour que personne ne prête attention à sa métamorphose.

98

Depuis qu'il avait vu Matilda jouer avec la poupée et tripoter la caméra à l'intérieur, lors de leur visite à l'hôpital, Fabian était rongé par l'inquiétude. Il avait aussitôt veillé à ce que Malin ait une nouvelle chambre, mais c'était trop tard. La criminelle l'avait déjà trouvée. Mais comment ? Et surtout, pourquoi ? Il n'en avait aucune idée et pouvait seulement espérer que ses pires craintes n'allaient pas se vérifier.

Le service dans lequel elle était hospitalisée était désert, à l'exception de quelques infirmières regroupées devant l'ordinateur de la réception avec des mines affolées.

« Que s'est-il passé ? » dit-il, bien qu'elles aient l'air d'en savoir aussi peu que lui.

« Honnêtement, nous l'ignorons, répondit la plus grande. Nous avons constaté son absence au moment de notre tournée du soir, il y a une heure, et nous essayons encore de comprendre.

– Il est écrit ici qu'elle doit être transportée en salle de travail, mais nous avons vérifié et elle n'y est jamais arrivée », dit celle qui se trouvait devant l'écran.

Fabian repartit vers la chambre où aurait dû être Malin. Il y trouva Anders Rehnberg, assis sur une chaise, la tête entre les mains. La pièce semblait étrangement vide à présent que le lit ne s'y trouvait plus. Anders ne pleurait pas, mais quand il leva les yeux vers Fabian, ses yeux rougis lui apprirent qu'il n'avait rien dû faire d'autre depuis une heure qu'il l'avait appelé.

« Salaud… C'est de ta faute, tu comprends ? C'est entièrement de ta faute. » Ses yeux exprimaient tant de haine que Fabian dut lutter contre l'impulsion de repartir.

« Je comprends ce que tu ressens, Anders. Mais nous ne savons pas encore ce qui s'est réellement passé. » Il déplaça une chaise et vint s'asseoir en face de lui.

« N'essaye pas de me faire croire que tu comprends quoi que ce soit, parce que ce n'est pas vrai. Tu ne comprends rien du tout. Tu es pire que Malin. »

Fabian ne voyait pas de quoi il voulait parler.

« Ne fais pas l'innocent. Ta femme m'a fait des confidences, figure-toi, et tu sais ce qu'elle dit, ta femme ? Hein ? Tu le sais ? »

Fabian secoua la tête.

« Que tu la trompes tous les jours avec ton boulot, parce que tu ne penses qu'à ça. Que vivre avec toi, c'est comme vivre avec une coquille vide, une foutue mue. Voilà ce qu'elle dit de toi. Et visiblement, il n'y a pas qu'elle et tes gosses que tu fais passer après ton job, mais tous les autres. Moi qui croyais que Malin et toi, vous étiez amis. » Il crachait les mots comme on recrache un poison.

« Anders, est-ce que tu veux bien essayer de te calmer pour que nous puissions…

– Et ne me dis pas que je ne t'ai pas prévenu. Que je ne t'ai pas demandé de t'éloigner d'elle. Mais c'était plus fort que toi, hein ? Tu n'as pas pu t'en empêcher. »

Fabian se pencha et posa une main consolatrice sur l'épaule d'Anders.

« Ne me touche pas. » Anders repoussa sa main. « Elle était malade. Surmenée, comme ils disaient ici. La seule chose dont elle avait besoin était de prendre du repos et de se retaper avant l'accouchement. Mais ça, tu ne pouvais pas l'accepter.

– Écoute… Essayons de ne pas dramatiser. Nous ne savons pas encore ce qui s'est passé.

– Ah bon ? » Anders le regarda droit dans les yeux. « Parce que tu crois qu'elle est allée faire un tour dans son lit à roulettes jusqu'au tabac du coin pour s'acheter un Daim ? Et ensuite ? Elle a fait quoi, hein ? Elle est allée faire une petite promenade sous la neige ? »

Fabian aurait voulu protester. Trouver des arguments contradictoires et des preuves qu'il n'y avait pas de danger. Que même si cela ne semblait pas évident pour le moment, il y avait une explication toute simple à la disparition de Malin. Mais il ne trouvait rien à dire. Anders avait raison. Probablement encore plus qu'il ne le croyait.

« Alors mets-toi bien dans la tête que, quoi qu'il lui soit arrivé, tu en portes l'entière responsabilité. D'accord ? reprit Anders. Toi et personne d'autre… » Il fondit en larmes et Fabian faillit s'approcher pour le prendre dans ses bras, mais il se ravisa.

« Anders, je te promets… Je te promets de faire tout ce que je peux pour découvrir ce qui s'est passé… Et de faire tout ce qui est en mon pouvoir pour que ça s'arrange. »

À nouveau, Anders le fusilla du regard en secouant la tête. « Tout ce que tu peux ? Je crains que ce ne soit pas suffisant. Pas suffisant du tout. Par contre, je veux bien que tu me promettes que tout va s'arranger. Que tu vas tout faire pour que ça s'arrange. Tu peux me le promettre, ça ? »

Fabian hésita, mais il finit par acquiescer. « Oui, Anders, je te le promets.

– Parfait. Parce que sinon, je sais où te trouver, je te préviens. Et je me fous des conséquences. Si tu ne fais pas en sorte que tout s'arrange, je te le ferai payer. Même si c'est la dernière chose que je fais dans ma vie. »

99

En file indienne, on les poussait vers l'entrée. Trop légèrement vêtues pour le froid glacial qu'il faisait à Stockholm, ce
jour-là. Toutes avec leur propre histoire et le destin tragique
qui les avait menées jusqu'ici. Mais quel que soit l'endroit
d'où elles venaient, ou la langue dans laquelle elles pensaient,
la peur dans leurs yeux était la même. Peur de ce qui allait
leur arriver, dont elles ne savaient presque rien, mais dont
elles avaient beaucoup trop entendu parler.

Partout sur elles, les mains de ces gardiens qui pouvaient
en une seconde se transformer en poings s'abattant sur elles,
mais qui pour l'instant préféraient palper et pincer. Comme si
elles avaient été des vaches partant à la traite. Elles n'allaient
jamais assez vite. Les yeux des gardiens brillaient d'inquiétude
tandis qu'ils surveillaient la ruelle sombre, si paisible d'habitude, où personne d'autre ne se serait aventuré à cette heure
et par ce sale temps.

Un escalier abrupt les conduisit dans une obscurité épaisse.
Derrière elles, elles entendirent la porte en métal par laquelle
elles étaient entrées claquer et des verrous tourner, des clés
et des cadenas cliqueter. Puis des néons alignés sous le plafond en béton les inondèrent d'une lumière brutale. Elles se
trouvaient dans un long couloir alambiqué flanqué des deux
côtés par des portes à claires-voies cadenassées à travers lesquelles on devinait des caves remplies de meubles fatigués et

de souvenirs mis au rebut. Puis on leur fit passer une autre porte métallique, grise et sale, comme les murs, et plusieurs lourdes tentures cramoisies.

Elles étaient maintenant à l'intérieur du bâtiment et de nouveau dans le noir, un noir moins impénétrable cette fois. Leurs yeux s'habituèrent peu à peu à la pénombre, et elles découvrirent une immense pièce avec des murs et un plafond peints en noir. De minuscules spots éclairaient des coins de canapés rouges disséminés autour d'une estrade – la fameuse scène dont toutes avaient entendu parler.

Les gardes leur firent traverser la pièce et les firent entrer par une porte dissimulée dans le mur noir, passer devant d'autres portes dans un nouveau corridor avec des néons au plafond jusqu'à une grande salle de bains aux murs carrelés avec des cabinets de toilette, des miroirs et des bidets. Là, on leur ordonna de faire leurs besoins une dernière fois et de nettoyer soigneusement tous leurs orifices.

Elle n'avait pas été loin de perdre une impossible course contre la montre, mais finalement, elle avait réussi à finir le ménage dans les temps. Dans certaines pièces privatives, elle s'était contentée d'un rapide coup d'aspirateur et dans l'une des grandes salles, elle avait simplement retourné les coussins et ramassé les préservatifs les plus visibles. Puis elle était retournée dans la réserve où elle venait tout juste de retirer sa blouse et de sortir son maquillage et ses vêtements de rechange du sac à dos quand elle avait entendu approcher les voix fortes des gardiens.

Elle était ressortie précipitamment de la réserve, son paquet de vêtements dans les bras, et avait traversé le corridor à la hâte pour arriver dans la salle de bains avant les autres et s'enfermer dans le dernier cabinet de toilette. Son cœur battait si vite qu'elle ne parvenait plus à distinguer un battement du suivant.

Mais aussitôt qu'elle eut enfilé sa robe et ses escarpins, et caché dans la citerne de la chasse d'eau la pochette contenant son maquillage, elle se sentit plus calme que jamais. Cette fois, il ne s'agissait pas d'un pêcheur parmi d'autres. Cette fois, elle allait punir celui qu'elle brûlait de tuer depuis l'instant où elle avait appris qui il était. Que Diego Arcas en personne soit l'un d'*eux* ne pouvait être que le signe que lui envoyait Dieu pour lui montrer qu'il serait à ses côtés jusqu'au bout.

Elle entendit la nouvelle livraison envahir la salle de bains. Aucune ne parlait, mais elle sentait leur peur. Elle attendit quelques instants avant d'ouvrir la porte et quitta le cabinet pour rejoindre les autres et calquer son comportement sur le leur – regard inquiet, pas incertain et dos courbé.

100

Fabian Risk ouvrit sa porte d'entrée qui depuis le cambriolage ne fermait plus à clé. Il entra dans le vestibule et retira son manteau. Le retour en voiture s'était bien passé bien qu'il soit encore saoul. C'était la première fois de sa vie qu'il conduisait en état d'ivresse mais il était trop fatigué pour s'en inquiéter. L'essentiel était d'être rentré chez lui sans encombre, même s'il se sentait comme une vieille serpillière au fond d'un seau de ménage et se demandait s'il arriverait jusqu'à sa chambre.

Il avait fini par convaincre Anders Rehnberg de quitter l'hôpital et de se laisser raccompagner dans sa villa d'Enskede. Une fois sur place, il avait proposé à Fabian de boire un whisky avec lui. Fabian avait tenté de décliner l'invitation, arguant qu'il était tard et qu'il devait reprendre le volant, mais Anders avait insisté sous prétexte qu'il lui devait bien ça.

Il s'était avéré qu'Anders était membre de l'association suédoise des buveurs de whisky et qu'il possédait une cave entièrement dédiée à sa collection qui, selon ses propres dires, était l'une des plus importantes du royaume. Bien entendu, ils ne s'étaient pas arrêtés au premier verre et la tension s'était relâchée entre eux à mesure que l'alcool liquéfiait leur sang.

Fabian n'avait donc eu d'autre choix que de laisser Anders continuer à remplir son verre et il l'avait patiemment écouté parler de tout et de n'importe quoi. De la maison qu'ils avaient achetée beaucoup trop cher et du chantier de rénovation qui n'en finissait pas. De son boulot d'instituteur à Skärholmen et de ses collègues qui le poussaient à devenir directeur de l'école alors que le pouvoir ne l'intéressait pas et qu'il préférait nettement être en prise avec la réalité et mettre les mains dans le cambouis.

Au bout de presque deux heures, Fabian avait posé son verre de whisky à moitié plein, il s'était levé et l'avait remercié de son hospitalité. *Assieds-toi,* lui avait rétorqué Anders avec un tel sérieux et un regard si autoritaire que Fabian avait obtempéré. Alors, avec des larmes dans les yeux, Anders s'était mis à parler de Malin. Combien il l'aimait. Qu'elle était la meilleure chose qui lui soit arrivé. Il lui avait raconté leur rencontre dans un bus, le 54 comme il s'appelait à l'époque. Malin avait renoncé à descendre à son arrêt parce qu'il tombait des cordes et ils étaient descendus tous les deux à Odenplan, en s'abritant sous son parapluie à lui, pour aller en pouffant de rire appeler leurs patrons respectifs d'une cabine et leur dire qu'ils étaient malades et ne viendraient pas travailler ce jour-là.

Puis il avait rempli le verre de Fabian qui n'était d'ailleurs pas vide et lui avait demandé s'il aimait encore Sonja. Il avait été sur le point de lui dire sans réfléchir qu'il l'aimait comme un fou et combien sa femme et lui étaient complémentaires bien qu'ils soient tellement différents. Mais la question l'avait désarçonné et les mots étaient restés coincés dans sa gorge.

Alors, il avait essayé d'exprimer honnêtement ce qu'il ressentait. Combien il aurait aimé pouvoir dire qu'il était toujours amoureux d'elle alors qu'en réalité, ses sentiments étaient en pleine confusion et que le doute embrumait sa pensée. Anders avait prêté l'oreille à ses tentatives maladroites, hochant la tête avec compréhension et on aurait presque dit qu'ils devenaient amis.

C'est dingue comme tu te prends la tête, avait fini par déclarer Anders en allant chercher une autre bouteille. Fabian commençait à prendre le rythme. *Soit on aime quelqu'un, soit on ne l'aime pas. Ce n'est pas plus compliqué que ça. La flamme peut diminuer, mais dans ce cas, il n'y a plus qu'à remonter ses manches et à se mettre au travail pour faire repartir le feu. Par contre, s'il est éteint, c'est foutu. Et là, il vaut mieux ne pas traîner, appeler l'avocat et en finir.*

Fabian avait beau savoir que son discours n'était qu'un galimatias d'ivrogne, il l'avait touché droit au cœur. L'idée que son couple avec Sonja n'était plus qu'un problème avec lequel il convenait d'en finir l'avait littéralement suffoqué. Il s'était brusquement levé et il était parti, malgré les protestations d'Anders.

Après une visite aux toilettes et deux Alka-Seltzer, il se dirigea vers la chambre. Il n'alluma pas de lampe mais, dans la lumière des réverbères entrant par la fenêtre, il vit que Niva dormait sur le lit, allongée sur le couvre-lit, toujours vêtue du peignoir qui en dévoilait juste assez.

Pourquoi n'était-elle pas rentrée chez elle ? Était-ce parce qu'elle avait travaillé tard ? Il se demanda s'il devait la laisser dormir ou appeler un taxi pour la faire ramener chez elle, mais ne réussit pas à prendre une décision. Et c'est alors qu'il s'imposa à lui. Ce sentiment dont parlait Anders. Le doute qui brouillait ses pensées commença enfin à se dissiper. Soudain tout devint clair et ce fut presque comme s'il voyait la petite flamme à l'œil nu. Elle couvait faiblement, à la limite de s'éteindre. Mais elle brûlait encore.

Fort de l'idée que c'était tout ce qui comptait, il s'allongea tout habillé à côté de Niva, aussi doucement que possible pour ne pas la réveiller. Son souffle lent et régulier ne tarda pas à le détendre et à chaque nouvelle respiration de sa jeune collègue, il sombra plus profondément dans le sommeil. Et juste avant d'entrer au pays des songes, il sut précisément comment Sonja et lui allaient empêcher la flamme de s'éteindre complètement. Comment ils allaient enfin se retrouver et pouvoir à nouveau rester dans la même pièce sans éprouver le besoin de s'enfuir.

Dès que cette enquête serait terminée, il lui parlerait de son idée. Le projet était pour le moins radical, il nécessiterait des efforts de la part de toute la famille et amènerait d'importants changements. En particulier pour Matilda et Theodor qui ne manqueraient pas de s'insurger. Ils seraient contraints de changer d'école et de se faire de nouveaux amis. Mais s'ils comprenaient que c'était le prix à payer, ils feraient la part des choses, songea Fabian en s'endormant avec la conviction qu'il y avait une solution à tout.

101

Elle retira sa culotte, se dirigea vers un bidet libre et commença à se laver. Soigneusement et partout, ainsi qu'on l'ordonnait à chaque nouvel arrivage. Ni le grand costaud ni aucun des autres ne la reconnurent et personne ne s'aperçut qu'il y avait une fille de trop.

Comme les fois précédentes, il fallut qu'il y en ait une pour faire des histoires. Ce soir-là, ce fut une Polonaise blonde qui craqua juste à côté d'elle et refusa de se laver. Elle ne devait pas avoir plus de vingt ans, et manifestement, elle n'avait pas encore compris la gravité de la situation.

« *I want you to leave before I do anything*, dit-elle, pleurant et crachant sur les gardiens.

– *You just want one thing*, dit l'un des gardiens en s'approchant. *Only one thing. Do you know what it is ?* » La femme lui lança un regard plein de défi. « *Do as you're fucking told !* » aboya-t-il en lui administrant une gifle magistrale avec le dos de la main. « *Understood ?* » Comme il n'obtenait pas de réponse, il la frappa de nouveau, avec le poing cette fois et de toutes ses forces.

Le coup fut d'une telle violence qu'on aurait cru que sa tête allait se détacher de son cou fragile. La jeune femme tomba évanouie sur le carrelage.

Le gardien se massa la main et jeta un regard circulaire aux autres pour s'assurer qu'il avait toute leur attention. Puis il ouvrit sa braguette et vida sa vessie sur la femme. « *I want everyone to look really carefully now, because this is what will happen when you don't do as you're told.* »

Elles regardèrent la femme sans connaissance affalée sur le sol, tétanisées.

« *Okay, let's finish up !* » Il remonta sa braguette et se lava les mains.

Hormis la Polonaise qui ne s'était pas réveillée, toutes sortirent de la salle de bains et reprirent le corridor jusqu'à la grande salle avec les canapés rouges. Une musique entraînante sortait à présent de haut-parleurs invisibles. On les mit en rang, tournées vers la scène, et il y eut un moment de confusion parce que chacune essayait de se placer le plus loin possible en arrière dans la file.

Sauf elle qui souhaitait au contraire être devant.

« *Okay, you there. Up on the stage. Yes, I'm talking to you, bitch* », ordonna un gardien avec un signe de tête.

Elle obéit et alla se placer au milieu de la scène sous des spots puissants qui l'éblouirent.

« *Turn around* », dit soudain une voix venant d'un point qui se trouvait à l'extérieur de cet océan de lumière. Elle fit lentement un tour sur elle-même.

« *Stop.* »

Elle s'arrêta, dos à la voix.

« *Bend over. Slowly.* »

Elle plia le haut du corps en veillant à tendre sa croupe et à garder le dos et les jambes aussi droits que possible. Elle l'entendit monter sur scène et sentit qu'il venait se coller à elle.

Aucune des filles n'avait prononcé un seul mot depuis leur arrivée, mais à cet instant le silence devint si palpable qu'il n'était même plus certain qu'elles respirent encore. Elle sentit sa main se poser à l'intérieur de sa cuisse et remonter vers son entrejambe.

« *Mm… You shaved. I like that.* » Il inséra son doigt en elle et, faisant mine d'être excitée, elle poussa un gémissement de plaisir.

« *So you like it ?*

– *Mm, yes…*, dit-elle dans un murmure de gorge.

– *Want some more ?*

– *Oh yes, please…*

– *Take off your clothes.* »

Elle se redressa et fit tomber la robe à ses pieds avec un petit pas de côté pour s'écarter du vêtement, pendant que Diego Arcas tournait autour d'elle en l'observant et en reniflant ses doigts. Puis il s'arrêta, tendit la main et lui palpa un sein.

« *Are they real ?* »

Elle acquiesça.

« *How old are you ?*

– *Never ask a woman her age.* »

La réaction survint aussitôt sous forme d'une gifle qui continua à lui chauffer la joue pendant plusieurs minutes.
« *You're not a woman. You're property. My property ! Never forget that.* »

Elle hocha la tête et laissa la douleur lui rappeler de ne pas se relâcher et de ne pas crier victoire trop tôt. La partie n'était pas encore terminée.

« *On your knees and open my pants.* »

Elle se mit à genoux, ouvrit la braguette de Diego Arcas et en sortit sa verge à moitié raide.

« *Do you like it ?* »

Elle acquiesça et se força à sourire.

« *I said, do you like it ?* »

Elle prit son sexe dans sa bouche et sentit le sang affluer dans les vaisseaux.

« *That's better.* »

Elle se mit à le besogner d'avant en arrière, l'enfonçant aussi loin dans sa gorge qu'elle pouvait, tout en lui caressant les testicules.

« *Now, everyone of you bitches watch and learn. This is how you give a good blow job.* » Il lui saisit les cheveux et ses coups de boutoir devinrent plus violents et plus profonds, l'obligeant à lutter contre l'envie de vomir.

Son va-et-vient s'accéléra et elle sentit ses bourses remonter. Pour l'aider à se finir, elle enfonça prudemment le majeur dans son anus pour masser son point G. Trente secondes plus tard, c'était fini. Elle prit la première giclée dans sa bouche. Quand la deuxième arriva, elle s'était déjà relevée. Arcas avait les yeux fermés, tout à sa jouissance, et il mit quelques secondes à les rouvrir et à la regarder.

« *Who the fuck told you to stand up ?* »

En accomplissant le geste qu'elle s'était si souvent entraînée à faire devant la glace, elle répondit : « *No one.* »

Elle visa juste du premier coup, sentit son index et son majeur s'enfoncer profondément dans l'orbite et se replier derrière le globe oculaire. Aussitôt qu'elle sentit le nerf optique entre ses doigts, elle tira de toutes ses forces, se baissa pour ramasser sa robe et quitta la scène.

102

Fabian n'avait pas le souvenir de s'être déshabillé. Et pourtant, il était couché sur le dos, nu, en train de contempler le paon de dix centimètres de hauteur qui venait de le réveiller en atterrissant sur sa poitrine. Les huit griffes de l'oiseau s'enfonçaient dans sa peau comme autant de petites aiguilles et il aurait voulu le chasser, mais il avait si peur de sa réaction qu'il se contentait de bouger le moins possible et de le regarder descendre le long de son ventre vers son sexe nu.

Et soudain c'était Niva qui était là, le peignoir de Sonja tombant sur ses épaules, en train de le chevaucher avec tant d'entrain que ses seins claquaient sur son torse. Elle devait avoir commencé depuis un certain temps parce qu'elle semblait proche de l'orgasme. Le paon sauta par terre et sortit de la chambre. Il se dit qu'il n'avait qu'à l'imiter, suivre l'oiseau pour revenir au commencement et tout effacer.

Ce n'était pas ce qu'il voulait. Ce n'était pas du tout ce qu'il avait imaginé. Il venait justement de se décider. Il avait un plan. Et pourtant, il ne pouvait pas s'empêcher de jouir de ce que Niva était en train de faire. Et elle jouissait de lui. De l'avoir à l'intérieur de son ventre. Il le voyait dans son regard. Ce sentiment d'avoir gagné. Enfin elle avait eu ce qu'elle voulait depuis si longtemps. Tous ses efforts avaient fini par porter leurs fruits. La sueur dégoulinait sur elle. Elle se formait sur son front, coulait le long de son cou, poursuivait son chemin sur ses seins à la pointe desquels elle cédait à la loi de la gravitation et tombait sur lui. Elle passait la main dans ses cheveux et se cambrait en accélérant le rythme.

Il sentait qu'elle était proche, maintenant. Très proche.

Il répondit à ses impulsions par des impulsions contraires jusqu'à ce qu'elle se jette en avant puis de nouveau en arrière en gémissant de plaisir. Il n'était pas loin non plus. Et peu importe s'il l'avait voulu. Ni s'il risquait de le regretter pour le restant de ses jours. Plus rien n'avait d'importance, et rien n'aurait pu l'arrêter maintenant.

Sauf que ce fut Niva qui sans prévenir s'arrêta, se détacha de lui, tandis que la frustration de ne pas être allé au bout et d'attendre la suite pulsait dans son sexe à lui faire mal. Il se dit qu'elle voulait peut-être se mettre en levrette ou se coucher sur le dos mais au lieu de ça elle vint s'asseoir sur sa tête et lui frotta sa vulve sur le visage. Il lécha et suça tant qu'il put, goûta ses sucs et joua de la langue sur tout ce qu'il trouvait à sa portée.

Elle recommença à gémir et il donna le meilleur de lui-même pour lui permettre d'atteindre à nouveau l'orgasme. Elle pesait de tout son poids sur sa figure et il avait du mal à respirer. Il essaya de se dégager, pour ne pas étouffer. Mais elle avait trop de force dans les jambes et retenait sa tête dans l'étau de ses cuisses pendant que le reste de son corps ondoyait sous l'assaut d'une nouvelle vague d'extase.

103

Tout le monde hurlait de concert. Les filles et les gardiens. Ce qui était exactement ce qu'elle voulait. Elle avait espéré le chaos et prévu la panique. Tout comme elle avait calculé que certains gardiens seraient plus réactifs que d'autres pour se lancer à sa poursuite. Seul le cri déchirant de Diego Arcas la surprit. Pour une raison ou pour une autre, elle s'était imaginé qu'il prendrait la chose comme un homme.

Elle réussit à mettre un certain nombre de mètres entre elle et la scène, et entendit que deux gardes l'avaient prise en chasse. Elle luttait contre l'instinct de regarder par-dessus son épaule. Ce n'était pas le moment d'hésiter. Elle devait employer toute son énergie à courir le plus vite possible. Pour s'être entraînée un nombre incalculable de fois, elle savait que c'était la vitesse qui lui permettrait de franchir au mieux les obstacles des canapés, une trajectoire qui divisait par deux le nombre de secondes qu'il lui fallait pour atteindre la cabine de surveillance.

Au départ, elle pensait qu'elle n'arriverait pas à courir assez vite sur ses hauts talons. Mais en mettant le poids sur l'avant du pied, elle s'aperçut qu'ils ne posaient pas problème. Elle passa le premier canapé comme s'il n'avait pas été là. Même chose pour le deuxième. Les gardiens étaient déjà loin derrière. Quatre foulées plus tard, elle avait franchi le troisième canapé et il ne lui restait qu'une dizaine de mètres à parcourir pour arriver à la porte.

Sentant avec jubilation que l'adrénaline lui avait permis de battre son propre record d'au moins trois secondes, elle ouvrit la porte et la verrouilla derrière elle. Bien que les gardiens soient sur ses talons, elle s'autorisa à souffler un instant et à examiner l'œil sanguinolent qu'elle avait dans la main. La dernière pièce du puzzle pour qu'enfin son bien-aimé soit à nouveau entier.

Ils commencèrent par secouer la poignée puis donnèrent des coups de pied dans la porte avant de farfouiller dans leurs trousseaux de clés. Sur les moniteurs de surveillance alignés au-dessus de la console, elle put voir qu'ils étaient quatre. Dans peu de temps, ils auraient trouvé la bonne clé et essaieraient de l'insérer dans la serrure. Ils ne tarderaient pas à s'apercevoir que cela ne fonctionnait pas, à cause de celle qu'elle avait laissée à l'intérieur. Alors ils utiliseraient leurs armes.

Elle avait caché le tube en plastique derrière les classeurs sur la bibliothèque. Elle dévissa le bouchon et fit tomber l'œil à l'intérieur. Puis elle reboucha le tube et l'inséra dans son vagin. Ensuite elle enleva le sang sur ses mains avec des lingettes, enfila sa robe et tira sur le fil de pêche quasi invisible, lui-même attaché à une corde à nœuds.

Elle commençait à grimper à la corde quand ils tirèrent les premiers coups de feu dans la serrure. Elle était légère et souple et n'avait jamais eu autant de force dans les bras. Elle n'eut donc aucune difficulté à se hisser en haut de la corde. Mais c'est là que cela devenait compliqué. Pour pouvoir refermer la trappe derrière elle, il fallait qu'elle entre dans la gaine de ventilation, les pieds en premier et la tête en bas.

Elle y était arrivée à chacune de ses précédentes tentatives. Mais lors de ces entraînements, elle n'avait ni les mains humides de transpiration, ni la pression de savoir que, d'un instant à l'autre, ses poursuivants allaient forcer la porte. Elle réussit cependant. Elle remonta la corde, referma la grille et entreprit de ramper en marche arrière dans l'étroit conduit.

Moins d'une minute plus tard, elle entendit qu'ils étaient entrés dans la salle de contrôle et gueulaient qu'elle ne pouvait pas s'être volatilisée. Quelques secondes plus tard, ils criblaient le conduit de ventilation de balles.

La gaine agissant comme une caisse de résonance, le bruit était assourdissant et, bien qu'elle se trouve déjà au-dessus du corridor et à une distance raisonnable, elle dut se boucher les oreilles. Encore quelques mètres et le conduit allait se diviser en deux parties, qui elles-mêmes se sépareraient à nouveau en deux un peu plus loin, et il deviendrait très difficile pour eux de deviner où elle se trouvait. Le plus probable était qu'ils iraient chacun dans une direction et tireraient dans la gaine au petit bonheur la chance.

Mais elle n'était pas inquiète. Très vite, ils auraient d'autres chats à fouetter car d'un moment à l'autre, ils allaient avoir une grosse surprise. Une de plus. Elle ne maîtrisait évidemment pas cette partie du scénario, et si elle avait eu le choix, elle aurait préféré se passer de leur aide, sachant que cette nuit était la seule où elle pouvait espérer approcher Arcas d'assez près pour agir.

Comme elle s'y attendait, les coups de feu s'interrompirent et après quelques secondes d'un silence total, un concert de cris résonna de toutes parts. Un vent de panique s'empara de tout le monde en dessous d'elle, comme s'ils étaient brusquement face à un tsunami. Le corridor se remplit de gens courant vers la sortie, mais ce n'était plus après elle qu'ils couraient. À présent, c'était eux qui étaient le gibier. Elle continua sa reptation en marche arrière en direction de la grande salle et quand elle fut arrivée là, elle put voir les policiers à travers la grille de ventilation.

Ils étaient partout, protégés par des gilets pare-balles et l'arme au poing. Il y en avait même qui descendaient d'un puits de jour dans le plafond. À première vue, elle en compta au moins une dizaine en train de s'évertuer à prendre le contrôle de la situation, lançant des ordres en anglais, demandant à tout le monde de se coucher à plat ventre, bras et jambes écartés.

Quelques-unes des filles s'allongèrent sans rechigner. D'autres tentèrent de s'enfuir, mais furent rapidement maîtrisées et mises à plat ventre par terre. Quatre gardes étaient déjà au sol, les mains menottées dans le dos et deux policiers étaient en route vers la scène, où Diego Arcas se trouvait encore, au milieu d'une mare de sang, le visage entre les mains.

Elle continua à ramper le plus silencieusement possible dans l'étroite gaine de ventilation, s'éloignant des voix de plus en plus excitées des policiers, à mesure qu'ils réalisaient ce qui s'était passé.

Deux embranchements plus loin, elle sentit les parois du conduit se refroidir et lorsqu'elle arriva à un point où il commença à monter légèrement sur une distance de plusieurs mètres avant de reprendre sa trajectoire horizontale, elle sut qu'elle n'était plus très loin. Il faisait plusieurs degrés en dessous de zéro et elle dut accélérer l'allure afin que ses mains humides ne collent pas au métal glacé. Elle faisait plus de bruit en se déplaçant, mais c'était malheureusement inévitable. Ils étaient sûrement tous occupés ailleurs, de toute façon.

Quelques mètres plus loin, ses escarpins vinrent buter contre la grille d'extraction et, après un coup de pied énergique, elle put sortir dans la cour. C'était bientôt terminé. Sa mission s'était déroulée selon son plan et la police avait fait son entrée exactement au moment où elle l'avait prévu. Elle s'attendait à ce que le détecteur de présence déclenche l'éclairage extérieur qui permettait aux gens d'y voir pour accéder aux poubelles au moment où elle sortirait et remettrait la grille en place, mais ce ne fut pas le cas.

Parce que la cour était déjà baignée de lumière.

Elle mit une seconde à réaliser que ce n'était pas une bonne nouvelle.

« *Well, well, look what we've got here...* », dit une voix d'homme derrière elle.

Les mains en l'air, elle se retourna vers le policier de la brigade d'intervention qui avançait vers elle, son arme pointée dans une main et une paire de menottes dans l'autre.

104

Fabian ne savait pas s'il dormait ou s'il était éveillé. Si les images qu'il avait dans la tête n'étaient qu'un rêve tordu ou les souvenirs d'un moment qui avait réellement eu lieu. Il se demandait comment il aurait pu imaginer des détails aussi croustillants, et sans la présence de ce paon de dix centimètres de haut se promenant sur son ventre, il aurait eu tendance à y croire. Depuis quelque temps, cet oiseau s'obstinait à apparaître dans ses rêves.

Il ne voulait pas que ce soit vraiment arrivé. Il avait vu la flamme, il en était sûr. Et il avait élaboré un plan pour remettre son couple sur le bon cap.

Il n'avait pas encore osé ouvrir les yeux. Se faire croire qu'il dormait encore atténuait son inquiétude, bien qu'il ait conscience à présent d'être parfaitement réveillé. En ouvrant les yeux, il risquait de prendre la vérité en pleine figure. Finalement, ce fut la sonnerie de son mobile qui en décida.

« *Qu'est-ce que tu fous ?* lui demanda Tomas Persson.

– Pourquoi, il est arrivé quelque chose ? » Fabian se redressa dans son lit.

« *Tu me demandes s'il est arrivé quelque chose ? Allô, la Lune, ici la Terre ! Diego Arcas, ça te dit quelque chose ?* »

Oh merde, songea Fabian en constatant avec soulagement que Niva n'était pas là. En admettant qu'elle l'ait été. Ah si, ça c'était indiscutable. Il était également certain d'avoir été nu à un moment donné, alors qu'il s'était couché tout habillé. Et maintenant, il avait de nouveau ses vêtements. C'était à n'y rien comprendre.

« *Höglund et Carlén sont fous de rage et ils ont fermement l'intention de porter plainte contre toi,* poursuivit Tomas.

– Porter plainte pour quoi ? » Fabian sentait la gueule de bois arriver et entreprit de s'extraire de son lit.

« *Pour panne d'oreiller. Je n'en sais rien, moi. Le truc c'est que c'était déjà un bordel incroyable là-dedans avant même que le groupe d'intervention débarque dans le club. Les mecs entrent et ils trouvent Arcas au milieu de la scène en train de se vider de son sang, tu le crois, ça ?* »

En chemin vers sa salle de bains, tout en regardant autour de lui pour voir s'il apercevait Niva quelque part, Fabian essayait péniblement de donner un sens au flot de mots qui se déversait du téléphone.

« *Alors là, c'est le moment où tu me demandes pourquoi Arcas se vidait de son sang.*

– Je n'ai pas le temps, excuse-moi, Tomas. » Fabian entra dans la salle de bains et s'aspergea le visage d'eau froide.

« *Pff, tu sais que t'es pas marrant, hein. Bref, comme ni Jarmo ni moi n'étions à l'intérieur pour voir ce qui s'était passé, on a appelé l'institut Karolinska, où il a été admis.*

– Et alors, qu'est-ce qu'ils t'ont dit ?

– *Il lui manque un œil.*

– Hein, quoi ? Comment ça, il lui manque un œil ? » Fabian s'essuya la figure avec une serviette éponge.

« *J'en sais rien, moi, quelqu'un a dû lui arracher. Et je ne serais pas surpris que ce soit l'une des…*

– Filles.

– *Ah ça y est. Tu es réveillé !*

– Tu sais s'ils les ont toutes arrêtées ?

– Aucune idée. Mais je peux te dire qu'autour de moi en ce moment, il y a des gonzesses partout.

– Où ça, à la Crim' ?

– Ouaip. Des flics en uniformes empruntés à d'autres services les interrogent en ce moment, avec des interprètes. La plupart ne parlent même pas...

– Alors écoute-moi bien, Tomas, parce que c'est très important », le coupa Fabian en se passant du déo sous les aisselles sans retirer sa chemise. « Vous vous assurez, Jarmo et toi, qu'elles soient toutes menottées. Je ne veux pas qu'il y en ait une seule qui s'en aille, tu m'entends ? Pas une seule. » Il sortit précipitamment de la salle de bains et vit Sonja qui rentrait dans l'appartement au même instant.

« On n'arrivera jamais à obtenir ça ! Höglund est déjà dans le rouge, il ne nous laissera pas...

– Ne t'inquiète pas, je m'occupe de Höglund. Tomas, il faut que je raccroche.

– Mais...

– Contente-toi de faire ce que je t'ai dit ! » Fabian raccrocha, s'efforça de se calmer et s'approcha de Sonja, sans savoir s'il devait l'embrasser.

« Salut.

– Et alors ? Je n'ai pas droit à un câlin ?

– Bien sûr que si, chérie. Mais je ne savais pas si... » Il se tut et la serra dans ses bras. « Écoute, je suis sur une affaire et en fait, je dois repartir.

– Je comprends, tout va bien, répondit-elle en hochant la tête. Je suis simplement venue chercher quelques vêtements et acheter les derniers cadeaux de Noël. On se voit ce soir, n'est-ce pas ? »

Fabian la regarda sans répondre. Il aurait aimé pouvoir acquiescer et lui promettre qu'il viendrait fêter Noël avec eux comme c'était prévu. Et peut-être que, pour une fois, le hasard voudrait que les choses tournent à son avantage. Peut-être qu'Aisha Shahin serait déjà sous les verrous et qu'il n'aurait plus qu'à apporter à Edelman les preuves qu'ils avaient réunies pour lui faire admettre qu'il n'avait pas d'autre choix que de rouvrir l'enquête, mais il avait déjà fait beaucoup trop de promesses qu'il n'avait pas pu tenir.

« D'accord.

– Sonja...

– C'est bon, Fabian. Je comprends que tu sois au milieu d'une affaire dont tu ne peux pas parler, mais sache qu'on serait très contents si tu pouvais venir passer le réveillon avec nous.

– Rien ne me ferait plus plaisir, mais...

– Quant à ce que je t'ai dit dimanche. J'y ai beaucoup réfléchi, et... » Elle détourna les yeux.

Voilà, se dit Fabian. Elle a trouvé la force de m'annoncer qu'elle veut rompre. Et elle avait sans doute raison. C'était probablement ce qu'ils avaient de mieux à faire. Le rêve de cette nuit, qui n'était peut-être pas un rêve, pouvait aussi signifier que la flamme était éteinte. Que leur relation était terminée et qu'il fallait l'enterrer avant que le processus de putréfaction soit trop avancé.

« Si toi tu veux, je veux bien aussi. » Elle tourna de nouveau la tête vers lui pour le regarder dans les yeux.

Fabian sentit qu'il retrouvait un peu d'énergie. Il voulut dire quelque chose.

« Attends, je n'ai pas fini. Quand tout ceci sera terminé. Quand tu ne seras plus occupé avec ce que tu es en train de faire en ce moment, je voudrais qu'on reparte de zéro. Vraiment de zéro. »

Fabian se pencha vers elle et l'embrassa. Pour la première fois depuis très longtemps, il sentit qu'elle répondait à son baiser. Il sentit qu'elle était prête à leur donner une dernière chance. Mais soudain ses lèvres se durcirent et sa langue se rétracta.

« Arrêtez, vous allez me rendre envieuse. »

Fabian se retourna et vit Niva qui arrivait du séjour, habillée.

« Vous devez être Sonja. Niva Ekenhielm. » Elle lui tendit la main.

« Je sais qui vous êtes, répliqua Sonja, sans prendre la main tendue. En revanche, j'aimerais bien savoir ce que vous faites ici ?

– Elle m'aide sur une enquête et nous travaillons jour et nuit, expliqua Fabian en se demandant s'il devait poursuivre.

– Excusez-moi, je ne voulais pas vous déranger. » Niva se tourna vers Fabian. « Tomas m'a appelée pour me raconter ce qui s'était passé et il m'a fait part de ta théorie. Je voulais juste te dire que ça colle. Diego Arcas avait une importante zone cicatricielle sur la cornée de l'œil gauche au milieu du champ visuel. Il a attendu de longues années sur une liste d'attente avant de renoncer à obtenir une greffe. »

Fabian hocha brièvement la tête, essayant de faire comprendre à Niva que cela allait devoir attendre.

« Ce qui correspondrait, puisque Semira Ackerman, elle, avait un problème avec son œil droit », continua Niva, imperturbable, en lui tendant une photocopie.

« Bon, eh bien… je vais y aller, dit Sonja en faisant mine de partir.

– Attends un peu ! Tu voulais prendre des vêtements, la retint Fabian. Tu ne veux pas que je te fasse un café ou quelque chose ? »

Sonja les regarda tous les deux à tour de rôle, ses lèvres se pincèrent et elle quitta l'appartement.

« Oh, merde, elle n'est pas fâchée, au moins ? » dit Niva.

Fabian la regarda longuement dans les yeux pour essayer de comprendre ce qui se passait dans sa tête. Pour lire dans son regard s'il s'était réellement passé quelque chose entre eux, cette nuit. S'il devait tirer une conclusion de son sourire énigmatique. Si elle était simplement en train de jouer avec lui. Peut-être ce sourire était-il tout bonnement l'expression de sa jubilation de le voir si avide d'obtenir une réponse. Mais tant pis. Il n'allait pas s'abaisser encore plus en posant la question.

Il préférait encore ne pas savoir.

105

Jusqu'à maintenant, tout était allé dans son sens. Hormis quelques contrariétés minimes qui avaient toutes fini par s'arranger, il n'y avait plus que la voiture du ministre de la Justice qui n'avait pas rempli son rôle. Bon. La police danoise l'avait retrouvée au fond du port de Helsingör, c'était déjà ça, mais pour une raison ou pour une autre, les deux pays n'avaient pas encore fait le lien. Mais ils allaient bien finir par comprendre et par communiquer entre eux. Alors ils découvriraient ce qui se cachait sous toute cette histoire et d'ici là, Gidon Hass ne serait plus qu'un souvenir.

Certes, dans un monde idéal, elle serait déjà assise dans un taxi en route vers Arlanda, avec à côté d'elle le sac étanche contenant tous les morceaux volés d'Efraim rangés sur leur lit de glace.

Elle avait même espéré avoir le temps de fêter son succès avec une coupe de champagne, après avoir enregistré ses bagages et passé les contrôles de sécurité. Elle n'avait jamais bu de champagne et n'était même pas sûre d'en apprécier le goût. Mais elle avait atteint la ligne d'arrivée, et sa réussite méritait d'être célébrée, même si ça devait être son dernier verre.

Mais pour l'instant, elle était menottée à une chaise dans les bureaux de la police criminelle.

Cela pouvait être considéré comme un ennuyeux contre-temps, mais elle ne se faisait pas de souci. Elle ne pensait pas que la police l'arrêterait également mais en revanche, elle avait déjà prévu comment elle réagirait dans une situation de ce genre. Un plan dont elle se serait bien passée, mais qu'à présent, elle était obligée de mettre en œuvre.

Le policier qui l'avait arrêtée dans la cour avait gobé son histoire toute crue. Elle lui avait raconté qu'elle s'était éloignée du groupe des filles et avait réussi à se cacher dans le conduit de ventilation. L'homme l'avait rassurée et lui avait promis qu'elle n'avait plus rien à craindre. Puis il l'avait embarquée dans le minibus où elle s'était à nouveau mêlée aux autres filles.

À présent on la considérait comme une victime parmi les autres et le policier qui l'interrogeait, un type mal rasé qui sentait le moisi, n'avait pas l'air d'avoir inventé l'eau tiède. Elle lui avait donné les réponses qu'il attendait et il les avait consciencieusement transcrites sur son bloc avec son écriture en pattes de mouche.

Mais ce n'était pas la même histoire avec ce Fabian Risk qui avait réussi à la surprendre plus d'une fois. C'était l'un de ses coéquipiers qui avait subitement débarqué de nulle part et lui avait passé une menotte au poignet avant d'attacher l'autre à la chaise sur laquelle elle était assise. Il ne l'avait pas reconnue. D'ailleurs, personne ici ne l'avait reconnue, alors que depuis un an elle venait régulièrement récurer les couloirs, dépoussiérer les bureaux et vider les corbeilles à papier. Mais bientôt, Risk arriverait en personne et il ne serait pas aussi facile à mener en bateau.

Malgré tout, elle était contente de l'avoir épargné et d'avoir quitté l'appartement dans l'immeuble en voie de démolition avant qu'il y entre. Elle était sûre que ce seraient lui et cette femme policier danoise qui feraient le lien, peut-être pas tout de suite, mais dès qu'ils auraient ouvert son ordinateur. Elle se demanda si elle devrait être plus inquiète qu'elle ne l'était. À vrai dire, le plan B qu'elle avait prévu était particulièrement tiré par les cheveux et il péchait sur pas mal de points.

Mais c'était comme si cela n'avait plus vraiment d'importance. Comme si elle avait déjà lu la fin du roman en douce et savait comment il allait se terminer. Cela pouvait paraître incohérent pour quelqu'un comme elle qui avait pour habitude de ne rien laisser au hasard. Mais elle se sentait complètement détendue et était persuadée que Dieu, qui avait été de son côté depuis le début, ne la lâcherait pas sur la dernière ligne droite. Elle se reposa contre le dossier de sa chaise et ferma les yeux.

Elle était tout près du but.

Plus près qu'elle n'avait jamais rêvé de l'être.

106

Chaque année, le dernier jour avant les vacances de Noël, Herman et les autres huiles de l'hôtel de police se réunissaient pour un déjeuner aussi précoce qu'interminable. Cette tradition était si bien ancrée que même une grosse opération telle que celle menée contre Diego Arcas n'aurait pas pu la compromettre.

Fabian manquait de temps. S'il s'avérait qu'Aisha Shahin était parmi les filles ramassées au Black Cat, c'était une opportunité qu'ils ne devaient en aucun cas laisser leur échapper. Mais avant de pouvoir procéder à une arrestation en bonne et due forme, avec interrogatoire et inculpation, il avait besoin du feu vert d'Edelman. Ce qui signifiait qu'il allait devoir annoncer la couleur et jouer cartes sur table, ce qu'il aurait aimé éviter. Mais il ne pouvait pas faire autrement. Sans l'accord du commissaire Edelman, ils n'avaient pas d'autre choix que de la relâcher.

Après avoir traversé Stadhusbron, il fit un rapide demi-tour, coupant la circulation qui roulait en sens inverse. Puis, traitant par le mépris la congère amassée au bord de la piste cyclable, il alla se garer sur le large trottoir devant l'hôtel de ville. L'entrée du restaurant se trouvait dans un angle, du côté orienté à l'est, et bien que la nuit ne soit pas encore tombée, des bougies Marschalle brûlaient déjà devant la porte pour accueillir les clients.

Il les trouva dans un salon individuel sous l'une des arcades de pierre et, à en juger par le niveau sonore, ils avaient déjà pas mal éclusé. Il y avait le directeur de la police Bertil Crimson, le procureur général Jan Bringåker et même Anders Furhage, des services secrets. À côté de lui était assise Eva Gyllendal, commissaire divisionnaire de la police de Stockholm. Cette année leur petit comité s'était en outre élargi de la présence de la chef de cabinet du ministère de la Justice en personne, Ingrid Brantén. Comme par hasard, elle était assise aux côtés de Herman Edelman, et Fabian en déduisit que ces deux-là devaient avoir été régulièrement en contact, ces derniers temps.

« Fabian ! s'exclama Edelman en le voyant, je te croyais chez toi en train de fabriquer des biscuits à la cannelle pour Noël !

– Bientôt. Il faut d'abord qu'on parle un peu, tous les deux.

– Comme tu vois, je suis occupé. Est-ce que ça peut attendre ?

– Malheureusement, non. Mais si tu n'as pas le courage de te lever, on peut parler ici, si tu veux. »

Fabian attendit que l'un des autres convives lui demande de quoi il s'agissait, mais aucun n'ouvrit la bouche.

Finalement, ce fut Edelman lui-même qui rompit le silence, non sans pousser un soupir démonstratif.

« Vous allez apparemment devoir vous passer de moi un petit instant. Je vous promets de ne pas être long. » Il leva son verre de schnaps, le vida et se leva.

Ils se dirigèrent vers une table libre un peu plus loin et, avant qu'ils aient eu le temps de s'asseoir, le volume sonore à l'autre table était déjà revenu au niveau où il était quand Fabian était entré.

« Alors, de quoi s'agit-il ? s'enquit le patron sur un ton qui indiquait clairement qu'il n'avait pas de temps à perdre avec des futilités.

– Il y a de fortes chances pour que nous n'ayons pas arrêté le bon criminel et j'ai besoin de ton accord pour...

– Excuse-moi, mais je croyais qu'on en avait fini avec cette histoire.

– Toi peut-être, mais pas nous.

– Il me semble que c'est à moi d'en décider, non ?

– Écoute, Herman, je suis au courant de ce que Carl-Eric Grimås a fait, et je sais aussi que c'est toi qui l'y as aidé en le mettant en contact avec l'ambassade d'Israël et avec Gidon Hass.

– Grimås n'a rien fait de répréhensible.

– Ah bon ? Et aller s'acheter illégalement un nouveau foie sur le marché noir, tu appelles ça comment ?

– D'une part, cela n'avait rien d'illégal en Israël en ce temps-là et d'autre part, je ne vois pas le mal qu'il y a à vouloir vivre ! Qui ne le voudrait pas ? Qui ne se battrait pas pour une dernière goulée d'air et pour s'accrocher à son rêve d'immortalité ? » Edelman fit signe au serveur qui s'en allait vers la table avec un plateau de verres de schnaps et en préleva deux. « C'est facile pour toi de faire la fine bouche. Tu es à peine à la moitié de ton existence, et même si tu sais que nous sommes ici en sursis et qu'un beau jour ce sera terminé, tu vis ta vie comme si elle devait durer éternellement. Mais quand on arrive à mon âge, je t'assure qu'on raisonne très différemment. Certains sont simplement plus désespérés que d'autres. Personnellement, je ne me permettrais pas de leur jeter la pierre, pas avant que je sois moi-même face à ce genre de dilemme.

– Si tu trouves tout cela si anodin, pourquoi est-ce que tu t'es donné autant de mal pour le cacher ? »

Pendant quelques secondes, Edelman resta étrangement figé et tout à coup, il éclata de rire. « Jeune Padawan. *Taught you well I have.* » Il poussa l'un des verres de schnaps vers Fabian et leva le deuxième. « À ta santé. »

Fabian prit le verre, trinqua avec lui – cette fois il ne commettrait pas l'erreur de refuser – et il le vida d'un trait. Vu la façon dont la conversation évoluait, il lui fallait rassembler des forces par tous les moyens.

« Tu sais quoi ? C'est drôle. Quand je te regarde, c'est comme si je me voyais dans une glace à travers un filtre temporel. À part la barbe et le ventre, que j'avais déjà à ton âge, il n'y a aucune différence. À ton âge, moi aussi j'étais convaincu que toute affaire méritait d'être élucidée. Je ne me préoccupais ni des conséquences que cela aurait, ni des ressources qu'il faudrait employer. Pour moi, seule la vérité comptait, quel qu'en fût le prix. Je n'ai appris que beaucoup plus tard à quel point je faisais erreur. Que ce qu'on appelle la vérité est en réalité une chimère, et il était déjà trop tard quand j'ai compris que mon éternelle quête de cette vérité m'avait coûté tout ce à quoi je tenais. Pour toi, il n'est pas encore trop tard. Alors écoute mon conseil.

– Tu as toujours su que Kremph était innocent. Qu'il y avait un autre coupable, ailleurs, et qu'il était loin d'en avoir terminé. Et malgré cela, tu as contribué à laisser l'investigation partir sur une fausse piste, pour te protéger et dissimuler ton implication dans l'affaire. Si tu ne l'avais pas fait, nous aurions peut-être pu sauver Adam Fischer et Semira Ackerman. Et tu voudrais que j'écoute tes conseils. Tu me dégoûtes.

– Vas-y, Fabian, lâche-toi si cela te fait du bien, mais sache que ça n'a aucune importance. Le criminel a été arrêté et il est mort. L'enquête est terminée et c'est bientôt Noël. Et ne te fais pas d'illusions, tu ne changeras rien à l'issue de cette affaire. Joyeux Noël. » Edelman se leva et se retourna pour partir.

« *Attends. Je ferme la porte.* »

Edelman s'arrêta et se retourna vers Fabian, qui était toujours assis à la table, le portable à la main.

« *Ne me dis pas qu'il s'agit encore de cette foutue indiscrétion ?*
– *Malheureusement, si.*
– *Alors ils n'ont pas encore réussi à trouver d'où est venue la fuite ?*
– *Non, mais...*
– *J'en étais sûr. C'est exactement ce que je craignais. Je le sentais. Je n'aurais jamais dû dire oui et accepter de...* »

Fabian mit sur « pause » l'enregistrement de la conversation sur écoute entre Edelman et Grimås et reposa le portable. « Je n'ai pas terminé, Herman. »

Edelman regarda le mobile sur la table. « Niva est de nouveau à bord, alors ? Intéressant. Elle a toujours eu un faible pour toi. Tu sais, bien sûr, que tout cela n'a aucune valeur devant un tribunal, n'est-ce pas ? Et que c'est illégal.

– Tu peux porter plainte contre moi, si tu veux. Mais d'abord, j'aimerais que tu reviennes t'asseoir », rétorqua Fabian en remettant le téléphone dans sa poche.

Edelman s'assit et regarda longuement Fabian dans les yeux avant de dire : « Qu'est-ce que tu attends de moi ?

– Je veux que tu rouvres l'enquête et que tu me donnes carte blanche pour la diriger. Je veux que tu informes Carlén et Höglund que je vais avoir besoin d'une salle d'interrogatoire et que tu fasses en sorte que le mandat d'arrêt et autres documents d'usage soient prêts, à l'hôtel de police, dans trente minutes. Vu que tu dînes avec Jan Bringåker ce soir, cela ne devrait pas te prendre plus d'un quart d'heure. »

Edelman réfléchit, le regard noir, et quand enfin il hocha la tête pour donner son assentiment, Fabian était déjà debout et en route vers la sortie.

107

Fabian connaissait par cœur les murs d'un blanc sale, les plafonniers au néon parmi lesquels il y en avait toujours un ou deux qui fonctionnaient mal, il avait foulé des milliers de fois le sol recouvert d'un linoléum si usé qu'il était devenu impossible à nettoyer, mais il dut tout de même s'arrêter au bout de quelques mètres pour se demander s'il ne s'était pas trompé d'adresse.

Les locaux de la Criminelle qui habituellement étaient un endroit plutôt tranquille étaient aujourd'hui envahis d'inconnus de toutes sortes et de nouveaux visages. Les choses n'allaient pas être aussi simples qu'il l'avait espéré. Même son bureau était occupé par un policier en uniforme en train de se curer les ongles avec sa règle, en parlant au téléphone.

Tomas et Jarmo avaient rempli leur mission, les filles étaient menottées à leurs chaises. Les mêmes questions résonnaient de tous les côtés : *D'où venaient-elles ? Comment étaient-elles entrées en contact avec Arcas ? Quels sévices leur avait-on fait subir ?* Mais personne ne semblait leur poser la question qui intéressait Fabian. *Qui avait arraché l'œil ?* On les traitait toutes comme les victimes d'un trafic d'êtres humains et c'était peut-être ce qu'elles étaient, en effet. Aisha pouvait avoir eu le temps de s'enfuir avant qu'on les embarque au poste.

Mais Fabian n'en était pas sûr, pas sûr du tout, même. L'opération semblait avoir été si bien menée qu'il y avait toutes les chances qu'elle se trouvât dans le département, en ce moment, en train de débiter des réponses crédibles à l'agent chargé de son interrogatoire, en attendant une occasion pour filer et disparaître à nouveau. En théorie, elle pouvait être n'importe laquelle de ces femmes. Il lui suffisait de les observer, d'imiter leurs regards inquiets et mobiles et de voler des bribes de leurs histoires pour en faire sa propre histoire.

Il fit un tour rapide pour se faire une idée de combien elles étaient et à quoi elles ressemblaient, se demandant s'il ne devrait pas les rassembler toutes dans une même pièce pour étudier leurs yeux et se rendre compte s'il y en avait une qui se différenciait nettement des autres, mais il ne savait rien d'elles. Il ne savait même pas si l'une d'entre elles avait vu la scène, ni si elles se voyaient aujourd'hui pour la première fois. Une autre possibilité était de les interroger en même temps que Niva vérifierait la véracité de leurs réponses, ce qui lui permettrait aussitôt de déterminer laquelle mentait. Mais cela prendrait du temps. Surtout avec le problème de la langue.

Un temps qu'ils n'avaient pas.

Surtout s'il y avait quelque part une autre victime dont ils pouvaient seulement espérer qu'elle soit encore en vie. Il se refusait à compter Malin Rehnberg parmi les victimes. Elle n'avait jamais acheté d'organe par l'intermédiaire d'une filière illégale et, à sa connaissance, hormis Kremph, qui s'était lui-même donné la mort, jusqu'ici, aucun innocent n'avait été tué. Mais Malin était quand même prisonnière quelque part, probablement attachée, et c'était à lui de venir la libérer avant qu'il ne soit trop tard. Il avait fait une promesse à Anders et s'il ne la tenait pas, il ne se le pardonnerait jamais.

Il était arrivé devant la salle de conférences, elle aussi transformée en salle d'interrogatoire. Il passa la tête à l'intérieur et, en un instant, toutes ses questions tombèrent à l'eau. Elle était là, menottée à la chaise sur laquelle s'asseyait Jarmo à toutes les réunions. Il n'avait aucune idée de ce à quoi elle pouvait ressembler et pourtant il la reconnut sans hésitation. Les yeux d'un bleu limpide. La peau dorée. Ça ne pouvait être qu'elle. Son voisin avait raison. Elle était d'une beauté rare.

Elle leva les yeux vers lui et il lut dans son regard qu'elle aussi savait qui il était.

« Aisha Shahin ? » dit-il.

La femme acquiesça. « Vous en avez mis du temps. Ça fait cinq heures que je vous attends.

– Hein ? Vous parlez suédois ? demanda le policier en uniforme en baissant le regard sur ses papiers couverts de notes. Est-ce que vous venez réellement d'Irak, au moins, ou est-ce que ça aussi c'était un...

– ... Vous pouvez jeter tout ça à la poubelle », dit-elle, et le policier regarda Fabian d'un air affolé.

« Tout va bien, je m'en occupe. » Fabian prit une chaise, étonné par le calme de cette femme. « Dois-je comprendre que vous allez faire des aveux ? » On aurait dit qu'elle était simplement restée là à attendre son arrivée.

Elle hocha la tête de nouveau, le surprenant une fois de plus.

« Vous reconnaissez les meurtres de Carl-Eric Grimås, d'Adam Fischer, de Semira Ackerman et tout dernièrement de Diego Arcas ?

– Je ne pense pas que Diego Arcas soit mort, même si c'est lui qui l'aurait mérité le plus. Mais ce détail mis à part, la réponse est oui.

– Et vous avez l'intention de répéter cela lors d'un interrogatoire officiel ?

– Oui. Si vous me laissez aller aux toilettes avant. Ça fait une demi-heure que j'ai besoin d'y aller. »

Fabian faillit refuser. Il n'avait aucune envie de céder à une quelconque exigence de sa part. Mais il ne pouvait décemment pas l'empêcher d'aller aux toilettes. Il détacha ses menottes de la chaise et en rattacha une partie à son propre poignet.

Il opta pour les toilettes pour handicapés. D'une part, elles n'avaient pas de fenêtre, contrairement à celles qui étaient composées de plusieurs cabinets juxtaposés. D'autre part, cela lui donnait la possibilité de l'attacher à la poignée de sécurité. Le seul problème étant qu'elle ne pourrait pas atteindre le verrou pour s'enfermer, mais il lui promit sur son honneur qu'il attendrait sagement derrière la porte qu'elle ait terminé.

Il en profita pour envoyer un texto à Jarmo et à Tomas, qui étaient sans doute partis déjeuner, pour les informer qu'il l'avait trouvée et prévoyait de la soumettre à un premier interrogatoire. Il précisa qu'il préférait commencer seul, mais qu'il aimerait qu'ils le rejoignent après le déjeuner.

Pas de problème, fut la réponse que Tomas lui renvoya, quelques secondes plus tard, et Fabian dut reconnaître qu'il avait entièrement révisé son jugement à son égard. Jusqu'ici il le considérait surtout comme un jeune étalon courageux, gonflé aux anabolisants, sans aucune capacité de déduction. Il n'avait jamais compris comment Jarmo pouvait le supporter, et encore moins pourquoi Edelman l'avait engagé.

Mais ces derniers jours, il avait révélé de nouvelles facettes de sa personnalité. Certes, il était toujours aussi agaçant. Mais il était aussi exceptionnellement vif d'esprit et concentré. Par exemple, Fabian était convaincu que c'était lui et pas Jarmo qui avait eu l'idée d'emballer et d'emporter tous les éléments de l'enquête pour que rien ne disparaisse. En outre, il avait un sens aigu de la loyauté envers ses collègues et une passion acharnée pour la vérité.

Fabian regarda sa montre pour la énième fois. Dix minutes s'étaient écoulées, et la sensation de s'être fait avoir et de se trouver à nouveau le bec dans l'eau allait grandissant. Ce calme qu'elle avait montré n'était pas naturel. C'était comme si elle savait qu'elle ne risquait rien. Quelque chose lui avait-il échappé ? Un trou de souris. Une issue si peu évidente qu'il se demanderait éternellement comment elle avait pu s'enfuir.

Il regarda l'heure de nouveau. Elle était là-dedans depuis onze minutes et demie à présent et, bien qu'il se sache capable de rester bien plus longtemps que cela sur le trône, il frappa à la porte et lui ordonna de se dépêcher. Il n'y eut aucune réaction et alors qu'il frappait une deuxième fois sans obtenir de réponse, il comprit ce qu'il avait raté et poussa violemment la porte.

La main toujours attachée à la poignée de sécurité, Aisha Shahin était pendue au portemanteau, les jambes tendues pour utiliser le maximum de son poids. Elle avait la bouche ouverte, les yeux fermés et une serviette mouillée tordue autour du cou. Fabian entra précipitamment, il la décrocha et l'allongea par terre à côté de la cuvette. Il tâta son pouls. Il était faible mais il battait encore. Elle ne respirait plus. Alors il posa sa bouche sur la sienne et remplit ses poumons d'air. Encore et encore, jusqu'à ce qu'elle tousse et qu'elle se réveille.

« Vous vous souvenez de moi ? » lui demanda-t-il, soulagé quand, au bout de quelques secondes, il lut une lueur d'inquiétude dans ses yeux. « Oui, c'est bien moi. Vous ne croyiez tout de même pas que vous alliez vous en sortir comme ça ? » Il rattacha la deuxième menotte à son propre poignet et l'aida à se relever. « J'espère que vous avez eu le temps de prendre vos précautions. Parce que je crains qu'il faille vous préparer à passer un long moment en ma compagnie. »

108

D'habitude, quand Fabian interrogeait un suspect, il lui proposait du thé et du café et parfois même une pâtisserie. L'expérience lui avait appris qu'un témoin détendu et rassuré était plus disposé à lui fournir des informations intéressantes. Cette fois, il ne proposa rien du tout. Il était encore sous le choc de sa tentative de suicide, bien qu'il n'ait aucune difficulté à la comprendre. Elle devait considérer qu'elle avait rempli sa mission et qu'elle n'avait plus rien à faire en ce bas monde.

Mais lui n'avait pas encore rempli la sienne. Il avait besoin de savoir pourquoi. Il voulait qu'elle lui explique ce qui lui était arrivé de si terrible pour justifier de tels actes. Il voulait qu'elle lui raconte comment elle avait élaboré son plan. Comment elle avait surmonté tous les obstacles et réussi à avoir toujours une longueur d'avance. Il avait d'innombrables questions à lui poser et il n'aurait pas assez d'une séance d'interrogatoire pour en venir à bout.

D'autant plus que, pour l'instant, il n'avait l'intention de lui en poser aucune.

Il mit le magnétophone en route et la diode rouge s'alluma. « Je suis Fabian Risk. Il est 15 heures et 16 minutes et nous sommes le 23 décembre 2009. Le suspect interrogé est Aisha Shahin et Mlle Shahin n'a pas souhaité la présence d'un avocat. » Il la regarda dans les yeux. « Avez-vous assassiné Carl-Eric Grimås, Adam Fischer et Semira Ackerman ?

– Oui.

– Avez-vous agressé Diego Arcas et lui avez-vous arraché son œil gauche ?

– Oui. »

Fabian soutint son regard, et elle ne montra pas la moindre velléité de baisser les yeux. Il n'était même pas sûr de l'avoir vue ciller à un quelconque moment. « Y a-t-il d'autres personnes que je n'ai pas encore citées et que vous avez enlevées ou emmenées quelque part et que vous retenez prisonnières ?

– Oui.

– Pouvez-vous me donner leurs noms ?

– Sofie Leander et votre collègue Malin Rehnberg.

– Pouvez-vous me confirmer qu'elles sont encore en vie ?

– Oui. Pour l'instant.

– Qu'en avez-vous fait ?

– De laquelle parlez-vous ?

– De Malin Rehnberg.

– Commençons par Sofie, Malin peut attendre. Je suppose qu'elle dort encore et tant qu'elle ne se réveille pas, elle ne risque rien. »

Fabian se demanda ce qu'elle voulait dire, mais décida de la laisser poursuivre. « D'accord. Sofie Leander. Quel organe avez-vous prélevé sur elle ?

– Le rein gauche.

– Pourquoi ?

– Parce qu'il ne lui appartenait pas.

– À qui était-il, alors ?

– À Efraim.

– Qui est Efraim ? »

Ce fut la première fois qu'il la vit se troubler et il remarqua au mouvement de sa gorge qu'elle avalait sa salive. Elle choisit ses mots avec soin.

« Un homme... Un homme que j'aimais par-dessus tout.

– Il était votre mari ? »

Elle secoua la tête et s'essuya les yeux de ses mains attachées.

« Le micro n'enregistre que les sons. Je répète la question. Était-il votre mari ?

– Non.

– Votre petit ami ? Un autre membre de votre famille ?

– Non.

– Mais vous l'aimiez. Plus que tout.

– Oui. Est-ce si difficile à comprendre ?

– Difficile, ce n'est pas le mot. Disons que c'est un peu... Comment dire ? Un peu...

– Manifestement, vous n'avez jamais aimé personne de cette façon. » De nouveau, elle le regarda au fond des yeux.

Fabian détourna la tête le premier. Il ne s'attendait pas que cet interrogatoire se déroule de cette façon. Il s'imaginait devoir se battre âprement jusqu'au bout, et voilà qu'il se trouvait face à une femme qui reconnaissait tranquillement ses crimes avec un haussement d'épaules.

« Tous ces organes que vous avez prélevés, reprit-il en espérant parvenir à retrouver le fil, ils avaient tous appartenu à Efraim ?

– Oui.

– Sofie Leander est-elle encore en vie ?

– J'ai déjà répondu à cette question.

– Où la retenez-vous prisonnière ?

– En lieu sûr.

– Je répète la question : Où la retenez-vous prisonnière ?

– Je peux vous y emmener.

– Je préférerais que vous me donniez l'adresse.

– Je répète ma réponse : Je peux vous y emmener. Dans le cas contraire, il faudra que vous la trouviez tout seul et dans ce cas, la réponse à la question concernant ses chances d'être encore en vie a de fortes probabilités d'être : non.

– Vous refusez de me dire où elle se trouve ?

– C'est exact. »

109

Afin de ne pas gaspiller un temps précieux, ils avaient décidé de réduire l'équipe au minimum et d'impliquer aussi peu d'intervenants extérieurs que possible. D'ailleurs, presque toute la brigade était encore occupée avec les suites de la razzia au Black Cat.

Ce fut donc un cortège de seulement trois voitures qui traversa Stockholm en empruntant des rues tellement désertes qu'on les aurait crues interdites à la circulation. On était à la veille du réveillon de Noël et manifestement, la plupart des habitants de la capitale avaient pris au sérieux l'annonce d'une importante tempête de neige prévue dans la nuit. Ceux qui avaient des proches vivant ailleurs dans le pays avaient pris la route plus tôt qu'à l'accoutumée. Quant aux autres, ils étaient restés calfeutrés chez eux.

Fabian conduisait, avec Aisha Shahin à côté de lui. Elle avait les mains et les pieds entravés et on avait passé la ceinture de sécurité sous la chaîne qui lui liait les mains, au cas où il lui aurait pris l'envie de sauter de la voiture. Un casque sur les oreilles, Fabian était en contact permanent avec Jarmo et Tomas, qui se trouvaient dans la voiture de tête et avec le conducteur de l'ambulance qui fermait le convoi. Mais ils ne se parlaient pas beaucoup. Même Tomas, habituellement si bavard, n'ouvrait la bouche que pour dire le strict nécessaire.

L'atmosphère était concentrée et calme dans les trois véhicules, chacun se demandant sans doute ce qui les attendait au bout du voyage.

« Vous prendrez à gauche au feu », dit Aisha Shahin, sans quitter la route des yeux.

« À gauche au feu », répéta Fabian à l'intention de Jarmo, qui alla aussitôt se ranger dans la file de gauche pour s'engager sur Drottningholmsvägen en direction de l'ouest.

Leur guide leur fit traverser Västerbron et Hornstull et continuer sur la E4 vers le sud, et même si cela ne servait à rien, Fabian essayait malgré lui de deviner quelle était leur destination finale.

Mais même après avoir quitté l'autoroute, franchi le pont et s'être engagé sur Älvsjövägen, il n'avait pas la moindre idée de l'endroit où elle les emmenait. Ce n'est que quelques kilomètres plus tard, lorsque, après avoir passé un rond-point, ils s'engagèrent dans une rue appelée Magelungsvägen que Fabian réalisa qu'il était déjà venu là récemment. Moins d'une semaine auparavant, pour être précis.

Mais ce fut Tomas qui l'exprima à voix haute : « *On a dû lui faire un prix de groupe.* »

Effectivement, ils venaient d'apercevoir sur leur droite la tour éclairée ressemblant à un phare, et un instant plus tard, ils tournaient dans le parking désert du garde-meuble Shurgard Self Storage de Högdalen.

Fabian n'en revenait pas. Aisha Shahin les avait conduits à l'endroit où ils avaient retrouvé le corps d'Adam Fischer, ligoté et découpé en morceaux, sur une table plastifiée. Hillevi Stubbs avait épluché le moindre centimètre carré de ce box à la recherche de traces. Et ils étaient quand même passés à côté de quelque chose ? Ou bien essayait-elle encore de les emmener sur une fausse piste ?

« Bon, il semblerait qu'on soit arrivés, dit Fabian aux autres. Allez jeter un coup d'œil et sécurisez la zone. On vous attend dans la voiture.

– *Ça marche* », répondit Tomas. Fabian le vit descendre de voiture, sortir son arme et la vérifier.

« *Je prends à gauche, tu prends à droite* », dit Jarmo avant de filer vers le bâtiment, comme une ombre dans la nuit.

Douze minutes plus tard, Fabian obtint le feu vert pour entrer à son tour et il put retirer à Aisha Shahin sa ceinture de sécurité et l'aider à descendre de voiture. Comme la météo l'avait prédit, la neige tombait plus dru à présent. Shahin tremblait de froid dans sa robe légère et ses escarpins. Ils n'avaient pas eu le temps de lui trouver des vêtements, mais Fabian dénicha une couverture dans le coffre de la voiture et la posa sur ses épaules.

Ils retrouvèrent Jarmo en train de vérifier le contenu des deux trousses à outils que Hillevi Stubbs avait laissées sur place. Après avoir terminé, il les referma, en prit une dans chaque main et fit signe à ses collègues qu'il était prêt.

« OK, alors on continue », dit Tomas, qui n'avait pas cessé une seconde de balayer le secteur avec les yeux et le canon de son arme de service, tandis qu'Aisha Shahin les guidait.

Ils n'avançaient pas vite. Il était difficile d'imaginer des chaussures moins adaptées que ses talons aiguilles sur la neige gelée. Sans compter la chaîne autour de ses chevilles qui l'obligeait à faire de tout petits pas. Arrivée devant l'entrepôt, elle entra le code et la porte s'effaça devant eux en même temps que les néons s'allumaient en cliquetant à l'intérieur. Tomas partit en éclaireur pour inspecter l'intérieur du bâtiment et ils attendirent dehors pendant quelques minutes avant d'aller plus loin.

Une fois à l'intérieur, ils furent enveloppés d'une douce chaleur et Fabian entendit le moteur de la porte derrière eux veiller à ce que la froidure de l'hiver reste à l'extérieur. Il eut beau regarder autour de lui avec attention, il ne vit rien de nouveau par rapport à sa dernière visite.

Ses chaînes traînant sur le sol en béton, Shahin leur fit traverser le hall en diagonale, marchant tout droit vers le box dans lequel ils avaient découvert Fischer. Était-ce vraiment là qu'ils allaient ? Les questions se pressaient dans la tête de Fabian, se bousculant pour être posées. Mais il savait que ce n'était pas une bonne idée. Que, de toute façon, elle ne lui répondrait pas. Le bruit de la chaîne s'arrêta à quelques mètres du box, toujours condamné par des bandes de police et dans la porte duquel était encastré un disque temporaire en aggloméré, pour boucher le trou.

« Enlève les cordons de sécurité et le disque en agglo, dit Jarmo à Tomas.

– Vous pouvez aussi prendre la clé posée là-dessus », fit remarquer Shahin en désignant le coffrage électrique courant au-dessus des portes, tout le long du hangar.

Tomas se tourna vers Fabian qui réfléchit un instant mais ne vit pas où cela pouvait poser un problème et hocha la tête. Tomas posa un pied sur un extincteur et l'autre sur le cadenas à code. Un instant plus tard, il sautait par terre, un petit rectangle en plastique violet à la main. Il le posa sur le cadenas, ce qui n'eut pour effet que d'allumer une petite diode rouge.

« Ça ne fonctionne pas, dit Tomas en se retournant vers ses collègues.

– Voulez-vous que j'essaye », proposa Shahin en tendant ses mains attachées.

Tomas hésita, mais il remit à Shahin la clé électronique après que Jarmo et Fabian lui eurent tous deux donné leur accord d'un hochement de tête. La femme avança de son petit pas entravé. Mais au lieu de s'approcher du cadenas du box devant lequel ils se trouvaient, elle bifurqua vers le box voisin. Fabian n'y comprenait rien. Il fallut qu'elle pose le boîtier sur le cadenas du box d'à côté et tape dessus le code à quatre chiffres qui permettait de l'ouvrir pour qu'il réalise qu'elle était également locataire de celui-là. Et surtout qu'il y avait tout le temps eu une autre victime à quelques mètres, de l'autre côté d'une mince cloison métallique.

Ensuite, tout alla extrêmement vite.

Un moteur de portail démarra et ils virent la porte commencer à se lever doucement sous leurs yeux. À la même seconde, Shahin se jeta par terre et avant que quiconque ait eu le temps de réagir, elle avait roulé sous la porte qui était déjà en train de redescendre.

« Qu'est-ce que c'est que ce bordel ?! » hurla Tomas en saisissant des deux mains le bas du volet pour l'empêcher de se refermer complètement. « Putain, c'est pas vrai ! »

C'était déjà trop tard.

« OK, super. » Il se tourna vers les autres. « Et maintenant, qu'est-ce qu'on fait ?

— On rentre là-dedans, évidemment. » Jarmo ouvrit la première trousse à outils et lança une paire de lunettes de protection et une meuleuse d'angle sur batterie à Tomas qui se mit aussitôt au travail, dans une pluie d'étincelles.

« Fabbe, qu'est-ce que tu attends ? Va voir s'il y a une sortie par l'arrière pendant que je m'occupe de l'autre box. » Joignant le geste à la parole, il arracha le disque en agglo et disparut à travers le trou.

Fabian resta figé. Il avait un sombre pressentiment de ce qui était en train de se passer de l'autre côté de la porte. Mais il n'avait pas envie d'en parler aux autres. Tant que Tomas ne leur aurait pas ménagé un accès, il ne pouvait que jouer aux devinettes. Du coup, ce fut l'ambulancier qui partit au pas de course le long des boxes.

« En tout cas, elle n'est pas là-dedans, dit Jarmo en ressortant.

– Et elle n'est pas derrière non plus, annonça l'ambulancier en revenant. Il n'y a que des couloirs et d'autres garages. C'est immense, ce truc !

– Tant mieux, au moins, on sait qu'elle n'ira pas plus loin », fit remarquer Jarmo avec un coup d'œil vers le travail de Tomas qui avait coupé environ la moitié d'un cercle.

« Qu'est-ce que vous croyez qu'elle fabrique, là-dedans ? demanda l'infirmier. Elle efface des preuves ?

– Tu parles ! » Jarmo haussa les épaules. « Des preuves, on en a plus qu'il n'en faut.

– Sans compter qu'elle a déjà tout avoué », ajouta Fabian.

Au bout de six minutes supplémentaires, Tomas éteignit la scie circulaire et ils s'approchèrent du volet, arme au poing. Six minutes qu'ils avaient passées dans un état d'inertie complète, sans dire un mot. Comme s'ils étaient tous en état de choc.

« Quelqu'un a envie de passer devant ? » demanda Tomas.

Fabian s'avança, se baissa et entra en veillant à ne pas se couper sur les rebords tranchants du trou.

Rien ne prouvait qu'elle n'était pas cachée de l'autre côté, prête à lui sauter dessus avec un couteau. Elle avait peut-être décidé de le prendre comme otage et de se servir de lui comme billet pour la liberté. Mais il ne tomba dans aucun guet-apens et personne ne lui posa de cutter sur la gorge. En revanche, il trouva à l'intérieur exactement ce à quoi il s'attendait.

« Vous pouvez entrer, il n'y a pas de danger », lança-t-il aux autres avant de se diriger vers l'angle du garage.

Elle était étendue là, affalée, les pieds aussi écartés que le permettait la chaîne. Sa robe était remontée assez haut pour qu'il voie qu'elle ne portait pas de culotte et ses longs cheveux bruns pendaient tristement, cachant partiellement son visage.

La seringue était encore plantée dans le creux de son coude, preuve irréfutable que ses craintes se vérifiaient.

Jarmo avait dit qu'elle n'irait pas plus loin. Et pourtant c'était exactement ce qu'avait fait Shahin. Il avait réussi à l'en empêcher la première fois, mais cette fois, elle avait réussi à aller jusqu'au bout et elle était partie assez loin dans l'éternité pour que personne ne puisse plus la rattraper et la traîner devant un tribunal humain.

Les autres entrèrent l'un après l'autre, regardèrent par-dessus son épaule et posèrent la question d'usage. Il acquiesça, mais aucun d'eux ne voulut le croire sur parole. Ils poussèrent Fabian pour la regarder de plus près, constatèrent que le corps était encore chaud puis se mirent à chercher son pouls et à vérifier si elle respirait encore. N'ayant aucun doute sur la conclusion de cet examen, Fabian leur tourna le dos et se rendit près de la table plastifiée où Sofie Leander gisait, attachée par des courroies, dans sa chemise d'hôpital tachée de sang.

Une sonde alimentaire lui entrait dans la bouche, retenue sur la joue par une bande adhésive. L'un de ses bras était relié à un goutte-à-goutte et l'autre à un appareil de dialyse. Ses cheveux sales collaient à son front couvert de sueur et, hormis les cernes noirs sous ses yeux, son visage était aussi pâle que celui d'une poupée de porcelaine. Sans le mouvement à peine perceptible de sa poitrine et les faibles battements qu'il sentait sous ses doigts, il aurait pensé qu'ils étaient arrivés trop tard.

« Qu'est-ce qu'on sait d'elle ? » C'était Jarmo qui était venu le rejoindre près de la table.

« Pour l'instant pas grand-chose, hormis le fait qu'elle s'appelle Sofie Leander et qu'on lui a pris un rein qu'elle avait acheté de manière illégale. » Fabian souleva délicatement l'arceau chirurgical et put constater grâce au sang qui traversait la bande enroulée plusieurs fois autour de la taille de la patiente que la plaie partait de l'intérieur de la hanche pour remonter le long de l'un des flancs. « Mais Niva est dessus et… »

Le bourdonnement de son mobile l'interrompit, il le sortit de sa poche et ne put s'empêcher de se demander si elle l'avait mis sur écoute, lui aussi. « … on va en savoir plus tout de suite », poursuivit-il en lisant le message de Niva à haute voix. « Elle est née en 1969 et a été en liste d'attente pour une greffe de rein entre 93 et 98. Ensuite, elle quitte cette liste et la Suède et part s'installer en Israël, d'où elle ne revient que l'été dernier en compagnie de son époux Ezra Leander. Ces derniers mois, son contact avec le système de santé suédois s'est limité à des traitements contre l'aménorrhée, des visites chez le gynécologue et des examens de ses ovaires.

– C'est quoi l'aménorrhée ? s'enquit Tomas.

– L'absence de règles, répondit l'infirmier qui venait d'entrer en compagnie de l'ambulancier.

– Peut-être qu'elle cherchait à tomber enceinte », dit Jarmo, s'écartant pour leur permettre de s'approcher de Sofie Leander et de l'examiner.

Fabian ne fit pas de commentaire, il répétait le nom d'Ezra dans sa tête, les yeux toujours fixés sur le SMS qu'il relut.

« On peut savoir à quoi tu penses, Fabian ? » lui demanda finalement Jarmo. Il leva les yeux de l'écran.

« Elle est mariée avec… Enfin, l'homme qu'elle a épousé… C'est Gidon Hass…

– Gidon Hass ? Comment le sais-tu ?

– Ezra est son deuxième prénom. Ezra Leander. Ça ne peut pas être un hasard.

– Attends, c'est quoi ces conneries ? s'exclama Tomas. Sofie Leander serait la femme de ce spécialiste en transplantations ? »

Fabian hocha la tête et crut qu'il allait avoir un malaise en pensant à ce que cette nouvelle impliquait.

« Donc, le type s'arrange pour trouver un nouveau rein à sa femme..., énonça Jarmo, qui semblait avoir encore un peu de mal à comprendre l'histoire.

– Ou alors, c'est comme ça qu'ils se sont rencontrés, suggéra Tomas.

– Mais il y a quand même une chose que je ne comprends pas, reprit Jarmo. Elle doit être ici depuis un moment. Peut-être depuis plusieurs semaines. Si elle est la femme de Hass, pour commencer, il s'est forcément aperçu qu'elle avait disparu, et ensuite, il doit être au courant de ce qu'on lui a fait.

– Et tu te demandes pourquoi il n'a pas prévenu la police de sa disparition ? » dit Fabian.

Jarmo acquiesça.

« Parce qu'il ne voulait pas que la vérité éclate. » Fabian regarda la femme inconsciente attachée sous leurs yeux.

« Alors pour éviter ça, le mec sacrifie sa propre femme ! s'exclama Tomas. Quelle ordure...

– C'est bon pour vous si on l'embarque, maintenant ? » demanda l'infirmier.

Fabian hocha la tête et les aida à couper les sangles, débrancher la sonde gastrique, le goutte-à-goutte et l'appareil de dialyse, après quoi l'ambulancier et l'infirmier la transférèrent sur un brancard qu'ils firent passer avec précaution par l'orifice dans la porte du box.

« Je ne sais pas ce que vous en pensez, dit Tomas, mais dans l'état où elle est, l'autre ne risque plus de faire beaucoup de mal. Moi, je serais d'avis qu'on aille arrêter ce salaud, qu'est-ce que vous en dites ?

– Attends une minute », rétorqua Fabian avec un regard circulaire dans le box, sans savoir au juste ce qu'il cherchait. Sans être sûr de chercher quelque chose. Quoi qu'il en soit, il n'était pas prêt à s'en aller. Pas encore.

Et la raison de sa réticence s'appelait Malin Rehnberg.

Aisha Shahin avait promis de lui en parler. *Commençons par Sofie, Malin peut attendre. Je suppose qu'elle dort encore et tant qu'elle ne se réveille pas, elle ne risque rien.* C'est ce qu'elle avait dit, et il l'avait crue.

Et maintenant, elle était morte, et Fabian n'avait aucune idée de l'endroit où se trouvait Malin. À moins qu'Aisha Shahin lui ait laissé un indice quelque part. Une clé ouvrant la porte d'un troisième garage ? Il se mit à chercher. Sous la table plastifiée, parmi les tubes reliés à divers bidons et autres réservoirs. Entre les instruments opératoires et les rouleaux de gaze, et dans les piles de documents décrivant chaque phase de l'opération dans ses moindres détails.

« Excuse-moi, Fabbe, mais on peut savoir ce que tu fabriques ? On y va, ou quoi ?

– Bientôt, il faut juste que je… » Fabian s'agenouilla devant Shahin et lui ouvrit les mains.

« Il faut juste que tu quoi ? Tu comptes lui laisser encore beaucoup d'avance ?

– Je suis d'accord avec Tomas, dit Jarmo. Il n'y a aucune raison pour lui laisser…

– Putain, vous ne voulez pas la fermer une minute que je puisse me concentrer ? » rugit Fabian en prenant quelques longues inspirations tandis que Jarmo et Tomas échangeaient des regards entendus derrière son dos. Il retourna le corps et chercha en dessous. Mais il ne trouva rien là non plus.

Il avait cherché partout, ne parvenait pas à penser à d'autres cachettes. Pourtant, il ne pouvait se résoudre à partir. Il sentait qu'il y avait un truc qui ne collait pas. Un détail qui irritait tous ses sens au point de lui donner des démangeaisons. Il avait l'impression d'avoir été mené en bateau.

Et enfin, une petite tache sur la partie postérieure de la menotte qui entourait la cheville gauche de la morte lui fit tomber les écailles des yeux. Tout se remit subitement en place. La tentative de suicide dans les toilettes. Son calme. Comment avait-il pu passer à côté de ça ? Étaient-ils tous tellement pressés de partir en vacances ? Il se retourna vers Tomas et Jarmo qui l'attendaient avec des soupirs d'impatience.

« Ce n'est pas elle.

– Comment ça, ce n'est pas elle ? dit Tomas, incrédule.

– Je vous dis que ce n'est pas elle ! Ce n'est pas la criminelle ! C'est la victime ! Sofie Leander !

– Qu'est-ce que tu racontes, putain ? beugla Jarmo en venant le rejoindre.

– Elle a pris la place de sa victime. C'est pour ça qu'elle nous a amenés ici, poursuivit Fabian. Regardez vous-mêmes. » Il griffa le tibia à la peau brune et son ongle laissa une trace blanche. « C'est du maquillage. Vous voyez ? Et ça... » Il saisit les longs cheveux bruns et les arracha à la tête blonde aux cheveux courts de Sofie Leander.

110

Les essuie-glaces marchaient à plein régime sans parvenir à effacer du pare-brise les flocons aussi gros que des rochers à la noix de coco. Ils avaient passé moins de trois quarts d'heure au garde-meuble Shurgard et les rues étaient déjà complètement enneigées. Si cela continuait comme ça, songeait Måns, ils n'arriveraient jamais à l'hôpital.

Il se fit la réflexion qu'il devrait peut-être être assis à l'arrière avec la femme inanimée, plutôt qu'à la place du passager. Mais il y avait quelque chose d'étrange chez elle et, il n'aurait pas su dire pourquoi, elle lui faisait peur. Alors qu'il n'avait jamais peur de rien. Ce n'était pas non plus la première fois qu'il voyait une scène de crime ou un cadavre. Il avait même vu des choses bien pires dans sa vie que le spectacle qui les attendait dans ce box de stockage.

C'était autre chose qui le mettait mal à l'aise. Une inquiétude puissante bien qu'indéfinissable qui ne voulait pas le lâcher. Il avait lu la même inquiétude dans les yeux des policiers là-bas, surtout l'un d'entre eux, et il était certain que Stefan ressentait la même chose. Sinon, il n'aurait jamais permis à Måns de s'asseoir devant, ce qui était contraire à la réglementation. Mais le fait est qu'il s'était contenté de hocher la tête sans un mot, d'allumer le contact et de démarrer comme s'ils avaient le diable aux trousses.

Måns était content de ne pas être au volant. Il détestait conduire la nuit et quand le temps était mauvais au point qu'on ne pouvait pas allumer les phares sans être ébloui par la neige, il perdait tous ses moyens.

Ils ne s'étaient pas dit un seul mot de tout le trajet, ce qui n'était jamais arrivé depuis cinq ans qu'ils travaillaient ensemble. D'habitude, ils passaient leur temps à bavarder et à discuter de tout et de rien quand ils n'écoutaient pas la radio en faisant des critiques sur les morceaux qu'ils entendaient.

En général, ils étaient d'accord, sauf quand il s'agissait du groupe Coldplay. Måns les trouvaient extraordinaires tandis que Stefan ne pouvait pas les supporter. Il allait même jusqu'à changer de fréquence dès qu'il les entendait, quand il n'éteignait pas carrément le poste.

Une seule fois, il lui avait demandé pour quelle raison il les détestait autant, et il avait eu droit à une longue explication selon laquelle le guitariste Jonny Buckland n'avait pas assez de personnalité et de niaque pour offrir à Chris Martin le répondant nécessaire pour l'inspirer dans son écriture. Stefan lui avait ensuite énuméré une longue liste de guitaristes qui lui semblaient plus à la hauteur, quelque part entre John Frusciante et Jonny Greenwood, et Måns s'était promis de ne plus jamais lui poser de question sur le sujet.

Mais là, ils n'écoutaient même pas la radio.

Soudain, ils entendirent un bruit. Un bruit métallique qui résonna dans l'ambulance. On aurait dit que quelque chose était tombé au sol, à l'arrière. Il se tourna vers Stefan qui le regardait aussi.

« Tu as entendu la même chose que moi ? » dit-il, et Stefan acquiesça.

« Qu'est-ce que tu en penses ? On va voir ? demanda Stefan.

– On ferait peut-être mieux d'essayer d'arriver le plus vite possible ? » Il n'avait qu'une envie, c'était de se débarrasser de cette femme et de rentrer chez lui.

Puis ils entendirent le bruit une deuxième fois. Un claquement métallique. Cette fois, Stefan ralentit, il alluma les feux de détresse et se rangea sur le bas-côté de Huddingevägen.

Måns poussa un soupir de protestation avant d'enfiler son bonnet, d'ouvrir sa portière et de sauter dans la neige. Il laissa la porte ouverte exprès pour que Stefan ait sa part de froid glacial et se rendit à l'arrière de l'ambulance en se demandant si c'était la porte qui était mal fermée ou s'ils avaient crevé un pneu.

Mais de ce côté-là tout allait bien. Puis il entendit à nouveau quelque chose à l'intérieur. Cette fois, ce n'était pas un claquement, mais plutôt un raclement. On aurait dit qu'on déplaçait un objet. Il n'entendait pas bien à travers la porte. La femme était sans connaissance et attachée au brancard. Et pourtant... Si, il en était sûr, à présent. Il y avait quelque chose qui bougeait.

Il posa la main sur la poignée glacée et regretta de ne pas avoir mis ses gants, puis il ouvrit les portes et monta dans l'ambulance. Il alluma le plafonnier pour constater que la femme était sagement allongée où elle devait et qu'elle dormait aussi profondément que lorsqu'ils l'avaient trouvée.

Ce qui n'était pas à sa place, c'était les sangles. Celle qui entourait ses jambes avait trop de jeu, et les deux autres étaient détachées et traînaient par terre, ce qui expliquait les chocs métalliques qu'ils avaient entendus. Mais cela n'expliquait pas le raclement. Il regarda autour de lui parmi les outils et les instruments rangés le long des parois de l'ambulance, mais ne remarqua rien d'anormal. À part peut-être l'une des trousses de secours qui était suspendue légèrement de travers et ne semblait pas bien fermée. Mais c'était tout.

Il regarda de nouveau vers la femme et essaya de comprendre ce qui avait pu se passer. Au bout d'un petit moment, perplexe, il se baissa avec un soupir pour ramasser la courroie qui pour une raison inexplicable n'était plus attachée autour de ses hanches et il la remit en place. Quand il eut fini, il rajusta la chemise d'hôpital de la femme et effleura par mégarde l'intérieur de sa cuisse.

Il n'aurait pas su dire lui-même si c'était la chaleur de sa peau à cet endroit, ou le fait qu'il n'y ait personne pour le voir. Peut-être son état de tension lui dicta-t-il le geste, toujours est-il qu'il ne put s'empêcher de soulever doucement la chemise et de regarder en dessous.

Elle n'avait pas de culotte, et il ne s'attendait pas à ce qu'elle en ait une. À vrai dire, il ne savait pas très bien à quoi il s'attendait. Si... à découvrir une toison fournie et mal entretenue. Cela faisait tout de même un certain temps que cette femme était prisonnière. Mais ce n'était pas le cas. Loin de là. Il se dit qu'elle devait avoir pratiqué une épilation permanente au laser.

Il chassa ses pensées coupables et rabattit la chemise. C'est alors qu'il vit dans sa main gauche la seringue qui expliquait tout. Pourquoi la trousse de secours n'était pas bien fermée et pourquoi les sangles étaient détachées. Même son maillot parfaitement glabre trouva une explication.

Un peu trop tard, malheureusement.

111

La neige projetée par les trois chasse-neige roulant côte à côte avec leurs gyrophares jaunes clignotants rendait toute tentative de dépassement impossible. Ce dont Fabian se fichait, à vrai dire. Il roulait vers le centre-ville, mais sa destination n'était pas plus précise que ça. Il avait surtout besoin d'être tranquille.

Découvrir que la femme morte sur le sol du box dans le garde-meuble n'était pas Aisha Shahin, mais Sofie Leander, avait été un choc. Pas seulement pour lui, mais également pour Tomas et pour Jarmo. Garder sa victime en vie pendant des semaines uniquement dans le but de se faire passer pour elle durant les quelques minutes où son corps était encore chaud était un plan si machiavélique que même Tomas avait failli craquer nerveusement et s'était mis à répéter en boucle qu'il n'avait jamais rien vu d'aussi monstrueux.

Il s'était passé plusieurs minutes avant qu'ils soient à nouveau en mesure d'avoir une conversation à peu près sensée et, après avoir essayé plusieurs fois sans succès de joindre quelqu'un dans l'ambulance, ils avaient décidé de se séparer en deux groupes. Tomas et Jarmo se rendraient au plus vite à l'hôpital pour essayer de savoir ce qui était arrivé à l'ambulance, et Fabian rentrerait chez lui pour continuer à travailler avec Niva.

Mais travailler à quoi ? S'il avait besoin de parler à Niva, il lui suffisait de téléphoner. Alors qu'il traversait le Västerbron derrière les trois chasse-neige, Fabian se dit que, de toute manière, Jarmo et Tomas allaient le mettre au courant de la situation dès qu'ils seraient arrivés à l'hôpital. Il décida de passer outre à l'interdiction de stationner sur le pont, mit en route ses warnings et coucha le siège de la voiture. À l'allure à laquelle roulaient les véhicules de déblayage, ils allaient mettre plusieurs minutes à arriver de l'autre côté, ce qui lui laissait un peu de temps pour se détendre.

À cause de sa tentative dans les toilettes, il était convaincu que le suicide était l'issue qu'elle avait choisie. Sa mission terminée, elle n'avait plus de raison de vivre. En réalité, cela n'avait été qu'une mise en scène visant à le lui faire croire. Il pensa au texte gravé sur la pierre tombale et à la solution de l'énigme qui était là depuis le début.

Jamais je n'aimerai quelqu'un d'autre
Jamais mon cœur ne battra pour un autre
C'est Toi et personne d'autre
Aussi longtemps que je vivrai, et pour l'éternité ensuite
Bientôt tu seras à nouveau entier, et moi aussi
Alors nous nous reverrons
Je t'en fais le serment.

Il le connaissait par cœur et répéta pour lui-même la cinquième ligne. *Bientôt tu seras à nouveau entier, et moi aussi...* Elle n'avait pas terminé la mission qu'elle s'était fixée. Elle avait récolté les organes, mais ce ne serait que lorsqu'ils auraient retrouvé leur place dans le corps de son bien-aimé qu'il serait entier et elle aussi. Elle était en route pour retrouver Efraim.

Restait à savoir où se trouvait sa tombe. Était-elle sur le point de prendre un avion pour quitter le pays ? Et si oui, sous quel nom ? Ou bien avait-elle pris un ferry l'emmenant dans les pays Baltes ? Avait-elle prévu de fuir vers le nord en passant la frontière finlandaise ? C'était impossible à dire. Elle l'avait tellement dupé. Et si souvent.

Y compris en ce qui concernait Malin. Quand elle s'était engagée à lui dire où se trouvait Malin avant qu'il ne soit trop tard, il l'avait crue. À présent, il ne savait que croire. *Tant qu'elle dort, elle ne risque rien*, avait-elle dit. Tant qu'elle dormait. Mais que se passerait-il quand elle se réveillerait ?

Son portable se mit à sonner.

« *Salut, c'est Jarmo. L'ambulance n'est jamais arrivée à l'hôpital Söder.*

— Et où sont passés l'ambulancier et l'…

— *Tout ce que nous savons, c'est qu'ils ont disparu. Mais l'ambulance est équipée d'un traceur GPS et Niva est déjà en train d'essayer de la localiser. Tu es où, au fait, d'après Niva…*

— Je n'ai pas le temps de t'expliquer. » Fabian raccrocha, remonta le dossier du siège et appela Niva.

« *Qu'est-ce que tu fous au milieu du Västerbron ? Quelque chose d'excitant, ou bien tu es coincé par la neige ?*

— Tu n'as pas une ambulance à localiser ?

— *Tu me connais, je sais faire plusieurs choses en même temps.*

— Le temps, c'est justement ce qui nous manque.

— *Pontonjärgatan 10.*

— Pontonjärgatan. C'est dans le même quartier que Hant-verkargatan, non ? » La rue était à un jet de pierre de l'endroit où il se trouvait. Il éteignit ses feux de détresse et passa la première.

« *Oui, tu as raison, elle serait retournée au Black Cat que cela ne m'étonnerait pas. Mais attends une seconde…*

— Quoi ?

— *Attends, il faut que je… Oui, c'est bien ça.*

— Dis-moi.

– *Le portable de Malin Rehnberg est de nouveau allumé et il émet exactement du même endroit.* »

Fabian coupa la communication et composa le numéro de Malin tout en s'efforçant de garder un œil sur la route.

« *Rebonjour, Fabian. Vous avez fait vite.* »

Il n'espérait pas réellement que ce soit Malin qui lui réponde. Malgré tout, il sentit la déception se répandre dans ses veines comme un poison. « Qu'est-ce que vous lui avez fait ?

– *C'est encore cette Niva qui vous a renseigné ?*

– Vous aviez promis, et je vous faisais confiance.

– *Ça, c'est votre problème. En ce qui me concerne, je vous ai seulement dit que Malin Rehnberg pouvait attendre.*

– Attendre ? Combien de temps croyez-vous qu'elle puisse attendre ? Elle est enceinte jusqu'aux yeux !

– *Elle attendra jusqu'à ce que je puisse être sûre que vous allez me laisser tranquille.* »

Il prit la bretelle à droite au bout du pont, puis contourna Rålambshovsparken par le boulevard Rålambshovsleden vers l'est. Il n'était plus très loin, maintenant. Dans quelques minutes il serait arrivé. « Et qu'est-ce qui vous fait penser que je le ferai un jour ?

– *Je ne suis pas la seule à faire des promesses, Fabian.* »

Elle avait dû entendre sa conversation avec Anders à l'hôpital. Il se demanda dans combien d'endroits elle avait placé des caméras. « Qu'arrivera-t-il quand elle se réveillera ? » Il tourna à gauche dans Polhemsgatan. « Vous avez dit qu'elle ne risquait rien tant qu'elle était endormie. » Il n'espérait pas de réponse et essayait seulement de gagner du temps.

« *Quand elle se réveillera, elle se trouvera confrontée au véritable problème. Je vous assure qu'il vaut mieux pour elle qu'elle dorme encore un peu.*

– À quel problème est-ce que vous faites allusion ?

– À celui auquel la police devrait employer ses ressources plutôt que de me poursuivre. »

Fabian s'engagea dans Pontonjärgatan et aperçut l'ambulance, garée à quelques dizaines de mètres.

« Vous avez tué au moins quatre personnes, d'un sens moral certes discutable. Mais vis-à-vis de la loi, elles n'avaient commis aucun crime comparable à ceux dont vous vous êtes rendue coupable.

– Quelle loi ? La loi suédoise qui dit qu'on n'a pas le droit d'acheter un vélo volé mais qui n'interdit pas d'acheter un organe volé ? »

Fabian ouvrit sa portière, laissa le moteur tourner au ralenti et s'approcha lentement de l'ambulance, tout en sortant son pistolet du holster. « Vos victimes n'avaient ni enlevé, ni torturé, ni assassiné personne.

– Pas de leurs propres mains. Mais c'est à cause de leur argent qu'on a ouvert Efraim du cou jusqu'à l'aine. C'est de leur faute si on a profané son corps et si on l'a vidé comme un poisson. C'est pour leur bon plaisir qu'on lui a pris tout ce qui lui appartenait, et que tout ce qu'il possédait en dehors de moi a été vendu au plus offrant. »

Fabian arriva devant la cabine de l'ambulance qui était vide. « Je vous accorde que c'est révoltant et je comprends que vous…

– Vous ne comprenez rien du tout. Vous ne pourrez jamais comprendre. »

Il fit le tour de l'ambulance, se dirigea vers les portes arrière. « Pourquoi dites-vous que je ne peux pas comprendre ? » Il ouvrit brusquement et braqua son arme devant lui dans le noir.

« Parce que vous n'avez jamais aimé quelqu'un assez fort. »

Les deux ambulanciers gisaient sur le plancher sans connaissance et entre eux, sur le brancard, un objet émettait de la lumière.

« *Parce que vous n'avez jamais aimé, je crois. Je vous souhaite bonne chance avec votre promesse.* »

La communication s'interrompit et Fabian monta dans l'ambulance où il put constater que les deux hommes respiraient encore, que leur cœur battait normalement et que l'objet posé sur le brancard était un téléphone.

Le portable de Malin.

Il le prit et l'examina, tout en appelant une deuxième ambulance à l'aide de son propre téléphone. Alors qu'il raccrochait, le téléphone de Malin vibra dans sa main. Il ouvrit le SMS :

Nobelparken.

L'information était suffisante. Fabian avait compris.

112

À peine réveillée, Malin Rehnberg se mit à crier dans l'obscurité et elle ne réussit à se calmer que lorsqu'elle comprit qu'elle était seule et que personne ne l'entendrait. Elle était perplexe et confuse et ne parvenait pas à se souvenir de ce qui s'était passé. La dernière chose qu'elle se rappelait était d'avoir lutté pour sa vie sur le sol de sa chambre d'hôpital avec une femme de ménage qui s'était révélée être la meurtrière. Avant cela, elle se souvenait être tombée de son lit et s'être fait tellement mal à la hanche qu'elle avait dû ramper pour arriver à la porte. Elle se trouvait de nouveau dans un lit d'hôpital. Mais ce n'était pas le même, celui-là était neuf. Les barrières de sécurité étaient encore enveloppées de plastique.

La chambre aussi était différente. Bien qu'il fasse si noir qu'elle ne distinguait presque rien, elle sentait qu'elle se trouvait dans une pièce plus petite que la chambre dans laquelle elle avait été transférée à l'hôpital Söder. Quand elle avait crié tout à l'heure, la sonorité était différente. En outre, le lit était appuyé contre un mur d'un côté. Dans son ancienne chambre, le mur se trouvait derrière la tête de lit. C'était à cause de l'odeur qu'elle savait que non seulement elle était dans une autre chambre, mais aussi dans un endroit différent.

L'odeur du neuf.

Plusieurs courroies la retenaient prisonnière, tendues d'un côté à l'autre du lit, des pieds jusqu'en haut de la poitrine. Plus elle réfléchissait, plus elle avait du mal à contrôler sa panique et elle dut faire un gros effort pour ne pas gaspiller son énergie en se remettant à hurler. Elle devait au contraire analyser les choses de manière constructive et se concentrer sur les détails. Par exemple, elle remarqua que les sangles se relâchaient légèrement quand elle vidait ses poumons. Ce qui lui permit, dix minutes plus tard, de libérer ses deux bras.

Mais la joie suscitée par cette petite victoire fut de courte durée et cessa brusquement quand elle reçut un coup de pied dans les côtes, à droite. Elle ne comprit pas tout de suite, mais après le troisième coup de pied, elle se rappela qu'elle était enceinte de jumeaux. Comment avait-elle pu oublier cela ? Quelles drogues lui avait-on injectées ? Elle posa les mains sur son ventre et sentit que cela bougeait à l'intérieur, du côté droit. La partie gauche de son ventre était calme. Trop calme.

Il fallait qu'elle sorte d'ici. Quel que soit cet endroit, elle devait s'en échapper pour chercher de l'aide. Elle tenta de détacher les courroies, mais ne trouva ni nœud ni boucle. Elle parvint à étendre suffisamment son bras gauche pour examiner le mur avec sa main, mais elle ne trouva rien qui lui fût d'une quelconque utilité. Pas d'interrupteur ni de disjoncteur, ni aucune excroissance. En revanche, elle remarqua que le lit bougeait quand elle appuyait la main contre le mur.

Le frein n'était donc pas bloqué.

Elle posa sa main gauche contre le mur et poussa de toutes ses forces. Le lit l'emporta dans la pièce obscure sur une distance de plusieurs mètres et alla cogner contre le mur d'en face. À tâtons, elle finit par découvrir le panneau qu'elle cherchait, couvert de télécommandes, de poulies et d'innombrables boutons sur lesquels appuyer.

La lumière s'alluma, vacillante. Comme elle l'avait deviné, tout dans la chambre était flambant neuf. Un plastique de protection recouvrait presque tout et, sur le mur autour de la porte, se trouvait encore un morceau de papier avec la mention : *Peinture fraîche.* Le sachet de perfusion suspendu à son lit était vide. Elle retira le cathéter dans le pli de son coude et arrêta le sang en pressant avec son pouce.

Le panneau comportait une prise Internet et une prise d'antenne, mais elle ne vit ni téléphone ni ordinateur. Elle poussa le lit vers un placard dans lequel elle trouva une réserve de compresses, de pansements et une collection de ciseaux. Elle prit les plus gros et entreprit de couper ses liens, un par un.

Quand elle eut terminé, elle essaya de se lever, mais dut y renoncer. Sa douleur à la hanche était trop forte. Les dégâts devaient être importants car elle sentait que sa tête fémorale se baladait à l'intérieur chaque fois qu'elle essayait de bouger. Tant pis, elle n'avait plus qu'à continuer à se servir de son lit/canoë pour se déplacer jusqu'à la porte.

Des spots encastrés dans le plafond s'allumèrent progressivement et lui révélèrent un long corridor flanqué de portes de chaque côté. Elle supposa qu'elles donnaient sur d'autres chambres semblables à celle qu'elle venait de quitter. Partout des étiquettes signalaient la peinture fraîche.

Elle avait déjà compris qu'elle se trouvait dans un hôpital. Mais quel genre d'hôpital ? Une clinique privée, peut-être ? Et pourquoi n'y avait-il personne ? Que l'endroit soit désert n'avait pas d'importance en soi, ce qu'il fallait, c'était qu'elle s'en échappe au plus vite.

N'ayant aucune idée de la direction à prendre pour atteindre la sortie, elle partit vers la droite et longea le mur vers une porte à deux battants au bout du couloir. Elle tira sur un cordon, les battants s'écartèrent et elle put continuer son chemin. Là encore les spots au plafond s'allumèrent d'une simple pression sur un interrupteur, éclairant des tables d'opération si brillantes qu'on aurait pu se voir dedans, de grosses lampes opératoires, des moniteurs et des appareils d'où sortaient câbles et tuyaux et des tables rondes en inox sur lesquelles attendaient divers instruments chirurgicaux. Le bloc opératoire avait un aspect si neuf qu'elle se demanda s'il avait déjà été utilisé.

Elle se laissa rouler jusqu'à un plan de travail, avec placards et tiroirs, qu'elle ouvrit dans l'espoir d'y trouver un quelconque outil qui lui permettrait de communiquer avec l'extérieur, quand soudain elle entendit des voix surexcitées venant du corridor qu'elle venait de quitter. Elle regarda autour d'elle pour trouver un endroit où se cacher et aperçut une porte entrouverte à l'autre bout de la salle.

« *Well, you saw the car outside, didn't you ? And why do you think the lights are on ? Ghosts ?* » dit une voix d'homme.

Malin prit appui sur la table d'opération et elle se propulsa de toutes ses forces vers la porte entrouverte. Mais les portes s'ouvrirent derrière elle avant qu'elle y parvienne et trois hommes pénétrèrent dans la salle d'opération. Ils s'immobilisèrent.

« *Look. What did I say ?* » dit l'homme du milieu en la montrant du doigt.

Les deux autres demeurèrent impassibles.

« Qui êtes-vous et que faites-vous ici ? demanda avec un fort accent celui qui semblait être le supérieur des deux autres, en passant la main dans ses cheveux gris.

– Je m'appelle Malin Rehnberg et je fais partie de la brigade criminelle de Stockholm », répondit Malin avec la vague impression d'avoir déjà vu l'homme aux cheveux argentés quelque part. « En revanche, je ne peux pas vous dire ce que je fais ici car je l'ignore. Je ne sais d'ailleurs pas où je me trouve. Mais peut-être pourriez-vous me renseigner à ce sujet ? Et me ramener chez moi, si possible.

– La police... voyez-vous ça. » L'homme s'approcha.

« Criminelle, précisa Malin.

– Je vois... » L'homme hocha longuement la tête. « Malheureusement, je ne vais pas pouvoir vous aider. » Il se tourna vers les deux autres. « *Take her to room three.*

– Pardon ? Ah oui, je comprends. Cet endroit est peut-être clandestin ? Mais sachez que cela m'est complètement égal. Du moment que je rentre chez moi.

– Je suis vraiment désolé. »

Alors que les deux hommes repartaient avec elle, elle se rappela brusquement qui était le troisième.

113

La tempête de neige avait encore gagné en puissance, et en traversant la place Sergel, quelques minutes après minuit, il ne vit pas l'obélisque de verre, malgré les nombreux millions dépensés pour l'illuminer. Le message d'Aisha Shahin disait *Nobelparken* et Fabian avait tout de suite compris.

C'était là que l'État d'Israël était en train d'installer sa nouvelle ambassade.

Il avait lu plusieurs articles sur les protestations des riverains et sur l'indécision des politiques. Mais comme l'avait laissé entendre Carnela Ackerman, personne ne s'attendait réellement à un refus, et tout laissait à penser que le déménagement était déjà en cours. Il connaissait bien le drôle de bâtiment qui avait jusqu'ici abrité l'administration des eaux et forêts pour s'y être souvent promené en compagnie de Sonja, du temps où ils marchaient encore main dans la main.

En chemin, il avait appelé Tomas et Jarmo pour leur demander de le rejoindre fissa. Il était possible qu'ils soient déjà sur place, bien qu'ils soient venus de l'hôpital Söder et qu'ils aient eu plus de route à faire que lui. Mais ils avaient pu prendre la voie rapide de Söderleden et le pont Centralbron, ce qui leur évitait un grand nombre de croisements et de feux rouges.

Il passa devant le Club royal des plaisanciers à moteur, au bout du boulevard Strandvägen, prit le virage vers la gauche et éteignit ses phares en arrivant en haut de la côte où il gara la voiture. Au départ, il avait pensé se débarrasser de la voiture bien avant pour pouvoir visiter tranquillement les lieux, mais Malin risquait de se réveiller à tout moment. Si elle ne l'était pas déjà. Et bien qu'il ignore quelles conséquences cela pourrait avoir, il tremblait déjà à cette idée.

Il avança vers le bâtiment qui, à cause de sa tour, lui faisait toujours penser à un château. Partout s'entassaient des matériaux de construction recouverts de bâches que le vent s'évertuait à arracher. Il ne voyait Tomas et Jarmo nulle part mais entendait le frein moteur d'une voiture qui montait dans les tours tandis qu'elle rétrogradait pour prendre la courbe sur Strandvägen et, en se retournant, il vit les feux de brouillard du véhicule qui montait la côte, éclairant des milliers de flocons de neige qui à leur tour réfléchirent la lumière de tous les côtés.

Il eut à peine le temps de se demander pourquoi ils n'éteignaient pas leurs phares et de s'étonner qu'ils ne laissent pas la voiture plus bas qu'il eut la réponse. Ce n'était pas eux. Par réflexe, il se jeta au sol et rampa à quatre pattes dans la neige jusqu'à un tas de planches derrière lesquelles il réussit à se cacher, juste avant que la voiture s'engage dans le dernier virage et vienne stationner dans la cour, à quelques mètres de l'endroit où il se trouvait. Il entendit les portières s'ouvrir et se refermer. Apparemment, ils étaient trois, mais il ne parvenait pas à entendre exactement ce qu'ils disaient.

« *No, no, no, listen to me... the car down there...* »

Il ne connaissait pas sa voix, mais il n'était pas complètement absurde de penser qu'il pouvait s'agir de Gidon Hass – l'homme qui se trouvait juste en dessous d'Aisha Shahin dans la liste des gens que Fabian avait l'intention d'arrêter.

« *...alarm doesn't go off by itself...* »

Les voix s'éloignèrent et il vit les trois individus entrer dans la maison. Il se releva et courut vers la porte par laquelle ils avaient disparu, mais ils l'avaient verrouillée. Alors il se rendit à l'arrière du bâtiment où la majeure partie de la façade était dissimulée par un échafaudage. Aucune fenêtre n'était éclairée, ni au premier ni au deuxième étage. Il en déduisit qu'ils se trouvaient au sous-sol.

Sans gants et avec des chaussures qui n'étaient adaptées ni à la saison ni à ce genre d'exercice, Fabian parvint malgré tout à grimper sur l'échafaudage. Arrivé au premier niveau, où les bourrasques étaient si violentes que les flocons de neige lui piquaient le visage comme des aiguilles, il cassa à coups de pied un carreau du premier étage et entra dans une pièce sans meubles, encombrée de pots de peinture et de brosses. À la lumière de la torche de son portable, il se dirigea rapidement vers la porte.

Après avoir traversé un large hall, il descendit un escalier qui le conduisit au rez-de-chaussée où les travaux de rénovation semblaient avoir été abandonnés. Les parquets étaient arrachés et des câbles pendaient du plafond. Après une visite sommaire, il descendit un escalier en colimaçon exigu où il emprunta un étroit corridor sentant la peinture fraîche et dont le sol était protégé par du papier. Tous les cinq mètres environ, il s'arrêtait pour tendre l'oreille. Au troisième arrêt, il entendit des pas qui se rapprochaient.

Il éteignit la torche et longea le mur à tâtons jusqu'à ce qu'il trouve une porte par laquelle il entra le plus discrètement possible. Malheureusement, l'éclairage était activé par un détecteur de présence et en deux secondes, la pièce fut inondée de lumière.

Mais ce n'était pas le pire. La salle, pourtant neuve et impeccablement propre, avait visiblement été utilisée très récemment. Il s'avança vers la table d'opération. Elle avait été nettoyée, mais à la va-vite. Il trouva des traces de sang sous le plateau de la table et sur l'un des pieds, et en soulevant la grille d'évacuation, à quelques mètres du billard, et en plongeant la main dans l'eau sombre de la bonde, il repêcha à la fois des caillots de sang, des débris de cartilage et des mèches de cheveux.

Il se releva et remarqua un tas de sacs-poubelle fermés, près d'une porte entrouverte conduisant dans une autre salle. Il avait déjà une idée de ce qu'il trouverait à l'intérieur et se demanda s'il aurait la force d'ouvrir les sacs pour vérifier.

Il fit quelques pas vers le tas morbide tout en se voyant marcher dans l'allée devant la maison d'Enskede et sonner à la porte. Anders lui ouvrait et Fabian lisait dans son regard qu'il savait ce qui était arrivé et qu'il allait s'écrouler devant lui. Il s'attendait à ce qu'Anders se mette à hurler et qu'il devienne agressif, mais le mari de Malin se contentait de tomber à genoux, une main devant la bouche. Fabian s'agenouillait devant lui et il le prenait dans ses bras.

Il ouvrit le premier sac dans lequel il trouva deux bras coupés et un pied. Dans un autre sac il trouva des morceaux de jambe. Dans le cinquième sac-poubelle, il découvrit enfin ce qu'il cherchait.

La tête.

Ce sentiment était impardonnable mais il ne put s'empêcher d'éprouver un immense soulagement en voyant qu'il n'était pas trop tard. Qu'il avait encore une chance de la sauver.

114

Malin Rehnberg donna des coups de pied pour chasser leurs mains, elle se débattit et hurla à pleins poumons. Elle ne criait pas à cause de sa hanche dont la douleur était devenue insupportable, elle criait pour sa vie, bien consciente que c'était désormais inutile et qu'elle ne sortirait pas vivante de cet endroit. Que les mains de ces hommes étaient trop puissantes et que bientôt, ils réussiraient à la tenir tellement fort qu'il ne lui resterait plus que les cris et la douleur.

Quand elle en fut arrivée là, l'homme aux cheveux gris qui ne pouvait être que Gidon Hass vint rejoindre ses deux hommes de main. « Avec ça, vous allez vous sentir mieux », lui dit-il en suédois avec un fort accent, une seringue à la main.

Malin essaya de nouveau d'échapper aux mains qui la retenaient, mais elle n'avait plus de force et de grosses gouttes de transpiration coulaient de son front.

« *Turn her around.* »

Les deux hommes, qui n'avaient toujours pas dit un mot, la firent rouler sur le côté, dos à Hass. Elle ne sentit pas la piqûre. Mais l'effet fut presque immédiat. Tous ses muscles se détendirent. La douleur disparut. Pour la première fois depuis qu'elle s'était réveillée, elle n'avait mal nulle part.

« Voilà, c'est bien. Ce n'est pas mieux comme ça ? »

Elle faillit acquiescer, mais se retint. Elle n'allait pas en plus lui donner raison. « Je veux rentrer chez moi, maintenant. Vous pouvez comprendre ça ? Il faut que je rentre chez moi. »

Hass éclata de rire. « *She says she needs to go home.* »

Les deux autres qui étaient en train de lui attacher les pieds et les mains au lit avec de nouvelles sangles rirent également.

« Qu'est-ce que vous voulez ? *What do you want from me ?*

– *Leave me with her and start searching the house.* »

Les deux spadassins acquiescèrent et s'en furent.

« Ce que moi je veux ? » Il posa une main sur la poitrine de Malin. « Je vous rappelle que c'est vous qui êtes entrée chez moi et pas l'inverse.

– Puisque je vous dis que je ne sais pas ce que je fais là. S'il vous plaît... » Elle luttait contre les larmes.

« Oui, je sais, ça, vous l'avez déjà dit. Ce qui m'intéresse maintenant, c'est de savoir si c'est votre voiture qui est garée dehors ou s'il y a quelqu'un d'autre ici.

– Je n'en sais rien, je vous dis. J'étais hospitalisée à Söder-sjukhuset et tout à coup, j'ai été agressée par la femme de ménage...

– La femme de ménage ?

– Oui. Je venais de comprendre que c'était elle qui était la meurtrière dans l'enquête sur laquelle je... » Malin s'inter-rompit. Tout à coup, elle saisit le lien. « Je suis à l'ambassade, n'est-ce pas ? »

L'homme hocha brièvement la tête. « Et vous comprenez maintenant pourquoi je ne peux pas vous laisser rentrer chez vous. » Il lui tourna le dos pour aller chercher quelque chose.

« Attendez, vous ne pouvez pas simplement...

– Bien sûr que je le peux. » Il se retourna, tout sourire, une nouvelle seringue à la main. « Et vous devriez être recon-naissante. Vous allez dormir et vous ne vous rendrez même pas compte que c'est fini.

– Et les enfants ? » Elle ne retenait plus ses larmes à présent. « Je suis enceinte de jumeaux, vous savez ? »

Hass vint poser une main sur son ventre. « Vous étiez enceinte de jumeaux. L'un des deux a déjà lâché la rampe. Vous ne vous en êtes pas aperçue ? Ici, nous avons de la vie », dit-il, la main sur le côté droit de son ventre, puis il posa la main sur le côté gauche et poursuivit : « Et ici... *Not so much*. Mais quelle importance ? Bientôt, vous serez tous les trois réunis. »

Ce n'était pas ainsi que cela devait finir. Ce fut la seule pensée qui lui traversa la tête alors qu'il posait la seringue et nouait un garrot en caoutchouc autour de son bras. Ce n'était pas du tout comme ça qu'elle imaginait sa sortie. Seule, sans défense et enceinte jusqu'aux yeux. Qu'avait-elle fait pour mériter cela ?

« On a une bonne veine, là, annonça-t-il en reprenant la seringue.

– Attendez, s'il vous plaît, juste un instant. Je voudrais que vous disiez à Anders, mon mari, que je l'aime plus que tout. Il y a très longtemps que je ne le lui ai pas dit, et je veux que vous me promettiez de veiller à ce qu'il le sache. Je vous en supplie, c'est important.

– Votre mari n'entendra plus jamais parler de nous. Il ne saura jamais ce qui vous est arrivé. Pour lui, vous aurez disparu une nuit et vous ne serez jamais revenue. Il nourrira des hypothèses, bien sûr, imaginera des choses et d'autres, mais jamais il n'approchera de la vérité. Avec les années, il y pensera de moins en moins et il recommencera une nouvelle vie. Peut-être avec une nouvelle femme. Qui sait, peut-être aura-t-il même des jumeaux avec elle aussi. »

Malin lui cracha à la figure. « J'espère que vous brûlerez en enfer. »

Il répondit avec un petit ricanement. « Je peux me tromper, mais vous n'avez pas l'air de quelqu'un qui croit au ciel et à l'enfer. Mais dans la situation dans laquelle vous êtes, il arrive qu'on change... »

Il fut interrompu par un coup de feu et des cris venant du corridor. Puis deux nouveaux coups de feu rapprochés. Après un long silence, un talkie-walkie grésilla dans sa poche de poitrine.

« *It's safe to come out now.* »

115

Tomas Persson n'était pas peureux. Mais il n'y avait pas d'autre mot pour exprimer ce qu'il ressentait en ce moment que la peur. Une peur si incontrôlable qu'il avait vidé sa vessie dans son pantalon et sentait l'urine chaude couler le long de son entrecuisse. C'était la première fois qu'il prenait une balle dans le corps et pour être honnête, il croyait que ça ferait beaucoup plus mal que ça. Pour l'instant, il ne sentait qu'une légère pulsation et une vague douleur. Peut-être était-ce l'effet de l'adrénaline. Peut-être commencerait-il vraiment à sentir quelque chose lorsqu'elle cesserait de courir dans ses veines.

La balle avait traversé sa cuisse droite. Son jean était déjà écarlate et son sang s'écoulait goutte à goutte sur le carrelage blanc. Il saignait tant que l'un des deux hommes – celui qui venait de le mettre à genoux et qui était en train de lui attacher les mains dans le dos avec ses propres menottes – dut écarter les pieds pour ne pas salir ses chaussures.

Il n'avait jamais cru en aucun dieu, et ce n'était pas maintenant qu'il allait s'y mettre. Malgré tout, il ressassait la même phrase dans sa tête. *Je te promets de devenir une meilleure personne si tu fais en sorte que Fabian arrive avant qu'il ne soit trop tard. S'il te plaît, je t'en prie. Je te promets de devenir...*

« *And what have we got here ? More police ?* »

Les deux hommes de main acquiescèrent et Gidon Hass posa les yeux sur Tomas et Jarmo, à genoux côte à côte, les mains menottées dans le dos. « Vous aussi, vous êtes de la brigade criminelle ? »

Tomas et Jarmo hochèrent la tête.

« Il y en a d'autres ? »

Tous deux baissèrent les yeux vers le sol, impassibles.

« Je vous ai demandé s'il y en avait d'autres !

– Non. Il n'y a que nous, rétorqua Jarmo.

– Vous en êtes sûrs ? Et votre collègue, Fabian Risk, qu'est-ce que vous en avez fait ? »

Jarmo haussa les épaules. « Je suppose qu'il est chez lui en train de fêter Noël avec sa famille, comme tout le monde. Vous savez que dans ce pays, on fait grand cas de cette tradition. »

Hass hocha la tête à l'intention de ses deux acolytes et le premier s'avança d'un pas pour donner à Jarmo un coup de pied dans la figure, si violent qu'il ne put pas se retenir et tomba sur le côté.

« Je sais ce que c'est que Noël. Tout comme je sais que Risk n'est pas chez lui, avec sa famille, en ce moment. Relevez-vous. »

Jarmo tenta de se remettre à genoux, sans succès.

« Je vous ai dit de vous relever ! »

L'un des hommes l'attrapa par les cheveux et le redressa.

« Bon ? Alors, comment on fait ?

– Vous laissez tomber, vous nous suivez au poste et vous avouez », répondit Jarmo.

Hass rigola. « *At least he's got a sense of humor.* Mais figurez-vous que je n'ai rien à avouer. Car je n'ai rien fait d'illégal. Même quand j'en aurai fini avec vous, je n'aurai rien à avouer. Au contraire, je serai un héros aux yeux de tous ces gens qui désirent plus que tout qu'on leur rende la vie et qui sont prêts à payer des fortunes pour ça. Ces pauvres malades qui sont prêts aujourd'hui à partir à l'étranger pour laisser quelque ivrogne qui a perdu le droit d'exercer réaliser l'opération dans une chambre d'hôtel crasseuse. Et le plus beau dans l'histoire, c'est que cela ne se passera même pas sur le sol suédois. » Hass écarta les mains comme un magicien qui vient d'accomplir un tour.

« Vous voulez dire que tout ceci est sanctionné par l'État d'Israël ? s'enquit Jarmo.

– Israël…, dit Hass en reniflant avec mépris. Ils ne savent pas ce qu'ils ont mis en branle. Ils croient que le commerce d'organes frais va disparaître juste parce qu'ils instaurent une loi sans queue ni tête pour l'interdire.

– Vous saviez ce qu'on faisait subir à votre femme, dit Tomas en regardant Hass dans les yeux. Mais vous n'avez pas fait appel à nous. Cela s'appelle de la rétention d'information, ce qui constitue un délit d'entrave à la justice et de la non-assistance à personne en danger.

– Waouh. Je ne pensais pas que vous oseriez ouvrir la bouche. Après avoir fait dans votre pantalon et tout ça. » Hass s'agenouilla devant Tomas. « Mais vous avez raison, la situation de mon épouse ne m'avait pas tout à fait échappé. Mais pourquoi mettre en péril une entreprise qui m'a demandé des années de travail pour une bonne femme qui passe sa vie à se plaindre et qui, depuis que mes cheveux sont devenus gris, m'accorde à tout casser une partie de jambes en l'air par mois, et uniquement dans la position du missionnaire.

– Par amour ? »

Hass ricana de nouveau. « Mais vous savez que vous êtes drôle, vous ? Vous auriez dû faire une carrière de comique plutôt que d'entrer dans la police. » Il se releva et d'un ton indifférent il dit aux deux autres : « *Kill them.* »

Ils s'avancèrent et se placèrent à quelques mètres de Tomas et Jarmo, dégainèrent leur arme et visèrent la tête.

« *No, please, don't do it. I'll do whatever you want*, cria Tomas. *Please, I'm begging you !* »

Jarmo se tut. Ferma les yeux.

Fabian entendait Tomas supplier qu'on lui laisse la vie sauve et par l'entrebâillement de la porte, il voyait les deux hommes en costume pointer leur arme sur ses collègues à genoux, nuque ployée. À ce moment, il reconnut les deux types. C'était ceux qu'il avait vus sur la photo que lui avait montrée Carnela Ackerman au restaurant La Gondole avant de partir précipitamment. Et maintenant, elle était découpée en petits morceaux, dans des sacs-poubelle.

Fabian osait à peine bouger, de peur de déclencher l'allumage des spots, mais il réussit à passer la main à l'intérieur de sa veste. Il parvint même à dégainer son arme sans activer le détecteur de présence et tandis que Tomas hurlait de plus en plus fort, il la leva avec d'infinies précautions et il visa à travers la fente de la porte. Il sentait dans tout son être à quel point l'issue de cette situation reposait entre ses mains.

Mais ses mains refusèrent de lui obéir. Elles étaient prises d'un tremblement irrépressible. Elles étaient devenues deux excroissances complètement inutiles au bout de ses bras, et il avait beau leur en donner l'ordre, elles furent incapables d'accomplir le geste élémentaire d'appuyer sur la détente.

Il resta là, caché dans le noir, à écouter les deux bourreaux donner à ses collègues une dernière chance de leur révéler où il se trouvait. À entendre Jarmo affirmer qu'il n'avait aucune idée de ses faits et gestes, alors que lui et Tomas devaient se douter qu'il était là, tout près. À assister à l'ultime hurlement de désespoir de Jarmo quand il comprit lui aussi comment cela allait se terminer. Lorsque les balles leur traversèrent le crâne et qu'ils s'affalèrent sur le sol, Fabian avait depuis longtemps renoncé à tirer et il avait baissé son arme.

Quand l'écho des coups de feu s'éteignit, un grand silence s'abattit sur la scène.

Mais il ne dura pas très longtemps.

Car alors même que de ses propres yeux il voyait ses deux collègues recroquevillés sur le sol, le sang giclant à l'arrière de leur tête dans de telles quantités qu'il coulait en rigoles jusqu'au caniveau à quelques mètres, il les entendit résonner à nouveau.

Leurs cris.

Plus stridents que jamais.

116

« *Take them up to the embassy and make it look like trespassing and self defense. Meanwhile I will clean this mess up as soon as I'm ready with the fat one* », dit Gidon Hass.

Fabian tremblait de tous ses membres. Par l'entrebâillement de la porte, il vit les deux hommes attraper chacun un cadavre par les jambes et sortir par la porte à double battant en le traînant par terre.

Et pendant tout ce temps, il continua à entendre leurs hurlements accusateurs. Ils refusaient de le laisser en paix, gagnaient en puissance. Il se leva brusquement, déclenchant aussitôt le détecteur de présence. La pièce fut inondée de lumière et, sans réfléchir aux conséquences de son acte, il poussa légèrement la porte du pied et vit Gidon Hass, dos à lui, en train d'enfiler un tablier en plastique transparent et un masque en Plexiglas.

Il alla ensuite chercher dans un placard une scie chirurgicale sur laquelle il monta une lame solide. Il la fit tourner quelques instants à vide pour s'assurer que la batterie était chargée, avant de disparaître par la même porte que celle par laquelle avaient disparu ses deux lieutenants.

Fabian renifla et s'efforça de se ressaisir, mais sans succès. Les cris de ses deux collègues exécutés l'obsédaient. C'était comme si son lamentable échec ne pouvait conduire qu'à un autre échec. Comme si l'issue était inéluctable quoi qu'il fasse.

Et ce fut peut-être justement le sentiment de n'avoir plus rien à perdre qui le fit entrer dans cette salle d'opération et suivre les deux traces de sang vers la porte à double battant. Il la poussa et vit que les traces continuaient le long du corridor éclairé. Hass n'était visible nulle part et toutes les portes de part et d'autre du couloir étaient closes.

Il les ouvrit d'un coup de pied l'une après l'autre, tenant son arme des deux mains, tendue devant lui. Des pièces vides, sentant la peinture fraîche. Certaines meublées d'un lit et d'une table de chevet alors que dans d'autres, les fils électriques pendaient encore du plafond. Celle dans laquelle il découvrit le pathologiste penché au-dessus de Malin, une seringue à la main, semblait entièrement terminée, hormis le plastique de protection qui recouvrait encore une partie du mobilier.

« Écartez-vous de ce lit », s'entendit-il rugir.

Hass se retourna, la scie chirurgicale à la main. « Tiens, tiens, monsieur Risk... Je savais bien que vous étiez là.

– Tire, bon Dieu ! » hurla Malin qui était ligotée sur le lit, une seringue plantée dans le bras. « Qu'est-ce que tu attends ? Tue-le ! »

Fabian n'entendait pas Malin tant il y avait de cris qui résonnaient dans sa tête. « Écartez-vous de ce lit, Hass, dit-il de nouveau en continuant à avancer.

– J'étais sûr que vous vous cachiez quelque part, lança Hass en reculant à mesure que Fabian avançait.

– Lâchez la scie et mettez vos mains sur la tête. »

Hass fit ce qu'on lui demandait pendant que Fabian se précipitait vers le lit, retirait la seringue et commençait à détacher les liens autour des poignets de Malin.

« Vous étiez là, n'est-ce pas ? Et vous avez vu ce qui s'est passé ? » lui dit Gidon Hass.

Fabian ne répondit pas et continua à se battre avec les liens trop serrés, tout en tenant Hass en joue.

« Et c'est là que je ne peux pas m'empêcher de me demander pourquoi vous n'avez rien fait. Je vous vois là, avec une arme à la main. L'explication pourrait être qu'elle n'est pas chargée ? Mais moi, je crois qu'elle l'est. »

Fabian tenait son arme des deux mains, à présent.

« Vous savez ce que je crois, monsieur Risk ? Non, d'ailleurs, ce dont je suis sûr, car plus j'y pense, plus j'en suis convaincu. Vous en êtes incapable. Je me trompe ?

– Taisez-vous !

– Même en voyant vos collègues avec le canon d'un pistolet sur la nuque. Même là, vous n'avez pas été capable de tirer. » Il baissa les mains.

« Fabian, putain ! Qu'est-ce que tu attends ? » beugla Malin tout en s'acharnant sur la sangle pour détacher sa deuxième main.

« Il n'attend rien, il ne peut pas, tout simplement. » Hass se baissa et ramassa la scie qu'il avait posée par terre.

« Lâchez ça », dit Fabian. Ses mains tremblaient d'épuisement.

« Sinon quoi ? Vous allez m'abattre ? » Il se releva, la scie à la main. « Je ne crois pas. » Il la démarra, la lame dentée se mit en marche et il se mit à l'agiter devant lui comme un sabre. « Allez-y ! Tirez-moi dessus ! Pourquoi ne tirez-vous pas ? »

Fabian était tellement occupé à demander à ses mains tremblantes d'appuyer sur la détente qu'il n'eut pas le temps de baisser la tête lorsque l'outil fendit l'air et le toucha au-dessus de la lisière des cheveux avant de rouler par terre.

Le pistolet lui échappa quand il porta la main à son front pour constater qu'un morceau manquait et que le crâne était à nu. Son sang coulait à grosses gouttes sur le sol et il en avait déjà plein les yeux.

Il fut secoué d'une nausée si violente qu'il dut s'accrocher au montant du lit pour ne pas tomber. Son autre main pressait la plaie, mais le sang lui coulait entre les doigts et lui inondait le visage. Quelque part à travers le vacarme de son pouls qui battait et de Tomas et Jarmo qui criaient, il entendit Malin hurler quelque chose, mais il n'aurait pas su dire quoi.

Il vit que Hass se déplaçait à quatre pattes vers lui. Comme s'il cherchait quelque chose. Oui, bien sûr. Le pistolet. Il venait de lui échapper. Peut-être Malin voulait-elle qu'il l'écarte d'un coup de pied. Le problème était qu'il ne le voyait pas. Il ne voyait presque plus rien avec tout ce sang qu'il avait dans les yeux.

Et puis le coup partit.

D'abord un, puis trois coups rapprochés.

Fabian s'attendait à ressentir une douleur au ventre et à voir encore du sang, avant de s'affaler par terre comme il avait vu Tomas et Jarmo le faire. Mais il ne s'écroula pas, et il ne parvint pas à déterminer où il avait été touché. Avait-il commencé par Malin ? Ce monstre avait abattu Malin. Il se tourna vers le lit, mais il était vide.

Fabian n'y comprenait rien et il essuya le sang qui lui bouchait les yeux pour essayer d'y voir quelque chose. Mais il en venait toujours plus et, sous ses pieds, une grosse flaque s'était déjà formée. Puis il la vit, couchée par terre, le pistolet à la main.

« Pousse-toi ! »

Il entendit les mots sans les comprendre tout à fait et se retourna vers la silhouette sombre qui sortait de la pièce.

« Il est touché. Il faut qu'on fiche le camp d'ici avant qu'il revienne, dit Malin. Aide-moi à me relever. »

Fabian sentait ses forces l'abandonner au même rythme qu'il se vidait de son sang, mais il réussit malgré tout à remettre sa coéquipière dans son lit et à le pousser hors de la pièce. Il ne savait pas dans quelle direction se trouvait la sortie, mais décida de suivre les deux traces de sang le long de l'interminable couloir. Hass s'était volatilisé.

Un ascenseur avec des portes automatiques les conduisit à l'étage supérieur et un instant plus tard, ils étaient dehors, dans le blizzard. Il ne sentait pas les bourrasques glacées. Il entendit de nouveau la voix de Malin, sans comprendre ce qu'elle disait. Il devina malgré tout ce qu'elle attendait de lui et il la prit à bras-le-corps, la sortit du lit qui était resté bloqué dans la neige et la traîna jusqu'en bas de la côte. Il tomba, se releva tant bien que mal, tomba encore, jusqu'à ce qu'ils retrouvent la voiture où il réussit à l'installer sur le siège arrière.

La voiture démarra du premier coup, et malgré le sang qui coulait à flots et qui l'aveuglait, il arriva en bas de la côte en marche arrière sans s'enneiger.

Il ne se souviendrait de rien de tout cela. Il ne se rappellerait pas non plus avoir roulé sur Strandvägen et raté le virage à gauche dans Hamngatan à la hauteur du Théâtre royal d'art dramatique, ni d'avoir parcouru Birger Jarlsgatan à tombeau ouvert, ni d'avoir dérapé sur la chaussée verglacée et d'avoir terminé sa route contre la statue de « L'aigle et la colombe », sur une place Stureplan aussi vide de chalands qu'elle était pleine de neige.

117

Dieu lui avait montré une fois encore qu'il ne l'abandonnait pas. Qu'il se tenait prêt à agir chaque fois qu'elle avait besoin de lui. Parfois même à son insu. Comme avec cette femme policier dont elle avait été obligée de s'occuper. Sans Malin Rehnberg, elle n'aurait jamais pu atteindre l'aéroport d'Arlanda ni rejoindre Tel-Aviv via Istanbul. Fabian Risk avait compris où elle allait, mais à cause de sa collègue enceinte, il n'avait pas eu d'autre choix que de la laisser filer.

Aisha Shahin avait pu récupérer son bagage enregistré et passer la douane sans qu'on l'arrête, et à première vue, la glace fondue n'avait pas fui à travers le sac. La jeep qu'elle avait louée en ligne l'attendait à l'arrivée et elle avait fait le trajet jusqu'à Imatim en un peu moins de quatre heures. Comme prévu. Elle avait même passé les checkpoints sans que personne lui demande où elle allait, ni la raison de son voyage.

On aurait dit que Dieu déroulait un tapis rouge sous ses pieds pour la récompenser de l'énorme travail abattu toutes ces années, pour l'entraînement physique intensif et les talents d'organisation qu'il lui avait fallu pour venir à bout de sa tâche. Pour les doutes qu'elle avait dû surmonter. À vrai dire, elle n'avait jamais vraiment cru qu'elle y parviendrait. Mais avec l'aide de Dieu, elle s'était surpassée et bientôt elle serait là où elle rêvait d'être depuis si longtemps.

Elle gara la voiture à l'extérieur de la ville et attendit la nuit. Puis elle sortit la poche en plastique contenant les organes qui allaient permettre à Efraim de retrouver son intégrité physique du récipient étanche et parcourut la dernière partie du trajet à pied, son sac à dos jeté sur l'épaule.

La pierre tombale était toujours là, à l'endroit où elle l'avait posée dix années auparavant. Mais le soleil avait terni le texte gravé dessus. Elle commença par retracer les mots avec de l'encre qu'elle avait apportée. Ensuite elle prit la pelle et se mit à creuser. Quand elle eut atteint la dépouille terrestre d'Efraim, elle épousseta le sac en plastique dans lequel il était enveloppé et l'ouvrit délicatement.

Après une courte pause pour manger un bout de chocolat et boire quelques gorgées d'eau, elle se remit au travail avec la pelle pour élargir la tombe. La terre était beaucoup plus dure, parce qu'elle n'avait jamais été creusée, et ses mains se couvrirent rapidement d'ampoules. Mais elle s'en fichait. La douleur n'était qu'un détail. Deux heures plus tard, elle descendait dans le trou pour enlever le reste de terre sur le corps d'Efraim et dérouler le plastique de protection.

La dernière fois qu'elle avait vu son cadavre, les points de suture grossiers l'avaient remplie d'une haine incommensurable. Mais à présent, elle ne ressentait plus de haine et ne voyait même plus la cicatrice. Les dernières gouttes de noirceur avaient quitté son cœur et il ne contenait plus que de l'amour. Un amour si profond et si chaud que, malgré l'air glacé de la nuit, elle n'avait pas froid.

Elle sortit de sa poitrine qui n'était plus qu'une cage thoracique le morceau de plastique qu'on avait roulé en boule à l'intérieur.

Puis, avec tendresse et délicatesse, elle dévissa les deux couvercles de la boîte à lentilles de contact et prit à l'intérieur les deux cornées, d'abord la gauche, puis la droite, et elle les déposa dans les orbites de son crâne. Pour qu'il puisse à nouveau la voir. Puis elle prit son poumon et le remit doucement sous ses côtes, à droite, pour pouvoir à nouveau sentir son souffle chaud contre sa joue. Le foie et les deux reins veilleraient à la pureté de leur amour. Enfin elle lui rendit son cœur afin qu'il batte pour eux jusqu'à la fin des temps.

Quand tout fut à sa place, elle s'allongea sur le dos, tout près de lui, son téléphone portable à la main. Elle appuya sur « play » et posa l'appareil sur sa poitrine. Elle avait mis la chanson qu'elle écoutait chaque soir, seule dans son lit. Enfin, elle prit dans sa poche la petite boîte contenant la pilule, la posa sur sa langue et l'avala.

Il n'y en avait plus pour très longtemps. Elle allait retrouver son amour et désormais plus rien ne pourrait les séparer. Elle leva les yeux vers les étoiles qui, cette nuit, brillaient tout particulièrement et se sentit plus heureuse qu'elle ne l'avait jamais été.

At last my love has come along
My lonely days are over and life is like a song
At last, the skies above are blue
My heart was wrapped up in clovers the night I looked at you
I found a dream that I can speak to
A dream that I can call my own
I found a thrill to press my cheek to

A thrill I've never known
You smiled and then the spell was cast
And here we are in Heaven
For you are mine at last[1].

---

1. En anglais dans le texte, *At Last*, chanson écrite par Mack Gordon et Harry Warren, interprétée entre autres par la chanteuse de jazz américaine Etta James.

« Enfin, mon amour est là

Mes années de solitude sont terminées et ma vie est devenue une chanson

Le ciel est enfin bleu au-dessus de ma tête

Un trèfle à quatre feuilles a enveloppé mon cœur quand je t'ai vu

J'ai rencontré un rêve à qui je peux parler

Un rêve qui m'appartient

Un bonheur contre lequel poser ma joue

Un bonheur comme je n'en ai jamais connu

Tu m'as souri et le sort en était jeté

Et nous voilà au paradis

Car enfin tu es à moi. »

ÉPILOGUE

22 décembre 2009-14 avril 2010

Dunja Hougaard monta dans l'avion qui la ramenait au Danemark avec des sentiments mitigés. Apprendre que la voiture de sport trouvée au fond du port de Helsingör était enregistrée au nom de Carl-Eric Grimås, le ministre de la Justice suédois, lui aussi victime d'un meurtre, l'avait remplie d'espoir. Mais apparemment, il s'agissait d'un hasard aussi étrange que troublant, et cela l'avait déconcertée. Elle était déçue de ne plus avoir d'argument valable pour redemander l'ouverture du dossier. Et pour couronner le tout, elle avait appris que Carsten lui était infidèle.

Mais quand les roues de l'appareil se posèrent sur le tarmac de l'aéroport de Kastrup, elle se sentit plus forte qu'elle ne l'avait été depuis des années. Presque exaltée. Elle ne savait pas ce que l'avenir lui réservait. Mais désormais, elle marcherait selon sa propre boussole. À partir de maintenant, elle ne laisserait plus personne prendre le dessus sur elle. Ni un Hesk ni un Carsten.

Sans parler de l'abominable Sleizner, qui imaginait sans doute qu'elle allait rentrer dans sa coquille et déposer une demande de mutation dans un autre département. Ce qui n'était pas du tout dans ses intentions. Au contraire, elle allait attendre son heure, et être un éternel caillou dans sa chaussure. Et lorsque l'occasion se présenterait, elle frapperait si vite et si fort qu'il ne comprendrait pas d'où était venu le coup.

Quand Carsten rentra le soir avec un bouquet si gros qu'il eut du mal à le faire passer par la porte de l'immeuble, il s'aperçut que sa clé n'entrait plus dans la serrure. Ce qui ne fit qu'aggraver l'inquiétude qui l'avait taraudé toute la journée. Il essaya de joindre Dunja au téléphone et tomba sur un message impersonnel indiquant que le numéro n'était plus attribué. Il s'assit sur le palier pour l'attendre et eut l'explication à tous ces mystères une heure plus tard, lorsque sa mère lui téléphona de Silkeborg pour lui demander pourquoi il y avait un fourgon de déménagement contenant toutes ses affaires garé dans son allée.

Malin Rehnberg mit vingt-trois minutes à s'extraire de la banquette arrière de la voiture encastrée dans la statue de la place Stureplan tandis qu'un nuage de vapeur crachotante montait au-dessus du capot. Elle mit six minutes supplémentaires à trouver le portable de Fabian et à contacter police secours. La femme au bout du fil semblait douter de l'urgence de la situation, mais elle finit par se laisser convaincre d'envoyer une ambulance.

Bien que la blessure de Fabian soit superficielle, il avait perdu plus de deux litres de sang et avait besoin d'une transfusion. Comme il ne pouvait recevoir que du sang du groupe O – et que l'hôpital Söder avait vu ses réserves s'épuiser en raison d'un grand nombre de victimes d'accidents de la circulation ces derniers jours, il avait fallu plonger Fabian dans un coma artificiel en attendant une nouvelle livraison de O –.

Pendant ce temps-là, Malin subissait une césarienne en urgence. Elle accoucha d'un petit garçon de 2,773 kg qu'on posa sur son ventre. Anders était arrivé à temps et il eut la joie de couper le cordon ombilical. L'enfant reprit rapidement des couleurs.

Après d'interminables discussions, ils avaient réussi à se mettre d'accord sur le prénom de Nils, si c'était un garçon, mais quand Malin sentit son petit corps tout chaud, elle demanda à Anders s'il voulait bien qu'ils l'appellent Love. Il avait dit oui.

La petite fille qu'on sortit ensuite de son utérus pesait 1,860 kg et elle ne reprit pas de couleurs. On la laissa malgré tout un long moment dans les bras de sa maman à côté de son grand frère, et ses parents lui donnèrent tous les prénoms sur lesquels ils s'étaient mis d'accord. Thindra, Siv, Elisabeth.

Le lundi 28 décembre, Fabian avait suffisamment récupéré pour quitter l'hôpital. Il sortit à 2 heures de l'après-midi et, à la demande de Herman Edelman, il se rendit directement à l'hôtel de police.

À vrai dire, il aurait préféré aller retrouver sa famille. Mais une part de lui attendait avec impatience cet interrogatoire où il pourrait enfin raconter en détail ce qui s'était passé en cette nuit du 23 décembre et mettre en place un plan de bataille avec le reste de l'équipe quant à la façon dont ils devaient réagir à ce double meurtre de policiers et arrêter Gidon Hass.

Mais il n'y eut ni interrogatoire ni plan de bataille. L'enquête était bel et bien terminée. Pour Edelman, le dossier était clos, et rien ne justifiait sa réouverture. Au contraire, l'ambassade israélienne avait officiellement porté plainte pour effraction et usage d'armes à feu ayant causé la mort de Jarmo Päivinen et de Tomas Persson, mais aussi blessé des membres du personnel de l'ambassade qui avaient dû être hospitalisés.

Ils étaient allés jusqu'à envoyer à la police plusieurs balles qui, après vérification, s'étaient révélées venir de l'arme de service de Fabian.

Le visage impassible, Edelman lui avait donné le choix. Soit il donnait sa démission et il partait avec six mois de salaire en guise d'indemnités, soit il faisait face à une triple accusation de violation de propriété, d'attaque raciste et de tentative de meurtre.

Bien que l'appartement d'Aisha Shahin à Axelsberg ait été retrouvé désert et entièrement nettoyé, Fabian était certain qu'avec les témoignages de Malin Rehnberg et de Niva Ekenhielm, il sortirait blanchi de toutes les charges qui pesaient contre lui.

Il était convaincu aussi qu'à eux trois, ils seraient capables de réunir suffisamment de preuves pour faire tomber Hass et son cousin l'ambassadeur. L'affaire ferait également tomber Edelman et une grande partie du département de la Justice. La vérité éclaterait au grand jour, et quels que fussent les plans prévus pour cette unité chirurgicale au sous-sol de l'ambassade, ils ne verraient jamais le jour.

Mais il accepta la proposition et signa sa lettre de démission. La haine et la déception que lui inspirait son ancien mentor étaient sans importance. Il aurait aimé lui prouver que la vérité triomphait toujours. Mais, comme Edelman le lui avait appris lui-même, il décida qu'il ne pouvait pas laisser sa soif de justice lui coûter tout ce qu'il avait de plus cher.

Quelque chose lui disait que c'était sa dernière chance de montrer à Sonja et à ses enfants ce qui comptait vraiment pour lui, ce qu'il était prêt à sacrifier pour eux. Mais Sonja était-elle prête à lui donner une dernière chance ? Accepterait-elle d'écouter sa proposition de tout quitter et de repartir de zéro dans sa ville natale de Helsingborg ?

Quoi qu'il en soit, il savait qu'il ne se pardonnerait jamais de ne pas avoir essayé.

Quelques mois plus tard, vers la fin du mois de mars, alors que le scandale provoqué par la mort des deux inspecteurs Tomas Persson et Jarmo Päivinen, et surtout par les étranges circonstances dans lesquelles tout cela était arrivé, commençait à se tasser, l'ambassadeur d'Israël avait subitement été relevé de ses fonctions pour être remplacé presque immédiatement.

Ce changement passa presque inaperçu dans les médias suédois, et il n'y eut aucun commentaire sur la position officielle de l'ambassade, qui parlait d'incompatibilité d'humeur.

La presse écrite ne fit état nulle part du rapatriement en Israël de Gidon Hass, cousin de l'ambassadeur, qui se produisit au même moment. Il ne fut jamais question d'un procès officiel. Mais, d'après diverses sources non confirmées, les deux cousins auraient été envoyés au Camp 1391 – le Guantánamo de l'État d'Israël. À l'heure où sont écrites ces lignes, il n'est pas prouvé qu'ils soient encore en vie.

X

Jusqu'ici, il n'avait pas prêté foi aux rumeurs que personne n'osait répandre à voix haute, ce qui ne les empêchait pas de courir dans tout le pays comme un feu de brousse derrière des portes fermées et des rideaux tirés. Il les avait prises pour des histoires inventées, trop improbables pour être prises au sérieux. Les premières années au moins.

Mais depuis le dimanche 15 septembre 2002, c'est-à-dire il y a sept ans jour pour jour, et encore maintenant, il était douloureusement conscient qu'en réalité ces bruits étaient très en dessous de la réalité.

Une connaissance – car de vrais amis, il n'en avait jamais eu – lui avait proposé de faire partie d'un groupe qui pratiquait une discipline interdite, inspirée du qi gong, appelée le Falun Gong et qui mêlait méditation et exercices physiques. L'expérience promettait à ses adeptes élévation spirituelle et perfection corporelle.

Depuis qu'il avait lu *L'Homme-dé* de Luke Rhinehart, chaque fois qu'il se posait une question, il demandait la réponse aux dés. Il avait jeté un quatre. Ce qui voulait dire oui. Et bien que ce fût un oui un peu hésitant, il n'avait pas pu faire autrement que d'y obéir.

Il se trouvait dans le camp de travail de Masanjia, situé dans la proche banlieue de Shenyang, district de Yuhong, dans le nord-est de la Chine. Durant ces sept années, trois mois et vingt-deux jours, il survivait plutôt qu'il ne vivait, avec une pitance qui ne méritait pas le nom de nourriture et en dormant dans une cellule si petite qu'il avait tout juste la place de s'allonger.

Il passait quinze heures par jour dans l'un ou l'autre des nombreux ateliers où, sous étroite surveillance, il travaillait à couper des fils sur des étiquettes de contrefaçon et à assembler des jouets et des guirlandes lumineuses destinés à être exportés aux États-Unis. La moindre erreur était aussitôt punie d'une brûlure au fer rouge.

Sans son dé et la certitude qu'un jour ce petit quadrilatère allait l'aider à sortir de cet endroit, il aurait sans doute perdu courage, à l'instar de ses compagnons d'infortune. Une fois qu'on avait accepté son sort dans un endroit comme celui-là, on n'avait plus qu'à espérer que la mort ne tarderait pas trop à se manifester.

Car ils n'étaient pas uniquement là pour être torturés et réduits en esclavage dans des conditions si odieuses qu'elles étaient à la limite du supportable. Il y avait un autre but à leur présence. Bien sûr, ils rapportaient un peu d'argent à l'État. Mais ce n'était que des miettes, comparé à ce qu'ils allaient rapporter quand on les découperait en morceaux pour les vendre en pièces détachées.

Un organe à la fois.

C'était la véritable raison des nombreux tests qu'ils subissaient et des examens médicaux réguliers auxquels ils étaient soumis. Cela expliquait aussi pourquoi on prenait soin, en les torturant, de ne pas endommager les parties de leur corps qui avaient une valeur marchande. C'était pour cela que certains de ses codétenus disparaissaient du jour au lendemain pour ne plus jamais réapparaître. En ce qui le concernait, il n'était nullement inquiet. Avec le temps, il en était même arrivé à la conclusion que ce serait grâce à cela qu'il sortirait un jour de cet enfer.

Il l'avait compris trois ans auparavant quand, pour la première fois, ils étaient entrés dans sa cellule sans le battre ni le fouiller. Ils étaient venus au milieu de la nuit, l'avaient couché sur une civière qui attendait dans le couloir, et ils lui avaient fait traverser toutes les grilles et les portes pour l'emmener dans un endroit à l'extérieur du camp, encadré par plusieurs gardiens.

C'était la première fois qu'il sortait à l'air libre depuis qu'il avait été fait prisonnier et encore aujourd'hui, il se rappelait ce qu'il avait ressenti en remplissant ses poumons de l'air de la nuit et en contemplant l'immensité du ciel étoilé pendant les quelques secondes avant qu'ils le fassent monter dans l'ambulance qui attendait pour le conduire dans l'une des nombreuses cliniques de Shenyang.

Là-bas, on l'avait endormi et il ne s'était réveillé qu'une fois de retour dans sa cellule, un bandage ensanglanté autour du ventre. Sous le pansement son flanc droit présentait une cicatrice de plusieurs centimètres, grossièrement suturée, et il avait tout de suite compris qu'ils venaient de lui prendre un rein. Comme ça. Sans lui demander la permission. Comme si son corps appartenait à l'État chinois. Comme s'ils pouvaient revenir à leur guise lui en prélever un autre, à n'importe quel moment.

Les jours suivants, on l'avait laissé tranquille et quelques semaines plus tard, il avait reçu l'ordre de retourner dans les ateliers et de reprendre son travail d'esclave.

Jusqu'à maintenant.

Quatre jours plus tôt, on l'avait conduit dans une salle d'examen qu'il ne connaissait pas. Un médecin lui avait demandé de retirer sa veste de travail bleu marine, il avait posé un stéthoscope sur son torse, d'abord un long moment sur la moitié gauche de son dos, puis sur la partie droite de sa poitrine, et il avait écouté longuement. Cela ne pouvait signifier qu'une seule chose. Cette fois, c'était son cœur qui les intéressait.

Il était possible qu'ils aient finalement décidé de prendre celui d'un autre prisonnier parce que le sien battait à un rythme trop irrégulier, ou bien qu'il avait un quelconque problème le rendant inutilisable. Mais dans le doute, il s'était tout de même tenu prêt. Car s'ils venaient le chercher, ce serait sa toute dernière chance.

Pas un seul parmi les dizaines de milliers de prisonniers du camp n'aurait été en état de profiter de cette occasion. Pas seulement parce qu'ils étaient brisés émotionnellement et qu'ils avaient subi un tel lavage de cerveau qu'ils ne se souvenaient plus de leur propre nom, mais parce que, fondamentalement, ils étaient bons. Et c'est là que lui avait un gros avantage sur eux, car il n'avait jamais été bon.

On ne l'aurait jamais cru en le voyant. Il passait pour être un homme affable, charmant et attentionné, mais les gens ne savaient pas à quel point ils faisaient erreur. D'aussi loin qu'il s'en souvienne, il avait aimé voir les autres souffrir. Quand il était enfant, il utilisait des animaux, et plus tard dans la vie, il s'en était pris à des êtres humains. C'était d'ailleurs peut-être pour ça que, contrairement à la plupart, il n'avait jamais perdu sa vivacité d'esprit malgré sa captivité.

Ses parents avaient mis des années à admettre que leur adorable fils adoptif était foncièrement mauvais et que ses actes de cruauté n'étaient ni des accidents ni des événements isolés commis sous l'influence d'autres enfants. Son père lui avait tout bonnement tourné le dos. Quant à sa mère, elle l'avait traîné de psychologue en psychologue et inscrit à la boxe. Mais en l'absence de résultat, elle avait fini par perdre espoir, elle aussi. Quand plusieurs années plus tard, inspiré par Rhinehart, il avait laissé le dé choisir sa voie après le collège et annoncé à ses parents qu'il quittait la maison, ils avaient eu du mal à dissimuler leur joie.

Un cliquetis perça le silence. Il se redressa et entendit qu'on déverrouillait et qu'on ouvrait la grille de sécurité à l'extrémité du corridor. C'était le milieu de la nuit et il ne pouvait pas s'agir d'autre chose. Comme la première fois, ils arrivèrent avec un brancard dont les roues grinçaient légèrement.

Il prit le dé, le secoua dans la coupe de ses mains et les rouvrit dans une joyeuse expectative tandis que les hommes approchaient. Le résultat fut celui qu'il espérait. Deux rangées de trois points. La couleur des points avait depuis longtemps disparu et ils s'inscrivaient simplement en creux. Mais c'était bien un six. Un six qu'il était impatient de mettre à profit.

Ils étaient presque arrivés devant sa porte. Dans quelques secondes, une clé tournerait dans cette serrure, ils le feraient sortir de cette cellule et l'attacheraient sur la civière. Il fourra le dé dans sa bouche, l'avala et passa la main sous son oreiller puis dans le trou de son matelas, dans lequel il avait caché la paire de ciseaux qu'il avait volée dans un atelier il y a deux ans.

La porte s'ouvrit et, du mieux qu'il put, il feignit l'étonnement lorsque les gardes le traînèrent hors de sa cellule et l'emportèrent le long des couloirs décatis, à travers les grilles et les ascenseurs par lesquels il était déjà passé trois ans auparavant. Mais cette fois, pas de nuit étoilée. À l'inverse, il pleuvait des gouttes si grosses qu'il put étancher sa soif rien qu'en ouvrant la bouche pendant les quelques mètres qu'ils parcoururent avant qu'on charge la civière dans l'ambulance.

Sa tenue de prisonnier était trempée et elle lui collait au corps, ce qui n'était pas prévu. Si un garde baissait les yeux vers son avant-bras droit, il risquait de voir la forme des ciseaux sous le tissu de la manche. Mais leurs regards excités et mobiles ne remarquèrent rien pendant le trajet jusqu'à la clinique, et quand ils arrivèrent sur place, ce fut le personnel de l'hôpital qui prit le relais et le poussa sous les néons des couloirs jusqu'à sa destination finale.

Tout le monde courait et tout portait à croire qu'il y avait urgence. Comme la dernière fois, le bloc opératoire était prêt. Une équipe l'attendait en tenue verte réglementaire, avec masques sur la bouche et gants de latex, prête à lui ouvrir le thorax à la scie pour lui voler son cœur, et sans doute le reste de ses organes, avant de le jeter dans un container en vue de sa crémation.

L'anesthésiste prit sa main gauche et il la massa pendant quelques secondes pour activer la circulation, puis, d'un geste précis, il inséra l'aiguille dans la plus grosse veine. En même temps, une infirmière découpait sa chemise mouillée avant de nettoyer son torse dans la zone du cœur avec une éponge qui sentait l'alcool, tenue au bout d'une longue pince.

Sans qu'il l'ait remarqué, l'aiguille dans sa main avait été raccordée à un cathéter veineux prolongé par un mince tube transparent lui-même fixé à une perfusion contenant sans doute le liquide qui lui ferait perdre connaissance aussitôt qu'il pénétrerait dans son organisme.

Il pensait profiter d'un moment où leur attention ne serait pas exclusivement dirigée sur lui. Mais tout le monde le regardait, à l'exception de l'homme qui lui tournait le dos, les bras tendus devant lui pendant qu'on nouait un tablier en plastique autour de sa taille. Le liquide avait parcouru un tiers de la longueur du tube.

Il était temps d'agir et, comme il s'était entraîné à le faire pendant une heure, chaque nuit, depuis des années, il laissa son bras droit tomber du bord de la table d'opération et rattrapa la paire de ciseaux juste avant qu'ils tombent. L'anesthésiste dut remarquer son manège car il se mit aussitôt à crier quelque chose en chinois.

Il essaya de s'asseoir et d'arracher le cathéter de sa main gauche, mais l'anesthésiste lui maintint le bras en place tout en écrasant son torse contre la table. Sa main droite était encore libre mais s'il échouait maintenant, tout était fichu.

Le coup porta exactement où il devait, et sans avoir besoin de regarder ce qu'il faisait, il sentit les lames de la paire de ciseaux s'ouvrir de part et d'autre du larynx du type qui continuait à donner des ordres sans avoir l'air de se rendre compte de ce qui lui arrivait.

Quand il resserra le pouce et le majeur et que les branches des ciseaux se rejoignirent, les cris de l'anesthésiste cessèrent pour se transformer en un gargouillement indistinct. Il le lâcha et porta les deux mains à sa gorge dans une tentative naïve pour endiguer le flot de sang qui giclait de la plaie.

Il en profita pour détacher le goutte-à-goutte et pour se jeter sur ceux qui tentaient de le maîtriser. Il se servait à présent de la paire de ciseaux comme d'un poignard, frappant dans tous les sens, essayant d'atteindre les endroits où il ferait le plus de dégâts. Il y avait du sang partout. Jamais il n'avait vu autant de sang à la fois. Coulant, pulsant, giclant. Il y en avait tellement qu'il faillit glisser plusieurs fois en essayant d'atteindre l'homme au tablier en plastique qui tentait de fuir en direction de la porte. Il avait tout de suite compris en entrant qu'il s'agissait du chirurgien et que c'était le seul personnage dans la pièce qui soit assez important pour qu'il ne le sacrifie pas inutilement.

Il se jeta par terre et glissa sur le sol les pieds devant, fauchant les jambes de l'homme de façon à le faire tomber face contre terre. Il entendait que plusieurs des assistants arrivaient derrière lui. Mais il avait déjà eu le temps de se relever et de remettre le chirurgien sur ses pieds, un bras tordu dans le dos et les ciseaux ensanglantés sur la jugulaire. Comme s'ils obéissaient à un signal, tous s'immobilisèrent instantanément et il put sortir du bloc opératoire en marche arrière, son otage serré contre lui.

Dans le corridor, le personnel de la clinique se figea également et obtempéra lorsqu'il leur donna l'ordre de se coucher à plat ventre et de le laisser passer. L'ambulance était toujours garée devant l'entrée, mais les gardiens qui l'avaient emmené n'étaient visibles nulle part. Peut-être buvaient-ils un café dans la cuisine du personnel, ou alors ils étaient déjà rentrés au camp dans une autre voiture, en compagnie d'un pauvre type à qui on venait de prendre un rein.

En arrivant devant l'ambulance, le chirurgien se débattit et le supplia de lui laisser la vie sauve. Mais il secoua la tête et lui dit que malheureusement, cela ne dépendait pas de lui. Le dé avait sorti un six, et rien ni personne ne pouvait infléchir le destin.

Il obligea l'homme à s'allonger sur le dos, saisit la paire de ciseaux à deux mains et l'abattit de toutes ses forces dans sa poitrine, un nombre de fois suffisant pour ménager un orifice assez grand pour qu'il puisse passer ses doigts entre les côtes, écarter la cage thoracique et exposer le cœur qui continuait à battre pour sa vie.

Il continua à battre dans ses mains, comme s'il pensait avoir encore une mission à remplir, même après avoir été arraché à la poitrine de son propriétaire.

Mais un six était un six, songea-t-il en lâchant le pauvre cœur sur le sol et en l'écrasant sous sa botte. Ensuite il prit le volant de l'ambulance, sentant son propre cœur battre si fort qu'il n'entendait plus rien d'autre.

Il était de nouveau en route vers l'endroit que le dé l'avait poussé à quitter sans un regard en arrière quinze ans plus tôt. Jamais il n'aurait cru qu'il y retournerait. Mais à présent, il avait pris sa décision, ou plutôt le dé l'avait prise pour lui. Depuis plusieurs mois, le dé lui faisait la même réponse chaque fois qu'il lui posait la question. Il n'avait plus aucun doute sur ce qu'il devait faire.

Il allait rentrer chez lui, à Helsingborg.

REMERCIEMENTS

À toi, Mi.

Parce que tu as tenu le coup, et parce que même si tu ne tenais pas si bien le coup que ça, tu as été un soutien fantastique et absolument indispensable. Tes idées et tes suggestions ont représenté beaucoup plus qu'une aide parmi d'autres. Sans toi... Non, je ne veux pas y penser.

À vous, Kasper, Filippa, Sander et Noomi.

Parce que vous avez compris que papa peut être ailleurs, alors qu'il est là, à table avec vous.

À toi, Jonas.

Pour ton temps et ton énergie, tes idées et tes propositions. Je ne connais pas de meilleure table d'harmonie que toi.

À Adam, Andreas et Sara, et à vous tous aux Éditions Forum.

Parce que vous n'êtes pas seulement la meilleure des maisons d'édition, mais aussi la plus sympa.

À Magnus.

Parce que tu as bien voulu partager avec moi tes connaissances médicales, et pour tout le temps que tu m'as si volontiers accordé pour m'expliquer la taille d'un œil comparé à un oignon confit.

À Lars.

Pour m'avoir raconté ce qui se passe dans les coulisses et expliqué comment armer un pistolet automatique.

À Mikael et Jenny.

Parce que vous comptez parmi mes meilleurs amis et surtout pour avoir acheté trente (!) exemplaires de *Hors cadre*.

À Ellen, de la librairie Akademibokhandeln à Helsingborg ainsi qu'à Sven-Åke et toute la clique de Väla pour avoir lu, aimé, et parlé avec enthousiasme autour d'eux de mon premier livre et avoir incité des tas de gens à le lire.

Et enfin, un grand merci à vous tous qui avez acheté *Hors cadre* dès l'été 2014, alors que personne n'en avait jamais entendu parler. Grâce à vous, à tous vos amis à qui vous l'avez conseillé et qui eux aussi l'ont recommandé à leurs amis, je suis en train d'écrire un troisième roman sur Fabian Risk.

DU MÊME AUTEUR

Aux éditions Albin Michel

HORS CADRE, 2016

Composition Nord Compo
Impression en août 2019
Éditions Albin Michel
22, rue Huyghens, 75014 Paris
www.albin-michel.fr
ISBN : 978-2-226-43877-5
N° d'édition : 23257/01.
Dépôt légal : septembre 2019
Imprimé au Canada chez Friesens